元曲三百首全解

史良昭 解

復旦大學出版社

大陆版序

一百多年前，河南农夫在耕田时，翻出了带有人工刻痕的牛骨。当时的学者重金收购，自悦于一种新文字的发现。如今出土甲骨已积十余万片，人们从中找见了商王朝新的世系，读到了一部活生生的上古史。历史就是这样，它不断地风化和湮埋一部分存在，又不断地积累和传存另一部分。后人在无偿拥有的同时，还能不断地收获探索与发微的喜悦。

元曲同甲骨文自然风马牛不相及，但至少它也是历史的一种赐予，这笔遗产同样能垂远无穷。两者在现今都离"显学"颇远，却并不表明它们的生命力出了什么问题，主要还在于今人在观照和认识上的隔膜，借用流行的术语，即是"话语方式"不同的缘故。元曲是有元一代的"流行歌曲"，是元人在那么一个严酷时代中本能的自娱，而这种自娱的本质，一言以蔽之，便是"离经叛道"四字。正因为离了正统，叛了束缚，于是取了白话，亲了俚俗，将这种新文体用作了嬉笑怒骂、无往不适的利器；又因为怀有自娱的先天倾向，于是在表达上便体现出直截明快、意到言随的经营特色，以满足感官和心理的直接需要为旨归，告别了诗词的苦吟与刻意。不难看出，在将社会存在、个人经历感受等外部因素转化为诗歌内部因素的创作方式上，元曲实现了前所未有的革新，足以与诗词争妍斗巧。这正是本书推荐诸君读一读元曲的理由。

世间美好的事物多种多样，古人归纳为"四美"，未免低估了"美不胜收"的成语。就现代社会而言，冠于诸美概念之首的，当推"多元"一词。有了多元的存在，世界方得缤纷，文明方得繁庶，精神方得自由，愉悦方得完满。有人说得好，大观园有怡红院、潇湘馆，也有稻香村，这是"多元"；中国诗歌的艺术殿堂有唐诗、宋词，也少不了元曲，如此方谓"天上人间诸景备"。介绍元曲的风貌，伺机同唐诗宋词进行横向的比较，使读者对中国诗歌的多元成就有所会心，获得文学知识与情操素养的全面享受，这是笔者所努力尝试的目标。

　　本书出版后，有幸得到读者予"鉴赏技巧"的谬许。王婆卖瓜如若能打开销路，当是瓜果本身品种的优良，吆喝固在其次。不过学会品赏，尤其是对生活中一切美感的玩味、涵泳，确可受惠良多。本书倘能在这方面对读者有所裨助，在阅读同类作品时能会意审美，识其神髓，那就如同甲骨片的新利用一般，属于意外之喜了。

史良昭

2006 年 12 月 26 日

海外版原序

　　"唐诗、宋词、元曲"的说法，由来已久。早在元代，罗宗信就在《中原音韵序》中写道："世之称唐诗、宋词、大元乐府，诚哉！"这"大元乐府"就是后人所习称的"元曲"。可见在元人心目中，已拥有了元曲成就足与唐诗、宋词鼎足而立的一份自豪。"元曲"一词，实际上包括两种不同的文学体裁：一种是杂剧，有曲有白，是代言体的综合艺术，属于戏剧的范畴；另一种是散曲，这是元代出现的新体诗歌，每一首都有独立的存在意义与鉴赏价值。作为诗歌系列的选本，这部《元曲三百首全解》，自然指的是元散曲了。

　　散曲在元代的兴起不是偶然的，用得上"水到渠成，应运而生"这八个字，因为它是宋词与民歌俗曲互相渗透结合的产物。问世于唐而在宋代高度发展的词，到南宋末期，已成为一种"不可被之弦管"的纯吟诵体裁，且由于文人渐离社会现实、片面追求形式美，以致失去了诗体解放的原始意义，不复有当年的蓬勃朝气。另一方面，民间小曲自金灭北宋之后，融汇了南北民歌、曲艺说唱，以及北方兄弟民族的乐曲，以其清新活泼的风调与贴近生活的表现内容而一新耳目。而弦索乐器上宫调的约定俗成与规范化，又使原先"唱曲有地所"的地域化格局得以冲破。"元曲"的"曲"字，再清楚不过地显示了它与生俱来的合乐的特征。利用民间的小调、新曲，依宋词的创作惯性倚声填词，而被之管弦，发之歌咏，供人歌唱而非单供吟诵，这就是最初的散曲。散曲初时带有明显的自娱倾向，文人不过是乘兴消遣，当筵一曲，只需轻松适意即可。歌曲是长着翅膀的，颇容易风靡城乡；这时文人才发现于诗词外还开垦出这么一片抒情言怀的处女地，于是齐力共赴，又唯恐"言而不文，行之不远"，不辞以全力搏兔，追求新奇、尖巧、工丽、豪放、谐趣等特色，散曲的格调便在实践中形成了。

　　然而元散曲之所以能在诗歌史上劲起，成为继唐诗、宋词之后的又一座艺术高峰，却与音乐的因素无干，而在于它自身的特长。一言以蔽之，即是散曲拥有并体现了白话的独家优势。所谓"诗庄词媚曲俗"，"俗"正是这一优势的产物。诚然，散曲并不纯以白话作成，但正因如此，它便取得了在文学语言与民间生活语言间纵横捭阖的绝大自由。曲除了"俗"以外，也能"庄"，也能"媚"，而这种"庄"或"媚"又往往带有"别是一家"的色彩。这一切使它跳脱出诗词"大雅之堂"的囿制，从而也大大地丰富了诗歌领域的表现内容。与这种自由化、个性化的解放相适应，元曲在格律和字句上也有较大的自由，如韵部放宽、入派三声、平仄通押、不避重韵、活用衬字等，尤其是衬字的加入，更是将白话的优势发挥得淋漓尽致。

当然，散曲能在短短的有元一代间产生、成长并高度繁荣，同元代的社会条件也有莫大关系。元初推行汉法，使蒙元的外来政权迅速完成了从落后的游牧旧制向汉族政权体制规模的大一统王朝的过渡，生产力得到恢复，城市经济繁荣，造成了市民阶层的壮大；而市民阶层的意识与趣味，自为散曲注入了内部的血液与活力。元代封建传统观念的束缚与控制较为松动，客观上纵容了散曲在表现意识上的离经叛道倾向。更主要的是，像元代这样的社会，不可避免地存在着等级压迫、民族压迫与社会的黑暗弊端，以致不仅是苦难深重的下层百姓，甚至就连汉族的高官通儒也时时产生着倾吐抑塞愤懑的强烈愿望。而元代的绝大多数读书士子失去了传统的科举仕进机会，同下层人民有了更多的接触与交流，对曲这种起于民间的新兴文学体式，在感情上也便易于接受，并使之成为反映现实、抒发感情的最为得心应手的工具。中国诗词的传统在元代并未断裂，而元曲却终成为元代文学的主流，这是不令人奇怪的。

元散曲创作的发展，大体上可划分为三个时期。

从蒙古太宗窝阔台汗执政(1229)，到元世祖忽必烈至元十六年(1279)灭南宋为第一时期。此时元曲虽才从民间的"街市小令"、"俗谣俚曲"进入北方诗坛，却已出手不凡，产生了朱权《太和正音谱》所谓的"宗匠体"与"盛元体"。这一时期的总体风格是质朴清新，文人在习作中虽存诗词余习，然而对散曲的自身特色与创作规律已不乏明确的认识，故尽力向"本色曲"靠拢皈依。这一时期的代表作家，有杨果、杜仁杰、王和卿、盍西村、商挺、王恽、卢挚、关汉卿、白朴、姚燧、马致远、冯子振等。

杨果、盍西村、王恽、冯子振承继的是元好问"亦词亦曲"的遗风。他们保留着较重的词人结习，以词笔作散曲，虽不雕绘字词，却炼意炼格，甚而存在着追求工力的动机，如冯子振就用同韵步和《鹦鹉曲》达四十二首之多。这种以词为曲的手法，虽非散曲正宗，却别有一种清雅疏朗之概，故对后世文人的散曲影响极大。杜仁杰、王和卿则截然不同，他们认定的是民间俚曲中犷放诙谐、质朴自然的趣味，以活泼清新为旨归，从而触及了散曲"自是一家"的本质。杜仁杰的《耍孩儿·庄家不识勾栏》，还成功地运用这一笔法创作了散曲"当行派"的第一首套数。商挺、卢挚、白朴、姚燧则兼及两家，表现出文人创作不拘一格、挥洒自如的习尚。

值得大书一笔的是关汉卿与马致远，他们都是公认的"元曲四大家"（另二人为白朴、郑光祖）的成员。"四大家"的成说本是就杂剧成就而言，而他们在散曲创作中也同样表然特立。关汉卿以闺情、离愁、日常风物及个人遭遇情怀为题材，小令以活泼清新、晶莹婉丽见长，套数则有豪辣灏烂、淋漓奔放之概，既自铸伟词，又活用口语，确定了散曲以自抒怀抱、适意清神为旨归的表现形式，也确立了散曲本色派的地位。马致远则以意境高远、语言清丽著称于曲坛，且在散曲中首创了深思人生、抨击社会的风格，为后世怀才不遇、勘破世情的文人作者所宗仰，从而既拓展了散曲的表现力，又提高了这一体裁的品位和影响。他的小令《天净沙·秋思》与套数《夜行船·秋思》，均被誉为"元人第一"，是实至名归的。

从忽必烈至元十六年到元顺帝后至元六年（1340）为第二时期。这时散曲已完全成熟，风靡南北，成就斐然，散曲的题材内容，也已到了"无事不可入"的尽臻地步。然而文人日渐讲求辞藻音律，反而开始向诗词化、案头化回归。这一时期的代表人物，有贯云石、鲜于必仁、张养浩、曾瑞、睢景臣、乔吉、刘时中、薛昂夫、张可久、任昱、徐再思等。我们只要看看朱权对他们的评语："天马脱羁"、"神鳌鼓浪"、"奎璧腾辉"、"佩玉鸣銮"……便不难想见当时曲坛猗欤盛哉的气象。

元散曲最富有现实批判精神的三大代表作都出现于这一时期，它们是张养浩的《山坡羊·潼关怀古》，睢景臣的《哨遍·高祖还乡》，以及刘时中的《端正好·上高监司》。张养浩为宦三十年，做到三品高官，却有意创作以俚俗平率为特征的散曲，且在作品中一不谀颂皇恩，二不粉饰升平，三不矜豪夸富，四不退默守雌，有的是对黑暗政治的犀利攻击与对民生疾苦的深切同情。睢景臣与刘时中俱是名不见经传的普通文人，但他们都能以散曲为工具，或嬉笑怒骂，矛头直指最上层的"真命天子"，或汪洋浩荡，笔端尽现老百姓的深重苦难。这些现象，正是元散曲本身具有非凡活力与魅力的最好说明。

　　这一时期的曲坛盟主，则当推乔吉与张可久，二人有"曲中李杜"之称。乔吉于散曲造诣精深，在字句的锤炼上凝神贯力，开明代散曲清丽严整之风。而张可久更是以散曲为毕生专业，传世作品数量占元代存世散曲的五分之一，雄居元人之冠。他注重辞藻、格律与炼句，运用诗词的字面、句法，追求工丽、凝练，所作蕴藉典雅。两人虽同为清丽派的宗匠，然而这种以词笔作曲的习尚，却也预示着元散曲生机的式微趋向。

　　从至正元年(1341)至元亡(1368)为元散曲的末期，曲风趋于保守，柔靡纤巧，虽不无推陈出新之作，在总体上却失去了初期散曲清新活跃的气息。这一时期的佼佼者，有查德卿、张鸣善、周德清、汪元亨、刘庭信、汤式等。他们中有的继续活动于明初，为明代散曲的发展起了承上启下的作用。

　　元散曲作为新兴的诗体，在形式上自有别具一格之处。从结构上说，散曲分为小令和套数两部分。小令通常是独立的单支曲牌，隶属于一定的宫调；曲牌有南北之分，元散曲多为北曲。个别曲牌如〔小梁州〕、〔黑漆弩〕等利用双叠，其后叠称为"么"或"么篇"，有"同前"之意。小令的变种有"带过曲"、"重头"及"摘调"，带过曲是按固定模式将两三支曲牌连缀为一首，重头是重复使用同一曲牌吟咏一件或一组事物，摘调则为摘取套数的一支曲牌独立成篇。以同一宫调的若干曲牌按一定规范组成一篇则为套数，通常作一首计。元散曲存世的作品，连同套数在内，约四千三百多首。

　　本书选入了八十五名元代作家及无名氏的散曲三百首，辑自今人隋树森所编《金元散曲》。对于规定数量的系列选本来说，元散曲虽不像唐诗宋词数量那样多，反倒成了一种便利，更易于展示整体全局的大致风貌与发展脉络。不过选本的任务似更在于提供鉴赏，而审美的连锁作用，也确是中国诗歌的兴味所在。比如《诗经》的那首妇孺皆知的情歌"关关雎鸠，在河之洲"，汉代的大儒或解作"咏后妃之德"，或阐为"毕公刺周康王晏起之作"，到清代学者甚而读出了"伤牝鸡之司晨"的隐意，可见前人的作品对后人的接受来说，总可启发读者更多的思想空间。元散曲是典型的俗文学，读不出多少微言大义，好在对其特色的鉴赏，在古典诗歌领域中还属比较特殊，因为它在风格和韵味上迥别于诗词。大体说来，诗词贵韵雅，散曲贵俚俗；诗词贵含蓄，散曲贵直露；诗词贵庄洁，散曲贵谐谑；诗词创新求奇贵不失大方，散曲却提倡以尖巧来出奇制胜。即使是上述的俚俗、直露、谐谑、尖巧，也不是片面或绝对的，而是在不即不离之间，所谓"直必有至味，俚必有实情，显必有深义"(徐大椿《乐府传声》)。此外，受到杂剧代言体的影响，散曲还崇尚描摹声气、借题发挥、掉书袋及运用程式化语言，等等。这就是人们常说的"本色"、"蒜酪味"、"蛤蜊味"。可见评价散曲作品的优劣不能沿用诗词的标准，而应探寻其个中三昧。运用注释与语译将元曲移至读者的时代，而用曲味、作曲手法的赏析将读者带到元曲的时代，这正是笔者努力尝试的目标。这一努力倘能得到读者些许的首肯，则不胜欣慰；当然，倘能得到读者诸君的热心教正，那更是要衷心地说一声"幸甚"的。

史良昭

目 录

元好问

元好问(1190—1257)，字裕之，号遗山，太原秀容(今山西忻州)人，鲜卑族。三十二岁登金进士第，官至翰林知制诰。入元不仕，筑野史亭自修《金史》。诗文为中原一代宗师，有《遗山先生文集》。今存散曲小令九首，风格清润，后人视为变词为曲的开山。

〔黄钟〕人月圆　卜居外家东园①

　　玄都观里桃千树②，花落水空流。凭君莫问③：清泾浊渭，去马来牛④。　　谢公扶病⑤，羊昙挥涕⑥，一醉都休。古今几度，生存华屋，零落山丘⑦。

【注释】

①卜居：择定居所。外家：母亲的娘家。　②"玄都"句：唐刘禹锡《戏赠看花诸君子》："玄都观里桃千树，尽是刘郎去后栽。"玄都观，唐代长安城郊的一所道观。　③凭：请。　④"清泾"二句：语本杜甫《秋雨叹》："去马来牛不复辨，浊泾清渭何当分。"清泾浊渭，泾、渭皆水名，在今陕西西安高陵区境汇合，泾流清而渭流浊。　⑤谢公：谢安(320—385)，东晋政治家。在桓温谋篡及苻坚南侵的历史关头制乱御侮，成为保全东晋王朝的柱石。孝武帝太元年间，琅琊王司马道子擅政，谢安因抑郁成疾，不久病故。　⑥羊昙：谢安之甥，东晋名士。　⑦"生存"二句：三国魏曹植《箜篌引》："生存华屋处，零落归山丘。"言人寿有限，虽富贵者也不免归于死亡。

【语译】

　　玄都观里曾有无数株桃花烂漫盛开，而今早已水流花谢，不复存在。请您不必去寻求明白：奔流着的是清泾还是浊渭，苍茫之中是马去还是牛来。

　　谢安重回故地已经带上了病态，羊昙为他的下世流泪痛哀。这样的存殁之感，在我酩酊一醉之后便淡然忘怀。要知道古往今来有多少同样的感慨：活着时身居高厦大宅，到头来免不了要在荒凉的山丘中把尸骨掩埋。

【赏析】

　　元太宗十一年(1239)，元好问回到阔别二十余年的故乡秀容(今山西忻州)。其时金朝已亡，生母张氏已久故，"外家"人物零落殆尽。《人月圆》小令即作于此时。

　　同题的第一首："重冈已隔红尘断，村落更年丰。移居要就，窗中远岫，舍后长松。　　十年种木，一年种谷，都付儿童。老夫惟有，醒来明月，醉后清风。"

表达了"卜居"东园后屏隔红尘、醉度余生的感受。诗人显然还有许许多多的话要说，又像是什么都说不出来。于是一连串寓意深沉的典故，便替代了作者的自白，成为这第二首曲子的特殊的景观。

先看一、二句。"玄都观里桃千树"，注释中已说过，是唐代诗人刘禹锡的成句。刘禹锡于元和十年(815)春，由朗州贬所召回京城，见京城人争相去玄都观赏花，所谓"紫陌红尘拂面来，无人不道看花回"，于是写了《戏赠看花诸君子》诗。"玄都观里桃千树，尽是刘郎去后栽"，正是他离京十年、旧地重回的感受。十四年后刘禹锡再度回到京城重游玄都观，此时已是"百亩中庭半是苔，桃花净尽菜花开"(《再游玄都观》)了。元好问将自己二十余年才得重返的家乡秀容，比作刘禹锡所契阔的玄都观，借用的虽是刘诗的原句，"花落水空流"的景象却是惨痛百倍了。

"清泾浊渭，去马来牛"用杜诗，杜诗原意是写大雨滂沱中河水的印象，"去马来牛"化用《庄子·秋水》"泾流之大，两涘渚崖之间，不辨牛马"之意。作者将其从杜诗中游离出来，便与原解无关，而纯粹带上了世事纷纭、是非扰杂的象征意义。江山易主，故里非昔，对于"红尘"中的时世，"莫问"二字含有多少隐痛！

六、七二句的"谢公"、"羊昙"，是联为一义的典故。史载谢安晚年受到司马道子的排挤，离开京城建康(今江苏南京)，出镇广陵。太元十年(385)，谢安扶病还京，经过西州门，对左右说："吾病殆不起乎！"不久果然病逝。他的外甥羊昙素受谢安恩重，从此悲戚辍乐，不忍心再行经西州门。后来因为喝醉了酒，误入这一禁区，发现时已经过晚。他口诵曹植《箜篌引》的诗句，恸哭而去。元好问既以谢安的"扶病"借喻自己重回故园的衰残，又以羊昙的"挥涕"来代表自己对外家人物殁亡的哀悼，所谓"一醉都休"，不过是强行自我麻醉而已。

至于末二句的"生存华屋，零落山丘"，则正是羊昙所诵曹植诗句的内容。这是对"一醉都休"的事实上的否定。"生存"与"卜居"又建立了想象间的联系，也就是所谓"扣题"。——综上所述，我们可以见到这首不长的小令，全篇蕴含着作者极为丰富的述意：刘郎去后重来，犹见"玄都观里桃千树"，而如今连片花也无，说明诗人所重见的故乡，面目全非；清泾浊渭、去马来牛，非不可辨，作者却"凭君莫问"，不愿意再细详世事，显示了国变之后的万念俱灰；羊昙恸哭谢安的存殁深情，作者宁可付之醉忘，反映了"旧家人物今谁在"(作者《东园晚眺》句)的严酷事实；而"生存华屋处，零落归山丘"引曹植诗句，作为古今至理，则是对人生有限、世事无常的深沉慨叹。全曲通过一系列典故和前人成句的化用，表现了国破家亡的沧桑巨痛，及"卜居外家东园"而苟延残生的沉重心情。

这首小令典重蕴深，带有较重的词味。这一来是因为〔人月圆〕本属词牌，后因合于北曲宫调的缘故才转为小曲；二来是由于散曲初创时期，词、曲界限并无明显分野。日后的散曲也用典故或引前人诗句，但援例和用意都要显豁得多。

〔双调〕骤雨打新荷

　　绿叶阴浓，遍池亭水榭①，偏趁凉多②。海榴初绽③，朵朵蹙红罗。老燕携雏弄语，对高柳鸣蝉相和。骤雨过，似琼珠乱撒，打遍新荷。　　人生百年有几？念良辰美景，休放虚过。穷通前定④，何用苦张罗。命友邀宾玩赏，对芳樽浅酌低歌。且酩酊，任他两轮日月，来往如梭。

【注释】

　　① 水榭：临水平台上的亭屋。　② 趁：追随。　③ 海榴：石榴。唐李德裕《平泉花木记》："凡花木以海为名者，悉从海外来。"石榴为汉代自西域移植而来。　④ 穷通：困厄与发达。

【语译】

　　茂密的树叶结成一片浓荫，覆盖着池塘边的台榭水亭，这一带的凉意特别集凝。石榴绽开花苞未久，一朵朵就像蹙皱的红锦。老燕带着乳燕呢喃作语，同柳树上知了的鸣声此起彼应。一阵骤雨突然飘过，雨点像迸撒的珍珠，在新绿的荷叶上翻滚。

　　人生百年能有几多光阴？啊，决不能轻易辜负良辰美景。命运的好坏生来注定，何必再要去苦苦操劳用心！我邀来朋友和客人一同玩赏，对着杯里的美酒细细地品饮，轻轻地歌吟。不妨喝得大醉醺醺，任那天上的太阳和月亮，像梭子般地来往不停。

【赏析】

　　《唐诗三百首》中，只有两首是专抒夏日好处的，一首是孟浩然《夏日南亭怀辛大》："山光忽西落，池月渐东上。散发乘夕凉，开轩卧闲敞。荷风送香气，竹露滴清响。……"一首是韦应物《郡斋雨中与诸文士燕集》："兵卫森画戟，燕寝凝清香。海上风雨至，逍遥池阁凉。……"不约而同，都突出了"凉"的美感。夏日景物的色彩要比春天浓烈和热闹得多，文人却偏偏不敢去全身心地迎接，先要为自己留一块虚静的凉荫。也许这是因为在夏季的炎燠中，澄怀涤烦是娱目游心的首要前提，有"闲情"才有"别致"。

　　本篇前半绘写夏日园亭的自然景色，首先也是强调"凉多"。这是从池塘水阁遍布的一片"绿叶阴浓"来呈现的，屏绝了骄阳和暑气，构筑了理想的适于憩息的清凉世界。作者写的是"阴浓"，却不忘点明"绿叶"。因为随后两句便叙出了"朵朵蹙红罗"的石榴花，红绿相映，绘出了园亭夏景的浓烈色彩。这五句的基调是静谧的，于是作者又搜索到了园中的声："老燕携雏弄语，对高柳鸣蝉相和。"燕子呢喃，蝉鸣高柳，表现了万物的安适自得，这不仅没有破坏宁和的氛围，反

3

而更增添了夏景的恬美。在"偏趁凉多"的澄怀意境中,去进一步发现和领略夏令的美感,这是诗人高出一筹之处。

最值得称妙的是诗人并不以此为满足,而是在写景的结尾添出一场"骤雨"。雨点"似琼珠乱撒",跳跃奔放,"打遍新荷",历历如闻,这一切都表现出诗人对它的欣赏。这一场骤雨的洗礼推出了一番全新的景象,不同于叠床架屋的泛泛之笔,但它的别开生面,却使前时的种种美感锦上添花。"凉多"是不用说了,从"选色"的方面看,它增出了"新荷",且使前时的池亭水阁、绿树红花在"雨过"后更为明洁、泽润;从"征声"的一面说,燕语蝉鸣可能有一时的沉默,而"骤雨打新荷"的玲琮声却不啻是一支更为动听的乐曲,且仍有愈喧愈静、以闹助恬之妙。作者以之作为"良辰美景"的充分体现,并随之接出"休放虚过"的感慨,我们是能深会其心的。

曲的下片转入抒写感慨的内容,一是人生苦短,二是穷通有命,于是得出了及时行乐的结论。这种感想本属于老生常谈,但我们并不觉陈腐可厌,正是因为它得自即景抒情,而前时的写景已作了成功的铺垫。一来是上片的景语中确实充分集中了夏日的"良辰美景",值得不计代价地去"玩赏"、"酩酊";二来是诗人在叙景中洋溢着一派隐逸脱俗的天趣,"何用苦张罗",便带有蔑视奔竞、看破红尘的高士风味;三来是"骤雨打新荷"这一自然现象的变化与"两轮日月,来往如梭"的人世社会的变化同有可味之处,顺适自然,委运任化,也就有了逻辑上的联系。"人生如梦"四字算得耳熟能详了,但我们读了苏东坡"大江东去"的《念奴娇》,照样觉得震铄耳目。可见一首成功的文学作品,于自身的艺术美感之外,还往往能激起读者对人生常理的深思与共鸣。

这是作者在《小圣乐》曲调基础上的自度曲,问世后流播人口,"名姬多歌之"。笔记载赵孟𫖯日后在歌筵上听歌女献唱此曲,感慨作诗,有"主人自有沧洲趣,游女仍歌白雪词"之句(见《南村辍耕录》)。可见此曲对散曲的初创及扩大影响,起了不小的作用。早期文人的自度散曲本质是词,亦以词法为之;不同于晚期宋词的是它配上了北曲的宫调。《四库全书总目提要》"自宋赵彦肃以句字配协律吕,遂有曲谱。至元代,如《骤雨打新荷》之类,则愈出愈新",便指出了这一特点。言下也有视此曲为散曲开山之祖的含意。

杨 果

杨果（1195—1269），字正卿，号西庵，祁州蒲阴（今河北安国）人。二十八岁时入金进士，出为县令。入元官至参知政事、怀孟路总管。工文章，尤长于乐府。有《西庵集》。今存散曲小令十一首、套数五首，典雅妩媚，开元散曲清丽派之先声。

〔越调〕小桃红

碧湖湖上柳阴阴，人影澄波浸。常记年时对花饮。到如今，西风吹断回文锦①。羡他一对，鸳鸯飞去，残梦蓼花深②。

【注释】

① 回文锦：东晋前秦才女苏惠被丈夫窦滔遗弃，织锦为"璇玑图"寄滔，锦上织入八百余字，回旋诵读，可成诗数千首。窦滔感动，终于和好如初。后人因以"回文锦"代指思妇寄给远方夫君的述情之物。　② 蓼（liǎo）：植物名，多生于水边，入秋开淡红或白色小花。

【语译】

湖水像碧玉那般清纯，湖岸的柳色映入水面，是那样地幽深，湖波还不时倒映出游人的身影。我常回忆起那些日子，同她一起在这里对花欢饮。可是如今，只见秋风阵阵，却不见她从远方寄来深情的书信。这怎不叫我羡慕那对鸳鸯，扑喇喇振翅向前方飞去，始终同止同行。那蓼花深处，说不定还残存着它俩并头栖宿的梦影。

【赏析】

这首小令从写景领起，写湖水清碧，岸柳阴阴，是典型的江南水乡风光。"碧湖"与"湖上"是两个词组，作者有意重用一个"湖"字，而不说"碧湖岸上"，与其后"阴阴"的叠词同集一句，便形成了一种宛转低回的情味。"人影澄波浸"是表现湖水的清纯，回应"碧湖"，但更主要的是从湖景带出"人影"，由写景向写人过渡。"人影"至少能给读者提供另外两种意象：一是指曲中主人公本人，"柳阴阴"衬托出其人的孤独，而碧湖澄波的宁静气氛则反现出下文心情的不平静；二是指湖中的采莲女，因为这首《小桃红》是从江南采莲的意境生发的。若取此解释，那么主人公所忆的"对花饮"的对象，也是一名采莲女子。而"语译"释"人影"为游人之影，则是与下句"常记"相承，所谓触景生情。

设想柳荫下游人笑语欢饮，且男女相杂，于是激起了主人公"年时对花饮"

的回忆。"对花饮"通常意义就是对花饮酒，但"花"在诗歌中又有借喻女子的习常用法。这才会使我们意识到曲中主人公为一名男子。这是作者有意安排的效果，这里不妨看他的另一首《小桃红》："采莲湖上棹船回，风约湘裙翠。一曲琵琶数行泪。望人归，芙蓉开尽无消息。晚凉多少，红鸳白鹭，何处不双飞。"立意乃至布局都与本篇惊人地相似，而主人公的女性身份则同是一目了然的。中国的词曲作家都善于用简略的暗示来节省介绍人物的笔墨。

回忆只有短短的一句，迅即接上了"到如今"，显示了现实的无情。"如今"与"年时"形成了强烈的对比。"回文锦"表出了主人公与"年时对花饮"的对方的恋爱相思关系，而三字本身已寓离散之意，何况"西风吹断"，两人的音书联系也中断了。作者不直说情人远去，恩爱断绝，而以"西风吹断回文锦"为暗喻，是艺术语言的需要，也表现出一种讳言伤痛的惆怅情味。于是，由触景生情，又进一步引出了末三句的见景生感。

"羡他一对，鸳鸯飞去，残梦蓼花深"，这"残梦蓼花深"又非一种断言可以括尽。我们取"残梦"为鸳鸯之梦，似较得诗人之旨。这三句全述"鸳鸯"，以一个"羡"字统领，一方面说明了主人公渴望爱情幸福的强烈，连鸳鸯的"残梦"也在被羡之列；另一方面也显示了主人公对命运现实的绝望。一对鸳鸯飞入蓼花深处并头酣眠，是连贯的一意，作品分作三句，虽是服从曲律句式的需要，却也表现出主人公在克制伤痛、倾诉愿望时的一种挣扎感。

这首小令由景及人，又由人及景，借湖上的美景作为人物悲剧命运和悲剧心理的强烈反衬，所谓"以乐景写哀，一倍增其哀乐"（清王夫之《诗绎》）。曲中处处表现着对悲哀的克制，含痛于喉，同时也因此表现出一种悱恻低回的风调。这种风调及其表现的手法都近于婉约词，而"到如今"、"羡他一对，鸳鸯飞去"等使用的又是曲的平直语言。以曲为载体，以词为笔法，这正是词曲嬗变时期的常见现象。

〔越调〕小桃红

玉箫声断凤凰楼①，憔悴人别后。留得啼痕满罗袖。去来休②，楼前风景浑依旧③。当初只恨，无情烟柳，不解系行舟。

【注释】

① 凤凰楼：对女子居楼的美称。　② 休：语末助词，无义。　③ 浑：全然。

【语译】

在她居住的小楼上，再不闻玉箫吹响。自从与心上人分手，她已憔悴得不成模样，衣袖上留下了泪痕千行。她在楼上来来往往，楼外依然是旧时的风光。那如烟如织的柳树，最惹起她的怨伤：只恨当初它们太冷漠无情，不懂得把他的坐船牢牢系住，不让开航。

【赏析】

古人喜欢化用典故，而且化得泯然无痕最好。"玉箫声断凤凰楼"就是如此。《列仙传》载春秋时萧史善吹箫，秦穆公的女儿弄玉爱上了他，俩人结为夫妇。秦穆公就盖了小楼让女儿住下，名为凤凰楼。夫妇俩整日在楼上吹箫唱和，终于有一天双双骑上凤凰仙去。凤凰楼日后成了闺楼的美称。断了箫声，便如同西班牙小姐窗台下断了小夜曲那般，具有情场悲剧的特定意义。化用典故，使这句兼有赋(实写)、比(比喻)、兴(领起下文)的种种意味，这正是作者所追求的效果。

从次句起出现了"凤凰楼"的主角。她憔悴、愁苦，泪痕满袖，在楼上不安地走来走去。作者交代得很清楚，这一切都是因为离别的缘故。作品于"别后"两字下紧接上"留得"，结果留下的只是伤心的眼泪，这就使我们理解了她在楼间"去来"，正是在企盼心上人重新到来。她望到了什么呢？——是"楼前风景浑依旧"。"浑依旧"，语言虽轻描淡写，内容却十分残酷。一切依旧，全无不同，但朝夕同处的心上人已远去了，生活的内容已经发生了根本的变化；而"依旧"的表象还会不断地提醒女主人公去追忆往事，重现那分手时的痛苦一幕。果然，"楼前风景"勾起了她的别恨："当初只恨，无情烟柳，不解系行舟。"不怨自己留不下行人，却恨烟柳系不住行舟。这在古代诗歌作品中屡见不鲜。"留人不住，醉解兰舟去"(晏幾道《清平乐·杨柳》)、"垂杨只解惹春风，何曾系得行人住"(晏殊《踏莎行》)、"西城杨柳寻春柔，动离忧，泪难收，犹记多情曾为系归舟"(秦观《江城子》)、"垂柳不萦裙带住，漫长是、系行舟"(吴文英《唐多令》)……难怪女主人公要埋怨"无情烟柳"了。"当初只恨"是"只恨当初"的倒装，隐示了女子对昔日别离一幕的怀想。全曲的中心内容不过是"人别后"三字，全通过人物的形貌、行止、感想，以及景物的衬托、寄寓，将离情别恨写得那样缠绵悱恻。《太和正音谱》评杨果之词"如花柳芳妍"，可以说他的作品确实开了散曲婉约派的先河。

〔越调〕小桃红

采莲人和采莲歌，柳外兰舟过。不管鸳鸯梦惊破。夜如何？有人独上江楼卧。伤心莫唱，南朝旧曲，司马泪痕多①。

【注释】

①"司马"句：唐白居易《琵琶行》："座中泣下谁最多？江州司马青衫湿。"后人因以"司马泪"或"青衫泪"喻指宦游士子感慨人生萍飘遇合的伤悲。司马，州府的佐吏。

【语译】

采莲的姑娘们把《采莲歌》一遍遍和唱，在柳枝外荡起双桨，不在意是否惊扰了熟睡的鸳鸯。夜怎样了？有人孤独地借宿在江楼之上。江上的女子别唱起伤心的旧曲，不见当年白司马已经泪下千行？

【赏析】

在江南水乡常有这样的风景：作为航道的江河流到某一处，水面突然开阔，近岸的所在水流平缓，于是人们种上莲荷菱藕，野鸭鸳鸯之类的水禽也在此栖宿。这首《小桃红》，描写的就是这样的水域。

作者是以客乡游子的身份来记录所见所闻的。他先是听见采莲的姑娘唱起水乡的《采莲歌》，此应彼和，接着见到她们的采莲船陆续从岸边栽种的柳行外经过，惊起了莲叶间休憩的鸳鸯。"不管鸳鸯梦惊破"，显示了采莲姑娘们在劳动生活中的欢快自得。作者这三句用的是白描，没有轻易显露自己的感情，但三句写得那样清美，说明采莲姑娘及她们的采莲歌所表现出的生活情味，对于独在异乡为异客的作者来说，是有巨大感染力的。这一切即使不是对寂寞心灵的直接抚慰，至少也使作者暂时忘却客愁，伴着他在水乡恬美的氛围中度过了白天。

然而入夜，随着江乡沉寂的增重，独卧江楼的诗人越来越意识到客愁的苏醒与压迫。偏偏此时，作为航道的江面上又传来了女子的歌声。水乡的本地女子夜间是不会轻易抛头露面的，所以作者设想她是江上的商女。而歌声又是那样凄切，使他产生了一种犹如白居易在浔阳江头"忽闻江上琵琶声"的伤心感觉。"南朝旧曲"，并非女子真唱什么六朝时代的歌曲。有人根据作者曾有由金入元的经历，断言"南朝旧曲"就是隐含亡国之痛的政治歌曲，也完全不符合这首小令的题旨。作者的"伤心莫唱"，不过是对杜牧《泊秦淮》"烟笼寒水月笼沙，夜泊秦淮近酒家，商女不知亡国恨，隔江犹唱《后庭花》"的全首意境的借用。顺便一说，杜牧诗中唱《后庭花》的商女，距离"亡国恨"的发生也有二百多年了，宋葛立方《韵语阳秋》的解释是"《后庭花》……男女倡和，其音甚哀，故杜牧之诗云云"。显然曲作者听到的江上歌声也是"其音甚哀"，所以不希望她再唱下去。他以白居易自比，"司马泪痕多"，看来歌声不仅增重了旅愁，还唤起了宦游中失意的惆怅。

这首散曲在结构上有个很大的特点，就是运用突然的插入来斡旋全篇。这是指"夜如何？有人独上江楼卧"两句。它联结了白天和黑夜、水域与江上，又造成了由"无我"向"有我"、由平静向伤感的转折。作者感情的转折和演变，具体是通过两首不同的歌曲而促成的。对于客子来说，异性的歌声特别容易产生敏感的注意和微妙的影响，当然这已是题外话了。

〔仙吕〕赏花时（套数）

秋水粼粼古岸苍，萧索疏篱偎短冈。山色日微茫，黄花绽也，妆点马蹄香。

〔胜葫芦〕见一簇人家入屏帐①，竹篱折补苔墙。破设设柴门上张着破网。几间茅屋，一竿风旆②，摇曳挂长江。

〔赚尾〕晚风林，萧萧响，一弄儿凄凉旅况③。见壁背一似桑榆侵着道旁，草桥崩柱摧梁。唱道向④、红蓼滩头，见个黑足吕的渔翁鬓似霜⑤。靠着那驼腰拗桩，瘿累垂脖项⑥，一钩香饵钓斜阳。

【注释】

① 屏帐：此指画屏，即作者目击的风景。 ② 风旆（pèi）：招展于风中的酒旗。③ 一弄儿：全然，一股脑儿。 ④ 唱道：本为"正是"之意，这里是〔仙吕赚〕曲牌嵌字的定格。 ⑤ 黑足吕：乌黑。"足吕"语助无义。 ⑥ 瘿累：肿起的瘤块。

【语译】

秋水闪着粼粼的波光，荒凉的河岸呈现一派苍黄。短小的土冈子下，冷清清地围着一带篱墙。远山一天比一天渺茫，在我的马蹄下，零星闪过几朵野菊，绽放着芬芳。

眼前风景的画屏中，出现了一处村庄。长着青苔的土墙倾圮了，折插几根竹片权且补防。树枝编就的破门上张挂着百孔千疮的渔网。几间茅草房，支出一竿酒旗，在江岸迎风摇晃。

晚风吹过树林，树叶沙沙作响。这旅途的况味是多么凄凉！旅舍的壁外，像是桑树，像是榆树，已侵出在道路的侧旁。简陋的小桥年久失修，桥柱断了，桥面大半已不知去向。我径直走向长满红蓼的滩边，只见一名渔翁面目黧黑，银发如霜，靠着一根弯向地面的系船木桩。他生着瘰疬病，巨大的瘤块突起在脖子上。夕阳已经西下，他仍在江边垂钓，抛下鱼饵，等候着鱼儿上当。

【赏析】

这首套数是由三支曲子组成，主题是"一弄儿凄凉旅况"，视角却很特别，纯写客子眼中的江边风景。这样，曲中便交织着两种不无矛盾的情调：一方面是极力铺写所见景物的衰凉，如"秋水粼粼古岸苍"、"山色日微茫"、"晚风林，萧萧响"以至"破设设柴门上张着破网"、"草桥崩柱摧梁"之类；另一方面却又要显示出定居人家的温馨，如曲中所说的"见一簇人家入屏帐"，"几间茅屋，一竿风旆，摇曳挂长江"。这两者统一到客愁上，便是"乡情羁思共凄凄"（柳宗元《二月偶题》）之意。

这是本书所选的第一首套曲，可知套数在铺陈的容量上占尽优势。尽管如此，元散曲并不满足于平淡的直叙，"黄花绽也，妆点马蹄香"、"一竿风旆，摇曳挂长江"、"一钩香饵钓斜阳"等，都是刻意求工求精的例子。对"黑足吕"的渔翁描绘尤为细腻，连脖项上的"瘿累"也不放过，这种从容着墨渲染绘饰的笔法，是诗词所不多见的。

刘秉忠

刘秉忠(1216—1274)，初名侃，字仲晦，号藏春散人，邢州(今河北邢台)人。早年为小吏，又入山为僧，后忽必烈招致幕府中，为元朝开国名臣。官至太保、参领中书省事。喜好吟咏，有《藏春散人集》。今存散曲小令十二首，其中自度曲《干荷叶》，已可见民间小曲对文人产生的影响。

〔南吕〕干荷叶

干荷叶，水上浮，渐渐浮将去。"跟将你去。"随将去。你问"当家中有媳妇"？问着不言语。

【语译】

萍水相逢，就像水面上枯干的荷叶那样，随着流水缓缓浮漾。她说："让我随你同往。"于是把我跟上。她紧着追问："你该是家中已娶了婆娘？"叫我怎么开言答讲。

【赏析】

"干荷叶"无根无蒂，凋零秋江，三字富于形象性，令人联想起盛衰荣悴的相关景象，所以在元人习谈中，被作为男女失偶的隐语。刘秉忠取用〔翠盘秋〕的小曲曲调，制作《干荷叶》多首，这三字从此就代作了小令的名称。这些作品径以干荷为咏，牌调名即作为命题内容，这在词曲中称为"本意"。手法则多为写实性的"赋"，如以下两首："干荷叶，色苍苍，老柄风摇荡。减了清香，越添黄。都因昨夜一场霜，寂寞在秋江上。""干荷叶，映着枯蒲，折柄难擎露。藕丝无。倩风扶，待擎无力不乘珠。难宿滩头鹭。"近于诗词的咏物。只是诗词多从所赋对象的各个侧面作蕴藉的闪示，而散曲则重于正面的衍扬发露。

然而本曲全别具一格，借咏物渡入叙事。篇中的"干荷叶"属于比兴。从兴的方面说，它引出了一对男女萍水相逢的遭遇。从比的内容看，它暗示着事件中的女子，年轻失偶，漂泊无依；这情形甚至同样适合男子的一方，至少他自言如此，这才因而有互相"随将去"的下文。荷叶在漂浮中互相依随，那女子对男子发生了感情，以身相许，表示"跟将你去"，愿随着对方回家。男子对女子也有着好感，却因别有隐衷，不置可否。两人同行，离男家越来越近了，女子不放心，再次追问他是否"当家中有媳妇"。男子被问中了心病，受良心责备不忍再欺瞒下去，只得"不言语"，表示了默认。小令到此已终，女子受到打击的悲伤是可以想见的。而男子在内疚外也充满着矛盾的痛苦，所以会将"你问……"的一幕在曲中回想了一遍。两人实是相互有情而无法结合，结局如何，当然是"干荷叶"继续浮下去，以分手的悲剧告终。

上述的解释决不是无故的附会或发挥。从"干荷叶"比兴的丰富内容，从人物语言闪现的暗示，都不难寻见故事的脉络。作品以"干荷叶，水上浮，渐渐浮将去"的意象衬架全篇，以下但记录人物的寥寥片语，却托出了对话背后的神情和掩藏着的曲折事历，有神龙鳞爪天矫出没之妙。而倏来忽往，兴发无端，止结戛然，干荷男女，是一是二，虚实分合，令人为之神夺。曲中"渐渐浮将去。'跟将你去。'随将去"的不避平易的大胆，"你问'当家中有媳妇'？问着不言语"的点到即止的含蓄，都显示了质朴而新鲜的民歌风味。真可以说纯是一派天籁，是一支不可多得的散曲奇作。

商衟①

商衟(生卒年不详),字正叔,曹州济阴(今山东菏泽)人。金进士,与元好问交善。《录鬼簿》称其为"学士",但未知官于何朝。商衟曾编《双渐小卿诸宫调》,金元时风靡城乡,对元曲(杂剧、散曲)的形成影响极大。今存散曲小令四首、套数五首,后者已呈"当行"风味。

【注释】

① 衟:"道"的古字。

〔中吕〕喜春来

清香引客眠花市,艳色迷人嚈酒卮①。东风舞困瘦腰肢。犹未止,零落暮春时。

【注释】

① 嚈(tì):迷溺,此指病困于酒。酒卮(zhī):圆形的酒器。

【语译】

花街上百花吐放着清香片片,惹得人酣眠在花丛之间。花盛时万紫千红争相斗妍,又害得人日日醉困在酒杯旁边。花枝在东风里摇曳蹁跹,像瘦腰的美人舞腰疲软。却依然卖弄精神,不知困倦。直到春光已暮,这时才零落衰减。

【赏析】

元明人在唱曲或编集时,常将套数中的一曲单独拈出,独立成篇,加以歌唱或鉴赏,在曲学术语中称为"摘调"。本篇就是从《月照庭·问花》套数的七支曲中摘出的。

原套中作者问花:"为谁开?为谁落?何苦孜孜?"本曲是花朵的一段答辞。从内容看有点"王顾左右而言他",答非所问,可见是作者的随意铺陈。然而将它独立摘出,却发觉小令隽永有味,决非多余的笔墨。因为它在表现春花楚楚动人的情态的同时,不露痕迹地实现过渡和转接,恰恰概括了群芳从"开"至"落"的一生。

起首两句的对仗中,"引"与"迷"、"客"与"人"、"眠"与"嚈"近于同义,"清香"、"艳色"意境也相去不远,但两句并不存在合掌之病,因为从理解上说,前句指百花初开之时,后句则是绽放到十分鼎盛的情景,"清"与"艳"二字就隐点出这样的意味。"眠花市"、"嚈酒卮",表现出春花令人如醉似痴的绝大魅力。同时，通过"客"、"人"饮酒赏花的快意，营造了芳春热烈美好的氛围。第三句不动声色地续写春花的芳姿，"困"、"瘦"二字已暗暗埋伏了转捩的因子。妙在"犹未止"，花朵仍然不知愁，娇媚如旧，读者也就忽略了东风的威胁。在这样大笔驰走的铺垫下，末句"零落暮春时"，就产生了一种铁骑突出刀枪鸣的强烈效果。将这五字的结语同起首两句的欢乐鼎盛对比，更使人惊心动魄，生发出对自然乃至人生的种种联想。

　　由此可见，这首小令虽是纯用白描，却寓情寓理，饱含了诗人怜春惜春的重重感叹。寥寥数语，清丽悱恻，抵上了一篇《春赋》。作者的套数大可至此为止。"为谁开？为谁落？何苦孜孜？"不必正面答复，这首小令读后给人带来的无奈之感，已足够成为一份答卷了。

杜仁杰

杜仁杰(1201？—1283？)，一名之元，字善夫、仲梁，号止轩，济南长清(今属山东)人。金末隐居，入元屡征不仕。其诗名为中原群彦推重，有《善夫先生集》。散曲今存小令一首、套数三首，其中《耍孩儿·庄家不识勾栏》套，足为元初期散曲成熟的标志。

〔般涉调〕耍孩儿　庄家不识勾栏①(套数)

风调雨顺民安乐，都不似俺庄家快活。桑蚕五谷十分收，官司无甚差科②。当村许下还心愿，来到城中买些纸火③。正打街头过，见吊个花碌碌纸榜④，不似那答儿闹穰穰人多⑤。

〔六煞〕见一个人手撑着椽做的门，高声的叫"请请"，道"迟来的满了无处停坐"。说道"前截儿院本《调风月》⑥，背后么末敷演《刘耍和》"⑦。高声叫："赶散易得⑧，难得的妆哈⑨！"

〔五煞〕要了二百钱放过咱，入得门上个木坡⑩。见层层叠叠团圞坐。抬头觑是个钟楼模样⑪，往下觑却是人旋窝⑫。见几个妇女向台儿上坐，又不是迎神赛社，不住的擂鼓筛锣。

〔四煞〕一个女孩儿转了几遭，不多时引出一伙。中间里一个央人货⑬。裹着枚皂头巾顶门上插一管笔，满脸石灰更着些黑道儿抹。知他待是如何过，浑身上下，则穿领花布直裰⑭。

〔三煞〕念了会诗共词，说了会赋与歌，无差错。唇天口地无高下，巧语花言记许多。临绝末，道了低头撮脚⑮，爨罢将么拨⑯。

〔二煞〕一个妆做张太公，他改做小二哥。行行行说向城中过。见个年少的妇女向帘儿下立，那老子用意铺谋待取做老婆。教小二哥相说合，但要的豆谷米麦，问甚布绢纱罗。

〔一煞〕教太公往前那不敢往后那⑰，抬左脚不敢抬右脚。翻来覆去由他一个。太公心下实焦懆，把一个皮棒槌则一下打做两半个⑱。我则道脑袋天灵破⑲，则道兴词告状，划地大笑呵呵⑳。

〔尾〕则被一胞尿，爆的我没奈何。刚挨刚忍更待看些儿个，枉被这驴颓笑杀我㉑。

【注释】

① 庄家：农夫。勾栏：宋元时城市中各色艺人卖艺的所在，后常作妓院的专称。此处指搬演杂剧的剧场。　② 差科：派差的名目。　③ 纸火：纸钱、香烛等祭神之物。④ 纸榜：写在纸上的告示，此指海报。　⑤ 不似：即"似"、"是"之意。那答儿：那处。闹穰（rǎng）穰：热闹的样子。　⑥ 院本：本为宋金时伎人演出的脚本，后亦作为小段杂剧的通称。《调风月》：金院本名目，元代关汉卿则写有《诈妮子调风月》杂剧。　⑦ 么（yāo）末：金元勾栏术语，指后段正杂剧（勾栏每场演出两段正杂剧）。刘耍和：金教坊著名艺人，其故事被编入杂剧，元高文秀有《黑旋风敷演刘耍和》。　⑧ 赶散：即"赶赛"，妓女的临时表演。　⑨ 妆哈：又称"装呵"，固定的包场演出。　⑩ 木坡：指阶梯形的木制看台。⑪ 钟楼：指戏台。　⑫ 人旋窝：拥挤的人群。　⑬ 央人货：即"殃人货"，害人精。此指副净。　⑭ 直裰（duō）：长袍。　⑮ 道了低头撮脚：说了下场辞。低头撮脚为念下场白时的动作姿势。　⑯ 爨（cuàn）：正杂剧前的小段歌舞或滑稽表演。么：即么末，正杂剧。拨：此指开始表演。　⑰ 那：同"挪"。　⑱ 皮棒槌：即磕瓜，以软皮包头的小槌。演出中副末所持，常用以敲打副净。　⑲ 则道：只道。　⑳ 划地：平白地，一下子。　㉑ 驴颓：晋人语，此指张太公。颓，雄畜的生殖器。

【语译】

风调雨顺，百业安泰，都比不上咱农夫欢快。粮食、蚕桑收成都好，衙门里也没什么税差摊派。在村里向神前许下还愿，所以来到城里将祭物购买。正从街头走过，见垂挂着一张花里胡哨的告示，那里特别热闹，人群挤挤挨挨。

门扇由木条钉就，一个人手撑着把守，"请！""请！"一声声喊不绝口。"来迟的话，客满了，可就坐不进喽！"又说："一场两段杂剧，《调风月》先演，《刘耍和》排后。"高声叫："野鸡班子哪里不见？包场子的正班可是绝无仅有！"

收了我二百钱放进了门，入门就见木制的看台，成个坡形，环状的座位一层又一层。抬头望戏台像个钟楼模样，朝下看只见黑鸦鸦的人群。戏台上坐着几位娘们，又不是求雨或社日要迎神娱神，为何她们敲锣打鼓忙个不停？

一个女孩儿转了几圈，不多久引出一伙演员。中间那副净真是丢人现眼：扎一块黑头巾，顶头上插枝笔管；满脸涂着白粉，更抹上几道黑炭。不知他怎么混过一天？——浑身上下，只穿件花布的直统袍衫。

他念了些诗词，说了些韵语，口齿伶俐没错句。耍嘴皮有天没日，说不完的插科打趣。临末时低住了头，双脚并立，念了下场语。小品结束，开始了正剧。

一个演员扮演张财主，他改扮小伙计。两人边走边谈行向城里。见一个小妇人帘儿下站立，老财主百计千方想娶她为妻。请伙计去把亲提，豆谷米麦，布绢纱罗，索要了一批批。

他让财主往前挪就不敢往后挪，叫抬左脚便不敢右脚跨，翻来覆去花样大。

张财主着恼将副净打，打折了手中的皮磕瓜。我只以为他脑袋开了花，只以为要打官司告到县衙，禁不住放声笑哈哈。

只被一泡尿涨得没办法，原想再看下去却憋得忍不下。这老王八差点儿把我笑煞。

【赏析】

这支套曲借用农夫的声口，描绘元代勾栏中戏曲演出的情景。作者揣摩人物的知识水平与心理特征，在"不识"两字上做足了文章。全曲运用变形、夸张等误会法，不仅制造了诙谐的喜剧效果，也展示了"庄家"憨实愚俗的人物形象；当然从作者的创作意图看，自不无存心讽刺勾栏演出的意味。作品将这种新兴于金元时期的表演形式作为下里巴人的笑料尽兴调侃，却在客观上为后人留下了珍贵的戏曲研究资料。

本篇在语言上更是特色分明，使用通俗的口语，生动活泼，俚而有味。这其实是找到了一条保留生活气息的表现途径。元散曲有"当行"、"本色"的术语，"当行"是老练于淋漓表现散曲的曲味和特色，"本色"是不以人工的造作破坏自然和本真，保全天趣。本曲两而兼之，是散曲曲体的优秀代表作之一。其谐谑手法，对日后的讽刺套曲如睢景臣《哨遍·高祖还乡》、高安道《哨遍·嗓淡行院》等，均有明显的影响。

王和卿

王和卿(生卒年不详)，大名(今属河北)人，与关汉卿同时。《录鬼簿》称其为
"学士"。生性滑稽佻达，作品多谐谑风趣，堪称元散曲发挥自由情性的前驱。今
存散曲小令二十一首，套数二首。或说即王鼎(1242—1320)，字和卿，蔚州(今河
北蔚县)人，终官通许县尹。

〔仙吕〕一半儿　题情

　　鸦翎般水鬓似刀裁①，小颗颗芙蓉花额儿窄②。待不梳妆怕
娘左猜③。不免插金钗，一半儿蓬松一半儿歪。

【注释】

① 鸦翎：乌鸦尾上的羽毛。水鬓：油亮的鬓发。　② 花额儿：美丽如花的额头。
③ 待：打算。左猜：猜疑。

【语译】

　　一头秀发乌黑亮丽，鬓角处像刀裁一般整齐，缀饰着小颗芙蓉的头饰下，额
头留得窄窄的。真不想在妆台前打扮自己，可就怕我娘生疑。不得已把金钗插起。
结果不仅蓬乱了头发，连钗儿也向了一边歪斜。

【赏析】

　　起首两句，是少女梳妆前揽镜自照的印象。柔黑闪亮的鬓发，齐刷刷地贴在
耳际，就像用刀子裁过一样；一颗颗小小的芙蓉形状的头饰，垂在额前，遮住了
额头的大半。这两句以简洁而传神的笔墨，勾勒出一位豆蔻年华的少女的倩影，
作者以此唤起读者对曲中女主人公的怜爱与关注。从第三句可以知道，她正坐在
妆台前，却"待不梳妆"，则前两句又反映出一种顾影自怜的心情。不梳妆也就够
美丽了，那么为什么还要迟疑不决呢？原来少女担心这样做的话，会让母亲发现
出某些破绽来。为了做得神不知鬼不觉，少女必须同平日一样，插戴金钗，做出
精心打扮的样子。"不免"二字，写出了她勉强的神情。然而正因为不是甘心情
愿、认认真真地梳妆，结果"一半儿蓬松一半儿歪"，到头来反而瞒不过旁人的眼
睛。三、四、五三句，句句是对前句的转折，这种宛转跌宕的写法，便启发读者
去追究和想象"待不梳妆怕娘左猜"背后的含意。

　　从曲中可以知道，少女一向是打扮得整整齐齐、漂漂亮亮的。如今她无心梳
妆，就连插支金钗也插得不是地方，这明显是因为有着心事。这种心事又是"怕

娘左猜"、不能让人知道的,明眼人自然一下子就清楚它的内容了。少女日常的梳妆,是"女为悦己者容";如今情郎远去,还有什么打扮的必要,更还有什么打扮的心情呢!这支小令名为"题情",全首偏不露"情"字,却从插戴金钗的细节中,故意生出波澜,卖出破绽,细腻而深刻地表现出了少女的入骨相思。更妙的是,从前两句对少女揽镜的细腻描写中,渲染她花容月貌,实在看不出有什么可让"娘左猜"的迹象。则以下的三句,明显是她自我心虚的结果。这就更表现出了情窦初开的少女的纯洁,所题之"情",于深切之外,又添上了一重真挚的意味。总之,"不著一字,尽得风流",一首小令能有如此丰富的弦外之音去让人玩味、意会,其艺术上的成功,就是不言自明的了。

〔仙吕〕醉中天　咏大蝴蝶

挣破庄周梦①,两翅架东风。三百座名园一采一个空。谁道风流种?唬杀寻芳的蜜蜂。轻轻的飞动,把卖花人搧过桥东。

【注释】

① 庄周梦:庄周曾梦见自己变成了一只蝴蝶。庄周,即庄子,战国时楚国的大哲学家。

【语译】

这蝴蝶把庄周的梦儿挣出个窟窿,全仗东风,才把它的双翅架托在空中。城中名园三百所万紫千红,它每光顾一处,花粉就一扫而空。都说蝴蝶是风流的情种,可也犯不上在蜜蜂儿面前大逞威风,害得它们再顾不上采蜜,远远逃开了花丛。大蝴蝶追随着卖花人的行踪,轻轻扑翅飞动,便把他搧过了桥东。

【赏析】

据元陶宗仪《辍耕录》载,元世祖中统(1260—1264)年间,在大都(今北京市)出现一只蝴蝶,其大异常。作者于是填写了这支小令,获得了很大的名声。这无疑是因为作品充满了丰富的想象和新奇的夸张,而使人耳目一新。

曲中的蝴蝶确实大得惊人。庄子做梦化为蝴蝶,本身还是脱不出梦境的范围,而这只大蝶"挣破庄周梦",身子竟把梦都撑开,一个"破"字,于形容硕大之外,还起到了脱颖而出、登场亮相的推现作用。它的两对翅膀全靠东风托住,不然就保不定要坠跌下来。"架"字既有蝶翅自上而下凭驾东风之意,又有东风自下而上极力架扶之感,选字十分贴切。大蝴蝶不仅一出场就先声夺人,而且身手不凡,城中的名园不乏万紫千红的鲜花,却被它将花蜜囊括一空。"三百"极言名园之多,这数字同"一采一个"中的两个"一"字比照,就给人以大蝴蝶动作迅捷、干脆利落的印象,而若非它其大无穷,也就不可能有横行全城的能为。作者还不忘幽默地拿它同可怜的蜜蜂对照,让后者为之"唬杀"。尽管曲中责备它不是"风流种"，但它那种恃强行事、当仁不让的气概，却也因此传神地表现了出来。

蝴蝶恋着卖花人的担子，飘飘荡荡地随他行过桥东，这是常见的情景。作者却巧妙地将主客换了个向，说卖花人的过桥，是蝴蝶"搧"将过去的，而且后者不过是"轻轻的飞动"而已。蝶翅如此力大无穷，那大蝴蝶身躯的伟岸自然不在话下。这结尾的两句是巧句，它上承"三百座名园一采一个空"，却又以"卖花人"过桥的一幕重新添回了春意。大蝴蝶起首是倏然而至，结尾则飘然而去，令人涵泳不已。全曲无论是写大蝴蝶的来历，写它采花的本领，还是写它的离去，都形象生动，无一平板之笔，诚如明王骥德《曲律》所评："元人王和卿《咏大蝴蝶》云云，只起一句，便知是大蝴蝶，下文势如破竹，却无一句不是俊语。"这种巧思连发、层层添示的铺写，也成为元散曲咏物的崇尚手法。

北宋谢无逸《蝴蝶》诗有句道："江天春暖晚风细，相逐卖花人过桥。"为人称道，作者也因而得了个"谢蝴蝶"的雅号。这两句是本篇结尾所本，但曲中以"搧"字代替"逐"字，就更觉生动、传神。元曲的炼字，贵在尖新、柔媚，与诗、词的标准不尽相同。从本篇的例子，似亦可体味一二。

〔越调〕小桃红　胖妓

夜深交颈效鸳鸯，锦被翻红浪。雨歇云收那情况，难当，一翻翻在人身上。偌长偌大①，偌粗偌胖，压扁沈东阳②。

【注释】

①偌：如此。　②沈东阳：南朝齐梁间诗人沈约，曾官东阳太守，人称沈东阳。沈约有《与徐勉书》："百日数旬，革带常应移孔。"谓因多病而腰围瘦损。这里即以"沈东阳"借称瘦腰男子。

【语译】

半夜里学鸳鸯共眠同床，红色的锦被不住地摇荡。一场好事临到收场，却出了洋相，她一翻身翻到了对方身上。她身材这么长大，体躯这么粗壮，几乎压扁了瘦弱的情郎。

【赏析】

这首小令的题材和趣味登不上大雅之堂，但它袒示了早期散曲的"俚曲"的胎记，其所表现出的风趣活泼，也是一目了然的。作者于煞有介事地交代背景后，安排了床上翻身、"压扁沈东阳"的可笑情节，可谓出奇制胜。"交颈效鸳鸯"、"锦被翻红浪"、"雨歇云收"等都是说唱文学中用得滥熟的文字，所谓"强作斯文语"，我们只要举一则明人模仿元人语言风格所作的《小桃红·西厢百咏》为例，就不难体会到这一点："高烧银烛照红妆，低簇芙蓉帐。倒凤颠鸾那狂荡，喜洋洋，春生翠被翻红浪。"（《雨云欢会》）而"偌长偌大"，"偌粗偌胖"，那就更是百分之百的通俗口语。这一切诚如徐渭在《南词叙录》中所说，"常言俗语，扭作曲子，点铁成金，信是妙手"。喜剧情节和俚语俗言，可说是元代谐谑性散曲的两大要素。

中国戏剧源于俳优表演，因而带上特有的笑乐性。到了元代的杂剧，仍保留着净、丑的角色，插科打诨也成为元杂剧风味的一个必不可少的组成部分。这种欣赏习惯，对元散曲应当说有直接的影响，致使谐乐也成为散曲的一项审美内容。散曲与杂剧互相间的交通、影响，注意的人不多，却是客观存在的。

〔大石调〕蓦山溪(套数)

冬天易晚，又早黄昏后。修竹小阑干，空倚遍寒生翠袖。萧萧宝马①，何处狂游？

〔幺〕人已静，夜将阑②，不信今宵又。大抵为人图甚么，彼各青春年幼。似恁的厮禁持③，兀的不白了人头④。

〔女冠子〕过一宵，胜九秋⑤。且将针线，把一扇鞋儿绣。蓦听得马嘶人语，甫能来到⑥，却又早十分殢酒⑦。

〔好观音〕枉了教人深闺里候，疏狂性奄然依旧⑧。不成器乔公事做的泄漏⑨，衣纽不曾扣。待伊酒醒明白究。

〔雁过南楼煞〕问着时只办着摆手⑩，骂着时悄不开口。放伊不过耳朵儿扭。你道不曾共外人欢偶，把你爱惜前程遥指定梅梢月儿咒⑪。

【注释】

① 萧萧：马嘶鸣声。 ② 阑：深。 ③ 恁(rèn)的：这样的。厮：相。禁持：约束，拘束。 ④ 兀(wù)的不：怎么不。 ⑤ 九秋：九年。 ⑥ 甫能：方才。 ⑦ 殢酒：病酒。 ⑧ 奄然：安然。 ⑨ 乔公事：混账事。乔，假。 ⑩ 只办着：一味地。 ⑪ 前程：将来。

【语译】

冬天里白日短暂，早又是暮色昏黄。我倚着竹丛边的栏杆一回回候望，衣袖已经冰凉。郎君骑着骏马，究竟在何处狂荡？

人声渐歇，夜色转深，想不到今晚又是失望。想来这辈子求些什么？还不是因为你我正当芳年，莫负了好时光。像这样受钳制无法欢娱，怎不叫人愁苦难当。

捱一个晚上比九年还长，姑且拿出针线绣鞋，来排遣凄凉。猛然听见马儿的嘶鸣和他的声响。好容易盼见他回来，却是一副烂醉如泥的模样。

哎！白白让人家在闺房里等得心凉，他那荡子的情性却一点不改素常。这没出息的在外头混账还露了马脚，内衣的纽扣不曾纽上。好吧，等他酒醒，定然细细盘问一场。

问着的时候他一味地摇手赖账，骂他的时候他就是一声不吭。饶不了他，我扭住他的耳朵不放：你说你没同别人搭上，那就对着这梅树梢间的月儿赌咒，把你爱惜将来的盟誓儿再给我讲一讲。

【赏析】

这首套曲以写景开始，既交代了女主人公冬夜等候丈夫回家的背景，又借杜甫"天寒翠袖薄，日暮倚修竹"（《佳人》）的意境暗示了她的"佳人"形象。接着让她吐出幽怨和心声，便使读者对她在下文又恨又爱的表现有了充分的理解。

〔么〕篇中"不信今宵又"语淡意深。一个"又"字回应首曲"又早黄昏后"的"又"，显示出男子的"狂游"晚归已是屡见不鲜。但女子的态度依然是"不信"，这就见出了她的一往情深。"不信"并非不承认现实，而是因为女子有着执着的理念："大抵为人图甚么，彼各青春年幼。"女子对丈夫别无所图，唯一希冀的就是永远拥有着青春的美好理想。唐玄宗李隆基《好时光》："莫倚倾国貌，嫁取个有情郎。彼此当年少，莫负好时光。"代表了古人对少年夫妻及时行乐的祝福和理解。曲中女子也是抱着这样的信念，于是她才会一边等待，又一边怨恨。这种自白只有在曲中才能毫不费力地直诉无余，在诗词等韵体中是不易达到此等效果的。

以下的情节曲折多致而富于生活真实。在经过度日如年的等待之后，丈夫终于回到了家，却露出了"乔公事"的蛛丝马迹。妻子追问，忍不住从嗔骂到动手扭住耳朵，然而最后要求丈夫的仅只是把"爱惜前程"的月下盟誓再复述一遍。她不愿让自己相信丈夫在外拈花惹草的事实，心中还忘不了当初"指定梅梢月儿咒"的恋情，这就再度显示出她的善良和痴情。全篇以女子的口吻娓娓诉出，融写景、叙事、诉情于一体，注重情节的戏剧性，无疑同接受民间说唱文学的影响有关。而散曲套数在逼肖声气、描摹心情、表现生活内容等等方面，确实于韵体中占有特别的优势。

盍西村

盍西村(生卒年不详)，盱眙(今属江苏)人。疑即《录鬼簿》所称之"盍士常学士"，西村或为其号。工散曲，今存小令十八首，套数一首。清健流美，《太和正音谱》评谓"如清风爽籁"。

〔越调〕小桃红　杂咏

杏花开候不曾晴①，败尽游人兴。红雪飞来满芳径，问春莺，春莺无语风方定。小蛮有情②，夜凉人静，唱彻醉翁亭③。

【注释】

① 候：时节。　② 小蛮：唐白居易的侍女。后亦作为家姬或细腰善舞女子的代指。③ 醉翁亭：宋欧阳修出守滁州(今属安徽)时，曾以自号"醉翁"命名西南琅琊山上的一座亭子，遂为名胜。但此处未必是实指。

【语译】

正是三月杏花天，阴雨绵绵不曾间断，叫扫兴的游人不无遗憾。桃花飘飞着红色的花瓣，竟把春天的小路铺满。我寻找着黄莺，偏偏它此时停止了啼啭，而风儿也安静了下来，不再同残花捣乱。夜色渐阑，凉意轻轻弥散，消歇了白日人声的喧阗。不知是谁家的歌鬟，多情善感，在"醉翁亭"上把缠绵的歌曲唱了一遍又一遍。

【赏析】

这首寻春的小令与通常赏春咏歌的作法不同，以"败尽游人兴"总领，因而抒发的是惜春而非悦春之情。"红杏枝头春意闹"，"杏花开候"当是春光最为烂漫美好的时节，偏偏此时淫雨不绝，大杀风景。然而"败尽游人兴"不等于没了游人，作者就是冒雨寻春的一位。三、四、五三句，则是这次户外出游的记录。"红雪"指桃花，白居易《同诸君携酒早看桃花》："红雪压枝柯。"如今枝柯上的桃花全在风雨中飞坠，落满了小路。诗人转而"问春莺"，这里的"问"同"问柳寻花"的问一样，为寻觅之义，但雨中的黄莺是不唱歌的。作者寻找了半天，好容易"风方定"，雨呢没有说。尽管"红雪"减除了一半威胁，但"芳径"已满，枝头上的幸存者就不会太多了。这一笔笔所见所闻，证实的还是前时提到的春感——"败尽游人兴"。

全曲依次写淫雨无情，落花无情，语莺无情，春风无情，突然接以"小蛮有情"，看似振起，其实别有深意。这从"醉翁亭"的用词就可以味出。"醉翁亭"

22

的常义如注释所述，是欧阳修在《醉翁亭记》中所记的滁州一所由他命名的山亭，但这显然同"小蛮"毫无关系。所以曲中的"醉翁亭"，实为"醉翁之亭"意。白居易亦曾自号醉翁，他在《别柳枝》诗中，就有"两枝杨柳小楼中，袅袅多年伴醉翁"的句子。在这个意义上，"小蛮"同"醉翁亭"便搭上了。曲中"醉翁"显然为作者自指，"翁"有伤老意，翁而寻醉，不消说是为了抵御风雨败春的悲愁。曲中的"小蛮"是作者的侍女也好，是不认识的歌鬟也好，总之是位少不更事的年轻女子。人家在亭里借酒浇愁，她却偏生兴高，夜凉人静时还"唱彻醉翁亭"，则她越是"有情"，越是显示出"都云作者痴，谁解此中味"的无情。诗人此时闻歌的感受，同杜牧夜泊秦淮时听着商女"隔江犹唱《后庭花》"，当是一样悲凉的。

这支小令风调婉约，寄慨遥深，有浓重的词味。而如"问春莺，春莺无语风方定"这样的重复，又断然为曲而不为词，这也是细味后可以领略的。

〔越调〕小桃红　杂咏

淡烟微雨锁横塘①，且看无风浪。一叶轻舟任飘荡，芰荷香②，渔歌虽美休高唱。些儿晚凉③，金沙滩上，多有睡鸳鸯。

【注释】

① 横塘：江苏苏州西南地名，又南京秦淮河堤南也称横塘。诗词中常取作江南水乡旖旎的典型。　② 芰(jì)：菱。　③ 些儿：少许。

【语译】

横塘上细雨霏霏，像是笼罩着轻烟，水面上没有一丝微风，波平浪恬。我驾着一叶轻舟，任它自由飘泛；菱角和荷叶的清香阵阵扑面，弥漫了整个空间。水乡的渔歌虽然动听，此刻却担心它会破坏这一片安闲。暮色渐渐降临，送来些许轻寒，放眼金沙滩畔，不时有一对对鸳鸯并头宿眠。

【赏析】

古代诗文中的某些地名，如"横塘"、"南浦"、"西园"之类，不必强行坐定其实处，已自有其特定的意境与风味。提起"横塘"，人们就会想到江南的水乡，波明水净，绿柳红荷，莲舟轻荡，少男少女们互唱着风情万种的吴歌……作者借此地名，不排除利用人们的联想，但他又限定了特别的氛围，即"淡烟微雨"。一个"锁"字，将横塘置于蒙蒙细雨的笼罩之中，同时也排除了"热闹"的加入，使水面成了作者的个人世界。

"且看"二字用语平常，却颇可玩味，可以说，它与杜甫"且看欲尽花经眼"的"且看"有异曲同工之妙。"且看"就是那么随随便便、漫不经意的一看，显示出一种平常心。天空固然雨意不绝，湖面却也水波不兴。诗人用"且看"而不用"且喜"，正因为他荡舟的行意已决，"无风浪"，不过是适遇其便而已。顺理成章，就有了下句的"一叶轻舟任飘荡"。在闲适自在中,诗人一步步地揭示了横塘的美。先是"芰荷香",荷花固不必说,提起芰香,我们就会想起《红楼梦》中香菱论菱香的那一段妙论:"若静日静夜或清早半夜细领略了去,那一股清香比是花都好闻呢。"再是远远传来的一两声渔歌,渐近黄昏送来的轻微的晚凉,在暮色中闪闪发亮的沙滩,还有在滩头并头酣眠的鸳鸯……"渔歌虽美休高唱"是承上启下之笔,它上承"芰荷香",为烟雨迷茫、清香散溢的恬和水域增加出一种生活的"美",又通过"休高唱"的折笔,引出了在沙滩晚凉中享受着自然天趣的对对鸳鸯。"多有睡鸳鸯"五字,进一步渲染了横塘美景的安恬,也表现出诗人觅求与珍护生活美的一片深情。

这首小令可以说每一句都是一幅优美的画面,尤其是在"一叶轻舟任飘荡"之后,更是笔致细腻,调动了嗅觉、听觉、感觉、视觉的一切感受,真当得上是"美不胜收"。在景象的历历铺叙中,利用"渔歌虽美休高唱"的曲折,别开一番生面,增加了文意的起伏变化。全曲确如平和的天籁,但这并不意味着不存在作者隐微的寄托。诗人的隐意就表现在起首两句中。前面说过,诗人将"横塘"置于烟笼雨罩的特定环境下,是为了创造出"一叶轻舟任飘荡"的自在空间的需要。但细细深想下去,之所以水面上只剩下"一叶轻舟",则正是因为作者具有不同尘俗的审美心理与生活方式。所以"淡烟微雨锁横塘,且看无风浪"两句,同唐人《渔歌子》"青箬笠,绿蓑衣,斜风细雨不须归"的句意一样,表现了一种超尘脱俗、不以物累的隐者的孤高。这是作者的深意所在,我们不该忽略。

商 挺

商挺(1209—1288)，字孟卿，一作梦卿，号左山老人，曹州济阴(今山东菏泽)人，商衡之侄。入元，官至枢密副使。能诗善画。散曲今存小令十九首，均以闺情为题材。

〔双调〕潘妃曲

戴月披星耽惊怕，久立纱窗下。等候他，蓦听得门外地皮儿踏。则道是冤家①，原来风动荼蘼架②。

【注释】

① 则道：只道。冤家：对亲爱者的昵称。　② 荼蘼：木本植物，春末开白、红色繁花。

【语译】

头上是朦胧的星星和月亮，我在纱窗下站立候望，又惊又怕，心情无比紧张。等他等了那么久长，猛然听得门外"嚓嚓"的动静，像是脚步儿踩在地上。只道是等来了情郎，出门一望，原来是风儿吹动荼蘼花架发出的声响。

【赏析】

这首小令生动地描绘了青年男女偷期幽会的一个情节：等候情郎而未等到。真是好事多磨，我们不难想象出她失望的心境。

这支曲子极善于描摹气氛，"戴月披星耽惊怕"仅七个字，就表现出了幽会之夜寂静、清幽而令人提心吊胆的环境氛围。"星""月"无声，留出了下文"蓦听得"的地步；其光芒朦胧微弱，为辨认出"风动荼蘼架"的花费时间设置了伏笔；而"戴月披星"，印证了次句的"久立"，又为少女的错觉作出了合乎逻辑的安排。"久立"二字也颇可玩味。少女等待情郎为了避嫌，当是身处室内的"纱窗下"，而这里却是"立"而非坐着，且"久立"而不知疲倦，这就见出了她的禁抑不住的深情。"久立"的高度期望同下文"蓦听得"的突如其来遥遥呼应，生出了事件的高潮，结果是空喜一场。少女把期盼着的情郎称为"冤家"，爱恋中本就有几分嗔意；这时真相大白，"原来风动荼蘼架"，那么她心中的怨艾就更不知如何了。

《会真记》莺莺诗："拂墙花影动，疑是玉人来。"处在约会期待中的当事人，感觉特别敏锐，也特别容易引起错觉。所以本曲中"则道是冤家"的一段波折，使人觉得十分真实，这正是这支小曲富有生活气息的体现。明沈仕《榴花泣》："东风吹粉酿梨花，几日相思闷转加。偶闻人语隔窗纱。不觉猛地浑身乍，却原来是架上鹦哥不是他。"很可能就是受了本曲的启发。

〔双调〕潘妃曲

闷酒将来刚刚咽①。欲饮先浇奠。频祝愿：普天下心厮爱早团圆②。谢神天，教俺也频频的勤相见。

【注释】

① 刚刚：此为勉强意。 ② 厮爱：相爱。

【语译】

这苦酒已取在手中，要咽下总那么勉强。在独自闷饮之前，我先把一杯浇奠在地上。我一遍遍默默地祈祷上苍：愿普天下有情人早早团圆，如愿以偿。上天啊，请满足我的愿望！让我也能同心上人频频地相见，一回回倾诉衷肠。

【赏析】

这支小令容量有限，内容也十分简单，说的仅是一名女子借酒遣闷，饮前奠酒，祷祝能与情人频频相见。论起作品的艺术特色，恐怕只有"明白如话"四个字。然而读后还是可以产生一些联想，这说明它还是具有相当的感染力量的。

联想之一，是曲中"普天下心厮爱早团圆"这句话。《西厢记》第五本第四折结末有一句"愿普天下有情的都成了眷属"的曲辞，如今是妇孺皆知的名言，因为它恰恰总结了全本《西厢记》的主旨。金圣叹评点《西厢》，对第五本处处看不上眼，唯独对这一句赞不绝口。后人还巧妙地取来了《琵琶记》"是前生注定事莫错过姻缘"的曲句，来对偶"愿天下有情人都成了眷属"，成了各地月老祠的佳联。《西厢》的警语同本曲的这一句如出一辙。在无法判定两者孰先孰后的情形下，只能说它们是偶然的相合，说明这一句话确是表达了封建礼教禁锢时代人们内心蕴藏的共同愿望。不消说，本曲在"明白如话"的同时产生出脍炙人口的佳句，这一点就颇不简单。

联想之二，是女子的祝告内容。女子在"频祝愿"后才来一句"谢神天"提及自己，固然有"先天下之忧而忧"的博爱可能，但更合理的解释，是因她见惯了天下有缘男女因受各种客观情形的阻碍以致不得团圆的现实，而自己在条件上还远不如他人。联系首句的"闷酒"，竟连咽都咽不下去，足见她同心上人的阻隔，有着更深层的原因。女子"谢神天"，仅祈愿"教俺也频频的勤相见"，而不敢直言"团圆"（曲中显然是男女结合而共同生活的意思），也可见两人之间存在着礼教条件下难以逾越的障碍。尽管这一切只是推测，却说明作品在"明白如话"之下也隐含着婉曲的意旨。

联想之三，是女主人"闷酒"究竟"饮"了没有？"闷酒将来刚刚咽"，"刚刚"是使劲、勉强而非"刚才"之意，否则同下句"欲饮先浇奠"就明显矛盾。

宋无名氏《相思会》词："人无百年人，刚作千年调。"句中的"刚"，亦作使劲、勉强之解，可为一证。在我们看来，女子完整的活动过程，是取来酒浇愁释闷，可咽不下去，于是泼在地上"浇奠"；祝祷后是"饮"了，然而虽然胸中语已一吐为快，却饮的还是"闷酒"；足见"频频见"的愿望实难实现。这一联想同样是"求之于牝牡骊黄之外"，却再一次显示了作品意蕴的想象空间。

五代冯延巳有《长命女》词云："春日宴，绿酒一杯歌一遍，再拜陈三愿：一愿郎君千岁，二愿妾身常健，三愿如同梁上燕，岁岁长相见。"被诵为名篇。人类的审美出于同情，只要人同此心，心同此感，即使浅显明白的作品，也会增现艺术的魅力。这是最后一则联想，却也是由本曲生出，故附记于此。

〔双调〕潘妃曲

肠断关山传情字，无限伤春事。因他憔悴死，只怕傍人问着时。口儿里强推辞，怎瞒得唐裙袪①。

【注释】

① 唐裙：一种裙幅较多的长裙。袪(zhǐ)：折裥。

【语译】

一道道关山辽远隔阻，寄不去传情表意的音书。叫人肝肠寸断，禁受着凄苦，一春的悲愁历历难数。憔悴消瘦到了极度，还不是为他的缘故！怕只怕旁人的关注。尽管嘴上勉强推托支吾，无奈裙腰上折裥又宽松了些许，怎么瞒得住！

【赏析】

作品的前两句充满感情色彩，而又深沉蕴藉。用的是小词笔法，"肠断关山传情字"句中，以前两字领后五字，说明女子所思念的人儿远隔关山，想向他传递相思的信息，徒然令人断肠。"情字"是否传出不曾明言，只用"无限伤春事"一句带住。从这种哀怨的情调来看，女主人公的愿望多半落了空。

如果说起首两句代表着女子脉脉含愁、深藏不露的情态的话，那么以下的四句就是她私下里抒发的自白。"肠断"、"伤春"而至于憔悴，是必然的结果，"因他憔悴死"，女子也直言不讳地承认了这一点。但是，她却害怕"傍人问着"，这一笔，可以见出她同"他"的关系，是恋人而还不是正式的夫妇。这种遮掩，同上文"无限伤春事"的含蓄起了互相照应的作用。对于旁人对她身体的关心，女子一再否认同关山外的"他"相干，甚而"强推辞"憔悴的事实。从曲中来看，这一切可能一时奏了效；但她自己也知道，形销骨立，瞒不过身上的衣装，那长裙的折裥，又得缝紧一层了。这种有苦说不出的相思，显然滋味更不好受。

以衣裙宽缓显示"憔悴"，进而印证相思的构思，在诗词中已有运用，如早在南朝宋的《读曲歌》中，就有"欲知相忆时，但看裙带缓几许"的诗句。但本篇在

"但看裙带"的化用中，显示了多层转折。欲向关山外的情人传书，到头来只落得无限伤心，这是一层转折。为他憔悴断肠，却又瞒着怕人知道，这又是一层转折。口里百般否认，偏生裙衩透露出身体消瘦的真相，这再是一层转折。这就使全曲显得婉曲多致，女子的相思痛苦和憔悴结局，也就更能牵动读者的关注与同情。

胡祗遹

胡祗遹(1227—1295)，字绍开，号紫山，磁州武安(今属河北)人。官至提刑按察使，称疾辞归。善诗文，有《紫山先生大全集》。散曲今存小令十一首，风格清秀典丽，曲句每为元杂剧借为习语使用。

〔仙吕〕一半儿

败荷减翠菊添黄，梨叶翻红梧叶苍。绣被不禁昨夜凉。酿秋光，一半儿西风一半儿霜。

【语译】

残败的荷丛消减了鲜翠的容光，金色的菊花却陆续开放。梨树叶面渐渐泛成红色，梧桐的叶子越来越苍黄。昨夜夜间的寒意，绣被儿已不能抵挡。是什么造就了秋天的气象？——一半是漫空吹舞的西风，一半是遍地洒落的清霜。

【赏析】

起首二句，以荷、菊、梨、梧的物象，交构成一幅五色斑斓而又颇显苍凉的秋景图。在铺排这些色彩时，作者不是平直地叙述某物是如何如何，而是更细腻地强调某物变成为如何如何，并进行了精心的搭配。我们看"败荷"与菊花，一个是"减"，一个是"添"，字面相映，而萧飒的秋意则是一致的。还有梨叶与梧叶，在昔时同为一片区别不大的绿色，而如今一者翻红，一者变苍，可谓泾渭分明。这样的写法，不仅避免了在铺陈中的平板、单调，而且表现出了秋气渐深而给人带来的感觉与印象。果然，第三句就更明白地现出了人物的主体。从"绣被"的提示来看，这是一名闺中女子。"不禁昨夜凉"，说明她昨夜没有睡好。夜不成寐，是纯为气候原因也好，还是别有缘故(元散曲最善于利用这一点，在女子的孤眠处境上大做文章)，总之是增补了节令的悲愁感。南唐后主李煜《浪淘沙》："帘外雨潺潺，春事将阑。罗衾不耐五更寒。"在度景入情的手法上，两者是颇为相似的。

第四句的"酿"字极为精警。它将"秋光"的形成再度延展为渐积的过程，使下句所指出的两个"一半儿"的"西风"与"霜"，在"酿"的动态下弥漫开来，占满到秋光的整个画面。败荷黄菊，红梨苍梧，无不直接受到两者的影响，那"绣被"的不禁凉，就更不用说了。小令的末两句，暗示了闺中女子感受秋愁已非一日的事实，"酿秋光"还隐约可见她度日如年的愁苦心情。

这是作者〔一半儿〕四时小令中的一首。其表现夏令的一首写道："纱厨睡足酒微醒，玉骨冰肌凉自生。骤雨滴残才住声。闪出些月儿明，一半儿阴阴一半儿晴。"都是在短小的篇幅中，融情入景，怨而不露。这种婉约多致、崇尚神韵的写作风格，体现了散曲清丽派的典型特色。

〔中吕〕阳春曲　春景

残花酝酿蜂儿蜜，细雨调和燕子泥。绿窗春睡觉来迟①。谁唤起？窗外晓莺啼。

【注释】

① 觉来：醒来。

【语译】

春花虽然已经开始飘零，蜜蜂还是忙碌地在其间穿行，采集的花粉足以把蜜儿酿成。细雨润湿了泥土，正有助于燕子筑巢的经营。春困着人，美美的一觉好迟才醒，但见窗外一片葱青。是谁把我唤出了梦境？哦，原来是晓窗外鸣啭的黄莺。

【赏析】

元散曲有"逢偶必对"的说法，曲作者也多在对仗上用尽心力。散曲中以对偶句起首，往往有领起全篇的作用，而这支曲子尤具特色。从形式上看，它对得十分工整："酝酿"与"调和"都是由两个动词组成的复合词；"蜂"与"燕"均属动物门；尤其是"儿"与"子"虽是词缀，本身却是天衣无缝的工对。杜甫《水槛遣心》诗中"细雨鱼儿出，微风燕子斜"一联为人称道，也正是利用了这种词性的转化。然而正因为用了"蜂儿"和"燕子"的通俗口语，又使人觉得这两句对仗亲切自然，毫不费力。再从内容上看，尽管"残花"、"细雨"，却未对春景造成任何破坏或遗憾的影响，相反倒是成全了蜂儿和燕子；而从蜂酿蜜、燕衔泥的各得其所中，又反映出了春天万物的宁谐与安欣。日后关汉卿《诈妮子调风月》杂剧第二折，便写道："你又不是'残花酝酿蜂儿蜜，细雨调和燕子泥'。"已将二句作为习语使用，可见它们在当时脍炙人口，流传广远。

这一起首既是"赋"（铺叙描写），又兼有"兴"（以意境领起下文）的功能，从春景的谐和安恬中，转出了诗人绿窗高卧的闲适情形。小令的后三句，其实就是孟浩然《春晓》中"春眠不觉晓，处处闻啼鸟"境界的再现。不过也有不同之处，即本篇在"觉晓"与"闻啼鸟"之间有一段过渡的间隙，在此间隙中诗人处于一种物我两忘的冲和的心态之中。四、五两句的自问自答，就说明了这一点。作者睁开惺忪睡眼，最初只感到闲适，顶多是觉得自己醒来迟了，过一会才想起要追究一番醒来的原因。于是动问一声："谁唤起？"这一问又把"窗外晓莺"拉进了作品。结果不仅补充了"春景"的画面，更重要的是添足了春天可爱可悦的况味与氛围。

提到本曲与孟浩然《春晓》的比较，更有在创作心理上"刻意"与"漫意"的区别。孟诗的后两句是"夜来风雨声，花落知多少"，很明显前两句是铺垫，后两句才是匠心的表现，讲究的是章法上的顿挫奇变。本篇意境与之相似，却信笔铺景，并不细求起承转合的结果，甚至前两句与后三句见不出时间上的密切联系（也可以说是把孟浩然的"夜来风雨声，花落知多少"提前表现了）。这说明本篇作者是在漫记春日的见闻、感受，只求写出心中即时的情兴，而不求斟酌细节、经营奇笔。这种适意即可的写作动机，是由散曲最初的自娱性所决定的。

〔双调〕沉醉东风　赠妓朱帘秀①

　　锦织江边翠竹，绒穿海上明珠。月淡时风清处，都隔断落红尘土。一片闲云任卷舒，挂尽朝云暮雨②。

【注释】

　　① 朱帘秀：元初著名的青楼女演员，朱姓，行四，以演杂剧著称。朱帘秀为其艺名，亦作"珠帘秀"。与当时的文人名士交往密切，除胡祗遹外，王恽、卢挚、冯子振、关汉卿都作有散曲赠她。　② 朝云暮雨：战国宋玉在《高唐赋序》中述楚怀王梦巫山女子伴寝，自称"旦为朝云，暮为行雨，朝朝暮暮，阳台之下"。后因作为男女交合的喻称。

【语译】

　　这帘儿是湘江岸的翠竹加锦丝绦织就，这帘儿是南海中的明珠用红绒线穿成。无论是在淡月下掩映，还是在清风中立身，它都不沾飞花，隔断红尘。它像一片自由的彩云，无牵无挂，能屈能伸，涉历了多少朝云暮雨，却不着一点印痕。

【赏析】

　　切合姓名咏物志感，是诗词曲赠人之作的常法。如苏东坡《减字木兰花》赠徐君猷侍儿胜之："天然宅院，赛了千千并万万。说与贤知，表德元来是胜之。今来十四，海里猴儿奴子是。要赌休痴，六只骰儿六点儿。""赛了千千并万万"、"海里猴儿"（双陆胜采名）、"六只骰儿六点儿"（掷骰胜采）都含"胜之"的意思。本篇即围绕"珠帘秀"三字生发，从珠帘的禀质、环境、阅历及所显示的风神步步写来，贴切于物而影合于人。

　　曲中的暗示、双关，意味悠长。如"锦织江边翠竹，绒穿海上明珠"，以"江边翠竹"之秀、"海上明珠"之贵配上锦织绒穿的精致，合映出朱帘秀的色艺双全；"月淡时风清处，都隔断落红尘土"，既暗点朱帘秀寄身"风月场"的处境，又表现出她的脱俗厌嚣，纤尘不染。末二句从王勃《滕王阁序》"画栋朝飞南浦云，珠帘暮卷西山雨"的句境化出，又兼容"高唐云雨"典故的风情意味，显示了朱帘秀婉娈风流，而又勘破情关的秀慧形象。从一挂帘子开掘出这样多的浪漫色彩，足见作者的艺术功力。

刘　因

刘因(1249—1293)，字梦吉，号静修，保定容城(今属河北)人。元代名儒，曾官右赞善大夫。有《静修先生集》。散曲今存小令二首。

〔黄钟〕人月圆

　　茫茫大块洪炉里①，何物不寒灰。古今多少，荒烟废垒②，老树遗台。　太行如砺③，黄河如带④，等是尘埃⑤。不须更叹：花开花落，春去春来。

【注释】

　　① 大块：大地，大自然。洪炉：造物主的冶炉。　② 垒：用于战守的工事。　③ 太行：山脉名，在黄河北，绵亘山西、河南、河北三省。砺：磨刀石。　④ 黄河如带：《史记》载封爵之誓，有"使河如带，泰山若厉(砺)"语，意谓即使黄河变成了狭窄的衣带，泰山变成细平的磨石，国祚依然长久。后人因有"带砺山河"的成语。此处仅在字面上借用了《史记》的成句。　⑤ 等是：同样是。

【语译】

　　这茫茫的大地既然经过了造物主炉火的冶炼，怎能不带上寒颓衰冷的外观？你看古往今来沧海桑田，但只见废弃的兵垒上弥漫着野烟，古台的遗址上树木参天。

　　放目远眺，太行山脉就像长长的磨刀石，黄河也缩成了带子一般，它们都混迹于尘埃之间。用不着更生悲叹，说那花儿开了又落，春天去了又返。

【赏析】

　　这是一首登临之作，具体的地点已不可详，总之是太行、黄河地区的一所古台，附近还有废弃的军事工事，气象十分荒凉。作者在曲中并不直接从具体的景观着手，而是扩大到无垠的空间，"茫茫大块洪炉里"，也就是一片天地洪荒的景象。同样，在点出眼前的废垒遗台时，复用"古今多少"的感慨，又将时间从眼下的登台时分有意识地无限扩展。这种苍茫、深沉的心绪，使读者自然而然体会到作者登临所览的荒败，且意识到此非天然而乃人为，也即是政治和战争所造成的破坏结果。

　　"太行如砺，黄河如带"借用了"带砺山河"的成语，而又是登览的实景，"等是尘埃"便带上了总结和象征的双关意味。从总结的一面说，作者登临之古台台势高拔，迥出地表，远方的太行山脉与黄河长流，都分别变作了小小的磨刀石及细带子，那么处在视野中的人间景物，就更微茫若尘，"等是尘埃"正是一种张大形势的说法。从象征的一面说，"尘埃"微不足道，处在微尘中的世界也不值得去认真看待。既然山河会因人事的兴废而"寒灰"、而"尘埃"，那么时光的流逝、节物的变化又有什么可叹惜的呢？下片的前三句回照空间，后三句回照时间，再度从扩张的境界中充实了上片的感慨。

　　唐陈子昂《登幽州台歌》："前不见古人，后不见来者。念天地之悠悠，独怆然而涕下。"本篇苍凉沉郁，兴寄浩茫，足可与这首登台名作媲美。

徐 琰

徐琰(？—1301)，《元诗纪事》作徐琬，字子方，一作子芳，号容斋、汶叟，东平(今属山东)人。官至江南浙西肃政廉访使、翰林学士承旨，有《爱兰轩集》。贯云石《阳春白雪序》举以为当世散曲名家。今存小令十二首，套数一首。

〔双调〕蟾宫曲　晓起

恨无端报晓何忙。唤却金乌①，飞上扶桑②。正好欢娱，不防分散，渐觉凄凉。好良宵添数刻争甚短长？喜时节闰一更差甚阴阳③？惊却鸳鸯，拆散鸾凰。犹恋香衾，懒下牙床④。

【注释】

① 金乌：太阳。旧传日中有三足乌，故以"金乌"代日。　② 扶桑：神树名。《山海经》说它高三百里，植于咸池之中，树上可居十个太阳。　③ 闰：在正常的时间中再增出时间。阴阳：大道，此指道理。　④ 牙床：象牙床。

【语译】

猛然间窗外传来声声报晓，怎不叫人心头着恼？那报晓声唤出了太阳，在云树间挂得高高。欢情正浓，不想分别时刻已到，心头渐渐被愁意笼罩。千金良宵，再添数刻时分，老天又何必计较？销魂时节，就是多饶一更，想来也不妨大道。如今恩爱的鸳鸯心惊胆跳，和美的情侣分道扬镳。叫人舍不得离开被窝，好久才懒懒地着衣下床，捱一刻一刻是好。

【赏析】

这首曲中的"晓起"，意味着男女情侣的"惊却"与"拆散"。起首一句点出"晓"字，就表现出强烈的感情和心绪。晨鸡报晓，本不值得大惊小怪，作者在前著一"无端"，在后怨一"何忙"。前者说明了"欢娱"的投入，后者则预示了"分散"的逼近。"唤却金乌，飞上扶桑"是对旭日东升的艺术性说法，也有讳言早晨来临的意味。这是作者《青楼十咏》重头曲中的一首，因为是露水夫妻，所以晓起有如此难堪。但全曲无浮浪轻薄之意，感情可谓深挚。元散曲在社会上的传播，青楼歌咏也颇起了一番作用。因此作者选上这样的题目，郑重其事地进行创造，是不该非议或奇怪的。

作者将"晓起"的"起"字仅在最后两句完成，在此前铺垫了良宵苦短、分别在即的背景，屡述了这一特定场景下惆怅惊惋、难分难舍的细腻心情，构思颇为新颖。尤其是"好良宵"、"喜时节"两句对仗，更是表现出有情人之间依依不舍的至文妙语。以后贯云石有《红绣鞋·欢情》："挨着靠着云窗同坐，偎着抱着月枕双歌，听着数着愁着怕着早四更过。四更过情未足，情未足夜如梭。天哪更闰一更儿妨什么！"末句颇为人称道，殊不知实是本曲开了先河。

王恽

王恽(1227—1304)，字仲谋，号秋涧，卫州汲县(今属河南)人。中统初年入仕，官至翰林学士、知制诰。著有《秋涧先生大全文集》，诗文著名当时。散曲今存小令四十一首，风格清润，多近于词。

〔正宫〕双鸳鸯　柳圈辞

问春工^①，二分空，流水桃花飐晓风。欲送春愁何处去，一环清影到湘东。

【注释】

① 春工：春神的杰作，指春光。

【语译】

要寻问春光的现状，十成中已经有二成消亡。你看桃花在晓风中飞扬，又坠落在水流之上。我想把春愁送走，该送往什么地方？但愿流水载着这柳圈的清影，远远地淌出潇湘。

【赏析】

王恽的《柳圈辞》共有六首，这里选的是第三支。

元诗人杨允孚《春日》云："脱圈窈窕意如何？罗绮香风漾绿波。"自注："上巳日，滦京士女竞作绣圈，临水弃之，即修禊意也。"可见柳圈就是用柳枝编成的"绣圈"，在三月上旬第一个巳日(即俗称的"三月三")抛入流水之中，象征着一年的忧愁和不祥尽随流水远去。《柳圈辞》的前两支："暖烟飘，绿杨桥，旋结柔圈折细条。都把发春闲懊恼，碧波深处一时抛。""野溪边，丽人天。金缕歌声碧玉圈。解被不祥随水去，尽回春色到樽前。"已充分说明了这一风俗行为的含义。

这支小令起首用了一问一答，问的是春光的情状，答也答得很特别，不说现成的正面景象，而报以与昔日鼎盛时期相比较所形成的缺陷，隐隐已透示出抛圈人的愁意。用自问自答的方式，比直言"春工二分空"，更能激起读者的注意。"流水桃花飐晓风"，是对"二分空"的具体说明。晓风轻飐，拂下了灼灼盛开着的几片桃花，缓缓飘落水面，随着水流渐渐漾远，应当说这是春天颇为常见也富含诗意的美景，然而"春工"毕竟就此去了"二分"。那么，三分呢？四分呢？……这就不堪想象了。人们越是在美丽欢乐的环境中，越容易生出"好景不常"的伤感，永远不能完整、充分地拥有和品味幸福，这也许正是人性的弱点吧。

这也就是第四句中所谓的"春愁"。好在"柳圈"就是为这种情形而准备的。作者在前三句渲染了"春愁"的存在，便为下文咏歌抛柳圈风俗的浪漫色彩拓出了地步。四、五两句用美好的祈愿表达了这一点。"湘东"并非实指，不过是因为湘水素来是"春愁"的典型化身，那么柳圈流到"湘东"，也就可说是同它相隔了可观的距离。"一环清影"，将"柳圈"在水上漂流的景象叙得那么有诗情画意，将它作为"春愁"的载体是再合适不过的。

　　这首小令温柔清美，怨而不露，带有小词的旖旎婉曲的风味。中国古代的文人，最善于将悲愁写得诗意十足，又以这种十足的诗意去抵御悲愁。说得大一点，这也算是东方艺术的一种特色吧！

〔正宫〕黑漆弩　游金山寺①并序

　　　　邻曲子严伯昌②，尝以《黑漆弩》侑酒③。省郎仲先谓余曰④："词虽佳，曲名似未雅。若就以'江南烟雨'目之何如⑤？"予曰："昔东坡作《念奴》曲⑥，后人爱之，易其名为《酹江月》，其谁曰不然？"仲先因请余效颦⑦。遂追赋《游金山寺》一阕，倚其声而歌之。昔汉儒家畜声伎，唐人例有音学。而今之乐府，用力多而难为工，纵使有成，未免笔墨劝淫为侠耳⑧。渠辈年少气锐⑨，渊源正学，不致费日力于此也。其词曰：

　　　苍波万顷孤岑矗⑩，是一片水面上天竺⑪。金鳌头满咽三杯⑫，吸尽江山浓绿。　　　蛟龙虑恐下燃犀⑬，风起浪翻如屋。任夕阳归棹纵横，待偿我平生不足。

【注释】

　　① 金山寺：始建于东晋，初名泽心寺，至唐起称金山寺。在镇江西北长江中的金山上（金山至清初始与南岸相连）。　　② 邻曲：邻人。　　③ 侑酒：为饮酒助兴。　　④ 省郎：中书省的郎官（郎中或员外郎）。　　⑤ 江南烟雨：元白贲《鹦鹉曲》（即《黑漆弩》）有"睡煞江南烟雨"的名句（参见本书所选该曲），故仲先有径取"江南烟雨"为曲牌名代称的设想。⑥《念奴》曲：指苏轼名作《念奴娇·赤壁怀古》词，末句为"一尊还酹江月"，故后人亦以《酹江月》为《念奴娇》词牌的别名。　　⑦ 效颦：西施病心而颦（皱眉），里中丑妇模仿，反增其丑，事见《庄子·天运》。这里是自谦之词。　　⑧ 侠：称雄。　　⑨ 渠辈：他们，指严伯昌、仲先等人。　　⑩ 岑：底小而高耸的山。　　⑪ 天竺：寺名，在杭州灵隐山南。这里指雄伟的佛寺。　　⑫ 金鳌头：指金山。金山一名金鳌山。　　⑬ 燃犀：晋代温峤点燃犀角，投入牛渚矶的深水中，照见底下有许多奇形怪状的水中生物，因受扰而不安。

【语译】

　　浩渺万顷的苍波之中，一座孤峭的山峰拔空而出。这一大片雄伟的佛寺，竟在水面之上构筑。金山像一只巨大的金鳌，伸头接受江水的灌注，满满数口，就把江山间的绿色尽行摄入。

那水底下的蛟龙担心被游人窥见面目，兴风掀起排空的怒涛，大如一间间巨屋。横七竖八的船只在夕阳下踏上归途，对此我毫不在乎。我可得好好享受一下这生平未见的壮观，得一回真正的满足。

【赏析】

这支小令上片扣"金山寺"，下片扣"游"，以风物的雄丽宕开心胸，又以快意的壮游反衬金山寺的非凡魅力，故成为一篇如得江山神助的豪壮之作。

金山原在长江之中，后因泥沙积淀而渐与江南接近，到清康熙时才同南岸毗连。山上的金山寺，殿阁楼台层层相接，覆盖山体，故素有"金山寺裹山"之说。本篇起首两句总写形势，就着重强调了"水上天竺"的寺院特色。"万顷"同"孤岑"在形象上是一组强烈的对照，"孤岑"后接一"矗"字，又使两者形成了平面与立体的比较。"苍波"与"天竺"再添一重对照，前者苍茫浩瀚显示着大自然的浑朴，后者则金碧辉煌集中了人工的杰构。所以整个画面匹配和谐，高下有致。将金山寺安置在"苍波万顷"的浩莽背景上来表现，不仅增添了寺院的庄伟感，也使作者的游兴一开始就处在雄豪的起点上。

金山远望状如金鳌，故有金鳌山的别名。金鳌昂首，屹立中流；大江东下，苍波浩荡。这期间在动静上是一组鲜明的对比。金鳌山脚伸入江中，江水冲刷激荡，诗人不说江浪拍山，却逆向地说是以山受水，"满咽三杯"。山上林木葱茏，在色彩上特别瞩目，诗人又形象地说这一片浓绿是"金鳌"从周围天地索来，乃"吸尽"江山精华的结果，使"浓绿"与"苍波"的视觉分别更为突出。这种化静为动、反客为主的写法充满气势，确立了金山寺在整个画面上的中心位置。

从作者对风景的礼赞立场来看，他这番"游金山寺"较为特别，乃纵舟巡江，眺望观赏，而无意入寺随喜。下片即叙及了己身的游况。金山高峙，倒影落在水面，黝黑沉邃，深不可测。江风骤起，波涛大作，水石相激，浪峰竟如高屋一般掀上落下。诗人的奇想又与寻常不同：这该不是水底的蛟龙担心游人燃犀窥觑，而故意兴风作浪吧？这虽是实景下的联想，却也隐含金山寺为藏龙卧虎、鲸呿鳌吞之地的意味。金山寺风光的壮丽雄伟，感染了诗人，激发了他快游江山的豪情。所以纵然风急浪高，归棹纷纷，他却并不急于回家，而是任舟船在夕阳下继续飘荡。末句表出留连的原因是"待偿我平生不足"。这里的不足，指的是豪旷的情兴与快意的游历。平生的不足都可于此时此地得到补偿，这就总结出了金山寺风光的非凡魅力。

这支小令选择了典型的画面，浓墨重彩，气象豪纵；奇景快游，相得益彰。全曲八句始终将金山寺同寺下的长江结合在一起，这同作者游览的方式有关，却也因此借得了大江雄劲的气势。从曲文前的小序来看，作者抨击了当时曲坛"用力多而难为工"、"笔墨劝淫"的现象，说明这支小令正是在创作祈向和艺术风格上别开生面的一种尝试。早期的上层文人染指散曲，多作柔靡之声，即使提倡"以词为曲"，曲辞也取宋词婉约派的一路。本篇却取劲健豪放一路，所以在散曲作品中别具一格。

〔越调〕平湖乐　尧庙秋社①

社坛烟淡散林鸦，把酒观多稼②。霹雳弦声斗高下，笑喧哗，壤歌亭外山如画③。朝来致有，西山爽气④，不羡日夕佳⑤。

【注释】

① 尧庙：在山西临汾境内汾水东八里。秋社：古代例于春秋两季祭祀社神（土地神）。秋社在立秋之后的第五个戊日举行。　② 多稼：丰收。语本《诗经·大田》："大田多稼，既种既戒。"　③ 壤歌亭：尧庙中建筑名。据皇甫谧《帝王世纪》，尧时有老人击壤而歌，后人因以"壤歌"为尧时清平的象征。壤，一种履形的木制戏具。　④ "朝来"二句：《世说新语》载晋名士王子猷在桓冲手下任骑兵参军，啸傲山水而不屑理事。桓冲当面督促，王子猷全然不答，只是望着远方自语："西山朝来致有爽气。"致有，尽有，有的是。　⑤ 日夕佳：晋陶渊明《饮酒》诗："山气日夕佳。"

【语译】

秋社祭坛上的香烟渐渐消散，从林子里赶来的乌鸦也已飞还。我捧着酒杯，四野的丰收景象尽在眼前。乡民们轰然奏响了弦歌，声如雷电，此起彼落，互不相让，夹杂着笑语喧阗。遥望壤歌亭外的青山，真是美如图画一般。我在此为官，西山早晨的山气爽人肺腑，尽有可观，不必说只有黄昏的岚气才好看。

【赏析】

古代的秋社，是从中央到地方民间都十分重视的祭祀活动。整个活动分为两大仪式：一是祭献，向以社神为代表的后土神祇敬献供品；二是娱神，包括赛社、演剧、民间歌舞聚饮等。本篇所写，祭献仪式已经结束，祭坛上的香烟渐渐消淡，就连争食坛上祭品的乌鸦也飞回了树林。作品由此时入手，除了因为第二仪式——娱神活动是秋社的精华所在以外，还有他个人身份上的原因。原来像尧庙这种规格的秋社，祭献需由地方官员亲自主持参加，所谓"刺史县令初献，上佐县丞亚献，州博士县簿尉终献"（《宋史·礼志》）。作者时官平阳路（治今山西临汾市）总管府判官，尧庙即在其辖境之内。略去祭献繁文缛节的描写，也就表示他已经结束了官员在仪式中的任务，可以静下心来，"把酒观多稼"，将自己融入百姓的喜庆之中。所以起首的两句既是自占身份，也是揭开狂欢乐章的一段得体的前奏。

祭社仪式既已告一段落，便开始了祭民们自己的节日。他们举酒痛饮，一边心满意足地眺望着丰收的庄稼；乐声奏响了，此起彼伏，各不相让，人们在壤歌亭前笑语喧哗……作品以简练生动的笔墨，描绘了尧庙秋社娱神（其实也是自娱）

活动的欢乐景象。"多稼"、"壤歌亭"、"山如画"是旁景的衬托，却处处充实了秋社熙乐和丰的精神内涵。尤其是"壤歌亭外山如画"一句的插入，更是兴象无穷。"壤歌"是上古百姓清平安泰的典故，以之名亭，凭这个处所，便能引起当下祭民们人乐年丰的联想；"人逢喜事精神爽"，"山如画"无疑是人们喜溢于心而发生的感受；在"霹雳弦声斗高下，笑喧哗"之后，接此一句写景，顿生有声有色、动静相济之妙；而这种声、色、动、静，无不富于形象性，又恰恰映合了"把酒观多稼"的微酣而快意的心态。

作者并不就此搁笔，他进一步抒发了自己的感想：只要当一名高尚脱俗、无为而治的官吏，就不必定要倦宦归隐。这一笔充分说明了秋社喜庆景象鼓舞人心的力量。这一感受是通过典故而表达的，活用无痕，显示了作者驾驭语言的高超功力。

〔越调〕平湖乐

采菱人语隔秋烟，波静如横练①。入手风光莫流转②，共留连③，画船一笑春风面。江山信美，终非吾土④，问何日是归年？

【注释】

① 练：白色的绢绸。　② 入手：到来。　③ 留连：留恋而徘徊不去。　④ "江山"二句：语本王粲《登楼赋》："虽信美而非吾土兮，曾何足以少留。"信美，确实美。

【语译】

透过清秋的薄雾，传来了采菱姑娘的笑语。湖面风平波静，像白色的素绢平铺。到手的美好风光可别虚负，我在湖上久久留恋，不肯离去。相交而过的画船上，佳人对我嫣然一笑，是那样地娇妩。江山确实美如画图，可惜毕竟不是我的家乡，不知什么时候才能回到故土？

【赏析】

乐府诗中有《江南弄》、《采莲曲》等，表现江南水乡的特有风情。早期的散曲文人多以〔小桃红〕的曲牌，将乐府的这种风调移植入曲中，曲牌也因而有〔平湖乐〕的别名。

秋天是菱角莲蓬的收获季节，水乡姑娘们荡着莲舟，来到湖塘之上，一边劳作，一边笑语喧哗。这种景象本身就充溢着生活之美。妙在作品将它放在"秋烟"也即清秋的晨雾中表现，作为隐隐约约的远景，这种朦胧美令人心旌动荡。诗人自己也荡舟于湖上，风平波静，水面如拖曳的一幅白绢。"波静如横练"，既有"平"的形感，又有"白"的色感，更有"软"的质感，这是作者置身的近景。"隔秋烟"的朦胧与"横练"的明晰形成一重对照，"人语"与"波静"又形成一重对照，从而使短短的两句景语中，蕴含了丰富的诗情画意。

"入手风光莫流转"，语本杜甫《曲江》的诗句："传语风光共流转，暂时相赏莫相违。""流转"即迁延变化之意。这是诗人面对湖上美景的感想，何况此时他的小船已经穿过了"秋烟"，同采菱的姑娘们打了照面。后者对他投以嫣然一笑，更足令人销魂。"共留连"是巧妙的斡旋，它既是对"入手风光"感想的延续，又是作者相逢画船的实情写照。江南水乡风物明媚，人情旖旎，诗人陶醉其间是可以想象的。

岂料结尾笔锋陡然一转，悲从中生。诗人借用王粲《登楼赋》"虽信美而非吾土兮，曾何足以少留"的名句，引出了自己油然而生的慨叹："问何日是归年?""何日是归年"是杜甫《绝句二首》中的成句，可见这种乡愁在诗人心底中蓄藏已非一日。从客方的美景中意识到"终非吾土"，从极度的快意中涌现出归期杳渺的惆怅，就特别令人悲怆。这种大起大落的手笔，具有动魄惊心的效果。

〔平湖乐〕（即〔小桃红〕）格多律句，故清人朱彝尊《词综》即将此曲收入为词。由宋词一路衍化而来的那部分曲，确曾存在亦词亦曲、"词以文（而）言，曲以声（而）言"（刘熙载《艺概》）的一体二名的情形。但混淆的产生，主要还是缘于早期文人以词笔为散曲的创作倾向。本篇末句"问"为衬字，可知作者是将它认同为曲的。

卢 挚

卢挚(1242—1314)，字处道，一字莘老，号疏斋，涿郡(今河北涿州)人。初为元世祖文学侍从，官至翰林承旨。著有《疏斋集》，诗文名擅天下。今存小令一百二十首，有"燕赵天然丽语"的时誉，贯云石《阳春白雪序》亦谓："疏斋媚妩，如仙女寻春，自然笑傲。"

〔双调〕寿阳曲　别珠帘秀①

才欢悦，早间别②。痛煞煞好难割舍。画船儿载将春去也，空留下半江明月。

【注释】

① 珠帘秀：见本书胡祗遹《沉醉东风·赠妓朱帘秀》注①。　② 间别：分别。

【语译】

才享受相逢的欢娱，早又已面临着别离。我心里是那样地悲痛，实在是放不下你。画船载走了你，也把春天一同载去。只留下一滩月影，在江面近处晃漾不已。

【赏析】

"才"字极言欢悦之短促，"早"字极言间别之骤然，两句合在一起，正是古人所说的"别时容易见时难"。从欢乐的相会遽然跌入无情的分离，作者"割舍"时的痛苦心情就可想而知。"痛煞煞"用口语，越是平易不加修饰，越见出感情的真挚。"好难割舍"四字，虽无人物形态、语言上的具体描写，却将两情依依、久驻难分的一幕，完整地反映了出来。诗词在这种情况下要把语言加工整形一番，不能热辣辣直诉肺腑，而这就是散曲的优势所在了。

作者在《蟾宫曲·醉赠乐府珠帘秀》中有句云："系行舟谁遣卿卿。"可知当初珠帘秀是乘着船来到此地的。如今，尽管难分难舍，她终于还是再一次跨上了行舟，船儿也终究离开了江岸。作者不忘叙出那是一只"画船"，因为只有这样的船只才能配合美人的风韵。"画船儿"是美的，可惜却越离越远了，而且作者觉得它载走了生活中的美，载走了希望，载走了春天！末句"空留下半江明月"，进一步从眼下的留存来衬出失落的惨重。李白《送孟浩然之广陵》："孤帆远影碧空尽，唯见长江天际流。"许浑《谢亭送别》："日暮酒醒人已远，满天风雨下西楼。"都是在离人远去的失落之后，接以眼前的景语，且都带有象征的意味。本曲也是一样，作者举目四望，只留下了江上冷清清的月轮，在近处的波面上瑟瑟晃漾。"半江明月"除了孤寂感外，还有一种残缺感，它正是作者送别珠帘秀后的残破心灵的反照。

〔双调〕沉醉东风　秋景

挂绝壁枯松倒倚，落残霞孤鹜齐飞①。四围不尽山，一望无穷水。散西风满天秋意。夜静云帆月影低，载我在潇湘画里②。

【注释】

①　鹜：野鸭。　②　潇湘画：北宋宋迪画有八幅山水："平沙落雁"、"远浦归帆"、"山市晴岚"、"江天暮雪"、"洞庭秋月"、"潇湘夜雨"、"烟寺晚钟"、"渔村夕照"，人称"潇湘八景"。

【语译】

绝壁上悬生着枯松，树冠朝下，树身朝上。残霞在西天边渐渐落下，好像同那只野鸭一齐飞翔。四周是连绵无尽的山峦，秋水一望无际，浩浩荡荡。西风在高天上阵阵劲吹，把秋意播满四方。夜深人静，白帆驶行，迎着低低的月亮。我坐在船上，仿佛置身于宋迪的"潇湘"画中一样。

【赏析】

元成宗大德年间，卢挚曾任湖南宪使。本曲当为作者对湘中山水的写生之作。

小令的前四句用两组对仗，前一组为工笔特写，后一组为江景淡描，恰如绘画有近景、远景之别。在第一组中，两句都是对前人成句的巧妙化用。"挂绝壁枯松倒倚"，用李白《蜀道难》"枯松倒挂倚绝壁"句，略为颠倒语序，而上三下四的句法结构较诗歌的七字句更觉宛转摇曳，也更为强调了"绝壁"的主体。"落残霞孤鹜齐飞"则从王勃《滕王阁序》"落霞与孤鹜齐飞"化出，用作对仗颇为工整。这两句刻意经营，本身极富形象感，又借得了名句所固有的审美效应，从而一上来便先声夺人，抓住了读者的注意力。而第二组的两句则不作雕琢，意到言随，既显示了背景的高远，又反映出一种闲适、自然的心态。此时题中的"景"字已历历如绘，而"秋"字尚无落实，诗人便借散漫的西风来发出节序之感。"散西风满天秋意"，通过"散"和"满"的动词渗透到画面的全景，使远近两重自然景物融合为一，且带上了几分悲凉的感情色彩。在高天寥廓之中，西风扑面之时，这种悲凉恰恰使人意识到秋天的感染力的存在。

落霞隐尽，夜幕降临，诗人扬帆中流，顺风而行。万籁无声，大自然荡涤了心中的虑念。尤其是一轮明月初上，普照出前时所见的山川，一派清朗，真不啻是宋迪笔下的山水名画！"夜静云帆月影低，载我在潇湘画里。"又是一幅江上秋景图，不仅别开生面，还出现了"我"。且此时的"我"已与大自然融为一体，再无苍凉萧飒的秋感，替代的是一片澄澈空明的心境。末两句从气氛上挽回了"散西风满天秋意"所带来的沉重感，而这种如释重负、物我皆忘的境界，又进一步体现了作品中山水景色的完美。足见写景作品的成功，除了注重形象外，往往即在于这种人与景物在精神上的契合。

〔双调〕水仙子　西湖

湖山佳处那些儿①，恰到轻寒微雨时。东风懒倦催春事。嗔垂杨袅绿丝，海棠花偷抹胭脂。任吴岫眉尖恨②，厌钱塘江上词③。是个妒色的西施。

【注释】

① 佳处那些儿：即"那些儿佳处"。　② 吴岫(xiù)：指吴山，在西湖东南。岫，峰峦。　③ 钱塘江上词：《春渚纪闻》、《夷坚志》等宋人笔记载，进士司马槱曾梦遇一美人献唱《蝶恋花》，上片为："妾本钱塘江上住，花落花开，不管流年度。燕子衔将春色去，纱窗一阵黄昏雨。"司马槱任职杭州后，美人梦中必来，方知她是南齐名妓苏小小的鬼魂。钱塘江，浙江在钱塘(今浙江杭州)区段的别称。

【语译】

要说西湖湖山那几分好处，在微雨酿出轻寒时格外显露。东风无力地吹拂，懒得把百花催促。嗔怪垂杨太轻狂，频把翠绿的长条摇舞，海棠花也只得偷偷地将胭脂抹涂。一任吴山群峰如美人的眉尖紧蹙，却不愿钱塘江上的歌女将情愫倾吐。若把西湖比作西施，这时的西子姑娘真是太喜欢嫉妒。

【赏析】

据刘时中《水仙操序》，元初民间即有《水仙子》西湖四时词，"恨其不能佳"。于是卢挚特地重作四首，并订立了例规，"其约首句韵以'儿'字，'时'字为之次，'西施'二字为句绝。然后一洗而空之"。以后马致远、刘时中、张可久等曲家都作了响应。

这里选的是咏春天西湖的一首。它的妙味，在于从苏东坡"欲把西湖比西子"的诗意生发，而赋予西施以个性，由此来表现出西湖在特定季节中的特色。本篇即从"妒色"的前提发挥。因为西施(其实是西湖)妒忌秾艳的美色，于是东风懒慢，杨柳摇曳枝条受到指责，海棠花也只敢"偷抹胭脂"。吴山凝愁献恨，钱塘江上则减却了歌女的风流。这一切，其实恰恰表现了"轻寒微雨"时的"湖山佳处"。换言之，因为微雨送寒的影响，东风不再闹热地催开百花。杨柳在迷蒙的雨中绿条袅袅，引人注目，就有大逆不道的卖弄意味；而海棠花虽然脂红犹存，却也只能含蓄地开放，不敢过于呈露妖娆。云锁吴山，远峰隐没在淡淡烟雨中，犹如美人颦眉；钱塘江上水雾茫茫，自然也就不再有歌女啭动珠喉。但是，微雨清寒下的西湖湖山，清而不凄，素而益雅，正属于东坡"淡妆浓抹总相宜"中的

"淡妆",西子妒色,恰恰呈现了自身的雅洁清美。小令这种拟人化兼拟情化的手法,沟通了西子美与西湖美的内在联系,旖旎而又婉约,确有令人目迷心醉的非凡的艺术魅力。

〔双调〕蟾宫曲　劝世

　　想人生七十犹稀,百岁光阴,先过了三十。七十年间,十岁顽童,十载尪羸①。五十岁除分昼黑②,刚分得一半儿白日。风雨相催,兔走乌飞③。子细沉吟④,都不如快活了便宜。

【注释】

　　① 尪羸(wāng léi):身体衰弱。此指老朽。　② 除分:平分。昼黑:白天与黑夜。③ 兔走乌飞:古人传说月中有玉兔,日中有三足乌,故常以乌兔指代太阳和月亮。兔走乌飞即日月流逝之意。　④ 子细:即仔细。

【语译】

　　想人生享寿七十已是稀少,这样"百年光阴",三十年先已勾销。七十年间,前十年是无知的孩童,后十年又垂垂已老。剩下的五十个年头,昼夜对分,才只余得一半的时间受日头普照。风雨交催,日月如梭,真是流光容易把人抛。所以认真想下来,还是及时行乐最实惠最好。

【赏析】

　　这支曲是在"百岁光阴"的俗语的前提下开展的。"百岁光阴"固然是习常对人生的概说,但同时还有一句俗谚"人生七十古来稀",它也是杜甫《曲江》诗中的句子。这么一来,对于大部分人来说,"百岁"中的三十年就成了泡影,等于白白出送了。这两句俗语是人们司空见惯的,可谓是老生常谈。但一旦排在一起加以比较,指出了两者的矛盾,"老生常谈"也就带有新意了。

　　"先过了三十",一个先字,说明这场分析计算不过刚开了头。余下的七十年,前十年是顽皮无知的幼童时期,后十载是龙钟衰朽的风烛残年,都不能算是真正的人生。扣头去尾,只剩了从十岁到六十岁的五十年光景。而其中一半是黑夜,在睡眠中消磨,又打了个对折。"刚分得一半儿白日","刚"在元代方言中,既有"正"、"恰"之解,又有现代汉语"刚刚"、"才够"之意。屈指一算,七折八扣,只分剩下二十五年,才及"百岁光阴"的四分之一,确实可怜得很。可是且慢,更还有"风雨相催,兔走乌飞"呢!这里的"风雨"当然指人生的风雨,包括种种波折、磨难、变故和压迫;日月如梭,光阴的疾驶也是毫不留情。小令的这一大段犹如剥笋,层层相逼,穷追不止,直到原先粗大的外壳只留剩一丁点儿的笋尖,方才得出"不如快活了便宜"的结论。由作者的逻辑来看,自然是无懈可击的。

这种在文学作品中做算术减法、除法的写法颇为别致，但它并不是作者的原始发明，这支曲子实有所本。宋人王观《红芍药》词的上阕写道："人生百岁，七十稀少。更除十年孩童小，又十年昏老。都来五十载，一半被睡魔分了。那二十五载之中，宁无些个烦恼？"卢挚在这首曲中，不过把留剩的"二十五载"的"烦恼"，发挥得更加透彻而已。然而元曲较之宋词，更适于表现白话式的说教。明白如话而又隽永可诵，这正是元曲"本色"的两大条件。从本曲的表述来看，既有点像记流水账，又有点像布道说教，于"记账"中包含着哲理，在"说教"中充实着兴味，理趣两兼。这种理、趣均带有俚俗的特点，王观取之入词，属于外道，所以几乎湮没无闻；而同样内容入于曲则属本色，受人传诵。词宜媚而曲宜俗，这也许就是作者特为移植改造的缘故。

〔双调〕蟾宫曲

沙三、伴哥来嗏①，两腿青泥，只为捞虾。太公庄上②，杨柳阴中，磕破西瓜。小二哥昔涎剌塔③，碌轴上淹着个琵琶④。看荞麦开花，绿豆生芽。无是无非，快活煞庄家⑤。

【注释】

① 沙三、伴哥：与下文的"小二哥"，都是元曲中常用的农村青壮年人名。嗏：语尾助词，略同于"呀"或"着呀"。 ② 太公：元曲中对农村大户人家老主人的习称。③ 昔涎剌塔：元人方言，垂涎三尺的样子。 ④ 碌轴：即碌碡，石碾子，碾谷及平整场地用的农具。淹(yǎn)：此同"弇"，合覆，这里是背朝上合扑之意。 ⑤ 庄家：农民。

【语译】

来了这沙三、伴哥两个田舍郎，因为下水捞虾，青泥的痕迹还留在两腿上。他们进了太公的田庄，赶到杨柳树下歇凉，取出带来的西瓜砸开就尝。一旁的小二哥无缘分享，馋得口水滴答流淌，背朝天趴在碌碡上，活像一面琵琶扣放。放眼四望，荞麦花雪白白开，豆苗儿碧油油长。乡村生活没有是非争竞，一切都平静如常，真是一派农家乐的景象。

【赏析】

沙三、伴哥是元曲中常见的诨名，形象多为农村的毛头小伙子，粗劣、冒失、缺乏教养。但这支散曲却是表现他们的顽皮可爱，"沙三、伴哥来嗏"，让他俩风风火火、大大咧咧地登了场。作者交代他俩适才"只为捞虾"，顺手带出了农村夏日闲暇中的一个生活镜头，是忙中偷闲之笔。两人还是满腿子捞虾沾上的青泥，言"两腿"而不言两手，可知手已洗过。顾手不顾脚，其冒失、急迫的情状如在眼前。"太公"是元曲中对农村大户人家老主人的习称，杨柳则是太公田庄上最常见的布景。两名小伙子直奔杨柳荫下，取出揣着的西瓜，磕破便捧着大快朵颐。

这当然有天气炎热的因素，但从上下文的蛛丝马迹来看，这西瓜恐怕也如"捞虾"一样，都非得之于正途，元无名氏〔寨儿令〕有"沤麻苎斗摸泥鳅"，"偷甜瓜香喷喷"之句，写的也是伴哥、王留这些小伙的生活故事，可为注脚。

由沙三、伴哥的分食西瓜，引出了第三者小二哥。这个小伙子趴在碾场的大石碌碡上，如今尽管垂涎三尺，但想到西瓜"来之不易"，故只能隐忍不发。只是因为西瓜的吸引力，把个颈子伸得好长。作者将这一形状比作碌碡上倒扣着一面琵琶，真是形象万分。从人物姿态动静各别的画面中，也可见到小二哥的憨厚。

在对人物画面作了生动写照后，作者的诗笔转向了田野的夏景。荞麦开花，绿豆生芽，处处是一派葱茏的生机。这虽是平凡的田间景色，但在农村质朴、怡和的生活气氛下，却显得亲切可爱。于是作者心中油然生起了艳羡之情。农村生活虽然陋朴，却"无是无非"，轻松而充满人情味。末两句的赞美，实际上隐含着对官场勾心斗角竞争的反感及对隐居平和生活的向往。这是在描摹农村夏日的一角生活小景后所得的感受，故有水到渠成之感。

这支小令细腻亲切，洋溢着浓郁的生活气息。而最突出的艺术特点，是语言的俚俗。作者并非偶然为之，再如他有《沉醉东风·闲居》云："恰离了绿水青山那搭，早来到竹篱茅舍人家。野花路畔开，村酒糟头榨，直吃的欠欠搭搭。醉了山童不劝咱，白发上黄花乱插。"卢挚的散曲以雅婉工丽著称，时人评谓"媚妩，如仙女寻春"（贯云石《阳春白雪序》）。但这样一位大文士也不辞用俚语村言写作，这就见出早期曲家对学习民间语言的兴趣。民间语言和风调的养料，对于散曲花圃的繁荣，确实关系极大。

〔双调〕蟾宫曲　邺下怀古①

笑征西伏枥悲吟②。才鼎足功成③，铜爵春深④。《敕勒歌》残⑤，无愁梦断⑥，明月西沉⑦。算只有韩家昼锦⑧，对家山辉映来今。乔木空林，几度西风，感慨登临。

【注释】

① 邺下：指元代的彰德路，今河南安阳与河北临漳一带。邺，古地名，三国曹魏在此置都，与长安、洛阳、谯、许昌合称五都；后改名临漳，为五胡十六国时期后赵、前燕及北朝东魏、北齐政权的都城。今属河北省。　② 征西：指曹操。曹操在世时否认有篡汉的野心，他在《述志令》中自称只期望封侯作征西将军，以后在墓上题"汉故征西将军曹侯之墓"，就心满意足了。伏枥悲吟：指曹操五十岁时所作的乐府诗《龟虽寿》，中有"老骥伏枥，志在千里，烈士暮年，壮心不已"的句子。伏枥，马匹卧息在马棚里。　③ 鼎足：指魏、吴、蜀汉三国三分天下的局面。　④ 铜爵：即铜雀，台名，建安十五年（210）曹操建于邺城。台高十丈，四周有一百多间殿屋，台上楼顶铸铜雀展翅欲飞，故名铜雀台，是曹操晚年同姬妾们享乐之地。爵，古通"雀"。　⑤《敕勒歌》：北朝敕勒族人的民歌，以首

句"敕勒川，阴山下"得名。北齐高祖高欢在对西魏作战时病重，为了安抚军心，命部将斛律金唱《敕勒歌》，自己勉强坐起应和。然而数月后终因不治身亡。敕勒，北方少数民族部落名，鲜卑的一支。　⑥ 无愁：北齐末代国君幼主荒淫昏庸，自称"无愁天子"。结果只坐了两个月的江山即被北周军队俘虏害死。　⑦ 明月：北齐丞相斛律光，字明月，为北周人所忌恨。他们制造"百斗飞上天，明月照长安"的谣言传入邺城，意谓斛律光将谋篡帝位。斛律光因此被齐后主杀害。　⑧ 韩家昼锦：北宋名相韩琦曾任相州判官，百姓爱戴如父母。韩琦是本地人，任职期间在相州城内建昼锦堂，取白日衣锦还乡之意。宋代的相州，所统辖范围正是邺下地区。

【语译】

可笑曹操自称汉征西将军，在《龟虽寿》诗中，有感而发地吟出了"老骥伏枥，志在千里"。他刚刚得到了天下的三分之一，就一病呜呼，留下铜雀台在春色中禁锢着他的侍姬。北齐鲜卑人高唱过的《敕勒歌》早已七零八落，末代天子自号"无愁"，"无愁"的梦想却惨遭碰壁，国中的良才斛律光，也如明月那样沉落天际。算来只有北宋的韩琦，筑下的昼锦堂方为家乡增辉，千年之下仍享有人们的纪念和敬意。可眼前只见高大的乔木，空疏的林子，年年西风都在这里吹起。如今我在西风中游览此地，禁不住百感交集。

【赏析】

邺下最知名的古迹是邺城西部的铜雀台。唐杜牧《赤壁》有句写道："东风不与周郎便，铜雀春深锁二乔。"是说周瑜如若未在赤壁大战中取胜的话，曹操就会掳走大乔、小乔这两名东吴美女，在春深时分将她们锁藏在铜雀台中取乐。这虽然不曾成为事实，但曹操的姬妾们却确实住在台中，侍奉着他度过晚年。曹操在临终时的《遗令》中，还交代死后让她们分香卖履维持生计，以定期在台上歌舞来祭祀自己，这一点尤其为后世文人所讥诮。作者在这支小令中截录了杜牧的诗句，并别出心裁地点出曹操自述暮年壮志的"悲吟"，嘲笑他的言行不一。用一"笑"字领写曹操晚年耽于享乐、实无大志，以及用"征西"来指代这位篡夺汉室政权的奸雄，都带有强烈的讽刺意味。

邺下一度是北齐政权的都城，这个小朝廷前后换了六个皇帝（不包括追谥的齐高祖高欢和世宗高澄），却统共只有二十八年的寿命。从"敕勒歌"到"无愁梦"，正是对这段昙花一现历史的精炼概括。国中唯一有才干的贤臣斛律光，却遭谗被杀，作品带上一笔，补明北齐统治者腐朽昏乱灭亡的原因。用上"残"、"断"、"沉"的衰败字面，而不见具体的故迹遗址，暗喻北齐在历史上的过眼繁华已无迹可寻。"明月西沉"，是巧妙的双关语，凭着它同眼前荒凉的实景发生着感觉上的联系。

由斛律光的故典，诗人联想到历史上另一位贤相，即北宋的韩琦，他的故居昼锦堂是邺下的一处名胜。这位集文业与武功于一身的名臣，给自己在家乡的宅所取上这样的名称，字面上看是对"富贵不还故乡如衣锦夜行"的古语的反用，实际上更含有不负家乡父老期望、愓惕自励的意味，欧阳修在《相州昼锦堂记》中就特地详说了这点。"辉映来今"四字，表现出作者对韩琦的尊敬和怀念。昏君不足道，唯有贤臣为河山增色，这正是"邺下怀古"的用意。然而，西风乔木，昼锦堂园林中的景物也已非畴昔。结尾的三句，寄托了作者对人事变迁的深沉感慨。

怀古作品是对历史风云的检阅，而有时会遇到历史事件多端、历史遗迹非一的情形。像本篇这样，剪裁有序，选取典型，突出重点，在扬抑褒贬中求取新意，可说是一系列成功的经验。

〔双调〕蟾宫曲　商女①

水笼烟明月笼沙②，淅沥秋风，哽咽鸣笳③。闷倚篷窗，动江天两岸芦花。飞鹜鸟青山落霞④，宿鸳鸯锦浪淘沙。一曲琵琶，泪湿青衫⑤，恨满天涯。

【注释】

① 商女：歌女。　②"水笼"句：唐杜牧《泊秦淮》："烟笼寒水月笼沙。"　③ 笳：一种吹管乐器，其声凄厉。　④"飞鹜"句：唐王勃《滕王阁序》："落霞与孤鹜齐飞。"鹜，野鸭。　⑤"泪湿"句：唐白居易《琵琶行》："座中泣下谁最多，江州司马青衫湿。"青衫，唐代官员品级最低之服色，后多作为卑官服色的代表。

【语译】

一片轻雾笼罩着江面，惨白的月光洒满了沙岸。细碎的秋风声中，笳声响起，像是在哽咽着哭泣一般。她郁郁不舒地倚着船上的舷窗，望着两岸的芦花舞动，仿佛晃摇着江天。青山外沉落了晚霞，野鸭也追随着飞坠其间；五彩闪光的浪沫淘洗了岸沙，立即就有鸳鸯前来并头宿眠。她动情地弹起琵琶，一曲中有无尽的哀怨。不仅使贬谪的官吏泪湿青衫，而且使沦落天涯的每个人都充满了悲感。

【赏析】

在历代咏写商女的诗歌作品中，五代孙光宪的《竹枝》无疑会给人留下深刻的印象："门前春水白蘋花，岸上无人小艇斜。商女经过江欲暮，散抛残食饲神鸦。"它仅仅通过景物的衬写与人物活动的小小细节，便将商女的终年漂泊与内心孤寂传神地表现出来。本篇是以"商女"为题的，在容量上更多了铺陈。但它同孙光宪的《竹枝》一样，在白描中表现了被咏写人物的风神与内心。

全曲对商女的正面描述，只有"闷倚篷窗"与"一曲琵琶"两句，而以大量笔墨游走其左右，这也就是金圣叹所命名的"借叶衬花法"。作品的"借叶"手段主要体现在两个方面。一是借助景色的烘衬，其中又有正衬与反衬之分。烟水寒月，秋风鸣笳，江天芦花，映衬商女凄凉的处境与心境，是正衬；落霞飞鹜，鸳鸯眠沙，则从秋景恬美的一面反形出女子的漂泊孤寂。二是借助前人成句的意象，如首句用杜牧《泊秦淮》"烟笼寒水月笼沙"的名句而略作变化，便立即使人联想起那"隔江犹唱《后庭花》"的秦淮商女;但曲中的女子既非处在灯红酒绿的秦淮闹境,又全然不存在秦淮商女的那种茫昧无知,秋风的"淅沥"、鸣篛的"哽咽"恰恰代表了她的悲伤的内心,这就使读者禁不住刮目相看,产生了对她的关注和同情。又如结尾三句化用白居易《琵琶行》的诗意,让人又联想起白诗中那浔阳空船、沦落天涯的琵琶女子。在"动江天两岸芦花"萧瑟的水面上,女子一曲琵琶,且有"泪湿青衫"的动人效果,无疑她是在寄声琵琶,"似诉平生不得志"、"说尽心中无限事"。这一人物活动的细节固然不及《竹枝》中抛饲神鸦来得细腻、深刻,却同样能反映出商女的"恨满天涯"。烘染景色,化用故实,不仅凸现出"商女"本身的形象,也代表了作者的感想与同情。作者点出"泪湿青衫"四字,显而易见,是将女子视作"同是天涯沦落人,相逢何必曾相识"的陌路同怀的。

〔双调〕蟾宫曲　武昌怀古

问黄鹤惊动白鸥①:甚鹦鹉能言②,埋恨芳洲③?岁晚江空,云飞风起,兴满清秋。有越女吴姬楚酒,莫虚负老子南楼④。身世虚舟⑤,千载悠悠,一笑休休⑥。

【注释】

① 黄鹤:武昌临江之黄鹤矶上有黄鹤楼,相传因仙人王子安乘黄鹤过此而得名。② 甚:怎么。鹦鹉能言:《礼记·曲礼上》:"鹦鹉能言,不离飞鸟。"　③ 芳洲:指武昌的鹦鹉洲。语本崔颢《黄鹤楼》:"芳草萋萋鹦鹉洲。"　④ 老子南楼:东晋六州都督庾亮镇武昌时,部属殷浩等乘秋夜共登南楼,庾亮忽至,众人敬欲避让。庾亮徐曰:"诸君少住,老子于此处兴复不浅。"坐在胡床上同殷浩等率义交谈。见《晋书·庾亮传》。南楼,一名玩月楼,为武昌郡内的名胜。　⑤ 虚舟:空船。　⑥ 休休:安闲旷达的样子。

【语译】

黄鹤楼上,我真想召来那只传说中的黄鹤,让它回答我心中的问号。但见江上白鸥不安地穿梭飞动,它们总是那样地易于惊扰。远处的水洲上长满萋萋芳草,那就是鹦鹉洲,历来最牵动诗人们惆怅的心潮;怎么小洲的名号,竟是"鹦鹉"这样的能言之鸟?正值一年将尽,江面空阔浩淼,白云飞扬,江风扑面,使人对此清秋豪兴顿高。既然有吴越的美女和当地的美酒,怎能错过时机,不在南楼上尽情啸傲?我想起我的平生,就像一只空船,任意飘摇。回顾着悠长的历史,只是旷达地付之一笑。

【赏析】

小令的起首三句中,并现了"黄鹤"、"白鸥"、"鹦鹉"三种飞鸟,这是作者故意追求的一种技巧性的韵味。三者有实有虚,除白鸥为江上实景外,其余二者都带有典故的含意,用以点出武昌的名胜,所谓"本地风光"。"黄鹤一去不复返,白云千载空悠悠",即是唐诗人崔颢在其名作《黄鹤楼》中的联想。"问"有询问意,也有寻索意,这里的"问黄鹤",便呈露了作者"怀古"的意兴。白鸥飞动,与诗人的意兴本无关系,作品却将两者并于一句中,又用上了一个"惊"字,既传神地写出了江上鸥鸟穿梭疾飞的意态,又表现出诗人心潮的激荡。作者在这里,是运用了词体的钩连笔法。

"问黄鹤"本以黄鹤楼为主体,二、三两句却顺势转出一问,牵出了武昌的又一名胜——鹦鹉洲。鹦鹉洲的得名,相传是汉末江夏太守黄祖在此设宴,席上有人上献鹦鹉,名士祢衡即席作《鹦鹉赋》的缘故。祢衡才高,却因桀骜不羁而不遇于时,最后还遭到了杀身之祸,是后代文人叹惋同情的对象,也就是曲中的"埋恨"。作者故意在鹦鹉洲的洲名上做文章,目的就在于旁敲侧击地引出这一"恨"字。黄鹤楼使他怆念悠悠千古,鹦鹉洲使他悲慨文人失意,这三句的情调是低沉的。

四、五、六三句写景。深秋的江景固然脱不了苍凉,然而大江浩瀚,云飞风起,雄阔的气象却使诗人襟怀为之一爽。文人对于愁恨的解脱,最为便捷可行的就是放旷,也就是曲中所说的"兴满清秋"。以下两句便是这种"兴"的豪放表露。"楚酒"是本地所产,而"越女吴姬"看似与"武昌"无关,其实是暗用了李白诗作的故实。李白在《书怀赠江夏韦太守良宰》中歌赞韦太守在任所的生活,有"吴娃与越艳,窈窕夸铅红,呼来上云梯,含笑出帘栊"句,而江夏正是武昌的古称。至于"老子南楼"的典故,则注释中已有说明。作者时在湖南宪使赴任途中,这两句都符合他的身份与心境。作品的文气也随之高扬。

最后三句,是"怀古"后的感想总结。"虚舟"本是《庄子·山木》中一则出名的比喻:"方舟而济于河,有虚船来触舟,虽有惼心之人不怒。"《淮南子》引用此语,"虚船"作"虚舟"。《庄子》的本意是"虚者无己",所以不会引起同现实的矛盾。这里的"身世虚舟",则有无根无蒂、任其自然之意。既然自己都不能也不想把握自身的命运,对于如同"白云千载空悠悠"的人世变迁,就不妨展眉一笑,旷然处之了。

这首小令用典、感怀,均用了虚实两兼的手法,出入古今,气概沉雄。它在形式上是曲,精神上却是词,故蕴蓄高华,耐人涵泳。但它又取豪放词派的一路,这在散曲"以词笔为曲"的大量作品中是不多见的。

51

赵 岩

赵岩(生卒年不详)，字鲁瞻，长沙(今属湖南)人。曾在大长公主宫中应旨，诗思敏捷。今存散曲小令一首。

〔中吕〕喜春来过普天乐

琉璃殿暖香浮细，翡翠帘深燕卷迟。夕阳芳草小亭西。闲纳履①，见十二个粉蝶儿飞。　　一个恋花心，一个揣春意②。一个翩翻粉翅，一个乱点罗衣。一个掠草飞，一个穿帘戏。一个赶过杨花西园里睡，一个与游人步步相随。一个拍散晚烟，一个贪欢嫩蕊。那一个与祝英台梦里为期③。

【注释】

①纳履：步行于其间。　②揣：带着。　③祝英台：民间传说中的东晋上虞(今属浙江)女子。与会稽书生梁山伯相爱，终未能结合。山伯死后，她前往哭灵，坟墓自开，两人化作一双蝴蝶而去。

【语译】

琉璃作顶的华堂中暖意融融，飘袅着细细的香烟。一道道翡翠制就的门帘缓缓卷起，放入了归燕。夕阳依照着亭西的绿草一片。我闲步其间，见到十二只蝴蝶儿在飞舞翩跹。

一只飞绕着花心，留连不去；一只揣带着阳光，享受春天。一只轻扇着粉翅，上下翻飞；一只朝人衣服上乱扑乱点。一只贴着草皮轻捷地掠过；一只穿进穿出，嬉游在帘前。一只逐赶着轻飘的柳絮，直入西园里休憩；一只紧随着游人的身影，依依相伴。一只拍动着粉翅，在暮霭中分外耀眼；一只偎贴着娇嫩的花蕊，一味地交欢。另外两只已经合二为一，像梁山伯与祝英台那样情意缠绵。

【赏析】

前支〔喜春来〕犹如引子，交代了地点、时间，更重要的是绘出了女主人公闺中生活的一种氛围。我们看作品起首两句的对仗，典丽雍容，"琉璃殿"、"翡翠帘"，可知女主人生于贵族，养在深闺。殿内暖意融融，炉香细细浮升，珠帘一道道缓缓卷起，让燕子飞进飞出，这是一派日长人静的安谧景象，代表着女子安和舒惬的日常生活情调。所以当夕阳时分，她便照例款步出了画堂，来到后园散心。园中花草芬芳，亭台玲珑，纵可一时悦赏，毕竟日日会见，缺乏新鲜的兴味。

"闲纳履",可知此时女主人公仍是一派慵懒,漫无目标。但园中却有一番景象吸引了她的注意,那就是一群欢快的蝴蝶在夕阳下飞舞。女子一下子点出"十二个"的确数,并且一一追踪着它们的行迹,这就微妙地反映出她的心情。这一点,在下片的〔普天乐〕曲中便充分地表现出来。

　　〔普天乐〕的十一句,一一分派,全部用来描摹蝴蝶的形态,这种写法颇为别致。这是从女子眼中来观看和铺叙,因此其中实际上结合着她的心态。女子基本上是将它们分成一双双来对待的,与〔普天乐〕的句式正好应合。第一双:"一个恋花心,一个揽春意",前者贪恋花心不去,后者也跃跃欲前。第二双:"一个翩翩粉翅,一个乱点罗衣",一只翩跹起舞,后一只还几回撞在人的衣服上,真是自由自在。第三双:"一个掠草飞,一个穿帘戏",在不同的地点展示飞行的本领。第四双:"一个赶过杨花西园里睡,一个与游人步步相随。"蝴蝶与"西园"的关系,始见李白《长干行》:"八月蝴蝶黄,双飞西园草。"作者当是有意为之。这里一只蝴蝶追逐杨花直入西园,终因疲倦停下歇息,另一只则所谓"留连戏蝶时时舞"(杜甫《江畔独步寻花》),与人有情,恋恋不舍。第五双:"一个拍散晚烟,一个贪欢嫩蕊",对于暮色将临,两蝶一飞一留,态度全然不同。最后第六双只剩下了一句的余地,却是女子情与所系:"那一个与祝英台梦里为期。"原来这一双如梁山伯与祝英台,两个紧紧飞靠,几乎合二而一了。前面女主人公将蝶群两两分组,已暗寓"愿成双"之意,这第六组蝶儿的缠绵缱绻,无疑寄托了她的深情、艳羡及祝福。这就显示出女主人公深闺独处的真实处境,也表明了她向往爱情与幸福生活的内心世界。这一曲全采"赋"的铺陈手法,有意强调"一个"、"一个"的排比,栩栩如生,各擅风流,已是精彩纷呈;而在字面上仅出现十一只粉蝶,以"祝英台"一笔写出一双,更是妙笔生花,令人拍案叫绝。

　　描述群体的作品常用详略剪裁、有主有次的手法,但一一铺叙的写法,也能出奇制胜。如苏轼《韩幹马十四匹》诗将十四匹马悉数叙出,就被后人评论为"分合叙参差入妙"的佳作。元散曲中运用此法的也不少,有个叫王大学士的,作〔点绛唇〕套数,提到"刚见一百个儿童刁刁厥厥的耍",随即便用了十三支曲牌将一百人一一写到,可说是一个极端的例子。在一一铺陈中避免雷同、平板,力出新意,这正为散曲作家逞露才能提供了用武之地。

　　又据元人孔齐《静斋至正直记》载,此曲为作者在溧阳李氏园亭小饮时作,"时有粉蝶十二枚,戏舞亭前,座客请赋今乐府,即席成〔普天乐〕"。这段记载无论其真伪,至多说明诗人才思的敏捷。要真把"见十二个粉蝶儿飞"解作作者对实景的记录,那就不啻矮人观场,味同嚼蜡了。

陈 英

陈英(1245—1324?)，字彦卿，号草庵，析津(今北京市)人。《录鬼簿》称其为"中丞"。今存散曲小令二十六首，均以叹世为题材。

〔中吕〕山坡羊

伏低伏弱①，装呆装落②，是非犹自来着莫③。任从他，待如何？天公尚有妨农过④，蚕怕雨寒苗怕火。阴，也是错。晴，也是错。

【注释】

① 伏低：服输，甘拜下风。下"伏弱"意同。　② 装呆：装痴装傻。下"装落"意同。　③ 着莫：宋元方言，沾惹。　④ 妨农过：妨害农事的过失。

【语译】

哪怕我装痴卖傻，哪怕我伏低做小，我不想沾惹是非，麻烦却自来缠扰。既然如此，让它去吧，任从摆布，看能把我怎了！你不见老天爷尚且顾此失彼，"妨害农事"的罪名左右难逃：下雨吧，阴阴冷冷，坏了蚕桑；放晴吧，日头高照，干了禾苗。阴也犯了过，晴也不讨巧，真不知如何才好！

【赏析】

这首小令以自嘲的口吻，吐诉出处世艰难、一筹莫展的愤慨。即使伏低做小，装痴作傻，还是躲不开"是非"的"着莫"，动辄得咎。"蚕怕雨寒苗怕火"的构思，出自苏东坡的《泗州僧伽塔》："耕田欲雨刈欲晴，去得顺风来者怨。若使人人祷辄遂，造物应须日千变。"但苏诗是说矛盾的两极要求至少还能满足一方，也就是"造物"还有百分之五十的周旋余地；而本篇中则"阴，也是错。晴，也是错"，一无是处。连"天公"也要无端蒙冤，更不用说民间的平头百姓。"出门即有碍，谁谓天地宽？"(孟郊《赠崔纯亮》)作品正是以不露声色的议论，表现出同样激越的不平之情。

以冷语峻笔作嬉笑怒骂，是元散曲讽世作品的常法。乔吉有首《山坡羊》就明显模仿了本篇："装呆装佽，装聋装咘，人生一世刚图甚。句闲吟，酒频斟，白云梦绕青山枕，看遍洛阳花似锦。荣，也在恁。枯，也在恁。"

〔中吕〕山坡羊

愁眉紧皱，仙方可救：刘伶对面亲传授①。满怀忧，一时愁，锦封未拆香先透②，物换不如人世有③。朝，也媚酒。昏，也媚酒。

【注释】

① 刘伶：魏晋名士，"竹林七贤"之一。平生好酒放达，曾作《酒德颂》。又常携一壶酒，让人带着锸（铁锹）跟随，声称："死便埋我。"　② 锦封：用绸子做成的酒瓮封口。③ 物换：事物亡佚变换。世有：元人方言，已有。

【语译】

如果生活使你愁眉不展，那么有个解救的方子特别灵验，那可是刘伶面对面留下的亲传。纵然是满胸的忧结，或者是一时的愁烦，只要你捧起酒坛，还未把封口拆开，那股醉香就已先沁人心田。一切外物都在不断地消亡改变，还有什么比得上手中实实在在持有的杯盏？所以我朝也贪杯，晚也饮酒，整日愿在醉乡中沉酣。

【赏析】

对付愁眉紧皱而有解救的仙方，这种说法本身就颇奇颖，吸引着读者去看看究竟是什么灵丹妙药。可作者仍不直接说出，继续用了一个别致的说法："刘伶对面亲传授。"刘伶是千年前的古人，不可能同今人"对面"，更不可能"亲传授"，但读者从这位嗜酒如命、借醉抗世的古人身上，已经猜到了同他发生关系的"仙方"会是怎么一回事。有了读者注意力的投入，以下四句一气直下的宣传，以及结尾"朝，也媚酒。昏，也媚酒"的自白，就容易收到认同的效果。"酒能忘忧"，"一醉解千愁"之类的说教毕竟过于迹近老生常谈，元人有了散曲的逞才机会，是很讲究向"妙语连珠"的目标靠拢的。

"世有"即既有，《西厢记》中"世有、便休、罢手"，就是明确告诉老夫人莺莺与张生已经有了那种关系。在本曲中，"人世有"者，酒也，意谓既然已经有酒在握，就不必再去管什么物换星移。这个句子内部，意象间跳跃性颇大，曲中句与句间也有这样的感觉，例如从"满怀忧，一时愁"，一下子跳到"锦封未拆香先透"，利用开坛酒香的魅力来显示忧愁的置诸脑后，真有天马脱羁之势。然而唯因这种大开大合，才表现出作者的意绪难平。结尾是又一次跳跃，但从作品的逻辑来看，"朝，也媚酒。昏，也媚酒"，其潜台词自然是"朝，也眉皱。昏，也怀忧"，故不得不借助"仙方"了。

〔中吕〕山坡羊

江山如画，茅檐低厦，妇蚕缫婢织红奴耕稼①。务桑麻②，捕鱼虾。渔樵见了无别话，三国鼎分牛继马③。兴，休羡他。亡，休羡他。

【注释】

① 蚕缫：养蚕与抽收茧丝。织红：纺织与缝纫刺绣。耕稼：耕田与播种谷物。② 务：经营。桑麻：农作物的泛称。 ③ 牛继马：晋朝司马氏开国初，西柳谷出土一石，上有图画及"牛继马后"的谶语。后来恭王司马觐的妃子与军吏牛氏私通，生下的儿子便是日后东晋的第一代皇帝元帝司马睿，果然暗中继替了原先皇家的血统。这里借指历史上王朝的更迭与嬗变。

【语译】

趁着这山山水水美如图画，盖几间低矮的茅屋住下。妻子养蚕缫丝，婢女织布纺纱，长工种植庄稼。一心操农家生涯，有时也捕鱼捉虾。交几个渔夫樵子只说些闲话，无非是晋代了三国，牛氏又顶了司马。兴也罢，亡也罢，不去羡慕它。

【赏析】

马致远在《哨遍》套数中说："有一片冻不死衣，有一口饿不死食，贫无烦恼知闲贵。譬如风浪乘舟去，争似田园拂袖归。"又在《四块玉·叹世》中写道："佐国心，擎云手，命里无时莫刚求，随时过遣休生受。几叶绵，一片绸，暖后休。"可见元代归田隐居的文人，生活条件未必优裕，得免饥馁已属满足。而贯云石《水仙子·田家》四首，一首写到"布袍草履耐风寒，茅舍疏篱三两间"，另一首却说是"田翁无梦到长安，婢织奴耕仅我闲"。看来元散曲铺张归隐后"田家乐"的种种富足，既是出于愤世嫉俗的需要，也不无画饼充饥的理想意味。本曲自然也不能免俗。

作品的序络十分明晰。从"江山如画"的大背景叙出住所，再写住所中成员的日常劳作，"耕稼"引出"桑麻"，"鱼虾"引出"渔樵"，一一列叙生活的家常。有奴有婢，丰衣足食，符合"闲适"题材散曲的模式。独具一格的是下半的结尾。"三国鼎分牛继马"是豪辣老到的俊语。在一连串不动声色的平静叙述中，忽来此奇兀一句，顿生倔强之文气，既展现了主人的避世身份，也使隐藏在隐居生活背后的感慨牢骚之情跃然跳出。于闲适的表象下不时伺机喷迸出愤世的岩浆，是元散曲这类隐世题材作品常用的模式，有力地证明了它们其实是"叹世"、"警世"之作的一种变相。

关汉卿

关汉卿(1220? —1310?，一说1230? —1320?)，字汉卿，名已无考，号己斋。大都(今北京)人，一说祁州(今河北安国)或解州(治今山西运城盐湖区解州镇)人。"元曲四大家"之一。平生主要从事戏曲创作，著杂剧六十余种，被公认为"梨园领袖"、"编修帅首"。散曲今存小令六十二首、套数十五首，以闺情、离愁、日常风物及个人遭遇怀抱为题材，确立了散曲迥别于剧曲的以自咏自娱为主的表现祈向。小令清新活泼，套数灏烂奔放，是散曲本色派的代表。

〔仙吕〕一半儿　题情

碧纱窗外静无人，跪在床前忙要亲。骂了个"负心"回转身。虽是我话儿嗔①，一半儿推辞一半儿肯。

【注释】

① 嗔(chēn)：生气，含怒。

【语译】

趁着绿纱窗外没有人的时分，他跪倒在床前，急着要和我亲吻。我骂他："没良心的!"背过了身。虽然我口头上生气话头儿硬，到底只是表面上做出拒绝，心底里早已允准。

【赏析】

这是一幕生活气息浓郁的风情小剧：一对青年男女背着人幽会，男方为了求欢，不惜做了矮人。他笨拙地动手动脚，换得了女了的一声嗔骂，还扭过娇躯，不答理他。但女子表面上拒绝，心里还是愿意的，甚至有几分后悔。女子对对方的娇嗔，不是打情骂俏，而是"负心"两字，或许男子真有什么应当赔不是的前科；"一半儿推辞一半儿肯"，在"回转身"后也必然有所显示，男子是否乘虚而入，终于如愿以偿? ——这一切曲中都未交代，却颇能激起读者的品味和联想。

《花间词》有一首《醉公子》，全词云："门外猧儿吠，知是萧郎至。划袜下香阶，冤家今夜醉。扶得入罗帏，不肯脱罗衣。醉则从他醉，还胜独睡时。"元谢应芳《怀古录》载："前辈谓读此可悟诗法。或以问韩子苍(驹)，子苍曰：'只是转折多耳。'"套用《怀古录》的说法，不妨说本篇可悟曲法。曲中的"转折多耳"，不止限于情节。我们试看首两句的"静无人"与"忙要亲"，是静动徐疾的气氛上的转折。男子情意绵绵兴不可遏，女子却骂他"负心"，暗示两人前时或存在过某种不愉快的小摩擦，这是显晦正衬的用笔上的转折。女子"话儿嗔"且已"回转身"，又心生悔意、怜意，以至"一半儿推辞一半儿肯"，这是意象上的转折。又由前半的叙事到后半的描摹神情心理，实现了艺术效果上的转折。元散曲求尖新、求奇巧、求化俗为雅或化雅为俗，往往都带有这种"多转折"的特征。

〔中吕〕普天乐 虚意谢诚

东阁珍筵开①，不强如西厢和月等②。红娘来请："万福先生③。""请"字儿未出声，"去"字儿连忙应。下工夫将额颅十分挣④，酸溜溜螫得牙疼⑤。茶饭未成，陈仓老米⑥，满瓮蔓菁⑦。

【注释】

① 东阁：汉武帝时丞相公孙弘延揽贤士、招待宾客的地方，这里代指请客的场所。珍筵：华贵的筵席。 ② 不强如：即"强如"，胜过。和月等：在月光下长时间等待。 ③ 万福：旧时女子向人一边屈身行礼，一边要口称"万福"，是祝颂对方多福的意思。 ④ 额颅：头颅，脸面。挣：元人方言，漂亮。 ⑤ 螫：这里是涩牙的意思。 ⑥ 陈仓老米：粮仓中放了多时的陈米。 ⑦ 蔓菁：萝卜。

【语译】

老夫人大开华堂，摆列珍筵，教张生心中好生喜欢。比起西厢外那些月夜等待的熬煎，真无异于平步登天。红娘奉命来送请束，先向张生万福请安。"邀请"两字还未出口，"我去！我去！"张生已一迭声应言。他细下工夫精心打扮，定叫头面特别光鲜。斯文秀才硬充奶油小生，怎不叫人牙齿发酸。到席上才发现不是这回事：一碗陈米饭，一瓮萝卜干。

【赏析】

《西厢记》第二本第二折中，安排了"虚意谢诚"的情节。在此前的故事内容是：崔相国夫人偕女儿莺莺寓居普救寺，遭贼人围困，指名索抢莺莺。崔夫人发下誓愿，有能退敌的，愿把女儿许嫁给他为妻。热恋着莺莺的张生挺身而出，写信给友人让他领兵前来解了围。崔夫人却蓄意赖婚，假意设宴招请张生，实际上要让张生和莺莺以兄妹相称。关汉卿这支小令概括了剧中第二折整折的内容，却并不是剧情的简单重复，而是让它添上了谐谑的喜剧色彩。

小令采用了欲擒故纵的手法，以大半篇幅叙写"谢诚"的召请。起首"东阁珍筵开"与"西厢和月等"是一组对仗，十字便交代了故事的背景。前句在张生看来并不只是一顿普通的谢宴，而是意味着崔夫人的首肯与婚姻关系的确认，这与自己在西厢月下的单相思自然不可同日而语，他的快心遂意可想而知。"东阁珍筵"这种对谢宴规格超标准的赞语，便见出了他的乐观估计与欢悦心情。作品接下去继续引而不发，从容地安排了一段婢女红娘受命邀席的情节。"'请'字儿未出声，'去'字儿连忙应"是生动的夸张，妙在红娘确实还未来得及说出"请"字，正在行礼之时张生已是极口应承，把心底里长期藏着的"去"的愿望挂在嘴上了。这一时间错位的笔墨，更活现了张生自以为十拿九稳的乐观心情。上门女婿少不了精心打扮，张生更是不苟，"下工夫"、"十分"都表现出他的特别道地，而"额颅"、"挣"连用元人的俗语，却隐示出他的表演不乏拙劣可笑的成分。这种油头粉面而又酸气十足的模样，叫红娘看了也觉得牙齿颇为难受。不过尽管作者尽兴调侃，张生的志诚与多情还是活脱脱地表现了出来，他对莺莺的倾心敬爱也确实令人感动。

　　末三句是赴宴的实况，妙在作者并不让宴会的主人抛头露面，仅只是介绍席上的食品，而用如此篇幅垫衬而出的席面，竟光是陈米饭和青萝卜！这一段笔墨将崔夫人的"谢诚"和盘托出，"赖婚"的结局就明明白白地写在桌布上了。"东阁玳筵"同"陈仓老米，满瓮蔓菁"首尾呼应，相映成趣，令人哑然失笑。全曲前八句是张生的"诚"，后三句是崔夫人的"虚意"，由张生的迫不及待、郑重其事，转出宴会的如同儿戏，就有波澜横生之妙。关汉卿是用谐笔来重现《西厢》故事，崔夫人"虚意"而终究未能得逞，志诚的张生也终于有情人成了眷属，这都是世人所熟知的后话，所以不妨在过程中作一些善意的调笑，让张生这个形象更风趣些，也更丰满些。何况本篇中并不乏对张生的同情：他出尽洋相的可笑，却又是他的可爱之处。

　　这首小令是关汉卿《崔张十六事》重头小令的第六首。《崔张十六事》的语言，不少即得自《西厢记》的曲文，但既经过辑录剪裁，在散曲中就有了独立的含意和新颖的效果。不过无论是代言体的戏曲还是叙述体的散曲，都崇尚语言的活泼诙谐。"风趣"确实是元曲作品成功的一大要素。

〔双调〕大德歌　冬

　　雪粉华[①]，舞梨花，再不见烟村四五家。密洒堪图画，看疏林噪晚鸦。黄芦掩映清江下，斜缆着钓鱼艖[②]。

【注释】

　　① 雪粉华：〔大德歌〕首句平仄格律为"仄平平"，"雪粉华"当为"雪纷华"之误。关汉卿另有一首《大德歌·冬》，首句为"雪纷纷"，可证。　② 艖（chā）：底小头尖的小船。

【语译】

　　大雪纷纷扬扬，像梨花飞舞漫天，遮迷了那四五家小村的人烟。这密雪洒空的景象，最宜摄入画卷。再看那小树林间，乌鸦的呱呱声闹成一片，是大雪造成了它们归巢的惊乱。一道清江，在枯黄的芦苇外映现，一只空无一人的钓鱼小船斜系在岸边。

【赏析】

这是关汉卿《大德歌》四时小令中的一首，描绘江村冬雪的小景。自从山水诗兴起以来，这一类冬景的咏作屡见不鲜，但本篇设象如绘，错落有致，仍使人有历历在目、别开生面之感。

唐诗人岑参在《白雪歌送武判官归京》中，有"忽如一夜春风来，千树万树梨花开"的名句。问世以后，人们常把白雪比作梨花。曲中的"梨花"纷纷扬扬，满天飞舞，占据了画面的主体，成为"冬"的最典型的特征。"烟村四五家"，烟村本来就有遥远和朦胧的意味，四五家本身又稀稀落落，在大块而又稠密的飞雪之中，自然从视野中抹去。但由于诗人点出了"再不见"三字，使人在印象中隐隐约约地意识到它们的存在，似有若无，十分耐人寻味。

另一位唐诗人郑谷，写过一首《咏雪》诗："乱飘僧舍茶烟湿，密洒歌楼酒力微。江上晚来堪画处，渔翁披得一蓑归。"这首诗曾被当时人绘成图画，在民间流传很广，元散曲经常将其中的句子当作现成语使用。本篇第四句"密洒堪图画"，就是原诗中间两句词语的提炼和综合。这一句承上启下，从"密洒"的意义上总结"雪粉（纷）华"，从"堪图画"的意义上转出雪景中的一处疏朗的场景。这是一片不大的林子，枝梢枯疏，上面一群乌鸦扑打着翅膀，在不安地飞来飞去。"噪"字说明了它们的躁动和惊惶。大雪纷飞，乌鸦回不了窝巢，这在生活中是常见的景象。"看疏林"看到了"噪"的听觉效果，而我们仍觉得合情合理，其原因就在这里。

最后两句转入江畔。雪花飘入水中就消失不见，江身在积雪的原野中格外分明，所以"清江"的清字用得极为确切。清江同岸边的黄芦对比，自然有"掩映"之感，在飞雪弥漫之中另辟出一段开阔的画面来。但诗人意犹未尽，又在水面上添出了一只钓鱼的小船。"野渡无人舟自横"，这只小船也处于"斜缆"的自然状态。幽静旷远的江景，同满天飞雪的动态互相映衬，令人遐想不已。

本曲的写景手法是白描与铺陈，但不使人觉得重沓，这是因为作者巧妙地运用了对映法。如上所述，前三句写大雪飞舞，烟村迷茫，就有一种"显"与"隐"的对照。中二句"密洒"与"疏林"，又有疏密的对映。末二句的江景，则除了黄芦与清江在色彩上的对比外，还存在着清江与鱼艇在巨细上的区别。从全篇整体来看，前半与后半又是动静相生。这种对映的写法，增加了全曲的层次感与富于变化的新鲜感。

诗、词、曲皆有写景之作。诗语宜庄宜雅，要求用最精简的词汇包含最大的信息量，绘景也往往着重于整体的气象与风神，我们不妨将它比作大块的水墨画。词在语言上相对平易些，但却讲究绮丽的丰韵，修辞上仍不免用雅，或可比作设色的水粉画。而曲则纯用大白话，写法上也宜直宜露宜透，更像是线条清晰的白描画。散曲作家且喜将与主题相关的形形色色的景物倾集在同一画面上，以求得感官上的充实与满足。阅读这首小令，我们自能体会到这种尺幅千里、兴象百端的"白描画"的风味与特色。

〔双调〕沉醉东风

咫尺的天南地北^①，霎时间月缺花飞。手执着饯行杯，眼阁着别离泪^②。刚道得声"保重将息"^③，痛煞煞教人舍不得。"好去者望前程万里^④！"

【注释】

① 咫尺：形容距离极近。 ② 阁：同"搁"，这里指含着。 ③ 将息：休息，调养。 ④ 好去者：好好地去着。者，着。

【语译】

此刻我俩虽近在咫尺，却面临着劳燕分飞，天各一方。短短的一瞬间，就如月缺花落，破灭了幸福的希望。饯行的酒杯握在手上，别离的泪水已浸满了眼眶。才吐了一声"保重身体"，已是心如刀绞，怎么也放不下这儿女情长。隔了半晌，方说出："好好地去吧，望你前程无量！"

【赏析】

这支小令，首句从空间角度，次句从时间角度，写出了离别在女子心理上引起的巨大震动，开宗明义地揭示了全篇伤感的基调。"咫尺的"三字下紧接着"天南地北"，将送行双方面临的处境祖示在读者面前，可以想见离别现场的那种难分难舍而又无可奈何的气氛。而"霎时间"三字，则带有命运悲剧猝不及防袭来的惊心意味。这两句对仗交织着"现时—未来"与"现时—昔日"的变化和对比，既是交代背景，又像是从离人心中迸吐而出的嗟叹和呼喊。

女子尽管心口在流血，但小令并没有去渲染她感情的激烈爆发，相反，选择了她强自隐忍的表现，描画出平凡而动人的饯别一幕。女子为情人饯行，本意是在珍贵的最后相处时刻对离人的一种安慰；她牢牢记住了这一点，尽量不使内心的痛苦流露出来，去加重对方的负担。作者的这种处理，更使人有儿女情长、入木三分之感。

女子的泪水"阁"在眼里，还强行去说出饯送时惯常应表示的祝愿。可惜是力不从心，才说出"保重将息"四字，就心痛如绞，实在舍不得情人远去。在这种万箭攒心的情形下，女子最终迸诉出完整的末句，尽管话语平凡，却不能不使人觉得异常的震动。将送行的叮嘱截作两段写，尤见细腻、传神。

这支小令在起首两句设身处地作先声夺人之笔后，以下基本上采用平率自然的白描手法，不再加入作者的主观色彩，也不刻意作字句上的锻炼。这种白描情节的写法，有一种民歌小曲的朴实自然的风味。金人董解元《西厢记诸宫调》："满斟离杯长出口儿气。比及道'我儿将息',一盏酒里,白冷冷滴够半盏儿泪。"可见本篇是继承了民间文学的说唱表现传统。诗、词中同样有白描性质的作品,但却讲究蕴藉和余味。散曲不同,只要形象明晰,首尾完整,作者就心满意足了。

〔双调〕碧玉箫

笑语喧哗,墙内甚人家?度柳穿花,院后那娇娃。媚孜孜整绛纱,颤巍巍插翠花。可喜煞①,巧笔难描画。他,困倚在秋千架。

【注释】

① 可喜:可爱。

【语译】

一阵阵笑语传出墙外,不知是谁家的内宅?院后那娇媚的女孩,分开绿柳,穿过花丛姗姗而来。她妩媚地整了整红色的纱裙,头上插戴的珠花摇摇摆摆。纵然有丹青妙笔,也绘不出她那征服人心的可爱。就是她,正靠在秋千架旁,一身的慵态。

【赏析】

苏东坡有首著名的《蝶恋花》词,其下阕云:"墙里秋千墙外道。墙外行人,墙里佳人笑。笑渐不闻声渐悄,多情却被无情恼。"写的是墙外人对墙里佳人可感而不可即的惆怅。这种"多情",实际上代表了人们对生活、对美的求索与憧憬,"墙"的屏蔽,适足使这种欲望更为煽炽。所以西方小说中,常有借助精灵揭开屋顶去闯窥人生的构思。关汉卿的这首小令,便尽兴满足了人们的这种愿望,带领读者越入高墙而进到一处美好的天地。

起首两句,作一设问,便带有东坡词中"墙外行人,墙里佳人笑"的意境,并以疑问的方式吸引了读者的关注。三、四句顺势转入墙内,让曲中的女主角娉娉袅袅地登了场。这两句似答非答,不着重于"甚人家",却使人对"娇娃"的闺秀身份了然于心;"笑语喧哗",则院中女子不止一人,而作者却专为她写照,这一切,都使起始的两句带上了起兴和铺垫的双重作用。"度柳穿花",是少女娉婷轻盈的身姿,也表明了花柳的存在,令人意识到桃红柳绿的大好春光。芳春美人,使小令的意境、情韵更为旖旎动人。短短四句,跃动着生活的明媚、欢快,作者真不愧为散曲的丹青老手。

以下六句全力以赴,进一步呈现了"院后那娇娃"的芳姿。先是一组动作:少女将红色的纱裙用手整好,接着将鬓间的珠翠花饰插戴整齐。这两句并非无因而发,实是上应"笑语喧哗",她的绛裙之所以凌乱,珠花之所以落下,可想而知,都是前时与女伴们打笑的结果。就是对此一"整"一"插",作者也不放过修饰描写，前者是"媚孜孜"，后者是"颤巍巍"，无不带有娇柔慵懒的风韵。而一经"整绛纱"、"插翠花"后，少女的情影便更加迷人，令作者发出了由衷的赞叹。"可喜"是元人方言，又作"可戏"、"忔戏"，《西厢记》"颠不剌的看了万千，似这般可喜娘罕曾见"，马致远《湘妃怨》"可戏杀睡足的西施"均是证例，总之是可爱极了。这使作者的高才也难以细绘其丰采，"巧笔难描画"，为读者提供了想象的空间。为了帮助完成这种想象，作品于虚写后又接一实笔："他，困倚在秋千架"，"困倚"二字添现了少女天真娇憨的憷态，也启发人就其原因生发出进一步的联想。"他"的一字句，在曲中恰恰起到了"困倚"形象的顿点作用。

这首小令明快流丽，洋溢着浓郁的生活气息。昔人评初唐诗，以为其特色正在"清润"二字，犹如出现的初墨，也就是清新自然，毫不费力而进入佳境。散曲在初始阶段，同样具有初唐诗的这种清润特征，因而成为其生命力丕发的渊源。本篇即可说是其间的一则代表作品。以后如张可久《锦橙梅》："红馥馥的脸衬霞，黑髭髭的鬓堆鸦。料应他，必是个中人打扮的堪描画。颤巍巍的插着翠花，宽绰绰的穿着轻纱，兀的不风韵煞人也嗏。是谁家，我不住的偷睛儿抹。"虽是模仿，却不免有着力与黏滞之感了。

〔商调〕梧叶儿　别情

　　别离易，相见难，何处锁雕鞍①？春将去，人未还。这其间②，殃及杀愁眉泪眼③。

【注释】

① 锁雕鞍：锁住雕有花饰的马鞍，意谓力阻征人远行。　② 这其间：这时候。其，借作"期"。　③ 殃及杀：连累到了极点。杀，同"煞"，得很、之至。

【语译】

人生别时容易见时难，叫我怎得将他留在身畔？一年又到了春残，他还是不回还。这时候最教眉眼遭难：眉头愁不展，眼中泪不干。

【赏析】

元代曲家周德清在《中原音韵·作词十法》中评这首小令："如此方是乐府，音如破竹，语尽意尽，冠绝诸词。"小令获得好评自在意中，而说它"冠绝诸词"，则不免使今时的读者起疑。其实，周德清的论断，正代表了古人对散曲"曲味"的一种审美追求。

"曲味"主要是通过曲文的语言来体现的。对于散曲的语言，古人一是要求明爽，二是要求新巧。前者提倡常语、熟语，达意、自然即可，属于"本色"的概念；后者则是耐人寻味和咀嚼的巧思，属于"当行"的范畴。以本曲的语言论，前三句符合第一类要求，都是上口的习语。"别易会难"几近于成语，而"别时容

63

易见时难"(李煜《浪淘沙》)的句子更是腾传众口，深入人心。"锁雕鞍"也是俗曲中表示留住情人的常见用法，如柳永《定风波》："早知恁么，悔当初不把雕鞍锁。"刘燕哥《太常引》："故人别我出阳关，无计锁雕鞍。"关汉卿将这三句信手拈出，娓娓叙来，使人一望而知是"曲子语"。后四句则符合第二类要求。其间"春将去，人未还"本身并无什么新意，但它们限制了"这其间"的特定条件，引出了末句的"殃及杀愁眉泪眼"的俊语。用周德清的原评说，"妙在'这其间'三字承上接下，了无瑕疵。'殃及杀'三字，俊哉语也！"(《作词十法》)诗歌中也有"眉叶愁不展"、"泪眼不曾晴"之类的句子，但将愁眉泪眼作为无辜的蒙害者、代人受过的牺牲品，所谓"殃及杀"云云，则是关汉卿的独创。"殃及杀"说明了眉、眼堆愁流泪的受苦程度，也使人激增了对"愁眉泪眼"的同情。此处不直言女子如何愁闷、痛哭伤心，却用"殃及杀"的变角度方式婉曲地表现出这般意境，就显得俊丽新巧。所以明人王世贞在《艺苑卮言》中，将这后四句引为"情中俏语"的例证。全曲自然圆润，又不乏几分柔婉，本色、当行两兼，难怪说"如此方是乐府"了。

再从立意上看，起首三句是"别离"的既成事实，用熟语叙出，反映了女子在某种意义上的思想准备和心理适应，只是一种无可奈何的忧愁。到了"春将去，人未还"，则已有足够的警醒，渐露出忍无可忍的哀怨。及至"这其间，殃及杀愁眉泪眼"，则因愁锁眉、以泪洗面，相思、怨恨禁抑不住，复以婉语表现，那就真是"伤心人别有怀抱"了。小令层层推展出女子心底的感情之流，因而颇使人同情难忘。

〔南吕〕一枝花　不伏老(套数)

攀出墙朵朵花①，折临路枝枝柳。花攀红蕊嫩，柳折翠条柔。浪子风流。凭着我折柳攀花手，直煞得花残柳败休②。半生来弄柳拈花，一世里眠花卧柳。

〔梁州〕我是个普天下郎君领袖③，盖世界浪子班头④。愿朱颜不改常依旧。花中消遣，酒内忘忧。分茶攧竹⑤，打马藏阄⑥。通五音六律滑熟⑦，甚闲愁到我心头⑧？伴的是银筝女银台前理银筝笑倚银屏⑨，伴的是玉天仙携玉手并玉肩同登玉楼⑩，伴的是金钗客歌《金缕》捧金樽满泛金瓯⑪。你道我老也，暂休。占排场风月功名首⑫，更玲珑又剔透⑬。我是个锦阵花营都帅头⑭，曾玩府游州。

〔隔尾〕子弟每是个茅草岗沙土窝初生的兔羔儿乍向围场上

走⑮，我是个经笼罩受索网苍翎毛老野鸡蹲踏的阵马儿熟⑯。经了些窝弓冷箭蜡枪头⑰，不曾落人后。恰不道"人到中年万事休"，我怎肯虚度了春秋。

〔尾〕我是个蒸不烂煮不熟槌不匾炒不爆响当当一粒铜豌豆⑱，恁子弟每谁教你钻入他锄不断斫不下解不开顿不脱慢腾腾千层锦套头⑲。我玩的是梁园月⑳，饮的是东京酒㉑。赏的是洛阳花㉒，攀的是章台柳㉓。我也会围棋会蹴踘会打围会插科会歌舞㉔，会吹弹会咽作会吟诗会双陆㉕。你便是落了我牙歪了我口，瘸了我腿折了我手，天赐与我这几般歹症候㉖，尚兀自不肯休㉗。则除是阎王亲自唤㉘，神鬼自来勾，三魂归地府㉙，七魄丧冥幽㉚，那其间才不向烟花路儿上走㉛！

【注释】

① 攀：攀折。 ② 煞：迫使，弄成。休：为止。 ③ 郎君：元代妓院对嫖客的称呼。 ④ 盖世界：全世界。班头：首领。 ⑤ 分茶：宋元时茶道的一种，用沸水冲注茶叶末，再以茶筅(刷帚)击打，使茶面出现纹脉或泡沫，以图形奇巧或维持时间的长短角胜。撷竹：洒墨于纸，互相比赛将墨团引画成竹枝或竹叶的形象。一说是将一束竹签散乱在不触动其他竹签的前提下，一一取拾，以拾签多者为胜。 ⑥ 打马：游戏名。参加各方轮流掷骰，根据骰点在棋盘上移行圆钱形的棋子(即"马")，以一方的全部棋马先到终点为胜。过程中己方多马追上敌方少马，可将其打下送回原点，故名"打马"。藏阄：一种集体游戏，分作两队，一队的若干人手中藏有"阄"，由另一队进行猜测而轮流记分。 ⑦ 五音六律：宫、商、角、徵、羽五种音阶及黄钟、太簇、姑洗、蕤宾、夷则、无射六种调式，此指音乐知识。 ⑧ 甚：有什么。 ⑨ 银筝：精美的筝(一种十三弦的乐器)。银台：镜台。银屏：白色屏风。 ⑩ 玉天仙：美丽的女子。 ⑪ 金钗客：歌妓。《金缕》：即《金缕衣》，唐曲名，以爱惜青春及时行乐为主要内容。泛金瓯：在金酒盅里斟满酒，轮流痛饮。 ⑫ 占排场：在风月场中占得名声。 ⑬ 玲珑又别透：元人称风月场中老手为"水晶球"，故说玲珑剔透。 ⑭ 锦阵花营：风流场所。都帅头：总头领。 ⑮ 子弟：嫖客。每：同"们"。围场：狩猎场。 ⑯ 蹲踏：踩踏。阵马儿：战阵。 ⑰ 窝弓：装有机关的暗弓。蜡枪头：当作"镴枪头"，铅锡合金的枪头，中看不中用。 ⑱ 匾：同"扁"。铜豌豆：旧时青楼对老狎客的昵称。 ⑲ 恁：你。锦套头：元曲中常喻妓女迷惑人的手腕。 ⑳ 梁园：汉时梁孝王修建以接纳宾客的园苑，在今河南开封市南。 ㉑ 东京：汉代以洛阳为东京，五代、宋以汴州(开封)为东京。 ㉒ 洛阳花：牡丹。 ㉓ 章台：长安城西南街名。 ㉔ 蹴踘：古代的踢球运动。打围：打猎。插科：诙谐的表演。 ㉕ 咽作：唱曲。双陆：游戏名，双方各执棋马十五枚，在十二道的棋盘上掷骰行马。因棋道左右各六，两两相对，故名双陆。 ㉖ 歹症候：坏毛病。 ㉗ 尚兀自：还，仍然。 ㉘ 则：只。 ㉙ 三魂：道家术语，即魂。 ㉚ 七魄：道家术语，即魄。冥幽：阴间。 ㉛ 那其间：那时候。烟花路：风流路。

【语译】

出墙花一朵朵，当路柳一枝枝，我都要一一染指。墙花娇吐着红蕊，路柳柔摆着腰肢。我是个风流浪子。凭着怜香惜玉的手段，非要让她们尽意服输为止。沾花惹柳，我在风月中周旋了一世。

普天下有多少风流子弟，当数我为魁首。我只希望青春永远驻留，在花中度日，仗酒来忘忧。分茶、攧竹、打马、藏阄，再加上妙解音律，我哪儿还知什么伤愁！镜台前妙人儿笑倚屏风把银筝演奏，天仙般的美女依偎着我携手同登玉楼，青楼的名妓唱着《金缕衣》斟满了金杯向我劝酒：她们都是我形影不离的女友。你说我老了该就此罢手，错了，风月场中我依然技高一筹，更加玲珑剔透。我是烟花寨里的领袖，江湖上处处遨游。

那些游逛妓院的年轻后生，像初出荒岗土窝的野兔崽般稚嫩，在猎场中只会战战兢兢；我好比苍翎毛的老野鸡，从无数回风波历险的磨炼中脱身，早已惯熟了战阵。明枪暗箭中一回回厮混，我何曾落后人半分。虽说是"人到中年万事休"，我岂甘心虚度了光阴！

我是一颗蒸不熟、煮不烂、捶不扁、炒不爆、掷地有声的铜豌豆，你们这些后生甘心投入妓女的摆布，那也是自作自受。我受用梁园月、东京酒、洛阳花、章台柳，处处都是一流。围棋、蹴鞠、打猎、诨笑、歌舞、吹弹、唱曲、吟诗、双陆，一件件我都拿手。你就是让我断腿折臂、落牙歪口，凭着我天生的劣才性，我照样不肯罢休。只除非是阎王亲自下令把我提勾，魂魄荡荡悠悠进了阴间里头，那时我才不向烟花路上走！

【赏析】

李白曾作诗云："我本楚狂人，狂歌笑孔丘。"在古代社会中，"被发佯狂"、嬉笑怒骂，是对传统和现实进行挑战的最直接的表示。这首套曲中，作者就故意以"浪子风流"自许，大力铺排风月场中的生活经历，实以蔑视正统、放诞不羁，作为对社会现实的抗争。

全套四支曲子，首曲〔一枝花〕概括此生的浪子风流生涯，领起全文。这支曲中，"花"、"柳"各反复出现了六次，仿佛"半生"、"一世"，不是攀花，就是折柳。但从下曲〔梁州〕中三处"伴的是"内容来看，即使作者活跃在风月场中，也只是追欢买笑，怜香惜玉，从未曾"直煞得花残柳败休"。可见这只是侈言"浪子风流"。它也告诉我们，对于曲中大事张扬的青楼生活、烟花术语，只应把它们视作一种夸诞嬉笑的骇俗的狂白，而不能拘泥于字面原义的理解。

第二支〔梁州〕中，作者不仅以"浪子风流"自居，还走到了它的极端，自命为"领袖"、"班头"、"都帅头"，普天下无出其右。但我们细究曲中所表现的作为，不过是"花中消遣，酒内忘忧"八个字，目的在于抵抗"闲愁到我心头"。这就透露了作者的故示狂诞，实质是对社会现实的失望和不满；寄迹风月，实质是对礼教正统的反叛和抗议。曲末对"老也，暂休"的说法加以否定，重申老当益壮，仍占排场，这种"不伏老"的意愿正是不甘放弃昔日信念的表示。

从"不伏老"的意愿出发，第三曲〔隔尾〕回顾了自己丰富而独特的阅历。"兔羔儿"与"老野鸡"是一组对比，前者在围场上只有束手就擒的份儿，而后者却是"经笼罩、受索网"，见识过风雨世面的老手。这一段表明自己不仅具有轻车熟路的经验，更有着明枪暗箭下勇往直前的决心。"不伏老"的倔强和豪壮，在这里得到了进一步的表现。

末曲〔尾〕是全篇的总叙和高潮。首句是流传千古的名句。这一句虽然仍是同"子弟每"进行对比，且借用了青楼妓院的术语，但"铜豌豆"的形象性加上"蒸不烂煮不熟槌不匾炒不爆响当当"这五组修饰语，便使人自然而然地将它同前文中的豪情壮兴联系起来，看成对作者铮铮铁骨的绝妙写照。"铜豌豆"三字，在这里具有拿得起、放得下，刚强果毅、不屈不挠、无往不适、炉火纯青的种种意蕴。从第三句起，作者一连列举了月、酒、花、柳的四种极品，以及围棋、蹴鞠等九种擅长的技艺，重又回到风流生涯，实际上是上文"占排场风月功名首"的重申，换句话说，依旧在用白眼蔑视现实和传统。元杂剧《百花亭》中，有"锦阵花营郎君帅首"之称的主角王焕，自诩会"围棋递相，打马投壶，撇兰攧竹，写字吟诗，蹴鞠打诨……"诸般，可知这些技艺是当时风月子弟所必修的。对于正统的卫道士来说，这一切当然是"歹症候"。然而，作者公然对这些"歹症候"引以为豪，声言坚持不改，只有阎王亲自出马向自己索命，"才不向烟花路儿上走"。"不伏老"的意志，表达得何等坚定，何等痛快！

在关汉卿的时代里，文人地位几同贱民。关汉卿加入创作戏曲的书会，同勾栏妓院的下层人物生活在一起，本身并不奇怪；但故意矜夸这种生活和经历，公开向正统挑战，这种"接舆狂歌"式的傲岸和疏狂，显然超越了"不伏老"的字面意义，而成为针对元代社会现实的有意识的反抗。全篇行文恣肆，挥洒如意，层层推进，势如破竹，运用大量的对仗和排比，更创造性地大量使用衬字，甚而一句中不辞添加十数字之多。这一切，造成了气势的磅礴与音韵的浏亮。元曲豪放明快的本色，表现得淋漓尽致，昔人评此曲"老辣灏烂"，确是不可更易的考语。

白　朴

　　白朴(1226—1312后)，字仁甫，一字太素，号兰谷，隩州(今山西河曲)人。"元曲四大家"之一，入元不仕，寄情诗酒山水。著有杂剧《梧桐雨》等十六种及词集《天籁集》。散曲今存小令三十七首、套数四首，风格婉丽隽美。《太和正音谱》评其曲词，"如鹏抟九霄"，"宜冠于首"。

〔仙吕〕醉中天　佳人脸上黑痣

　　疑是杨妃在①，怎脱马嵬灾②？曾与明皇捧砚来③，美脸风流杀④。叵奈挥毫李白⑤，觑着娇态，洒松烟点破桃腮⑥。

【注释】

　　① 杨妃：即杨贵妃，小名玉环，道号太真，得唐玄宗恩宠，封为贵妃。　② 马嵬灾：唐天宝十五载(756)，安禄山叛军逼近长安，唐玄宗仓皇奔蜀。至马嵬驿(今陕西兴平市西)，将士杀死杨贵妃之兄、权臣杨国忠，逼迫玄宗缢杀贵妃，葬于马嵬坡。　③ 明皇：唐玄宗谥号"至道大圣大明孝皇帝"，后人习称明皇。　④ 风流杀：风流极了。　⑤ 叵奈：无奈。　⑥ 松烟：墨。旧时墨多用松脂烧出的烟灰制成。

【语译】

　　真怀疑是杨妃立在眼前，怎么她竟从马嵬兵变中脱了险？想当初她曾应玄宗之命为李白捧砚，玉貌花容，说不尽的风流娇艳。怎奈李白正在挥毫染翰，端详着她的娇艳，一失手，在她脸颊上洒出了这个墨点。

【赏析】

　　散曲具有平易俚俗的特点，这就使它的表现题材也有所扩大。诗词中认为不登大雅之堂或者琐细不屑一顾的事物，到曲中都有可能成为专篇。而文人只要是能在这类题目中表现出体物细微的技巧或是尖新奇警的构思，也一样乐此不疲，用全力去搏兔。本篇专咏"佳人脸上黑痣"，就是这样的例子。归根结蒂，它反映了散曲娱乐性的一面。

　　说本曲体物细微、尖新奇警，是因为作者在表现"黑痣"时，不是直接介绍它是如何如何样的特征，而是寓形象于比喻。而使用比喻也非开门见山，而是借用故事，迂回深入。小令起首就用上一问："疑是杨妃在，怎脱马嵬灾？"杨贵妃在马嵬坡遭到不幸，是人所共知的历史，作者设想她脱险了，至今犹"在"，这就使读者感觉到了这种想象的新奇。杨贵妃天生丽质，容貌倾国倾城，这又是人所共知的常识，作者将曲中的女子比作杨妃，题中的"佳人"二字就得到了坐实。

这一比喻显示了她的美貌，又是为她脸上黑痣的美中不足寻找开脱，可见作者对本题的咏写，是以爱怜为前提的。

大诗人李白在玄宗天宝初曾入长安宫廷三年，相传受到隆重的宠遇，写文章时，曾由杨贵妃捧砚，内臣高力士脱靴(后者见于史书，前者则出于传说)。诗人由此发挥，说李白正在得意挥毫之时，忽见到佳人的美貌，禁不住走了神，洒翻了墨汁，溅点在她的腮上，这才留下了一颗黑痣。作者并不把李白写作好色之徒，却借着他的举动，为佳人的黑痣"增重身价"，同时也婉曲地表现出脸部黑痣的特征。"叵奈"二字，兼有惋惜与无奈的意味，这再次说明诗人选上这个题目是为了显露新巧的构思，而没有轻薄嘲弄的用意。

元末女诗人郑允端，有一首《佳人脸斑》诗："制词李白御前来，解使真妃捧砚台。醉后不知天在上，笑将香墨溅红腮。"与此曲构思相近。只是诗中的李白是有意溅墨，读上去更像是在表现他的狂放；而曲中则是李白在情不自禁中不慎失手，见出黑痣佳人的"美脸风流杀"。又元代无名氏有散曲《红绣鞋·嘲妓刘黑麻》："莫不是捧砚时太白墨洒？莫不是画眉时张敞描差？莫不是蜻蜓飞上海棠花？莫不是玄香染，莫不是翠钿压？莫不是明皇妃坠下马？"设想也不可谓不新奇。不过它在承认女主角美貌的同时，却有意用种种比拟去提醒和强调她脸上的缺陷；而本篇则相反，在叙写黑痣时处处为之回护。两相比较，"嘲"与"咏"的区别，显而易见。本曲曾为周德清《中原音韵》取作范例，明人也颇多推重，说它"文极佳妙"。旧时文人对散曲的审美趣味，于此亦可略见一二。

〔中吕〕喜春来　题情

笑将红袖遮银烛，不放才郎夜看书。相偎相抱取欢娱。止不过赶应举①，不及第待何如！

【注释】

① 应举：参加科举考试。

【语译】

笑着抬起红袖把蜡烛遮挡，不让我那秀才哥夜里啃文章。偎近身子互相拥抱共度好时光。只不过是赶考罢了着什么忙？就算考不上，又能怎么样！

【赏析】

"才郎"为了赶考，少不得萤窗灯火，埋头下死功夫；不料银烛却被相好的姑娘故意遮住了，要同他拥抱谈情，累得这位书呆子也禁不住心猿意马。姑娘的逻辑也十分简单：赶考又怎么样？大不了考不上。如此美好的年华、时光，辜负了可不值得！——小令寥寥五句，将青年男女调笑传情的一幕表现得栩栩如生，更在读者面前展现出一名娇憨、顽皮、而又黠慧、多情的少女形象。末二句可以说照应在前的每一句，却依然出人意表；它既含"强词夺理"的风趣，又是在情在理的妙语；既肖女孩家的声口，又可隐见她的"那一位"的态度。含意隽永，不愧是神来之笔。

这首小令还有它的姊妹篇，也可说是珠联璧合的孪生体的另一半，取以对读，有相得益彰之妙："百忙里铰甚鞋儿样？寂寞罗帏冷篆香。向前搂定可憎娘。止不过赶嫁妆，便误了又何妨！"妙结的手法与前篇相同，可以说是男方"以子之道，治子之身"的报复。——"嫁妆"若是为他所赶，不妨说是郎君猴急；如果"可憎（可爱之意）娘"百忙是另有所属，那么曲中的"题情"就更开放得可以了。

之所以要将这两首《题情》放在一起考察，还有个特别的缘故。原来元曲虽是市民文学，俚词俗曲还是要受到社会道德传统意识的制约，有一定的"度"，文人更不敢公开制作"淫曲"。所以在故意闯入男女烈火干柴的禁区之后，必得以一尖新奇巧的艺术构思让人首肯，作为转圜。这样做来，既有大胆语言的骇俗，又有妙思别致的出新，可谓一举两得。这两篇的"相偎相抱取欢愉"、"向前搂定可憎娘"，以及前选关汉卿《一半儿》的"跪在床前忙要亲"，点到之后便续以妙语奇思，都是这种一放一缩、见好就收的例子。

〔双调〕沉醉东风　渔父词

黄芦岸白蘋渡口，绿杨堤红蓼滩头①。虽无刎颈交②，却有忘机友③：点秋江白鹭沙鸥。傲杀人间万户侯④，不识字烟波钓叟。

【注释】

① 红蓼：《群芳谱》："蓼春苗夏茂，秋始花，花开蓓蕾而细，长二寸，枝枝下垂，色粉红可观。水边甚多，故又名水红花。"　② 刎颈交：同生共死、至死不渝的朋友。③ 忘机：泯除机心，即无奸诈机巧之念。　④ 万户侯：汉代封侯，大者食邑万户，称万户侯。此指大官、贵官。

【语译】

江岸摇曳着黄芦，渡口的水面上白蘋无数；长堤上绿扬扶疏，滩边一大片红蓼平铺：这些都是我日常的出没之处。虽然没有同生共死的挚友，却有着陶然忘机的伴侣，那就是在江中星星点点的沙鸥与白鹭。人间的公侯贵族，在我眼中不值粪土。我是万顷碧波上一字不识的老渔夫。

【赏析】

"渔父词"即专意表现渔夫生活的诗歌，始于唐代张志和的五首《渔歌子》，"西塞山前白鹭飞，桃花流水鳜鱼肥。青箬笠，绿蓑衣，斜风细雨不须归"，就是其中最具代表性、最为人熟知的一篇。唐宋的渔父词描摹渔父的悠闲超脱，体现的是对大自然的顺适；而元散曲渲染、歌赞渔父，却更着意于对社会和人生的抗争。这就难怪作品中要多一些愤世嫉俗的棱角，多一些议论性的语言了。

不过本篇并不一味以议论入曲，它还是以形象的塑造取胜。"黄芦岸白蘋渡口，绿杨堤红蓼滩头"，起句就通过环境和景物的点染，令读者会心于渔父的高逸与潇洒。黄芦、白蘋、绿杨、红蓼，都是江南水乡常见的景观。黄、白、绿、红交织出一片灿美的秋光，岸、渡、堤、滩则尽述了渔父徜徉出没的处所，合在一起，便显示了渔父在水乡自然美景中自在、适兴的日常生活。"虽无刎颈交"是故作反跌，目的是表现"却有忘机友"，而忘机友竟是秋江上随意来往的白鹭沙鸥，这一笔进一步表现了渔父与大自然在精神上的融合无间。本来，"君子之交淡如水"，"刎颈交"固然可与共生死，但毕竟也有了利益和目的上的生死联系。而《列子·黄帝》篇载："海上之人有好沤（鸥）鸟者，每旦之海上，从沤（鸥）鸟游。沤（鸥）鸟之至者百住而不止。"同沙鸥白鹭交上朋友，这只有毫无机巧之心的赤子才能办到，这样的人自然不屑参与社会的争斗与纷扰。"傲杀"二句，便表现了渔父蔑视荣利、甘心隐逸的情怀。"不识字"还流露出几分疏狂，使人隐隐如见他那傲睨红尘的神情。

这首小令意境阔大，兴象狂豪，感情明快。景物的描写，以及"虽无"与"却有"、"万户侯"与"不识字烟波钓叟"的对比，都醒人耳目。寥寥数笔，成功地托出了渔父傲岸自得的形象。正因如此，它同白贲的《鹦鹉曲·渔父》同成为元散曲渔父词的双璧。同时的卢挚有《蟾宫曲》："碧波中范蠡乘舟，殢酒簪花，乐以忘忧。荡荡悠悠，点秋江白鹭沙鸥。急棹不过黄芦岸白蘋渡口，且湾在绿杨堤红蓼滩头。醉时方休，醒时扶头。傲杀人间，伯子公侯。"谷子敬《城南柳》杂剧第三折："这其间黄芦岸潮平，白蘋渡水浅。莫不在红蓼花新滩下？莫不在绿杨树古堤边？"均将本篇曲句作为现成语改借，足见此作在曲坛的影响。

〔双调〕驻马听　吹

裂石穿云，玉管宜横清更洁①。霜天沙漠，鹧鸪风里欲偏斜②。凤凰台上暮云遮③，梅花惊作黄昏雪④。人静也，一声吹落江楼月⑤。

【注释】

① 玉管：古乐器名。汉刘歆《西京杂记》："玉管，长二尺三寸，二十六孔。"后亦作箫、笛等吹管乐器的美称。　②"霜天"二句：白居易《赋得边城角》诗："边角两三枝，霜天陇上儿。望乡相并立，向月一时吹。"宋人也有"霜天晓角"的词牌。可知这两句暗映"角"，一种吹奏乐器，意谓大漠深秋的霜空中角声随风，致使鹧鸪把不住飞翔的方向。但"鹧鸪"又可解作曲名，则此二句又可视为"玉管"（箫笛）在沙漠中吹奏《鹧鸪》的效果。

③ 凤凰台：即凤台。春秋秦穆公时有萧史善吹箫，与穆公女儿弄玉相爱。穆公为作凤台居之，后萧史、弄玉夫妇双双从台上骑乘凤凰登仙。 ④ 梅花：常作为《落梅花》的简称。《落梅花》，一名《梅花落》，笛曲名。 ⑤"一声"句：刘禹锡《武昌老人说笛歌》："曾将黄鹤楼上吹，一声占尽秋江月。"

【语译】

吹管乐器有多种多样：玉管横吹时，清纯嘹亮，有穿云裂石的音响。大漠深秋万里风霜，朔风卷带着号角声，使鹧鸪儿偏斜了方向。凤凰台上忆吹箫，可惜暮云遮住了楼台，只留下一片迷茫。玉笛吹罢《落梅花》曲，黄昏已蓦然临降，纷落的梅花同雪花一起飘扬，令人叹诧惋伤。而当夜深人静的时候，是谁在江楼上高吹一曲，催低了楼头的月亮。

【赏析】

这是作者《驻马听·吹弹歌舞》四首重头小令的第一首，全篇的妙味，在于有可分可合的两重解释。以"分"观之，则"裂石"二句述玉管，"霜天"二句述角，"凤凰"句述箫，"梅花"三句述笛，全篇囊括了"吹"的主要乐器品种，而衔接无痕，无割裂凑泊之病。从"合"的一面理解，则全曲可视作笛子（"玉管"解作笛的别称）在不同场合、不同时间，所分别产生的嘹亮、悲冷、清凄、幽绝的不同声响效果。在上面的"语译"中，我们取了第一种解释，这里不妨将第二种理解试译如下：玉笛横吹最是清纯动听，笛声清越，直可裂石穿云。辽夐的霜空下沙漠无垠，吹起一支《鹧鸪》曲，笛声在朔风中飘曳不定。暮云遮迷了凤台的楼影，在这黄昏时分，一曲《落梅花》暗自飞声，曲终才发现天空飘下了雪片纷纷。夜深人静，江楼上有谁吹响了笛管，不知不觉间江月已沉。将全曲的"吹"解作笛子的独奏，境界也是十分优美的。我们虽不能断言追求双关是作者创作的主观意图，但全曲重蕴藉、多暗示的艺术特色，是一目了然的。

古代诗词曲有一个共同特点，即常通过意象的闪现启示读者的联想，而形成美感的叠加和贯通。本篇的"霜天沙漠"、"鹧鸪风"、"凤凰台"、"梅花"、"黄昏雪"、"江楼月"等，无不景与情俱。这些意象还往往带有与音乐相关的特定意义，多入之于吟咏，例子除了"注释"中列举的以外，还有"横玉叫云清似水，满空霜逐塞雁飞"（无名氏《闻笛》）、"吹箫忆上凤凰台"（许浑《月夜》）、"黄鹤楼中吹玉笛，江城五月落梅花"（李白《与史郎中钦听吹笛》）、"《鹧鸪》清怨碧云愁"（许浑《听吹鹧鸪》）等等。既富象内之意，又多弦外之音，这正是本曲耐人品味、引人遐想的原因。

〔双调〕庆东原

暖日宜乘轿，春风堪信马①。恰寒食有二百处秋千架②。对人娇杏花，扑人飞柳花，迎人笑桃花。来往画船边，招飐青旗挂③。

【注释】

① 信马：骑马任其驰骋。　② 寒食：在清明节前一或二日。是日有禁止生火、食冷食的习俗。　③ 招飐(zhǎn)：招展，飘动。青旗：旧时酒店前悬挂以招客的幌子。

【语译】

春天的白昼是那样温暖，煦和的春风把大地吹遍。这样的天气既适宜乘轿出游，骑马信行也令人怡然。正值寒食，秋千林立，处处可见。杏花逞娇斗妍，柳花飞扑人面，桃花绽开笑脸。彩画的游船在水中来来往往，酒家的青旗高挂着迎风招展。

【赏析】

这支曲子，写的是清明时节郊野赏春的热闹情形。

日暖风和，是春季晴日的基本特征。所以起首的两句，是互文见义，意谓在暖日春风之中乘轿信马都十分适宜。一句分作两句表达，是为了细细品示春天的好处，也带有轿儿马儿陆续登程、络绎不绝的意味。

由"宜"、"堪"的无往不适，带出了下文的游赏。作者首先印象至深的，是"恰寒食有二百处秋千架"。为什么要强调这许多秋千架呢？原来这与唐代传沿下的风俗有关。据王仁裕《开元天宝遗事》记载："天宝宫中，至寒食节，竞竖秋千，令宫嫔辈嬉笑以为宴乐。"可见秋千林立，是寒食节特有的景观。寒食节在旧历冬节后一百零五日，与清明的节气毗连，正是百花齐放的大好时光。接下三句，就用排比的句式，拈写了其中的代表——杏花、柳花与桃花。杏花妍丽雅洁，如玉容呈露，是"对人娇"；柳花飘舞轻飏，如依依随身，是"扑人飞"；桃花艳美夺目，如佳人多情，是"迎人笑"。这三句不仅刻画了春花各自的妍态，并且将原本无情的花木拟人化，从而显示了游人悦目赏心、全身心陶醉于大自然美景的情态。

结末又用一组对仗，添出了"画船"与"青旗"的新景。前者不仅补充了"轿"、"马"之外的又一游览工具，而且隐示了郊野之中水流的存在。后者则以青旗招展表现酒店的诱惑，有花有酒，这春日的游赏就更尽兴了。全曲纯用白描，却因典型景物的选置与生动形象的表述，使读者如同身临其境，深切感受到了春日郊野勃勃生机与游人的畅乐心情。此曲又见于马致远《新水令·题西湖》套数中的第二支曲子，其全套衍出十二支曲子，由此可见这首作品的艺术感染力量。

〔越调〕天净沙　秋

　孤村落日残霞，轻烟老树寒鸦。一点飞鸿影下。青山绿水，白草红叶黄花。

【语译】

小村沐浴着落日，残霞又添上一抹胭脂。炊烟轻缓，老树槎桠，有萧瑟的乌鸦栖止。一只大雁骤然从天而至，点破秋空，掠下一道灰色的影子。山青、水绿、草白、叶红、花黄，色彩构成了秋天缤纷的景致。

【赏析】

这支小令寥寥数笔，勾足了清秋日落时分的乡野景色。

起首两句两字一组，铺排了六组静景，各具鲜明的内容形象，而无不饱含秋意。六组之间不设任何动词，造成了静态的效果；又不安排任何虚字，却使人因此集中注意力，去逐一细味各组静景的内涵。这六组静景又按句分为两大组合，景与景相互叠交或映衬，相得益彰。在我们面前出现了形象鲜明的画面：日头平西，落霞满天，小村披拂着斜晖；炊烟轻缓几如凝止，老树槎桠不动纹丝，乌鸦数羽辍立枝头。诗人的妙笔，不啻为绘画大师的静物写生。

在这大片的静止秋景中，突然掠来一只大雁，飞下地面。这一动态的骤然出现，打破了静景的观照，使人心神为之一振。作为"飞鸿"，又是"一点"，又是"影下"，说明远而且疾。在留神于捕捉这一影像时，对于视野中的秋，又有了新的发现。远处的是山和水，最具有特征的印象是它们的色彩——青与绿，居近的是秋天的植物：草、叶、花，印象深刻难忘的还是它们的色彩——白、红、黄。又是五种静景的铺排，却因为飞鸿动景的中介而不呆板；又是两字一组的结构，却因为第三句句型的变化而不单调。前两句的秋景还不免有几分清寂、清冷，到了四、五两句，就变成了清疏、清和，对于"秋"本身给人带来的某种惆怅感，至此就被明朗的美悦所替代了。

本篇与马致远的名作《天净沙·秋思》（见后选）都运用了排比景物来汇总印象的手法，可谓异曲同工。不同的是本篇纯为写景，而马致远的《秋思》则于写景之外，更有抒情的用意。我们不妨取之对读，自能心领神会。

姚 燧

姚燧(1238—1313)，字端甫，号牧庵，洛阳(今属河南)人。官至翰林学士承旨。诗文与卢挚齐名，世称"姚卢"。有《牧庵集》。散曲今存小令二十九首、套数一支，常借鉴诗词笔法入曲，却也有富于民歌风味的当行之作。

〔正宫〕黑漆弩　吴子寿席上赋

　　丁亥中秋遐观堂对月①，客有歌《黑漆弩》者②。余嫌其与月不相涉，故改赋，呈雪崖使君③。

青冥风露乘鸾女④，似怪我白发如许。问姮娥不嫁空留⑤，好在朱颜千古。

〔么〕笑停云老子人豪⑥，过信少陵诗语⑦。更何消斫桂婆娑，早已有吴刚挥斧⑧。

【注释】

① 丁亥：指元世祖至元二十四年(1287)。　②《黑漆弩》：曲牌名，由同名词牌入正宫乐调而成，又名《鹦鹉曲》。　③ 使君：对州县长官的尊称。　④ 青冥：天空。乘鸾女：月宫的仙女。《异闻录》载唐玄宗与申天师游月中，见素衣仙娥十余人，"乘白鸾，笑舞于广庭大桂树下"。　⑤ 姮娥：即嫦娥。　⑥ 停云老子：南宋大词人辛弃疾于铅山居所筑停云堂，自称"停云老"。停云之名，用陶渊明《停云诗》意。　⑦ "过信"句：辛弃疾有《太常引》词咏月，末云："斫去桂婆娑，人道是清光更多。"语本杜甫《一百五日夜对月》："斫却月中桂，清光应更多。"所以说他"过信少陵诗语"。少陵，杜甫自号"少陵野老"。　⑧ 吴刚挥斧：《酉阳杂俎》载汉西河人吴刚学仙犯过，遭罚砍斫月中桂树，树随斫随合。

【语译】

风露满天，乘着白鸾笑舞于月中广庭的，是那些美丽的女仙。她们仿佛奇怪我，怎么白发会如此多地出现。我问她们，嫦娥何以独居不嫁，空留在月殿？仙女们说："您不用为她担心，她青春的容貌千年不变。"

我想起辛稼轩，这位豪迈的词人，看来是过于相信了杜甫"斫却月中桂，清光应更多"的诗言。他也期望"斫去桂婆娑"，其实又何必多此一番心愿。那月中的吴刚，不是早就挥着斧子，向桂树斫了一遍又一遍？

【赏析】

"青冥风露乘鸾女"的相关辞意已在注④中提及，而这整句则脱化于王安石的《题画扇》："玉斧修成宝月团，月中仍有女乘鸾。青冥风露非人世，鬓乱钗斜特地寒。"也许正因乘鸾女"鬓乱钗斜"的启示，曲作者才会立即联想到自己的白发。他对月中女仙不再作更多的渲染，直接将她们视作自己一见如故的朋友，表现出了神游月间的豪兴。女仙们奇怪着来客如何"白发如许"，而作者反客为主，询问嫦娥抱独身主义的生活，这是一转；作者的问讯中有为嫦娥惋惜担忧的意味，而乘鸾女不以为然，报以"好在朱颜千古"，这又是一转。这两层转折之间都省略了连接词，造成了突兀奇崛的效果；当然更重要的是借此表现出了月亮的两大特征，即美丽与永恒。

〔么〕篇把辛弃疾同杜甫这两位大文豪拈了出来，因为他们都爱月、赞月，并在咏月的作品中有过渊源关系。杜甫在诗中写过"斫却月中桂，清光应更多"，辛弃疾移入词中，所谓"斫去桂婆娑，人道是清光更多"。辛弃疾以豪放词人著称，作者故意说他因为太豪放了，所以轻信了老杜的话，这一笔是故作波澜，同时也省略了——引用两人原句的麻烦。辛弃疾沿用杜诗意，而曲作者偏偏来个翻案，说是何必要两人操心建议，吴刚不是早就在从事斫桂的工作吗？这一段曲曲折折，旨意却是明明白白的，即是在赞美夜月的皎洁明亮。全曲通过有关月亮的种种传说、典故与诗词作品，设想自己遨游其间，句句未见"月"字，却句句表现出对月亮的热爱和赞美，令人拍案叫绝。

〔双调〕寿阳曲 咏李白

贵妃亲擎砚①，力士与脱靴②。御调羹就飡不谢③。醉模糊将吓蛮书便写④，写着甚"杨柳岸晓风残月"⑤。

【注释】

① 贵妃：即杨贵妃，参见前白朴《醉中天·佳人脸上黑痣》注①。 ② 力士：高力士，唐玄宗宠信的宦官，势焰熏天。李白曾经在宫殿上大醉，伸出双足命高力士为他脱靴。 ③ 御调羹：皇帝亲手调制的羹汤。就飡：接受饮食。 ④ 吓蛮书：民间传说渤海国番使遣书威胁唐朝，李白起草诏文还击，世称"吓蛮书"。明人《警世通言》小说即有《李谪仙醉草吓蛮书》的章回。 ⑤ "杨柳岸晓风残月"：为宋柳永《雨霖铃》词中名句。

【语译】

杨贵妃亲自为李白捧砚，高力士则帮他脱下朝靴，屈身服侍。唐明皇亲手调制羹汤，李白全盘照收，毫不推辞。酩酊大醉中不假思索，提笔便起草"吓蛮书"的文字，写下的是什么"杨柳岸晓风残月"的句子。

【赏析】

起首三句所言李白故事的综合出处，最早见于宋人笔记《青琐高议》，说李白"曾得龙巾拭唾，御手调羹，力士抹靴，贵妃捧砚"。其实只有调羹、脱靴两件可靠(载于唐人所写李白传记)，拭唾、捧砚都是民间的传说。至于"吓蛮书"，唐人传记只说李白"论当世务",写过《答番书》(或作《和番书》),宋元时渐渐附会出草书吓使的故事,明人还作成了情节曲折的小说。作者在曲中排列运用,说明他"咏李白"并非真去考索历史为主人公作评断,而是借民间熟知的故事来勾勒李白浪漫狂放的形象。这就定下了全曲俚俗、谐趣的基调。

前三句郑重其事,以皇家庄严的场面和尊隆的待遇作为铺垫;第四句顺承而出李白的正面形象,仍是未露声色;至末句才突来谐笔,气氛顿时松快,而全篇皆活。醉中写"吓蛮书",不假思索,一挥而出的却是宋代人"杨柳岸晓风残月"的风流文字,这看似荒诞的一笔,却将李白蔑视权贵、不受羁勒、向往自然的风神表现得淋漓尽致。"杨柳岸晓风残月"的原作前句是"今宵酒醒何处",同"醉模糊"又有意象上的关联,令人回思后感到妙不可言。元散曲喜在庄言雅语后突接以俚俗的文句,造成活泼诙谐的风致和"匪夷所思"的新奇效果,本曲便是成功的例子。

〔越调〕凭阑人　寄征衣

欲寄君衣君不还,不寄君衣君又寒。寄与不寄间,妾身千万难。

【语译】

想把冬衣寄给你吧,你就不再思回还。不把冬衣寄给你吧,又怕你天寒衣单。寄或是不寄,到底如何打算?教奴家好生为难。

【赏析】

题目为《寄征衣》,通篇也只是在寄与不寄上做文章。征衣做就,寄给远人,是顺理成章的,这位征人的妻子偏会想到丈夫得了寒衣就不会想着回家了:这一笔构思新巧,颇出人意外。既然寄征衣不宜,那么就不寄吧,可是且慢,这一来"君又寒",也是行不通的。这"不寄君衣"的后果,早在读者想象之中,但经过女主人公的这一"倒腾",仍使人觉得言之有理,感到这问题既新鲜又为难。三、四句写女子在寄与不寄间反复权衡,还是进退维谷,"千万难"。这就漾起了读者对她处境的关注与同情,掩卷回思,觉韵味无穷。

其实,答案是很明白的。女主人公因为"君不还"的现实才制作冬衣,目的是让远方的丈夫得以御寒,显然征人的"不还"与寒衣的有无无关。征人掌握不了自己的命运,无论"寄与不寄",女主人公实际上都面临着"君不还"的冷酷结局。女子也明知这一点,故意在寄衣上生出波澜,是为了表现自己长期独守空房的一种怨恨。当然这种怨恨是基于团圆的愿望,本身仍意味着对丈夫的无限深情。又恨又爱,以恨示爱,这是闺妇的一种特有心态。这正是这支小曲情味的动人之处。

情歌小词常以"熨帖细微"及"匪夷所思"取胜，如唐诗"打起黄莺儿，莫教枝上啼，啼时惊妾梦，不得到辽西"，五代词"荒唐难共语，明日还应去，上马出门时，金鞭莫与伊"，明诗"西崦雨未收，东崦风又作，留住绿蓑衣，莫与蒿师著"等等。本篇则属于元散曲中具有这种乐府风味的佳作。又全曲二十四字中，"寄"、"君"、"衣"、"不"四字占了一半以上，用字寥寥而能包含如此丰富曲折的情节和意象，这也是本篇的不可及处。

马致远

马致远(1250？—1321后)，号东篱，大都(今北京市)人。"元曲四大家"之一。曾官江浙省务提举，晚年隐退田园。著有《汉宫秋》等杂剧十五种。散曲有辑本《东篱乐府》行世，近年又辑得佚曲，今存合计小令一百一十五首，套数二十六首。马致远拓展了散曲的题材，提高了散曲的地位与影响，是元代最负盛名的散曲家。其作品风格以清丽为主，属所谓"清丽派"、"文采派"，也不乏豪放奇崛的佳篇。

〔南吕〕金字经　樵隐

担挑山头月，斧磨石上苔。且做樵夫隐去来。柴，买臣安在哉①？空岩外，老了栋梁材。

【注释】

① 买臣：朱买臣，西汉会稽人。半生贫困，以樵薪为生，而不废诵书。五十岁时终被荐任会稽太守，官至丞相长史。

【语译】

当明月挂上了山头，挑着柴担一步步走下山岗；在长满苔藓的石上，把斧子磨得锋亮：姑且做个樵夫，去隐居在山乡。打柴，那打柴的朱买臣如今又在何方？空山深处，埋没了栋梁高材，一年年老去了时光！

【赏析】

起首的两句对仗，把樵夫的生涯刻画得入木三分，而又诗意十足。这样，就自然带出了"且做樵夫隐去来"的结论。然而，句中的这个"且"字，又同时透露出了一种无可奈何的心态。果然，作者随即便从一字句的"柴"上，生发出朱买臣樵薪故事的感想。朱买臣有两件事是为后人津津乐道的，一件就是《汉书》所载的："常艾薪樵，卖以给食。担束薪，行且诵书，其妻亦负载相随，数止买臣毋歌讴道中，买臣愈益疾歌。妻羞之，求去。"后来朱买臣做官回到故乡，他那再嫁的妻子自然是羞悔难当，民间因而还发明了"泼水难收"的故事。从《汉书》的记载来看，朱妻的"求去"主要起因于口角，但后人多视之为读书人因贫困未遇而蒙受的奇耻大辱，所以朱买臣丢了老婆，却反而大大增加了知名度。第二件是汉武帝在诏授朱买臣会稽太守时，说过一句名言："富贵不归故乡，如衣绣夜行！"这两件事对普遍处于困顿失意的元代知识分子来说，都是颇具刺激性的。所以小令中虽只写出了"买臣安在哉"五字，却是集中了怀才不遇、富贵难期、读书无用、屈抑难伸的种种愤慨。朱买臣幸而未在"樵隐"中埋没，然而"安在哉"，也就是像他这样如愿以偿、自拔于贫贱之中的例子，如今是休想再出现了。

由此可见，作者是有意运用欲抑先扬的手法，起首两句意境颇美，之后却越来越不堪，从而使读者感受到一种无所逃于天地之间的痛苦。而曲中的意脉又十分连贯，由"樵夫"引出"柴"，由柴引出"买臣"，由"安在哉"引出"空岩"，"空岩外，老了栋梁材"在字面上又与"樵隐"契合。

作者另有一首《金字经·渔隐》："絮飞飘白雪，鲊香荷叶风，且向江头作钓翁。穷，男儿未济中。风波梦，一场幻化中。"章法构思与本篇全同。既以"隐"的理想化色彩权且作为自宽自慰，又抑压不住对"未济"现实的愤懑。这种散曲留给我们的印象，恐怕就是"挣扎"二字了。

〔南吕〕金字经

夜来西风里，九天雕鹗飞①。困煞中原一布衣②。悲，故人知未知？登楼意，恨无上天梯。

【注释】

①九天：极高的天空。雕鹗：两种外形像鹰，威猛而善于高飞的禽鸟。　②布衣：平民，未得官职的人。

【语译】

长夜里秋风劲吹，高夐的天空中，雕鹗在自由展翅，呈现着豪健的雄姿。可是，在下方的茫茫中原，却有一名读书人不得志，困顿欲死。这一腔悲愁，老朋友是知也不知？登楼的意绪滚滚不止，恨只恨没有登天的梯子。

【赏析】

"夜来"二句以景起兴，又隐用了杜甫《奉赠严八阁老》"蛟龙得云雨，雕鹗在秋天"的意境。雕鹗搏击长空，青云得志，恰为下文布衣潦倒的悲慨作一反衬。金朝诗人李汾《下第》诗云："学剑攻书事两违，回首三十四年非。东风万里衡门下，依旧中原一布衣。"第三句"困煞中原一布衣"，正是化用了《下第》的诗句。"九天"与"中原"一高一下，可谓"霄壤之别"。一个在九天中展翅高飞，一个却在功名场中"困煞"，作者是十分善用对比的。

"悲"作为一字句在此时逼出，恰到好处，颇似从心底里迸发出的一声叹息。"故人"一句，又添写出诗人此时的孤独。作者不甘"困煞"，而又无法解脱的深愤，在末两句中得到了充分体现。"登楼"补示出诗人抒感的地点，那西风雕鹗正是登高所见的景致，"登楼"又是文人临高凭眺、感怀起兴的习惯举动，所谓"登兹楼以四望兮，聊假日以销忧"（王粲《登楼赋》）。然而"楼"与"九天"毕竟相去过远。"恨无上天梯"，既是实情，又是借喻，虚实相兼，增添了全曲悲凉沉郁的气氛。小令短短七句，将悲秋、不遇、孤独、失路的种种怨愤尽数包容，可以见出作者遣词命意的成熟功力。

〔南吕〕四块玉 紫芝路

雁北飞，人北望，抛闪煞明妃也汉君王①。小单于把盏呀剌剌唱②。青草畔有收酪牛③，黑河边有扇尾羊④。他只是思故乡。

【注释】

① 抛闪：抛撒，遗弃。明妃：即王昭君，汉元帝宫人，竟宁元年(前33)以和亲故，远嫁匈奴。晋人避讳而改称明君，后因习称明妃。 ② 单于：匈奴对君主的称呼。 ③ 收酪牛：奶牛。 ④ 黑河：指大黑河，在今内蒙古呼和浩特市南。扇尾羊：塞外所产的一种阔尾绵羊。

【语译】

大雁又从南向北飞翔，王昭君的目光追踪着它们的方向。汉元帝啊，你把昭君害得太惨，撇得她太凄凉！此刻，只听见小单于一边喝酒，一边用胡语呀剌剌地歌唱。黑河边的青草原上，不乏高产的奶牛、大尾的绵羊。纵然塞外别有一番风光，王昭君却只是一味地苦念故乡。

【赏析】

马致远用〔四块玉〕的曲子，作了《天台路》、《浔阳江》、《马嵬坡》等题，用以咏写历史的故事或传说。所以本篇题目"紫芝路"，疑当为"紫塞路"之误。紫塞即长城以北的关塞。

这是一首咏写昭君出塞故事的作品。历代题咏这一内容的诗歌汗牛充栋，多对这位弱女子的命运表示了深切的同情。本篇也不例外，起首的"雁北飞，人北望"，就形象地表现了王昭君独在异域、度日如年的孤苦，传神地勾画出她思念故国和亲人的情态。有的选本擅自将"人北望"改作"人南望"，以为更符胡北汉南的地理位置，其实大可不必。"人北望"是大雁飞越头顶，而王昭君目送至其隐没的画面，正是她渴望汉朝来书而终竟杳无音信的被遗弃命运的写照，"抛闪"的韵味更足。"抛闪煞明妃也汉君王"，正是作者禁不住代她发出的一声呐喊。

然而，这首小令与其他咏昭君作品的最大不同，在于作者设身处地，去深入设想王昭君在塞外的日常生活。诗人以细腻的笔墨铺叙了北方少数民族的风情，写出单于的多情，物产的丰饶，犹如一支富有乡土风味的草原民歌。这种写法一扫旧作狭隘的民族偏见，更接近历史的真实，在这支曲中也同时起到了刻画王昭君人物形象的铺垫作用。正因为如此，作品以"他只是思故乡"戛然止结，将王昭君怀念旧乡的挚情深怨和盘托出，就更能激起读者的感慨和同情。

元张昱《塞上谣》："胡姬二八貌如花，留宿不问东西家。醉来拍手趁人舞，口中合唱阿刺刺。"可知胡人唱歌，多作"阿刺刺"声。本曲中写"小单于把盏呀刺刺唱"，"呀喇喇"即"阿刺刺"，作者用笔的细腻不苟，于此可见一斑。又《后汉书》载，昭君和亲嫁呼韩邪单于为阏支（匈奴王后），呼韩邪死后，他的儿子又续娶了昭君，这是匈奴部落的陋俗。曲中的"小单于"，不知是否指后者。倘若作者真有此意，曲中的"微言"意味就更足了。

〔双调〕寿阳曲

云笼月，风弄铁①，两般儿助人凄切。剔银灯欲将心事写，长吁气一声吹灭。

【注释】

① 铁：铁马，悬挂在檐角下的风铃。

【语译】

云层遮住了月亮，夜风将檐前的铁马吹得叮当作响，这两者都更增加了我的凄凉。剔开灯焰，铺开信纸，想把心事对你诉讲，不料一声长长的叹息，竟然吹灭了灯光。

【赏析】

元散曲表现思妇的凄苦，往往设身处地，曲尽其致。这首小令，就有着这种熨帖细微的特点。

起首两句，写云层遮住月亮，夜风将檐前铁马吹得叮当作响。前者为色，造成昏暗惨淡的效果，后者为声，增添了凄清孤寂的况味，所以接下去说"两般儿助人凄切"。用一个"助"字，说明曲中的思妇凄切已久。这"两般儿"已足以设画出凄凉的环境，从而烘托出人物的境遇及心情。

思妇对这"两般儿"如此敏感，是因为她独守长夜。这种凄切的况味难以忍受，亟须排遣，于是就有了四、五两句的情节。灯盏里的灯草快燃尽了，思妇将它剔亮——这也说明她在黑夜中确实已捱守了好多时候。剔亮银灯的目的，是为了将心中的思情同眼前的悲苦写在信上，好寄给远方的丈夫。却不料一声长叹，无意间竟把灯吹灭了。这两句针线细密："剔银灯"回应"云笼月"，云蔽月暗，光线昏淡，加上银灯又不争气，灯焰将尽，故需要"剔"；而"长吁气"则暗接"风弄铁"，窗外的风儿足以掀弄铁马，毕竟还未能影响室内的银灯，如今居然"一声吹灭"，足见长吁的强烈。这个小小的片段，既出人意外，又使人觉得极为真实；女主人公的心事和愁情虽没有写成，却一清二楚地展现在读者的面前。

《彩笔情辞》载卢挚的《寿阳曲·夜忆》四首，其中之一与本曲仅有少量不同，全文是："窗间月，檐外铁，这凄凉对谁分说。剔银灯欲将心事写，长吁气把灯吹灭。"两作孰先孰后不易确定，不过末句是"一声吹灭"比"把灯吹灭"更有韵味。又《乐府群玉》有钟嗣成《清江引·情三首》，其一曰："夜长怎生得睡着，万感着怀抱。伴人瘦影儿，唯有孤灯照。长吁气一声吹灭了。"钟嗣成是元晚期作家，其末句构思无疑是接受了本曲的影响。

〔双调〕寿阳曲 远浦帆归

夕阳下，酒斾闲①，两三航未曾着岸。落花水香茅舍晚，断桥头卖鱼人散。

【注释】

① 酒斾(pèi)：酒旗，酒店的招子。

【语译】

在金色的夕阳光照下，酒店的青旗悠闲地招展。水面上三两只渔船，正在准备着靠岸。暮色渐渐笼罩了江边的草屋，屋旁溪水上浮漾着落下的花瓣，有一阵幽幽的香味弥漫。残破的桥塊头，卖鱼的人儿不知何时已经走散。

【赏析】

北宋画家宋迪的平远山水组画《潇湘八景》问世后素负盛名，南宋时长沙曾为之专建八景亭。"远浦帆归"即为八景之第二景，"远浦"是水面辽远的意思。对于这个现成的题面，本曲作者着重扣住了"帆归"两字。但他并不写渔船上的情景，甚至不放在"远浦"的水面上表现。小令的取景范围是渔村的埠岸，与"浦"、"帆"若即若离。时间则是夕阳西沉，也定得恰到好处，隐隐关合着那个"远"字：日入而息，船儿从"远浦"归来，差不多就该是这样的时分。

在沐浴着斜阳的埠岸上，诗人落笔的第一处所在是小酒店。店前的酒旗垂挂着，此时已无人问津，所以说是"酒斾闲"，这也说明店中已没有人闲坐。原先闲坐的酒客上哪儿去了呢？可能是因时光不早赶回家去，但从下句"两三航未曾着岸"的提示联想，更大的可能是前去迎接归来的渔船。"航"与船同义，本身具有动态的意味，同"远浦"又发生了那么一点隐隐约约的联系。写的是"帆归"，却偏生不让它们立刻"着岸"，这就留出了蕴藉不尽的回旋余地。

远归的渔船着岸碇泊及处理善后，是一个不短的过程。诗人不曾去黏着它描写船上的细节，却收回诗笔留叙岸上的景致，先后点出了"落花水"、"茅舍"、"断桥头"三处所在。茅舍是渔民的归宿，这第四句写出了渔村环境的恬美。第五句中的"断桥头"十分细腻，它说明了这傍水的渔村中，还有一条水道流出，即所谓河汊，汊上有桥横越。这就照应了上句的"落花水"。唐诗人刘眘虚《阙题》有句云："时有落花至，远随流水香。"恰可借来作为曲中"落花水香"的解释。"断桥头卖鱼人散"，同"酒斾闲"异曲同工。卖鱼人同归帆的关系不易说，可能是等着渔船鱼货的批发，可能是船上渔民的家小甚而是渔民本身，也可能什么都不是。

但既然卖鱼人失去了留在断桥头的兴趣,肯定是埠岸上阒无行人,那么"远浦帆归"的"归"字,也就圆满具足了。

元诗人陈孚的《潇湘八景》组诗为时人称道,其"远浦帆归"云:"日落牛羊归,渡头动津鼓。烟昏不见人,隐隐数声橹。水波忽惊摇,大鱼乱跳舞。北风一何劲,帆飞过南浦。"不可谓不切题,但嫌黏实拘泥。而本曲则于空间、时间放开笔墨,清逸舒展,画面疏朗优美,其艺术成就远在陈诗之上。

〔双调〕寿阳曲

人初静,月正明,纱窗外玉梅斜映。梅花笑人休弄影,月沉时一般孤另①。

【注释】

① 另:同"零"。

【语译】

暮夜收歇了人语的喧嚣,一轮明月当空朗照,纱窗上映出了梅花夭斜的枝条。梅花啊,你别逞弄着姿影把我嘲笑,等到月儿沉落,你还不是同我一样地孑然一身,冷寂无聊?

【赏析】

这是一首独守空房的年轻女子的哀诉,放在诗歌中,便可加上"闺怨"的标题。散曲与杂剧不同,往往不需要"自报家门",便可从曲文的情调和构思中来判断出主人公的身份与处境,这也是这首小令饶有兴味的一个方面。

"月堕霜飞,隔窗疏瘦,微见横枝"(宋杨补之《柳梢青·梅》)、"寻常一样窗间月,才有梅花便不同"(宋杜耒《寒夜》),都说明了梅月映窗特有的动人效果。本篇的起首三句,不动声色,也描绘了月明人静时的这样一幅优美的画面。然而,小令的女主人公却别有怀抱,窗前的梅影不仅未使她愉悦,反而使她感到一种遭受嘲弄的意味。曲末的两句,就造成了这样的转折。

"梅花笑人休弄影,月沉时一般孤另",是绝妙的构思。它承接了前文的"玉梅斜映",利用梅花"弄影"、含笑的芳姿,而挑现出女主人公在长夜中"孤另"的事实。本来人自人,梅自梅,梅花即使不存在媚人的本心,至少也无"笑人"的用意,而作者却故意将两者牵惹在一起,且以此作为女子的愤言,则女主人公的孤零、悲愁,就发扬到了极点。更妙的是女子还对梅花的弄影作了进一层的推断,想到了"月沉时",那时梅花花影随之隐没,自怜不暇,也就无法再"笑人"了。梅花"孤另"与否,其实与月色毫不相干,作者故作文心,以"痴语"的表现手段,便淋漓尽致地写出了女子独守空闺的深怨。全曲五句,"人"、"梅"、"月"各重复出现两次,却因作者构思的婉曲,令人不仅无累赘之感,反觉愈转愈妙。小令以五分之三的句子写景作为铺垫，而于末两句力为逆折，拈出题旨，且使前时的月窗梅影由清美转为清凄，举重若轻，可谓扛鼎之笔。以梅喻人、衬人固是诗歌常法，而小令于喻于衬更为曲折奇巧，语淡韵远，确是一首难得的佳作。

〔双调〕拨不断

　　布衣中①，问英雄，王图霸业成何用？禾黍高低六代宫，楸梧远近千官冢②。一场恶梦。

【注释】

① 布衣：平民百姓，未得功名的人。　②"禾黍"二句：本唐许浑《金陵怀古》诗："楸梧远近千官冢，禾黍高低六代宫。"六代，即六朝，指三国吴、东晋，南朝宋、齐、梁、陈，均在今南京建都。楸梧，两种树木名，常植于墓地。

【语译】

平头百姓，芸芸众生，不计其数，我寻问着其中的所谓英雄人物。什么称王的谋划，什么帝座的基业，究竟算有什么用处？你看六朝的宫殿荒芜，长满了高低的禾黍；远近的一大片楸树、梧树，掩覆了一座座达官贵族的坟墓。一场长长的噩梦，贯串了历史的今古！

【赏析】

马致远曾作了十五首〔拨不断〕的无题小令，明代《雍熙乐府》多加上了"叹世"的标题。不能过分责怪明人自作主张，因为曲中叹世的主旨是太明显了。

这首小令起首两句有点令人费解，"布衣中，问英雄"，到底问的是"布衣"还是"英雄"？但是我们通过第三句，便能明白作者所谓"英雄"的含意，即是实现了"王图霸业"的一批幸运儿。那么起首两句就至少显示了两个方面的历史事实：一是历史上"王图霸业"的缔造者，尽管都被戴上了"天命所归"、"真龙天了"的桂冠（这情形就同他们失败了就被换上"贼"、"寇"的帽了　样），但实际上多来自"布衣"；二是布衣们视这些幸运儿为"英雄"，并以此视为终生奋斗的最高目标。这后一方面看来尤使作者不满，故要向"英雄"们"问"上一问。

第三句初看也有点似问非问。"成何用"本身便有不成用的意味。不过作者在这里实有问意，因为随后他便自问自答，并通过揭晓的答案来阐明了全曲的主旨。

"禾黍高低六代宫，楸梧远近千官冢"是工整而精警的对仗。"彼黍离离，彼稷之苗。行迈靡靡，中心摇摇。"（《诗经·黍离》）远在周代就产生过对于废宫禾黍的嗟叹。而楸（梓树的一种）、梧既是制棺的用材，又是墓地常植的树木。"高低"既切"禾黍"又切"宫"，"远近"既切"楸梧"又切"冢"，足见造语的警策。这两句的荣誉属于晚唐诗人许浑，因为马致远不过是全联取来颠倒了一下使用。然而，它们用在诗中和曲中，韵味和效果不尽相同。我们不妨读一读许浑的原诗：

"玉树歌残王气终，景阳兵合戍楼空。楸梧远近千官冢，禾黍高低六代宫。石燕拂云晴亦雨，江豚吹浪夜还风。英雄一去豪华尽，惟有青山似洛中。"（《金陵怀古》）显而易见，许诗的"楸梧"一联是针对"金陵"一地而描绘的专景，借此写景含蓄地表现"英雄一去豪华尽"的主题。而马曲借用则情急语迫，用以展示对古今历史中一切"英雄""王图霸业"的否定。下句紧接的"一场恶梦"，更是势如破竹地为这一否定再添一个惊叹号。"六代宫"、"千官冢"，无不闪现着"王图霸业"的影子。所以虽是借用成句，却直有"语若己出"的绝妙效果。

元人在"叹世"之时火气颇大，这自然与社会情状的特别黑暗有关。散曲为他们提供了吐发牢愁的宣泄口。崇尚蕴藉圆浑的诗词，一旦经过散曲的"回锅"，便带上淋漓快捷的牢骚语味，这是并不奇怪的。

〔双调〕拨不断

　　叹寒儒，谩读书①。读书须索题桥柱②；题柱虽乘驷马车③，乘车谁买《长门赋》④？且看了长安回去。

【注释】

① 谩：徒然。　② 题桥柱：西汉司马相如初赴长安，经过成都城北的升仙桥，在桥柱上题道："不乘高车驷马，不过汝下也。"见《华阳国志》。　③ 驷马车：四匹马共驾一辕所拉的车，为古代贵官所乘坐。　④《长门赋》：汉武帝皇后陈阿娇失宠，幽居长门宫，奉黄金百斤，请司马相如为作《长门赋》。相传武帝读后受到感动，恢复了对陈皇后的宠幸。

【语译】

可叹那些贫寒的书生，读书也是枉然。读了书就应当有司马相如题桥柱那样的宏愿。题了桥柱纵然真坐上驷马高车当了官，也未必人人有写作《长门赋》成名的机缘。终究不过是看了长安一圈，黯然把家还。

【赏析】

这首小令有个特点，即用了"顶针续麻"的手法，也就是将前句的结尾，用作后句的开头。马致远是这种巧体的始作俑者，所以在形式上还不十分完整，到了后起的散曲，如无名氏《小桃红》："断肠人寄断肠词，词写心间事。事到头来不由自，自寻思……""顶针"的表现就更为严谨了。

这首曲虽未点出汉文学家司马相如的名字，其实却是以他的遭际生发，来"叹寒儒，谩读书"的。司马相如是元散曲中凭借真才实学而得青云直上的典型。作品将他题桥柱、乘驷马车、作《长门赋》的发达经历分为三句，一一作为"寒儒"的比照；后者终究有所不及，只得"且看了长安回去"。言下之意，于今即使有司马相如一样的高才，最终也得不到应有的赏识。作者欲擒故纵，一步步假设退让，最后还是回到了"寒儒"的原点。末句亦无异一声叹息，以叹始，以叹终，感情色彩是十分鲜明的。

严格地说，本曲在逻辑上是不很周密的，比如"读书须索题桥柱"就不是"谩读书"的必要条件，乘了驷马车，碰不上"谁买《长门赋》"，与"看了长安回去"的结局也成不了因果联系。但我们前面说过，本曲在形式上具有"顶针续麻"的特点。这一特点造成了邻句之间的紧密接续，从全篇来看，则产生了句意的抑扬进退。文势起伏，本身吸引了读者的注意力，在论点的支持上未能十分缜密，也就不很重要了。

"且看了长安回去"，似乎也有典故的涵义。桓谭《新论》："人闻长安乐，出门西向而笑。"唐代孟郊中了进士，得意非凡，作诗云："春风得意马蹄疾，一日看遍长安花。"曾被人讥为外城士子眼孔小的话柄。"寒儒"们还没有孟郊中进士的那份幸运，"看了长安"后不得不灰溜溜打道"回去"，"长安乐"对他们来说真成了一面画饼。这种形似寻常而实则冷峭的语句，是散曲作家最为擅场的。

〔越调〕天净沙 秋思①

枯藤老树昏鸦，小桥流水人家，古道西风瘦马。夕阳西下，断肠人在天涯。

【注释】

① 秋思：秋意。

【语译】

一道道枯藤缠结着老树，枝头伫立着归鸦无数。流水上架着寂寂的小桥，旁边有三两人家居住。西风吹过荒凉的古道，一匹瘦马在艰难地彳亍。夕阳西沉，天色渐暮，断肠的客子独行在天涯的长途。

【赏析】

这首短短的小令，是一幅深秋晚景画，又是　幅天涯倦旅图。读罢全篇，在我们面前顿时浮现出这样的画面：西风飒飒，古道漫漫，在冷寂的黄昏中，游子骑着瘦骨伶仃的羸马，孤零零地向前赶路。前方是槎枒的老树，枯藤盘缠，群鸦栖息，鸦翅上掠着落日的残影。远处一湾流水，小桥横架，桥那边依稀可见几户人家，沉沉地不闻一丝儿动静。暮色苍茫，归宿何处？游子迟疑了一下，那马儿载着主人，在荒凉的古道上又开始了艰难的前行……

小令起首三句，十八字速写了九件景物，互相间没有任何词语的连接，却既不支离散乱，又不臃肿叠沓，这是因为作者精心选景而又精心布置的缘故。你看藤是枯藤，树是老树，连乌鸦也是一身暮气，排列在一起，孤立的局部现象就组成相得益彰的有机整体，显现出一派萧瑟与黯淡。"小桥"句在色调上虽与前句有明暗的差别，但以幽僻静寂为沟通的共性，仍呈现出清冷寂寞的氛围。至于古道、西风、瘦马，都是足以牵惹客愁旅恨的事物，拼作一组，为下文"断肠人在天涯"预作了铺垫。昏鸦还知道投树栖息，小桥流水旁的人家也有安身之地，而骑着瘦马的游子却在西风古道上奔波，这一、二句与第三句在意境上就形成了差异和对照。但它们又在四、五两句的补充中融汇为一体。"夕阳西下"，为道间所见的一切倍添了迟暮苍凉的气氛。特别是"断肠人在天涯"，推现出天涯游子的主体，上述的所有征象，就统统带上"断肠"的惊心意味了。

这首小令被后人誉为"秋思之祖"，视作元散曲小令的代表作。王国维评论它"纯是天籁，仿佛唐人绝句"（《宋元戏曲考》）。它确实借鉴了诗词的笔法，却又不失小曲清丽的意味。尤其是在表现景物的典型特征与沟通情景上，更可以说是登峰造极。古代诗文在铺排多种意象时有两种写法：一是平行写法，如"鸡声茅店月，人迹板桥霜"；一是加倍写法，如"盲人骑瞎马，夜半临深池"。本篇可说是这两种方法的综合运用。

〔仙吕〕赏花时　掬水月在手①（套数）

古镜当天秋正磨，玉露瀼瀼寒渐多②。星斗灿银河。泉澄潦净③，仙桂影婆娑。

〔幺〕不觉楼头二鼓过，慢撒金莲鸣玉珂④。离香阁，近花科⑤。丫鬟唤我："渴睡也，去来呵。"

〔赚煞〕紧相催，闲笃磨⑥，快道与茶茶嬷嬷⑦："宝鉴妆奁准备着，就这月华明乘兴梳裹⑧。"喜无那⑨。非是咱风魔⑩，伸玉指盆池内蘸绿波。刚绰起半撮⑪，小梅香也歇和⑫，分明掌上见嫦娥。

【注释】

①掬水月在手：唐于良史《春山夜月》诗句。后人常作为赋得体咏作的题目。　②瀼（ráng）瀼：露水浓重的样子。　③潦：沟洼的积水。　④撒金莲：女子迈开脚步。金莲，指女子的纤足。玉珂：此指佩戴的玉饰。　⑤花科：成堆的花丛。科借作"窠"。　⑥笃磨：宋元方言，徘徊，回旋。　⑦茶茶：金元时对年轻使女的习称。嬷嬷：老年使女。　⑧梳裹：梳妆。　⑨无那：无奈。这里是"非常"的意思。　⑩风魔：狂荡。　⑪绰：抄。　⑫梅香：使女，丫鬟。歇和：同"邪许"，大声叫唤。

【语译】

月亮像一面古镜悬挂中天，在秋空中显得更加明妍。满地露水浓重，使人不胜寒。银河中星光灿灿，地面上的泉流和积水那样地澄净，把桂树摇曳的倒影映现。

不知不觉传来了二更的鼓点，我款移莲步，周身珠玉珊珊。走出香闺，来到花丛前。丫鬟叫着我说："快回去吧，瞌睡得睁不开眼。"

她那里紧催紧唤，我这里慢吞吞地盘桓。"快向使女们传言：准备好镜子妆奁，乘着这样好的月色，让我美美地梳妆打扮。"我欣喜无限。不是我轻狂，伸出手指往小池里把水戏蘸。刚捧起一掬清波，小丫鬟也惊喜地大喊。手掌中映现着我的容颜，美如嫦娥天仙。

【赏析】

"注释"中提到，"掬水月在手"常作为赋得体咏作的题目。这赋得体用今天的话说，就相当于命题作文。"掬水月在手"，确实是意境优美、形象生动的佳句。佳句是既耐得住咀嚼，也勾得起联想的。

这首套数不止从诗句本身的意境生发，还为它配备了人物，设计了情节。人物是一名香闺中的小姐，情节则是她二更天到后花园赏月，为明亮的月色所打动，以至牵起了乘月梳妆的兴致和举动，"掬水月在手"便在这样的背景下获得了体现。为此，全曲专门先用了一支〔赏花时〕渲染景色。景色很美，主角即是月亮。作品用了一个生动的比喻："古镜当天秋正磨。"秋季是月亮的黄金时段，但读者甚而从句子中望见了灿灿月镜中未被磨净的阴影（即今日所谓月面火山者），比喻得贴切极了。由于月亮的光明，照亮了天上的星斗，地上的玉露、泉池及树影，总之一切都借了光。将月亮作为"掬水月在手"的核心予以"包装"，这构思无论如何都是巧妙的。

〔幺〕篇开始了我们上面所介绍的情节。从题目来看，这一曲未免迂回得太远。但有好几条理由可以说明它存在的价值。第一，已是"楼头二鼓过"，小姐还让丫鬟陪同，款移莲步离了香阁，这显然不是梦游症之类，而是基于秋月的非凡魅力。第二，丫鬟瞌睡，频频催归，而小姐明显兴致正高，这就预伏下她会作出"掬水月在手"之类举动的可能。第三，"掬水月在手"富于诗意，当然需要一位同样富有诗意的美人来着手完成。作者这是用人物的美感来启动诗题的美感。

果然，第三支〔赚煞〕曲写出了小姐的表演。她先是无视丫鬟的"紧相催"，一心一意沉醉在赏月的兴致中；既而灵感一动，果断地吩咐动员老少侍女一齐为她准备梳妆用具。行文到此，我们还弄不明白作者如何转向题面。妙在小姐立即利用小池的道具（首曲"泉澄潦净"为其埋下了伏线），"伸玉指盆池内蘸绿波"，并"绰起半撮"，完成了掬水的行为。更妙的是这一行为的结果："分明掌上见嫦娥"。嫦娥是月神的化身，又是小姐水中映出面容的比喻。掬水在手，水中既有月影，又有人影，说不出谁比谁更美。如此的"掬水月在手"，不仅小梅香要"歇和"，就是我们读者也要大呼小叫了。

〔双调〕夜行船　秋思（套数）

百岁光阴一梦蝶①，重回首往事堪嗟。昨日春来，今朝花谢，急罚盏夜阑灯灭②。

〔乔木查〕想秦宫汉阙，都做了衰草牛羊野。不恁么渔樵没话说③。纵荒坟横断碑④，不辨龙蛇⑤。

〔庆宣和〕投至狐踪与兔穴⑥，多少豪杰。鼎足虽坚半腰里折⑦，魏耶？晋耶？

〔落梅风〕天教你富，莫太奢⑧，无多时好天良夜。富家儿更做道你心似铁⑨，争辜负了锦堂风月⑩？

〔风入松〕眼前红日又西斜，疾似下坡车。不争镜里添白雪⑪，上床与鞋履相别。休笑巢鸠计拙⑫，葫芦提一向装呆⑬。

〔拨不断〕利名竭，是非绝。红尘不向门前惹，绿树偏宜屋角遮，青山正补墙头缺。更那堪竹篱茅舍⑭？

〔离亭宴煞〕蛩吟罢一觉才宁贴⑮，鸡鸣时万事无休歇。何年是彻⑯？看密匝匝蚁排兵，乱纷纷蜂酿蜜，急攘攘蝇争血。裴公绿野堂⑰，陶令白莲社⑱。爱秋来时那些：和露摘黄花，带霜分紫蟹，煮酒烧红叶。想人生有限杯，浑几个重阳节⑲。人问我顽童记者⑳：便北海探吾来㉑，道东篱醉了也㉒。

【注释】

① 梦蝶：战国时庄周曾梦见自己变成蝴蝶，醒来后发现自己仍是庄周，不知究竟谁梦谁真。 ②"急罚盏"句：意谓应抓紧作长夜之饮。罚盏，即浮白，罚酒满饮取乐。夜阑灯灭，出《史记·滑稽列传》："日暮酒阑，合尊促坐，男女同席，履舄交错，杯盘狼藉，堂上烛灭。" ③ 恁么：这样。 ④ 纵：与句中"横"字对举，都表示散乱。 ⑤ 龙蛇：指碑上的古文字。 ⑥ 投至：临到。狐踪与兔穴：指上文的荒坟，成为狐狸出没、野兔穴居之处。 ⑦"鼎足"句：一作"鼎足三分半腰折"。鼎足，指三国时期魏、蜀、吴三分天下鼎峙的局面。 ⑧ 奢：奢想，指一味地利欲熏心。 ⑨ 更做道：就算是。 ⑩ 争：怎。 ⑪ 不争：当真是。白雪：指白发。 ⑫ 巢鸠：斑鸠笨拙，不会筑巢，借鹊巢居住。这里借指自己不善于经营谋求富贵，而安于贫居。 ⑬ 葫芦提：糊涂。装呆：表现出痴呆懵懂的样子。 ⑭ 更那堪："何况"之意。 ⑮ 蛩(qióng)：蟋蟀。 ⑯ 彻：尽头。 ⑰ 裴公绿野堂：唐裴度官居相位，晚年因不满宦官弄权，回到洛阳筑起绿野草堂，隐逸不问世事。 ⑱ 陶令白莲社：晋代诗人陶渊明曾为彭泽令，因耻于为五斗米折腰，归家隐居。其友人慧远是庐山东林寺高僧，集方外与名士多人结白莲社，陶渊明常去作客。 ⑲ 浑：全然。 ⑳ 顽童：指侍奉的小僮。记者：记着。 ㉑ 北海：东汉孔融曾任北海(今山东益都、潍坊一带)太守，世称孔北海，以好交宾客著称。 ㉒ 东篱：马致远自号东篱。

【语译】

人生百年就像一场梦幻，回首往日，事事都值得长叹。昨天春刚来临，今日花已凋残，还不如夜深灭了灯烛，急急地罚酒寻欢。

想秦汉的宫殿，都化作了放牧牛羊的荒草原。不是这样的话，渔夫樵子便没内容闲谈。只见荒坟断碑横七竖八，碑上的文字早已漫漶。

等到坟场成为狐兔出没的地盘，这期间消磨了多少英雄好汉。三国鼎立，也像折鼎那样不能久全。魏么？晋么？都同前朝一般。

老天让你成大款，可别想入非非，一味地盘算。良辰美景总是那样的短暂。富翁们就算是铁石心肝，怎能狠得下性子，把现成的享受白白抛在一边？

眼前的红日就像下坡的车辆，又一次急急地坠下西天。当真它使镜里白发频添。上床脱了鞋子，就不知第二天是否还有机会再穿。别笑我像斑鸠那样不善于经营谋生，我一向保持着糊里糊涂、痴呆懵懂的外观。

我断绝了功名的企求，也摆脱了是非的纠缠。门前清静，不受闹市红尘的沾染。屋角种植绿树，破墙面对青山。更加上竹篱茅舍，足以把身安。

蟋蟀停了鸣叫，方能一觉睡酣，等到晨鸡报晓，俗事又络绎不断：这样的情形何年才完？冷眼观世，只见蚂蚁密麻麻排兵布阵，群蜂乱哄哄采花酿蜜，苍蝇急忙忙争腥逐膻。我向往的是裴度那样的避世隐居，陶渊明那样的同高士结社作伴。我爱秋天的优点：采摘带露的菊花，分擘当令的熟蟹，点燃一堆红叶，把美酒煮暖。想人生饮酒的机会有限，一生遇到的重阳节屈指可算。我吩咐家僮记着：有人问起我的话一律回断，就算孔融前来拜访，也回答他主人醉了，不能出来迎见。

【赏析】

"生年不满百，常怀千岁忧。昼短苦夜长，何不秉烛游？"（《古诗十九首》）"浮生若梦，为欢几何？古人秉烛夜游，良有以也。"（李白《春夜宴桃李园序》）本篇首支〔夜行船〕，正是古人这种思想的体现。"百岁"与"一梦"的对映，"昨日"与"今朝"的转接，都说明了人生的短暂。何况"往事堪嗟"，短暂的时光中也是悲愁居多，这就引出了及时行乐的欲望。"急罚盏"的急字，将悲愤颓放的神情全盘托出，"夜阑灯灭"，用淳于髡男女合坐灭烛夜饮的典故，表现出了长夜之饮的颓狂。这支曲无论在内容还是营造的气氛上，都起了总领全篇的作用。

以下二支曲是"白岁光阴一梦蝶，重回首往事堪嗟"的具体说明。〔乔木查〕、〔庆宣和〕两支曲回顾历史，一片衰凉荒芜的景象。帝王宫阙剩余了荒坟断碑，英雄豪杰委付与狐踪兔穴，秦、汉、三国，以至"魏耶晋耶"，无不是"往事堪嗟"的过眼烟云。〔落梅风〕一曲则联想到世上的富户们，他们照例已有了行乐的物质条件，却一味孜孜求利，仿佛只有铁做的心肠，其结果是碌碌虚度，"无多时好天良夜"。这三曲意峻语冷，将帝王、豪杰、富家一一抹倒，那么世人所热衷的一切：事业、功名、富贵，就没有丝毫可迷恋的必要了。

〔风入松〕曲转入自身的反思。因为光阴易逝，"疾似下坡车"，转瞬老境将至，随时可能大限临头，所以再没有兴趣去追求和奔竞。"巢鸠计拙"是说自己一事无成，处境潦倒，但由于上述缘故，守拙、装呆的处世态度也颇可自豪。于是在〔拨不断〕曲中,诗人历述了自己田园隐逸生活的自在与可爱。"红尘"三句鼎足对,清丽疏朗,很使人想起陶渊明在《归去来兮辞》中所写的境界。

最后一曲〔离亭宴煞〕,集中地表现了诗人鄙夷富贵、恬于隐逸、自在行乐的生活观。富贵场中的争名夺利,从鸡鸣天亮开始,到夜晚上床睡着了才算暂歇,日复一日,永无休止。作者冷眼旁观,复用"密匝匝"三句的三组形象比喻,将这般人的丑恶可憎,刻画得淋漓尽致。以"蚁"、"蜂"、"蝇"之类的虫豸作拟,也见出了他们的渺小和蠢动。诗人愤世嫉俗之余,转回了自己所珍护的世界:仰慕的是洁身避俗的贤人高士,爱好的是放酒畅怀的隐居生活。末尾叙出的重阳时令,点应"秋思"的题目。全篇以饮酒始,以饮酒结,中间纵兴放歌,酣畅地表达了作者对社会和人生的感慨及观念。

这首作品历来受到文人的推崇,有"元人第一"、"套数中第一"、"万中无一"等极高的评价,欣赏它的"沉深逸宕"、"放逸宏丽"、"不重韵、无衬字(?)、韵险语俊"不一。不过在我们看来,作品的成功之处主要是在语言上,常常是警拔生动,淋漓奔放,或者看似冷静平常,实则耐人咀嚼寻味。如"鼎足虽坚半腰里折"、"上床与鞋履相别"、"青山正补墙头缺"、"密匝匝蚁排兵,乱纷纷蜂酿蜜,急攘攘蝇争血"等。这些语句不事雕琢,与诗词的风味迥然不同,却一样地有着艺术上的感染力。这种接近生活语言的艺术语言,就是元曲中的所谓"当行语"。

王实甫

王实甫(生卒年不详)，一说名德信，大都(今北京)人。著名杂剧《西厢记》的作者。早年曾出仕做官，元成宗元贞、大德年间退隐纵游，著有杂剧十四种。散曲存世仅小令一首、套数三首，从中犹可见老到的功力，诚如《太和正音谱》所评："王实甫之词如花间美人……深得骚人之趣。"

〔中吕〕十二月过尧民歌　别情

自别后遥山隐隐，更那堪远水粼粼。见杨柳飞绵滚滚，对桃花醉脸醺醺①。透内阁香风阵阵②，掩重门暮雨纷纷。　　怕黄昏忽地又黄昏，不销魂怎地不销魂。新啼痕压旧啼痕，断肠人忆断肠人。今春，香肌瘦几分？搂带宽三寸③。

【注释】

① 醉脸醺醺：指桃花绯红，犹如酒醉的脸色。　② 内阁：闺房。　③ 搂带：元人对"缕带"的俗写，缕带即丝绦制作的腰带。白朴《东墙记》第三折："你只要搂带同心结不开。"但白曲实用骆宾王《帝京篇》"同心结缕带"意。而《西厢记》四本一折〔上马娇〕即云："把缕带儿解。"

【语译】

自从离别后我一回回把你遥望，但只见远山一重又一重，苍苍茫茫。更不堪加上一道道河流，闪动着粼粼波光。不觉间杨柳又已吐绵，柳絮一团团随风飘扬，桃花绽放着绯红的醉颜，逗弄着妖娆的艳妆。时而春风带着诱惑的花香，一阵阵透入闺房；时而暮雨淅淅沥沥，使紧闭重门的深院倍觉凄凉。

我害怕黄昏，偏偏忽然间又到了黄昏时光，想不再痛苦，却怎能禁住内心的极度悲伤！脸上的旧泪才干，新泪又滚下眼眶；我已愁魂破碎，思念着的你也一定寸断肝肠。这一个春天，我消瘦了几分容光？只见腰带，已经宽松出三寸多长。

【赏析】

"别情"是元散曲的习见题材，而像本曲这样，从头至尾每一句都表现出刻骨铭心的离愁别恨，却是不多见的。

起手从室外写起。遥山、远水，正是别时所见；隐隐、粼粼，有望断云山、望穿秋水而不见行人之意。女子自别心上人后又来到分手之处，依旧的山水景色勾起回忆和思念，不堪相对，自在情理之中。然而，归途的春天景物却同样地搅起了她的愁绪，无可躲避：柳绵滚滚使她想到离人的漂泊，桃花灼灼使她自伤红颜的薄命；归入绣房，轻风仍然透进来春天的气息，撩拨起心底对幸福生活的渴望，这情形就像李白在《春思》中写的那样："春风不相识，何事入罗帏。"而当紧锁起重重门户，试图彻底同外界隔绝之时，黄昏的雨点又一声声送来了凄清冷寂的况味。这一段从章法上说是由远而近，从立意上说则遥山远水影示了距离上的远别，细写春色影示了时间上的阔别。六句所列示的自然景物意境优美，却因"别"字的暗中影响，而无不带上了人物的愁意。

下支〔尧民歌〕，直接描摹了闺中女子别后独居的相思情态。黄昏时的孤独滋味可怕极了，偏生"忽地"又迎来了黄昏；要想摆脱相思的烦恼，却总免不了柔肠寸断。说明女主人公忍受别情的煎熬已非一日。这种折磨的结果，是泪痕不绝，形销骨立。宋朱淑真《秋夜有感》："哭损双眸断尽肠，怕黄昏后到昏黄。"秦观《鹧鸪天》："枕上流莺和泪闻，新啼痕间旧啼痕。"可见曲中的句子多为人同此心、心同此感。值得一提的是，尽管女子经历了这样的痛苦，却仍将一颗心寄托于对方，并相信心上人也有着同样的心境，"断肠人忆断肠人"，更见出了她的一片纯情。全曲曲句两两相对，有意识地连用叠字、叠词，含情脉脉，如泣如诉，增添了哀感顽艳的动人风韵。

这是王实甫存世的唯一一首小令。明朱权《太和正音谱》评称："王实甫之词如花间美人，铺叙委婉，深得骚人之趣。"无论从他的巨作《西厢记》还是从这支小令来看，都证明了此段评语的允当。但以本篇与《西厢记》剧曲相比，凝练有余而飞动不足，似可略见元曲自抒体与代言体风格的区别。

滕 宾

滕宾（生卒年不详），一作滕斌，字玉霄，黄冈（今属湖北）人，至大年间任翰林学士，出为江西儒学提举，后弃家入天台山为道士。有《玉霄集》。散曲今存小令十五首，多示隐居乐道的真实感情。

〔中吕〕普天乐

朔风寒，彤云密①。雪花飞处，落尽江梅。快意杯，蒙头被，一枕无何安然睡②，叹邙山坏墓折碑③。狐狼满眼④，英雄袖手，归去来兮。

【注释】

① 彤云：冬天的阴云。　② 无何：过了不久。　③ 邙（máng）山：即北邙山，在洛阳城北，汉魏时多葬公卿。后因作墓地的代称。　④ 狐狼：喻大小恶人。《后汉书·张纲传》载张纲欲巡行纠恶，曰："豺狼当路，安问狐狸！"

【语译】

北方吹来的寒风冰冷刺骨，浓重的阴云在空中密布。一片片雪花漫天飞舞，把江边的梅花从枝头尽行驱除。这时的酒杯最使人心满意足，用衾被来把头盖住，人一着枕，不多时便安心地鼾鼾睡熟。你看北邙山从古至今，剩多少断折的石碑、残坏的坟墓，怎不叫人感叹人生的虚无！满眼是豺狼和狐狸当路，害得英雄无法施展抱负，只得走上归隐的路途。

【赏析】

把这首小令从头至尾读上一遍，就不难看出它的一大特点，即转折突兀，波澜频生。从前四句的写景，到中三句的叙事，到末四句的感怀，作者都有意跳过了其间的联系，造成了大起大伏的效果。前四句是典型的冬景。朔风阴云，催成一天大雪，天寒地冻，连素来傲雪凌霜的红梅也抵挡不住，纷纷坠地。然而作者置若罔闻，先是尽兴痛饮，喝足了便蒙头大睡，不到一刻工夫便进入了梦乡。这一层转折，是表现作者拥有一片个人世界、不受外部条件困扰影响的自适。"一枕无何安然睡"，应当是无忧无虑的了，然而长叹随之而起，叹人生的短暂、岁月的无情，更叹世道黑暗，英雄失路。这又是一层转折，显示了在"安然"表象下作者愤懑的真实内心。即使在各层转折内部，语句也是跳跃性的，代表着一系列意念的闪现。作品的这一特点，反映了作者心潮的起伏，也使全曲表现出一种冷峻峭刻的风格。

末句逼出的"归去来兮"直接沿用了陶渊明《归去来辞》的名言，见出"快意杯，蒙头睡"云云，全是属于隐居生活的表现。元人散曲写归隐，不外乎两种内容，一种是极力渲染隐居的快乐，另一种是破口痛诅尘世的恶浊。这支曲子将这两种写法集于一体，难怪其意象文气会跃动不已了。

邓玉宾

邓玉宾（生卒年、籍贯不详），曾官同知。今存小令四首、套数四首，多表现道家出世思想。

〔正宫〕叨叨令　道情①

想这堆金积玉平生害，男婚女嫁风流债。鬓边霜头上雪是阎王怪，求功名贪富贵今何在。您省的也么哥②？您省的也么哥？寻个主人翁早把茅庵盖。

【注释】

① 道情：道家勘破世态、清静无为的情味。　② 省：明白。也么哥：语尾助词，无义，是〔叨叨令〕曲牌五、六句的定格。

【语译】

细细想来，处心积虑聚敛钱财，恰恰结下了人生的祸胎；为子女婚嫁操劳安排，不过是风流性质的孽债。鬓发渐白、日益苍老，那是阎王爷的惩戒；那些孜孜贪求功名富贵的市侩小人，如今的下场何在！你可明白？你可明白？还是尽早寻个贤主人，盖所草庵虔心向道，才是应该。

【赏析】

这首小令针对世人追逐富贵功名、为家业子女操心而不惜蹉跎年华的行径进行告诫，不啻为声声棒喝。为达到警醒的目的，作品接连铺排了四句断语，罗列的是人生常见的现象，得出的结论却往往出人意表。这些断语省略了中间的条件与过程，本身需人深省，而作者以"想这"两字领起，便成了顺理成章、天经地义之事。元曲的衬字，真有点铁成金之妙。

得出的总结论是出世修道，"寻个主人翁早把茅庵盖"。这里的茅庵即是道家修习静业的道庵，"主人翁"可指为居停的贤主人，但更有得道先师的意味在内。这一句是"道情"的典型表现。从说教的内容与指示的出路来看，作品固然未脱老生常谈，却因断言的灏烂老辣，使人仍有震铄耳目之感。尤其是前四句虽分列四种现象，却暗寓了迷溺尘俗者自壮及老、终至"今何在"的人生全程，使末句便带上了及早回头的紧迫意味。五、六两句的重复虽是〔叨叨令〕曲牌的定格，在本曲中却恰恰起了强调和警醒的作用，这也是颇饶兴味的。

〔正宫〕叨叨令　道情

白云深处青山下，茅庵草舍无冬夏。闲来几句渔樵话，困来一枕葫芦架。您省的也么哥？您省的也么哥？煞强如风波千丈担惊怕①。

【注释】

① 煞强如：全然胜过。

【语译】

在青山的深处，白云缭绕，盖几间茅屋安住，无所谓冬去夏到。闲暇时同渔人樵夫聊聊，疲倦了就在葫芦架下美美地睡上一觉。你可知道？你可知道？比起在名利场的风波海中担惊受怕，这不知强了多少！

【赏析】

这首《道情》，是前一曲的续篇。前篇呼吁"寻个主人翁早把茅庵盖"，这一首便是叙说茅庵里隐居乐道的生活了。

南朝隐士陶弘景，在回答齐高帝"山中何所有"的提问时，赋诗道："山中何所有？岭上多白雪。只可自怡悦，不堪持赠君。"唐贾岛《寻隐者不遇》："只在此山中，云深不知处。"白云、青山，是隐居修道的典型环境，何况是"深处"，更见遗世独立的风韵。白云、青山虽是最习常的用语，在本曲的首句中对举映照，"白"、"青"的色彩便十分醒目，足以显示出景色的宜人。至于茅庵草舍固然简陋，却有"无冬夏"的好处。这三字既可解释为四季如春，又有安居其中不知岁时变换的意味。这两句叙述环境，已见出了作者安适的心态。

第三、四两句用对仗，写怡然自得的生活，"闲"、"困"都是懒散无为的标志，"几句"应闲，"一枕"应困，淡泊之至，也自在之至。渔樵是不用说了，从来是隐士的同道；那"葫芦架"下一片清荫，正好高卧。元人有"葫芦提"的俗语，意谓糊涂，那么"一枕葫芦架"也就隐含了"难得糊涂"的况味。马致远《清江引·野兴》："一枕葫芦架，几行垂杨树，是搭儿快活闲住处。"贯石屏《村里迓鼓·隐逸》："无事掩荆笆，醉时节卧在葫芦架。"均同此意。这两句具有代表性和概括性，同前面的白云茅舍互相映合，洋溢着一派悠闲恬适的情调。

然而最后三句却突然转出了山外的世界——那功名场中的"风波千丈"，大有谈虎色变的情味。"风波千丈"对应曲中的首二句，"担惊怕"对应三四句，各形成强烈的对比。作者用心有余悸的比较来显示山中茅庵生活的可贵，是成功的反衬。而前半的描写则有力地支持了作者"煞强如"的结论，令人心悦诚服，从而起到了"道情"警悟浊世的作用。

〔南吕〕一枝花(套数)

连云栈上马去了衔①，乱石滩里舟绝了缆。取骊龙颔下珠②，饮鸩鸟酒中酣③。阔论高谈，是一个无斤两的风月担④，蛜蝛虫般舍命的贪⑤。此事都谙，从今日为头罢参⑥。

〔梁州第七〕俺只待学圣人问礼于老聃⑦，遇钟离度脱淮南⑧，就虚无养个真恬淡。一任教春花秋月，暮四朝三，蜂衙蚁阵⑨，虎窟龙潭⑩。闹纷纷的尽入包涵⑪，只是这个舞东风的宽袖蓝衫。两轮日月是俺这长明朗不灭的灯盏，万里山川是俺这无尽藏长生药篮，一合乾坤是俺这养全真的无漏仙庵⑫。可堪，这些儿钝憨，比英雄回首心无憾。没是待雷破柱落奸胆⑬，不如将万古烟霞付一簪⑭，俯仰无惭。

〔随煞〕七颠八倒人谁敢，把这坎位离宫对勘的嵒⑮。火候抽添有时暂⑯，修行的好味甘。更把这谈玄口缄，什么细雨斜风哨得着俺⑰！

【注释】

① 连云栈：古栈道名，在陕西褒城与凤县之间，为历史上川陕之间的交通要道，依崖壁凿成，极其险峻。　② 骊龙：传说中的黑龙。据《庄子·列御寇》载，骊龙生活于九重之渊，颔下有珠，必须等它睡着时才能探取，否则就会遭到生命危险。　③ 鸩鸟：一种有剧毒的鸟。以鸩羽浸酒，饮者会立刻死亡。　④ 风月担：元曲中通常代指烟花生涯，这里指不正经、不务正业。　⑤ 蛜蝛(fù bǎn)虫：据唐柳宗元《蝜蝂传》述，蝜蝂是一种性贪而拙的小甲虫，遇物则取之负于背上，虽困剧犹不止。　⑥ 罢参：不去谒见，也即不理睬。　⑦ "俺只待"句：孔子曾前往周国，问礼于老子，见《史记·孔子世家》。圣人，指孔子。老聃，即老子，春秋晚期大哲学家，为后世的道教尊为祖师。　⑧ 钟离：钟离权，道教传说中的"八仙"之一。淮南：西汉淮南王刘安，因谋反罪入狱自杀，《神仙传》等则传说他得道升天成仙。但钟离权实为唐人；据《神仙传》载，度化刘安的是汉代的八公。　⑨ 蜂衙蚁阵：蜂房中群蜂簇拥蜂王如上衙参拜，称蜂衙；蚂蚁群聚如列战阵，称蚁阵。喻世俗的扰杂。　⑩ 虎窟龙潭：喻境地的险危。　⑪ 闹纷纷：乱纷纷。　⑫ 全真：保全先天的本性。无漏：无孔隙，修行者则常指无烦恼欲望的杂念。　⑬ 没是：与其。　⑭ 簪：指道簪，道家束发所用。　⑮ 坎位离宫：坎离的位置。在道家外丹术中，坎为铅为水、离为汞为火；内丹术中坎为肾为气，离为心为神。嵒(yán)：严实。　⑯ 火候：道家借指修行时精、气、神在体内运行中意念的操纵程度。抽添：减少或增加。时暂：长久或暂时。　⑰ 哨：同"潲"，斜飘。

【语译】

脱缰的野马在半空的栈道上狂奔，断缆的孤舟在湍急的险滩中漂流，人生就是这样地充满危险。为了重利不惜向骊龙下巴上取珠，为了欲求甘心饮鸩酒止渴，世人又是那样地目光短浅。不务正业，夸夸其谈，在风月场中纵欲无度，追求钱财像负重搬运般贪婪。这一切我已司空见惯，从今后彻底一刀两断。

我只打算像孔子问礼那样地虔心求敬老子，像淮南王刘安那样地寻拜高人成仙，信奉道家清静无为的教义，把天性保全。时序变换，人情翻覆，世俗纷扰，危机四伏，这一切都同我毫不相干。我身穿道袍，两袖郎当，却把乱纷纷的世界一股脑儿包涵：太阳和月亮是我修道的长明灯盏；大地河山是我取之不尽的采药筐篮，整个乾坤是我养全真性的封闭道观。我虽然行为愚鲁呆惫，回首同世上的英雄相比，却是没有一点儿遗憾。与其作恶造孽遭受天谴，还不如在千古存在的自然风景中云游访道，下不愧于地，上不愧于天。

我岂敢七颠八倒入了野狐禅，细细地品对坎、离的位置，一心炼丹。操纵意念，控制着抽添的时间，修习得秘旨精要，真是得意非凡。我处世谨慎，决不多言，人世的斜风细雨，又怎能对我有半点儿侵犯！

【赏析】

元散曲中有一专门的品种，称为"道情"，也就是道家的歌唱。元燕南芝庵（很可能就是元代的大儒燕公楠）《唱论》中，将它作为"古有两家之唱"之一家，说是："道家所唱者，飞驭天表，游览太虚，俯视八纮，志在冲漠之上，寄傲宇宙之间，慨古感今，有乐道徜徉之情，故曰'道情'。"《太和正音谱》的作者、明初宁献王朱权，则为它起了个"黄冠体"的名目，黄冠是道士的别称。元代道情散曲的作者未必都是道士，内容也并非全然为赤裸裸的宣教布道，但这种"黄冠体"无疑是大量避世乐隐题材作品的滥觞。这首〔一枝花〕套可说是道情散曲的一则典型。

全套三支曲子，〔一枝花〕从世途的艰危、陋恶入手，看破红尘，述作者皈依道家的动机。〔梁州第七〕则"志在冲漠之上，寄傲宇宙之间"，结合"蜂衙蚁阵、虎窟龙潭"的尘俗现实大奏清静无为的鼓吹。〔随煞〕更是投入于道家的养真修炼，俨然为"黄冠"的口吻。尽管全作散发着浓重的宗教情味，但"乐道"为伤时的产物，避世是叹世的补充，这一事实也在曲中充分地显露了出来。隐居归田、全身远害，是元散曲的热门题材，虽然其中大多数未如此篇这样饱现道家教理，但其间愤世嫉俗的精神实质是一脉相通的。

本篇在说道抒情之中，运用了大量形象的比喻，如连云栈马、乱石滩舟、骊龙珠、鸩鸟酒、风月担、蜎蜕虫等，造成了蕴藉奇警的效果。尤其是"两轮日月"等三句鼎足对，以日月、山川、乾坤的庞然大物与灯龛、药篮、仙庵的道家器具喻连在一起，手法十分高超。全曲用"监咸"的合口韵，这是曲中的险韵，通常只用于描写冬景、风月场题材的散曲中，有峭严的意味。作者在险韵中信步游行，也可见出其不凡的才力。

本曲侈谈"坎位离宫"，"火候抽添"，固然有玄深、陈腐之嫌，但这却是金元全真教大兴的背景下，文坛上出现的特有景观。金元诗、词中，都有连篇累牍讲演道教教义的作品，散曲中也有论道谈玄的《自然集》流传于世。相比之下，还是曲体的可读性更强一些，所以更为道家所相中，作为散布影响的重要载体。故选辑这一首作品入集，也有全面了解元散曲社会功能的一层用意。

王伯成

王伯成(生卒年不详)，涿州(今属河北)人，与马致远为忘年交。著有《天宝遗事诸宫调》及杂剧三种，于元曲曲坛有"一代英豪"之誉。散曲今存小令二首，套数三首，风格健朗。

〔般涉调〕煞　赠长春宫雪庵学士①(摘调)

莫苦求，休强揽。莫教邂逅遭坑陷②。恐哉笞杖徒流绞③，慎矣公侯伯子男④。争夸炫⑤，千钟美禄，一品高衔？

【注释】

① 长春宫：在大都(今北京市)，为全真教教主丘处机所设立的道观。　② 邂逅：不期而遇。③ 笞杖徒流绞：古代官方制定的五种肉刑。　④ 公侯伯子男：古代的五等爵位。　⑤ 争：岂，怎。

【语译】

万事莫要强行追求，也莫要硬性包揽。别让自己在无意之间，坠入灾难的深坎。笞、杖、徒、流、绞，哪一样不令人心惊胆战？就是做到了公、侯、伯、子、男，也还是应当谨慎再三。又何必得意非凡，夸耀什么千钟厚禄、一品高官！

【赏析】

这是从《哨遍·赠长春宫雪庵学士》套数十二支曲中抽出的一支摘调。全套虽是酬赠之作，却几乎句句是劝道的箴言，足见作者对世态人心的惊惧与感慨。

这支曲的教旨是"莫苦求，休强揽"，即所谓不忮不求，也含有"是非只为多开口，烦恼全因强出头"的明哲保身意味。它的语重心长，在于指出了"苦求"、"强揽"的恶果——"邂逅遭坑陷"。"邂逅"是不期而遇的意思，说明一个人即使在无心之中，也会遇上风波，蒙遭灾难，更不用说非分的"求"和"揽"了。接着小令进一步说明了"坑陷"的可怕，那就是"恐哉笞杖徒流绞"，五刑中的任何一刑都不是闹着玩的。这是对偶的上句，下句更为匪夷所思："慎矣公侯伯子男。"将五侯之尊——点名列出，正说明他们是"苦求"、"强揽"的主要行事者，也即是作者箴规的重点对象。以五刑对五侯，反差彰显，正是这首小令的警策之处。

作品的妙味尚不止此，末三句用了一组愤激的反问，矛头直指"一品高衔"的达官，言下有无限的轻蔑之意。这才使读者明白作者苦口是宾，诛心才是主，借说教的机会，诉喉中之骨鲠，大有"还将冷眼观螃蟹，看尔横行到几时"的峻严之意。元散曲多"警世"的习惯，其中的棒喝固然也常常发人深省，但更给人们留下深刻印象的，还是字里行间所洋溢着的那种不遗余力的批判精神。

冯子振

冯子振(1257—约1348),字海粟,号怪怪道人,攸州(今湖南攸县)人。元代名士,曾官集贤待制。有《海粟集》。散曲今存小令四十四首,其中四十二首和白贲《黑漆弩》韵,可见其逞才使气之一斑。

〔正宫〕鹦鹉曲　农夫渴雨

年年牛背扶犁住,近日最懊恼杀农父^①。稻苗肥恰待抽花,渴煞青天雷雨。

〔幺〕恨残霞不近人情,截断玉虹南去^②。望人间三尺甘霖,看一片闲云起处。

【注释】

① 懊恼:烦恼。　② 玉虹:虹。《搜神记》载孔子拜告于天,"赤虹自上而下,化为黄玉"。古人以为虹霓主风雨。

【语译】

年年在耕牛背后扶犁为生的农民,近日来无比烦恼忧心。稻苗生长正临抽穗扬花的时节,多么渴望雷雨降下天庭。

最恨那火红的晚霞不近人情,始终不见一点虹彩,直到在南天消隐。农民盼望着一场积地三尺的透雨,抬头忽见空中起了一片浮云,不知会不会带来甘霖?

【赏析】

"年年牛背扶犁住"即"年年牛背扶住犁",因押韵和平仄的需要改动了语序,却因此使全句显得圆融老到。这一句通过跟随牛后把犁的画面,洗练而生动地塑造了田间耕作的"农夫"形象。更重要的是以"年年"为下句的"近日"作出铺垫,农夫年复一年辛劳耕田,种种苦恼都安然忍受下来,而近日却"最懊恼杀",可见非同小可。三、四句写出了其中的原因,是因为稻子恰待抽穗扬花,偏偏却逢上天旱,以至于农夫"渴煞青天雷雨"。短短四句,就已缴足了题目的含意,勾起了读者的关心与同情。

然而上半段只能说是交代了一个大的背景,"农夫渴雨"究竟渴望到怎样的程度?〔幺〕篇便就此进行了点染和生发。作者选取了农夫仰望天空的镜头。此时夕阳已下,残霞满天,俗谚谓"朝霞不出门,晚霞行千里",显然毫无下雨的迹象,大违农夫的心意。全句以一个"恨"字领起,显示了农夫的失望。这"残霞"还在飘散变化，然而不久就渐渐消隐于南天。作者不直言它的消失，而用了"截断玉虹南去"的曲折表述，暗示农夫一直在残霞中寻觅着"玉虹"的踪影，也就是说，在期盼着出现降雨的征兆，然而残霞"截断"了这种可能。"截断"二字，带有毫不通融的决绝意味，呼应了前句的"不近人情"。这两句虽是贯联一气，实在却包含了农夫从残霞出现到消失的漫长过程。作品至此并不结止，又继续生发出余波，这就是最末两句。"望人间三尺甘霖"，望是盼望、想望，"三尺甘霖"自然是子虚乌有。然而"三尺"又说得如此具体，可见这是浮现在农夫脑海中的幻影，说明他还在痴痴盼想。皇天不负苦心人，果然天空凝起一团云朵！"看一片闲云起处"，云是闲云，起是初生，这云是否有所作为、能不能化为"甘霖"，作者皆无交代，只留下渴雨农夫"看"的剪影，也为读者留下了悠长而深重的余味。

这支小曲纯用白描，层层生波，细腻地表现了农家甘苦的一个侧面。下片〔么〕篇中连用"残霞"、"玉虹"、"甘霖"、"闲云"四种表示天象的词语，却有实有虚，令人玩味无穷。冯子振的《鹦鹉曲》，是在京城听歌女演唱白贲的《黑漆弩（即鹦鹉曲）·渔父》后，因友人提起此曲曲牌格律严格难循，而有意和作的，他运用各种题材，前后步原韵共作了四十二首。在声律与韵脚的限制中信步游行，也可见作者不凡的才情。

〔正宫〕鹦鹉曲　夷门怀古①

人生只合梁园住②，快活煞几个白头父。指他家五辈风流，睡足胭脂坡雨③。

〔么〕说宣和锦片繁华④，辇路看元宵去⑤。马行街直转州桥⑥，相国寺灯楼几处⑦。

【注释】

① 夷门：战国魏都大梁（今河南开封）的东城门，后遂成为开封城的别称。　② 梁园：西汉梁孝王刘武所建的园囿，位于今开封市东南。　③ 胭脂坡：唐代长安地名。　④ 宣和：宋徽宗年号（1119—1125）。　⑤ 辇路：天子车驾常经之路。此指汴京御街。　⑥ 马行街：宋代汴京（今河南开封）地名。孟元老《东京梦华录》："土市北去，乃马行街也，人烟浩闹。"州桥：又名汴桥、天汉桥，在汴京御街南，正对皇宫。　⑦ 相国寺：本北齐建国寺，宋太宗朝重建，为汴京著名建筑，其中庭两庑可容万人。《东京梦华录》载其元宵灯市情形："竞陈灯烛，光彩争华，直至达旦。"

【语译】

人生能居住在开封古城，真是一大幸事，你看那几位白发老头，谈笑风生，快乐何似。他们中有的人祖上五代都生活在此，过惯了京城的安稳日子。

老头们闲话起宋徽宗宣和年间，汴京城花团锦簇，繁华之至。正月十五日元宵之夜，人们都拥上御街去观赏灯市。从马行街直转至州桥，处处火树银花，耀如白日；更有几处灯楼格外壮观，坐落在那著名的大相国寺。

【赏析】

起句"人生只合梁园住"，是模仿唐人张祜的"人生只合扬州死"（《纵游淮南》）的故作奇语。接着，以"几个白头父"的闲谈和回忆，来支持这一结论。这其实就同唐诗的"白头宫女在，闲坐说玄宗"一样，表面上是抚今追昔，实质上却充满了年光飞逝的沧桑之感。

上片出现了"胭脂坡"的地名，这原是唐代长安城中的一处所在。作者移入"夷门"，正是为了影射出此地在北宋时期作为全国都城的事实。同样，"君子之泽，五世而斩"，而曲中强调"他家五辈风流"，这"风流"无疑是属于宋代汴京的全盛时期。换句话说："白头父"们是在演说和追念前朝，他们虽不是遗民，但父祖辈对于故国的爱国情感却一代代传了下来。这在元代是忌讳的，所以曲中的"快活煞"三字，只是作者使用的障眼法。

白头父谈话的主题是"说宣和"，而且着眼于其时的"锦片繁华"。作为具有典型性的例证表现，是正月十五元宵节的观灯。北宋汴京的元宵灯市，是天下闻名的，其时张灯结彩，火树银花，金吾不禁，连大内前的御街，也任由百姓和行人来往观赏。"辇路"、"马行街"、"州桥"、"相国寺"……"白头父"们如数家珍，表现出强烈的缅怀和神往。"宣和"是"靖康"前的年号，也就是宋徽宗在禅位作太上皇前的最后几年，下距北宋的灭亡已近在咫尺。老父们对他荒政失国的过失未予责备，却津津乐道他在元宵灯节的与民同乐，并以此作为"人生只合梁园住"的一则论据，可从一个侧面反映出元代汉族百姓的民族情绪。"锦片繁华"在作者的时代已成为历史陈迹，诗人"夷门怀古"的用意与心情，可以想见。

〔正宫〕鹦鹉曲　渔父

沙鸥滩鹭滩依住^①，镇日坐钓叟纶父^②。趁斜阳晒网收竿，又是南风催雨。

〔幺〕绿杨堤忘系孤桩，白浪打将船去。想明朝月落潮平，在掩映芦花浅处。

【注释】

① 滩（jǐ）依：当作"滩褷"，羽毛团合的样子。唐皮日休《白鸥》"雪羽滩褷半惹泥"可证。　② 纶父：钓鱼人。纶，钓鱼的丝绳。

【语译】

沙滩是鸥鹭的世界，一只只毛羽丰融。还有整日长坐不去的客人，那就是以捕钓为生的渔翁。趁着夕阳晒干渔网，拾掇渔具收工；果然不久就是一阵骤雨，追随着夏日的熏风。

绿杨堤边的小船忘了在桩头上系紧，被白浪卷入江中。不过没什么关系，到明天早晨晓月消沉时，潮水将会平伏，不再汹涌。岸边的芦花参差起伏，掩映于熹微之间，到那儿定会找到小船的影踪。

【赏析】

《列子》上有个"海上人"与鸥鸟的故事：他把鸥鸟当作朋友，每天便有成百的海鸟亲近他，而当他一旦存有捕捉的机心，鸥鸟们便会远远地离去。后人将这段故事总结为"鸥鹭忘机"的成语。本篇起首两句将沙鸥滩鹭的"襕依（襶）住"与渔父垂钓的"镇日坐"安排在一起，便是暗用这一典故，说明渔父除了操持生计外，毫无机巧铺谋之心，以至鸥鹭与之安然相处。三、四句将渔父的晒网收竿贯串于"斜阳"、"催雨"之中，又隐示出他在人生风雨中的安之若素。这四句从渔父自食其力的日常生活入手，赞美的则是他离尘出俗的精神境界。

〔么〕篇描绘了一段富有诗情画意的场景：忘系缆绳的小船漂失于白浪中，但到次日清晨月落潮平，又会在芦花掩映的浅滩找见。这一段虽不见人物的踪影，却是曲中的渔父顺适风波、随遇而安的映照。唐司空曙《江村即事》："钓罢归来不系船，江村月落正堪眠。纵然一夜风吹去，只在芦花浅水边。"欧阳修亦有《渔家傲》词述渔人生活，下片云："花气酒香清厮酿，花腮酒面红相向。醉倚绿阴眠一饷，惊起望，船头阁在沙滩上。"本篇的结尾或受它们启发。全曲以富于喻示性的景象巧作布置，既形象鲜明，又耐人遐想。

〔正宫〕鹦鹉曲　都门感旧①

都门花月蹉跎住，恰做了白发伧父②。酒微醒曲榭回廊，忘却天街酥雨③。

〔么〕晓钟残红被留温，又逐马蹄声去。恨无题亭影楼心，画不就愁城惨处。

【注释】

① 都门：京城，此指大都（今北京市）。　② 伧（cāng）父：贱俗的平民。南北朝时，南方人以之作为对北方人的鄙称。《晋书·周玘传》："吴人谓中州人曰伧。"　③ 天街酥雨：唐韩愈《早春呈水部张十八员外》："天街小雨润如酥。"天街，京城的街道。

【语译】

一回回辜负了花前月下，在京城已寄住了这么多时日。我一个南方人，临到头白，倒作了北方的老蛮子。曲折的水榭，回环的长廊，我常常借酒消愁，不到沉醉不止。初醒时，暂忘身在早春的都城，满街飘扬着酥油般的雨丝。

拂晓的钟声余音未尽，红被中还残留着体温，我又不得不离开寓处，随着马蹄踏上了行程。亭台楼阁不曾留下题咏，不能不使人感到憾恨。实在是因为没有笔墨，能描画出我久居困愁中的伤心。

【赏析】

作者曾官承仕郎、集贤阁待制，也是当时的名士。从世祖到成宗朝，在京城大都生活了不下二十余年。这首散曲，就是他对京城生涯的回首。

"都门花月蹉跎住，恰做了白发伧父。"起首的这两句，定下了全曲的基调。京城是繁华风流的象征，"都门花月"，无疑在作者生活中留下了不可磨灭的印记。然而，曲中却以"蹉跎"二字作为"花月"的同位语，蹉跎造就了作者的"白发"，使他这个南方人"恰做了"北方的老蛮子。作者有意突出了"白发伧父"与"都门花月"的不调和，是自嘲，更是一种深深的自责。

三、四两句，是"都门感旧"的掠影之一。这里的"曲榭回廊"同"天街"绝缘，可见是"狭斜"即青楼内的建筑。"酒微醒"而"忘却"，说明沉湎之深。借用韩愈诗句入曲，既以"天街"照应"都门"，又隐现了"天街酥雨"所当的早春时令。在青楼中醉酒度日，既忘却了身处的空间，又忘却了时光的流逝，这就为"花月蹉跎"作了形象的注脚。

〔么〕篇的前两句，是"感旧"的掠影之二。从"红被"这种香艳的表述来看，这一切仍发生在妓院之内。夜宿平康，红被留温，却被晨钟唤起，不得不急匆匆上马入朝承应公事：这颇使人想起李商隐《无题》诗中"嗟余听鼓应官去，走马兰台类转蓬"的句子。放不下利禄功名，遂不能充分享受"花月"之温馨；但在功名事业上又不能深惬己愿，平步青云，不过是"又逐马蹄声去"：这种矛盾的处境，成了"花月蹉跎"诠释的又一补充。

末尾两句，才真正属于"感旧"的感想。作者悔恨自己没有在京城题下很多诗歌，因而未能将自己的愁情充分表达出来。这其实是说自己在"花月蹉跎"的生活中，一直没有机会为内心的思想感情定位。"亭影"、"楼心"的飘忆与"愁城惨处"的断评，表现着一种既留恋又追悔的复杂心情。

生活中常有这种情景：明明是诚意的忏悔，但在忏悔的内容中又不自禁地流露着"剪不断，理还乱"的向慕。本曲中多为闪现的意象，自嘲自责而又陶然于前尘旧影之中，也属于这样的表现吧。

〔正宫〕鹦鹉曲 野渡新晴

孤村三两人家住，终日对野叟田父。说今朝绿水平桥，昨日溪南新雨。

〔么〕碧天边岩穴云归，白鹭一行飞去。便芒鞋竹杖行春①，问底是青帘舞处②？

107

【注释】

① 芒鞋竹杖：草鞋和竹手杖，为古人出行野外的装备。行春：古时地方官员春季时巡行乡间劝督耕作，称为行春。此处则为春日行游之意。 ② 底是：哪里是。青帘舞处：酒旗招展的地方。

【语译】

这是一个小小的村落，只有两三户住家，人烟稀少。和我朝夕相处的，是淳朴的农村父老。他们说起今天溪水猛涨，水面齐平了小桥，又说昨天溪南今春的第一场雨，下得真是不小。

碧湛湛的天空中，云朵飘回了山洞的旧巢。一行白鹭急着离开原地，扑翅飞得高高。我当即穿上草鞋，携带手杖，乘兴踏游春郊。就不知挂着青帘的酒店，上哪儿才能找到？

【赏析】

这首小令最显著的特色，是布局上的夭矫流动。题云"野渡新晴"，照常法当是先介绍"野渡"，再描写"新晴"如何。但此作全然不同，从一处小小的"孤村"写起。这孤村孤得可怜，只有两三户人家，住着的则是清一色的种地的农夫，如今则再加上一位外来借居的作者。起首的这两句如果非要对照题目的话，恐怕只能应上一个"野"字。然而这种僻野的环境与朴野的情味，却为曲题的展现拓出了绝大的地步，这在下文自有分解。

作者撇开"野渡"暂不交代，到三、四句先述出"新晴"。妙在它得自野叟田父的口中，更妙在是从"今朝绿水平桥"的征象中，回点出昨日的雨，也即以雨后的余情来衬出"新晴"。为什么说这种迂回的写法妙呢？原来从前面"终日对野叟田父"的介绍中，已见出作者习惯了孤村隔绝的生活，足不出户，内心处于平静恬和的状态；如今听村民提起昨夜的大雨、今朝的溪涨，便油然产生了出门观赏大自然美景的愿望。这"晴"连作者也是骤然意识，难道还不"新"么？——这是从"新近"、"新奇"的一面来说"新晴"。

〔幺〕篇的起首两句，便顺势写出了出村所见的春天景色。"云归岩穴"更显出了湛湛碧天，一行白鹭熬过了宿雨的洗礼，至此正好展翅翱翔。这两句充实了"新晴"的内涵，而这里的"新"，就是"新丽"、"新鲜"的意境了。

读下去已经到了结尾，还没有找到"野渡"的字面。但从末两句宕开一笔的诘问中，我们足以明确作者已远远走出了孤村。再掩卷细细领味，方发觉处处是伏笔隐线。原来"孤村三两人家住"，自与外界隔绝。从中间四句的内容可知，隔离物是一道溪水。溪上有桥可渡至"溪南"，过了溪便有"岩穴"，有"白鹭"，则溪流刚来到它的出口，即注入一道更为宽阔的水面。作者"芒鞋竹杖行春"，行到处正是这片水域边上的渡口。正因渡口要道自非"三两人家"的孤村可比，所以作者才有"问底是青帘舞处"的欲望。可见这"野渡"，明明白白存在于作者的行云妙笔之中。田父从"野渡"而来，他们的介绍激成了作者的出行；而诗人的悠闲踏春，信意适兴，则充分展现了"野渡新晴"所具有的诗情画意。这种诗情画意最显著的特色是大自然的朴野本真，而这种野兴、野趣，在一开始的起首两句中就已潜伏了。清刘熙载在《艺概》中总结布局方法时说："局法有从前半篇推出后半篇者，有从后半篇推出前半篇者。推法固顺逆兼用，而顺推往往不如逆推者。"本篇的"局法"，从"新晴"的表现上是前半推出后半，从"野渡"的表现上则是后半推出前半；"推法"则皆为后文补足前文的逆推。笔力劲健，笔势游动，恰恰契合了作者回归大自然的旷达心情。

〔正宫〕鹦鹉曲　赤壁怀古①

茅庐诸葛亲曾住，早赚出抱膝梁父②。笑谈间汉鼎三分③，不记得南阳耕雨④。

〔幺〕叹西风卷尽豪华，往事大江东去。彻如今话说渔樵⑤，算也是英雄了处。

【注释】

① 赤壁：在今湖北赤壁市长江南岸，东汉末孙权、刘备合兵在此大破曹操的军队。② 赚出：骗了出来。抱膝梁父：指隐居的诸葛亮。抱膝，手抱住膝盖，安闲的样子。史书记诸葛亮隐居时，"每晨夜从容，常抱膝长啸"。梁父，本指《梁父吟》，相传为诸葛亮所作，这里代指诸葛亮。　③ 汉鼎三分：将汉帝国一分为三。鼎，旧时视作国家的重器，比喻政权。　④ 南阳：汉代郡名，包括今湖北襄樊及河南南阳一带。诸葛亮早年曾在南阳隐居耕作。　⑤ 彻：直到。

【语译】

诸葛亮曾亲自以草屋为家，抱膝长吟，从容潇洒，可惜早早被刘备骗出山来经营天下。他谈笑间轻而易举地奠定了三分汉室的格局，却忘了南阳在雨中耕作的旧日生涯。

那西风卷尽了历史的风流繁华，往事随着大江滚滚东去，怎不叫人感叹嗟呀！一直到现在，渔夫樵子还谈起诸葛亮在赤壁大战的传说和佳话，大概也算是英雄的一种结局吧！

【赏析】

发生于公元208年的赤壁大战，奠定了三国鼎立的局面，人们登临赤壁，无例外地会缅想起这段往事。这场大战是由东吴周瑜指挥而击败曹操的，苏东坡《念奴娇·赤壁怀古》"谈笑间强虏灰飞烟灭"，也还是在赞美周郎。到了元代，民间的三国故事流行，诸葛亮在大战中的神机妙算和丰功伟绩于是深入人心。

这支散曲便以诸葛亮为代表对象。作品的上片，从诸葛亮南阳躬耕的出处说起，只在第三句凭着"笑谈间"三字，隐隐点出了赤壁大战的影子。"笑谈间汉鼎三分"，简短的一句便概括了诸葛亮建功立业的从容和游刃有余的才干。然而，第四句又滑回"南阳耕雨"，可见诗人怀古的思绪，并不停留在赤壁战场，而是进入了人生思索的更深层次。在诗人看来，诸葛亮为"汉鼎三分"的努力是付出惨重代价的，使他再不能重回隐居的生活中去，他的出山得不偿失，是上了刘备的当了！"赚出"二字，用语偏激，言下有无穷的惋惜之意。这种从怀古的本景宕开一层的写法，显示了诗人心绪的联翩与感慨的深沉。

〔么〕篇用一个"叹"字领起，揭开了诗人的感情世界。原来，他是在吊古，更是在伤今。以伤今的眼光吊古，能不为古人叹惋！扑面来阵阵的西风，眼前是滔滔的长江，"大江东去，浪淘尽，千古风流人物"，一时豪杰安在？只不过在渔夫樵子的闲谈中传说着罢了。结局如此，那么诸葛亮何必要出山施展才干，建立功勋？还不如留在茅庐"抱膝"、"耕雨"好呢！这四句又只有"大江东去"四字同"赤壁怀古"隐隐关联，其余皆是脱羁的思绪。但前片着眼于历史，〔么〕篇着眼于现况；前片的首句是诸葛亮的出处，〔么〕篇的末句则是他的"了处"。前后既对比，又呼应，合在一起，便是借怀古以抒发对现实的感慨。苏东坡《念奴娇·赤壁怀古》缅怀周瑜，这一支曲子缅怀诸葛亮，两者的宣泄方式不同，从"怀古"拉回到现实人生的径路却是一致的。

珠帘秀

珠帘秀(生卒年、籍贯不详)，朱姓，行四，元大都(今北京)青楼女演员，"珠帘秀"为其艺名。杂剧表演独步当时。多才艺，能散曲，与胡祇遹、王恽、卢挚、关汉卿等俱有唱和。今存小令一首、套数一首。

〔双调〕寿阳曲　答卢疏斋①

山无数，烟万缕，憔悴煞玉堂人物②。倚篷窗一身儿活受苦，恨不得随大江东去。

【注释】

①　卢疏斋：卢挚号疏斋，详见本书《作者小传》。　②　玉堂：翰林院的别称。

【语译】

一道道山峰将身子屏隔，一缕缕轻烟把视线阻挡。我知道您这翰林院的英才，为我们的离别消瘦了容光。我倚着航船的篷窗，也是活活地受着煎熬，痛苦难当。恨不能随着这滚滚的长江，重新回向东方。

【赏析】

这是对卢挚《寿阳曲·别珠帘秀》(见本书前选)的酬答，着笔于分别后在途的情形。

抒情前先以写景铺垫，是元散曲的常法。这支小令也不例外，首二句以写景领起。数不清的青山，数不清的轻烟。"山无数"比较容易理解，这"烟万缕"，无论烟是炊烟还是云烟，"万缕"似乎就成了蒸笼了。其实并不难解，"烟万缕"是积累一路行程所见的总印象，恰恰借此显示出船只的不停行进，不用说，"山无数"亦非一时一地的局部景象。明白了这点，对领悟第三句大有好处。原来尽管行程缓缓，"山"、"烟"等外景不时扑入眼帘，而在作者脑海中浮现、心底里念叨的，唯有这"憔悴煞玉堂人物"！这就见出两人相知之深，情爱之笃。以下两句"倚篷窗一身儿活受苦，恨不得随大江东去"，正是这种思念心情的自然发展。"活受苦"，是因为对方"憔悴煞"，自己无力回天。"随大江东去"，自然是希望回到出发点，安慰憔悴的情人。这种深切的感受，毫无矫揉造作，正是古人常说的"语浅情深"。

这首小令既然题作"答卢疏斋"，就有必要同卢挚的原倡《寿阳曲·别珠帘秀》合起来考察。两人的唱和有两种可能。一种是卢曲作于分手之前，珠帘秀遂当场以原调奉和。这样，"画船儿载将春去也"，"倚篷窗一身儿活受苦"都成了揣拟之辞，向壁虚构，这对双方来说显然毫无意义。另一种更合乎逻辑与情理的可能，是卢挚在分手后作《寿阳曲》，辗转托人送交珠帘秀，于是珠帘秀以自己途中情形的回顾作成此曲。卢挚的原曲是在表达自己别后的痛苦，"画船儿"云云，显然不希望船上的珠帘秀与自己同一心境。而答曲的"倚篷窗"两句，却恰恰表明了自己在船上的心痛如绞，"恨不得随大江东去"，再回到"玉堂人物"的所在地。这两支曲子不约而同，都有甘心忍受痛苦而期望对方幸福的意味，真可谓珠联璧合。

贯云石

贯云石(1286—1324)，原名小云石海涯，号酸斋，维吾尔族人。为元朝开国勋臣之后。早年放弃世袭军职，从姚燧学文。官至翰林侍读学士，后辞归江南，自号芦花道人，隐居杭州。有《酸斋集》。近人将其散曲与徐再思(甜斋)所作合辑为《酸甜乐府》，得贯云石小令八十七首、套数九首。作品题材多样，笔法清逸，人有"天马脱羁"之评。

〔正宫〕塞鸿秋　代人作

战西风几点宾鸿至^①，感起我南朝千古伤心事^②。展花笺欲写几句知心事，空教我停霜毫半晌无才思^③。往常得兴时，一扫无瑕疵。今日个病恹恹刚写下两个相思字^④。

【注释】

① 宾鸿：大雁。因《礼记·月令》有"鸿雁来宾"语，故谓宾鸿。　②"感起"句：金吴激有《人月圆》词云："南朝千古伤心事，还唱后庭花。"颇著于世。故此处仅取歇后语意，"南朝千古伤心事"即伤心事。　③ 霜毫：白毛笔。　④ 病恹恹：病得萎靡不振、有气无力的样子。

【语译】

望见天空中几点雁影在秋风里飘摇而来，不禁触起我伤心的情怀。我把精美的信纸展开，想向你诉几句贴心的话儿，却白白地停笔了多时，找不出表达的辞采。往常我灵感飞动，下笔如扫，毫无窒碍；如今却是一副恹恹不胜的病态，只写下"相思"两字，后面便一片空白。

【赏析】

诗文中的"代作"，往往是应主人或友人之命而效劳；散曲不同，多为文人代女子提刀，因为旧时的女子识字不多。本篇就是使用女子的口吻，描绘她展开花笺写信的一段情节，不过由于作者故弄文心，使得曲中的主人公，更像是一位女才子了。

"战西风"中的战字，既可解为寒战、抖索，也可解为挣扎、抗争。首句八字，便形象地勾画出一幅深秋雁空图，足以激起人们各种各样的悲秋心绪。曲中的"我"感起伤心事，自能得到读者的充分理解。但作品却故意不直说"伤心事"的具体内涵，而采用了欲擒故纵、跌宕起伏的表达方式。先是"展花笺欲写几句知心事"，打算向知心的人儿写信，这就使人想到女主人公之所以见雁伤心，必定与雁能传书的因素有关，她的"伤心事"也必然包含在"知心事"中。既然"欲写"，信纸也已经铺好了，又只准备写"几句"，那就快写吧，偏偏女子来了个"停霜毫"，一字都没写出来。这是第一层波折。女子自言"半晌无才思"，看来此时写信是心有余而力不足，偏偏作品又补出了"往常得兴时"，可是灵感充沛，下笔如扫，挑不出一点毛病的。今昔的这种反差，形成了第二层波折。末句又从"往常"返回到"今日"，花笺上终于没有曳白，然而"病恹恹"与"得兴时"，"两个相思字"与"一扫无瑕疵"的鲜明对照，又构成了第三层波折。"今日个病恹恹刚写下两个相思字"，说明前时的"伤心"，正是深深的离恨与苦苦的相思。全曲的这种处处曲笔、一波三折，显示了女主人公感情的深婉；大量运用的衬字，则应合了她"病恹恹"的相思绵情。

高则诚《金索挂梧桐·咏别》："再休惹'朱雀桥边野草花'。"《西厢记·二煞》："你却休'金榜无名誓不归'。"都是取习见成句的后三字为歇后语的例子。今人多不察此，直将本曲"南朝千古伤心事"视为实指，以为贯云石在抒兴亡之感、故国之思，就未免牛头不对马嘴了。

〔中吕〕红绣鞋　痛饮

东村醉西村依旧，今日醒来日扶头①。直吃得海枯石烂怎时休②。将屠龙剑③，钓鳌钩④，遇知音都去当酒。

【注释】

① 扶头：醉酒的样子。　② 怎时：这时节。　③ 屠龙：《庄子》说有个叫朱泙漫的，学习了三年，学得了宰龙的技术。后人常以此喻高超的本领。　④ 钓鳌：《列子》载渤海东有大鳌撑负着神山，结果被龙伯国的巨人一气钓走了六只。后因以钓鳌喻远大的抱负或雄豪的举止。

【语译】

东村喝得醺醺醉，西村喝得醉醺醺。今日刚醒酩酊醉，来日依然醉酩酊。这酒要喝到海枯石烂才肯停。只要有醉乡的知音，我宁可将屠龙剑、钓鳌钩都去换酒来痛饮，再不想去实现什么远大的抱负，施展什么出众的本领。

【赏析】

"东村"、"西村"是无处不醉，"今日"、"来日"是无时不醉。"海枯石烂怎时休"加重了这种豪兴与决心，同时也说明自己的买醉实同酒外的世界有关：这世界不到"海枯石烂"的地步，只要存在一天，狂饮就一天不停止。这就大有"时日曷丧？予与汝偕亡"的愤疾意味。这三句已将"痛饮"的题面和盘托出，且揭出了痛饮背后隐藏着的强烈悲愤。

接下的三句，将这层悲愤的含义表达得更为清楚。"屠龙剑"、"钓鳌钩"，在生活中是不存在的，它们所代表的是一种用世的象征。建功的抱负、立业的本领，统统可以不要，统统用来换酒，等于说酒乡与酒外的功名世界两不相容。而"屠龙剑"与"钓鳌钩"只能派上换酒的用场，这也就说明了诗人的怀才不遇及社会的贤愚不分。作品末句"遇知音都去当酒"，与首句对读的话，可知作者的"知音"都在村中，这就见出了诗人鄙视官场、痛饮逃世的生活态度。他写过一首《清江引》："弃微名去来心快哉，一笑白云外。知音三五人，痛饮何妨碍！醉袍袖舞嫌天地窄。"证实了诗人沉湎酒乡、不事功名的疏狂与反抗。

本曲通篇均为夸诞的豪语，既表现了"痛饮"的狂态，也倾泻了愤世嫉俗的深慨。较之诗歌中的醉酒名句如"比日寻常醉，经年独未醒"（王绩《春园兴后》）、"应呼钓诗钩，亦号扫愁帚"（苏轼《洞庭春色》），更觉澜翻悲壮。

〔南吕〕金字经

泪溅描金袖①，不知心为谁。芳草萋萋人未归。期，一春鱼雁稀②。人憔悴，愁堆八字眉③。

【注释】

① 描金：以他色勾托金色的装饰手法。 ② 鱼雁：古人谓鱼、雁俱能传书，故以鱼雁代指书信。 ③ 八字眉：又称鸳鸯眉，一种源于唐代宫中女子的眉式。韦应物《送宫人入道》："宝镜休匀八字眉。"

【语译】

描金袖上溅满了泪痕，不知她是在为谁伤心？哦，原来满目里青草茂生，却不见心上人踏上归程。依着期约她在等，可整整一个春天不见他的书信。她只有憔悴瘦损，美丽的双眉紧锁，堆满了愁闷。

【赏析】

起首两句，纯用白描，已呈现了一名贵家女子含嚬带泣的剪影。这两句是从李白的《怨情》所化出："美人卷珠帘，深坐蹙蛾眉。但见泪痕湿，不知心恨谁？"今人金性尧《唐诗三百首新注》："末句'不知心恨谁'，虽未明说，但实际已对读者作了暗示。"太白诗的"暗示"，是由"卷珠帘"、"深坐"的等候所先行提供线索的，而本曲的女子，则一空依傍，"不知心为谁"就纯粹成了悬念。这样的开头，颇能抓住读者的注意力。

"芳草"以下三句随即揭示了答案。"芳草萋萋人未归"，源于《楚辞·招隐士》："王孙游兮不归，春草生兮萋萋。"本曲女子所盼等的"王孙"，不仅"人未归"，而且"一春鱼雁稀"，大有一去不返的嫌疑，情形更为不堪。夹在中间的一字句"期"，概括了女子自打离别之后的朝思暮想，却也给读者一种淹没在无情现实中的绝望的感觉。

末二句加写，再度展现了楚楚动人而又茕茕孑立的闺阁佳人形象。这一结尾与起首遥遥相应，但前面的"泪溅描金袖"是片时的特写，而此刻的"人憔悴"则是持久的现状，也就是积无数次"泪溅"的伤悲后形成的结果。全曲寥寥数笔，便勾勒出一名年轻思妇的小像，更于无字之处，显示了她对远出不归的心上人的脉脉深情。

〔双调〕寿阳曲

新秋至，人乍别①，顺长江水流残月。悠悠画船东去也，这思量起头儿一夜。

【注释】

① 乍：猝然。

【语译】

秋天刚开始不久，我就同你猝然分手。那长江水滚滚东流，残破的月影在波上沉浮。画船悠悠，把你载向下游。我对你的思念哟，这是第一夜，才开了个头。

【赏析】

这是送走行人后的怀想。秋气清疏，易生悲凉，偏偏赶上在这时候送行，行人和送行人的惆怅是可想而知的。宋代柳永有句道："多情自古伤离别，更那堪冷落清秋节。"（《雨霖铃》）吴文英有句道："何处合成愁？离人心上秋。"（《唐多令》）都写到了秋令对离人的影响，何况这场分离来临得那么突然！一个"乍"字，给人留下了惊心的感觉。

离人远去，送行人还留在江岸边不忍走开，凝视着前方出神。"顺长江"一句是景语，又是情语，意味深长。顺流东下的江水与行舟是同一方向，说明送行人一直在眺望那船影消失的远方；水流残月，一派凄清，那月亮也"残"而不能团圆，恰可作为这番别离的象征；江水不停东流，残月却驻留原处，这又衬示出去者远去、留者伫立的离情别意。更主要的是，水、月都曾是送别现场的证见，正是这长江水载走了行舟，而让残破的月影替代了它的位置。触景生情，送行人眼前自然而然地浮现出当时"悠悠画船东去也"的一幕。将分手情形置于回想中补叙出现，是绝妙的构思，它再度回应了"人乍别"的不堪正视。点明"画船"，上船的当是名女子，按元曲的表现习惯，这场"乍别"发生于男女之间。则"悠悠"二字，又影示了相思的缠绵情味。

岸边的"他"同船上的"她"无疑都在相互思念。可这离愁别恨，才只是刚开了个头啊！作品不具体描述此时思念的况味，只用"起头儿一夜"五字，既回应了"人乍别"、"水流残月"，又包含着对往后日子的联想，刻画相思的滋味，不言自明。《董西厢》卷六〔蛮牌儿〕："不恨咱夫妻今日别，动是经年，少是半载，恰第一夜!"《西厢记·草桥店梦莺莺》第四折〔新水令〕:"离恨重叠,破题儿第一夜。"刘燕哥《太常引·饯齐参议回山东》:"明月小楼间,第一夜相思泪弹。"都与本篇一样,以"第一夜"来推想和概括今后无数个日日夜夜的离情别绪。元曲善以巧笔呈柔婉的思致,于此可见一斑。

〔双调〕清江引　惜别

玉人泣别声渐杳①,无语伤怀抱。寂寞武陵源②,细雨连芳草,都被他带将春去了。

【注释】

①　玉人:美人。　②　武陵源:晋陶渊明《桃花源记》述武陵郡渔人入桃花源,俨然世外,故后人又称桃花源为武陵源。指生活的理想世界,元曲中常代指男女风情之所。

【语译】

美人伤别的哭泣声越来越远,渐渐听不见,我心中痛如刀绞,找不到抚慰的语言。昔日的武陵源如今凄凉一片,绿草上迷蒙着细雨绵绵,就这样整个儿地带走了我的春天!

【赏析】

这是男女情人之间的一场揪心断肠的痛别。小令起首两句便擒住了"惜别"的题目:"玉人泣别声渐杳,无语伤怀抱。""泣别"的是女方,男子在痛苦中只是"无语"。这其实已是送别结束、两厢分手后的情景,以下三句就是诗人在这种处境中的感想。然而,谁是离行人,谁是送行人,在小令中分辨不出来,而这对于理解后三句的含意是至为重要的。

好在作者还步韵作了另一首《清江引·惜别》,所以我们有必要转抄在这里一同讲评。曲文是:

湘云楚雨归路杳,总是伤怀抱。江声掩暮涛,树影留残照,兰舟把愁都载了。

"湘云"、"楚雨"概括了由湘(湖南)至楚(指湖北)的风物变换,印证了"归路杳"的感受;而迢迢的路途,一言以蔽之,"总是伤怀抱",这一断然的结论便确示了全曲的基调。身在"归路"而不禁伤怀,答案就在于题面的"惜别"。以下"江声"、"树影"二句描绘了沿途的凄凉景色,妙在其间兼有寻觅求索的意味,寻求的目标显然即是昔日的前尘旧影。兰舟载愁,虽是从古人的诗词中脱化(如郑文宝《柳枝词》:"亭亭画舸系春潭……载将离恨过江南。"李清照《武陵春》:"只恐双溪舴艋舟,载不动,许多愁。"),在本曲中却强调了别离的既成事实,使人如见舟中人的绝望神情。谈的是切身的感受,这个舟中人显而易见便是作者,也就是说,泣别的"玉人"是留在岸上的。

这样一来，我们就获得了解读本曲后三句的依据。

"寂寞武陵源，细雨连芳草"，是实景。贯云石于成宗大德年间曾任职湖南，时年二十岁上下，这首曲正是这位多情诗人的离湘之作。"武陵源"本在湖南，诗人在这里以之代指他同玉人分手的湘中土地。其时芳草芊绵，而恰又春雨霏霏。细雨中船儿开行，诗人望不清泣别的玉人，也望不清那芳草萋萋、他曾在这里同情人一起生活过的地方。也就是说，都被细雨"带将春去了"。

"寂寞武陵源，细雨连芳草"，又是象征。"武陵源"指代男女获得理想爱情的境界，已如"注释"所述。而今却失去欢乐和幸福，只剩下"寂寞"，显然这是情人分离而造成的荒芜。"细雨连芳草"，正是这种"寂寞"情状的写照。在离别中芳草常有惹恨的意味，所谓"离恨恰如春草，更行更远还生"（李煜《清平乐》），而细雨更增添了悱恻凄苦的况味。"都被他带将春去了"，这里的"他"，就是寂寞的"武陵源"；"春"，就是昔日美好的爱情和欢乐。

由此可见，本曲的妙味，正是善于运用双关，将实景与象征融汇为一，有机地安排在"惜别"的氛围之中。此外，全作从别后的角度来抒写"惜别"，便带有一种痛定思痛、别恨绵绵的沉痛意味，这也是不落常套的。

〔双调〕清江引　咏梅

芳心对人娇欲说，不忍轻轻折。溪桥淡淡烟，茅舍澄澄月。包藏几多春意也。

【语译】

那枝上梅苞娇娆地绽放，像是要对人诉吐心里话，叫我怎忍心轻轻采摘它？这梅花开在溪桥淡淡的晚霭中，这梅花开在茅屋皎洁的月光下。有多少春情春意，在花中包纳！

【赏析】

王国维在《人间词话》中说："有我之境，以我观物，故物皆着我之色彩。"这首小令正是物我交融的产物。

小令写的是郊外黄昏的野梅。一上来，诗人便把梅花当成美人佳丽，视作知心挚友，写她的娇柔可爱，含情脉脉，依依向人而又欲说还休。诗人的"不忍轻轻折"，既显示了他怜香惜玉的一往深情，也是慑服于梅花惊人的娇艳。接着三句，则进一步由野梅外在的幽姿，一直深入它们内含的风韵。"淡淡烟"、"澄澄月"，自然不妨按字面解为环境的陪衬，烟笼月罩，愈显娇美；但从作者陶然醉心于观照的痴迷来看，"淡淡烟"、"澄澄月"也可说是野梅本身芳姿的写照，正因其意态朦胧，素淡而明艳，故与烟月浑不可分辨。作者点出"溪桥"、"茅舍"的典型环境，恰恰印证了这种视觉的变相效果。暮色中的溪水清澄，桥影黝黑，丛生于桥边的野梅着花满枝，色彩处于溪、桥的中间层次，远望一片，是"淡淡烟"；茅舍向月但不能反光，却因周遭开放着白色的梅花，崇光泛彩，铺泻出一派银辉，皎洁清莹，是"澄澄月"。"溪桥"、"茅舍"，又是郊野的风光，梅花在这里生长开放，则又暗见其远离尘俗，安于淡泊，孤芳幽独、清逸高洁的品性。它们虽托身于野外，寂寞于寒冬，却潜藏着生命意义上的至高至美。诗人别具青眼，有会于此，用"包藏几多春意也"结束了全篇。这是一种赞美，也是一种期望。以之与首句"芳心对人娇欲说"对读，不难得知"芳心"所欲吐诉的，正是它"包藏"着的"几多春意"。

〔双调〕清江引

狂风一春十占九，摇撼花枝瘦。沙摧杏脸愁，土蚀桃腮皱。阑珊了一株金线柳^①。

【注释】

① 阑珊：空残稀疏的样子。金线柳：柳的美称。

【语译】

这一春十日里有九日，狂风肆虐不止。它不住地撼动着百花，吹瘦了花枝。杏花瓣在尘沙的摧残下愁容满面，桃花瓣萎落枯皱，在泥土中渐渐消蚀。害得那一株柳树孤零零，剩几条稀疏的长丝。

【赏析】

唐代郑还古《博异志》记崔玄微春夜遇一群女子共饮，席上有位"封家十八姨"，众女子唯恭唯谨，都不敢得罪她。原来众女子皆为花仙，而封姨则是风神。在古人心目中，春天的狂风是摇落众芳的罪魁祸首。

小令的起句即推出"狂风"，极言它肆虐逞威的频繁与长久。"一春十占九"，虽不无夸张，却使人感到触目惊心。一句内间隔用上三个数字，在诗歌作品中颇为少见，很容易给人留下深刻的印象。狂风统领春天，造成了"花枝瘦"的灾难后果，"花枝瘦"前加上"摇撼"二字，使人顿想起"众芳摇落"的习语。果然，三、四两句，则以杏、桃的蒙难作了形象的说明。"沙摧"、"土蚀"，说明昔日的娇桃秾杏已经萎落尘沙，"摧"、"愁"、"蚀"、"皱"用字精当，颇见情形的不堪。而末句更是异军突起，让"金线柳"占据了画面的主体。柳摇金线，虽不至于吹折，却因群芳零落的缘故，孤单单显得"阑珊"。小令寥寥三十字，情景如绘，"杏脸"、"桃腮"、"金线柳"的美好原质与"愁"、"皱"、"阑珊"景象间的着意比照，令人难忘；尤其是"金线柳"的劫后幸余，更使人推存及亡，因而黯然神伤。较之于"一片花飞减却春，风飘万点正愁人"（杜甫《曲江》）的直叙，更为表现出了深邃的怜春之情与伤春之感。

　　无独有偶，作者还有一首《清江引》："宿雕梁一双巢燕慵，翠柳莺眠重。蜂闲报晓衙，蝶倦游春梦。小园中几般都恨风。"表现了同一主题。一者从植物着笔，直接写杏、桃、柳等受害者；一者则从动物入手，借助燕、莺、蜂、蝶"几般儿"，构思俱极巧妙。"小园中几般都恨风"的结句同"阑珊了一株金线柳"一样，形似写尽而实耐遐想。散曲小令的结尾，常常是一曲精彩凝聚之处。

鲜于必仁

鲜于必仁(生卒年不详),字去矜,号苦斋,渔阳(今北京密云)人。世家出身,擅长乐府。今存小令二十九首。风格近词,写景尤为所长。

〔中吕〕普天乐　潇湘夜雨^①

　　白蘋洲,黄芦岸。密云堆冷,乱雨飞寒。渔人罢钓归,客子推篷看。浊浪排空孤灯灿,想鼋鼍出没其间^②。魂消闷颜,愁舒倦眼,何处家山。

【注释】

① 潇湘夜雨:北宋画家宋迪所作组画《潇湘八景》之一。潇湘,二水名,主要流经湖南境,潇水为湘水的支流。但"潇湘"亦可作清湘解,《水经注》:"潇者,水清深也。"
② 鼋鼍(yuán tuó):两种大型水生动物。鼋,大鳖。鼍,扬子鳄。

【语译】

　　水中的小洲遍生着白蘋,发黄的芦苇排遮着堤岸。浓密的乌云化作了乱雨,送来一阵阵寒意凛然。江上的渔人停止了垂钓匆匆回家,舟中的旅客推开篷窗眺看。但见浑浊的江浪翻向空中,远方只有一盏灯火引人注目地耀闪。江水澎湃,料想是鼋鼍一类的庞然大物在出没浮沉,推波助澜。已是忧闷难释,容颜黯淡,更叫人魂飞魄散。愁烦中睁大了疲倦的双眼,在夜雨里寻辨:何处是家乡的河山?

【赏析】

　　生活中见过无数的葵花不足为奇,但凡·高的《向日葵》名画却能使观众无不留连忘返,这是因为艺术提炼了生活的美,并调集人们审美情感的缘故。画家将这种美感凝固在画中,诗人又以其审美情感继续予以提炼,所以古代的诗歌作品多有题画的取材。这首《潇湘夜雨》也是如此,不同的是作者并不以真实的画卷为粉本,而纯凭自己的想象构思出命题的画面。

　　首四句写景,从地面直到天空,自然是为了构筑一片"潇湘"的空间。这里写到了水中的洲,水边的岸,白蘋黄芦,独独没有提及潇湘本身的水面,但从"密云堆冷,乱雨飞寒"来看,可知这段广阔的画域是被题目中的雨所占据和替代了。"冷"、"寒"同义,但作者分用了"堆"、"飞"的炼字,就不使人觉得合掌,相反,烘染出了潇湘雨景的一派惨冷的气氛,而这正是作者着意的目标。至此,题面的"夜"字尚未能显示,作者并不直截接写夜色如何如何,而是巧妙地插入了人物活动来予以暗示。一是"渔人罢钓归",出没风雨的渔民结束了营生而赶回家中，显然是因为时间上的原因。一是"客子推篷看"，点明"客子"，且在船舱之中，推篷自然不是为了观赏风景，而是在雨夜中担心前程的合乎情理的举动。这一"看"，为作者铺陈夜景留出了从容的余地，而客子的视野中，也确实出现了"浊浪排空孤灯灿"的险恶场面。"浊浪排空"，是范仲淹《岳阳楼记》的名句，其上下文为："阴风怒号，浊浪排空，日星隐曜，山岳潜形，商旅不行，樯倾楫摧，薄暮冥冥，虎啸猿啼"，诚为潇湘洞庭的典型场景。而"孤灯灿"，则是江上"罢钓归"渔人中的落伍者。这三字的出现，不仅直扣"夜"字，且以排空巨浪与扁舟孤灯形成情势悬殊的对照，而使"客子"乃至读者怦然心动，共同产生"想鼋鼍出没其间"的忧虑。这两句描写夜景，而又掺和着"雨"的影响，使前时的惨冷气氛更为浓烈。在客子心目中，天涯沦落，固然易于引起对江上孤舟命运的关心和同情；但"孤灯"一旦冲出了浊浪和鼋鼍的包围，即可安返家中，而自己呢？——这样，结末三句随之生发的感想，尤其是"何处家山"的一问，就具有特别撼动人心的力量。

《潇湘八景》原画南宋时曾陈列于长沙八景亭中，元人恐怕并未见过，所以各自发挥的构思都不相同。再例示一首马致远的《寿阳曲·潇湘夜雨》："潇湘夜，雨未歇，响萧萧满川红叶。细听来那些儿情最切？小如萤一灯茅舍。"马作也为人称道，但比起本曲来在气氛和气魄上都未免逊色。在题画的内容中加入人物活动的身影与思想感情，又以人物的思想感情去增扩画面的环境气氛与审美内涵，这正是本曲的精彩所在。如果真有哪一幅画作能完美表现出这支散曲的意境和效果，我想是能同凡·高的名画一样永垂后世的。

〔双调〕折桂令　芦沟晓月①

出都门鞭影摇红。山色空蒙，林景玲珑②。桥俯危波，车通远塞③，栏倚长空。起宿霭千寻卧龙④，挈流云万丈垂虹⑤。路杳疏钟，似蚁行人，如步蟾宫⑥。

【注释】

① 芦沟晓月："燕台八景"之一。芦沟，此指卢沟桥，在北京西南永定河上。桥建于金大定二十九年(1189)，因永定河旧称芦沟而得名。元代建都大都(今北京)，卢沟桥为出入都城的主要通道。　② 景：通"影"。　③ 远塞：远方的关塞。　④ 宿霭：隔夜的云雾。千寻：形容极长。古代以八尺为一寻。　⑤ 挈：牵拉。　⑥ 蟾宫：月宫。

【语译】

清晨骑马驶出大都的城门，挥动着系结红缨的马鞭，鞭梢不时画出一道道红影。山色朦胧，一片片树影在月光的晃照下显得格外分明。卢沟桥高高地俯临在永定河上，桥上的车马向着远方的关塞驰骋，长长的桥栏，衬映于苍穹的浩茫背景。这桥犹如千丈长的卧龙在夜来的沉霭中腾起；又如万丈的长虹垂下地面，牵扯着天空的流云。远远地传来了一声声晓钟缓缓的余音。桥上的行人如同蚂蚁一般，仿佛正向月宫步步行进。

【赏析】

本篇与下篇，都是从作者《燕山八景》组曲选出的。

卢沟桥至今犹存，桥长二百六十七米，十一孔，桥身两侧石雕护栏各有望柱一百四十根，柱头卧伏大小石狮近五百只，神态各异，是古代桥梁建筑的杰作。旧时桥头附近多民屋旅舍，以其密迩京师，驿通四海，行人使客，往来络绎，疏星晓月，曙景苍然，故自金代建桥后，"芦沟晓月"即为"燕台八景"之一。

本篇一开头，就绘出一幅佳妙的早行图，借月色下的晓行，暗扣"芦沟晓月"的题面。芦沟为"出都门"之所必经，清早上路，必定是匆匆赶行，马背上不时扬起鞭影。拂晓的月色一片苍白，马鞭上的红缨就特别显眼，所以说是"鞭影摇红"。在朦胧的晓月中，远处的山色影影绰绰，似有若无；而林子中树木的实体容易辨认，在月光的映照下，给人以玲珑剔透的感觉。这三句体贴入微，在色彩光影的运用上，很使人联想起西洋油画技法的效果。"晓月"的景色，非晓行者不能领略；而从行人的眼中写景，视界又可不时变换，不至于散乱无序。

卢沟桥为"芦沟晓月"的主景，故在本篇中占了主要的篇幅。"桥俯危波"三句，用三组对仗，分别写出了桥下、桥面、桥栏的景象。由低而高，正是上桥初始时的观感。"车通远塞"暗示桥程漫长，"栏倚长空"隐含桥架高迥，都证明踏上桥头未久。桥下河水隐约不能细辨，凛然如生惧意，故云"危波"；前方犹是迷蒙一片，只能有"远塞"的联想；唯有长空衬起栏杆，背景分明：这一切无不可见"晓月"因素的影响。这也可以看出作者用笔的缜密。

唐代杜牧《阿房宫赋》，有"长桥卧波，未云何龙？复道行空，不霁何虹"的句子，将宫中长桥与空中走道分别比作龙与虹。七、八两句，即以这两层比喻，同施在卢沟桥上。前句中的龙由卧而起，即自下而上；后句中的虹从天垂降，即自上而下，两句相合，可以代表上桥与下桥的全段历程。宿霭渐消，流云飞来，其间也包含着时间的转移。

站在卢沟桥尾，作者回身眺望。此时由于长桥的横亘，都城方向反而显得"路杳"，城中的报晓钟声传来数响。"疏钟"的"疏"字，增添了声源遥遥的听觉效果。那残月已落到地平线附近，恰在京城方向；借着熹微的晨光，可以见到过桥的行人已是为数众多，一个个似蚂蚁似的黑点向着远方蠕动。他们是早起上城去的，前时"出都门"仅见鞭影寥寥，而此刻反方向的入城晓行却是"似蚁行人"，十分符合生活的真实。在作者的感觉中，仿佛他们一直是走向月中。"如步蟾宫"运用极妙：月中有蟾宫，京城的宫殿也常以蟾宫作比；"蟾宫"是由卢沟桥的延伸引起的联想，说明长桥壮丽雄美，恍若仙境；而篇末的这一点笔，又直接回应了景观中的"晓月"二字。全曲借行程写景，移步换境，层次分明，再加上末句画龙点睛的神来之笔，给人以历历如绘、一丝不懈之感。

〔双调〕折桂令　玉泉垂虹①

跨寒流低吸长川。截断生绢，界破苍烟。喷壁琼珠，悬空素练②，泻月金笺。惊翠嶂分开玉田③，似银河飞下瑶天④。振鹭腾猿，来往游人，气宇凌仙。

【注释】

① 玉泉垂虹：在北京西山风景区。玉泉，山名。山中有石洞三：一在山之西南，洞下有泉；一在山之南，泉漫经之；一在山之根，泉自洞涌出。因泉流蜿蜒逶迤，其状若虹，故称"玉泉垂虹"，为"燕台八景"之一。　② 素练：白色的绢正。　③ 玉田：玉泉流经处，石骨尽见，色白如玉，故以"玉田"喻之。　④ 瑶天：仙界的天空。

【语译】

仿佛是把长河水源源不断地吸入，湛寒的泉流贯跨山体，在地面匍匐。泉身像一段段截断的绢幅，将苍翠的山色划成了两部。水沫喷溅在石壁上，如同一颗颗珍珠，悬空处挂起一道素白色的瀑布，漫地时又如闪闪发光的金纸，任皎洁的月光泻铺。在一派葱绿的山峰里，豁然中开，竟然有这么一方种玉的白色田土；又像是银河落自九天，澎湃地飞注。白鹭惊振双翅，猿猴也腾跳个不住。来往的游人到此，一个个意气轩昂，飘飘然如登仙府。

【赏析】

这首小令形神皆备，显示了状物写景的高超功力。

首先它写出了"玉泉垂虹"的外观特征。玉泉以洑流为主（首句），时而壮阔时而碎散（二、三句），高下流走，鉴形万象（四、五、六句），蜿蜒奔泻于群山众谷之间（七、八句）。其次它绘画了景区的绚丽多姿。"苍烟"、"琼珠"、"素练"、"翠嶂"、"玉田"、"银河"……五彩斑斓，美不胜收。第三便是玉泉喷跃骏奔的咄咄气势，不仅通过"截断"、"界破"、"喷"、"悬"、"泻"、"分开"、"飞下"一系列动态正面描写，还以振鹭腾猿、游人凌仙的侧笔加以烘托。静与动、上与下、近与远、面与体、日与夜，这些对立条件下的形象态势，非但得到了全面的展示，还收到了互相映衬的效果。

"玉泉垂虹"实是一道综合的景观，不同的区段有着不同的特色。为此，作者采取了多视角的散点透视的表现方式。曲中的每一景句，都是一幅栩栩如生的图画，为此，作者显示了下字精警、惜墨如金的艺术工力。我们只要看"跨寒流低吸长川"的起句就可见一斑。流上着一"寒"字，实是说泉水的清湛。川上着一"长"字，则是写泉量的充沛。"寒流"是实写，实中有虚；"长川"是虚写，虚中有实。所用的两个动词，"跨"有腾空意，又有贯长意。"吸"则逆向地表现出泉水汹涌的流势；吸是"低吸"，又形象地反映了玉泉匍匐泆行的特征。这一切集中在一起，便形成一种"只可意会，不可言传"的景物印象，"语译"的文字，也只能略表其大概而已。不仅如此，曲中在实绘外还穿插了大量生动传神的比喻，如"生绢"、"琼珠"、"玉田"、"悬空素练"、"泻月金笺"、"似银河飞下瑶天"等，再加上对仗上的精工高华，使全篇精彩飞动，有目不暇给之感。

〔双调〕折桂令　苏学士①

叹坡仙奎宿煌煌②，俊赏苏杭，谈笑琼黄③。月冷乌台④，风清赤壁⑤，荣辱俱忘。侍玉皇金莲夜光⑥，醉朝云翠袖春香⑦。半世疏狂，一笔龙蛇⑧，千古文章。

【注释】

①苏学士：苏轼曾官翰林学士、龙图阁学士、端明殿学士，故有是称。　②奎宿：二十八宿之一。《星经》谓"奎主文章"，故俗称奎星为"文曲星"。　③琼黄：琼州（今海南琼山）、黄州（今湖北黄冈），均为苏轼贬谪之地。　④乌台：御史台，因汉御史台柏树上常栖乌数千而得名。元丰二年（1079），苏轼因"诗涉讪谤"而被押系御史台狱达四月之久，史称"乌台诗案"。　⑤赤壁：此指黄州的赤鼻矶。苏轼游此，作前、后《赤壁赋》，有"清风徐来"、"唯江上之清风……取之无禁，用之不竭"等语。　⑥"侍玉皇"句：《宋史·苏轼传》："（哲宗元祐二年）召入封便殿………已而命坐赐茶，撤御前金莲烛送归院。"玉皇，皇上。　⑦朝云：王朝云，苏轼的侍妾，伴随苏轼二十一年，后卒于惠州。　⑧龙蛇：喻书法笔势的灵妙，也可喻文章的灵动流美。

【语译】

苏东坡举止若仙，文才盖世，犹如文曲星下凡，发生万丈光焰。他不仅在苏州、杭州的美景中得意流连，就是贬官到黄州、琼州，依然谈笑自若，怎不叫人为之感叹。御史台狱中吟对冷月，赤壁矶夜游啸傲清风，人生的得失升沉，他都不放在心间。他忠心事君，曾得到皇上撤烛送归的恩典；又有朝云那样理想的侍妾，足以让他一享香艳。他平生豪放，不受礼法和尘俗的牵绊，笔走龙蛇，作品和文名千古流传。

【赏析】

在中国古代的文学家中，很少有人像苏东坡那样，具有如此复杂的宦历和遭际。具体说，他二十一岁中进士，二十三岁入制科，先任凤翔府签判，后出为杭州通判，升密州刺史，又改知徐州、湖州，转因"乌台诗案"入狱。出狱后安置于黄州，量移汝州、登州。哲宗年间还京，累官翰林学士，龙图阁、端明殿侍读、大学士。其间又曾知杭州、颍州、扬州、定州。而后贬英州，追谪惠州、琼州，赦还而卒于常州。他确实有过"奎宿煌煌"的显赫声名，却失意时多，仅在黄州和岭南的两回贬谪即长达十年以上。唯一始终不变的是他正直超旷的伟大人格，这同他出类拔萃的文学才华一起，赢得了后世千百万人的崇敬。

作者在此利用了〔折桂令〕曲牌多偶句的特点，用对仗来铺陈对苏东坡的种种赞美，以收言简意赅之效。具体的表现方式分为两种，一种是两个极端处境的对照，如"俊赏苏杭"与"谈笑琼黄"，以东坡宦途的顺境与逆境比并而出，说明他无论身处何地都能不改情性，写出优美的诗歌文章，印证"奎宿煌煌"。又如以"月冷乌台"的厄遇与"风清赤壁"的美景相对照，表现东坡的"荣辱俱忘"。另一种是出句与对句互为映发，如"侍玉皇"与"醉朝云"两句，集中了东坡的人生得意方面，足以为天下文人伸眉吐气。在分论了"坡仙"文学、人品、际遇的特色后，末三句又用鼎足对概括了他的一生。旧时评价人物多用论赞体，本曲前八句为"论"，后三句为"赞"，有事实有形象有观点，其间又交织着作者赞扬、感叹、羡慕的种种思想感情，以故简练、生动地绘出了人物的画像，须眉俱张，给读者留下了颇多深刻的印象。

张养浩

张养浩(1270—1329)，字希孟，号云庄，济南(今属山东)人。历官成宗等五朝，由令史升为礼部尚书、中书省参议，遂急流勇退，辞归故乡。八年间屡辞朝廷征召，后关中大旱，始受命出山办理赈务，以积劳成疾死于任上。著有诗文集《归田类稿》及散曲集《云庄休居自适小乐府》行世。今存小令一百六十一首，套数二首，多缘事有感而发，意境开阔，风格豪旷。

〔中吕〕朱履曲　警世

才上马齐声儿喝道①，只这的便是送了人的根苗。直引到深坑里恰心焦②。祸来也何处躲？天怒也怎生逃？把旧来时威风不见了。

【注释】

① 喝道：旧时官吏出行，有仪仗或衙卒在队伍前吆喝清道，使行人回避，叫做喝道。② 恰：才真正。

【语译】

当官员们上马出行，有衙卒在前方齐声吆喝开道，这其实已经埋伏了他们危机的征兆。再一意孤行下去，直到陷入深坑，心里才觉不妙。祸危临头，天怒人怨，你们又如何躲逃？再看看往日的威风，一扫而空，哪里找得到！

【赏析】

身骑高头大马，衙役前呼后拥，"齐声儿喝道"，好　派威风凛凛、得意忘形的架势！作者却冷眼旁观，斩钉截铁地为之下一断言："只这的便是送了人的根苗。""才上马"的"才"字，在这一判断句中有两层作用。一是就"齐声儿喝道"而言，说的是一做官便耀武扬威，官职官场与作威作福密不可分；一是与"只这的便是"对映，显示了"上马喝道"与大祸将至之间的同步性。这种隐伏在显赫声势背后的危机包括两种，一种是官场的宗派斗争和内部倾轧，包括封建王朝所特有的"伴君如伴虎"的动辄得咎，致使乌纱落地，锁枷加身，这是"祸来"；一种是当上高官后忘乎所以，贪赃枉法，为非作歹，恶贯满盈，终至罪无可逭，这是"天怒"。总之是风云不测，生死难保，陷入"深坑"便万劫不复。从上马喝道，经过"送"、"引"、"躲"、"逃"，到"旧来时威风不见了"，这就是官途，实也是畏途、危途。

从客观上说，"齐声儿喝道"同"送了人的根苗"，不能算是同等的概念，这就如同评论一局输棋，而说"第一著是败著"一样，未必能使人信服。但作品并非针对喝道的现象本身来评说是非，而是将它作为做官逞威的一种象征，曲中的"上马"，就含有"走马上任"的意味。作者从宦三十年，后从礼部尚书、中书省参议的高位上引退，是宦海虎口余生的幸存者，因此他抓住现象后的本质，揭示官场功名利禄之徒的下场，也就直捷快当，一针见血，不容怀疑的余地。全曲冷峭隽拔，明白如话，而又意味深长，耐人咀嚼，正体现了元曲的本色。

〔中吕〕朱履曲　悟世

那的是为官荣贵？止不过多吃些筵席。更不呵安插些旧相知。家庭中添些盖作①，囊箧里攒些东西②。教好人每看做甚的③！

【注释】

① 盖作：元人方言，房屋之类的产业。　② 攒（zǎn）：积攒。　③ 每：同"们"。

【语译】

当官荣耀，荣耀在哪里？只不过在任上多吃几顿宴席。再不过是利用权力，把熟人朋友安插一批。家庭里添得些产业田地，腰包里将金银攒积。教平常人看待起来，这些官是什么东西！

【赏析】

这支小令是前篇的姊妹作，也就是官场过来人的反戈一击。这里说的"过来人"并不单指行动上脱离了官场，——作者其时就正担任着中书省参议的三品高官，——而是指在宦海中翻过几个筋斗，对官场诀窍、内幕了若指掌，因而在思想上成熟老到的营垒中人。所以本曲会写得如此冷峭。

全曲先设一问："那的是为官荣贵？"以引起议论。"为官荣贵"，是旧时上层统治者笼络士子为其服务的诱饵和说词，也成了当时社会的共识，四字可谓冠冕堂皇。但作者随即便用上"止不过"三字加以轻蔑的否定，而且在"止不过"后所作的阐释，竟是毫不登大雅之堂的"多吃些筵席"。这一言当然不足以蔽之，于是以"更不呵"加以补充，然而添加的修正语仍不是什么"致君尧舜，泽及百姓"之类的门面话，而是安插相知、"添些盖作"、"攒些东西"这些见不得人的肮脏行为。值得指出的是，作者身为堂堂高官，在解释"为官荣贵"的命义时，却不辞用上泼辣辣的大白话，把"荣贵"的"官"们不啻视作乡下的土财主，这本身就表明了作者对官场本质的透辟理解与不屑一嗤。这样的"为官荣贵"会激起受压民众的痛恨反对，也会引发封建功令的处罚，但作者并不多用笔墨怒斥或警告，只是冷冷地说一句："教好人每看做甚的！"在作者心目中，这批人不值得与之多说话，被"好人"(这里即是平常人)看不起，已是对他们最大的惩戒了。

这支小令有好几个特点。一是从人们不易想到的寻常事物，引出人们不易言到的通俗道理，这是不少元散曲叹世作品的共同特色。二是作者平平说来的"为官荣贵"的表现，恰恰代表了宦场中官声官绩的实质，一针见血地击中了朝廷百官的要害，使作品有别于一般的说教，与人印象至深。三是充分利用了白话与俗语的优势，使作品带上了老辣灏烂、冷峭尖新的风格。而这一切恐怕都是诗词所不易办到的。

〔中吕〕朱履曲

鹦鹉杯从来有味^①，凤凰池再也休题^②。荣与辱展转不相离。挂冠归山也喜^③，抬手舞月相随。却原来好光景都在这里。

【注释】

① 鹦鹉杯：鹦鹉螺(一种海螺)壳制成的酒杯。李白《襄阳歌》："鸬鹚杓，鹦鹉杯，百年三万六千日，一日须倾三百杯。"此用其意。　② 凤凰池：中书省的别称。《通典·职官》："魏晋以来，中书监令掌赞诏命，记会时事，典作之书。以其地在枢近，多承宠任，是以人固其位，谓之凤凰池焉。"题：通"提"，提起。　③ 挂冠：东汉逢萌在长安，因不满时政，解冠挂于东都门而归。后因以"挂冠"作为弃官的代称。

【语译】

酒杯里一向有至味可恋，再别提什么去朝中求取高官。荣耀与耻辱，互相纠缠，无法分断。辞官回还，青山也与人一样喜欢。举手狂舞，月光随着身影一同翩跹。啊，原来最动人的光景，就在这一切中间。

【赏析】

起笔以"鹦鹉杯"与"凤凰池"两种借代相峙而出，分别代表了放旷诗酒与热衷名利的不同人生态度。前者"从来有味"，后者"再也休题"，作者的观点十分明朗。第三句"荣与辱展转不相离"，富于哲理，正是作者决定取舍的理论依据。这一句虽以"荣"与"辱"相提并论，其实是以"荣"为主语，揭示出荣华难恃、乐极悲生的生活常理。因此，全句在曲中便起了承上启下的中枢作用。

"挂冠归"上应"凤凰池"，正是基于荣尽辱来的危险而果决采取的明智举动。"抬手舞"上应"鹦鹉杯"，正是任酒放情、散诞逍遥的形象表现。值得注意的是，作者巧妙地将"山"、"月"拉来作了陪主之宾。挂冠归隐，青山迎人，似与归客一同分享着欣喜；而"抬手舞月相随"，则不由使人联想起李白《月下独酌》的"我歌月徘徊，我舞影零乱"的多情境界。将自身的感情赋予周围无生命的事物，使这两句关于归隐生活"好光景"的叙写，更显得亲切有味。

如果说以上弃官乐隐的内容，在元散曲中已屡见不鲜，那么末句则是别具一格的神来之笔。作者对"鹦鹉杯"、"凤凰池"的优劣久已判然于心，于结尾都仍表现出顿悟式的欣喜，便强调了"好光景"只在山林不在官场的事实。一个"都"字，代表了作者的无穷感慨，也体现了他的豪放得意之情。这一句看似平实，却耐人咀嚼，其作用几无他句可代。散曲的曲味，往往就表现在这种画龙点睛的平常语上。

〔中吕〕朱履曲

　　弄世界机关识破①，叩天门意气消磨。人潦倒青山漫嵯峨②。前面有千古远，后头有万年多。量半炊时成得甚么③？

【注释】

　　① 弄世界：周旋人生，在社会上施展心计。　② 漫：徒然，此处有"莫要"之意。
③ 半炊时：饭熟的一半工夫，形容时间极短。

【语译】

　　周旋人生，应付社会，一回回处心积虑，却始终不能奏效。想打开天门，跻身云霄，可这求取功名的意图和气概又消磨了多少！人已经如此失意潦倒，青山啊又何必如此峻峭。生前历史已走过了千年之遥，身后的光阴更是无尽无了。仔细想想，这短暂的人生，还能实现些什么目标！

【赏析】

　　"弄世界"用今时的习语来说，就是闯世界，在社会中立定。一个"弄"字，含有操纵对方，玩弄于股掌之上的意味，当然要煞费心机，绞尽脑汁。但是，要周旋应付人生，立于不败之地，也不是那么容易。可不是，"机关识破"，人家阻挠了你的企图，一切所作的努力也就白费了。从曲文的下句来看，作者对于所来到的这个"世界"的要求，不过是取得些许功名，干出一番事业。诗人将自己的这种愿望和努力用上"弄"、"机关"的贬性词语，是一种自嘲和激愤，同时也表现了在一个勾心斗角、明争暗斗的社会里，世途所充满的险恶艰难。"叩天门"本来是踌躇满志，结果却是"意气消磨"，立身扬名所遭受的挫折可想而知。前一句是反说，这一句是正说，领出了下句中的"人潦倒"。起首的这一联冷峭而悲凉，侘傺失意之情，溢于言表。

　　第三句加重了这种自叹的意味。这一句将人事的"潦倒"与青山的"嵯峨"绾联在一起，看似无理，却以这种兴象的"无理"显示了感情的强烈，以至不自禁地移情于无情之物。辛弃疾《贺新郎》"我见青山多妩媚，料青山见我亦如是"，就运用了这种移情手法。在本曲中，青山嵯峨难以攀登，令潦倒人联想起仕途的高不可攀，一个"漫"字，透现出强烈的无奈与悲哀。

　　结尾三句中，"半炊时"暗用了唐人沈既济的《枕中记》故事：书生卢生在邯郸客店中一枕入梦，历尽富贵荣华，等到醒来，发现店主人炊煮的黄粱还未烧熟。半炊时极言人生的短暂，同"千古远"、"万年多"形成强烈的对比，给人以难以磨灭的印象。这三句若独立抽出，可视为睿智者的旷达；但安排在本曲中，同"弄世界"、"叩天门"的起笔对读，则明显是一种激愤与绝望了。

前面选了作者三首《朱履曲》，连同本篇在一起，都属于愤世嫉俗的内容。四首的风格不尽一致，但共同之处是感情强烈，述意直露，语言冷峭。这一切在本篇中表现得十分突出。元代叹世刺时题材的散曲，在语意露、透的同时，往往形淡实深，多有耐人咀嚼的余味；凡是达到这样的效果，都被视作是"当行"的表现之一。张养浩的这四首《朱履曲》，有助于读者体味这一点。

〔中吕〕山坡羊　潼关怀古①

　　峰峦如聚，波涛如怒，山河表里潼关路②。望西都③，意踟蹰④。伤心秦汉经行处，宫阙万间都做了土。兴，百姓苦。亡，百姓苦。

【注释】

① 潼关：在今陕西潼关县内，是雄踞陕西、山西、河南三省的要冲，进入长安的门户。　② 山河表里：潼关背倚秦岭山脉，西临黄河，故言"山河表里"。表里，内外。③ 西都：指长安，今陕西西安。东汉迁都洛阳，称为东都，遂将故都长安称作西都。④ 踟蹰(chí chú)：犹豫徘徊。

【语译】

秦岭山脉的群峰，像是有意地向这里聚汇；黄河波涛汹涌，仿佛在发怒逞威。山河里一层外一层，把这潼关拱卫。我遥望长安城，意绪低回。我所经过的这块土地上，秦朝、汉代都曾起造过宫室巍巍，可悲的是这些数以万计的宫殿楼台，如今统统化作了土灰。朝代兴起，是老百姓吃苦；朝代灭亡，是老白姓遭罪！

【赏析】

"峰峦如聚"，是指秦岭、太华诸峰巍峨重叠，仿佛是有意向同一个目标聚拢，它与辛弃疾《沁园春》写山的名句"叠嶂西驰，万马回旋，众山欲东"可谓异曲同工。"波涛如怒"是说黄河气挟风雷，洪波腾涌，汹涌咆哮，令人联想起杜甫"转惊波作怒，即恐岸随流"的警语。"聚"、"怒"两字不但动态如见，还使山河带上了灵性，这是作者以自己胸中勃郁的感情贯注其中的结果。这两句前句写山，后句写河，这就领起了下句的"山河表里"，而潼关的险要形势，就此酣满托出。怀古之作离不开所在地的景物描写，而景物描写又能为怀古的内容拓出恣意表现的舞台。面临如此雄阔警动的气象，作者是不会无动于衷的。

"山河表里"概括了潼关傍山枕河的形势，这四字本身又包含一个典故。据

《左传》记载，公元前632年，晋、楚因曹、卫附庸国的缘故，关系恶化，彼此剑拔弩张。大臣子犯(狐偃)劝晋文公与楚军决战，说晋国"表里山河"，借着山河的屏障，战败了也可以固守本土。结果文公果真发动了"城濮之战"，一举击溃了楚军。潼关是长安的门户，有着如此得天独厚的地理条件，它是不是能够确保古都的万无一失呢？这就引发了诗人对"西都"(长安)历史的回顾，从写景转入了怀古。

回顾历史的风云，诗人的心情不由得沉重起来。原来昔时秦和西汉都曾在长安地区建都，帝王们兴土木，营宫室，自以为帝业巍巍，万代相传。然而一代代王朝兴衰更迭，终如过眼烟云；纵有潼关天险，也守不住君王基业。"意踟蹰"，说明作者心潮的起伏，而"宫阙万间都做了土"，一句话概括了多少王朝的历史命运！作者在另一首《山坡羊·骊山怀古》中有句云："列国周齐秦汉楚。赢，都变做了土。输，都变做了土。"可以看出，尽管"土"是宫殿焚余的实况，但诗人却是将它当作王朝灭亡的象征来写的。

在走马灯似的改朝换代中，唯一不变的是人民遭受的痛苦。政权更迭之际，兵连祸结，流离失所，固不必说；一代新王朝建立，不过意味着百姓要为新的"宫阙万间"再服一回劳役，而且由于新王朝不断重蹈由兴而衰的覆辙，老百姓就得一次又一次地经历战乱的折磨。

这种循环使诗人禁不住悲怆，发出了"兴，百姓苦；亡，百姓苦"的议论。这种大声鞭鞑、鞭辟入里的论断，在古代诗歌中是不多见的。全曲无论于前段的山川壮思，还是中段的沧桑遗恨，始终饱含着一种壮郁苍凉的感情和气势；层层深入，层层积累，终于在这淋漓的议论中集聚爆发了出来。

〔双调〕折桂令

功名百尺竿头①，自古及今，有几个干休②：一个悬首城门③，一个和衣东市④，一个抱恨湘流⑤。一个十大功亲戚不留⑥，一个万言策贬窜忠州⑦。一个无罪监收，一个自抹咽喉。仔细寻思，都不如一叶扁舟。

【注释】

① 百尺竿头：喻已到极点。　② 干休：白白地结束。　③ 悬首城门：指春秋时的伍子胥。他曾辅佐吴国打败楚、越二国，后受谗言而被吴王夫差逼令自杀。死前他痛心地要求把自己的头颅悬挂在京城东门之上，以亲睹日后越军入侵的惨象。　④ 和衣东市：指西汉的晁错。他在景帝时官御史大夫，上书请削诸侯封地以维护中央集权，后诸侯胁持景帝将他处死，"衣朝衣斩于东市"。东市，汉代长安的杀人刑场。　⑤ 抱恨湘流：指战国时代楚国的屈原。他曾任左徒、三闾大夫，力主抗秦，因于怀王、顷襄王时两度遭到放逐。屈原苦于无力挽回楚衰亡的命运，愤然投入湘水自杀。　⑥ "一个"句：指汉代开国功臣

韩信，助汉高祖刘邦平定天下，却终为刘邦、吕后设计谋害，诛夷三族。十大功，韩信平生曾伐魏、徇赵、胁燕、定齐、破楚将龙且、围项羽于垓下，功高盖世，故后人有"韩信十大功劳"之说。　⑦"一个"句：指唐代的陆贽。他在德宗时任中书侍郎同门下平章事，上奏议数十篇，指陈时病，因而遭谗贬为忠州别驾。忠州，今重庆忠县。

【语译】

尽管功业地位已高不可攀，从古到今，还是有不少人结局悲惨：一个伍子胥头颅在城门上高悬，一个晁错穿着朝服在东市里处斩，一个屈原自投湘水，怀着深深的愤怨。一个韩信功高盖世，落了个满门抄斩；一个陆贽上书直言，贬黜到忠州的荒远地面。还有的无罪而捉进牢监，还有的自刎寻了短见。仔细想起来，他们都比不上驾着小船的隐士，来得自在而平安。

【赏析】

元散曲在叹世、警世题材的作品中，常常并排举出一系列的古人古事充作论据，让它们共同来说明作者对于现实的感受。张养浩就是用此法，如他的《沉醉东风》："班定远飘零玉关，楚灵均憔悴江干。李斯有黄犬悲，陆机有华亭叹。张柬之老来遭难。把个苏子瞻长流了四五番。因此上功名意懒。"本篇的咏叹手法与之相同，也是铺排一连串的史实作因，而于曲末自然地引出结论之果。不同的是它仅作"一个"、"一个"的排比，主角尚须读者去对号入座。《红楼梦》中"薛小妹新编怀古诗"，诗并不怎么样，但因内隐谜语，众人皆说"这自然新巧"，可见悬念也有加强文趣的作用。

当然作者无意打哑谜。在"功名百尺竿头"、"有几个干休"的前提下，作者援引史例，往往抓住了其最具典型性的表征，且因这些例子在元代多为妇孺皆知，所以并不难找到事主。从曲中所涉及的古人来看，伍子胥悬首城门，晁错和衣东市，屈原抱恨投江，韩信功高受诛，都是元散曲中常用的故典。陆贽的一例虽较冷僻，但"万言策"与"十大功"的对偶却颇为醒目。作者隐去人物的名姓，也起到了化熟为生的作用。本篇中诗人提供了大部分足资索隐的提示，但也有像"一个无罪监收"、"一个自抹咽喉"这样无法确示的例子，恰恰说明同类情形在历史上不胜擢举的事实。这七处"一个"形成了排比，在文气上形成了井然有序、侃侃而谈的效果。

"一叶扁舟"既是实写，也可以说是用典，用的是春秋范蠡辅助勾践兴越，功成身退，扁舟遨游五湖的故事（世间传说他"一舸载西施"，《史记》则载他去越入齐，后经商致富）。曲中接连出现的七处"一个"，与末尾扁舟的"一叶"，不仅在数字上相映成趣，而且在逻辑上水到渠成，无懈可击。

〔南吕〕一枝花　喜雨(套数)

用尽我为民为国心，祈下些值玉值金雨。数年空盼望，一旦

遂沾濡。唤省焦枯^①，喜万象春如故，恨流民尚在途。留不住都
弃业抛家，当不的也离乡背土^②。

〔梁州〕恨不的把野草翻腾做菽粟^③，澄河沙都变化做金珠^④。
直使千门万户家豪富，我也不枉了受天禄^⑤。眼觑着灾伤教我没
是处，只落的雪满头颅^⑥。

〔尾〕青天多谢相扶助，赤子从今罢叹吁，只愿的三日霖霪不
停住^⑦。便下当街上似五湖^⑧，都淹了九衢^⑨，犹自洗不尽从前受
过的苦。

【注释】

① 唤省：唤醒。　② 当不的：免不了。　③ 菽(shū)粟：大豆和小米。　④ 澄：洗
净。　⑤ 天禄：朝廷的俸禄。　⑥ 雪：指白发。　⑦ 霖霪(yín)：连绵不绝的雨。　⑧ 便
下：此为"便是"意。五湖：即太湖。　⑨ 九衢：大路。

【语译】

我用尽忧国忧民的心力，祈求得来这场甘霖，真比金玉还要宝贵。老百姓空
盼了这么多年，今日才得到雨露的沾被。焦枯的庄稼重又苏醒，大自然恢复了生
命的迹象，怎不使人欣慰。恨只恨流亡的百姓仍是有家不能归，免不了抛弃家业，
离乡背井，流离颠沛。

我恨不得让雨中翻腾的野草都变作豆麦粮食，洗净的河沙化成金珠宝贝。直
教千家万户都顿时富裕，这样我也不白领了朝廷的薪水。眼看着灾民的情形叫我
不知怎么才好，愁白了头发须眉。

多谢老天帮了我，使百姓从今后不再叹息伤悲。我只愿这雨下它个三天三夜
不见尾。就是把满街下成了太湖，淹没了道路，也抵不过前时期百姓遭受的罪。

【赏析】

从元泰定二年(1325)起，陕西地方整整四年滴雨全无，到天历二年(1329)四
月一日才盼来一场大雨。作者当时以陕西行台中丞的职衔总领救灾事务，"喜雨"
的心情是可想而知的。

首曲〔一枝花〕极写甘雨来之不易。起首四句，"用尽"与"祈下些"、"数年"
与"一旦"是两组富有感情色彩的对比。《元史·张养浩传》说他"祷雨于岳祠，
泣拜不能起，天忽阴翳，一雨二日"。旧时地方的最高官吏，都相信自己的治绩与
虔诚能够感动天神，祈来甘霖；诗人自感用尽心力没有白费，"值玉值金雨"正从
一个侧面显示出他的诚心。然而"祈下些"的"些"字又有不满足的意味，"一
旦"的沾濡与"数年"的辛酸显然不能平衡。人们常有"大喜过望"的时候，但
也往往因此产生"美中不足"的感觉。这种心态，带出了下文的一"喜"一
"恨"。作者将"喜雨"的"喜"同对百姓疾苦的关心联系在一起，这就更使人理

解了这场"值玉值金雨"的珍贵。

这场大雨的情景，作者在〔梁州〕曲的感想中透露了一二，"野草翻腾"、"澄河沙"，其实就是诗人目击的雨中景象。他沉浸在喜憾交加的心情中，幻想着那雨中飘摇的荒草变作米麦菽豆，那雨水冲打着的沙粒化为金玉珍珠，好让"恨"完完全全地被"喜"所替代。他解释所以会产生这样的联想，一是因为灾伤太严重，束手无策，救灾救怕了；二是拯民于倒悬是自己职分所系，"不枉了受天禄"。平易坦率，实事求是，使人感到充溢在作品中的一片真诚。

〔尾〕曲的首两句有意识地运用了对仗，"青天"和"赤子"，正是诗人念念不忘的两个方面。诗人由衷地对"青天"表了一声"多谢"，有一种如释重负的轻松感。然而，长期来的焦虑和怨恨，又使他意不能平，以至于产生了奇特的偏激愿望：让雨下他个三天三夜，下到地上装不下，就是这样，好像还说不尽百姓在旱灾中所饱受的苦难！这一笔，以极端的手法写出了极度的"苦"、极度的"恨"，却是"喜雨"情绪的酣畅发挥。作者在曲中时而欢呼，时而叹惋，时而祝告，时而沉思，时而呐喊：这种喜憾交并、以憾说喜以及偏激夸诞的写法，比一味单写喜悦，其撼动人心的效果要强烈得多。

白　贲

白贲(生卒年不详)，字无咎，钱塘(今浙江杭州)人。终官南安路总管府经历。今存小令二首、套数三首。以《黑漆弩》《鹦鹉曲》著称于世，和作者众多。

〔正宫〕黑漆弩　渔父

侬家鹦鹉洲边住①，是个不识字渔父。浪花中一叶扁舟，睡煞江南烟雨②。

〔么〕觉来时满眼青山③，抖擞绿蓑归去④。算从前错怨天公，甚也有安排我处⑤。

【注释】

① 侬：我。鹦鹉洲：湖北汉阳西南长江之中的一个小洲。　② 睡煞：睡足。　③ 觉来时：醒来时。　④ 抖擞：唐宋方言，震抖之意。　⑤ 甚：实在。

【语译】

我是个不识字的渔夫，安家在鹦鹉洲旁。常日驾起一叶小舟，颠簸在江间的波浪上。风雨封锁了大江，江南一片迷茫，这时候我正好在小船里酣酣地大睡一场。

一觉醒来，青山扑入眼帘，更觉神怡心旷。抖一抖蓑衣上的雨珠，把小船驶回远方。想从前我曾错怪上苍，其实命运对我的安置已总算允当。

【赏析】

在前选白朴《沉醉东风·渔父词》及冯子振《鹦鹉曲·农夫渴雨》的赏析中，都已提到了这支曲。它在当时的文人中间，确实是名传遐迩的。

小令起首两句的"自报家门"，便流露出一股英气。曲中的"不识字渔父"，正是诗人的自托。苏东坡说"人生识字忧患始，姓名粗记可以休"(《石苍舒醉墨堂》)，杜甫说"儒冠多误身"(《奉赠韦左丞丈》)，这里就让"渔父"持有百分之百的本色。何以要选择"鹦鹉洲"作为居处呢？原来鹦鹉洲的得名，同东汉祢衡在此作过《鹦鹉赋》有关，这在前选卢挚《蟾宫曲·武昌怀古》时已经说明。祢衡是历史上出名的狂士，倜傥嵚崎，傲视公侯，就连他的《鹦鹉赋》，也是借题发挥，用以倾吐才士的不平。借用这个地名，自有怀才不遇而又不甘与世合流的隐意。这样，在"渔父"前还故意加上"不识字"三字的定语，其感慨和弦外之音，更是不言而喻了。

三四两句，活画出一幅渔父沧浪图。"浪花"与"一叶"，在形象上造成了浩瀚与孤渺的鲜明对照，又使人感觉到风波荡激的强烈动感。然而，扁舟上的渔父却处之泰然，竟然进入酣甜乡中，不仅"睡"，而且"睡煞"，好不优哉游哉！"江南烟雨"四字极妙。它不仅补叙出扁舟的处境与浪花涌动的原因，还以自身的美感显示出渔父梦境的安恬。唐人张志和《渔歌子》："青箬笠，绿蓑衣，斜风细雨不须归。"而本篇的渔父在满江烟雨中不但没有想到"归"，反而乘机酣酣地睡上一觉，旷达之情可见。"浪花"的动态与"睡煞"的静态给人留下了深刻的印象，寓示着渔父在人生的风雨波澜中安之若素的处世态度。这是作品对主人公的第一组特写。

〔么〕篇起首两句，写渔父一觉醒来，已是雨霁天晴。放眼四顾，绿水青山，大自然经过风雨的洗礼变得更加明丽。这种无心骤得的"柳暗花明又一村"式的境界，使我们又想起柳宗元《渔翁》的诗句："烟销日出不见人，欸乃一声天地绿。"满眼的青山，伴送着渔父登上归程。"抖擞绿蓑"，只一个简单的动作，却见出了人物的豁达洒脱，这时的渔父，早已把全副身心同大自然的山水融为一体，对几阵雨点水花，又怎么会放在心上呢！"抖擞绿蓑归去"，深得《庄子》"其行填填，其视颠颠"，"其居也渊而静，其动也悬而天"的任其自然之意。这是作品对主人公的第二组特写。这两组特写，充满了旷达与自适的情味，烟雨风波中安然入睡也好，青山绿水间从容归去也好，都是"天公"的"安排我处"。"算从前错怨天公"，说明渔父"不识字"是假，怀才不遇是真；但如今却对命运的安排心满意足，所谓"不识字渔父"的自白，显然是自豪之兴多于愤慨之情了。

正因为本曲集兀傲豪旷之气与逍遥自适之情于一身，代表了元代文人愤世、避世、抗世的思想感情，所以它在曲坛上知名度极高。当时的文人高士除了纷纷步韵追和外，还从此把"黑漆弩"的曲调名改为"鹦鹉曲"，有人更将曲中的"江南烟雨"四字也作为曲牌的别称（参看前选王恽《黑漆弩·游金山寺》序）。"鹦鹉洲"也因而成了隐居山水的代语，如马致远《夜行船（天地之间人寄居）》套数写道："恁麒麟阁上图，凤凰池中主，不如俺鹦鹉洲边住。"元代无名氏有首《叨叨令》："溪边小径舟横渡，门前流水清如玉。青山隔断红尘路，白云满地无寻处。说与你寻不得也么哥，寻不得也么哥，却原来'侬家鹦鹉洲边住'。"更是直接将曲句当作了习语运用。

〔双调〕百字折桂令

弊裘尘土压征鞍，鞭倦袅芦花①。弓剑萧萧②，一竟入烟霞③。动羁怀西风禾黍④，秋水兼葭⑤。千点万点，老树寒鸦。三行两行，写高寒呀呀雁落平沙⑥。曲岸西边近水涡⑦，鱼网纶竿钓槎。断桥东下傍溪沙，疏篱茅舍人家。见满山满谷，红叶黄花。正是凄凉时候，离人又在天涯。

【注释】

① 鞭倦袅芦花：马鞭懒得像芦花那般摇动。　② 萧萧：冷落貌。　③ 一竟：一直。
④ 羁怀：久客他乡的情怀。　⑤ 蒹葭：芦苇。　⑥ 写高寒：在天空中排列成字。呀呀：
雁叫声。　⑦ 水涡：水流旋转处。

【语译】

　　骑在马上，衣衫破弊，满身灰沙尘土；马鞭儿也已懒得像芦花那般摇舞。客
子佩戴着冷清清的弓剑，一直走往晚云的深处。西风把庄稼吹得哗哗作响，寒澄
的秋水掩映着苇芦，这一切都拨动了久客他乡的愁绪。瑟缩的乌鸦，黑压压地站
满了路旁的老树。三两群雁阵，在高天中排列成字符，又呀呀地俯冲着，在平旷
的沙滩上驻足。曲岸西边，水流在急速地打转，张设着渔网钓竿，有一只孤零零
的小船泊住。断桥东头的溪滩上，茅舍疏篱，望得见几家村户。红叶黄花，缀满
了秋天的山谷。这一切都已悲凉不堪，况且客子漂泊在天涯的长途！

【赏析】

　　衣装破败，弓剑萧然，带着一身的尘土，骑着困惫不堪的瘦马，任它踽踽前
行，一直走向天边的云霞……作品一开头，就勾勒出一幅倦客行旅图。"弊"、
"倦"、"萧萧"等字眼，显示了征人长途跋涉的经历。而"一竟入烟霞"，则含有
漫无目的、不知所之的迷茫意味。这样的起笔，自然引起了读者对征人的关注。

　　"烟霞"除解释烟云外，还有"野景"的释义，所以"一竟入烟霞"也是为下
文集中写景所作的过渡。从第五句起，作者的笔就跟上了游子，从他的眼里来看
待面前的野景。时节正是清秋，西风掠动着田野上的庄稼和水面旁的芦苇。"彼黍
离离，彼稷之苗。行迈靡靡，中心摇摇。"（《诗经·黍离》）"蒹葭苍苍，白露为
霜。"（《诗经·蒹葭》）西风里的禾黍使人感到衰凉，秋水边的蒹葭使人感到寒凛，
对征人来说，这一切就是"动羁怀"，这三字决定了他审视秋景的黯淡心理。向前
方看是几株老树，停栖着数不清的缩头垂翅、无精打采的乌鸦。仰望天空，是几
阵南归的大雁，呀呀地啼叫着投向沙岸暂息。"千点万点"与"三行两行"在视觉
上形成了密与疏的对比，但触发的愁意却没有数量上的差别。这样的秋景连读者
也感到凄凉，征人惹动客愁，不堪忍受，是情理之中的事。

　　接着出现了水村山郭。水流南折，产生了漩涡，渔夫设网张竿，等着鱼儿上
钩。写出渔具钓船而不见主人，当是时辰已暮，各各归家造饭。再远一些，小桥
尽头的溪岸边，竹篱茅舍，隐约可见几户人家。溪沙上不见浣洗的人影，看来也
是同样的缘故。极目遥望溪后的山谷，血红的丹枫，金黄的野花，尽扑眼帘。色
彩如此明丽，可知是留住了夕阳的影子。这一段秋景若让我们欣赏，应当承认说
疏朗清丽，大可留连。但对于浪迹天涯、无家可归的征人来说，除了凄凉断肠，

还能有什么感想！末两句点明题旨的感慨，可以说是征人迸发着血泪的呐喊。这同马致远的名作《天净沙·秋思》一样，都是在写景之末点明"人在天涯"，用景色来衬现旅愁。但由于两者篇幅不同，便自有铺陈与含蓄的区别。

金代董解元《西厢记诸宫调》有一首〔赏花时〕："落日平林噪晚鸦，风袖翩翩吹瘦马。一径入天涯。荒凉古岸，衰草带霜滑。瞥见个孤林端入画，篱落萧疏带浅沙。一个老大伯捕鱼虾，横桥流水，茅舍映荻花。"本曲与之有相近之处。可见元散曲选取典型景物的写法，是继承了民歌与民间说唱文学的传统。

刘唐卿

刘唐卿（生卒年不详），太原（今属山西）人。至元三十一年（1294）前后任皮货所提举。曾作杂剧三种。散曲今仅存小令一首。

〔双调〕折桂令　夜宴

博山铜细袅香风①，两行纱笼②，烛影摇红。翠袖殷勤捧金钟，半露春葱③。唱好是会受用文章巨公④，绮罗丛醉眼朦胧⑤。夜宴将终，十二帘栊⑥，月转梧桐。

【注释】

① 博山铜：铜制的博山香炉。博山，一种重叠山形的纹饰。　② 纱笼：纱面的灯笼。③ 春葱：女子纤白的手指。　④ 唱好是：真正是。　⑤ 绮罗丛：美女聚集之处。　⑥ 帘栊：帘幕与窗棂。

【语译】

博山炉轻烟细袅，送来了异香满室；两行灯笼照亮了宴席，烛焰摇曳着红色的影子。年轻的侍女们捧着酒盅殷勤地劝酒，半露出纤美的玉指。那些文章大家真是会行乐，睁着朦胧的醉眼，欣赏着美女的芳姿。夜宴即将终止，看那一扇扇帘窗之外，月亮已绕着梧桐树移动了位置。

【赏析】

宋代的晏殊评诗，曾认为像"老觉腰金重，慵便枕玉凉"这样堆金砌玉的诗句，"未是富贵语。不如'笙歌归院落，灯火下楼台'，此善言富贵者也"。本曲可谓是这种"善言富贵"的例子。

作品描叙夜宴，先从宴会上的香炉、纱笼着手，香风细袅，烛影摇红，从朦胧而可辨的感官印象中，设定了夜宴典雅和融的氛围。更重要的是，以"两行纱笼"的淡淡一笔，点现了宴会的高层次规格。原来以两行侍女排立侑座，是古代贵官所特有的豪华排场，杜牧"忽发狂言惊四座，两行红粉一时回"（《兵部尚书席上》），"弦管开双调，花钿坐两行"（《早春赠军事薛判官》），王建"未戴柘枝花帽子，两行宫监在帘前"（《宫词》），苏轼"紫衫玉带两行全，琵琶一抹四十弦"（《约公择饮是日大风》）等都是证明。这样的宴座上自然是金碧辉煌，珍馐罗列，但作者对这一切都熟视无睹，至多对"两行纱笼"的侍女们有所青睐。这固然出于他的情性，却也是本篇"善言富贵"作风的成因。

"翠袖殷勤捧金钟",是承用宋人晏幾道《鹧鸪天》的"彩袖殷勤捧玉钟"词句,而"半露春葱"的添写,则形象地表现了席上侍女的姣好与多情。作者接着才提到夜宴上的另一特点,是与座者多为名噪天下的文章大家。但作者叹羡他们的"会受用",只在于他们能不失时机地在"绮罗丛"即美人堆中纵情欢饮。可见尽管这是一场高级宴会,但作者对其尊贵奢华的内容并不十分在心,倒是侑酒的女子给他留下了较为深刻的印象。《史记·滑稽列传》记地方上的集会,"男女杂坐,行酒稽留","握手不罚,目眙不禁",诗人欣赏的就是这种无拘无束的风流气氛。

当然,作为客观描写,作者仍然不会忘记展现"夜宴"的与众不同。曲末三句转入夜宴将终的外景,本意是通过"月转梧桐"来反映宴会行乐忘记了时间,但"十二帘栊"也非苟作之笔。宋徐积《富贵篇》:"十二帘卷珠荧煌,双姬扶起坐牙床。"可见这又是"善作富贵语"的一笔。

本篇还有个音律上的特点,就是在句中有意多用暗韵,如"博山铜"、"会受用"、"绮罗丛"等。据说虞集就是因为在京城同官的宴会上,听歌女唱起了这支曲,感到新奇,才构思作出二字一韵的"短柱体"《折桂令》(虞曲见本书后选)的。又钟嗣成《录鬼簿》有《凌波仙》曲赞扬作者:"唐卿刘老太原公,生在承平至德中。王左丞席上相陪奉,有歌儿舞女宗。咏'博山细袅香风'。莺花队,绮罗丛,倚翠偎红。"这一切都可见出本曲在元代广为流传的影响。

郑光祖

郑光祖(生卒年不详)，字德辉，平阳襄陵(今山西临汾)人。"元曲四大家"之一。曾任杭州路吏。平生作《倩女离魂》等杂剧十八种，名满天下。散曲今存小令六首、套数二首，清丽可诵，不愧斫轮老手。

〔正宫〕塞鸿秋

雨余梨雪开香玉，风和柳线摇新绿。日融桃锦堆红树，烟迷苔色铺青褥。王维旧画图，杜甫新诗句。怎相逢不饮空归去①。

【注释】

①"怎相逢"句：宋蔡沆《复斋漫录》："世所传'相逢不饮空归去，洞口桃花也笑人'之句，盖出于敬方。"敬方即李敬方，唐长庆间诗人，但二句《全唐诗》敬方名下失载。

【语译】

雨停了，玉雪般的梨花绽放，香气四散。风儿微微，柳树摇曳着嫩绿的长线。在熙和的日光中，烂漫如锦的红色桃花，将树身堆得满满；在迷蒙的雾气里，碧苔给大地铺上了一层青毡。这美景曾入王维的画稿，杜甫也会为之吟作新篇。我怎肯相逢了故人，而不开怀畅饮，白白地把家回转！

【赏析】

这首曲前四句不厌其详地列举了春天的花木和植物构筑的美景，合在一起，便组成一幅花红柳绿、生机盎然的郊野春意图。这种运用相同句式层层加彩的铺陈渲染，是民歌和民间说唱文学的常用手法，散曲也不时借鉴采用。如张可久《一枝花·春怨》："莺穿残杨柳枝，虫蠹损蔷薇刺。蝶扇干芍药粉，蜂蹙断海棠丝。"汤式《一枝花·春思》："嫩寒生花底风，清影弄帘间月。乱红扑窗外雨，香絮滚树头雪。"等等。本曲的妙处，在于将梨、柳、桃、苔分别配置于雨、风、日、烟的自然条件下，各逞白、绿、红、青的丽彩与绽放、摇曳、堆垛、铺展的芳姿，从而显示了春意的无时不妍与无所不适。这一片美景富于诗情画意，令人目不暇给，水到渠成地带出了"王维旧画图，杜甫新诗句"的评语。

面对春天大自然的魅力，诗人自不会无动于衷。但在大笔驰走于状物写景之后，要用短短的一句来全面反映诗人的反应及感受，是很不容易的事。所以末句"怎相逢不饮空归去"的收束，可谓是全曲的神来之笔。它巧妙地引用了前人的成句，以"相逢不饮"作为辜负良辰美景的象征，前著一富于感情色彩的"怎"字，表现出一种强烈的"行乐须及时"的人生信念。而全句又可作为实情看待，于是前时的郊野春景，顿时成了诗人亲炙现场的发现与记录。不仅如此，我们还可想见他在"归去"之前，与友人们一起一边纵情饮酒、一边尽兴赏春的欢乐情景。自然与人的交融契合，以及诗人的志得意满、狂放豪迈，都在这一句中酣满地示现出来了。

借用为人熟知的前人成语入曲，是散曲的又一常用手法，往往有借树开花、点铁成金之效。本曲中还起到了画龙点睛的作用，所以更耐人寻味。元无名氏散曲有一首《塞鸿秋》："则见淡烟笼罩西湖路，酒旗招飐垂杨树。画船儿刺在花深处，煞强如侬家鹦鹉洲边住。兀的不快活也么哥，兀的不快活也么哥，抵多少'相逢不饮空归去'。"末句同样借用了李敬方的这句诗。

〔双调〕蟾宫曲　梦中作

半窗幽梦微茫。歌罢钱塘①，赋罢高唐②。风入罗帏，爽入疏棂③，月照纱窗。缥缈见梨花淡妆，依稀闻兰麝余香。唤起思量，待不思量④，怎不思量。

【注释】

① 歌罢钱塘：宋洪迈《夷坚志》记载，进士司马槱曾梦遇一美人，向他献唱了一支《蝶恋花》，起首两句是："妾本钱塘江上住。花落花开，不管流年度。"司马槱任职杭州后，美人每晚梦中来。后来人们才知道她是南齐名妓苏小小的鬼魂。　② 赋罢高唐：战国时宋玉有《高唐赋》，写楚襄王梦游高唐，与巫山神女欢会。高唐，楚国台观名，在云梦泽中。③ 疏棂：疏朗的窗格。　④ 待：打算。

【语译】

那夜间小窗下的梦啊，是那样地朦胧微茫。它仿佛是苏小小的芳魂向才郎献歌，又仿佛像巫山神女接纳襄王。微风潜入，吹拂着罗帐，窗棂中透了阵阵清凉，月亮也把它银白的清光，洒上了纱窗。缥缈中出现了她的幻象，像梨花那样洁雅，略施淡妆，散发出似有若无的芬芳。这梦哟唤醒了我相思的回望，我想让自己平静下来，一如往常，可是又怎能做到不把她怀想？

【赏析】

梦本身就有恍惚迷离的意味，何况是"幽梦"；"幽梦"下著"微茫"二字不算，前方还以"半窗"作为限制。这一先声夺人的起笔，绘出了朦胧、悱恻的氛围。两处"罢"字，见出梦影残存，言下有无限惆怅。使用钱塘歌、高唐赋两个典故，并不表示梦境中出现的女子是妓女或仙鬼，仅说明男女双方情意绸缪，而这种欢会除了梦中以外，生活中几乎不存在机会。诗人故示朦胧，是为了留护这种只有两心才知的秘密细加品温，却也显出不能实实在在地占有的隐痛。

前文是似梦非梦，半醒不醒。"风入"的三句，渡入觉醒，迎接诗人的是现实

143

世界的一片凄清。"罗帏"、"疏棂"、"纱窗",同风、爽、月这些清晰切近的感觉印象搭配在一起,是对"幽梦"的反衬,含有诗人独处独宿的孤单情味。再入梦已不可能,他却执着地追寻着前尘旧影。缥缈的幻觉中得以如愿,不仅如见其人,而且如闻其声。"梨花淡妆"、"兰麝余香",补出了"半窗幽梦"的内容,见出幽梦的可恋,也见出诗人的多情。有色有香,却"缥缈"、"依稀",这种幻觉正反映了梦境在心灵上留下的强烈刺激。当然,妆而淡,香而余,似实似虚,若有若无,这本身就说明了醒后的追忆与梦境的感受已存在着偏差,不用说梦境与生活的实情更是相去甚远。作者虽是不露声色地平静叙出,字外却存着无限的怅惘与伤心。

末尾三句,"唤起思量"不言而喻。"待不思量"是由于思量太苦,也是诗人故作铁石心肠。因为"怎不思量",爱情的力量岂能抗拒!三处"思量",经历了一个"有—无—有"的曲折,通过这欲罢不能的一笔,更见出了诗人的一往情深与愁绵恨长。

这支散曲题目为"梦中作",当然不能说没有这种可能。不过从全篇内容来看,当是出梦后回忆时所作。看来这并非作者留梦心切,神智惝恍,产生了错觉;而正是所谓"直道相思了无益"(李商隐《无题》),才故意给它披一件"梦"的外衣。诗人以婉丽的笔墨,借幽梦写情愫,欲处处掩抑心灵的伤口;但天下的至情、深愁,是人同此心、心同此感的。清人乐钧有首《浪淘沙》,其下阕不约而同,恰恰可以作为本曲的缩影,故抄录于下:

> 昨夜枕空床,雾阁吹香。梦儿一半是钗光。如此相逢如此别,怎不思量!

〔双调〕鸳鸯煞尾(摘调)

一点来不够身躯小①,响喉咙针眼里应难到。煎聒的离人闻②,来合噪,草虫之中无你般薄劣把人焦③!急睡着,急惊觉,紧截定阳台路儿叫④。

【注释】

① 一点来不够:还不到一丁点大。 ② 煎聒(guā):扰闹。 ③ 薄劣:恶劣。焦:指心烦。 ④ "紧截定"句:意谓专门盯着,总在人梦里欢会时将人吵醒。阳台,传说中巫山神女行云行雨之处,后常指男女欢会之所。

【语译】

这蟋蟀个头小得还不到一丁点,扯直喉咙,声音想来也穿不过针眼。可偏偏扰闹不停,让离人听见,此起彼应响成一片。昆虫之中哪有像你蟋蟀这般恶劣,令人烦厌!急急地上床入眠,又迅即被唤出梦间:它们紧紧守定了阳台的通路,声声鸣叫,不许人近前。

【赏析】

本篇原为《驻马听·秋闺》套数的尾曲，是一首摘调。起首两句，先以"一点来不够"、"针眼里"这些词语极力表现蟋蟀外形与声音的细小，十分形象、生动，实是故作擒纵之笔。中间三句紧接着转出对蟋蟀的反感，说明它的叫声实际上并不小，够"煎聒"，但反感的原因仍不叙出，这种继续宕开的手法在古人叫做"操纵"，引而不发，有吸引读者关心解索的效果。本曲原属的套数是写一名独守空房的闺妇，闻声觉得心焦，竟忍不住把一腔怨愤泄到蟋蟀身上。这显而易见与她的经历、情绪有关，写虫实际上是在写人，写蟋蟀的叫声也就是为了写人物的离愁。

果然，末尾三句揭出了闺妇怨恨蟋蟀"薄劣"的缘故，确是因为它干扰了空房的生活。这里用了两处"急"字。前一处是写闺妇的心情，她在现实中注定了孤独，只有在梦境中才能同远方的丈夫有机会相逢，所以急不可耐地奔赴梦乡。后一个"急"字，却是昭示梦境的短暂：才入睡就被虫声的合噪惊醒，这蟋蟀儿实在太不知趣了。这种情形发生当不止一次，每当闺妇获得了珍贵的好梦，将同夫君共叙欢爱时，就被蟋蟀唤回，以至她怀疑是不是它在有意把守阳台的路口。"紧截定"三字，将蟋蟀鸣声的响亮与频繁，表现得淋漓尽致；而这一笔将闺妇的处境、心情及愿望，也都同时从字面以外揭示了出来。从为人不注意的小地方入手，开掘衍扬，曲尽其妙，求得新奇的效果，是散曲的一大特长。这支曲子将"草虫"的叫声引入离愁别恨的大题目中，构思是颇为巧妙的。

《诗经·七月》："十月蟋蟀入我床下。"南宋词人姜夔《齐天乐》："哀音似诉，正思妇无眠，起寻机杼。"都写到了蟋蟀对愁人的影响。但在构思的生动上，显然本篇要胜出一筹。又金代董解元《西厢记诸宫调》中，有〔整金冠令〕写道："促织儿（即蟋蟀）外面斗声相聒，小即小，天生的口不曾合。是世间虫蚁儿里的活撮（无赖）。"本篇或受其启发，不过末尾"紧截定阳台路儿叫"的俊语实在是更上了一层楼。明李开先《词谑》将本曲作为"急并响亮，含有余不尽之意"的"豹尾"的范例，实与此结句有关。

范　康

范康(生卒年不详)，字子安，杭州(今属浙江)人。通音律，曾作杂剧二种。散曲今存小令四首、套数一首，多述愤世嫉俗之意。

〔仙吕〕寄生草　酒

常醉后方何碍？不醉时有甚思！糟腌两个功名字，醅淹千古兴亡事①，曲埋万丈虹蜺志②。不达时皆笑屈原非③，但知音尽说陶潜是④。

【注释】

① 醅(pēi)：未滤过的酒。　② 曲(qū)：酿酒用的酒母。虹蜺志：高贯长虹的远大志向。蜺，通"霓"。　③ 不达时：不识时务，或不通事理。　④"但知音"句：晋陶潜(陶渊明)性喜酒，酒人引为知音。

【语译】

终日酩酊大醉又有何妨？要是不喝酒清醒着，又能作何思量！这酒啊，改变了功名的风味，淹没了千年的兴亡，埋没了冲天的志向。屈原守身独醒，世间人都笑他太不识相；陶渊明饮酒海量，一个个都把他引为知音、同党。

【赏析】

长醉不妨于人生，不醉反而无所适从；功名事业、历史兴亡，以及个人的雄心壮志，统统为酒所掩埋销蚀；屈原不甘众醉而独醒，被招致非议；人人以陶渊明的喜酒作为榜样和同道。全篇无一句不扣合"酒"的主题，也无一句不以反语出之，从而表现出愤世嫉俗的强烈心情。

这首小令中间的三句鼎足对，素来为人所称道。它以酒的三种附属物——糟、醅、曲配搭酒外的人事，句句形似无理，而细细体味，却又觉寓意无穷。试想"功名"两字真被"糟腌"了，那就只剩下酒气冲天，这不正说明功名本身味同嚼蜡、淡然乏味么？同样，"千古兴亡事"淹没在酒醅中，浑浑噩噩，也喻示出历史的盛衰荣枯，本身就是一本糊涂账，不值得去分辨个明白。而虹霓般的冲天志向，在古人来说即是所谓"治国平天下"，如今为曲所埋，可见"虹蜺志"的内容本身也无异于腐渣。"功名字"、"兴亡事"、"虹蜺志"与糟、醅、曲等价，这是从字面上的一层理解。而从"常醉后方何碍，不醉时有甚思"的醉酒意义来看，"糟腌"、"醅淹"、"曲埋"又都是主动行为，也就是在醉乡中可以淡忘、蔑视和放弃一切追求的意思。这三句鼎足对含义相似，却横说竖说而无重复之嫌。这种在工整的对仗中逞示老辣尖峭的语言工力，是元散曲的一种习尚，也就是所谓"当行"的表现之一。清李调元赞誉本曲"命意造词，俱臻绝顶"，正是从这一意义上说的。

〔仙吕〕寄生草　色

花尚有重开日，人决无再少年。恰情欢春昼红妆面，正情浓夏日双飞燕，早情疏秋暮合欢扇。武陵溪引入鬼门关①，楚阳台驾到森罗殿②。

【注释】

① 武陵溪：陶渊明《桃花源记》述武陵人捕鱼为业，缘溪行，终于进入桃花源。诗文中因以"武陵溪"喻真善美的理想境地，元曲中更作为男女情乡的代指。　② 楚阳台：宋玉《高唐赋》记楚襄王与巫山神女欢会，神女自言"朝朝暮暮，阳台之下"。后因以"楚阳台"指称男女合欢之所。森罗殿：传说中阎王的居殿。

【语译】

花儿谢了还有重新开放的一天，青春过了哪里还会再回到身边？当对着红粉佳人、如花婵娟，尽情欢娱，享受着爱情的春天；当男女你恩我爱，像夏日形影不离的双燕般两情缠绵；转眼却冷漠疏远，似晚秋的团扇那样无情弃捐。理想的美好仙境，导向毁灭的边缘；男欢女爱的生活，终究进入死亡的终点。

【赏析】

范康作《寄生草》四首，分别以酒、色、财、气命名，这是第二首。与前一首咏酒而百般首肯的写法不同，本篇咏色是以劝诫为主旨的。小令从"花有重开日，人无再少年"的俗谚入手，写出了贪色溺情的无谓及对人生的戕害，以种种借喻为棒喝，近于得道之言。

本篇与前首一样，全曲皆由对仗构成，其中亦以中间三句鼎足对为一篇之警策。这三句中都有个"情"字，却通过三组画面显示了它不同的发展阶段。"春昼红妆面"语句香艳，美人靓妆，又与春天的风情配合，令人想起蜀王衍的"柳眉桃脸不胜春"、温庭筠的"照花前后镜，花面交相映"等意境，以其诱惑力表现出炽情的煽起。"双飞燕"本身形影不离，"夏日"更有热烈的意味，"夏日双飞燕"用以比喻男女艳情的如胶似漆。"秋暮合欢扇"则用汉班婕妤《怨歌行》的掌故："裁为合欢扇，团团似明月。……常恐秋节至，凉风夺炎热，弃捐箧笥中，恩情中道绝。"利用春、夏、秋的时令特征及有关物象，合成"情欢"、"情浓"直至"情疏"的完整过程，这种构思是颇为巧妙的。

作者将情视为溺色迷陷的表现，故结末的两句，不仅指出"情"之不足恃，而且有"色"能戕人的意味在内。这两句是由"武陵溪"、"鬼门关"、"楚阳台"、"森罗殿"等一系列暗喻构成的，在句内自成对比，颇为新警。元曲好说教，而多以奇思、警语出之，这就避免了乏味和空泛的弊病。

曾 瑞

曾瑞(？—1330前)，字瑞卿，号褐夫，大兴(今属北京)人，侨居杭州。曾作有《诗酒余音》散曲集及杂剧一种，时有"市井儿童诵瑞卿"之说，惜亡佚。今存散曲小令九十五首，套数十七首，曲文通俗本色。

〔中吕〕喜春来　未遂

功名希望何时就？书剑飘零甚日休？算来著甚可消愁？除是酒。醉倚仲宣楼①。

【注释】

① 仲宣楼：在湖北当阳东南麦城城楼上。汉末王粲依附刘表未得重用，曾登城楼作《登楼赋》，后人纪念为建此楼。仲宣，王粲字。

【语译】

求取功名的希望何时实现？携书佩剑，四方漂泊，可有终了的一天？细细想来，除了饮酒，还能有什么赖以消愁的手段！我醉倚着仲宣楼的栏杆，犹如当年怀才不遇的王粲。

【赏析】

小令起首连设两问，不作答复，说明答案是不言而喻的。前句的"功名希望"，非属我有，想求而求不得；后句的"书剑飘零"，非属我愿，想休而休不了。这种矛盾的际遇和心理，作成一组对仗，令人印象深刻。这种功名无望、飘零无休的严酷现实，便是下文的"愁"。

针对浓重的愁意，第三句又用了设问的形式。这一回作者毫不迟疑，接上了"除是酒"的明确答案。这就增添了文气的变化。小令至此语意似尽，妙在"醉倚仲宣楼"一句的补接。它不仅回应了困顿失意、借酒浇愁的前文，还通过"仲宣楼"这一富有特征的地名建立起同"王粲登楼"典故的联系，从而显示作者他乡失路、怀才不遇的怅惘和彷徨。前文因功名希望无时成就、书剑飘零无日止休，而导致寻求"消愁"之法；虽以"酒"为"算来"的良策，终究不能治本。末句表面上以"醉"字承"酒"，实质上"倚仲宣楼"四字仍点出醉酒不可能消愁的真理，所以是加一倍写法。"醉倚仲宣楼"，不言愁而愁意愈明，悠悠一结，便更令人怆然。宋词小令如〔望江南〕、〔长相思〕等，常以末尾的五字句兼承兼结。本曲也运用此法，故带有小词的隽永韵味。

〔中吕〕山坡羊　题情

青鸾舞镜①，红鸳交颈。梦回依旧成孤另。冻云晴，月华明②。香消烛灭人初静，窗外朔风梅萼冷。风，寒夜景。梅，横瘦影。

【注释】

① 青鸾舞镜：南朝宋刘敬叔《异苑》谓鸾鸟见类则鸣，罽宾国王得一孤鸾，使之照镜，鸾睹影悲鸣，冲霄一奋而绝。青鸾，凤凰的一种。　② 月华：月光。

【语译】

梦里我和你脉脉相对，像鸾鸟见到了镜里的同类；梦里我和你两情欢洽，像锦鸳鸯那样交颈同睡。然而梦境一过，依然是孤孤单单的寂寞滋味。寒云放晴，月亮从云层后透射出灿烂的光辉。香消烛灭，万籁渐寂，窗外北风阵阵，撼摇着梅花的苞蕾。北风使夜的世界更加寒冽，梅花横斜着疏枝，显得那样憔悴。

【赏析】

"注释"①是针对"青鸾舞镜"四字阐述其典故的本意，而曲中这一句的主语却当是复数，也就是指一对青鸾，把句子说全，该是"青鸾相对如舞镜"。这同下句的"红鸳交颈"一样，是对恩爱情侣形影不离的比喻。"青"、"红"的色彩如此绚丽，"对镜"、"交颈"的欢好如此热烈，可惜都是梦里南柯。"梦回依旧成孤另"，一落千丈，这反差强烈的起首，震心动魄，具有先声夺人的效果。

小令的下文便完全从梦中走出。按照"梦回"题材的常法，接着的篇幅应当描写人如何如何地"孤另"，叙述心情举止，前尘旧影，总之是对主角作进一步的渲染和发挥。但本曲却出人意外。它撇下了梦回的人物，将余下的章句全部用以写景。景色的内容是冬夜，月亮钻出云层，照临下世，而下方的世界万籁俱寂，小屋内香消烛灭，只剩下窗外的北风摇撼着清瘦的梅影。这一段景色描写典型而细腻，始终贯串着月光的影响与凄冷的风神，更重要的是，它隐示着人物的"依旧成孤另"。可以想见曲中的主角这位年轻女子，从与情偶欢聚的美梦中苏醒过来，还残留着一角梦境，但突然窗外的云层发亮，月亮射出灿灿光芒，冷酷地提醒着她"成孤另"的现实。这时已是夜深人静，炉香燃尽，余下的烛焰使她感到独居的凄冷，索性一口吹灭。她所感所见到的，只是"风，寒夜景。梅，横瘦影"，这是对"朔风"、"梅萼"的进一步描绘，也说明女子此时的注意力全集中在这两者上。"寒夜景"的"寒"是动词，冬夜之景本身寒意十足，此处归咎为"风"的影响，正说明真正感到朔风之寒的是女子本人；而"梅，横瘦影"，无疑是一种象征性的暗示，使人联想到窗内的人也如寒梅般消瘦。借景寓情是诗歌的常法，本篇写景不仅寓情，且隐藏着人物的影子，这正是作品的独到之处。

〔南吕〕四块玉　警世

狗探汤①，鱼着网，急走沿身痛着伤。柳腰花貌邪魔旺。柳弄娇，花艳妆，君莫赏。

【注释】

① 汤：沸水。

【语译】

狗爪伸进了沸水，鱼儿闯着了绳网，带着一身伤痛，急急地逃离避让。妓女们腰如弱柳，貌比春花，害人的魔力正强。她们弄娇作媚，脂粉艳妆，您可别喝了迷魂汤！

【赏析】

"狗探汤"、"鱼着网"两则形象极为生动，其负痛急走、心有余悸的情态如在读者目前。章回小说中有"惶惶若丧家之犬，急急若漏网之鱼"、"鲤鱼离却金鳌钩，摆尾摇头更不来"的习语，正是利用了这种为人所熟悉的视觉印象。"痛着伤"既显示了所遭危险的可怕，又有教训沉重、"吃一堑长一智"的意味，从而为引出下文的训诫敲响了警钟。"探汤"、"着网"究竟比喻什么？第四句揭示了答案，原来指的是花街柳巷嫖妓寻乐的险事。为寻花问柳而痛吃苦头固然咎由自取，但妓女设圈套、行"邪魔"的手段也确实狠毒，一个"旺"字，坐实了前文"急"、"痛"的缘起。读者至此掩卷，益觉起首两句比拟的贴切。妙在作者撇过"邪魔"，回过头来重新渲染"柳腰花貌"在外表上的娇艳，最后以"君莫赏"三字轻轻带住，不啻为当头棒喝。将"柳"、"花"两度紧挨着"邪魔旺"拈出表现，于是警惕春楼以色惑人的主旨便跃然纸上了。小令始终以生动的形象组合来代替枯燥的说教，以"果"引出"因"，语重心长。全曲篇幅短小，琅琅上口，令人过目难忘。

〔南吕〕四块玉　述怀

衣紫袍①，居黄阁②，九鼎沉如许由瓢③。调羹无味教人笑④。弃了官，辞了朝，归去好。

【注释】

① 紫袍：古代四五品以上官员的袍服。　② 黄阁：宰相厅署。古代丞相、三公官署厅门饰涂黄色，故称。　③ 九鼎：喻国家重器。历史上最早由大禹铸九鼎，作为国家政权的象征。许由瓢：许由为上古高士，尧让以天下而不受。他隐居箕山时，家产只有一只水瓢，挂在树上，风吹瓢鸣，许由嫌声烦就将瓢弃之水中。　④ 调羹：《尚书》载商王武丁命傅说为相，说："若作和羹，尔惟盐梅。"意谓如调味作羹那样治理国家。后因以"调羹"喻宰

相行职。

【语译】

身穿着贵官的袍裳，高坐于宰相的厅堂，把个国家搞得不成模样，几乎像许由的沉瓢那样泡汤。燮理阴阳，治政无方，徒然博得个万民笑骂，丑名远扬。还是弃官辞朝，还乡归隐的强。

【赏析】

"紫袍"、"黄阁"，均是贵官的借代语。利用"紫"、"黄"颜色门作成对仗，也是古代文人习用的手法。而三、四两句则呈现出尖新的特色。"九鼎"极为贵重，却以不值钱的"瓢"作为比喻，且是"许由瓢"，本身更属于委弃之物。从许由弃瓢的典故引出了"沉"，而九鼎沉则意味着朝纲不振，曲曲折折，用以说明治国者的不负责任，真是冷峻至极的一笔。第四句的含意与之接近，却偏重于宰相无能的角度。"调羹"在古时是喻指宰相行职的专用语，作者却故意取用其生活中烹饪的字面意味，接以"无味"二字，引出"教人笑"的嘲骂。这首小令阐述的是"归去好"的结论，在论据上用了极端的例证，即从位至三公的高贵人物加以否定，更不用说一般小官了。而作者却是连小官也未作过的，竟题为"述怀"，就更不难想见他写作此曲时自嘲自解与愤世嫉俗的心情。诗人同题另有一首："雪满簪，霜垂颔，老拙随缘苦无贪。狂图多被风波淹。享大财，得重衔，休笑俺。""述怀"的意味就显豁得多。正因为本曲跳过了作者本人的经历，白眼向人，嘲骂的感情就更易投入。全曲语言冷辣，口舌节省，恰恰体现出元散曲短篇小令犀利精光的特征。

〔南吕〕骂玉郎过感皇恩采茶歌　闺中闻杜鹃

无情杜宇闲淘气①。头直上耳根底②，声声聒得人心碎。你怎知，我就里③，愁无际？　帘幕低垂，重门深闭。曲阑边，雕檐外，画楼西。把春酲唤起④，将晓梦惊回。无明夜⑤，闲聒噪，厮禁持⑥。　我几曾离，这绣罗帏，没来由劝我道"不如归"。狂客江南正着迷，这声儿好去对俺那人啼。

【注释】

① 杜宇：杜鹃鸟。其鸣声如"不如归去"。　②头直：头顶。　③就里：内里，指心中。　④春酲(chén)：春天里醉酒的状态。酲，病酒。　⑤无明夜：无日无夜。　⑥厮：相。禁持：纠缠。

【语译】

那不懂事的杜鹃鸟一味任性，在我头顶上耳根边声声啼鸣，吵碎了我的心。你怎么不知道，我心里本来就愁情无尽？

帘幕低垂，一道道门儿关紧，闺房中原是那样地幽静。你却在曲栏边、屋檐外、小楼西，到处叫个不停。唤醒了我的酒醉，惊破了我的梦境。不分日夜，噜噜苏苏，同我纠缠不清。

我几时离开闺帏出门？你老是没头没脑，发出“不如归去”的提醒。我那狂荡的夫君，正在江南沉迷忘返，你这些声儿最好还是叫给他听！

【赏析】

这支带过曲，以闺中女子自诉心声的形式，淋漓尽致地表现了思妇的情怨。全曲分三段：自起首至“愁无际”为〔骂玉郎〕，写现时的“闻杜鹃”；“帘幕低垂”至“断禁持”为〔感皇恩〕，忆前时的闻鹃情形，补明了题目的“闺中”；“我几曾离”至结尾为〔采茶歌〕，则是“闺中闻杜鹃”的反应和感想。

第一段一上来就把杜鹃鸟推上了被告地位，对它进行了娇憨的嗔斥。“闲淘气”、“头直”、“就里”、“聒”等连用口语，描摹女子口吻表达极度不满的感情可谓惟妙惟肖，率直天真而又多愁善感。杜鹃鸟因其啼声像说“不如归去”，一向容易引起异乡羁客游子的伤感，何以也开罪了这位闺中女子？作品先不明说，让读者带着悬念去听下回分解。

第二段十句，为女子对往日杜鹃“聒噪”情形的回顾与数落。这回真相大白，原来鹃声对她的环境与生活干扰极大。一是空间的无孔不入，突破“帘幕”、“重门”的限制，“曲阑边，雕檐外，画楼西”，侵入了“闺中”的整个范围；二是时间上不分昼夜，“断禁持”，纠缠无已；三是不识时务，“把春酲唤起，将晓梦惊回”，害得女子不得安宁，连做个好梦也做不全。这一段不仅照应了首段的“头直上耳根底，声声聒得人心碎”，坐实了杜鹃鸟的“闲淘气”，更巧妙的是借着数落而介绍了女子寂寞闺居的日常生活。我们因而了解了她居住在条件优裕的大户深院内，终日不出阃外，至多在曲阑画楼间徙倚散心，而这当然是“愁无际”情形下的消遣之举。其春酲“唤起”，见病酒之深困；晓梦“惊回”，知梦境之可恋。而女子对鹃声“无明夜”的啼叫规律耿耿于怀，那么她本人的忧心忡忡、彻夜不眠，也就是显而易见的了。

全曲至此，还是不曾涉及鹃声同“聒得人心碎”之间的联系。直至第三段，才揭出了女子怨艾的原因，果然与杜鹃“不如归”的啼叫内容有关。鸟儿不看对象，固然好“没来由”；妙在女子并不停留在对它盲目啼叫的恼恨上，而是进一步要求它去寻着自己在外不归的夫君。“这声儿好去对俺那人啼”，于丝丝入扣的铺叙后，着此新警别致的一笔，将女子又恨又嗔、既悱恻而又炽烈的内心情感，表现得入木三分。这一结尾合于情理而又出人意外，将前时女子对杜鹃的责备顿时转为对薄幸夫婿的怨望，令人憬然大悟、怅然动容，故素来为人称道。明李开先《词谑》，就将它作为“急并响亮，含有余不尽之意”的范例。元晚期曲家朱庭玉，在其《祆神急·闺思》套数的末曲〔后庭花煞〕中写道：“愁人倦听，杜鹃声更哀。不去向他根底，偏来近奴空侧，诉离怀。把似唤将春去，争如撺顿取那人来？”《录鬼簿》曾载"市井儿童诵瑞卿（曾瑞字瑞卿）"，或许他也受了曾瑞此作的影响。又《乐府群珠》载元无名氏《上小楼·杜鹃》："堪恨无情杜宇，你怎么伤人情绪？啼的花残，叫的愁来，唤将春去。索甚不把离人叮咛嘱咐？我也道在天涯不如归去。"题旨同结尾的表现构思，都与本篇相近。两作的先后难以判断，只能说是燕瘦环肥，各臻其妙。

　　借怨责禽鸟而述女子情思，自不从本作始。南朝梁《读曲歌》："打杀长鸣鸡，弹去乌臼鸟。但愿连冥不复曙，一年都一晓。"唐金昌绪《闺怨》："打起黄莺儿，莫教枝上啼。啼时惊妾梦，不得到辽西。"这首曲或许受到过它们的启发。但它无论在谴责杜鹃或是在自诉心声上，都更加细腻曲折，造成了摇曳悱恻的风致。从中也可见出诗与曲在表现风格上的不同。

睢景臣

睢景臣(生卒年不详)，一作睢舜臣，字景贤，扬州(今属江苏)人。曾作杂剧三种。散曲今存套数三首，其中《哨遍·高祖还乡》，是最能全面体现元散曲特色的杰作。

〔般涉调〕哨遍　高祖还乡(套数)

社长排门告示①：但有的差使无推故②。这差使不寻俗。一壁厢纳草除根，一边又要差夫③。索应付④。又言是车驾⑤，都说是銮舆⑥。今日还乡故。王乡老执定瓦台盘⑦，赵忙郎抱着酒葫芦。新刷来的头巾⑧，恰糨来的绸衫⑨，畅好是妆么大户⑩。

〔耍孩儿〕瞎王留引定火乔男女⑪，胡踢蹬吹笛擂鼓⑫。见一彪人马到庄门⑬，匹头里几面旗舒⑭：一面旗白胡阑套住个迎霜兔⑮，一面旗红曲连打着个毕月乌⑯，一面旗鸡学舞⑰，一面旗狗生双翅⑱，一面旗蛇缠葫芦⑲。

〔五煞〕红漆了叉，银铮了斧⑳，甜瓜苦瓜黄金镀㉑。明晃晃马镫枪尖上挑㉒，白雪雪鹅毛扇上铺㉓。这几个乔人物，拿着些不曾见的器仗，穿着些大作怪衣服。

〔四煞〕辕条上都是马㉔，套顶上不见驴㉕。黄罗伞柄天生曲。车前八个天曹判㉖，车后若干递送夫㉗。更几个多娇女㉘，一般穿着，一样妆梳。

〔三煞〕那大汉下的车，众人施礼数㉙。那大汉觑得人如无物㉚。众乡老展脚舒腰拜，那大汉那身着手扶㉛。猛可里抬头觑㉜，觑多时认得，险气破我胸脯！

〔二煞〕你须身姓刘㉝，你妻须姓吕。把你两家儿根脚从头数㉞。你本身做亭长耽几盏酒㉟，你丈人教村学读几卷书㊱。曾在俺庄东住，也曾与我喂牛切草，拽坝扶锄㊲。

〔一煞〕春采了桑，冬借了俺粟，零支了米麦无重数。换田契强秤了麻三秤㊳，还酒债偷量了豆几斛㊴。有甚胡突处㊵？明标着册历^㊶，见放着文书。

〔尾〕少我的钱差发内旋拨还^㊷，欠我的粟税粮中私准除^㊸。只道刘三谁肯把你揪捽住^㊹，白甚么改了姓更了名唤做汉高祖^㊺！

【注释】

① 社长：犹今之村长、甲长。古以二十五户为一社。排门：挨家挨户。　② 但有：所有。推故：借故推托。　③ 一壁厢：一边。　④ 索：必须。　⑤ 车驾：本指配齐马匹的车乘，旧时因不敢直称天子，就以车驾作为代称。　⑥ 銮舆：皇帝的坐车，也代指天子。　⑦ 王乡老、赵忙郎：元曲中对乡村人惯起的名号。乡老，村老。忙郎，田舍郎。瓦台盘：粗陶制作的食盘。　⑧ 刷：洗。　⑨ 糨（jiāng）：用米汁浆洗衣服，使其平直挺括。　⑩ 畅好是：真正是，实在是。妆么：装模作样。　⑪ 王留：元曲对村中穷汉惯起的名字。火：同"伙"。乔男女：不三不四的人。乔，恶劣，虚假。　⑫ 胡踢蹬：胡乱跳来跳去。　⑬ 彪（diū）：一队。　⑭ 匹头：同"劈头"，当头。舒：飘展。　⑮ "白胡阑"句：指月旗。胡阑，"环"的谐音。迎霜兔，白兔，旧传月亮中有白兔捣药。所以月旗上画一个白环，里头再画月兔。　⑯ "红曲连"句：指日旗。曲连，"圈"的谐音。毕月乌，本指二十八宿中的毕星，这里指乌鸦。旧传太阳中有三足乌，所以日旗上画一个红圈，里头再绘三足乌。　⑰ 鸡学舞：指朱雀旗，代表南方的七宿。　⑱ 狗生双翅：指白虎旗，代表西方的七宿。这里绘作飞虎的形状。　⑲ 蛇缠葫芦：有两种可能。一指青龙旗，代表东方的七宿，所谓"蛇"即龙，"葫芦"实为"玄甲之图"，即河图的一种；一指玄武旗，代表北方的七宿，标志为蛇缠一龟，汉代出土的玄武瓦当上即绘此图形。　⑳ 铮：镀亮。　㉑ 甜瓜苦瓜：实指金瓜锤，一种仪卫器械。　㉒ 马镫：实指镫仗，一种仪仗器具。《元史·舆服志》："镫仗：朱漆棒首，标以金涂马镫。"　㉓ "白雪雪"句：指翣，一种宫扇。　㉔ "辕条"句：驴贱马贵，乡下人拉车极少用马，故此称奇。辕条，连接车与驾车牲口的木架。　㉕ 套顶：当作"套项"，牲口颈上的轭木。　㉖ 天曹判：庙里塑画的判官。这里指皇帝的侍卫。　㉗ 递送夫：搬运夫。此指为皇帝执物服侍的太监。　㉘ 多娇女：指宫女。　㉙ 施礼数：行礼。　㉚ 觑：看，察看。　㉛ 那身：同"挪身"，移动身子。　㉜ 猛可里：猛然。　㉝ 须：当是。　㉞ 根脚：根底，底细。　㉟ 亭长：秦代十里设一亭，主管者为亭长。刘邦曾做过沛县泗水亭长。　㊱ "你丈人"句：刘邦的岳父吕公并未教过村学，这是作者的附会。　㊲ 拽坝（jù）：拉犁耙耕作。坝，同"耟"，俗称两牛并耕为一耟。　㊳ 三秤：三十斤。　㊴ 斛：五斗的容量。　㊵ 胡突：糊涂。　㊶ 册历：账簿。　㊷ 差发：指差发钱。被征发当官差的人向官府缴纳一笔费用可以免差，称差发钱。旋：立刻。　㊸ 私准除：暗中折价扣除。　㊹ 刘三：刘邦有兄名仲，而自称刘季，所以作者设想他排行第三。揪捽：揪扯。　㊺ 白甚么：平白无故地为什么。

【语译】

社长挨家通知：所有的差使不得推阻。这回差使不同寻常，又是准备草料，又是差派民夫，必须一一应付。说是什么"车驾"，又是什么"銮舆"，今天要回故土。王乡老捧住粗陶的食盘，赵忙郎抱着盛酒的葫芦，戴上新洗的头巾，穿上新浆的绸服，一个个俨然像是土财主。

瞎王留带着一伙土混混，胡乱跳着吹笛打鼓。只见一队人马来到庄前，当头有几面旗打出。一面旗上白环套着个白毛兔，一面旗上红圈罩着个黑老乌，一面旗上鸡学跳舞，一面旗上狗长双翅，一面旗上蛇缠葫芦。

红漆的叉，银漆的斧，连甜瓜、苦瓜也用黄金涂。晃亮的马鞍在枪尖上高矗，大扇用雪白的鹅毛满铺。这些怪家伙，拿着些没见过的器具，穿着些怪模怪样的衣服。

车辕上驾的是清一色的马，怎么不见驴？那黄罗伞柄天生拐个弯，真是怪物。车前走着一群凶神恶煞，车后跟着几个搬运夫。更有几个好看的女娃，一色的打扮，一样的装束。

那大汉下了车，众人施礼俯伏。他目中无人，傲气十足。父老们连连叩拜，那大汉挪挪身子，伸手挽扶。我猛然抬头一瞧，瞧了好大工夫才认出，——差点气破胸脯！

你当是姓刘，你老婆姓吕，你两家的根底我全能抖出。你自己当亭长贪杯好酒，你丈人教村学算是读过点书。你曾住在庄东，还曾做过雇工，为我放牛、耕锄。

你春天采过我的桑叶，冬天借过我的谷物，平时零碎预支粮食，更是不计其数。你卖田时强饶去三十斤麻，还我酒债时又把几斛豆子偷偷带出。有什么糊涂的地方？账簿上记得清清楚楚，现成明摆着文书。

欠我的钱，你在差发费中当即拨还了我；欠我的粮，你在赋税中私下扣除。我说刘三呀，这下有谁会把你揪住，你为什么平白无故，改姓换名，叫什么"汉高祖"？

【赏析】

公元前195年，由昔日的亭长发迹做上皇帝的汉高祖刘邦，曾返回故乡沛中（今江苏沛县），召乡民故旧，唱《大风歌》，当作一件踌躇满志、轰轰烈烈的大事。古人有"富贵不归故乡，如衣绣夜行"的习见，汉高祖的"威加海内归故乡"，也确实成为历代史家、文人颂羡的佳话。但当元代扬州的散曲家相约写作《高祖还乡》的套数时，睢景臣却奏响了与众截然不同的批判旋律。诸家曲作结果只流传下来这一篇，《录鬼簿》说是因它"制作新奇，诸公者皆出其下"的缘故。而我们一旦读完了它，也会感到像这样的作品的生命力，在中国乃至世界的文学宝库中将是永恒的。

本篇的"新奇"首先在于它的表现角度，选取了一名与刘邦旧有瓜葛、如今莫名其妙奉令凑数接驾盛典的乡民代言。他全然不知"车驾"、"銮舆"为何物，只是纳闷为何这回差使特别"不寻俗"，上自社长，下至王乡老、赵忙郎（旧时所谓"乡耆迎驾"），一个个都那样忙碌，又是那么一副"妆么"可笑的派头。首曲〔哨遍〕的这一开场，奠定了全篇讽刺谐谑的基调，为下文拓出了地步。

正当乡民为土乐队"胡踢蹬"的表演大惑不解时，汉高祖的一行人马驾到。以下发生的一切，在刘邦是耀武扬威，而对乡民来说则不啻是生平奇观。作品用

156

〔耍孩儿〕等三支曲子，铺陈车驾的排场。天子仪仗何等威赫，但在乡民眼中，处处是稀奇古怪。先是旗队，那些象征天地四方的旗旄，被乡民当作了鸡兔蛇狗；次是仪卫，举着甜瓜苦瓜，马鞭鹅毛，尽是些"不曾见的器仗"；最后是天子的华盖，但除了惊讶于"都是马""不见驴"、"伞柄天生曲"以及侍卫、宫女等的"大作怪"以外，引不起乡民的其他兴趣，他甚至连黄伞盖下的大汉天子也不曾注意到。这种写法巧妙地将皇帝威严的排场叙成了一场闹剧，越是炫耀威风越是令人捧腹。而乡民"大作怪"的感受代表了他的反感，又为后文的勃然大怒预作了铺垫。

〔三煞〕首次让"大汉"露面，写出他的倨傲无礼。那乡民毕竟不懂得忌讳，竟然抬头"觑多时"，并认出刘邦来。作品若到此结束也算够"制作新奇"了，妙在乡民的反应竟是"气破胸脯"，并接连用〔二煞〕、〔一煞〕两支曲将刘邦的陈年烂底一五一十抖落出来，原来是个出身低微，妻家也很贫寒，当亭长时贪杯好酒，"庄东住"时也不务正业的家伙。暗偷、明抢、赖债不还，分明是个无赖！这些揭露无不令人拍手称快。"高祖还乡"，这几曲正是在"乡"字上做足了文章。

〔尾〕曲更是异想天开，让乡民向堂堂天子讨起了旧债。这一笔不仅意味着人证俱全，无可抵赖，而且还借机让乡民转入了议论。末两句是全篇最精彩处。"刘三"是作者根据史书资料而杜撰的刘邦诨名，乡民呼出，声气酷似。"汉高祖"是刘邦死后的庙号，用在生前，谐趣十足。前文仅铺陈"还乡"，后来出现了"大汉"，然后是认出了"刘三"，至此点明了"唤做汉高祖"，一步步剥茧抽丝，到结尾才缴足了题面。妙味不止于此，更在于这两句的含义深远：你刘三瞒人耳目，摇身一变，"改了姓更了名"变成了汉高祖，那么"汉高祖"本身就是欺世盗名的产物。但你尽管"唤做汉高祖"，本质上还是那个随时可能被乡民"揪捽住"、一点就穿的"刘三"！"真命天子"的神话，"帝王之尊"的光轮，在辛辣的嘲笑揶揄中顿时荡然无存了。

元末张昱有首《过歌风台》诗，也涉及了高祖还乡的内容，前八句是："世间快意那有此？亭长还乡作天子。沛宫不乐复何为？诸母父兄知旧事。酒酣起舞和儿歌，眼中尽是汉山河。韩彭受诛黥布戮，且喜猛士今无多。"主要是针对刘邦还乡时所作《大风歌》中"安得猛士兮守四方"句进行讽刺的。从讽刺的手法来看，诗、曲确有含蓄与发露的不同。像本曲这样，语言如此生动，形象如此丰满，声气如此酷肖，讽刺如此辛辣，恐怕是诗体所难以实现的。散曲"别是一家"的俚味，往往还可成为侵犯正统忌讳的保护色，在此首套数中也有这样的意味。

周文质

周文质(？—1334)，字仲彬，建德（今属浙江）人。曾作杂剧四种。散曲今存小令四十三首，套数五首，多为男女恋情之作，也有咏世的作品，均表现出较高的造诣。

〔正宫〕叨叨令　自叹

筑墙的曾入高宗梦①，钓鱼的也应飞熊梦②。受贫的是个凄凉梦，做官的是个荣华梦。笑煞人也末哥③，笑煞人也末哥，梦中又说人间梦。

【注释】

①"筑墙"句：商代的傅说曾在傅岩（在今山西平陆）地方同奴隶们一起筑墙，殷高宗武丁梦见他的形象，访求得到，任他为相，国家因而大治。　②"钓鱼"句：周文王出猎前占卜，卜辞说他"所获非龙非螭，非虎非罴，所获霸王之辅"。结果在渭水岸边遇到了吕尚（姜太公），加以重用，成就了霸王之业。后人将"非罴"讹传为"非熊"、"飞熊"，遂有"飞熊入梦"的传说。吕尚应征前曾在渭水之滨以垂钓为业。　③也末哥：语尾助词无义。

【语译】

筑墙的傅说，曾被殷高宗梦里看中；钓鱼的吕尚，也应了周文王的奇梦。受贫受穷，是一场凄凉的噩梦；高官厚禄，享尽繁华，到头来也像幻梦一般成空。真正笑得人肚痛，真正笑得人心痛。我评说人间的梦，自己也处在梦境中。

【赏析】

"人间如梦"（苏轼《念奴娇》），"人之生世，如梦一觉"（韩愈《祭柳子厚文》）。古代文人喜欢以梦喻人生、人事，大概是因为"存在"与"虚无"常只是相去一间吧。

本篇的开头巧妙地运用了两则因梦得福的故实，傅说与吕尚的发达，都是依赖贤君识拔的结果。"高宗梦"、"飞熊梦"的两个"梦"字，既见出这种际遇的偶然，又隐含识拔后建立功名事业的无谓。傅、吕两人都曾亲历从"受贫"到"做官"的过程，这就自然地度入下文。三四两句是写现实的情形，有了历史的铺垫，就容易明白作者为何仍然纳入"梦"字解说的含意了。

"受贫的是个凄凉梦"，首先叙明了贫士"凄凉"一生的事实。贫士之所以凄凉，显然不是因为缺乏才学，而是得不到如殷高宗、周文王那样求贤若渴的国君。元代不光有种族上的不平等，而且在职业上也有尊卑的差别。从"一官二吏"到

"七匠八娼九儒十丐"，汉族文人要想凭文章进身，实在艰难得很。既然碰不上"高宗梦"、"飞熊梦"这样凤毛麟角的机会，守定"凄凉梦"坎坷终身，就是注定的了。

"做官的是个荣华梦"，做官得志，为什么仍然脱不了一梦呢？这是因为他们没有像傅说和吕尚那样的才德，自然就谈不上建立傅说、吕尚的事业和伟绩，最多是为官一场，守定一阵荣华富贵罢了。元代的官场腐化，倾轧激烈，做官的荣华梦能维持多久，也是难以说定的事。

想到这些，诗人感到自己所处的人世无非是形形色色梦境的组合，现实中再也不存在君臣际会而施展抱负的机会；就是自己意识了梦，评跋着梦，也不过仍是在梦中而已，真正可笑煞人。《庄子·齐物论》："方其梦也，不知其梦也，梦之中又占梦焉。"白居易《读禅经》："言下忘言一时了，梦中说梦两重虚。"这正是"梦中又说人间梦"的诠释。前文一连列举四种梦，末了收束在同一梦中，彼此的差别一笔抹杀，只剩下"笑煞人"的共性，是全曲警拔之处；四种梦说的是社会上的穷通荣枯，末句却一笔挽成不遇于时、又无可奈何的自伤与感慨，也就是题面的"自叹"，这更是作品笔力遒上、高出一筹的地方。

本篇各韵句都押一个"梦"字，这种通首韵脚同用一字的体式叫做"独木桥体"，又叫"福唐体"，词曲俱有。在本篇用独木桥体，则恰起了"无非一梦"的醒示作用。

〔正宫〕叨叨令　自叹

去年今日题诗处，佳人才子相逢处。世间多少伤心处，人面不知归何处。望不见也末哥，望不见也末哥，绿窗空对花深处。

【语译】

去年的今天，我题下了多情的诗章，正是在这里，我相会了美丽的姑娘。这世界有多少场所，令人伤心断肠，那去年相对的美人，不知如今去了何方？我一遍遍地寻觅，却一回回地失望。只见一丛丛花朵，空对着她居住过的绿窗。

【赏析】

本篇的"自叹"与前篇不同。是感叹一段伤心的罗曼史。全曲的措辞和格调，很容易使人想起唐代崔护的《题都城南庄》："去年今日此门中，人面桃花相映红。人面不知何处去，桃花依旧笑春风。"崔护的吟作，相传是他在清明日独游城南，见一村居花木丛萃，而寂若无人。他口渴敲门求饮，有女子持杯水满足了他的愿望，而且脉脉含情送至门外。但等到崔护来年清明再游旧地，庄门已紧闭无人，只得怏怏地题诗而回。曲作者的故事未必与之全同，但也无疑是一场男女间的邂逅相逢。"佳人才子"，两情暗通，诗人还当场为她留下了诗作，这种爱情在封建礼教森严的社会中当然是不会开花结果的。一年以后重游的扑空，不仅增重了相思的寂寞，还添加了一重岁月流逝的惆怅。这首曲将这种种感受表现得极为真切。

起首两句，从回忆写起。时间是"去年今日"，地点即在作者此番作曲自叹的处所。这处所是去年的"题诗处"，也是邂逅佳人的"相逢处"，相逢后即题诗相赠，可见两人一见倾心，且已互表了相慕之意。点明"去年今日"，见出诗人的念念不忘，同时也是通过崔护"去年今日此门中"成句的影响力，来隐表出这一回忆令人伤情的悲剧性。强调"佳人才子"，则是因为非佳人则不足以伤情，而非才子则不深于伤情。事物越是美好，其毁灭也就越是撼动人心。两美相逢而不能天从人愿，这样的结局就倍加残酷。这两句虽是平平叙出，却已使读者预见了下文的阴云。

"世间多少伤心处"，点出了"伤心"的字面。这一句是从回忆向现实的过渡，它宕开至"世间"，却实将前文的"题诗处"、"相逢处"置于"伤心处"的中心地位。果然，下句揭出了"伤心"的缘由——"人面不知归何处"。这句几乎就是崔护《题都城南庄》诗句的迻用，不同的是这一个"归"字。若从"归家"的意义上说，则相逢的"佳人"也非居住此地，要再找到她就比崔护的那位南庄女子更为困难。而"归"字对于古代女子来说，还有"出嫁"的一义。诗人本意若出于此，那就是名花有主，更使人有"从此萧郎是路人"之叹了。

五六两句重复，是〔叨叨令〕格律的要求。在这首曲中，恰恰起到了一往情深与热肠百结的示现作用，这是单用一句"望不见也末哥"所无法实现的。末句是"望"的目标，也是"题诗处"、"相逢处"的具体所在。"绿窗"在古代诗文中多指闺阁的窗户，"花深处"则点现出春节，并使人联想起崔护诗中的"桃花依旧笑春风"。这一句妙就妙在以丽景写深愁，戛然结止，而使人惆怅不已。明沈义父所谓"含有余不尽之意，以景结情最好"（《乐府指迷》），就是指这样的情形。

本篇与前篇一样，也是使用同一字作韵脚的"独木桥体"。本曲同用的是一"处"字，它恰代表了作者的感情空间，显示了作者的留连的寻觅。可以看出，尽管两作的内容不同，这种韵脚上的叠同都产生了一种回肠荡气的韵味，更加见出"自叹"的回环不已。

〔正宫〕叨叨令　悲秋

叮叮当当铁马儿乞留玎琅闹①，啾啾唧唧促织儿依柔依然叫。滴滴点点细雨儿淅留淅零哨②，潇潇洒洒梧叶儿失流疏剌落③。睡不着也末哥，睡不着也末哥，孤孤另另单枕上迷彪模登靠④。

【注释】

① 铁马儿：檐下悬挂的铁瓦或铃铛，风起则叮当作声。乞留玎琅：与下文的"依柔依

160

然"、"淅留淅零"、"失流疏剌",都是状声词。　② 哨:通"潲",雨水斜飘。　③ 潇潇洒洒:冷冷清清。　④ 迷彪(diū)模登:迷迷矇矇。

【语译】

"乞留玎琅",是那檐下的铁马声声作响。"曦哩曦哩",是那蟋蟀儿在此起彼应地鸣唱。"淅沥淅沥",斜飘着细雨,点点滴滴打在人心上。"失流沙拉",坠落着梧叶,枝头上愈现冷清的情状。睡不着,怎么也睡不着,我只好迷迷矇矇独个儿把个孤枕倚傍。

【赏析】

读这首曲子,我们不妨同另一首关汉卿的《大德歌·秋》作一比较:"风飘飘,雨潇潇,便做陈抟也睡不着。懊恼伤怀抱,扑簌簌泪点抛。秋蝉儿噪罢寒蛩儿叫,淅零零细雨打芭蕉。"两作在借助摹写秋声而表现"睡不着"的凄凉愁情上,构思有相近之处。关汉卿所作属早期散曲,崇尚率情自然,固然也不失为佳作,但从构筑氛围、表现缠绵悱恻情致的方面来说,显然本曲更为动人。

本曲的"悲秋"主要通过渲染一系列秋声来表现。前两句先写铁马与促织(蟋蟀)的发声。这两句有一特点,即每句都用上了两组象声词。但同是象声词,却有纯象声与兼意象声的区别。如第一句中的"叮叮当当",是铁马一般情形下发出的响声,可谓天下皆然,属纯象声;而"乞留玎琅"则是其在响动频繁时的听觉效果,兼有急切密乱、摇响不住的意味。同样,"啾啾唧唧"为促织鸣声的基本特征,而"依柔依然"则是兼意象声词,带有细嫩宛转、如诉如泣的感情色彩。前者所谓"夜雨闻铃肠断声"(白居易《长恨歌》),后者所谓"哀音似诉"(姜夔《齐天乐·蟋蟀》),使人自然而然地将它们的"闹"与"叫"同愁情联系起来。

三四句写细雨与落叶的声响。这两句句式与前相同,但各句只包含一组象声词,另一组叠词为带有感觉性质的修饰语。前两句句中的动词"闹"、"叫"本身带有声音的效果,而这两句的"哨"、"落"则仅表示动态,其间的声音要靠感觉去捕捉。这是因为"细雨"、"梧叶"作声较为细微的缘故。从用词上的这些细部,也可见出作者下笔的不苟。

铁马声、促织声、细雨声、梧叶声声声入耳,这些秋声的混响自然造就了"睡不着"的结果。前四句的状声表现得如此细腻,正说明了不眠人在警醒中的愁肠。然而最妙的是末句。"睡不着"而仍然"迷彪模登靠",强行使自己抵御秋声、忘却悲秋,而又迷惘无奈、心力交瘁的情景如在目前。这一句利用与前相同的句式,乘机点出了"孤孤另另"、枕单衾只的处境,于悲秋之外,又添现了孤眠相思的愁味。

运用叠词组成的四字词组象声状物,尤其是使用带有口语性质的四字象声词,是本曲在形式上的显著特色。前举的关汉卿《大德歌》曲例中,也有三字组成的象声词,从而增添了生动的情味,可知这是元散曲的常用手法。但本曲的使用更为整饬,也更为形象。听觉感受起到了表现视觉形象的作用,这正是元散曲运用象声手段的特殊效果。

〔双调〕折桂令　过多景楼①

滔滔春水东流。天阔云闲，树渺禽幽。山远横眉，波平消雪，月缺沉钩。桃蕊红妆渡口，梨花白点江头。何处离愁：人别层楼，我宿孤舟。

【注释】

① 多景楼：在镇江的北固山下，俯临长江。

【语译】

那一江春水向东流送，滔滔无穷。天宇是那样的高迥，云朵懒懒地浮挂在长空。树影缥缈，鸟儿也不见影踪。远方山脉横列，像一道眉痕贯通；江面波平浪静，再不见雪涛汹涌；新月升起，弯钩似的月影像是要沉入水中。渡口簇红，是桃花盛开的作用；江滨杂缀着醒目的白色，那是梨花的花容。若问离愁从何而生？多景楼上同友人话别，今夜，我就将独个儿眠宿在航行的船中。

【赏析】

这支小令，实是一支述别之作。作品先以八句之多的主要篇幅，多层次、全方位地描写了登临多景楼时的所见。多景楼下临长江，"春水"自然是视界中主要的画面。长江"东流"的态势引起远眺，见天、云、树、禽；而"阔"、"闲"、"渺"、"幽"的形容简练而贴切，写出了放目极眺的混茫感受。以下三句鼎足对，顺次写远山、平波、新月。句式均用倒装，不仅强调了目接的主体，且使"远"、"平"、"缺"的形容词带上了动态的意味。三句的描写均极细腻，以"横眉"喻远山的形状、容色，以"消雪"状水面的平静、澄明，以"沉钩"指江月的外观、位置，无不生动如绘。由山而水，是视界的由远及近；由波而月，则还显示了时间的推移。以下"渡口"与"江头"又成一组对仗，则以桃蕊之红、梨花之白的色彩妆点。这众多的写景，暗映了题中"多景楼"的楼名。

末尾三句是遽来之笔，也实是全曲的主旨所在。"何处离愁"故作一问，引出了以下的离别感受。原来多景楼是作者与友人的话别之处，层楼一别，自后作者即将继续登上孤舟，乘夜出航。这一结尾，不仅点出了题面"过多景楼""过"的涵义，而且回照出前时写景的内在用意。作者登楼四眺，时而茫茫远观，时而细细近察，无不是惜别留连的表现。特点"渡口"、"江头"，更是因为抹不走"离愁"的阴影。单纯的景语铺排再多，也只是物象的堆砌；而有此数句离别感情的注入，全篇就顿时变活了。

赵禹圭

赵禹圭(生卒年不详),原名祐,又字天赐,汴梁(今河南开封)人。至顺年间曾官镇江府判。著有杂剧二种,俱佚。散曲今存小令七首。

〔双调〕折桂令　题金山寺①

长江浩浩西来,水面云山,山上楼台。山水相连,楼台上下,天与安排。诗句成风烟动色,酒杯倾天地忘怀。醉眼睁开,遥望蓬莱②。一半儿云遮,一半儿烟埋。

【注释】

① 金山寺:见本书王恽《黑漆弩·游金山寺》注①。　② 蓬莱:传说中的海上仙山。

【语译】

浩荡的长江水从西而倾临,在金山脚下奔腾。水面上金山高耸入云,山上是楼台层层。山和水连成一体,亭台楼阁高下错落,真是天设的美景。我吟就豪壮的诗句,足令风烟变容;倾杯痛饮,忘却了天地的驻存。我睁开醉朦朦的眼睛,遥望天际,寻觅着蓬莱的仙境;半是云遮,半是烟迷,怎么也不见踪影。

【赏析】

金山寺素以两大特色为人称道:一是它建于长江江心的独特地理位置,所谓"树影中流见,钟声两岸闻"(张祜《金山》);二是它依山而建、随势而升的巨大建筑群,向有"金山寺裹山"的俗谚。本曲的前六句,就着重表现了这两方面的特征。全作以长江的浩荡气势领起,由水而及山体,由山而及寺院的楼台建筑,给人以层层递进、步步登高之感。妙在接以"山水相辉,楼台相映"两句,将前已述及的山、水、楼、台缭绕次序,互相比较,使之合成一幅壮观而多彩的画面。"天与安排",即此景只应天上有之意,既是对前段写景的总结,又表现了作者对眼前奇景的浩叹与折服,从而领出了下文壮游的豪兴。这一大段大处落墨,回环反复,意醂气雄,故被明代文学家王世贞誉为"景中壮语"(见《艺苑卮言》)。以下七、八二句的对仗不仅工整,而且将作者吟诗行酒的豪情与身外的环境、气氛交织在一起;作者的喜极欲狂、如痴如醉,也反过来进一步说明了金山寺风光的非凡魅力。"醉眼睁开"等结尾四句承"酒杯倾"而来,写登上金山寺楼台远眺之所见。"遥望蓬莱",是作者醉态的继续。然而,结果却出人意表。两个"一半儿",意蕴丰富。它既回应了前文"云山"之"云",又显示了游览已久而转至黄昏，因而烟云四合的变化，更主要的是表现出了一种类似李白《登凤凰台》所谓"总为浮云能蔽日，长安不见使人愁"的失落感。作者由"天地忘怀"转至意识到清醒的现实，感情由豪壮转至深沉悲凉，大开大阖，令人回思无穷。元人周德清《中原音韵》谓此作问世后，"称赏者众"，是可以想见的。

乔 吉

乔吉(？—1345)，字梦符(一作孟符)，号笙鹤翁、惺惺道人，太原(今属山西)人。博学多才，终生浪迹江湖，以"不应举江湖状元、不思凡风月神仙"自命。除作《两世姻缘》等杂剧十一种外，还著有散曲集《惺惺道人乐府》、《文湖州集词》、《乔梦符小令》传世。散曲与张可久齐名，有"曲中李、杜"之称。今存小令二百零九首、套数十一首。作品善于锤炼，典丽工雅而不失自然清健，颇具个性特色。

〔中吕〕惜芳春　秋望

千山落叶岩岩瘦①，百尺危阑寸寸愁。有人独倚晚妆楼。楼外柳，眉暗不禁秋。

【注释】

① 岩岩：劲瘦貌。

【语译】

一座座山峰木叶脱落，更显得山容消瘦；倚遍高楼的栏杆，每一寸都驱不去忧愁。但在黄昏，还是有位女子，独自倚着妆楼凝眸。楼外是憔悴的秋柳。人和柳叶都一样黯然，对这凄凉的秋令难以禁受。

【赏析】

起首两句对仗，托出了"秋望"的题面。两句的角度不同，前句是望中的秋景，后句是秋望的所在地与望者的心情。但两者又是互为映发的，其间的维系就是一种悲秋的情调。先看前句。"千山落叶"是深秋常见的景象，而作者则强调其"瘦"的特征，且谓"岩岩瘦"，简直是嶙峋骨立。但同样的景象，前人也有"落木千山天远大"(黄庭坚《登快阁》)的感受，可见景语本身无不带有观察者的主观感情色彩。再看次句，"百尺危阑寸寸愁"，就明白地点出了"愁"的无处不在。这一句写的是人物的感想，登高望远，处处见山川萧瑟，时令肃杀，倚遍阑杆，始终心情黯然。"寸寸"二字，见出了伤愁的细腻多端，令人遐想。这样，前句的写景便成了愁意的外化，后句的言愁也有了物象的衬托，从追寻两者的联系来看，甚而会使读者产生望山的愁人也是"岩岩瘦"的联想：这就是词曲常用的"暗映"手法。

第三句补明了"百尺危阑寸寸愁"的主角形象，用语清疏，而同样弥漫着哀怨悱恻的气氛。"晚妆楼"显示了主人公是一名年轻女子,"晚"虽是"妆"的修饰词,却同时有着时近黄昏的暗示意味。"晚妆楼"前著"独倚"二字,清楚地表明了她独守空闺的思妇身份,令人联想起"梳洗罢,独倚望江楼"(温庭筠《望江南》)、"暝色入高楼,有人楼上愁"(李白《菩萨蛮》)等前人诗词的意境。全句是一幅人物剪影,更是画龙点睛之笔。它回应并揭示了前两句的句外之旨,使我们恍然理解了她登楼远望、倚遍危阑的真正用心是在于怀人,而不只是悲秋。

结尾二句毫不松懈,将"秋望"的哀怨之意推到了十分。"楼外柳"是女子引领注视所在,既然"千山落叶",柳叶"不禁秋"自是意料中事。但古人又常以柳喻女子眉,所谓"人言柳叶似愁眉"、"芙蓉如面柳如眉",则末句的"眉暗不禁秋"就成了巧妙的双关。"瘦"、"愁"、"独倚"、"不禁秋",至此便传神地完成了女子本身形象的写照。

古人有"词密曲疏"的说法,其实在宋词的小令中,也常以清疏之笔收韵远隽永之效。这支散曲小令就绰有宋词的韵味。

〔中吕〕满庭芳　渔父词

沙堤缆船,樵夫问讯,溪友留连。笑谈便是编修院①,谁贵谁贤?不应举江湖状元,不思凡蓑笠神仙。鱼成串,垂杨岸边,还却酒家钱。

【注释】

① 编修院:翰林院。翰林院职任之一为编修国史。

【语译】

小船刚在沙岸上系定,就遇见下山的樵夫,互相问候致意。溪山里有的是知己,大家聚集在一起,多时都不想离去。笑谈起古往今来的人事,无异于编修院修史,谁贵谁贤,还他个是非曲直。称得上江湖上的状元,只是不参加应试;又像是戴笠帽、披蓑衣的神仙,只是没有沾惹红尘的意思。把打上的鱼儿串进绳子,提到绿杨岸边的酒店里,偿还日前赊欠的酒资。

【赏析】

西方文学的牧歌,在内容表现和风格韵味上都别具一格;中国散曲中的渔歌、渔父词,也具有这种自成一家的特点。其表现方法通常是借自然景物来反映渔人的生活场景与思想感情,带有一种理想主义的美学色彩。乔吉写有二十首《满庭芳·渔父词》,其中写渔家风景的名句如"钓晚霞寒波濯锦,看秋潮夜海熔金"、"入万顷玻璃世界,望三山翡翠楼台"、"初更罢,波明浅沙,明月浸芦花"、"风初定,丝纶慢整,牵动一潭星"等等,可谓美不胜收。本篇是其中的一首,写法却比较特殊,全篇除了"沙堤缆船"、"垂杨岸边"两句写景外,其余绝大多数篇幅都是直接述写渔父的生活、感情，以旷放的风神取胜。

全曲写的是渔父"缆船"上岸的情景。上岸后他受到了朋友们的欢迎，这些友人不是"樵夫"就是"溪友"，都是不求闻达的平头百姓。但他们却对古今人物随意评论，人间的"谁贵谁贤"，根本不屑放在眼里。"笑谈便是编修院"，既见出渔樵闲话的自由自在，更显示出一种蔑视官场的疏狂傲岸。诗人用两句警辟的概括来赞美渔父："不应举江湖状元，不思凡蓑笠神仙"。"不应举"是对功名的不合作，"不思凡"是对尘俗的无兴趣。江湖、蓑笠，切合渔父的身份，不是状元神仙，胜似状元神仙。这两句确实可作元代渔父词中一切主角的定评。结尾又通过渔父用打得的鲜鱼偿还酒钱的一笔，进一步表现了他的闲适与豪放。全曲自然流畅，于清丽中还增显了几分豪辣的气息。

乔吉有《绿幺遍·自述》："不占龙头选，不入名贤传。时时酒圣，处处诗禅。烟霞状元，江湖醉仙。笑谈便是编修院。留连，批风抹月四十年。"又有《折桂令·自述》，中也有"不应举江湖状元，不思凡风月神仙"之语。以之比照，可知本曲中的"渔父"，实是作者借以自况。这是不奇怪的，渔父词本非渔人生活的真正写实，而是理想化、文人化的产物。元散曲作家意欲逃避现实，憧憬闲适自由，吐抒抑塞的情志，渔父的一叶扁舟便是最好的寄托之所。这正是散曲中渔父词能自成一格、风靡曲坛的原因。

〔双调〕水仙子　重观瀑布

天机织罢月梭闲①，石壁高垂雪练寒。冰丝带雨悬霄汉，几千年晒未干。露华凉人怯衣单②。似白虹饮涧，玉龙下山，晴雪飞滩。

【注释】

① 天机：天上的织布机。月梭：以月牙儿作为天机的梭子。　② 露华：晶莹的露珠。

【语译】

天上的织机织就了这瀑布，把月梭儿闲在一旁。从石壁上高高地垂下一匹素绢，闪着白雪的寒光。带着雨珠的冰丝，从银河直悬到地上，尽管晒了几千年，却总没有晒干的迹象。瀑布溅起露珠般的水沫，袭来阵阵冰凉，穿着衣服仍觉得单薄难当。它像白虹一头扎进涧中饮吸，像玉龙矫健地扑下山岗，又像闪光的雪片在平滩上飞扬。

【赏析】

乔吉游览乐清(今属浙江)，作《水仙子·乐清白鹤寺瀑布》："紫萧声入九华天，翠壁花飞双玉泉。瑶台鹤去人曾见，炼白云丹灶边。问山灵今夕何年？龙须水硃砂腻，虎睛丸金汞圆。海上寻仙。"对瀑布本身着笔不多，意犹未尽，于是有了这首续作。

起首两句，从意义上说是流水对，即出句与对句连续在一起共同表达一个完整的意思。天上的织机停止了工作，一匹雪白的绸绢从危立的石壁上方高垂下来，寒光闪闪，瀑布的形象既雄壮，又飘逸。"天机"、"月梭"、"石壁高垂"，无不形象恢弘，这就自然而然使人慑服于这条"雪练"的气势，收到了先声夺人的效果。

"雪练"不仅气势雄壮，而且构造奇特。原来它粗看是一匹整幅，细细望去，却可以析成一缕缕带雨的冰丝。元人伊世珍《嫏嬛记》载，南朝沈约曾遇见一名奇异的女子，能将雨丝缫丝织布，称为"冰丝"，乔吉可能也知晓这一民间传说。"冰丝"与"雪练"照应，而"雨"又是"冰丝"的构成原质，雪—冰—雨既有色彩上的由纯白而渐至透明，又有意态上的由静入动。奇景激发了诗人的奇想，于是得到了"几千年晒未干"的奇句。说它奇，一来是因为未经人道，有谁想过瀑布的冰丝还需要"晒"，而事实上确是晒不干的呢！二来是这一句由空间的壮观度入时间的壮观，所谓"思接千载"，从而更增重了瀑布的雄伟感。

前半的四句以丰富的联想、夸侈的造语，推出了瀑布在天地间的整体形象，其实是远观。"露华凉"的第五句出现了观察者的主体——"人"。"人怯衣单"应"凉"，而"凉"又遥应前面的"雪练寒"。不过前文的"寒"是因瀑布的气势、色光而产生的心理感觉，而此处的"凉"则更偏重生理感觉。作者正是通过这种微妙的细节，影示了自己向瀑布的步步逼近。

末尾三句就是在近距离的情形下对瀑布的深入刻画。"白虹饮涧"，出于"世传虹能入溪涧饮水"（宋沈括《梦溪笔谈》语），这一传说起源颇古，甲骨文中就有"有出虹自北，饮于河"的卜辞（拓片 10405 号）。这句是在瀑流与涧面的交接处仰视瀑身，因其高入半空，故说它好似天上的白虹一头栽进涧中吸水。"玉龙下山"，是指瀑布的近端沿山壁蜿蜒奔流的姿态，苏轼写庐山瀑布，有"擘开青玉峡，飞出两白龙"语，元好问也有"谁着天瓢洒飞雨，半空翻转玉龙腰"（《黄峪》）的诗句，可见诗人们常将矫矫的游龙与瀑流的形象联系在一起。"晴雪飞滩"，则是流瀑在浅水处撞击山石，进溅水花如雪的奇观。这三句不但动态宛然，而且色彩鲜明，如同特写。既有全景的壮观，又有区段的特写，瀑布的形象，就充实丰满，历历在目了。

〔双调〕水仙子　怨风情

眼中花怎得接连枝①？眉上锁新教配钥匙。描笔儿勾销了伤春事，闷葫芦铰断线儿。锦鸳鸯别对了个雄雌。野蜂儿难寻见，蝎虎儿干害死②，蚕蛹儿毕罢了相思③。

【注释】

① 眼中花：指空花。隋辛德源《猗兰操》："不学芙蓉草，空作眼中花。"　② 蝎虎儿：壁虎。　③ 毕罢：结束。

【语译】

眼内的空花，注定结不成连理，害得我愁眉紧锁，没有现成的钥匙可以开启。像是使用了描笔，一笔勾销了情事的回忆；闷葫芦剪断了提线，叫我怎么也解不开这谜。美好的鸳鸯，竟然错拆了姻缘，各奔东西。你像那野蜂儿难觅踪迹，我是那壁虎儿奄奄待毙。终于像蚕蛹停止吐丝，把一场相思宣告止息。

【赏析】

这首小令"怨"的是"风情"，也就是一位失恋女子对爱情的绝望。别具一格的是它不是平铺直叙，而是通过一系列的比喻和双关的喻示来借衬出本意。所用的喻示物都是民间常见的，《红楼梦》所谓"俗物"，这就使全曲带上了浓重的民歌风味。

"眼中花"一本作"眼前花"，可见是花影的视像，不是实有之花，当然就不得"接连枝"了。谐成连理的梦想破灭，使女主人公愁眉不展，"眉上锁新教配钥匙"就形象地表现了这一点。"新教"二字，既表明女子失恋未久，也显示出她至今还找不出展放眉锁的办法。"描笔儿"是女子描眉用的笔，闺阁女子也用它写字作画，如《西厢记》中莺莺要给张生写信，就吩咐红娘说："将描笔儿过来，我写将去回他。"（第三本第二折）"勾销了伤春事"，是女子用描笔写下了哀怨的文字，这是往日刻骨的情思所换取的唯一成果，也就等于将自己在相思债上的付出都一笔勾销了。"闷葫芦"本喻难解的谜，"铰断线儿"，剪断了牵系葫芦的绳子，就再也提不起，更谈不上索解了。这是喻示她的对方，他的突然疏远曾令女子困惑，如今更是失去了联系。这就使女子猜疑他已另结所爱，本来好端端的一对鸳鸯，竟然"别对了个雄雌"。男方是"野蜂儿"，既然"野"，自然难寻踪影；而女子自比为"蝎虎儿"，也就是壁虎，暗喻守宫之意，自然是终日守在家中，苦苦地等待。"干害死"即"白白地害病（尤指相思病）害得要死"的含义，这里巧妙地运用了歇后及词义转化的手法。女子意识到"干害死"的无谓，故而最后就像蚕蛹结束吐丝一样，决然"毕罢了相思"（古诗中常以"丝"、"思"谐音作双关假借）。

这首小令所用的"博喻"手法，在元曲中是屡屡可见的，如石君宝《秋胡戏妻》杂剧〔二煞〕："似那牛屋里怎成得美眷姻，鸦窠里怎生着鸾凤雏，蚕茧纸难写姻缘簿。短桑棵长不出连枝树，沤麻坑养不活比目鱼，辘轴上也打不出那连环玉。"查德卿《寄生草·间别》："姻缘簿剪作鞋样，比翼鸟扮了翅翰。火烧残连理枝成炭，针签瞎比目鱼儿眼，手揉碎并头莲花瓣。掷金钗擿断凤凰头，绕池塘摔尽鸳鸯弹。"但本篇虽分成一个个单句各有独立的喻意，合在一起连读，却妙在又能细腻地反映出女子"风情"的演变过程。乔吉还有一首《水仙子》："搅柔肠离恨病相兼，重聚首佳期卦怎占？豫章城开了座相思店。闷勾肆儿逐日添，愁行货顿塌在眉尖。税钱比茶船上欠，斤两去等秤上掂。吃紧的历册般拘铃。"可以看出，在描写男女恋情的题材上，作者是既善于吸收俚俗语言，又尖新出奇不落常套。两者兼顾的这种风格，正是元曲所谓的"当行"。

〔双调〕水仙子　游越福王府①

笙歌梦断蒺藜沙②，罗绮香余野菜花。乱云老树夕阳下，燕休寻王谢家③。恨兴亡怒煞些鸣蛙。铺锦池埋荒甃④，流杯亭堆破瓦。何处也繁华？

【注释】

① 福王府：南宋福王赵与芮的府第，在绍兴府山阴县。《万历会稽县志》："宋福王府在东府坊，宋嘉定十七年(1224)理宗即位，以同母弟与芮奉荣王祀，开府山阴戢山之南。"② 蒺藜(jí lí)：一种平铺着生在地上的蔓生植物。　③ "燕休寻"句：语本唐刘禹锡《乌衣巷》："旧时王谢堂前燕，飞入寻常百姓家。"王谢，东晋以王导、谢安为代表的两家豪族。④ 铺锦池：与下句的"流杯亭"，均为福王府内的游赏处所。甃(zhòu)：井、池之壁。

【语译】

在爬布蒺藜的沙砾上，再也听不到笙歌奏响，那遍地的野菜花，还能令人联想起罗绮的余香。乱云飞过苍老的古树，西天一寸寸移下了夕阳。迷惘的燕子再莫寻王谢的门巷。青蛙们鼓着肚子咽咽鸣叫，像是在怨恨人事的兴亡。铺锦池湮埋了荒残的甃石，流杯亭堆积着破瓦断梁。昔日的繁华如今在何方？

【赏析】

这首小令写会稽越福王府遗址的哀败，运用了三组镜头的特写。

第一组特写是起首两句，为府邸的总体印象。一目了然的是遍地沙砾，蒺藜丛生，间杂着开花的野菜。据景实录，光写下"蒺藜沙，野菜花"也无甚不可，但作者显然想得更多更远。他耳边仿佛回荡着当年王府寻欢作乐、宴乐升平的歌吹声，眼前闪现着王公和宫女遍身罗绮，珠光宝气的身影。作者将追想与现实叠合在一起，以"梦断"、"香余"作为两者的维系。"梦"是不用说了，盛衰一瞬，繁华成空，确实就像梦境那样无凭。"香"呢，野菜花倒是有那么一点，将这点微香作为"罗绮"的余泽，看来就是府中人化为黄土后留给后世的唯一贡献。这一组特写用句内对比的手法，繁华豪奢的昔景使残败荒芜的现状显得更为触目惊心。

第二组特写是中间三句，铺叙了王府园内乱云、老树、夕阳、燕、蛙等现存的景物。这些景物本身是中性的，并非福王府所特有，然而诗人在述及时一一加上了强烈的感情色彩。主观色彩的注入，一是通过刻意的组合，让景物所具有的苍凉共性在互相映衬中得以凸现，如"乱云老树夕阳下"之句。而更主要的是通过化用典故来实现，这就是关于燕子和青蛙的第四、五两句。"燕"与"王谢家"

的关系，经过刘禹锡"旧时王谢堂前燕，飞入寻常百姓家"名句的渲染，已是妇孺皆知。这里劝"燕休寻"，将园内燕子的忙碌穿梭故意说成是有意识的怀旧，悲剧气氛就更为浓烈。"怒煞些鸣蛙"则化用《韩非子》所载"怒蛙"的典故：越王勾践出行望见怒蛙当道，不禁从车上起立，扶着车前的横木向它们致敬，因为"蛙有气如此，可无为式（榜样）乎"！在诗人看来，如今青蛙气鼓鼓地怒鸣，是为了"恨兴亡"的缘故。这一组特写，正是借景抒情。

　　第三组特写为六、七两句，着笔于福王府建筑物的遗迹。作品选取"铺锦池"、"流杯亭"为代表。此两处当为王府旧日的游赏胜所，但其名也有渊源。《开成录》："（唐）文宗论德宗奢靡云：闻得禁中老宫人，每引泉先于池底铺锦，王建《宫词》曰'鱼藻宫中锁翠娥，先皇行处不曾过。只今池底休铺锦，菱角鸡头积渐多'是也。"而春秋时吴王阖闾在吴城女坟湖有流杯亭，为三月三日泛舟游赏之处，见陆广微《吴地记》。又唐武则天曾在汝州温泉别宫建流杯亭，见欧阳修《跋流杯亭侍宴诗》。亭以"流杯"命名，显然是王府内"曲水流觞"的作乐需要。如今池里是"荒甃"，亭上是"破瓦"，可见昔日富丽堂皇的府第与园苑，到此时只剩了一堆废墟。这一组特写，更带有"本地风光"的性征。

　　诗人将"游越福王府"的所见不厌其详地分成三组表现，可以解释为他惆怅、伤感、愤懑的步步深化。这一切印象的叠加与感情的郁积，便结出了末句的呐喊："何处也繁华？"这一句既似发问也似断答，盛衰无常、荒淫失国的感慨俱在其中。

　　作者另有一首《折桂令·丙子游越怀古》："蓬莱老树苍云，禾黍高低，狐兔纷纭。半折残碑，空余故址，总是黄尘。东晋亡也再难寻个右军，西施去也绝不见甚佳人。海气长昏，啼鴂声干，天地无春。"沉郁顿挫，与此曲的格调相同。丙子为顺帝后至元二年（1336），则本篇"游越福王府"当也在此时，其时乔吉已年过半百。乔吉的散曲以清丽婉美著称，此两曲涉及历史主题的作品却是例外。对历史的否定往往是基于对现实的否定，明白了这一点，对作者以低沉悲郁的笔调纪游，也就不难理解了。

〔双调〕水仙子　赋李仁仲懒慢斋

　　闹排场经过乐回闲①，勤政堂辞别撒会懒②，急喉咙倒换学些慢。掇梯儿休上竿③，梦魂中识破邯郸④。昨日强如今日，这番险似那番。君不见倦鸟知还！

【注释】

　　① 闹排场：热闹的戏场。乐回闲：享受一回安闲。　② 勤政堂：官员的办公场所。
③ "掇梯"句：元人有"掇了梯儿上竿"的俚语，意谓只知贪进而不考虑退路和危险。
④ "梦魂"句：唐沈既济《枕中记》述卢生在邯郸（今属河北）旅舍中入梦，享尽荣华，醒后

发现店中黄粱尚未炊熟。

【语译】

既然走过了热闹的戏场，享受一回安闲又何妨。既然辞别了忙碌的公堂，显露一会懒散也应当。急性子连珠炮说话倒了嗓子，如今不妨学着慢些儿讲。就是端来了梯子，也别往高危处上，荣华富贵不过是一枕黄粱。世风日下，一天不如一天；世路险恶，一方赛过一方。您不见鸟儿到了黄昏，还懂得调转方向，朝着自家的旧巢飞翔？

【赏析】

李仁仲以"懒慢斋"为自己的斋号，其间愤世嫉俗的反语意味是不言而喻的。作者在这首小令中，更是将主人的此层含意铺展发挥得淋漓尽致。他把纷纷扰扰的世俗人生比做戏场，"闹排场经过"五字便概括了李仁仲此前的全部阅历，而"乐回闲"则是从戏场上抽身脱出，从容获得作壁上观的闲适和享受，所以这一句已对"懒慢斋"的性质和意义作出了总评。以下两句分别诠释"懒慢斋""懒"和"慢"的含义：过去在官场中忙忙碌碌，所谓"勤政"，如今无官一身轻，"撒会懒"是天经地义的事；过去性直口快，在戏场上扮了个"急喉咙"的角色，结果吃力又不讨好，如今稳坐场下，"学些慢"也是顺理成章的。这三句句中都包含着截然分明的对比，语言冷峭，既回顾了"懒慢斋"主人曾经沧海的阅历，又显示了他达道知机、急流勇退的明智。从这段开场白中，我们已可见出李仁仲以"懒慢"命名斋室，是在他脱离官场的桎梏之后；而作者探本究源，下文便转向对宦海风波的揭露。"掇了梯儿上竿"是元代的一句俗语，从作者在曲中的借用来看，李仁仲并非在官场中混不下去，他甚而还有"上竿"进一步发达的机会。好在他经历丰富，头脑清醒，早就识破了富贵荣华"一枕黄粱"的虚幻实质，不愿再步邯郸旅店中卢生的后尘。也亏得他如此果断，不愧为未雨绸缪，因为官途上一天比一天黑暗，一处比一处险恶，时间、空间都充满着危机感。"倦鸟知还"出于晋陶渊明《归去来兮辞》的名句："鸟倦飞而知还。"作者用"君不见倦鸟知还"的反诘，是代李仁仲述怀，写出了"倦鸟"飞还"懒慢斋"的理所当然。

这首小令，起首三句用鼎足对，表现出对宦海仕进的失望和轻蔑，是疏狂语；四、五二句，借俚语、典故表明急流勇退的果决和明智，是经验语；六、七二句，则直言沉溺官场执迷不悟的危险，是警诫语。由此引出的"倦鸟知还"的结论，水到渠成，饱含着对友人求取"懒慢"的理解与赞赏。全篇一气呵成而感情由缓趋迫，句冷意隽，老辣灏烂，遣词用句都体现了元曲"当行派"的风格。

〔双调〕水仙子　寻梅

冬前冬后几村庄，溪北溪南两履霜。树头树底孤山上，冷风来何处香？忽相逢缟袂绡裳①。酒醒寒惊梦，笛凄春断肠。淡月昏黄。

【注释】

① 缟袂(gǎo mèi)：白绢制作的衣袖。绡裳：薄纱绸制作的衣服。这里均指仙女的衣装。

【语译】

一冬来前前后后，我寻找过多少村庄，从溪北觅到溪南，鞋上沾满了冰霜。在孤山的树丛前，我上上下下地打量，是哪儿蓦然扑来一阵冷风，夹杂着异样的芳香？啊，我意外地找见了梅花，像仙子身着洁白的纱裳。酒意醒了，真切的寒意使我怀疑是否置身于梦乡；笛声凄切，教我不禁为你在春天的凋落而痛伤。暮霭中月色昏淡，朦朦胧胧，浮动着你的暗香。

【赏析】

这首小令，通过冬令寻梅的遭遇，反映出诗人高洁旷远的情性。

前三句是不完全的对句，但"冬前冬后"、"溪北溪南"、"树头树底"的齐整却使人有一气贯下之感。这三句是典型的"寻梅"，"冬前冬后"见历时的长久，"溪北溪南"见行踪的广远，"树头树底"见寻觅的细致。"几村庄"、"两履霜"，见探梅的辛劳。求索的结果，是寻到了"孤山上"，这"孤山"一词用得恰到好处。一来"孤"字与前两句的"几""两"形成工对，有数量的意味，那么"孤山"在所历的众多探梅地点中便有表然突出的象征，作者孤身而入孤山，见出了寻梅的锲而不舍。二来它使人联想起探梅的胜地——杭州西湖边的孤山，那是宋代高士林逋植梅、咏梅的所在(乔吉晚年居住于杭州太乙宫前，即在此处，不过这首曲中的孤山未必是实指地名)；三来"孤山"又有"孤幽之山"的字面解释，下文既在此间如愿以偿，这个"孤"字便影了梅花的处境。梅花的深藏，诗人的幽访，都表现出与世俗不相合流的孤高。

"冷风"二句是绝妙的过渡，由"寻梅"度入"得梅"。因风传香而见梅，用笔细腻；更主要的是，同时又表述出梅花芳与洁(洁身白好，不轻易以化容示人)的两大性征。"众里寻他千百度。蓦然回首，那人却在，灯火阑珊处。"(辛弃疾《青玉案》)是以"蓦然"来显示寻觅者的惊喜心情，同样，曲中的"忽相逢"三字，也集中代表了诗人意外发现的极度惊喜。写到这里，探寻的过程结束，例应对踏破铁鞋觅得的目标细细描述一番了；诗人却与众不同，仍然没有明白说破，而是用了朦胧的象征手法。"缟袂绡裳"是仙女的装束，这里用了托名柳宗元作的《龙城录》中的一则典故：隋代赵师雄在广东罗浮山下遇见一名穿白衣服的美女留他喝酒，醉醒过来，只见自己躺在一株大梅花树下。苏东坡《十一月二十六日松风亭下梅花盛开》就据此而把梅花比作缟衣仙子："海南仙云娇堕砌，月下缟衣来扣门。"曲中不明说梅花而说"缟袂绡裳"，一来体现出梅花的洁美，二来显示了诗人爱梅敬梅的深情。

最后三句是伴梅的情景，妙在纯从渲染与梅花相关的环境入手，不露形迹。"酒醒寒惊梦"，用的就是上面提到的赵师雄罗浮故事。"笛凄春断肠"，缘于李白有"黄鹤楼中吹玉笛，江城五月落梅花"的诗句，"落梅花"是一支著名的笛曲。"淡月昏黄"，则用林逋"疏影横斜水清浅，暗香浮动月黄昏"的咏梅名句。句句都虚中见实，暗映出梅花楚楚动人的情态。本篇后半的处理使"寻梅"的题目更加意味深长：诗人仿佛还在孜孜不倦地寻觅求索，寻求梅花内在的修美，寻求人与梅花融合交契的永恒境界。

〔双调〕水仙子　咏雪

冷无香柳絮扑将来，冻成片梨花拂不开。大灰泥漫了三千界①，银棱了东大海②。探梅的心噤难捱③。面瓮儿里袁安舍④，盐堆儿里党尉宅⑤，粉缸儿里舞榭歌台。

【注释】

① 灰泥：石灰膏。三千界：指世界。佛教以小千世界、中千世界、大千世界为"三千世界"。　② 棱（léng）：镶面。　③ 心噤：心寒。　④ 袁安：东汉贤士。一次洛阳大雪，众人都到户外乞食，他则宁肯挨饿，足不出户，僵卧在家，独守节操。　⑤ 党尉：党进，宋太祖时官封节度使。宋人尊称带兵的部帅为太尉，故习称党尉。他下雪时喜欢在销金帐里浅斟低酌，喝羊羔酒。

【语译】

像是扑面而来的柳絮，只是冷冷的，不带一点儿香；又像洁白的梨花，却是怎么也拂不开，冻成了片状。石灰膏糊没了这世界上的每一个地方，东海镶上了一层银面，闪闪发光。赏梅的人儿找不到目标，心情冰凉，沮丧难当。天地间成了个大面瓮、大盐堆、大粉缸，贫舍富宅，舞榭歌台，都在其间容藏。

【赏析】

晋代才女谢道蕴用"柳絮因风起"来比拟雪花，唐诗人岑参以"千树万树梨花开"来形容雪景，都是人们所熟知的名句。本篇咏雪，于起首两句就加以活用，不仅将两者巧妙地做成了对仗，还经过改造而扩大了它们的内涵。一个"扑"字较"因风起"要剧烈得多，见出了雪大势猛，而"梨花"是"冻成片"而非开成片的，且用力量也拂不开，这又写出了雪花的硕大与密集。三、四句跳出细部而写宏观，"三千界"、"东大海"气象浩瀚，居然都让"灰泥"和"银"漫的漫，棱的棱，真是极度的夸张。这四句都有大雪铺天盖地泼下的动势，但因比拟物的不同，前两句还较雅致，后两句就有俚语的风味。这是作者故意追求的一种曲味。

"探梅"句本身是对雪景的又一渲染，但它居于中部，便同时起到承上启下的作用。大雪纷纷扬扬、劈头盖脸，让"探梅的"赏不成梅，固然令人"心噤"；而一旦雪止，梅花做了积雪的俘虏，所谓"树冻悬冰落，枝高出手寒，早知觅不见，真悔着衣单"（南朝阴铿《咏雪里梅》），也是够"难捱"的。所以这一句可视作大雪从下到止的转捩。以下三句排比，同"探"字也隐隐约约有所影合。这三句本意是说雪停之后，大大小小的人家、高高低低的屋舍，都陷在厚厚的积雪之中；天地间同是白茫茫一片，但在雪封的表象下人们却依然继续着贫富苦乐不均的生活。同是大雪封积，作者却用了"面瓮"、"盐堆"、"粉缸"的不同设拟，似非无因而发。袁安家贫，大雪封门僵卧家中，"面瓮儿"提醒了他在雪天忍饥挨饿的处境。党尉终日在府院中享受浅斟低酌，而苏轼《雪后书北台》有"不知庭院已堆盐"的诗句，"盐堆儿"同府宅的庭院影合。而"粉缸儿"即脂粉缸，同镇日调脂弄粉的舞榭歌台又有直接联系。

　　本篇用的是一连串的比喻，即"博喻"手法。比喻通常不仅强调"形似"，而且要求"韵雅"，谢道蕴兄弟谢朗"撒盐空中差可拟"的咏雪，之所以"未若柳絮因风起"，就是因为比喻不雅的缘故。诗、词都特别看重这一点。"江上一笼统，井上黑窟窿，黄狗身上白，白狗身上肿"这首雪诗在诗中算是打油，受到攻击，但若换成曲体却反而会受到称赞，说明曲务求新奇而不避俚俗。本篇在比喻上多用俗物，就是要造成与诗词不同的曲的意趣。

〔双调〕折桂令　寄远

　　怎生来宽掩了裙儿①？为玉削肌肤，香褪腰肢。饭不沾匙，睡如翻饼，气若游丝②。得受用遮莫害死③，果实诚有甚推辞。干闹了多时④。本是结发的欢娱，倒做了彻骨儿相思。

【注释】

　　① 宽掩：宽余出。　② 游丝：空中飘飞的蛛丝。　③ 遮莫：宁可，尽可。害：病。④ 干：白白地。

【语译】

　　一向合身的裙子，怎么会宽余出不少？只因为瘦了玉肌，细了楚腰。吃饭时无心下箸，睡觉时翻来覆去，气息微弱，像空中的蛛丝般轻飘。只要能够得到幸福，我宁可害相思病死掉；果真你我心意志诚，我决不后悔懊恼。可恨努力多时，白白地痴心这一遭。本该享受结为夫妻的欢娱，如今却只能忍受相思的刻骨煎熬。

【赏析】

　　起首一问，实是自怨自艾，却引起了读者的注意。裙儿宽掩，自然是因为身体减瘦的缘故，以下接出"玉削肌肤，香褪腰肢"的答案，自在意料之中。但我们并不觉得累赘，这是因为它强调了女主角的消瘦憔悴，且从"玉"、"香"的字样中，暗示了她在此前的年轻美丽。"自从别后减容光"，古代年轻女子玉削香褪，谁都知道这是怎么一回事。然而本曲所写女主角相思断肠的表现却不同寻常，细腻如绘而又令人触目惊心。"饭不沾匙，睡如翻饼，气若游丝"，活画出一位吃不香、睡不着、病恹恹的多情女子的形象。这三句同往后徐再思《蟾宫曲·春情》的"身似浮云，心如飞絮，气若游丝"，都是曲中善于言情的名句。女子忍受着相思的折磨，而作者则进一步揭示出她一往情深、至死不悔的内心世界。"得受用"的两句对仗，纯用方言口语，内容十分感人。支持着女子的信念，仅是"受用"与"实诚"，但即使以现代的眼光来看，这两点也已深得爱情真谛的精粹。末尾的三句，显示了事与愿违的结局；语中虽含怨意，却仍表现出她不甘现状，愿为争取美满理想的实现而继续作出牺牲的心志。既有缠绵悱恻的外部表现，又有坚贞不渝的内心独白，这就使读者不能不为女主角生发出深切的同情。

值得注意的是，本曲题作《寄远》，也就是说女子的自白全都是对远方丈夫的倾诉。这样一来，女子的怨艾、诉苦、申盟、述感，都更增添了生活的真实性与个性化的色彩。"干闹了多时"，"本是结发的欢娱，倒做了彻骨儿相思"，于本身的含义外，还带上了某种似嗔似娇的情味。诗人能将闺中思妇的心理，语言表现得如此深切，是令人为之击节叹赏的。

〔双调〕折桂令　荆溪即事①

问荆溪溪上人家：为甚人家，不种梅花？老树支门，荒蒲绕岸，苦竹圈笆②。庙不灵狐狸漾瓦③，官无事乌鼠当衙。白水黄沙，倚遍阑干，数尽啼鸦。

【注释】

① 荆溪：水名，在今江苏宜兴市南。　② 苦竹：一种细节的矮竹。　③ 漾瓦：将瓦片左右刨乱。

【语译】

问荆溪两岸的人家：你们住在这里，为什么不种植梅花？但见老树的枯干支撑着倾颓的大门，荒凉的野蒲布满了水涯，几根细瘦的竹棍，草草地圈出了篱笆。小庙没了香火，狐狸刨乱了屋瓦；官厅无人听讼，让乌鸦和老鼠当了家。冷清清的白水，傍着萧瑟瑟的黄沙。我倚遍一处处栏杆，听一阵阵乌鸦凄厉地叫着呱呱。

【赏析】

"问荆溪溪上人家：为甚人家，不种梅花？"这一问看似突兀，却并非无因而发。周密《癸辛杂识》："宜兴西地名石庭，十余里皆古梅，苔藓苍翠，宛如虬龙，皆数百年物也。"石庭就属荆溪地区。杨万里《雪夜寻梅》也有句云："今年看梅荆溪西，玉为风骨雪为衣。"这就证明荆溪在南宋时曾是一处探梅胜地，溪上的人家应当有栽种梅花的传统。显然本曲作者听说过荆溪旧日的声名。慕名而至，结果不仅溪上人家"不种梅花"，而且从下文可知触目所见但存一片荒寒，这期望与现实之间悬殊的差距，本身就包含着一种面目全非、今不如昔的感慨。

向"荆溪溪上人家"问起梅花，还包括一层意思，就是暗示荆溪地方风土并不差。荆溪地处太湖西南，山清水秀，这才使诗人有寻访梅花的雅想。然而处在美好的自然环境中的人家，却是芜秽满眼，这种极度的不谐调，也十分耐人寻味。

诗人自设一问，然后以目击的惨淡景象作为答复。坐落在溪上的住屋，年久失修，连大门都倒坍了，用老树的枯干勉强撑着；沿岸是无人过问的野生水草；就连篱笆，也只用低矮的苦竹草草地围上一圈。寥寥三句，将溪上人家的穷苦破败刻画得入木三分，"老"、"荒"、"苦"三处形容词，层层添加了心灵的沉重感。诗人自问而结果自答，这其间也透露出村中阒寂无人的消息。

找不到可以询问的居民，诗人只能转向溪上的公共建筑。这里同样令人慨然。寺庙因为无人供奉香火而冷落不堪，任狐狸在屋顶上奔窜戏弄；官衙也是门可罗雀，大堂上成了乌鸦老鼠活动的世界。这就揭出了百姓流亡的实际情况。又古代有"城狐社鼠"的成语，狐、鼠同公共场所联系在一起。常有拟人的意味。诗人的"狐狸漾瓦"、"乌鼠当衙"，也是在有意识地讽刺那些接受百姓供奉，却不为百姓做好事的神灵和官吏，尤其是后者，因为他们是要直接为眼前的惨象担负责任的。

末三句承接了前文的荒凉气氛。诗人倚遍一处处栏杆，迎接他的只有乱鸦的喧噪，这就再一次暗示当地的居民多已背井离乡。这才会导致啼鸦的活跃。面对死气沉沉的世界，诗人再也无话可说。结尾的这三句未作任何评论或感情的提示，但这无言的沉默，却不啻于悲愤的呐喊。

〔双调〕折桂令　客窗清明

风风雨雨梨花。窄索帘栊①，巧小窗纱。甚情绪灯前②，客怀枕畔，心事天涯。三千丈清愁鬓发，五十年春梦繁华。蓦见人家，杨柳分烟，扶上檐牙③。

【注释】

① 窄索：紧窄。　② 甚：甚是，正是。　③ 檐牙：檐角上翘起的部位。

【语译】

紧窄的窗户，小巧的窗纱，拓露出一方视野的空间。窗外飘打过多少阵风雨，而梨花还是那样地耀眼。不须说客灯前黯然的心绪，孤枕畔旅居的伤感，我的思念总是飞向很远很远。太多的清愁催出了三千丈的白发垂肩，再久的繁华不过是春梦一现。忽然间，我发现居民家飘出一缕缕轻烟，从杨柳树两边升起，渐渐爬上了高耸的屋檐。

【赏析】

乔吉卒于至正五年(1345)二月，生年已不可考。但曹寅本《录鬼簿》说他"江湖间四十年，欲刊所作，竟无成事者"，他在《录么遍·自述》中也有"批风抹月四十年"之语，则享年至少在六十岁以上。从本曲"五十年春梦繁华"句来看，当是他五十岁进入老境的作品。

这首曲写的是清明，却从"客窗"的意境表现，不消说客愁才是真正的主题。诗人先从窗外的一角春景领起，转入"窄索帘栊，巧小窗纱"，实已显现出自己围守客居一方小小天地的情状。而临窗所见的，是"风风雨雨梨花"。风雨、梨花，固然是清明时节的典型景物，所谓"清明时节雨纷纷"、"寒食花开千树雪"；但以"风风雨雨"来配合"梨花"，那就难免不使人感到"可恨狂风淫雨恶，晓来一阵，晚来一阵，难道都吹落"（顾德润《青玉案》）的憾恨了。这种惊心动魄的春景，暗示了作者"客窗清明"的悲愁心情。

守着窗儿，一无出户赏春的情绪，这就为以下客况的种种回忆留出了地步。诗人以一个"甚"字总领，有感慨万千之意；而"三千丈"两句的概括，则充溢着客愁茫茫、万念俱灰的怅恨。"三千丈清愁鬓发"，是从李白《秋浦歌》的"白发三千丈，缘愁似个长"的诗句脱化，这与"五十年春梦繁华"对应，显示了作者进入垂暮之年而不堪回首平生的颓然心境。白发皤然，犹漂泊于客乡，诗人的"情绪"、"客怀"、"心事"，就是不言而喻的了。

结末以一个"蓦"字打断客思，重将目光投向窗外，照应"清明"，而深意又不止此。原来清明节前为寒食禁烟，家家冷食，不点火做饭，直到清明的这天才重开新火，而民间又有以新火互赠亲邻的习俗。这一笔以"人家"的"分烟"，衬示自己作客的孤独，不言愁而愁意倍见，可谓神来之笔。

〔双调〕折桂令　风雨登虎丘①

半天风雨如秋。怪石於菟②，老树钩娄③。苔绣禅阶，尘粘诗壁，云湿经楼。琴调冷声闲虎丘④，剑光寒影动龙湫⑤。醉眼悠悠，千古恩仇。浪卷胥魂⑥，山锁吴愁⑦。

【注释】

① 虎丘：在江苏苏州市西北，相传春秋时有虎踞丘上三日，故名。　② 於菟(wú tú)：虎的别称。　③ 钩娄：枝干屈曲伛偻的样子。　④ "琴调"句：虎丘寺塔基，本为晋司徒王珣的琴台，故谓"琴调冷"。　⑤ "剑光"句：虎丘有剑池，相传吴王阖庐以宝剑殉葬，后秦始皇开掘找寻，有神龙跃出而成池。湫，深潭。　⑥ 胥魂：相传春秋时伍子胥为吴王夫差所杀，精魂不散，成了涛神。　⑦ 吴愁：春秋时吴国终为越国所灭，故言。

【语译】

半空中风雨布生，给大地罩上了秋天般的气氛。怪石像猛虎或卧或蹲，古树伛偻着屈曲的树身。寺院的台阶上蒙着绿苔，两旁的诗壁上沾满了灰尘，藏经楼俨伴着浮云，也显得那样地湿冷。虎丘塔边再听不到古时的琴声，龙潭水粼粼摇动，仿佛存留着宝剑的寒影。我睁开悠悠的醉眼，回顾历史上的虎斗龙争。如今只见浪涛卷动着伍子胥的英魂，青山无语地锁留着吴国灭亡的怨恨。

【赏析】

作者以自己的思想感情通过景物描绘传达给读者，是中国诗歌艺术表现的常法。本曲的特点，即是将虎丘的群景有意识地作为诗人怀古意绪的外化。所以在曲中，"半天风雨"虽颇具典型性，却并非作者着力表现的主体，仅作为一种冷色调氛围的构成因素。这种严冷的色调，正是诗人抚今追昔、"千古恩仇"的内心情潮的折射。曲中写怪石老树，以及"苔绣"、"尘粘"、"云湿"，并不着重于风雨的介入，而更多地体现出岁月风霜的影响；"琴调冷"、"剑光寒"两句，更是老练地将古迹的历史与现状沟通。这种取景传象的手法，正是古人所说的"思接千载"，以及对待景物的"取其势而不取其质"。

当然，作者也并非将"风雨登虎丘"的"风雨"完全置于一旁，结尾两句"浪卷胥魂，山锁吴愁"，便重又巧妙地转回到了风雨的影响。须知虎丘旁只有一条叫山塘的小溪，无"浪"可言，而虎丘本身明秀佳丽，也很难与"锁愁"的形象联系在一起。然而在"半天风雨如秋"的特定情景下就有所不同，风雨凄迷，天地山川足以为之改容。这两句既是怀古意绪的延伸，又是对风雨虎丘峭冷景象的添写，可谓虚实相兼。

〔越调〕凭阑人　金陵道中

瘦马驮诗天一涯，倦鸟呼愁村数家。扑头飞柳花，与人添鬓华①。

【注释】

① 鬓华：鬓边的白发。

【语译】

羸瘦的马匹驮着诗卷行囊，我跋涉在天之一方。前方出现了小小的村庄，那归巢的鸟儿啼鸣，唤起了我的愁肠。春天的柳花濛濛飞舞，扑向头上，为游子增添了白发苍苍。

【赏析】

"瘦马驮诗天一涯"是金陵道中的"我"，"倦鸟呼愁村数家"是金陵道中的"物"。两句作为对仗，不仅物着我相，而且物我交相对应，同中有异："瘦马"对应"倦鸟",瘦倦皆见征途的困苦不堪,是其同处;倦鸟思还,而瘦马不得还,是其异处。"驮诗"对应"呼愁",两者都充满辛酸断肠的内容,是其同处,诗由诗人心中发之于外,愁由外物入之于心,是其异处。"天一涯"对应"村数家",惹起无限乡情客愁,是其同处;村数家尚有人安居,天一涯却独自漂泊,是其异处。这两句无论物我,每一句都包含着旅人劳累、孤独、伤愁的况味,用不同的角度和方式表达同一种寓意,这就是所谓加一倍写法。

柳花为春天所独有,柳花扑面,也是春日寻常的情景。诗人却从客愁的立场上去理解,利用柳花色白而沾上鬓角的现象,说成是"与人添鬓华",出语极平易而又极新奇,极沉着而又极悲痛。这同杜甫《春望》"感时花溅泪,恨别鸟惊心"、王昌龄《闺怨》"忽见陌头杨柳色,悔教夫婿觅封侯"一样,在美丽的风光中引出浓重的愁绪。这种强烈的逆差、转折,更能给人留下惊心动魄的印象。

刘时中

刘时中，元散曲家同名者有二：一为刘致（1258—1335后），字时中，号逋斋，石州宁乡（今山西吕梁离石区）人，为姚燧弟子，官至翰林待制；一为刘时中（1310？—1354后），南昌（今属江西）人。两人作品混淆，不能一一别白。今存小令七十四首，套数四首。本书所选，《醉中天》、《朝天子·邸万户席上》属前者，《上高监司》疑为后一刘时中所作，《四块玉》则遽难判定。其中《上高监司》前后两套，为元散曲现实主义传统的代表作。

〔仙吕〕醉中天

花木相思树，禽鸟折枝图①。水底双双比目鱼，岸上鸳鸯户。一步步金厢翠铺②。世间好处，休没寻思，典卖了西湖③。

【注释】

① 折枝：国画花卉画法的一种，指弃根干而单绘上部的花叶，形同折枝，故名。② 厢：通"镶"。　③ "典卖"句：原句下有自注："宋谚有'典卖西湖'之语：台谏谓之'卖了西湖'，既卖则不可复；省院谓之'典了西湖'，典犹可赎也。无官守言责，则无往不可，此古人所以轻视轩冕者欤？"

【语译】

你看那花花树树交枝接叶，像是互诉着情愫；鸟儿点缀其间，构成了一幅幅折枝画图。湖里的游鱼成双结对，在水下快乐地追逐；岸上的人家门当户对，男男女女都是亲密相处。一步步镶金铺翠，到处见琳琅满目。真是人间的天堂乐土。你可别糊里糊涂，把西湖当了卖了，白白地辜负！

【赏析】

杭州西湖的旖旎风光，给文人骚客们带来了无穷无尽的灵感和情思。歌咏西湖的散曲作品，也如同湖山美景那样争奇斗妍，各具风致。这首〔醉中天〕，是其中不落常套的一首。

起首四句，剪裁出四幅不同的画面。第一句，远眺。相思树即连理树，本指异根而同枝相通；西湖岸上花卉林木互相依偎簇拥，交柯接叶，远远望去便会产生连理的感觉。第二句，近观。"折枝"是花卉画中突出局部主体，而稍取旁景衬托的剪裁性的特写，作者为各色禽鸟所吸引，伫神凝望，连同近旁枝叶的背景，不正是一幅幅绝好的折枝图吗！第三句，湖中。"双双比目鱼"，当然不是《尔雅》所说的那种唯生一目、"不比不行"的鲽鲽，不过是因为游鱼成群，圉圉洋洋，所以看上去都好像是结伴成对的了。何况观鱼最容易引起像庄子濠上产生的那种物我一体、移情游鳞的感受，而西湖的澄澈明丽，亦自在句意之中。第四句，岸上。曲中用"鸳鸯户"三字，造语新警。它既形容出湖岸鳞次栉比的人家，又会使人联想起门户内男欢女悦、熙熙陶陶的情景。这四句固是状写西湖花木之繁、鱼鸟之众、人烟之稠，然而由于用上"相思"、"比目"、"鸳鸯"等字样，便平添了热烈、欢乐和美好的气氛。四幅画面交叠在一起，本身还是静态的，而下承"一步步金厢翠铺"一句，就化静为动了。"金厢"即以金镶嵌，有富贵气象，而"翠铺"又不无清秀的色彩。这一切，自然而然引出了"世间好处"的考语，用今时的话语来说，这正是"人间天堂"的意思。

铺叙自此，用笔已满，作者突然一折，接上了一句"典卖西湖"的冷隽语，还特地附上了小注。细细思味，令人叫绝。我们从注③所引的原注来看，台、谏分掌弹劾和规谏，所谓有"言责"；省、院制法令、行政务，所谓有"官守"；均属于"轩冕"一流。典也好，卖也好，平民百姓不会沾染，"轻视轩冕"是理所当然的。这句话从原注理解，便是说：西湖风光如此美好，可不要糊里糊涂，去争当什么台谏省院的高官啊！当了官便不自由，不能流连山水，"无往不可"。这是避名利、乐山水的一层意思。另一方面，作者引用的是"宋谚"，宋社已屋，对宋而言，最终结果不啻是"典卖了西湖"。"休没寻思"这一句，也多少隐含着对前朝误国君臣的嘲弄，隐含着一点兴亡盛衰之感。双关之意，是颇为巧妙的。

〔中吕〕朝天子　邸万户席上①

柳营②，月明，听传过将军令。高楼鼓角戒严更③，卧护得边声静④。横槊吟情⑤，投壶歌兴⑥，有前人旧典型。战争，惯经，草木也知名姓⑦。

【注释】

① 邸万户：名元谦，字明谷，是作者的好友。万户，元代所置的三品世袭军职。② 柳营：即细柳营。汉将周亚夫屯军细柳(今陕西咸阳西南)，汉文帝因未得军令准许，被挡驾在外。后人因用以称赞纪律严明的军营。　③ 戒严更：在夜间传令加强警戒。　④ 卧护：带病保卫，这里有不费力而保护一方之意。边声：边疆军情的动静。　⑤ 槊：长矛。⑥ 投壶：古代宴会上的一种雅戏。宾主依次用箭矢投向远处的壶，投中或从壶口弹出的都作为优胜。　⑦ "草木"句：《唐书·张万福传》："德宗以万福为濠州刺史，召见谓曰：'朕以为江淮草木亦知卿威名。'"

【语译】

明月照耀着纪律严明的军营，军中层层传递着将军的命令。高高的戍楼上鼓角声声，提醒着军士加强夜间的警戒，严禁杂人夜行。凭借着将军的保护，换得了守境的安宁。将军您一边握着长矛，一边豪迈地作诗高吟；在军中的宴会上亲自投壶唱歌，抒发雅兴，再现了前代儒将的风范典型。您能征惯战，沙场久经，连草木也知道您的威名。

【赏析】

本篇作于元武宗至大四年(1311)，时邸万户驻军杭州，是作者在军帐宴席上赠主人之作。

起首数句，交代了主人的将军身份及自己作歌的地点。元文学家姚燧在《颖州万户邸公神道碑》中，说邸元谦戍杭时，"虽居平时，营栅部署、器械军马，凛如在敌"。作者只用"柳营"二字，便概括了他在治军上的这种特色。但闻邸万户一声令下，顿时遍传军营，戍楼鼓角，互报警戒，部伍整肃，真是令行禁止。因是"月明"，故可望见高楼、营帐戒严的军容；而"鼓角"竟激起作者"边声静"的感想，可见军中森严的气象。这几句令人联想起"中天悬明月，令严夜寂寥"（杜甫《后出塞》）、"令严鼓角三更月，野宿貔貅万灶烟"（苏轼《次韵穆父尚书》）的名句，以邸万户领军的严整与"卧护"的功绩，表现出他"威"的一面。诗人巧妙地融入写景，军营明月、高楼鼓角，富有诗情画意，使称誉之词不落俗套，确实技高一筹。

"横槊"二句是实写邸元谦在宴席上的表现，又是运用典故以古喻今。前一句是借三国曹操、曹丕作比，所谓"曹氏父子鞍马间为文，往往横槊赋诗"（元稹《唐故检校工部员外郎杜君墓志铭》），赞主人像曹氏一样，"横槊赋诗，固一世之雄"（苏轼《前赤壁赋》）。后一句则用岳飞的典故，《宋史·岳飞传》说岳飞"雅歌投壶，恂恂如书生"。邸万户在席上的举止，也表现了这种儒将的风度。文武双全，儒雅风流，这是历来人们所公认的将才的典范。作者赞美邸万户，将他视作前贤典型的再现，这三句着重写出了他"雅"的一面。

最后三句是抚今追昔，点明宴会主人能征惯战、威名远播的本来面貌。"草木知名"，又用了唐代濠州刺史张万福的典故。万户坐镇一方，以张万福拟比，可谓颂扬得体。

赞誉性的赠人之作，一般常用庄重蕴藉的诗体，本篇使用散曲体裁，是值得重视的尝试。作者一方面发挥了散曲开朗、直抒的特点，一方面注意结合实际环境，做到即景生感，不落空泛。语言上既平易自然，又用上了贴切的典故，吐属豪迈而不粗俗。这些都是本篇在艺术上的成功之处。

〔南吕〕四块玉

官况甜，公途险。虎豹重关整威严，仇多恩少皆堪叹。业贯盈①，横祸满，无处闪②。

【注释】

① 业贯：作恶累累。　② 闪：躲避。

【语译】

都说做官的惬意快心，都说做官的途程险峻。虎豹把守着天关的大门，平民百姓不能近；一本正经，摆出了威风凛凛。虐民的多，爱民的少，一桩桩行为都令人叹息连声。等到恶贯满盈，大祸没顶，你哪有躲逃的侥幸！

【赏析】

元散曲作者感时伤世，常常会不约而同地慨叹宦海的险恶，反映出当时的一种文人心理与社会现象。一方面是用世与热衷功名的传统习尚；另一方面，吏治的窳败，官场的倾轧，又不禁使身历其境者谈虎色变，余悸在心。仕途即畏途，功名如鸡肋，敝屣官宦的过来人固然不屑一顾，即便是恋栈的个中人亦不无怨望。于是，或以愤激词一吐抑塞，或作豁达语暂掩辛酸，成了流行的风尚；而借助不忌直露的散曲体式，显然比用崇尚敦厚含蓄的诗词要来得直捷便利。这类散曲创作意图大半是属于自我解嘲，当然也不乏自责或自警之意。因此，它们在语言上往往不事雕琢而犀利精警，风格上更接近于谚谣。此首小令正是这样的作品。

起首"官况甜，公途险"两句，互文见义，而"甜"、"险"二字的对峙，醒人眼目，含义也很深远。"甜"代表了功名利禄的诱惑力，但这仅是表面的现象，实质上则是处处荆棘丛生。而受"甜"字陷溺，执迷不悟，则前景可畏。因此"甜"、"险"不仅是表里关系，也存在着因果关系，且从"甜"到"险"，也可以说是官场中大部分人的必由之途吧！接下两句，便对这一意思作了生发。"虎豹重关"，语出自《楚辞·招魂》："虎豹九关，啄害下人些。"本意指天门重重设守，森严难进，凡人入则遭害。这里借来比喻官府，生动确切。"整威严"，作威作福之状可以想见。不过，"重关"的主人日子并不好过。"仇多恩少皆堪叹"，这里既有与被统治者之间不可调和的矛盾，也有与上司同僚之间的恩恩怨怨。作者至此并不继续说明为官者虎尾春冰的狼狈处境，而是以犀利的语言直截地揭露其结局，也即是曲末的三句。一个"盈"字，一个"满"字，使人感到作孽如此之多，报应如此之速；而"无处闪"的结尾与"官况甜"的起笔两相对应，成了绝好的讽刺。从作者冷峻的笔调中，不难体会出他愤世嫉俗的心情。

这首小令从《阳春白雪》定为刘时中的作品。《乐府群珠》所辑者，"皆堪叹"作"人皆厌"，"横祸满"作"横祸添"，全曲题为《酷吏》，署曾瑞作。这样，"仇多恩少人皆厌"，就成为对酷吏政声的描述了。不过，对酷吏来说，恐怕不存在"公途险"的疑虑，治下也未必谈得上"恩"。这首小令，好就好在写出了官宦日常的典型：一方面擅作威福，一方面色厉内荏；一方面汲汲奔逐利禄，一方面惶惶不可终日。业贯满盈，身无可遁：实为普告天下百官，而非仅止为酷吏说法。

〔正宫〕端正好 上高监司①（套数，节选）

众生灵，遭磨障②，正值着时岁饥荒。谢恩光拯济皆无恙③，编做本词儿唱。

〔滚绣球〕去年时正插秧，天反常，那里取若时雨降④？旱魃生四野灾伤⑤。谷不登⑥，麦不长，因此万民失望。一日日物价高涨。十分料钞加三倒⑦，一斗粗粮折四量⑧，煞是凄凉⑨。

〔倘秀才〕殷实户欺心不良，停塌户瞒天不当⑩。吞象心肠歹伎俩。谷中添秕屑⑪，米内插粗糠，怎指望他儿孙久长！

〔滚绣球〕甑生尘老弱饥⑫，米如珠少壮荒⑬。有金银那里每典当⑭？尽枵腹高卧斜阳⑮。剥榆树餐，挑野菜尝：吃黄不老胜如熊掌⑯，蕨根粉以代糇粮⑰。鹅肠苦菜连根煮⑱，荻笋芦莴带叶啀⑲。则留下杞柳株樟⑳。

〔倘秀才〕或是捶麻柘稠调豆浆㉑，或是煮麦麸稀和细糠，他每早合掌擎拳谢上苍。一个个黄如经纸㉒，一个个瘦似豺狼，填街卧巷。

〔滚绣球〕偷宰了些阔角牛㉓，盗斫了些大叶桑。遭时疫无棺活葬㉔，贱卖了些家业田庄。嫡亲儿共女，等闲参与商㉕，痛分离是何情况！乳哺儿没人要撇入长江。那里取厨中剩饭杯中酒？看了些河里孩儿岸上娘。不由我不哽咽悲伤。

……

〔货郎〕见饿莩成行街上㉖，乞丐拦门斗抢。便财主每也怀金鹄立待其亡㉗。感谢这监司主张，似汲黯开仓㉘。披星戴月热中肠㉙，济与桑亲临发放㉚。见孤孀疾病无皈向㉛，差医煮粥分厢巷㉜，更把赃输钱分例米多般儿区处的最优长㉝，众饥民共仰，似枯木逢春，萌芽再长。

……

【注释】

①高监司：名不详，有高奎、高纳麟、高昉等说，迄无定论。监司，元代对提刑按察使(掌管巡察地方刑狱兼吏政，后改名肃政廉访使)的别称。　②磨障：磨难。　③恩光：恩德的庇耀。　④若时雨：及时雨。　⑤旱魃(bá)：传说中造成旱灾的怪物。　⑥登：成熟而可收割。　⑦"十分"句：意谓十分料钞要加三成，才能调换新钞。料钞，元初的一种以丝料为作价标准的纸币。历朝不断发行新纸币流通市面，规定以旧币兑换。倒，调换。　⑧折四量：折蚀四成计算，也即一斗粗粮缴租只作六升看待。　⑨煞是：实在是。　⑩停塌户：囤积粮食、奇货以居的不法商户。　不当：不应当。　⑪秕：瘪谷。　⑫甑(zèng)生尘：喻断炊已久。甑，饭锅。　⑬少壮：青年人。　⑭那里每：哪里，"每"字

185

助词无义。下文的"他每"、"财主每",则作他们、财主们解。　⑮ 枵(xiāo)腹:空着肚子。　⑯ 黄不老:一种野菜名,疑即黄精(救荒草)。　⑰ 蕨:山中生长的一种草本植物,嫩苗可食,根茎多含淀粉。　糇(hóu)粮:干粮。　⑱ 鹅肠:一名雁肠子,一种野菜。　⑲ 荻笋芦薏:指芦苇茎秆及抽芯的部分。　哇:应作"味",大口咽下。　⑳ 杞柳:水边灌木,枝条柔韧可编物。　株樟:樟树。　㉑ 捶麻柘:捶打麻秸、柘枝以取汁液。柘,树名,叶可饲蚕。　㉒ 经纸:抄、印佛经的黄纸。　㉓ 阔角牛:水牛。元代禁止宰杀耕牛。　㉔ 时疫:流行的传染病。　活葬:指新葬。　㉕ 等闲:轻易地。　参与商:二星名。参处西方,商处东方,出没两不相见,喻分离不能会面。　㉖ 饿莩(piǎo):饿死的人。　㉗ 怀金鹄立待其亡:身上揣着金钱,却因买不到粮食而眼巴巴地盼望着,只能坐以待毙。鹄立,伸长脖子盼望。　㉘ 汲黯:汉代官员,武帝时奉命巡视河内(今河南省黄河以北一带),见当地人民发生饥荒,就毅然擅自打开官仓赈济灾民。　㉙ 中肠:内心。　㉚ 济:免费发放。　粜:按平价卖出谷物。　㉛ 孤孀:孤儿寡妇。　皈向:归宿、依靠。　㉜ 厢巷:地区和里巷。　㉝ 赃输钱:因犯罪而向官府缴纳的罚款。　分例米:按规定定量提供的粮食。区处:处理。

【语译】

老百姓真不幸,遇上了这饥荒的年景。幸亏托庇您的恩德拯救他们,终于都保全了性命,所以我作了这套曲子唱出来听。

去年正当农田插秧时分,天气突然反常,盼不到及时的甘霖,四方的乡野上出现了严重干旱的灾情。谷子颗粒无收,麦苗焦枯殆尽,农民满脸愁云。物价因而飞涨,一天比一天猛增。用料钞调换新钞,十成要再加三成;而缴纳租税却要折四计算,一斗粗粮只合得六升。真是害苦了百姓。

可恨那些大户富家囤积粮食,伤天害理,昧尽良心。他们贪心不足蛇吞象,用卑劣的手段盘剥平民。在卖出的粮米中趁机掺瘪谷、放粗糠,这些人怎能不断子绝孙!

就这样米如珠贵,老老少少都断了炊顿。有钱也换不到粮食,一个个空着肚子饿倒在黄昏。不得已,寻上了榆树皮、野菜叶维持生命。黄精成了珍肴,蕨粉也代用作食品。鹅肠菜舍不得丢掉苦根,芦苇连茎带叶咽吞。大地上只留下杞柳和樟树劫后余生。

如果能喝上麻柘汁调上豆浆的稀糊,或是麸皮、糠粒煮成的薄羹,老百姓就已感恩不尽。他们一个个面黄肌瘦、脱了人形,满街满巷都是这样的饥民。

有的人铤而走险,宰杀耕牛,盗伐桑树,不惜冒犯官府的禁令。还有的人家被时疫夺去了生命,无钱置买棺木,只得把家产贱价卖人。卖儿卖女更是常见,一家骨肉骤然生离死别,这是何等悲惨的场景!吃奶的孩子没人要,狠狠心抛入江心。哪里还找得到残杯冷羹?只见了好些这样溺死河中的弃婴,和岸上哀痛欲绝的母亲。不由我哽咽难言,悲伤难禁。

街上成排倒着饿毙的尸身,乞丐拦门行乞,你夺我争。就是财主有钱买不到粮食,也只能引颈伫望,等待末日来临。感谢您高监司作主,像汲黯那样开仓行

186

赈。您不分白天黑夜，古道热肠，将救灾事务亲自过问。孤儿寡妇、病人残废无靠无靠，您就按街按巷派出医生，设立粥厂普济危困。赃输钱，定额米，您一件件都公平处分。灾民们都感戴您的大恩，像枯木逢春，从绝路中得到了再生。

【赏析】

刘时中的《端正好·上高监司》共有两套，前套十五支曲，后套更长达三十四支，为现存元散曲中体制最为宏大的长套。两套曲都正面反映元代时事政治，拓展了散曲的表现题材，提供了丰富而形象的社会生活画面，故有"曲中新乐府"之称。这里节选的是前套的七支曲（第一至第六，以及第十曲），表现江西饥荒后民不聊生的社会情状。

序曲〔端正好〕提纲挈领，透露出全套写作的两项主要内容：一是众生灵的"时岁饥荒"，二是高监司的"拯济"、"恩光"。作为献谒的作品，第二项内容自不可免（原套共用五支曲子，本书选入了〔货郎〕一支），但作者却足足以十支曲子的篇幅着力表现前一项（此处选录前六支），这就说明他真正的意图是在于反映民生的疾苦。

在次曲〔滚绣球〕中，作者回顾了大饥荒的形成过程。"去年"而强调"正插秧"，一来表明灾荒历时的久长，二来点出它正值青黄不接的节候。旱生四野，颗粒无收，这是"天反常"的直接后果，令人心悸。但更"反常"的是社会上出现的趁火打劫的情状：物价腾涌，钱钞贬值，赋税暗增。作者以"十"、"三"、"一"、"四"这些简单的数字，反映出触目惊心的经济盘剥。接着的〔倘秀才〕曲中，揭露富户、奸商囤积居奇，还丧心病狂地在谷米中弄虚作假，牟取暴利。"吞象心肠歹伎俩"，用来对付"煞是凄凉"的百姓，必然是雪上加霜。作者对这批人的为富不仁痛加斥挞，而对社会危机的责任者——朝廷官府噤口不谈，自有难言之隐。但在这两支曲中，却也已清楚地说明百姓此回的遭殃，实是"三分天灾，七分人祸"的结果。

以下的三支曲子，沉痛地表现了灾民水深火热的苦难。首先是饥饿的煎熬。"甑生尘"、"米如珠"是总括的描写，作者随即列举了饥民觅食代用的种种野菜、树皮、草根的名目予以证实。或是"连根煮"，或是"带叶咂"，总之可以入口的都用来果腹。倘若能吃上麻柘豆浆、麦麸米糠，灾民们更是谢天谢地。到头来是"黄如经纸"、"瘦似豺狼"，奄奄一息，偃卧在长街之上、斜阳之中，这情景历历如在目前。其次是意外的灾变。一些饥民铤而走险，违犯官家的禁令宰牛斫桑，这种求生的举动不言而喻会受到官府的严厉惩罚；有些百姓染上了传染病，活着无钱治疗，死了都得不到及时埋葬，而家中仅有的一点田产，却因这些变故消耗一空。第三是骨肉的惨别。卖儿卖女，亲人拆散，甚至养不起又卖不去的婴儿只能抛入长江。"看了些河里孩儿岸上娘"，是一幅何等悲惨的画面！作者以"哽咽悲伤"，激起了读者强烈的共鸣。

〔货郎〕一曲，在饥民濒于绝境之际，写出高监司开仓赈灾的德政。他夜以继日，亲临现场，怜孤恤贫，处分有方。老百姓遇上这样一位果决能干、古道热肠的清官，可谓"枯木逢春"，而读者到此也有柳暗花明之感。应该说，对这位有德于百姓的高监司，"编做本词儿唱"是不过分的，所以作者的献谒并不使人有谀官的反感。

无论从这里的节选，还是从整套原曲来看，作者都是真情实感，缘事而发，有意识地运用散曲形式来反映国计民生的社会重大问题。利用套数在容量和结构上的优势，做到叙事细腻，层次分明，稳步推进；语言上既朴实平易，又有别于一般散曲的俗滑，显得庄重、沉郁；这些都是本篇在艺术上的独到之处。

阿鲁威

阿鲁威(生卒年不详)，字叔重，号东泉，蒙古族人。世称鲁东泉。至治、泰定年间曾任南剑太守及经筵官，有诗名。著有《东泉集》。散曲今存小令十九首，风格雄健浑融。

〔双调〕湘妃怨

　　夜来雨横与风狂，断送西园满地香。晓来蜂蝶空游荡。苦难寻红锦妆，问东君归计何忙①！尽叫得鹃声碎，却教人空断肠。漫劳动送客垂杨。

【注释】

① 东君：司春之神。

【语译】

夜来肆虐着暴雨狂风，把西园的芳菲一扫而空。到早晨蜜蜂蝴蝶飞来飞去，无所适从。只恨找不到往日盛饰的花容，春神啊，你为何要归去匆匆？你一味让杜鹃啼破了喉咙，却教人徒然心痛。那垂杨无端牵进了送行之中，一回回不得闲空。

【赏析】

　　这首曲写的是暮春的怨艾，以景述情。风雨落花，残蜂剩蝶，鹃声绿杨，都是古代诗词伤春的习见景象。本曲兼收并蓄，却使人既不觉陈腐，又不嫌堆砌，这主要是因为作品风神清婉动人的缘故。诗人先撷取了"夜来"与"晓来"的两个镜头。一夜之中，风雨大作，一个"横"字，一个"狂"字，令人想起"雨横风狂三月暮，门掩黄昏，无计留春住"(冯延巳《鹊踏枝》)的名句。风雨肆虐的结果，是西园花落满地，且此"满地香"也遭到"断送"，狼籍残败之情况可想而知。作者并不详述园中花卉遭劫的具体景象，而转向了"晓来"，风雨止息，蜂蝶来到旧地，却再不见昨日的繁华，"空游荡"，生动地表现出它们茫然不知所措的情态。蜂蝶无知，"游荡"也漫无目的，但入园寻春的诗人却是有意识地寻觅那"红锦妆"的芳菲旧影，结果当然是大失所望，且意识到春天已到尽头，只能怅然嗟叹春神的迅速离去了。"问东君归计何忙"，有怅恨，有感叹，有留连，有无奈，这同李煜《乌夜啼》的"林花谢了春红，太匆匆"一样，是一声撕心裂肺的呐喊。这还不算。"东君"还留下了两件惹恨牵愁的礼物：一是"鹃声"，其鸣声同"不如归去"相近；一是"垂杨"，自古便是送别的象征。鹃声不遗余力，垂杨迎风自舞，可以想见，作者既有身处异乡不得遄归的苦衷，又有送客登程情肠百结的经历，这就将伤春之意写满写足了。

诗人在铺排暮春景物时，无不附以富于强烈主观感情色彩的词语，如"断送"、"空游荡"、"苦难寻"、"尽叫得"、"漫劳动"等，使景物成为人物心理的外化。对于种种伤愁的意象，点到即止，反映出一种惨不忍睹、不堪回首的凄情。末三句将阑珊的春事暗度入愁离伤别的人事，尤为细腻。悱恻动人，堪称是散曲婉约风格的上乘之作。

〔湘妃怨〕即〔水仙子〕。作者采用曲牌的这一别名，恐怕也同全曲"怨"的伤感主旨有关。这一曲牌的第三、四两句，可连可分。此处第四句"苦难寻红锦妆"不从上而从下，主语不定为蜂蝶而定为作者。这样断意的根据，正是基于全曲宛转流怨的情调。

〔双调〕蟾宫曲

问人间谁是英雄？有酾酒临江，横槊曹公①。紫盖黄旗②，多应借得，赤壁东风③。更惊起南阳卧龙④，便成名八阵图中⑤。鼎足三分，一分西蜀，一分江东。

【注释】

①"有酾(shī)酒"二句：苏轼《前赤壁赋》写曹操："酾酒临江，横槊赋诗，固一世之雄也。"酾酒，斟酒。槊，长矛。 ②紫盖黄旗：两种象征王者的云气。三国魏黄初四年(223)，东吴使者陈化来到洛阳，魏文帝曹丕要他说说魏吴对峙的结果，陈化回答："紫盖、黄旗，运在东南。"此即指吴国定国。 ③"多应"二句：建安十三年(208)冬，东吴周瑜于赤壁(今属湖北)大破曹军，遏止了曹操向江南的推进。赤壁大战使用了火攻，故后人小说有"借东风"的渲染。 ④南阳卧龙：诸葛亮汉末隐居南阳隆中(在今湖北襄樊、河南南阳一带)，自比管仲、乐毅，人称卧龙先生。 ⑤"便成名"句：杜甫《八阵图》："功盖三分国，名成八阵图。"八阵图，聚石为天、地、风、云、龙、虎、鸟、蛇八阵，用于军事，传为诸葛亮所布作。《三国志·诸葛亮传》："推演兵法，作八阵图。"

【语译】

问世间谁是英雄人物？有曹操临江把酒，横着长矛赋诗，可谓是一代雄主。紫盖黄旗的云气，预兆了孙权建立霸图，但他的成功多半有赖于赤壁东风的帮助。更有诸葛亮脱颖而出，八阵图留名千古。三分天下有如鼎足，一分给了蜀汉，一分给了东吴。

【赏析】

大概是受到曹操"煮酒论英雄"的启发，元人常喜对历史上的千古英雄人物作一番指点评论。"问人间谁是英雄？"作品起笔劈头一问，大有俯仰今昔、睥睨千古之气概。以问句领首，往往能吸引读者的注意，并为全曲的铺开拓出地步。

作者首肯的"英雄人物"有三名：曹操、孙权、诸葛亮。

对曹操的概括是"有酾酒"二句，如注释中所言是借用苏东坡的成说，连"曹公"也是赋中所用的称呼。应当说，东坡对曹操"固一世之雄也"的评语在当时是十分大胆的，其实其中正包含着折服于历史时空的文人心态。曹操作为"奸雄"、"独夫"已成定评，但对于东坡这样的文人来说，一个人能在天地间独立俯仰，且能创造或影响一段历史，就在空间和时间上取得了"雄"的资格。这同今日的"自我实现"颇为相似。显而易见，曲作者持取的也是这种观念。然而也恰因如此，这一笔已为全曲带上了雄豪的气氛。

再看孙权。作者用"紫盖黄旗"作为代指，这就颇像英文里出现"His Majesty"那样，表现出一种尊崇的意味。但孙权毕竟未在三国中称霸，其子孙终究有"金陵王气黯然收"的一天，所以作者对他有所保留。"多应借得，赤壁东风"，还算是颂扬了他在赤壁之战的胜利，只是在"多应"二字中说他赢得比较侥幸。杜牧《赤壁》诗："东风不与周郎便。铜雀春深锁二乔。"将二乔的保全归功于赤壁东风的帮助，曲作者无疑就是受了杜诗的影响。

三位"英雄"中曹操、孙权都是君主，诸葛亮是唯一的例外。但从"更惊起"的更字上我们可以发现，诗人是将他作为三雄之最来讴歌的。南阳卧龙端的身手不凡，在群雄争鼎的纷乱局面中"惊起"，且一惊起"便成名八阵图中"。这一句源于杜甫《八阵图》"功盖三分国，名成八阵图"的诗联，指代的正是"功盖三分国"的内容，故诗人于末三句即补明了"鼎足三分"的既成事实。一个"更"字，一个"便"字，将诸葛亮的应时而出、一鸣惊人，以及他"运筹帷幄之中，决胜千里之外"的雍容豪迈、游刃有余，都形象地表现了出来。古代作文有所谓"尊题"之法，即以两个或两个以上的人物事迹同时表现，而于结论上有所抑扬。本曲虽未明指，却在事实上实现了尊题的效果。全作气势雄豪，开阔如意，尤以颂尊诸葛亮为天下布衣草泽之士扬眉吐气。这就如同司马迁在《史记》中将项羽、陈胜入十本纪、世家一样，体现了作者在历史观上的胆识。

〔双调〕蟾宫曲

理征衣鞍马匆匆。又在关山，鹧鸪声中。三叠《阳关》①，一杯鲁酒②，逆旅新丰③。看五陵无树起风④，笑长安却误英雄。云树蒙蒙。春水东流，有似愁浓。

【注释】

① 三叠《阳关》：唐王维《送元二使安西》，有"劝君更尽一杯酒，西出阳关无故人"的名句。全诗四句，后人反复叠唱用作送别曲，称《阳关三叠》。 ② 鲁酒：春秋时鲁国所酿

酒，味薄。　③逆旅新丰：唐代名臣马周未做官时客游长安，住在新丰旅舍中，受尽店主人白眼。逆旅，旅舍。新丰，在今陕西西安。　④"看五陵"句：语本杜牧《登乐游原》："看取汉家何事业？五陵无树起秋风。"五陵，西汉高祖长陵、惠帝安陵、景帝阳陵、武帝茂陵、昭帝平陵，均在长安一带。

【语译】

整理齐行装骑乘，匆匆跨上了征程。又亲历了关山的风尘，又听到了鹧鸪"行不得也"的啼声。送别的歌曲已经唱罢，一杯薄薄的水酒壮行，寄居在新丰客舍，不见知遇之人。看五陵荒芜，再无坟树惹起秋风，帝王的霸业也那样无凭。笑长安的事业功名，把多少英雄误尽。远方的云树蒙蒙一片，难辨难分，那滚滚东流的春水啊，就像我心中浓重的愁情。

【赏析】

小令起首三句，突兀而起，如天风奄至，海雨逼人。诗人将远行出发前整理征衣鞍马的准备工作，以"匆匆"二字一笔带过，表现出一种萍踪无定、惯历风霜的沉郁悲壮。次句的"又"字是句眼，自伤、自叹、自嘲、自解，俱在这一字中。鹧鸪的啼声如"行不得也哥哥"，从来是旅愁的象征，"又在关山，鹧鸪声中"，说明诗人领略跋涉关山的旅愁已非初次，但他毕竟又再度鞍马倥偬，这就使读者体会到一种身不由己的悲哀。这三句虽仅出示了简略的动作和形象，但人物的感情世界，却在字面以外无言地显现出来了。

"三叠"等三句，应"理征衣"，应"匆匆"，应"又在关山"，片时又已写尽自关山道途到抵达目的地长安的全程。三叠《阳关》是离愁别绪的寄托，作者匆匆启行，无人送别，这支送行名曲只能自己唱向自己；鲁酒是味薄的水酒，所谓"鲁酒无忘忧之用"（庾信《哀江南赋序》），但诗人只能祈借它御愁；"逆旅新丰"运用马周客乡受辱的典故，更有落魄风尘、怀才不遇的感慨。这三句，益将此番出行的孤寂辛酸揭到了明处。

诗人试图以强作旷达来维持内心的平衡。七八二句，前句是对历史的睥睨，后句是对时世的牢骚。"五陵无树起风"，化用了杜牧《登乐游原》"看取汉家何事业？五陵无树起秋风"的诗句。"树"是表示墓主地位和后人纪念的标志，"五陵无树"，正是汉家事业不名一文的同义语。古人多喜以对帝王陵墓的观照来代表对历史的评价，如许浑"一种青山秋草里，路人唯拜汉文陵"、杜牧"欲把一麾江海去，乐游原上望昭陵"等皆是。作者在此也是目空今古。不过"笑长安却误英雄"，也多少含有自嘲的意味在内。于是，他强抑着的悲愁辛酸，终于在结末三句借景流出。但犹如海水中析出盐粒已不觉有突出的咸味，"愁浓"点出竟是多余的了。

全曲纵横捭阖，悲壮苍凉，激越铿锵，大似词笔。可惜结穴笔力较弱，这恐怕就由于作者是作曲而非作词的缘故吧。

虞 集

虞集(1272—1348),字伯生,号道园,世称邵庵先生,仁寿(今属四川)人。官至奎章阁侍书学士。诗文与杨载、范椁、揭傒斯并称"元四大家",有《道园学古录》传世。散曲为其余事,仅存小令一首。

〔双调〕折桂令　席上偶谈蜀汉事因赋短柱体①

鸾舆三顾茅庐②。汉祚难扶③,日暮桑榆④。深渡南泸⑤,长驱西蜀,力拒东吴。美乎周瑜妙术,悲夫关羽云殂⑥。天数盈虚⑦,造物乘除⑧。问汝何如?早赋归欤⑨。

【注释】

① 短柱体:散曲作品添用暗韵,造成一句之间两度或三度押韵的,叫短柱体,是一种技巧性较高的游戏体裁。　② 鸾舆:装有铃铛的车乘,因行车时铃声如鸾鸣,故名,通常为国君所乘坐。此乃尊指刘备的车辆。　三顾茅庐:指刘备曾三次到诸葛亮隐居的草屋,去请他出山。　③ 汉祚(zuò):汉王朝的国运。　④ 桑榆:太阳落山之处,常喻晚年。这里指国限将尽。　⑤ 深渡南泸:指诸葛亮率军南征,平定后方少数民族聚居地区的叛乱。泸,水名,即金沙江。　⑥ 云殂(cú):去世。云,语助词,无义。　⑦ 天数盈虚:命运的注定有厚有薄、有幸有不幸。盈虚,满和空。　⑧ 造物乘除:自然的存在成全一方面而破坏另一方面。乘除,长与消。　⑨ 归欤:归去吧!

【语译】

刘备三顾茅庐,敦请诸葛亮出山。其时汉王朝已如西沉的落日,国运危弱,难以回天。但诸葛亮还是渡泸南征,巩固后方,长驱西蜀,清除边患,并力拒东吴的进犯。当初周瑜火烧赤壁,把曹军赶回长江北岸,固然令人称赞。但日后关羽败亡,却又令人悲叹。天命厚此薄彼,造化有长有消,人力抵不过天算。那么问你该怎么办?还是早早辞了官,去实现隐居的心愿。

【赏析】

据陶宗仪《辍耕录》载,虞集在京城的一次宴会上,听歌女唱《折桂令》,起句为"博山铜细袅香风",一句而两韵,"爱其新奇"。正逢席上偶谈三国蜀汉事,于是他当场作成这支曲,两字一韵,"比之一句两韵者为尤难"。其实,《老子·立戒章》:"知足不辱,知止不殆。"《史记·淳于髡传》:"瓯窭满篝,污邪满车,五谷蕃熟。"都是两字一韵的先例,只是不能通篇如此罢了。

本曲的"蜀汉事"着重写诸葛亮。全篇一开始写到三顾茅庐诸葛亮出山,便接上了"汉祚难扶"的两句，有多层作用。它一是补明了诸葛亮"扶汉"的正义目的，二是见出时势的危难，三是设下了"天数"、"造物"的伏笔。蜀汉以接续炎汉正统自命，"汉祚"的两句，实是蜀汉政权命运的影射，文气至此一抑。"深渡"三句对仗，概括了诸葛亮辅弼刘备、力挽狂澜的功绩，"深"、"长"、"力"的强调，表现出对天意的抗争，文势又复高扬。七八两句用"美乎"、"悲夫"的对比，反映了客观形势进程中难以预料的种种突发事件。周瑜运用智略，在赤壁大战中的指挥胜利，奠定了魏、蜀、吴三国鼎立的局面，有利于蜀汉的用武和发展，所以值得赞美；但随即却因关羽在荆州的败亡，造成了蜀汉元气的从此一蹶不振，这又是令人扼腕的憾恨。作品对历史的回顾止于"悲夫"，诸葛亮功败垂成的结局不言自明。这是又作一抑。这种抑扬交互的写法，本身就带有成败难料、"天数盈虚"的意味。

末四句是作者的结论与感想。蜀汉虽有诸葛亮的鞠躬尽瘁，却终于未能回天，作者将它归结于"天数"。既然人意拗不过天公，何必徒费心力去强建功业呢？还不如任天委运的好。"问汝何如，早赋归欤"，表达了无可奈何的心情。表面上看起来，这是"席上偶谈蜀汉事"所得出的顺乎逻辑的结论，但细细品味，却其实是作者对现实中自己功业无成、缺乏用武之地的失意的牢骚。作者虽运用了游戏体的巧体体裁，在怀古溯史、述发内心感受时却是极其认真的。

"短柱体"作为一种诗歌巧体，为散曲所独有。因为散曲中平仄可以通叶，于全篇句中添韵就有了可能。但短柱体韵密已自不易，还要同时满足曲律对平仄和对仗的要求，就更增添了难度。所以《辍耕录》评论此作说："先生之学问该博，虽一时娱戏，亦过人远矣。"

张 雨

张雨(1277—1350)，字伯雨，号句曲外史，世称贞居先生，钱塘(今浙江杭州)人。擅长诗词书画。弃儒为道士，隐居茅山，与虞集、赵孟頫等名士唱酬往还。有《句曲外史集》。散曲今存小令四首，绰有词风。

〔中吕〕喜春来　泰定三年丙寅除夜玉山舟中赋①

江梅的的依茅舍②，石濑溅溅漱玉沙③。瓦瓯篷底送年华④。问暮鸦，何处阿戎家⑤？

【注释】

① 泰定三年：公元1326年。　玉山：今江西玉山县。　② 的的(zhuó zhuó)：亮闪闪。③ 石濑：岩石上的激流。　溅溅：水花溅射的样子。　④ 瓦瓯篷底：语本唐杜荀鹤《溪兴》："瓦瓯篷底独斟时。"瓦瓯，陶制的酒盆。篷，船篷。　⑤ 阿戎家：杜甫《杜位宅守岁》诗："守岁阿戎家。"阿戎，堂兄弟的别称。

【语译】

江岸的梅花静依着茅屋，花朵在暮色中还那么耀目。水流在岩石上溅起珠沫，把铺底的细沙不停地洗漱。一只载酒的小船，伴着我送走了年光，迎来了岁暮。我抬头讯问黄昏的栖鸟：我的家人今夜将同聚着守岁，可是家，我的家究竟在何处？

【赏析】

小令以起首的两句对仗，渲染了客舟停泊中所见的景色。两句的意境很优美，可惜却是客乡的风景。羁旅作品中写景通常有两种：一种是带着主观的感情色彩，直接表现景物的愁苦；一种是纯客观地进行描述，以之作为旅愁的铺垫。本曲属于后一种，且使这种铺垫形成了"反衬"的作用。

果然，第三句就点出了"除夜"、"舟中"的题面。"瓦瓯篷底"，是"篷底瓦瓯"的倒装。伴一只异乡的小船，借酒浇愁，则前写优美的野景，恰恰成为漂泊无着、有家难归的客愁的触媒。"送年华"的结论值此除夕之夜生出，便如同唐诗中的"一年将尽夜，万里未归人"(戴叔伦《除夜宿石头驿》句)一样，使常语顿时变作了警语。"送"字显示了漂泊日久，又说明了时光飞逝，包含着一种苍凉深沉而又无可奈何的感慨。

杜甫《杜位宅守岁》诗有"守岁阿戎家……列炬散林鸦"的句子。守岁是除夕的民间风俗，通常是和家人同聚，从除夕夜守坐到元旦早晨。杜诗是写他参加堂兄弟杜位家的守岁，人多热闹，点起的火把将树上的乌鸦都惊散了。本篇末两句从杜诗中化出，以"阿戎家"来代指自己家中亲人的除夕守岁。"暮鸦"关合"林鸦"，又是本地风光，它的出现为前文所描写的客中风景，添补出一丝哀怨。客中所见的暮鸦安栖窝巢，无惊散之虞，向它探问，更见出诗人有家归不得的凄凉，从而将"除夜"的乡愁表现得淋漓尽致。作者点化前人成句（包括第三句用杜荀鹤诗）如此纯熟无痕，真令人击节不已。

萨都剌

萨都剌(1272？—1345？)，亦作"萨都拉"，字天锡，号直斋，蒙古族人，世居雁门(今山西代县)。泰定四年(1327)中进士，官至河北廉访经历。晚年寓居杭州。工诗文，尤长歌行，有《雁门集》。散曲今存套数一首。

〔南吕〕一枝花　妓女蹴踘^①（套数）

红香脸衬霞^②，玉润钗横燕。月弯眉敛翠，云䯼鬏堆蝉。绝色婵娟。毕罢了歌舞花前宴^③，习学成齐云天下圆^④。受用尽绿窗前饭饱茶余^⑤，拣择下粉墙内花阴日转。

〔梁州〕素罗衫垂彩袖低笼玉笋^⑥，锦鞴袜衬乌靴款蹴金莲^⑦。占官场立站下人争羡^⑧。似月殿里飞来的素女^⑨，甚天风吹落的神仙。拂花露榴裙荏苒，滚香尘绣带蹁跹。打着对合扇拐全不斜偏^⑩，踢着对鸳鸯扣且是轻便^⑪。对泛处使穿臁抹膝的撺搭^⑫，搊俊处使拂袖沾衣的撇演^⑬，妆翘处使回身出鬏的披肩^⑭。猛然，笑喘，红尘两袖纤腰倦，越丰韵越娇软。罗帕香匀粉汗妍，拂落花钿。

〔尾声〕若道是成就了洞房中惜玉怜香愿，媒合了翠馆内清风皓月筵，六片儿香皮做姻眷^⑮。荼蘼架边，蔷薇洞前，管教你到底团圆不离了半步儿远^⑯。

【注释】

① 蹴踘(cù jū)：古代的踢球游戏，有对抗性与表演性二种。这里属后者，以踢球的动作技巧为追求目标。　② 脸衬霞："霞脸衬"的倒装。以下"钗横燕"、"眉敛翠"、"鬏堆蝉"俱同。　③ 毕罢：结束，抛下。　④ 齐云：宋代蹴踘组织"球社"名，后以之代称球社。　天下圆：技高天下的球技。圆，蹴踘用球的别称。　⑤ 绿窗：闺阁的窗户。　⑥ 玉笋：女子纤手的美称。　⑦ 锦鞴(yào)袜：长筒锦袜。鞴，靴筒。　金莲：女子的纤足。　⑧ 占：取得某一领域的名声。　官场：三人蹴踘的表演场地。　站：球网。在表演性质的蹴踘中，则指场地的中央(单人表演)或指定站位(多人表演)。　⑨ 素女：指月中仙女，参见姚燧《黑漆弩·吴子寿席上赋》注④。　⑩ 合扇拐：《蹴踘图谱》："合扇拐：论从右过，侧脚先�使左拐，后用右拐出寻论。"论，古代的一种气球。　⑪ 鸳鸯扣：《蹴踘谱》作鸳鸯拐，即双脚同时触球而完成"拐"的动作。　⑫ 对泛：传球。　臁(lián)：小腿侧部。　撺

搭：停球而不落地。 ⑬ 㨮(ruán)俊、撇演：义均不详，当亦蹴踘术语。 ⑭ 妆翘：一足立地，俯身后一足后踢。 披肩，疑即“背肩”，以背部或肩部顶球。 ⑮ 六片儿香皮：指球。蹴踘用球为六片或八片熟牛皮缝制而成，如唐归仁绍《答日休皮字诗》：“八片尖裁浪作球。”（八片，一本作“六片”） ⑯ 到底团圆：蹴踘有“团圆到底”的术语，指完成一组动作而不让球中途落地。

【语译】

脸颊上泛着红霞般的香晕，燕形的宝钗横插，玉光清润。两道翠眉蹙结在一起，像弯弯的月痕，一头黑鸦鸦的丽发如堆垂的乌云。真是一位绝色的美人。她丢下花前宴饮歌舞的酬应，学成了球社蹴踘的绝技在身。她充分利用闺窗前茶饭后的闲暇时辰，日转花阴，在粉墙内安排下场地将技艺献呈。

她穿着白色的罗衣，垂下的彩袖低护着柔荑。锦织的靴袜衬着乌靴，靴下的纤足缓缓动移。颀立在官场的中心，招惹了多少人的爱慕之意。像是月宫里飞来的素娥，真是天风吹落凡世的仙女。石榴裙柔曼地飞扬，拂下了花间的露滴，绣带飘飘，将一阵阵香尘卷起。打一对合扇拐又稳又准，踢一双鸳鸯扣毫不费力。传球时让球儿从小腿下擦过膝盖，控球时球儿轻轻碰过了长袖和上衣，单腿站立，俯身将球从背后踢上了鬓际。突然间，她笑了起来，喘着粗气，两袖上沾着尘粒，纤腰也显得娇困无力，更觉丰韵美丽，娇柔无比。她用手帕擦拭着香汗，不小心将头上的首饰拂落在地。

假如能在洞房中成全了我爱恋的心意，清风皓月，排设下喜宴在翠馆里，那蹴踘的球就是我俩联姻的媒体。荼蘼架边，蔷薇洞前，我一定同你半步儿不离，共同表演个“团圆到底”。

【赏析】

蹴踘在古代是一种风流运动技艺，也为宋元时青楼女子所习学。关汉卿在套数《斗鹌鹑・女校尉》、《斗鹌鹑・蹴踘》中，就赞美过两名女子“蹴踘场中，鸣珂巷里，南北驰名，寰中可意”的球技。其中出类拔萃者无异于今时的明星，难怪作者要情不自禁全力歌颂了。

〔一枝花〕曲是女主人公的登场亮相。作者用四句花团锦簇的语言，着力描写了她的外貌，塑造了一名“绝色婵娟”的美丽形象。这女子置歌舞饮宴、迎来送往的风月生涯于不顾，一心追求“齐云天下圆”，并取得了成功。“毕罢了”、“习学成”的一弃一取，显示了她的志向情趣及投身于蹴踘活动的执着，自非寻常妓女可比。先之以美貌，继之以丽质，这就使读者对作者的推荐产生了认同与好感。在此情势下，利用饭饱茶余的闲暇安排好场地表演，就显得更加和谐、美好了。

〔梁州〕曲是全套的中心，具体描摹了“妓女蹴踘”表演的细节。全曲仍是围绕着两个重心开展：一是她外貌的出众，二是她球技的娴熟。这支曲中运用了大量蹴踘术语，其意义在今人虽多已陌生，但却从这些眼花缭乱的蹴踘动作中，仍使读者不难体会到她技艺的全面和精湛。表演从“合扇拐”开始，至“妆翘披肩”

结束，印证了前曲"习学成齐云天下圆"；而作者仍不忘表现她的佳人本色，又以传神的笔墨描绘了她表演完成后的慵态，所谓"越丰韵越娇软"。一张一弛，大开大阖，令人对这位蹴踘女子留下了深刻而细腻的印象。

末曲是对女子蹴踘的总结性的赞美，而赞美的方式别具一格，是直接向她表示了爱慕和结合的愿望。"六片儿香皮做姻眷"，"到底团圆不离了半步儿远"，都结合着"蹴踘"的影响，这就使表白的愿望合情合理，而毫无轻薄浮浪之意。"惜玉怜香愿"来源于女子的表演，这就进一步添足了"妓女蹴踘"的美妙情味。香艳而不浮靡，这对于以"妓女"为主角的风情作品来说，是难能可贵的。

本曲是萨都剌传世的唯一散曲。萨都剌以"最长于情，流丽清婉"（《四库总目提要》语)称雄于元代文苑，其长篇歌行尤有"文心绣腑，秾丽华绮"之评。这首套数，缛句丽辞，正是其歌行笔法在散曲中的运用。文人以其所长施于制曲，是元代曲坛风格纷呈、百花齐放的一大原因。

李 洄

李洄(1262?—1330?),字溉之,滕州(今属山东)人。由姚燧荐于朝,官至奎章阁承制学士。工诗文,有《溉之集》。散曲今存套数一首。

〔双调〕夜行船　送友归吴①(套数)

驿路西风冷绣鞍,离情秋色相关。鸿雁啼寒,枫林染泪,撺断旅情无限②。

〔风入松〕丈夫双泪不轻弹,都付酒杯间。苏台景物非虚诞③,年前倚櫂曾看。野水鸥边萧寺④,乱云马首吴山。

〔新水令〕君行那与利名干。纵疏狂柳羁花绊,何曾畏道途难?往日今番,江海上浪游惯。

〔乔牌儿〕剑横腰秋水寒,袍夺目晓霞灿。虹霓胆气冲霄汉,笑谈间人见罕。

〔离亭宴煞〕束装预喜苍头办⑤,分襟无奈骊驹趱⑥。容易去何时重返?见月客窗思,问程村店宿,阻雨山家饭。传情字莫违,买醉金宜散。千古事毋劳吊挽:阖闾墓野花埋⑦,馆娃宫淡烟晚⑧。

【注释】

① 吴:指苏州。　② 撺断:怂恿,激成。　③ 苏台:姑苏台,在吴县西姑胥山上。此泛指苏州。　④ 萧寺:佛寺。　⑤ 苍头:仆人。　⑥ 骊驹:远行的坐骑。古逸诗:"骊驹在路,仆夫整驾。"骊,黑马。　趱(zǎn),赶行。　⑦ 阖闾墓:在苏州虎丘山上。阖闾,春秋时吴国国君。　⑧ 馆娃宫:吴王夫差为西施专造的宫殿,在苏州灵岩山上。

【语译】

大路上秋风把马鞍吹得冰凉,浓重的离绪,惨淡的秋光,都时时牵系在心上。大雁在寒空中阵阵哀唱,枫林转红,像染上了血泪,这一切都激起了旅人的无限惆怅。

男儿有泪不轻弹,一杯酒足以宽释愁肠。何况你将前往的苏州,景物清佳,确实是个好地方,我们年前在船上曾一起纵目观赏。那里的寺院傍临着烟水茫茫,有鸥鹭自在地飞翔;纵马所至,不时可见乱云簇拥着江南的青嶂。

你这一行,不存丝毫求取功名的念想。就算疏狂的情性不改,在问柳寻花中耽搁了行程,一路上又会有什么了不起的风浪?你浪迹江湖已成了习惯,像这样的出行，在你以前早已不是第一趟。

你腰佩宝剑，发出秋水般的寒光，身上的锦袍，像朝霞那样鲜亮。你有远大的气概，冲天的志向，谈笑间就叫人感受到不同寻常。

好在仆人早已把你的行李准备停当，可惜坐骑催着出发，我俩分手在望。自古来别离容易，不知何时才能重聚一堂？这一去明月会引起你在客途中的思想，你打听前程，借宿村店，逢上大雨，只能在乡民家中把粗茶淡饭品尝。你别忘了经常来信，遇上喝酒的机会，不妨慷慨解囊。那吴王阖闾的坟墓埋湮在野花间，馆娃宫晚烟抹上一派凄凉；这已是千年来无法更改的情状，你不必再为它们把挽歌高唱。

【赏析】

"送友归吴"，说明友人是回往吴地的家乡。回乡是一件喜事，但这首曲中却没有任何喜悦艳羡的调子，可见友人的"归吴"是一种失意的行为。于是从种种方式慰藉对方，就成了作者构思的匠意所在。

首曲〔夜行船〕是抒发送行的离情别意，从依依的友情作为对友人心灵的抚慰。而这种离恨是通过写景，渲染送别时的环境气氛来表现的。驿路西风，寒雁哀啼，枫林如血，寥寥数笔便勾勒出了"秋色"的萧瑟。这种萧瑟代表了别离双方的心理感觉，"离情秋色相关"，也就等于为友人久已存在的沉重心情寻到了一种解释和借口。

第二支〔风入松〕便转入对友人愁情的开解。先是用"共勉"的口吻："丈夫双泪不轻弹，都付酒杯间。"你我两人心里都不好受，但大丈夫提得起放得下，还是让我们痛饮饯行酒吧！作者其实深知友人"双泪"欲弹的真正原因，于是有意借着回顾两人年前旧游的话题，盛赞友人所要前往的目的地——苏州风光的美好。"野水鸥边萧寺，乱云马首吴山"，是对"苏台景物"洗练而传神的描绘。这一曲中始终是主客两绾，让友人感到了声气的相通。

〔新水令〕和〔乔牌儿〕两曲则换了角度，纯写友人一方。前支对他此行"归吴"表示理解，后支则誉美他的风神与才干。两支曲都有意强调友人的"旷放"，显而易见，其间带着更多的安慰性质。

在作了一系列排遣友人忧愁的铺垫后，末曲〔离亭宴煞〕进入"送友归吴"的核心内容——"归"。"预喜"故意不提友人的愁情，"无奈"再度重申自己的惆怅，都见出作者的用心良苦。"见月"三句鼎足对，设身处地想象友人途中的风尘，深挚之情溢于言表。最后是谆谆叮嘱，内容有三：一是常来信，二是多宽解，三是"千古事毋劳吊挽"。这末一项尤其惊悚人心，代表了作者与友人对时世人生的共同颓伤。

古人赠行之作，多用庄重的诗体。而在本篇中，作者利用散曲套数的层次与容量，对遭际侘傺、黯然归吴的友人百方宽解，慰其伤愁，壮其行色。其表现力与感染力，不在正规的诗体之下。

薛昂夫

薛昂夫(生卒年不详)，汉姓马，又称马昂夫，字九皋，回鹘(今维吾尔族)人。世家出身。官至太平路总管、衢州路总管，辞归隐居杭州。赵孟頫赞他"诗、乐府皆激越慷慨，流丽闲婉"。散曲今存小令六十五首，套数三首，颇有奇警之风。

〔正宫〕塞鸿秋

功名万里忙如燕，斯文一脉微如线①。光阴寸隙流如电，风霜两鬓白如练。尽道便休官，林下何曾见②？至今寂寞彭泽县③。

【注释】

①斯文：文人，文统。 ②"尽道"二句：唐释灵彻《东林寺酬韦丹刺史》："相逢尽道休官好，林下何曾见一人？" ③彭泽县：在今江西九江。晋陶渊明曾官彭泽令，因耻于为五斗米折腰，愤然弃官归隐，此处"彭泽县"即作为陶渊明的代称。

【语译】

为功名万里奔波，像穿飞的燕子一般繁忙，而代代相承的文统，却如细线那样微茫。人生如白驹过隙，时间飞逝犹如电光，两鬓如素绢那样白，是时光染上的风霜。世人都以立刻休官归隐为标榜，可何曾看见他们出现在隐居的地方？至今陶渊明因为找不到同道，一个人踽踽凉凉。

【赏析】

这首小令前四句全对，这在散曲中称为"联珠对"或"合璧对"。其中首句为全篇的领起，抒发对仕途功名的慨叹。"万里"极言追求功名的劳碌，"忙如燕"则栩栩如生地刻画出热衷功名者汲汲奔竞的形象。燕子飞来忙去，所得甚微，句中因而也包括这班人劳而无功的隐意。接着三句，"如线"、"如电"、"如练"的比喻都十分形象和新警。线极细，电极速，练极白，说明文章的传统岌岌可危，人生的岁月转瞬即逝，老境的到来触目惊心。这是对"功名万里"一句的诠释，也是对执迷不悟的热衷者的当头棒喝。

当然也有一部分功名场中人侥幸得官，他们同样面临着天丧斯文、光阴电逝、老境侵逼的窘境。于是他们装成清高的雅士，假惺惺地表示要退归林下。作者借用了唐代诗僧灵彻"相逢尽道休官好，林下何曾见一人"的诗意，又添了一句"至今寂寞彭泽县"，意思是说陶渊明假如活到今天，也会寂寞地感到同道太少了。"寂寞彭泽县"同起句"功名万里忙如燕"，遥遥形成鲜明的对比。这就辛辣地抨击了世风，无情地剥下了官迷们的假面具。

这首小令全篇豪辣冷隽，语若贯珠，在愤世与讽世的同时，也流露出一种悯世的沉重心绪。本书后选的周德清《塞鸿秋·浔阳即事》（淮山数点青如靛），在"联珠对"上有模仿本曲的明显痕迹，可见此作在当时颇有影响。

〔中吕〕朝天曲

沛公①，《大风》②，也得文章用③。却教猛士叹良弓，多了游云梦④。驾驭英雄，能擒能纵⑤，无人出彀中⑥。后宫，外宗⑦，险把炎刘并⑧。

【注释】

① 沛公：刘邦于沛县（今属江苏）起兵抗秦，被众人立为沛公。　②《大风》：刘邦登基后于汉十二年（前195）还过沛县故乡，召故人父老置酒相会，自作《大风歌》。　③"也得"句：儒士陆贾常在刘邦前称说《诗》、《书》，刘邦骂他说：自己从马上得天下，要诗书何用。陆贾答道："居马上得之，宁可以马上治之乎？"　④"却教"二句：汉高祖六年（前201），有人密告楚王韩信谋反。刘邦以游云梦为名，会诸侯于陈，乘机逮捕了韩信。韩信叹道："'狡兔死，走狗烹；高鸟尽，良弓藏；敌国破，谋臣亡。'天下已定，我固当烹。"　⑤ 能擒能纵：韩信曾言刘邦仅能带兵十万，而自己多多益善。刘邦笑曰："多多益善，何为为我禽（擒）？"韩信曰："陛下不能将兵而善将将，此信之所以为陛下禽也。"　⑥ 彀（gòu）中：箭所能射及的有效范围，后转指牢笼或圈套之中。　⑦"后宫"二句：后宫指刘邦的夫人吕后，外宗指吕后的侄子吕产、吕禄等人。刘邦死后，吕后专权，吕产、吕禄皆入宫用事，朝中号令皆出于吕氏。　⑧ 炎刘：古人有"五德终始说"，以金、木、水、火、土之间的互生互克解释历朝兴亡。刘邦自谓以火德建汉朝，故称炎刘。　并：吞并。

【语译】

刘邦唱起《大风歌》，将武力作为帝业的寄托，其实他的成功，离不开儒士的辅佐。尽管如此，他最终还是将韩信等猛士一一诛杀，让他们哀叹着"飞鸟尽，良弓藏"的结果。以"游云梦"作为幌了，岂不多了这番做作！玩弄大卜英雄于股掌之上，收收放放都由一己操纵，谁也逃不出刘邦的掌握。可是他的吕氏老婆，还有妻家的亲亲戚戚，却差点把刘氏的江山篡夺。

【赏析】

汉高祖刘邦衣锦还乡，志得意满，酒酣击筑，唱出了"大风起兮云飞扬，威加海内兮归故乡，安得猛士兮守四方"的《大风歌》，颇能得后世正统文人的赞誉。如明朝的王世贞，在《艺苑卮言》中就称扬道："《大风》三言，气笼宇宙，张千古帝王赤帜。"但本曲作者却从"沛公，《大风》"着手，层层抨击，揭露了刘邦刚愎自用、虚伪残忮的本质。

"沛公，《大风》"四字本身就含有《春秋》笔法。刘邦从亭长起家，公元前209年自立为沛公，三年后受项羽封为汉王，又过了四年即皇帝位。如果仅凭"沛公"

的身份，是没有资格吟唱出《大风歌》的，可见他的"威加海内"，是一步一步在政治斗争中发迹的结果。作者在点出"《大风》"后随即接上了"也得文章用"，是针对歌中"威加海内"、"安得猛士"等语的黩武逞力倾向而发出的。刘邦在争江山的过程中"也得文章用"，得天下后却但思"猛士"而不思谋士，这本身也显示了他的忘恩寡义。这是第一层抨击。第二层是直接就"安得猛士兮守四方"的歌词进行讽刺，以刘邦杀戮韩信作为例子，"飞鸟尽，良弓藏；狡兔死，走狗烹"，"猛士"在开国后一一遭到翦除，又思之何为！第三层抨击则是谴责刘邦杀戮功臣手法的卑劣，不是堂堂正正宣布罪行、明正典刑，而是大耍阴谋诡计，用"游云梦"之类的骗局进行突然袭击。"多了游云梦"，既嘲弄了刘邦的煞费心机，也是对他"安得猛士"的虚伪表白作了一针见血的揭露。

以下三句欲抑故扬，先故意渲染刘邦权术手腕的高明，"无人出彀中"，似乎天下尽入股掌，帝业固若金汤。却不意末三句笔锋一转，拈出吕后及吕氏家族祸起萧墙的历史事实，以"险把炎刘并"五字结束了全篇。这是对刘邦"驾驭英雄"的狡诈忮刻手段的鞭挞，更是对他在《大风歌》中"威加海内"、"守四方"趾高气扬的嘲讽。全曲借《大风歌》为靶子，揭露、谴责刘邦言行不一，这种手法在后代的文学作品中也常采用。如清代黄任的《彭城道中》即云："天子依然归故乡，《大风》歌罢转苍凉。当时何不怜功狗，留取韩彭守四方？"与本曲可谓异曲同工。

〔双调〕庆东原　西皋亭适兴①

兴为催租败②，欢因送酒来③。酒酣时诗兴依然在。黄花又开，朱颜未衰，正好忘怀。管甚有监州，不可无螃蟹④。

【注释】

① 西皋亭：皋亭山在浙江杭州东北，作者即居于西麓。　②"兴为"句：北宋诗人潘大临曾思得一佳句："满城风雨近重阳。"忽催租人至，因而败兴不能卒篇。　③送酒：陶渊明曾于重阳节日无酒，出宅边菊丛中坐久，值江州刺史王弘差白衣人送酒至，即欢然就酌。　④"管甚"二句：宋代各州置通判，称为监州，每与知州争权。杭州人钱昆原任少卿，喜食蟹，在补官外郡时表示："但得有螃蟹无通判处足矣。"事见欧阳修《归田录》。

【语译】

诗兴为催租事破坏，快活也常为送酒人带来。醉醺醺时，诗兴依然存在。你看菊花又当秋盛开，我自觉还未衰老，正好把世事忘怀。管他有什么监州来碍手碍脚，只要有螃蟹朵颐，便是我平生一快。

【赏析】

起首二句，将古代两则著名典故巧妙地做成了对仗。这两则典故都是发生在重阳时分，可见"西皋亭适兴"，正是属于重九节登高的举动。两句中前一句是衬，作者时任衢州路总管，未必生活中真有如潘大临那样"催租人至"的扫兴遭遇，这里的"兴为催租败"，只不过是对俗务中其他不如意事的借称。"适兴"而先言兴"败"，目的是突出"欢因送酒来"，即刻画出作者好酒酣酒的狂态。第三句就晰示了这一点。尽管不如意事如催租般拂人情兴，但只要有酒大醉，借助其神奇的功力，结果"诗兴依然在"。这一起笔，便将诗人桀骜放旷的豪情和盘托出。作者的酒兴、诗兴，都是摒除人世干扰，"忘怀"的结果。忘怀的根据，作品中陈示了两点：一是"黄花又开"，二是"朱颜未衰"。前者代表了"西皋亭适兴"的佳令和美景，后者则是诗人壮志未消，意欲有所作为的内心世界的发露。小令至此，"适兴"的题目已经缴足，妙在结尾又添上了两句奇纵的豪语。这是欧阳修《归田录》所载宋人钱昆的一则典故，颇为疏狂放逸的文人所称道，如苏轼就有"欲向君王乞符竹，但忧无蟹有监州"的诗句。作者将钱昆有螃蟹、无监州的条件略作改动，"管甚有监州"，说明就是有监州在旁也没有什么了不得，显示了蔑视官场桎梏的气概。而"螃蟹"也是重阳节令之物，马致远《夜行船·秋思》套数中"带霜分紫蟹，煮酒烧红叶，想人生有限杯，浑几个重阳节"就是一证。《世说新语》载东晋的狂士毕卓，曾有"右手持酒杯，左手持蟹螯，拍浮酒船中，便足了一生矣"的豪言。本曲中的"不可无螃蟹"，正是"欢因送酒来"的重申和补充。末尾的这两句，同毕卓的豪言快语在精神气质上是毫无二致的。全作活用典故，一气呵成，其横放豪纵，深得散曲曲体的意理。

吴弘道

吴弘道（生卒年不详），字仁卿，号克斋，蒲阴（今河北安国）人。曾官小吏。喜好乐府，曾编辑散曲集，有杂剧五种。散曲今存小令三十四首，套数四首，《太和正音谱》评其曲词"如山间明月"，盖以疏朗见称。

〔南吕〕金字经

这家村醪尽^①，那家醅瓮开^②。卖了肩头一担柴。哈，酒钱怀内揣。葫芦在，大家提去来。

【注释】

① 村醪(láo)：农村中自酿的酒。醪，浊酒。　② 醅(pēi)瓮：酒瓮。醅，未滤去酒糟的酒。

【语译】

这家自酿的浊酒刚刚喝光，那家又开了酒坛盖，远近飘香。樵夫卖了肩上一担柴，哈，把酒钱怀中揣藏。他招呼左邻右舍，喉咙山响："酒打来了，大家快来分尝！"

【赏析】

"这家"、"那家"，是众人的画面，也是环境的铺垫。这起首两句互文见义，在语意上有意识进行重复，从而见出村中欢快逍遥、其乐融融的气象。接着，作品便从众人中选取一名樵夫予以特写，写出他卖柴换钱沽酒的表现。"肩头"二字，隐点出食力的不易，但樵夫毫不犹豫地用卖去的一担柴沽酒请客，可见其豪爽洒脱的性格。"哈"是语气词，略相当于现代汉语的"嗨"，常表示满意、欢欣。〔金字经〕曲牌按定格此处为一字句，用一"哈"字，如闻其声，恰到好处地表现出主人公心满意足的神情。"酒钱怀内揣"，动作的描写也十分传神。小令到此宕开一步，不明白写出沽酒的情形，却紧接着用樵夫自己的声气，招呼村民们一同喝酒："葫芦在，大家提去来。"这两句回应了起首的"这家"、"那家"，于欢快活泼之中，见出了村中人亲如一家、淳朴和融的风习。唯因作者选取了表现人物活动情节的主干，节省了不必要的过程叙述与渲染，遂使全曲精炼飞动。寥寥数语，山村生活的画面和人物的形象，都栩栩如生地出现在读者面前。

元代无名氏有一首《塞鸿秋·村中饮》："宾也醉主也醉仆也醉，唱一会舞一会笑一会。管甚么三十岁五十岁八十岁，父也跪子也跪客也跪。无甚繁弦急管催，吃到红轮日西坠。打的那盘也碎碟也碎碗也碎。"表现的也是"这家村醪尽，那家醅瓮开"的"田家乐"主题。这是元散曲作家对理想世界的向往，故加意出色，着力发挥。尽管这只是属于"乌托邦"式的幻想，却也形成了元散曲这一类作品所特有的乡村气息与生活情味。

〔南吕〕金字经

今人不饮酒，古人安在哉！有酒无花眼倦开。鼓吹台①，玉人扶下阶。何妨碍，青春不再来②。

【注释】

① 鼓吹台：奏乐的歌台。　②"青春"句：语本唐人林宽《少年行》："白日莫闲过，青春不再来。"

【语译】

当今之人不喝酒，岂不是白活在世？你看古人去了一批又一批，如今哪能寻到他们的影子！就是有了美酒，没有名花，也还是倦腾腾提不高兴致。美人把喝醉了的我扶下台阶，台上的鼓乐歌吹还未终止。这样的求乐，又何须吹毛求疵？要知道青春一旦消逝，就不会重至！

【赏析】

"今人不饮酒"是假设句，"古人安在哉"应当是这种条件下所导致产生的后果。如今这两句置在一起，在因果性上似乎互不相及。但这里就用得上《红楼梦》中香菱姑娘的感想："诗的好处……有似乎无理的，想去竟是有理有情的。""古人安在哉"是不言而喻的事实，固然与"今人"饮不饮酒毫无相干，但今人谁也逃不脱"作古"的结局，早晚要加入"古人安在"的队伍之中，那么饮酒不饮酒，也即行乐不行乐，就大不一样了。"今人"在"饮酒"之时，联想起人生的迅疾、"古人"的"安在"，从而激增买醉的信念与豪情，进而以之作为感慨冲口而出，这就不光是"有理有情"，且使人觉得淋漓痛快、有声有色了。小令以此两句凭空擎入，确定了全曲放旷的基调。

"饮酒"的目的既然是为了对得起今生，自然要求尽善尽美。"花"就是臻于完美的一项必要条件。李商隐《春日寄怀》："纵使有花兼有月，可堪无酒又无人。"宋陈尧佐《答张顺之》："有花无酒头慵举，有酒无花眼倦开。"都说明了这条真理。作者迻用陈诗原句入曲，又加上了新的补充，即"鼓吹"与"玉人"。这正是良辰美景赏心乐事"四美并"的意思。不过，诗人并非全然兴高采烈、纵情狂欢。"何妨碍，青春不再来"是颇带豪情的壮语，却也有自我辩护的意味。从"妨碍"的疑虑与"青春不再来"的实际威胁来看，诗人的心头仍是笼罩着忧虑的阴云的。

综上所述，可知这首小令写的是及时行乐的主题，而潜藏着借酒消愁、故作放达的台词。当然，作者全力以赴的是表现前者，而且在写作手法上十分成功。全曲将行乐的内容逐层展开，而又富于变化。我们看他先是理直气壮地呼酒，既而又顺理成章地带出赏花。至于歌舞及美人，则用酒醉扶归的景象侧面托出。这样一来，在展示种种行乐助兴的客观条件的同时，也巧妙地交代了从饮酒到酣醉的全过程。"何妨碍"等二句表明了作者乃有意为之，又符合醉人的声口，过渡衔接泯然无痕。作品以豪语一起一结，再加上中间走笔挥洒的夭矫自如，显示出作者疏狂旷放的鲜明个性；而在豪言快语下掩藏的悲愁愤疾，也就更使读者掩卷深思。

赵善庆

赵善庆(生卒年不详),字文贤(一作文宝),饶州乐平(今属江西)人。曾任阴阳学正。著有杂剧八种,俱佚。散曲今存小令二十九首,多写景之作,风格瘦峭。

〔中吕〕普天乐　秋江忆别

　　晚天长,秋水苍。山腰落日,雁背斜阳。璧月词①,朱唇唱。犹记当年兰舟上,洒西风泪湿罗裳。钗分凤凰,杯斟鹦鹉②,人拆鸳鸯。

【注释】

　　① 璧月词:艳歌。南朝陈后主曾为张贵妃、孔贵嫔作歌,有"璧月夜夜满,琼树朝朝新"之句。　② 鹦鹉:指用鹦鹉螺(一种海螺)螺壳制作的酒杯。

【语译】

　　黄昏的天空多么迥广,一片秋水闪着深色的波光。落日沉下了半山,余晖在大雁的背上灿灿发亮。美人唱起了艳情的歌曲,使我回忆起在当年的画船上,同心爱的女子离别,泪水在秋风中洒满了衣裳。我同她各分一半金钗作为纪念,在鹦鹉螺杯中,斟满饯行的酒浆。就这样情人活活拆散,天各一方。

【赏析】

　　元人散曲写景,常使人想起白描山水的版画。古人的这种线画不外两种风格:一种是大肆铺排,罗列群物,以"象"争雄;一种是用笔寥寥,明洁洗练,以"神"取胜。本篇的写景显然属于后者。首四句两两对仗,仅点列天、水、山、日诸物,却将秋江黄昏的风神鲜明地呈示在读者面前。尤其是"山腰落日,雁背斜阳"对于晚日的加写,情景如绘,大有"烟中列岫青无数,雁背夕阳红欲暮"(周邦彦《玉楼春》)的韵味。江天寥廓,落日衔山,为人物开展思想活动,预设了富于抒情性的外部环境。

　　"璧月词,朱唇唱",是由"秋江"向"忆别"的过渡。这里既添出了江上的佳人,她唱的又是有关男女之情的艳歌,自然激起了作者对分别的女友的怀念和忆想。"犹记当年兰舟上,洒西风泪湿罗裳"就是首先跃上脑海、磨灭不去的镜头。这两句虽是昔日实情的记录,却同时也是在巧妙地化用李清照《一剪梅》的名句:"红藕香残玉簟秋,轻解罗裳,独上兰舟。"同样是在萧飒的秋天分手"独上兰舟",而曲中的女友却抑制不住感情而"泪湿罗裳",哀怨的情状就更为感人。

作者随即用了一组鼎足对细绘了分别的情形："钗分凤凰，杯斟鹦鹉，人拆鸳鸯。"俩人先是将凤钗一分为二各执一半为纪念，又斟满螺杯互相饯行话别，最后是无奈地接受了恩爱情侣天各一方的冷酷现实。"凤凰"、"鹦鹉"、"鸳鸯"俱是鸟名，在曲中却各自被赋予不同的含义，这是元散曲在对仗中常用的修辞手法。语词锻炼而不露形迹，相反，通过这些华美错综的辞采，更使人感受到作者怅惘的失落感。可以说，"秋江忆别"的伤意，不在于"泪湿罗裳"的直叙，而恰恰是从结尾的这种空灵骚雅中体现出来。

〔双调〕落梅风　江楼晚眺

枫枯叶，柳瘦丝，夕阳闲画阑十二。望晴空莹然如片纸，一行雁一行愁字。

【语译】

枫树树叶枯败，柳叶飘落，只剩下瘦长的柳枝。夕阳下面，十二曲栏杆空落落的，不见人的影子。举头望天，长空明洁，犹如一张白纸。每当一行大雁飞过，就写下一行勾起愁情的大字。

【赏析】

长空中雁飞成字，在诗词中已常有表现，如吴融《新雁》"一字横来背晚晖"、苏轼《虚飘飘》"雁字一行书绛霄"、张炎《解连环·孤雁》"写不成书，只寄得相思一点"等等，但多是一笔带过。本曲将天空与雁行分开来铺写，秋雁的"一行愁字"就分外醒目；而这一切又是在枫枯柳瘦、夕阳空阑的铺垫下托出，悲秋伤寂之意也就格外惊心。前三句静止，映合"江楼"，后两句活动，紧扣"晚眺"：在章法上也颇为井然有序。作者写枫、柳、夕阳、画阑都不甚动声色，"晴空莹然"甚而有情怀释然之意，却在末句推点出"一行雁一行愁字"。产生抑扬变化的效果不算，登楼晚眺的思乡之意，也在字面以外显示出来了。

稍后的散曲作家吴西逸，也有一首〔落梅风〕："萦心事，惹恨词，更那堪动人秋思。画楼边几声新雁儿，不传书摆成个愁字。"末两句也颇为奇警。但雁行列队飞行，排成的不是"一"字就是"人"字，摆不成"愁"的复杂字样来；而"愁"字若作定语解释，则"一行雁一行愁字"要比"不传书摆成个愁字"更说得通。所以吴作极可能是受了本曲的影响；至少在读吴作之前，先应当读读这一篇。

〔双调〕水仙子　渡瓜洲①

渚莲花脱锦衣收，风蓼青雕红穗秋②，堤柳绿减长条瘦。系行人来去愁，别离情今古悠悠。南徐城下③，西津渡口④，北固山头⑤。

【注释】

① 瓜洲：在江苏扬州邗江区南之运河入长江处，与镇江隔岸相对，为著名的古渡口。
② 蓼(liǎo)：植物名，生水边，开鞭穗状小花。 ③ 南徐：今江苏镇江市丹徒区。 ④ 西津渡：一名金陵渡，在镇江城西蒜山下的长江边。 ⑤ 北固：山名，在镇江市内长江岸上，为著名的古要塞与名胜地。

【语译】

小洲边的野荷，花瓣脱落，粲绿的荷叶也已萎靡。风中的秋蓼不再青葱，暗红色的穗花一派凄凄。堤岸的杨柳减了翠色，只留下几乎光秃的长条细细。这一切，同渡江行人的旅愁系结在一起。古往今来，离情别恨最是难以摆脱和忘记。镇江城下，西津渡口，北固山头：一路上我都惆怅不已。

【赏析】

长江素称天堑，横渡决无今日交通之便捷。所以古人渡江之时，无不心潮澎湃，产生各种各样不可名状的愁情。作者此时是从北岸的瓜洲渡往对岸，自然也不例外。

不过，本篇同同类作品渡江伊始即心绪联翩的通常作法不同，它选择表现的区段是"近岸"与"上岸"的部分。起首三句鼎足对，分写了洲渚、江滩、堤岸，虽也是由远及近，却已是渡行的结束，且所着笔描绘的，是举目所见的由植物所呈现的萧瑟秋景。这就使本曲有别于以表现大江江面为主的渡江之作，不以雄奇险豪为的，而更多了一种冷落衰凉的旅愁情味。

"堤柳绿减长条瘦"，是"渚莲"、"风蓼"萧索风景的延伸，也是此时距诗人最近的感受对象。作者遂以此为过渡，生发出离情别意的感慨。"今古悠悠"是从时间着笔，而继后的三处镇江地名则从空间入手，两相综合，便将别离之恨从秋景的细部拓展弥漫开来，有一种触目皆愁、挥之不去的意味。行程已经结束，而"别离情"却紧萦心头，这就写出了"渡瓜洲"的心绪。可见起首三句的景语，虽然局面不大，却有赋中见兴的效果。赵善庆所作散曲多为写景小令，而其笔下景语多近寒瘦，有孟郊、贾岛的风格。这在元散曲中虽不多见，却也别具一种特色。

〔越调〕寨儿令 泊潭州①

忆旧游，叹迟留，情似汉江不断头②。暮霭西收，楚水东流，烟草替人愁。鹭分沙接岸沧洲③，鱼惊饵晒网轻舟。风闲沽酒旆，月淡挂帘钩。秋，尽在雁边楼。

【注释】

① 潭州：今湖南长沙市。 ② 汉江：汉水与长江。 ③ 沧洲：水中的小块陆地。

211

【语译】

旧时交游的情景，一幕幕出现在眼前，可叹我在客乡滞留了这么长的时间。我的心绪，像大江大河那样流不断。西天的暮云渐渐消隐，湘水流向东北，那一川烟草，替人把愁意分担。水中的小洲连接着江岸，沙滩上栖息的白鹭分占着地盘。晾着渔网的小船边，渔人的饵线将鱼群惊散。风停了，酒店前的青旗不再招展；顺着帘钩向外眺望，一钩新月已爬上天空，那样的轻淡。小楼边飞过一行大雁，使我心中充满了悲秋之感。

【赏析】

"忆旧游，叹迟留"，一忆一叹，写出了客愁的内容，这正是这首《泊潭州》的中心思想。作者掩饰不住这种客愁的浓重，以"汉江"作比，指出它"不断头"。但"汉江"尚能浩浩荡荡，一泻无余，而诗人却不能快吐郁塞，这是因为旧游不再、迟留无已的严酷现实所决定的。这种欲言又止、无语怆神的风调，增重了曲中含蕴的愁苦，也加强了作品的艺术感染力。

"烟草替人愁"，是脱胎于黄庭坚的"我自只如常日醉，满川风月替人愁"（《夜发分宁寄杜涧叟》）。但黄诗中未见人有愁意，"满川风月"也带不上几多愁容。曲中则不然，"暮霭西收，楚水东流"，"烟草"便更增添了苍茫悲凉的情味。且烟草本身就茫茫无际，以之作为代愁的载体，正说明了诗人愁绪的纷繁。

"鹭分沙"两句为潭州的江景，暗映题中的"泊"字。与岸相接的大片沙洲上，布满鹭鸟，从"分沙"两字来看，鹭鸟均已憩息，各据一方地面；渔舟晒网，可知也停止了一天的劳作，垂下香饵钓鱼，不过是业余再添点副业收入而已。这两句看似平静的闲笔，实是以外界的各得顺适来反衬客舟的飘零与寂寞。

耐不住客况的凄凉，诗人离舟登岸，径直上了酒楼。"风闲"是对"沽酒旆"而言，但也暗示了酒楼的冷落。"月淡挂帘钩"，又说明他在楼中独坐了许久。借酒消愁，是否如愿以偿，末两句从侧面作了回答。"秋，尽在雁边楼"，是叙景，是感受，甚而可说是从心底道出的一声呐喊。"一雁度南楼"（赵嘏《寒塘》），"何处高楼雁一声"（晏殊《采桑子》），"雁边楼"从来就容易惹起文人的愁思；而大雁又有传书的功能，所谓"云中谁寄锦书来？雁字回时，月满西楼"。此时雁字飞过潭州，却不会给诗人带来乡中的只言片字，徒然引起了他无限的家园之念。这种种愁绪，便汇作曲中的一个"秋"字，"尽在雁边楼"，则愁意在此处达到高潮。作者在另一首《庆东原·泊罗阳驿》中，有"秋心凤阙，秋愁雁堞，秋梦胡蝶。十载故乡心，一夜邮亭月"之句，可见他"万里悲秋长作客"的处境和"秋愁"，在本曲又一次得到淋漓的表现。

全曲以写景为主，尤其善于表现一种孤凄落寞的氛围。作者处处在抵御和掩抑客愁，他笔下的景物却不时显示出感情的真面。

马谦斋

马谦斋(生卒年、籍贯不详),事历不详。其散曲自谓"辞却公衙,别了京华,甘分老农家",则曾在朝中任过官职。又张可久有《天净沙·马谦斋园亭》,则或终老于杭州。今存小令十七首,不乏当行之作。

〔越调〕柳营曲　叹世

手自搓,剑频磨,古来丈夫天下多。青镜摩挲,白首蹉跎,失志困衡窝①。有声名谁识廉颇②,广才学不用萧何③。忙忙的逃海滨,急急的隐山阿④。今日个,平地起风波。

【注释】

① 衡窝:简陋的栖身之所。衡,衡门,即横木为门。　② 廉颇:战国时赵国名将,有破齐却秦之功。老来居魏国,赵王本欲起用,终因信谗言而不召。　③ 萧何:汉朝开国名臣,在知人、度势、保障兵饷、制定律法方面均有建树。刘邦天下既定,论功以萧何为第一。　④ 山阿:山曲隔处。

【语译】

我不时地搓着手,跃跃欲试,又把那佩剑磨了一次又一次。古往今来,天下有多少豪杰男子,可我抚摩着铜镜,见到满头是白发丝丝。光阴徒然流逝,我仍困窘在贫居陋室,不能施展心志。廉颇老了,即使享有声名也没人赏识;像萧何那样满腹才学,在当今也无法用于世。只能急急忙忙地避入穷海深山,默默无闻地当个隐士。在今日的世上,就是不惹是非,麻烦也会平白而至。

【赏析】

摩拳擦掌,跃跃欲试,磨砺青锋,志在一逞,曲文的起首两句,塑造了诗人早年壮志满怀、意气风发的昂扬形象。再加上"古来丈夫天下多",自许男儿、不甘人后的气概更是呼之欲出。然而紧接着的三句现实情状,却是一落千丈,"勋业频看镜","白发千茎雪",这两句杜诗恰可作为此情此景的传神写照。这种大起大落,便带出了全曲的怨意;而前时的"古来丈夫天下多",也就为将一己的哀伤扩展到"叹世"的主题作了铺垫。

七、八两句,慨叹入仕的艰难,为"失志困衡窝"的起由作了注脚。廉颇是七国争雄时代赵国的名将,《史记》载他"伐齐,大破之,取晋阳,拜为上卿,以勇力闻于诸侯"。晚年获罪奔魏,时赵王数困于秦兵,想重新起召,廉颇也壮心不已,在赵王使者前"一饭斗米、肉十斤,被甲上马,以示尚可用"。却不料因使者

"一饭三遗矢"的谗言，终遭摒弃。萧何则以广有才学者称于史，为汉朝开国第一功臣。"有声名谁识廉颇，广才学不用萧何"，这正是贤愚不分、英雄失路的不合理情状的典型概括。历史上有过廉颇蹉跎的故事，而萧何亦曾一度下狱，作者的这一笔，便将元代埋没和摧残英才的现实揭示了出来。

作品并未停留在怀才不遇的感慨上，又进一步触及了元代仕途的险恶，"廉颇"、"萧何"们"白首蹉跎"不算，还要逃海滨、隐山阿，而且是"忙忙"兼"急急"，逃隐唯恐不及。为什么呢？原来是"今日个，平地起风波"，灾祸大难随时都会临头。这就暴露出官场倾轧、伴君如伴虎等等的政治黑暗。这三句从入仕的艰难直接跳入仕的危机，在某种意义上说是作者的自嘲自解，但更多的是表现了进退失路的绝望。这样，作品的"叹世"的内涵就更为深刻，成为元代汉族知识分子找不到政治出路的共同悲慨。

作品夹叙夹议，大开大阖，愤懑之情跃然纸上。"不平则鸣"，较之诗词的体裁，散曲中的牢骚之鸣更为直率、淋漓，这是尤合元代文人胃口的。

张可久

张可久(1280—约 1352)，字小山(一说名伯远，字可久，号小山)，庆元(今浙江宁波)人。作过小官吏，老来犹依人为幕僚。他平生致力散曲，享有盛名，历来有"词林宗匠"、"曲家翘楚"之誉。著《小山乐府》，今存小令八百六十八首、套数九首，占存世元散曲总量的五分之一，数量居元人之冠。内容多写山水及诗酒生涯，也有闺情、怀古、唱酬之什。艺术上追求词藻音韵的华美，使散曲宋词化，但仍不失自然清健。与乔吉并称元散曲两大家，对明文人散曲创作影响甚大。

〔黄钟〕人月圆　客垂虹①

三高祠下天如镜②，山色浸空蒙。莼羹张翰③，渔舟范蠡④，茶灶龟蒙⑤。　　故人何在，前程莫问，心事谁同。黄花庭院，青灯夜雨，白发秋风。

【注释】

① 垂虹：桥名，在吴江(今属江苏)东，一名长桥。桥上有垂虹亭。　② 三高祠：吴江人于宋代所建，以纪念范蠡、张翰、陆龟蒙三位乡贤。祠在垂虹桥东。　③ 张翰：晋人，字季鹰。曾为齐王司马冏召为大司马东曹掾，因思念吴中的莼羹、鲈鱼，毅然辞官回乡。莼，一种圆叶的水生植物。　④ 范蠡：春秋越大夫，曾辅佐越王勾践兴越灭吴。相传他功成后即以一舟载上西施，同泛于太湖之中。　⑤ 龟蒙：陆龟蒙，字鲁望，晚唐人。隐居不仕，以茶酒自娱。

【语译】

三高祠下水面如镜，倒映出上方的天空。那清空朦胧的山影，也同样浸在水中。到了这里，令人怀想起祠中三贤的高风：张翰因为思念家乡的莼羹，辞官回到吴中；范蠡功成身退，驾一叶扁舟遨游太湖，自在从容；陆龟蒙整日伴着煮茶的灶炉，甘作江湖上的隐翁。

联想自己，故人不知何处，前途不堪想象，更无人理解心中的苦衷。庭院里菊花又开了几丛，我在昏暗的灯下守听着夜雨，任秋风把新添的白发吹动。

【赏析】

这首散曲以两句景语领起，以下接连用了三组鼎足对，显得整饬凝练，气象苍古。作者擅长以词法入曲的风格，在作品中得到了充分的体现。

"三高祠下"两句，描绘了垂虹桥一带水平如镜，山水相映的景色。这里不仅风光如画，还有令人向慕的人文景观——纪念范蠡、张翰、陆龟蒙三位先贤的三高祠。这两句虽是纯客观的白描,但行人(尤其是客子)到此不会无动于衷,这是必然无疑的。

"莼羹"三句是第一组鼎足对。这三句将三高祠的三位祠主同与他们关系最密切的事物并列在一起,表现了作者缅怀前贤的苍茫心绪。张、范、陆三人除了高风亮节的共性之外,还有一个显著的共同点,即他们都在故乡的土地上得其所哉。对于"客垂虹"的作者来说,这一点不可能不使他受到强烈的震动。

由"故人"三句组成的第二组鼎足对,就从历史走回了现实。这三句多含有自问的意味("前程莫问"一本作"前程那里",则三句都属问句了),却是不需要答案的。故人何在?——眼前的他孤独,凄凉,在客乡根本找不到朋友。前程如何?——漂泊的人儿掌握不了命运,还是"莫问"的好。心事谁同?——自己的乡思客愁说都说不过来,哪还能指望有人来理解和同情呢!这三句沉郁悲凉,可谓是伤心人别有怀抱。

末一组鼎足对跳出眼前风景,直接回顾这一时期"客垂虹"的生活实况。"黄花庭院"见出秋寓的衰飒,"青灯夜雨"点出客夜的惨切,而"白发秋风",更是添出旅人的病老来了。这三句未言"愁"字,而愁情已透出纸背。作者借景生情、借景述情,表现出老到的功力。

这首小曲在艺术上还有个特点,即对仗精工而不露痕迹。如"莼羹"、"渔舟"、"茶灶","莼"、"渔(借作鱼)"、"茶"都属饮食门,"黄花"、"青灯"、"白发"、"黄"、"青"、"白"都为颜色。鼎足对较诗词的偶对要多出一句对仗,散曲作者是不放过这种逞才机会的。

〔黄钟〕人月圆　中秋书事

西风吹得闲云去,飞出烂银盘①。桐阴淡淡,荷香冉冉,桂影团团。　鸿都人远②,霓裳露冷③,鹤羽天宽④。文生何处,琼台夜永,谁驾青鸾⑤?

【注释】

① 烂银盘:喻明月。卢仝《月蚀》:"烂银盘从海底出。"烂银,灿灿发亮的银。② "鸿都"句:暗用白居易《长恨歌》"临邛道士鸿都客,能以精诚致魂魄"典。鸿都,洛阳宫门名,汉灵帝曾在此延招术士。　③ "霓裳"句:《逸史》载术士罗公远曾于中秋之夕带领唐玄宗游月宫,见数百名仙女穿着宽大的衣裙在宫前舞蹈,玄宗默记舞曲,依谱而成《霓裳羽衣曲》。霓裳,轻薄的舞衣。　④ "鹤羽"句:苏轼《后赤壁赋》述十五夜泛舟赤壁,夜半有孤鹤横江东来,在苏轼梦中化作一羽衣蹁跹的道士,此处暗用这一境界,鹤羽,指鹤。⑤ "文生"三句:唐太和间书生文箫家贫,于中秋节遇仙女吴彩鸾而结为夫妇,以彩鸾抄写《唐韵》卖钱度日,后二人同归仙班升天而去,见《历世真仙体道通鉴》)。琼台,即瑶台,仙人居住之所。青鸾,青色凤鸟,相传为仙人的坐具。

【语译】

西风把浮云扫开一旁，顿时现出了银盘似的月亮，发出灿烂的光芒。原先森森的桐荫变淡变亮，一阵阵缓缓飘来了荷花的芳香，桂树将它的树影一团团投在地上。

那升天入地的鸿都道士不知去向，露水冰凉，想必沾湿了月宫仙女的舞裳。白鹤振扑着翅膀掠过，更显出了天宇的迥广。那书生文箫今夕不知在何方？瑶台的夜是那样地漫长，还会有哪位仙子下凡人间，骑着青色的凤凰？

【赏析】

明月是中秋的象征，这支小令在描写中秋的月亮时，可说是刻意经营。你看他先从西风写起，让它在高空清道。一旦吹去"闲云"，玉宇一清，顿时皓月亮相。这很使我们想起苏东坡的《阳关曲》："暮云收尽溢清寒，银汉无声转玉盘。"但本曲的"飞出"，比"溢"然后"转"要更显飞动，"烂银盘"在亮度色彩上也更加引人注目。一"去"一"出"，令人精神为之一振。写作手法有叫做"烘云托月"的，是以背景衬现主景；本篇实亦用这样的手法，只是作为背景的闲云被西风扫去了而已。

有了烂银盘似的明月飞出，世界就改变了模样。三、四、五句用一组鼎足对，以桐、荷、桂为代表来反映月色辉映下的不同效果。这里主要是表现光波的色泽，但又交织着"阴"、"影"的形象与冉冉的淡香，令人如置身于中秋的夜景之中。"淡淡"、"冉冉"、"团团"这些叠词的运用，更使人感受到月夜的那种朦胧、安谧的氛围。

下片运用了一系列的典故。先看"鸿都"三句，"鸿"、"霓"（通"蜺"）、"鹤"同属动物门，对仗本身工巧，妙在这三句似景似事，似真似幻，俱有凌虚欲仙的韵味，映合了中秋天空复广澄澈而又发人遐思的气象。这三句从高处着笔，当是诗人举头望月的感受和联想。而末尾三句，则借文箫中秋游赏的典故来反映下界赏月的熙熙攘攘。"文生何处"，并非诗人真在寻人，而是借此询问文箫遇仙的艳历如今何在的意思。可见此时周围玩赏的游人不少，而诗人则实以义生自况，希望能在这良辰美景中遇上一位吴彩鸾一般的知音美人。然而，"瑶台夜永，谁驾青鸾"，憧憬之中的下凡仙子毕竟未能出现。这一结尾隐隐表现出自己在长夜之中孑然一身的寂寞与惆怅，代表了诗人"中秋书事"的深层感受。全曲上半写景，动静皆备，高下两兼，下半"鸿都"、"霓裳"、"鹤羽"、"文生"四典，无不映切中秋，浑然天成。前人赞誉张可久"笔落龙蛇走，才展风云秀"（大食唯寅《奉寄小山前辈》），洵非虚言。

〔正宫〕汉东山

《霓裳》舞月娥①，野鹿起干戈②。百年长恨歌③，闹了也未哥④。万马千军早屯合。走不脱，那一埚⑤，马嵬坡⑥。

【注释】

①《霓裳》：《霓裳羽衣曲》的简称。《太平广记》的神仙载记中，谓唐玄宗随术士游月宫，闻月中仙乐，默而记之，"名之曰《霓裳羽衣》"。　②野鹿：指安禄山。《新唐书》载安禄山过钜鹿，惊曰："鹿，吾名。"又张俞《过华清宫》："不妨野鹿逾垣入，衔出宫中第一花。"　③长恨歌：唐白居易作《长恨歌》，友人陈鸿作《长恨歌传》，均以唐玄宗、杨贵妃悲欢故事为题材。　④也末哥：语尾助词，无义。　⑤一埚(guō)，一块地方。　⑥马嵬(wéi)坡：在陕西兴平市，为六军都督陈玄礼发动兵谏的处所，也是杨贵妃赐死及埋葬之地。

【语译】

在《霓裳羽衣》的乐曲声中，杨贵妃翩翩起舞，就像是美丽的月宫仙女。谁知战祸由此而生，安禄山发动了叛乱之举。长生殿里玄宗与杨妃的百年盟誓，只成了《长恨歌》的题材，化作了一场昙花一现的闹剧。御林军的千军万马，早已在陈玄礼的指挥下集聚。马嵬坡——在这块土地上发生的事变，杨贵妃终究躲不过去。

【赏析】

《霓裳》曲的来源，在注释中介绍了一种说法，这当然是人们将它誉为"仙乐"而产生的传说，而据白居易《霓裳羽衣歌》诗及段安节《乐府杂录》所言，则是开元间河西节度使杨敬述所献，曾经唐玄宗亲自润饰而成。不管怎么说，《霓裳羽衣曲》及因曲而制作的《霓裳》舞，与杨贵妃都有莫大的关系。乐史的《杨太真外传》中，就记载她册封为贵妃的第一天，便为明皇表演了《霓裳羽衣曲》。"缓歌慢舞凝丝竹，尽日君王看不足"（白居易《长恨歌》），这正是"《霓裳》舞月娥"一句的诠释。

古人常把安禄山叛乱的祸因同杨贵妃联系在一起，虽然偏颇，也不能说没有一点点道理。《旧唐书·杨贵妃传》就载称："禄山来朝，帝令贵妃姊妹与禄山结为兄弟。禄山母事贵妃，每宴赐，锡赉稠沓。""野鹿"是对安禄山的隐称，"野鹿起干戈"，同前句"《霓裳》舞月娥"的太平艳乐景象形成了强烈的反差，这也就是《长恨歌》"渔阳鼙鼓动地来，惊破《霓裳羽衣曲》"句意的翻版。

"百年"二句的含义，在注释中已提及。它以"长恨歌"来指代玄宗与杨贵妃"愿世世生生永为夫妇"的爱情盟誓，而以"百年"与"闹了"作一对举，显示出这一百年盟誓只成了一场短暂闹剧的结局，"也末哥"是元曲特有的尾衬语，在此更增添了讽刺的意味。

由此可见，"霓裳"、"野鹿"、"长恨歌"，以及下句的"万马千军早屯合"，都各自包含着丰富的内涵。而作者不急于衍扬它们的含义，也不解释它们之间的联系，仅作为零碎的意象依次闪示，随后接出"走不脱，那一埚，马嵬坡"的惊心结论。末尾三句都用三字的短句，有强调和冷峭化的效果。清人贺贻孙在《诗筏》中云："愈碎愈整，愈断愈连。""乐府古诗佳境，每在转接无端，闪烁光怪，忽断忽续，不伦不次。"本曲诸多意象互相映发，又恰恰揭示出马嵬坡悲剧形成的完整过程，正是这种"碎整"之法的运用。

〔正宫〕塞鸿秋　道情①

雪毛马响狻猊毡②，神光龙吼昆吾剑③。冰坚夜半逾天堑④，月寒晓起离村店。一身行路难，两鬓秋霜染。老来莫起功名念。

【注释】

① 道情：道家看破红尘的情味。　② 狻猊毡(suān ní zhàn)：饰绘着狮子(狻猊)图案的马鞍。　③ 昆吾剑：产于昆吾的宝剑，能切玉如泥。昆吾，《山海经》中神山名。　④ 天堑：难以逾越的天然坑沟，多指大江大河。

【语译】

披着雕鞍的马匹，鬃毛上凝结着雪粒，沙沙作响。宝剑呼呼出鞘，耀闪着森森的寒光。半夜里踩着坚冰，逾越了大河大江。大清早伴着晓月起身离开客店，走出了村庄。独自一身领略尽行路的艰难，两鬓添上了白发苍苍。壮年已过，真不该再起什么求取功名的念想！

【赏析】

"雪毛"、"神光"两句的第一组对仗，鳌哕鲸吞，奇峭劲拔，如中唐韩愈、李贺笔。"冰坚"、"月寒"的第二组对句，虽亦不失劲瘦，气格已不如前，从风格印象上说，似晚唐马戴、姚合笔。到"一身"、"两鬓"的第三组对仗，就完全成了宋人笔了。起笔的先声夺人，闪动着诗人年轻时气锐情豪、欲求作为的影子，是对"功名念"的富于形象性的诠释；而随后笔势笔力的渐缓渐弱，则映合了历经风霜劳苦磨折后壮志销蚀、心力灰颓的实况。小令虽是集中述写"老来"行路的一段感受，却在文气上给读者带来了字面以外的思索和体味。

"老来莫起功名念"，语淡而慨深。如果没有这一句的总结，那么上文只不过见出了作者一时一地的经历，且缺乏行为的目的及其所蕴含的悲剧感。而曲末添上了这七字，在读者的眼前，顿时浮现出白发苍苍的诗人，为了追求功名，跋涉关山，眠风宿雨，在冰天雪地之中依然策马踽踽前行的景象。"老来"二字，透露出作者年光蹉跎、一事无成的际遇，则"狻猊毡"、"昆吾剑"之类，便更添出了当年书剑裘马，碌碌奔竞功名事业的破灭感与失落感。这一结点出了"道情"的题旨。通常的"道情"作品，多为清静无欲的说教；本篇却以富于形象感与典型性的切身经历来逼出结论，确实是不落窠臼。

〔正宫〕塞鸿秋　湖上即事

断桥流水西林渡①，暗香疏影梅花路②。寒驴破帽登山去，夕阳古寺题诗处。树头啼翠禽，水面飞白鹭。伤心和靖先生墓③。

【注释】

① 西林：即西泠，在杭州西湖孤山下。　② 暗香疏影：宋林逋《山园小梅》："疏影横斜水清浅，暗香浮动月黄昏。"为梅花特征。　③ 和靖先生：北宋林逋隐居西湖孤山，种梅畜鹤以自娱，卒谥和靖先生。其墓在孤山东麓。

【语译】

西泠渡口，高高的拱桥跨临水上。栽满梅花的小路，不时可见疏落的梅枝横斜，闻到浮动的暗香。骑着钝驽的驴子，戴一顶破帽，登上山冈。那夕阳下的古寺，正是我题诗的地方。树梢间翠鸟鸣唱，西湖上白鹭飞翔。站在林逋的墓前，止不住叹惋悲伤。

【赏析】

"即事"意谓眼前的事物，对于游览题材的作品来说，即是即景写作。张可久住杭州最久，其集中所简称的"湖"均指杭州西湖。他用各种曲牌写的"湖上即事"、"西湖即事"也真是不少，自然是受惠于西湖的"淡妆浓抹总相宜"。

首二句交代了"湖上即事"的范围，在本曲是偏重于白堤、西泠、孤山一带。"断桥流水"、"暗香疏影"，隐示出环境的清僻幽雅。三四句叙述了自己的活动：骑着一头跛驴，破帽遮颜，独个儿登上孤山；直到太阳西下，还进入古寺逗留一番，看看日前自己题咏诗作的地方。宋元时游西湖除了骑马外还有跨驴的，如《宋史·韩世忠传》载韩世忠解职后，"时跨驴携酒，从一二奚童，纵游西湖"。这种情景，连同本曲所透露出的湖岸的清寂幽静，在今人是无法想象的了。宋人有"蹇驴破帽随金鞍"的句子，"蹇驴破帽"同金鞍出游相比，固然失于寒酸，但也是一种疏狂自得的表现。作者显然以自适为第一追求，他盘桓于"夕阳古寺"，也明显带有避人喧嚣的意味。而西湖确实清幽极了："树头啼翠禽，水面飞白鹭"，连禽鸟也无虞受什么人为的干扰。这一切，均为末句张本："伤心和靖先生墓。"好端端的，为什么突然要为古人伤心呢？原来是世上再无像林逋这样的高士，也难以找到希踪前贤高风的知音了。这就使我们领悟到，作者这一番出游的心情并不好，也许他就是为了排遣孤独的愁闷才来到湖上的，可到头来也未能够驱去心头的沉重感。

这首小令通篇平叙，不露声色地沉着走笔，至篇末才异峰突起，露现出感情的波澜。当然如果他一味地即景记录，那么即使西湖再美，也是会令读者乏味的。游览的兴味要么是物我两忘，彻底忽略眼前的存在，要么就是在品味江山的美景之后，突然迸生出几星伤感的火花，这真是人类奇怪的天性。

〔正宫〕醉太平　湖上

洗荷花过雨，浴明月平湖。暮云楼观景模糊①，兰舟棹举。

泝凉波似泛银河去，对清风不放金杯住，上雕鞍谁记玉人扶。听新声乐府。

【注释】

① 景：通"影"。

【语译】

一阵骤雨过后，荷花更加娟丽鲜亮。明月的倒影，在平滑的湖面上摇漾。暮色笼罩了湖边的楼台，只显出模糊的影像，我们在小船上举起了船桨。逆迎着粼粼波光，像是在银河中遨游；清风如此凉爽，谁舍得把酒杯停放；待游罢弃舟就陆，谁还记得是哪位美人把我扶到马上？这时响起了悠扬的歌声，那是船上的歌女把新制的曲子演唱，叫人不由得聆听欣赏。

【赏析】

这一首显然比前篇情绪高扬，因为它记的是湖上的一次行乐。

篇首两句用倒装，正常的语序为"过雨洗荷花，平湖浴明月"。除了适应格律的要求外，这样做强调了荷花的鲜洁与月影的明亮，这正是作者坐船在西湖上所见的近景。而稍远的岸上，由于暮云笼罩，亭台楼阁便只见模糊的影像。在这样的美景中"兰舟棹举"，就会使人不禁联想起苏东坡《前赤壁赋》中"桂棹兮兰桨，击空明兮泝流光"的名句。作者的"兰舟"也是迎着闪着寒光的粼波逆流而进，他的感想是"似泛银河去"。"泛银河"用了张华《博物志》的典故："旧说天河与海通。近世有人居海上者，每年八月见浮槎来，不失期。赍一年粮，乘之而去。"明月的倒影"浴"在西湖中，近月影处明亮可辨"凉波"，稍远的水面便看不清楚，这样西湖便有了"河"的感觉，由此可见作者用笔的细腻。而湖上行船联想到银河，又有杜甫"春水船如天上坐"、黄庭坚"船如天上坐，人似镜中行"的那种快感。"对清风"应前句的"泝凉波"，因为清风吹动湖面，才产生波纹的走向，也才谈得上一个"泝"字；而泝波行驶，就更能觉察"清风"的存在。月白风清，船中人豪兴大发，传盏飞觞，"不放金杯住"，真是要一醉方休了。"上雕鞍谁记玉人扶"并非真的登岸上了马，而是对游湖结束情形的预想，否则如此草草放弃"兰舟"，岂不大煞风景。而"玉人扶"，说明船中还有侑酒的歌女。这三句鼎足对，囊括了湖上行乐的良辰美景、赏心乐事，且三句中的"银"、"金"、"玉"均属珠宝门，而又各用其引申之义，对仗精工。最后的"听新声乐府"无疑是"玉人"们啭动歌喉，在一系列的行船动态中结以平静的聆赏，也显示了畅饮后逐渐醒酒的过程。作品至此戛然而止，但此番"湖上"的游乐已是圆满到了十分。短短的八句，句句都充满着美感和快意的享受。《录鬼簿》称作者"水光山色爱西湖……新乐府惊动林(逋)苏(轼)"，《太和正音谱》赞他"若被太华之仙风，招蓬莱之海月，诚词林之宗匠也"，不是没有道理的。

〔正宫〕醉太平　春情

乌云髻松，金凤钗横。伯劳飞燕自西东①，恼离愁万种。碧溶溶满溪绿水桃源洞②，淡蒙蒙半窗白月梨云梦，恨匆匆一帘红雨杏花风③。把青春断送。

【注释】

①"伯劳"句：古乐府《东飞伯劳歌》："东飞伯劳西飞燕。"伯劳，鸟名，又名鸡。② 桃源洞：仙洞。陶渊明《桃花源记》谓"山有小口，仿佛若有光"；但元曲则多指刘、阮入天台故事。今浙江天台亦有桃源洞，传为汉人刘晨、阮肇遇仙处。　③ 红雨：桃花花瓣坠落如雨。

【语译】

乌黑如云的柔发，挽一个髻子蓬蓬松松。取一支金凤钗，胡乱地横插在当中。伯劳西去，燕子飞东，惹起了离人的闲愁万种。一溪绿水导入桃源仙洞：相聚的日子是多么美满和融。明月梨花照映着半窗幽梦：那憧憬和期待是那样朦胧。无情的风雨摧折了帘外的桃杏：好景的破灭竟如此匆匆！就此把春天的芳华断送。

【赏析】

起首两句是两幅剪影，镜头却只是对着人物的局部，作细部的特写。这两句又充满了美与破坏的不谐和性："乌云髻"是女子柔黑的头发经过精心梳理后挽成的髻子，可如今却是"松"，较之"云髻半偏新睡觉"（白居易《长恨歌》句）的不整更为不堪，简直就是《诗经》中所谓的"首如飞蓬"。"金凤钗"本身也是女子插戴打扮的精美首饰，如今也偏离了正当位置，一个"横"字大有摇摇欲坠的危险。将这两句的含义放大，那就是一方面暗示曲中的女子年轻美丽，一方面又从鬓乱钗横的反常中反映了她心情的恶劣。三、四句叙明了造成这一现象的原因，是她同她的那一位劳燕分飞，一东一西，难怪要"恼离愁万种"了。女子的这一遭际，是在读者意料之中的。

然而，作品的下半却出人意外。它不去接叙"离愁万种"，甚至撇下了女主人公本身，而去纯描写春天的外景。而这种春景又带有象征性与启示性，很难坐实它发生在何处，可以说它也是一幅幅剪影。第一幅是碧溪从桃源洞中流出，一派葱绿的生机与温柔的情调，正是春水方生。第二幅是梨花临窗如雪，照映在银色的月光下，所谓"明月梨花同梦"（苏轼《西江月》），虽然美丽，毕竟有一种缥缈迷茫的感觉，这是盛春时分的夜景。第三幅是东风劲吹，帘前桃花落红如雨，这一句脱化于胡祇遹的名句"一帘红雨桃花谢"（《阳春曲·春景》），不消说是春天在渐渐消逝。末句的"把青春断送"，就总结了这一结果。"青春"在古汉语中释作春天，杜甫"青春作伴好还乡"的诗句就是一证。

正因为这三句鼎足对非一时一地，无固定的受指对象，又紧排在女子因惨别独居而鬓乱钗横的愁况之下，所以读者很容易明白这是以景代情，利用景物的喻示导向，来概括地表现女子的爱情经历。三句由盛而衰，正是她从欢乐美满到形单影只的生活过程。这三句景语所象征的实情，在"语译"中已试为说明。这样一来，"青春"也就带上了双关意义，又可引申指代青春年华了。

全曲婉约温丽，而又哀感顽艳，"碧溶溶"、"淡蒙蒙"、"恨匆匆"，充分利用了散曲宜用叠字的优势，且藏以暗韵，从而造成了缠绵悱恻的情味。以景物象征人物的处境与心情，尤其耐人寻味。晚期元曲家刘庭信《水仙子》"雾蒙蒙丁香枝上，云淡淡桃花洞口，雨丝丝梅子墙头"就学习了这种手法。

〔正宫〕醉太平　无题

人皆嫌命窘，谁不见钱亲？水晶环入面糊盆，才沾粘便滚。文章糊了盛钱囤，门庭改做迷魂阵，清廉贬入睡馄饨①。葫芦提倒稳②。

【注释】

① 睡馄饨：向无确解。元曲中除此处外凡两见。从马致远《陈抟高卧》杂剧"穿着这紫罗袍似酒布袋，执着这白象笏似睡馄饨"的旁证来看，当为系于身间的褡裢，即明清小说所谓的"腰里硬"。从无名氏《梧叶儿·痴》小令"不知无常路，不识有限身，恰便似睡馄饨"来看，也不排除元人就字面引申作"躺倒的馄饨"解。此处从前义。　② 葫芦提：元人俗语，糊涂之意。

【语译】

哪一个人不嫌恶命里贫贱？哪一个人不见钱喜笑开颜？好似水晶环跌进糯糊盆，沾着一些不算，还要拼命地滚上几圈。再好的文章，不过用来封糊装钱的囤帘；清白的门庭，不惜改作迷魂的妓院；哪里去找什么"清廉"？全都打入了藏财的褡裢。倒是糊里糊涂迷迷糊糊稳便。

【赏析】

元散曲中的愤世、警世之作，白眼向人，不仅感情激切犀利，在语言上也往往表现出冷峻、峭严的倾向。本篇就是具有这种语言风格的名作。

前两句属同一个意思，即是说世风嫌贫爱富。一个意思分作两句说，与其说是强调，毋宁说是宣泄。诗体也有嘲骂之作，却难以脱开"温柔敦厚"的传统影响。而元曲显然不存在这样的限制，在发泄感情上自有无形的优势。

三、四两句是对"见钱亲"的财迷心窍者贪婪攫财的形象描绘。这里的"水晶环"并不表示环质的清白纯净，而是取"环"之圆、取"水晶"之滑，而满足"才沾粘便滚"的条件。"才"字、"便"字，说明了贪取的急不可耐；而"沾粘"与"滚"，又生动地表现了多多益善的聚敛形象。元杂剧中有常见的上场诗："县官清如水，令史白如面。水面打一和，糊涂成一片"，也是在不动声色的前提下转出意想不到的结果。两者均从"面糊"生发，足见元人趣语的生活化特色。

"文章"等三句鼎足对，围绕社会的拜金主义，作了淋漓尽致的揭露与发挥。"文章"句是说文章本身不值钱，至多只能用来糊糊钱囤子，即只配作为金钱的仆妾。古人有"文章覆瓿"的成语，出自刘歆对扬雄《太玄》的评价："吾恐后人用覆酱瓿也。"意谓被后人仅仅用来覆盖酱罐。作者这里许是受了"覆瓿"的启发，但"糊了盛钱囤"的含义更觉丰富。"门庭"句是说为了金钱可以不惜自毁家声，甚而改门庭为妓院也在所不辞，一个"改"字，含有人心不古的感慨。而"清廉"句则针对官场而发，清廉本当是为官的本分，可当今的官场不仅不需要它充作幌子，而且索性将它塞到钱褡子里去了。这三句将物欲横流、寡廉鲜耻的社会腐败情状描画得入木三分，是对起首两句断语的生动诠释。

"葫芦提倒稳"一语双关。"葫芦提"是元人指称糊涂的习语，如马致远《夜行船·秋思》："葫芦提一向装呆。""语译"即作此解。而它在此处又似可解作提着酒葫芦，与作者在《齐天乐过红衫儿·道情》中的"酒葫芦，醉模糊，也有安排我处"同意。诗人挽澜无方，回天乏术，只能借酒图醉装呆，反倒觉得稳便。这是激愤的反语，却也加重了全曲峻冷的韵味。

这支小令用了多组比喻，而比喻全取市井化的俗语，尖新严冷，带有一种散曲特有的"蒜酪味"。作者向以清词雅语为宗，本曲却一反故常，反映了散曲风格为内容服务的创作规律。

〔仙吕〕一半儿　落花

酒边红树碎珊瑚，楼下名姬坠绿珠①，枝上翠阴啼鹧鸪。谩嗟吁②，一半儿因风一半儿雨。

【注释】

① 绿珠：西晋石崇的歌姬，后为报主知遇之恩而坠楼自杀。　② 谩：徒然。

【语译】

这落花像酒桌上击碎了珊瑚树，红色的碎片四下散抛；又像名姬绿珠从楼上坠下，玉殒香消。枝上换成了一片翠绿，鹧鸪在叶阴间哀怨地啼叫。我禁不住为落花叹息，可惜只是徒劳，一半是因为风狂，一半是因为雨暴。

【赏析】

《世说新语》载西晋时石崇与王恺斗富，王恺是国戚，得到晋武帝的援助，赐他一株二尺来高的珊瑚树，作为炫耀的资本。殊不料石崇举起铁如意，当场狠命一击，珊瑚宝树顿时应声而碎。石崇随即取出六七株三四尺高的珊瑚树作为赔偿，王恺羞惭而去。这段故事并非发生在"酒边"，但本篇首句的"碎珊瑚"，无疑是化用了这则典故。"酒边"是为了加映珊瑚之红，而以宝物的碎溅来比喻落花的飞散，于形象之外更有一种触目惊心的效果。

第二句的用典也与石崇沾边，即著名的"金谷园绿珠坠楼"。侍中孙秀垂涎石崇的爱姬绿珠，指名索取，石崇坚决拒绝。孙秀就矫诏逮捕了石崇。《晋书·石崇传》对此有一段简练而传神的叙写："崇正宴于楼上，介士到门。崇谓绿珠曰：'我今为尔得罪。'绿珠泣曰：'当效死于官前。'因自投于楼下而死。"以美人坠楼喻落花殒香，同样是既逼真又惨怛。"日暮东风怨啼鸟，落花犹似坠楼人。"（杜牧《金谷园》）可见这一比喻是诗人的通感。

第三句语意直白，不像再有什么故实，但仍使我们不禁联想起杜牧的《叹花》："自是寻春去较迟，不须惆怅怨芳时。狂风落尽深红色，绿叶成阴子满枝。""狂风落尽深红色"，不就是"落花"命运的写照吗？作者在"绿叶成阴"即所谓"枝上翠阴"中，还添上了"鹧鸪"的悲啼，让它来悲挽落花的飞尽。元诗人萨都剌《过嘉兴》："春风一曲鹧鸪吟，花落莺啼满城绿。"可见"啼鹧鸪"确是落花时节固有的景观。

小令的这三句鼎足对，首句从树上繁英纷落的角度着笔，即所谓花雨；次句则是落花飘坠的特写，暗含"一片花飞减却春"（杜甫《曲江》句）的寓意；第三句返回枝上，则是绿叶成荫，片红全无，彻底消抹了落花的存在。这样的三部曲步步推进，转接无痕，使人浑然不觉对仗的存在，却强烈地表达出"林花谢了春红，太匆匆！"（李煜《乌夜啼》）的惋伤。

诗人把落花的蒙难归咎于风雨，两者各负"一半儿"责任。"谩嗟吁"，则一派无可奈何花落去的神情。与张可久同时的曲家徐再思，也有一首《一半儿·落花》："河阳香散唤提壶，金谷魂销啼鹧鸪，隋苑春归闻杜宇。片红无，一半儿狂风一半儿雨。"两曲不存在渊源关系，却出现了结尾的巧合，可见"风雨落花愁"的意识，在古人是根深蒂固的。

〔仙吕〕一半儿　秋日宫词

花边娇月静妆楼，叶底沧波冷翠沟，池上好风闲御舟。可怜秋，一半儿芙蓉一半儿柳。

【语译】

娟娟的明月把夜花垂照，宫女的妆楼更显得寂寥。御沟的流水载着落叶，波光黯黯，增添了凄凉的情调。池上吹过一阵阵清风，让空荡荡的御舟随意飘摇。这秋容啊，处处使人怜意难消，无论是凋残的荷花，还是憔悴的柳条。

【赏析】

"宫词"之名，最早有唐人崔国辅的一首《魏宫词》，但代表作家，是唐代王建和五代花蕊夫人，其《宫词百首》，内容都是反映老百姓无法闻知的宫廷生活。花蕊夫人生活在宫中，都是耳闻目见之再现；王建则得之于宦官王枢密的转述，可算半个知情人。但后代文人尽管得不到入宫采访的机会，却也能凭着自己的知闻和生活经验摹想出深宫的内幕，往往也有"本地风光"的韵味。张可久是连京城也未到过的，他的这支《秋日宫词》，更属于"无师自通"的例子。

起首的三句，并列铺排了宫苑的三处景象。这里不乏皇家的专有景观，如"妆楼"、"翠沟"、"御舟"，美景圆备，有花、叶、娇月、沧波，池上吹拂的也是"好风"。但三句的主调却无一不是冷寂凄清，"静"、"冷"、"闲"三字看似毫不着力，却牢牢左右了全局。由此可见作者绘景的功力。

四、五两句宕开一步，字面上是继续写景，实质上是议论和总结。"一半儿芙蓉一半儿柳"，令人立即联想起白居易《长恨歌》的诗句："归来池苑皆依旧，太液芙蓉未央柳。芙蓉如面柳如眉，对此如何不泪垂。"曲中的芙蓉与柳，同样是对宫中女子的暗喻。有了这一句，前时的"静妆楼"、"冷翠沟"、"闲御舟"都带上了宫中人事的意味，"秋日宫词"也成了秋日冷宫之词。"可怜秋"，作者所真正叹怜者，正是深宫对生命力量的摧残与肃杀。

记得萨都剌作过一首《宫词》："深夜宫车出建章，紫衣小队两三行。石阑干畔银灯过，照见芙蓉叶上霜。"杨瑀《山居新话》以为不符合元宫的情景，"盖北地无芙蓉"。元大都宫中"无芙蓉"叫人难以想象，但这一细节却也说明曲作者作此《秋日宫词》，是别有自己的艺术意图的。

〔仙吕〕一半儿　酒醒

罗衣香渗酒初阑①，锦帐烟消月又残，翠被梦回人正寒。唤蛮蛮②，一半儿依随一半儿懒。

【注释】

① 阑：残尽。　② 蛮蛮：侍女的拟名。

【语译】

当薰香将她的绸衣渗满时，酒已差不多喝完。上床垂下锦幔，炉香渐渐点尽，而月亮也坠下了中天。被底的人儿从梦中醒来，觉得说不出的孤寒。忙把侍女呼唤。可侍女睡意方酣，口中喃喃答应着，身子却不动弹。

【赏析】

张可久的"一半儿"，前三句喜用鼎足对的形式，各对句却无合掌雷同的弊病。本曲的三个对句，分别代表了醉酒、宴散、酒醒的三个阶段。"酒初阑"未明言具体时间，但从"月又残"的醉者感想来看，第一、二阶段之间时隔不远。而"翠被梦回人正寒"，恐怕就是"罗衾不耐五更寒"（李煜《浪淘沙》）的况味了。可见这是一场夜饮。我们若把"酒醒"的题目分拆开来，那么前两句述的是"酒"，到第三句才真正触及到"醒"；但前两句的酒宴情况又是"醒"后的回忆，所以一点都不离题。

"酒醒"之后，作者只安排了一个情节，即呼唤侍女；而对方的反应是"一半儿依随一半儿懒"。看来一个通宵的服侍，这位"蛮蛮"是心有余而力不足了。以侍女的半醒来衬托醉人的"酒醒"，曲折生致，是对酣酒尽兴的加一倍写法。而这位"蛮蛮"，同"罗衣"、"锦帐"、"翠被"都有那么一点若隐若现的关系，风流旖旎，十分耐人遐想。

曲中的"罗"、"锦"、"翠"及"衣"、"帐"、"被"，均属服饰器用门；"香渗"、"烟消"、"梦回"，则都带有朦胧迷离的意味，恰与酒人的精神感觉相照应。这都是作者精于遣词的地方。末两句的白描，更是细腻如绘，明清人对散曲少予许可，对此两句却是交口称赞。醇酒美人是古人所心仪和追求的物质享受，也往往是古人故示疏狂的一种代表方式，所以这首小令的问世与获得好评，是毫不令人奇怪的。

〔仙吕〕太常引　姑苏台赏雪①

断塘流水洗凝脂②，早起索吟诗③。何处觅西施？垂杨柳萧萧鬓丝。　银匙藻井④，粉香梅圃，万瓦玉参差⑤。一曲乐天词⑥，富贵似吴王在时。

【注释】

① 姑苏台：一名胥台，在江苏苏州西南姑胥山上，传春秋时吴王夫差曾与西施作乐于上。　② 断塘：指脂粉塘，为吴王宫人倾倒脂粉及洗濯处，在苏州西南灵岩山下。③ 索：应当。　④ 匙：此作动词，舀上。　藻井：此指壁有彩饰的井，与作为天花板形式之一的古建筑术语"藻井"不同。　⑤ 参差：此指屋瓦高下不齐。秦观《春日》："霁光浮瓦碧参差。"　⑥ 乐天词：白居易曾作苏州刺史，有《题灵岩寺》等诗。乐天，白居易字。

【语译】

脂粉塘水在雪景间流淌，仿佛在洗濯当年宫女雪白的肌肤，使我一早起来，就激起了作诗的愿望。白雪茫茫，何处寻西施的遗影？但见垂柳挂满了冰雪，像鬓发添上了白霜。

井口堆雪像舀满了银子，梅园的雪粉还沾着芳香，高高低低的屋顶上，堆积着美玉，上下闪光。我把白居易的诗作吟唱，眼前浮现着当年吴王夫差的富贵景象。

【赏析】

这首小令题为"姑苏台赏雪"，一开始却从距台有数峰之隔的"断塘"述起。"断塘"即脂粉塘，元林坤《诚斋杂记》："吴故宫有香水溪，乃西施浴处，人呼为

'脂粉塘'。"凭这个处所，已足与同样因西施缘故而驰名的姑苏台发生感情上的联系。"洗凝脂"意含双关，它已暗点出"雪"的影响，实是因断塘塘岸的积雪白如凝脂，而联想起西施当年在此洗浴的景象。由此语激发起诗情和游兴，引出"觅西施"；再由觅西施不得，但见柳树积雪如"萧萧鬓丝"的怅惘，领出姑苏台的登临。这种针线细密、接笋无痕的布局，不仅预先交代了姑苏台外围的雪景，而且也表明作者"赏雪"并非单纯的冬令游览，而是"怀古"寄托的表现。

下片正面转入"姑苏台赏雪"。"银匙"、"粉香"、"玉参差"，生动地绘现了姑苏台上高高下下的积雪景观。以银、粉、玉作为比拟，与末句的"富贵"遥遥相应。"富贵似吴王在时"，表面上是赞词，其实却包含着微意。这是在说吴王富贵久已不存，如今台上的"富贵"气象，不过是如银如粉如玉的雪堆的错觉而已！作者在怀古意绪的驱动下，回忆起"吴王在时"的当年风流是不难想见的，但他原始的目的是"觅西施"，而此时却无言提及。他所吟唱的"一曲乐天词"，也已游离了登台的初衷（白居易《题灵岩寺》之类游吴作品，并无丝毫怀古内容）。这一切正暗示了诗人事实上的失落感。作者将感情表现得如此隐婉，实有一种"伤心人别有怀抱"的意味。

〔中吕〕红绣鞋　天台瀑布寺①

绝顶峰攒雪剑②，悬崖水挂冰帘。倚树哀猿弄云尖。血华啼杜宇③，阴洞吼飞廉④。比人心山未险。

【注释】

① 天台：指天台山，在今浙江天台县北。　瀑布寺：即方广寺，在天台山华顶山一带，旁有著名的石梁瀑布。　② 攒(cuán)：聚集，此指集束、集拢。　③ 血华：血花。杜宇：杜鹃鸟，相传杜鹃啼鸣，不到口中流血则不止。　④ 飞廉：传说中的风神，此指狂风。

【语译】

在顶峰尽处积雪不肯消融，像一束森森直矗的剑锋。高崖上悬下的瀑布，犹如一道冰帘挂在半空。猿猴偎着树枝送来凄厉的鸣叫，又不时地在云层的上方跳跃嬉弄。杜宇一声声苦啼，将山花染得血红。阴冷幽深的山洞里，呼啸着肆虐的狂风。要说山险，还是险不过世人的心胸。

【赏析】

题作"天台瀑布寺"，写的实为登寺之所见。从曲中"血华啼杜鹃"句，可知时节已是春天，但作者找不见半丝温馨之意，占据他心头的感受就是一个"险"字。本曲描写山景，就从多方位表现了这一"险"字的内涵。

第一、二两句对仗中，"绝"、"攒"、"悬"、"挂"都是动词，每句的后三字又是前三字的再现与说明。天台由八座主山组成，各山又有多座峰头，瀑布寺正临华顶山，所能望见的"顶峰"也不止一处。"绝顶峰"，含有目力搜寻至尽处之意，也就是顶峰之顶。时虽值春，峰顶却依然积雪皑皑，顶尖如铓，作者形象地将其比喻为"雪剑"。一个"攒"字，既表现了积雪的紧束峰尖，又表现了群峰齐耸的集体态势，一字两用，余字难以代替。"崖水"指著名的天台石梁瀑布，高三十余丈，诗人先强调它"悬"的特色，然后又用"挂冰帘"加以形象化，"冰帘"一喻，形、色、气势、寒意，俱在其中。绝、攒、悬、挂，还起到了化静为动的作用，若将"绝顶"、"悬崖"按照平时复合词的方式连读，就达不到这样的效果。这两句分别显示山景之高与奇之险。

第三句写到山顶林中的猴群，一句之中兼及它们倚树、哀啼、嬉动的三种情态。由于树木高耸入云，所以群猴仿佛在"云尖"上活动。这一笔虽再一次涉现了"高"，但从"倚"、"哀"、"弄"的意象中，更添出了令人不安的悸动之感。将这两方面的感觉综合在一起，即是素常所说的"危"字了。

第四句的"血华"是指山上鲜红的树花，但作者有意将它与啼叫的杜鹃鸟安排在一起，遂使"杜鹃啼血"的印象占据了句境。同样，第五句中的"阴洞"本意只是背阴的岩洞，作品加上"吼飞廉"三字，狂风的肆虐便令人不寒而栗。这两句都表现出强烈的声音效果，前句"凄"，后句"寒"，又构成了"险"字的新内涵。

高、奇、危、凄、寒，这一连串的意象将天台的险觉表现得淋漓尽致。为此，作者一改平素清丽端雅的语言习尚，在曲中采用了一种瘦硬严冷的写作风格。这种瘦硬严冷的风格，不仅表现在前五句的写景上，更在末句的结叹中大露锋芒。"比人心山未险"，突作转折，非但意境扩大，主题深化，文气上也有挽满一发、势如破竹之妙。值得一提的是，作者的这一笔不仅是乘势，而且更是挽题，所挽者正是题中的"寺"字。原来，天台是著名的天台宗发祥之地，天台宗祖师智顗在山中讲经论法，即以反省观心为主。这一句既借画山之笔突袭险恶世情，又以立于险地而弘扬法旨的深意来叹颂"天台瀑布寺"的庄严崇高。作者下笔不苟、得心应手，于此可见一斑。

〔中吕〕卖花声　怀古

美人自刎乌江岸①。战火曾烧赤壁山②。将军空老玉门关③。伤心秦汉，生民涂炭④，读书人一声长叹。

【注释】

①"美人"句：秦末楚汉相争，项羽被刘邦军队赶到乌江(今安徽和县东北)，同他所宠爱的美人虞姬先后自杀。　②"战火"句：汉建安十三年(208)，东吴孙权部将周瑜大破曹操军队于赤壁。　③"将军"句：东汉名将班超奉命安边，在西域三十一年。晚年思家，

上书请还，有"但愿生入玉门关"的话。玉门关，在今甘肃敦煌市西，为汉代的边关要塞。
④ 涂炭：苦难深重，好像陷入泥泞、落入炭火中一般。

【语译】

乌江岸虞姬自杀丧生。赤壁山火烧曹军，烈焰滚滚。班超徒然在边塞外老去，到老才得"生入玉门"。历史一代代总是伤心，老百姓在水深火热中生存，读书人只能发出长长的叹声。

【赏析】

起首平列三个陈述句，互相的联系似有似无，然后抒发感叹点明它们的共性，使读者的印象和收获倍加深刻，这是本篇与下篇的一大表现特色。

"阴陵道北，乌江岸西，休了衣锦东归。"（马致远《庆东原·叹世》）"叹西风卷尽繁华，往事大江东去。"（冯子振《鹦鹉曲·赤壁怀古》）"班定远飘零玉关。"（张养浩《沉醉东风·隐居叹》）本篇中所感怀的史事，在元人散曲中是常见的吟咏题材，文人可从中获得各种各样的感受。本篇将这三组历史事件作成三句鼎足对，平行地并列在一起，让不同的空间和画面轮流闪过，仅在虚词和动词的组合上暗示出思想的导向："自刎"暗示战争胜败的不可料，"曾烧"标志战争成果的不足恃，"空老"说明战争功业的不足道。这些不同的画面一一陈列，显示出诗人缅怀历史时的浮想联翩，同时也是有意识让读者在浮光掠影的浏览中积累起一系列的印象，去思索与寻求它们之间的内在联系。就作品的这三句鼎足对语来说，除了都与历史上的干戈争战有关，隐约表现出战争本身的一些悲剧意味外，读者一时还不容易得到什么新的发现。

接着三句抒感，顿使读者悚然生悟。上述的三组画面，至少还有三处共同之点：第一，它们都发生在秦汉之际，这是时间上的联系；第二，它们都意味着人民的苦难，这是透过现象之外最本质的特点；第三，它们都同归于"读书人"的"一声长叹"，表现了诗人无可奈何的强烈悲愤。这也说明因统治者争战而造成的"生民涂炭"，贯串了人们所能读到的整部历史，是古往今来各朝各代所无法避免和消除的普遍悲剧。"伤心"二字，承上启下，联结了现象与本质，使战争悲剧的主角，从"美人"、"将军"之类，转向了真正的受害者——千千万万的普通老百姓。以"一声长叹"戛然而止，减省了多少笔墨，真是一声沉重的叹喟。

〔中吕〕卖花声　怀古

阿房舞殿翻罗袖①。金谷名园起玉楼②。隋堤古柳缆龙舟③。不堪回首，东风还又，野花开暮春时候。

【注释】

① 阿房(páng)：秦宫殿，故址在今陕西西安市西。古文献记载它"弥山跨谷"，"广三

百余里"。 ② 金谷：西晋石崇在洛阳西金谷涧边建造的私人园苑。石崇自述"有观阁池沼"，"柏木几于万数"，"其为娱目欢心之物备矣"。 ③ 隋堤：隋炀帝开凿运河，河岸筑御道，广植杨柳，自黄河至淮水，长一千三百里，世称隋堤。

【语译】

宫女们翩翩翻罗袖，起舞在阿房宫殿。美轮美奂的高楼，起造在金谷名园。隋炀帝行乐的龙舟，曾在隋堤的老柳树间系缆。这一切都已如烟，不堪回看。在野花开放的暮春时节，只有年年的东风不变。

【赏析】

本曲是前曲的姊妹篇，也是在起首不分轩轾地并列了三句史事的陈述，直扣"怀古"的题面。所"怀"的内容，一是秦始皇起造阿房宫，畜宫女歌舞作乐；二是西晋富豪石崇辟金谷园，大兴土木，穷极奢靡；三是隋炀帝开凿大运河，乘龙舟巡游扬州。三者在封建统治者侈靡纵欲上的共性是一目了然的，且无论是"阿房舞殿"、"金谷名园"还是"隋堤古柳"，到头来都成为乐极生悲、繁华事散的象征。所以较之前曲来说，本曲鼎足对三句之间的联系较为明显，作者怀古动机也较易把握。穷奢侈欲，昙花一现，作品的例示典型地表现了这一历史真理。

妙在作者仅仅点出盛衰变化的前半，而以"不堪回首"四字暗示了它们的结局。更妙在诗人的感受点到为止，随即以两句景语终结了全篇。"东风还又"，故意强调古与今的共同之处；而"野花开暮春时候"，则以春光的凋残凄清与起首三句的繁华热闹形成强烈的反差，并以此构筑出无限伤感的氛围。以景结情，产生了余味不尽的艺术效果。

并列史事积聚印象，再以言简意赅的抒情述感去揭示其内在的联系，是散曲怀古作品的常用手法。但本曲与前曲在抒情志感的风味上并不相同。前篇抒现胸臆，直写无隐，后三句与前三句均不作雕饰，是曲的风格；而本篇则以景作结，使用含蓄的雅语，故更多地体现出一种词的韵味。

〔中吕〕卖花声　客况

登楼北望思王粲①，高卧东山忆谢安②。闷来长铗为谁弹③？当年射虎，将军何在，冷凄凄霸陵古岸④。

【注释】

①"登楼"句：汉末文学家、"建安七子"之一的王粲，南下投奔刘表，未得重用，羁留荆州十数年之久。因登当阳东南的麦城城楼，作《登楼赋》以抒积郁。 ②"高卧"句：东晋政治家谢安，未仕时曾隐居东山(在今浙江绍兴)，时人有"谢公不出，将如苍生何"的感叹。 ③"闷来"句：战国时齐人冯驩为孟尝君门客，因怀才不遇，曾三次弹着长剑的剑把作歌，有"长铗归来乎"之语。长铗(jiá)，长剑。 ④"当年"三句：西汉李广善射，在家乡及右北平多次射杀老虎。为将军，屡立战功，而以小故降为庶人。一次夜间出外饮

酒，回至霸陵亭，霸陵尉无视这位"故李将军"，竟呵止他宿于亭下。霸陵，汉文帝陵，在陕西西安东。

【语译】

我也曾经登楼北望，想起了王粲的怀才不遇。我也曾思高卧东山，回忆着谢安的长期隐居。愁闷中我想象冯驩那样弹剑作歌，可又有谁听取？当年飞将军李广南山射虎，豪勇无比，如今人又在哪里？只留下霸陵古岸，笼罩着一派清凄。

【赏析】

这首"客况"有个显著的特点，即全曲俱由一系列典故组成。它代表了作者的思绪联翩和感慨万千。

起首两句是工整的对偶，但在实际的句子结构上并不相同。前句用了"王粲登楼"的著名典故。王粲在他的名作《登楼赋》中，一开始就说："登兹楼以四望兮，聊假日以销忧。"并不专限于固定的方向，所以曲中"登楼北望"的主角是诗人自身。他所登之楼具体所在已不得而知，反正是客乡的一所高楼，"思王粲"，是以寄人篱下、怀才不遇的王粲自比，羁旅的愁意已十分显明。而"高卧东山忆谢安"则是"忆谢安高卧东山"的倒装。谢安的高卧至少有两点令诗人羡慕：一是他得安居，无客愁之苦；二是他不出山则已，一出山便功成名就。诗人"忆谢安"，心情当是酸酸的，正是以谢安的得意为自己"客况"的失落作一反衬。

"闷来长铗"的第三句重新回到自身，以冯驩自况。诗人多年作幕，到老年时还不得不以幕僚的身份仰人鼻息，这一句可以说是他"客况"的最实在的表露。以冯驩自许，隐然也有身怀奇才、未得时人赏识的傲岸意味。但他又是"闷来"，又是长铗作歌也不知"为谁弹"，则实际的处境，还远远及不上有着孟尝君这样好客的贤主人可以投靠的冯驩。客况的落魄，从沉重的一问中清楚地凸现了出来。

末三句又复宕开一步，使用了李广的典故。作者一生从未到过北方，更不曾有过"射虎"和担任"将军"的荣耀历史，可知"冷凄凄霸陵古岸"决非目击的实景。这三句只不过是借用李广的例子，说明像这样一位"故李将军"，老来失志，况且要受人奚落，更不用说一事无成的自己了。诗人着笔于霸陵冷凄、"将军何在"，从岁月沧桑的一面更进一步表现了自己的悲剧心理。

由此可见，这首题为《客况》的小令，有实有虚，点现了处境，却更多的是抒发感受。全曲酿造的是一种不得其所、不遇于时的悲凉气氛。正因为如此，作品格调沉郁，感情深沉，带上了反映元代落魄文人风尘失意的典型意义。

〔中吕〕满庭芳　春晚

知音到此，舞雩点也^①，修禊羲之^②。海棠春已无多事，雨洗胭脂。谁感慨兰亭古纸？自沉吟桃扇新词^③。急管催银字^④，哀弦玉指⑤，忙过赏花时。

【注释】

①"舞雩(yú)"句：《论语·先进》载，孔子要求弟子各言其志，曾皙的志向是在暮春时分带上十来人，"浴乎沂，风乎舞雩，咏而归"。孔子感叹地说："吾与(赞同)点也!"舞雩，在求雨的仪式中舞蹈娱神。点，曾皙姓曾名点，字皙。 ②"修禊(xì)"句：晋永和九年(353)三月三日，右军将军、大书法家王羲之与东晋名士共四十一人在会稽兰亭(今浙江绍兴西南)宴集修禊，王羲之为作《兰亭集序》。修禊，古人于三月上旬的巳日在水边洗濯，以祓除不祥的一种风俗。 ③桃扇：歌扇。 ④银字：一种管乐器，以管上有银色的音阶徽记得名。 ⑤哀弦玉指："玉指哀弦"的倒语。哀弦，用弦乐器奏出的悲哀曲调。

【语译】

知心的朋友们在这里济济一堂。昔日曾皙与同伴在求雨的神坛上临风纳凉，王羲之与众多名士在兰亭修禊宴飨，都同今天的情形相仿。春天自从催开了海棠，已不再有多少花样，就连花瓣上的胭脂色泽，也被雨水洗刷得淡然无光。那《兰亭集序》的旧拓本已无心叹赏，一个个把提供歌女的乐府新词构思酝酿。歌管和银字急速地起伏交响，歌女的纤指弹拨着琴弦，声调悲凉。一派热闹繁忙，度过了这赏花的时光。

【赏析】

知音同道的友人们在三月上巳之日诗酒聚饮，应当说是难得的盛事。但是，东君不甚作美，一场雨过，海棠零落，留在枝头上的也已失去了全盛时期的色泽。加上与会者不再有追求古风的情趣，只顾着为歌女写歌，奏乐唱曲，嘈杂忙碌，全然不解作者伤春伤世的心情。诗人的感慨古纸成了阳春白雪，尽管它确实有几分不合时宜。于是，这首小令便带上了一种矛盾的情味：一方面，作者把眼前的友人聚集当作一场盛会，亟欲表现它的热闹和欢乐；另一方面，作者又有一种无端的、莫可名状的惆怅，自己的心情怎么也好不起来。借用曲中的语句来概括作品的这种情调，那就是"哀弦玉指，忙过赏花时"。闹猛则闹猛矣，终不免有"哀"、"忙"的感觉。

曲中的对仗只有两处，颇见功力。"点也"对"羲之"，"也"、"之"利用语助词的词性作为借对，是古代文人逞弄才情的爱好。"兰亭古纸"对"桃扇新词"，字字匀整，而"兰"、"桃"也有借对的意味，这同样是文人墨客的长技。这场行乐聚会虽未能满足作者感伤主义的心情，却给了他锻炼辞章的机会。

从作品中多次以兰亭修禊借喻来看，"知音到此"的集会无疑在三月上旬的巳日。此时春光实处于明媚烂漫的顶峰，不过毕竟已经过了春分。而在"舞雩点也"的典故中，曾点言其志，更是明白地说是"暮春者，春服既成，冠者五六人，童子六七人，浴乎沂，风乎舞雩，咏而归"。所以作者意识到"春晚"，是不无根据的。但他将这两字定作题目，就使我们更领会到诗人在写作此曲时的心理感受。

〔中吕〕普天乐　湖上废圃

　　古苔苍，题痕旧。疏花照水，老叶沉沟。蜂黄点绣屏①，蝶粉沾罗袖。困倚东风垂杨瘦，翠眉攒似带春愁。寻村问酒，无人倚楼，有树维舟②。

【注释】

① 蜂黄：蜜蜂分泌的黄色汁液。　② 维：系结。

【语译】

　　多年的苔藓已显得黝黑，往日题诗的痕迹还能辨别。近岸有稀疏的野花临水，沟底沉铺着枯黄的树叶。绣屏上残留着蜜蜂分泌的黄色液印，蝴蝶飞过，在屏画仕女的衣袖上沾上了粉屑。垂杨伶仃，懒洋洋地随着东风倾侧，翠叶像愁眉攒聚，带着春恨千叠。我寻找村庄买酒，无人在楼上倚立，只有空荡荡的小船在树桩上系结。

【赏析】

　　小令在"废圃"的"废"字上做足文章。要表现出废园的光景，当然得让事实来说话。于是作者以八句的大篇幅，来列举出种种例子。这些例示并无一定的排列规则，隐示了"触目皆是"、"信手拈出"的含义。而在具体的表现方式上，又时出变化，避免了獭祭的单调。

　　起首两句，以断语的形式出现。一是地上的苔藓，厚厚地铺了一层，颜色已现苍黑；一是壁上的题诗，墨迹隐约可辨，显示了陈年的特征。苔上着一"古"字，而题作则重于其"痕"，一苍一旧，呈现着荒凉残败的气象。前者反映自然，后者关合人事，这一起笔就定下了全曲的基调。

　　三四两句是另一种写法，出现了动作的形象。花卉无人照料，自开自谢，所余者稀，故曰"疏花"；落叶本已枯凋，飘坠日久，用上一个"老"字，妥帖传神，几无他字可易。"照水"、"沉沟"，虽含有动词，到头来却归于静止。这又在荒败的景象上增添了几分沉寂。

　　"蜂黄"两句是互文见义，作者有意运用"蜂黄"和"蝶粉"的近义词，也可说是一句分作两句表达。"罗袖"在诗歌中多属女性的服饰，在本曲中显然是指绣屏上残存的仕女图像。"绣屏"是室内的布置，而蜂蝶竟纷纷登堂入室，"废圃"的残破不堪，就更不在话下了。

　　七、八两句为垂杨写照，则用了拟人化的移情手法。前述种种都是作者的观察，虽是着意细绘，却未有直接表达情感的机会。而此两句则表现了强烈的主观感情色彩，推近了作者的主体。这就是王国维在《人间词话》中所谓的"有我之境，以我观物，故物皆着我之色彩"。这就为下文诗人的直接出场安排了过渡。

　　结尾作者出了场，却已是在离开废圃之后。他甚而没有就此行发表进一步的感想，因为列示的景象本身已经说明了一切。他只是以"寻村问酒"的举动来坐实自己的感伤，而"湖上"竟也是一片无人的死寂。这一结笔更加重了废圃的悲剧气氛。值得一提的是，诗人在作品中有意识地选择了足与废圃前身引起联想的景物，如花叶蜂蝶、绣屏题痕、东风垂杨等。诗人虽未言明它们变化衰残的成因，但作品感慨盛衰无常的主题，却在字里行间中表现了出来。

〔南吕〕金字经　胡琴

　雨漱窗前竹，涧流冰上泉。一线清风动二弦。联，小山秋水篇①。昭君怨②，塞云黄暮天。

【注释】

　① 小山：西汉淮南王刘安手下的文学侍从，有大山、小山之分，淮南小山存世的著名作品是《招隐士赋》，俗称"小山赋"。又北宋词人晏几道号小山，有《小山词》，风格婉丽。又张可久本人即字小山。这里具有多义性。秋水篇：《庄子》篇名，述恬淡无争的原理。这里泛指清空高妙的歌行。　② 昭君：王昭君，汉元帝时宫人，因和亲远嫁匈奴。昭君怨，乐府名，又琴曲名。但此处也可按字面理解为"昭君怨恨"。

【语译】

　就像雨水冲洗着窗前的翠竹，又像初春的涧泉在冰上奔逐。胡琴的双弦交替拨动，仿佛有一丝清风从弦下送出。演奏一曲又一曲，贯联得那样圆熟。乐声先是清空高妙，一变而为凄切的怨诉。令人想起昭君出塞的一幕：塞云黄尘，天色昏暮……

【赏析】

　起首两句对仗，运用"比"的手法，表现胡琴琴声的玲琤。"雨漱窗前竹"，承袭杜诗"雨泻暮檐竹"（《大云寺赞公房》）的句法，而"涧流冰上泉"，则使人联想起白居易《琵琶行》"幽咽泉流冰下难"的诗句，都具有形象的听觉效果。雨点冲刷竹叶，沙沙作响，声音比较沉实；涧泉进流冰上，铿锵有声，声音比较清脆，这同《琵琶行》"大弦嘈嘈如急雨，小弦切切如私语"的原理一样，是因琴弦粗细有别而产生的不同音色。两句比喻，已暗暗点现了胡琴的"二弦"。

　"一线"句补明了这两种声音的来源。古人常把琴弦上流出的音符同风联想在一起，如"泠泠七弦上，坐听松风寒"（刘长卿《弹琴》）、"十四弦指下风生"（张可久《一枝花·湖上归》）等。"一线清风动二弦"，既表达了琴声的袅袅不绝，又使人感受到演奏者指法、弓法的娴熟与柔和，甚而使胡琴器具的本身，增添了诗意与美感。

　"联"是一字句。散曲中的一字句，除具有独立存在的内容外，还能与上句或下句连读成意。这里的"联"字，承上启下，意蕴十分丰富。它可以理解为胡琴二弦上的乐声相联，添足"一线清风"的圆润；也可释为琴曲的内容互相连贯，即连续演奏小山篇、秋水篇（倘若将"小山秋水"间点上顿号），或连续演奏小山秋水篇、昭君怨（倘若将"小山"解作人名，而以"昭君怨"视作曲名）。"小山"的两句如同注释所述，具有多义性，不拘一解；遇上这种双关乃至多关的情形，我们在理解中不妨将它们的种种内涵在印象上叠加在一起。胡琴演奏的具体曲目并不重要，重要的是曲文生动地向我们展现了琴声的听觉效果。从后半几句可以知道，从胡琴的两根弦上娓娓流出了优美的琴声，最初是清旷空湛的曲调，泠泠然澄如秋水；随后转为哀怨凄切的内容，仿佛昭君出塞，在黄尘暮云中挡弹的一曲哀歌。寥寥数笔，令人神驰心往，有余韵不绝之感。

作者另有《朝天子·酸斋席上听胡琴》云："玉鞭，翠钿，记马上昭君面。一梭银线解冰泉，碎拆骊珠串。雁舞秋烟，莺啼春院，伤心塞草边。醉仙，彩笺，写万里关山怨。"与本曲有相近之处。运用生动的艺术语言，将无形的音乐转化为可感的画面，正是这类闻乐作品的美感所在。

〔南吕〕金字经　青霞洞赵肃斋索赋①

酒后诗情放，水边归路差。何处青霞仙子家？沙，翠苔横古槎②。竹阴下，小鱼争柳花。

【注释】

① 青霞洞：在今浙江衢州市东南石室山边，为道家第八洞天。赵肃斋：张可久在浙江任小吏时的长官兼友人。《小山乐府》另有一首《折桂令·肃斋赵使君致仕归》，可知赵肃斋做过县官，弃官归隐。　② 槎：木筏。

【语译】

酒意十足，诗情更觉奔放，沿着溪水回去，竟然走错了方向。那么这位青霞洞的神仙中人，他的家究竟在何方？原来在一片沙岸上，碧苔长满，一只旧木筏横在岸旁。竹荫覆盖之下，一片柳花飘上了水面，惹得小鱼探头争抢。

【赏析】

作者的友人赵肃斋辞官隐居在青霞洞边，请求为住处留下些题咏。诗人便写了这首小令赠送给他。

起首两句对句，先从赵肃斋本人写起，也是由人物向居处"青霞洞"的转揆。句眼是"放"和"差"的两个字。"放"不仅指"诗情"，也兼指"酒"，我们可以凭此了解赵肃斋诗人加酒人的双重身份，想见他纵酒放歌、带酒行吟的自得风神。下一句是对这个"放"字的加写。赵肃斋醉醺醺地吟着新得的诗句，兴冲冲地沿着溪水回家，却连正确的归路也辨不清，真可谓是得意忘形了。一个"差"字见出了主人公的醉意，更见出了他的旷达与狂放。

正因为归路差了，所以作品提出一问："何处青霞仙子家？"这正是读者所关注的问题。而以"青霞仙子"指代赵肃斋，又顺带点明了这位诗酒风流的人物，原来是在青霞洞边隐居修道的高士。于是，第三句就起到了承上启下的作用，领起了以下四句的正题，即对青霞洞居所的歌咏。赵肃斋住在溪边的沙岸上，临水缆靠着一只古老的木筏，上面长满了青苔，说明主人已很久没有使用它出远门，也就是旧时称颂隐士高人所常说的"不入城市"。一片茂密的竹林，将阴翳投上水面，"竹阴"一词给人以宁静清幽的感觉。最妙的是"小鱼争柳花"的结尾，昔人如刘长卿有"蜂抱花须舞，鱼吹柳絮行"句，韩偓有"树头蜂抱花须落，水面鱼催柳絮行"句，陆游有"春水柳塘鱼嗾花"句，都不如"争柳花"来得动作剧烈。我们可以想见缺乏经验的小鱼，误将飘落的柳花当作美食，性急地赶来争抢，而在水面上搅起层层涟漪的情景。前三句极写静物，这一句突然出现了动景，动静相生，却仍然是一派恬适的景象。"青霞仙子家"坐落在这一片天地中，主人隐逸生活的情调、风味，自不难想见。全曲始写"赵肃斋"，后写"青霞洞"，却仍然是借景传人。俗语说"一支笔难写两头事"，本曲则借优美新巧的构思而成了例外。

〔双调〕落梅风　春情

秋千院，拜扫天，柳阴中躲莺藏燕。掩霜纨递将诗半篇①，怕帘外卖花人见。

【注释】

① 霜纨（wán）：指白色的衣袖。

【语译】

是那竖着秋千架的小院，在那祭坟扫墓的三月春天，柳树荫间，不时传出了燕语莺啭。她抬起白色的衣袖遮掩，悄悄地递出一幅诗笺，怕的是被珠帘外的卖花人将秘密发现。

【赏析】

这首小令撷取了闺阁女子与情人幽期密约的一个小小片段，而富有浓郁的生活色彩与春天气息。

"秋千院"是闺中女子游戏的庭院。"拜扫天"即寒食、清明的几天，《东京梦华录·清明节》载："凡新坟皆用此日拜扫……自此三日，皆出城上坟。""秋千院"同"拜扫天"的密切关系，我们在白朴《庆东原》的"赏析"中已作有说明。这两句交代的地点、时间，都与芳春密不可分，为"春情"的展开作了铺垫。"柳阴"一句，更是意蕴丰富。三月的杨柳长条踠地，绿树如烟，所谓"掩映莺花媚有余"（成彦雄《杨柳枝》）、"紫燕时翻翼，黄鹂不露身"（杜甫《柳边》）。"躲莺藏燕"，正

237

是鸟儿们在柳树间出没的实录。曲中强调了莺燕的躲藏，又是一种曲笔，暗示了"秋千院"中那对情侣的出场。而再从下文幽期偷会的表现来看，"躲莺藏燕"更可说有比兴的意味。

柳荫中莺燕躲躲藏藏，柳荫外的一对青年男女也是背着人相会，需要遮遮掩掩的。小令对他俩未作正面的介绍，仅仅写了女主角以袖遮面暗递情诗的情节。"掩霜纨"的动作是那样传神，将闺中女子在幽会情人时又羞又怕的情态表现得栩栩如生；而"诗半篇"既说明脉脉之情难以尽诉，又是邀请唱和的表示，令人想到那在曲中未曾正面述及的男性情侣。作者对女子这番娇态的解释，是"怕帘外卖花人见"，其实越是担惊受怕，越是见出她初涉爱河的娇羞；而顺笔添出了"卖花人"的第三者，又愈益增添春天的风情。小令题为"春情"，本身即意味着男女之间的风流情感，妙在这一切又都是安排在芳春的典型环境中展示，就更显得旖旎缠绵。散曲小令多为率意之作，但在细腻熨帖、扩展意蕴的巧思上，从来是不遗余力的。

〔双调〕落梅风　天宝补遗①

姮娥面，天宝年，闹渔阳鼓声一片②。马嵬坡袜儿得了看钱③，太真妃死而无怨④。

【注释】

① 天宝补遗：五代王仁裕有《天宝遗事》，后人对其内容加以补充或阐述，称天宝补遗。天宝，唐玄宗年号(742—756)。　②"闹渔阳"句：语本白居易《长恨歌》："渔阳鼙鼓动地来。"指安禄山在渔阳起兵叛乱。渔阳，唐郡名，今天津市蓟州区一带。　③"马嵬坡"句：据唐人李肇《国史补》载，杨贵妃于马嵬驿被赐自尽后，有老妪得到一双她的袜子，供人出钱玩看，得钱数万。　④太真：杨贵妃本寿王妃，后奉玄宗命于宫中出家，道号太真。

【语译】

杨贵妃美如嫦娥，天宝年君臣宴乐。谁想渔阳郡响起战鼓，霎时间遍地干戈。杨贵妃遗下的袜儿，还能让后人出钱观摩，看来她死了不该有什么怨恨可说。

【赏析】

"姮娥面"喻杨贵妃貌美如月中嫦娥。小令起首三句，以杨妃的美艳、天宝的年号与渔阳鼙鼓排列在一起，已暗寓杨贵妃为安史之乱的厉阶之意。"天宝年"是绝妙的过渡。将它上同起句连接，则概括了杨妃自册立为贵妃后，在宫中得到唐玄宗宠幸的大段历史。将它下同"闹渔阳鼓声一片"连读，则专指天宝十四、十五载两年，安史之乱爆发与猖獗的史实。"天宝年"本身是中性的名词，而从"姮娥面"的可爱转出"闹渔阳"的可怖，这短短的三句起笔，便有突兀峻刻、怵目惊心之感。

以下作者直接接入马嵬坡贵妃身死的结局，又从"杨妃袜"的传说中对她进行了嘲讽，意冷语峻。作品题目的"天宝补遗"，无疑所"补"的就是"死而无怨"四字。杨妃袜"得了看钱"是安史之乱平定后的插曲，作者的这一笔，又将所反映的历史画卷拉长了许多。

唐玄宗以溺爱女色荒政误国，安禄山又因杨贵妃的缘故固结帝宠，这正是元人多诿罪于"太真妃"的缘故。这样的历史观虽然片面，但从本篇对杨贵妃的口诛笔伐中，不难见出元散曲小令借题发挥、尺幅兴波的艺术特色。

〔双调〕清江引　秋怀

西风信来家万里，问我归期未。雁啼红叶天，人醉黄花地。芭蕉雨声秋梦里。

【语译】

西风中读到了万里之外的家信，问我归期有没有决定。满天红叶飞舞，大雁声声悲鸣。黄菊盛开，人终日醉酒酩酊。在我的梦里，总是闯来打在芭蕉叶上的滴滴雨声。

【赏析】

秋风中接到家信，远自万里之外寄来，谆谆"问我归期未"，这两句从空间和时间的两个方面表现了"我"与"家"的暌隔。而诗人未对来信的殷望作任何正面的答复，仅是铺排了自己所处客乡的秋景。"红叶天"、"黄花地"，显是受了《西厢记·长亭送别》中"碧云天，黄花地，西风紧北雁南飞"的启导，而《西厢记》又是移用了范仲淹《苏幕遮》词的"碧云天，黄叶地"，亦为感秋之作。红叶黄花勾勒了清秋的轮廓，色彩鲜明，但却有一种苍凉冷颏的情韵。尤其是作者在这一背景中添现了"雁"、"人"的活动主角，且雁啼于天，人醉于地，便使这种苍凉冷颏发挥到了极致。"雁啼"最牵愁惹恨，"人醉"则是为了忘忧，而"芭蕉雨声秋梦里"，秋雨的萧疏冷酷，使得乡梦也为之惊醒。这三句景句无不暗寓着人物的客乡况味和主观感受，代表着诗人的"秋怀"。深沉的乡思与有家难归的羁愁，便足以回答"归期未"的提问了。

这三句是作者收信后无言的感受，但它也可以视作诗人因家信问起归期而惆怅苦闷的应接。我们也可以这样想象：诗人因在现实上不可能回到万里以外的乡园，无语可复，心中充满了忧愁与歉疚。他抬头望天，想看看那传书的鸿雁可在，结果发现"雁啼红叶天"，大雁似乎也在为他发出悲鸣。满地秋菊盛开，但那并不是故园的黄花，诗人只能借酒狂饮，在酩酊中暂忘乡愁。入夜了，他希望能在梦中实现回乡的心愿，可是"隔窗知夜雨，芭蕉先有声"（白居易《夜雨》），蕉叶上的雨声又无情地提醒着他的孤寂。"问我归期未"，不敢答复，至此也无需答复。

小令的这三句景语，在时间的跨度上可前可后，代表了"秋怀"的一贯凄凉，确实是颇见妙味的。

唐李商隐《夜雨寄北》："君问归期未有期，巴山夜雨涨秋池。"是在归未有期但又存在着"何当共剪西窗烛"可能的情形下，生慨于寄身之处的旁景。而本作连"未有期"的吐诉都鼓不起勇气，心上的伤口就可想而知了。

〔双调〕拨不断　会稽道中①

墓田鸦，故宫花②。愁烟恨水丹青画，峻宇雕墙宰相家，夕阳芳草渔樵话。百年之下。

【注释】

① 会稽：今浙江绍兴地区。　② 故宫：会稽在春秋战国时期为越国都城，南宋高宗时亦一度作为行在所。

【语译】

乌鸦盘踞着墓场，往昔的宫殿里花儿依然开放。烟水茫茫凝结着愁恨，犹如图画中的风光。那宰相的宅第，有着高峻的屋宇、雕花的围墙。几名渔人樵夫，在夕阳垂照的草地上将古今论讲。百年之后，总是又一番景象。

【赏析】

这是一首纪行之作。通常记述"道中"景物，都是以行程次第所见为先后顺序，本篇则不然，可说是跟着感觉走。而列于作者印象中第一第二的，是墓地的乌鸦和故宫的野花，全曲的感伤基调，就不言而喻了。

三、四、五句的鼎足对，也是印象的组合。这三句的安排实有深意，目的是互相就近沟通内在的联系。会稽地区的山水是天下著名的，所谓"山阴道上，目不暇接"的美景便处于这一带，用"丹青画"三字形容，一点都不过分。但由于作者的感情意向，这种美便与牵愁惹恨的感想叠合在一起。"愁烟恨水丹青画"，又一次给读者送来了触目惊心的印象。当然，"愁烟"也好，"恨水"也好，越中山水的佳美是亘古永在的，所以也才会有宰相达官在此地造府作衙，其"峻宇雕墙"也成为作者于会稽道中所见的一景。然而，"宰相家"终究徒存其表，兴衰一瞬，到头来不过成了黄昏草地上渔樵聚谈的闲话。小令将"丹青画"、"宰相家"、"渔樵话"次第叙出，便暗示了这片美丽土地上所曾发生的盛衰兴亡的历史悲剧。

末句的"百年之下"是画龙点睛之笔。它将前五句的景象一网打尽，补明了作者在曲中种种衰残悲冷感觉的成因。作者在会稽道中目击的"墓田"、"故宫"、"宰相家"等，无一不是当年繁华经过"百年之下"的遗迹，那么自今以后的百年之下，又会出现怎样的局面和景象呢？作者没有说明，却自然而然激起了读者的联想。清人朱彝尊有一首《卖花声·雨花台》词："衰柳白门湾，潮打城还。小长干接大长干。歌板酒旗零落尽，剩有渔竿。　　秋草六朝寒，花雨空坛。更无人处一凭阑。燕子斜阳来又去，如此江山。"也是在末句以四字涵盖全篇，总结出对历史和社会沧桑之变的深慨。后人对朱词有"结得妙，妙在其味不尽"的赞语，借来作为本曲"百年之下"的评判，同样是深中肯綮的。

〔双调〕折桂令　游金山寺①

倚苍云绀宇峥嵘②，有听法神龙③，渡水胡僧。人立冰壶④，诗留玉带⑤，塔语金铃。摇碎月中流树影⑥，撼崩崖半夜江声。误汲南泠⑦，笑煞吴侬⑧，不记《茶经》⑨。

【注释】

① 金山寺：又名龙游寺、江天寺，在镇江长江中的金山上（金山至清代方与南岸毗连）。　② 绀（gàn）宇：佛寺，佛寺多以绀色琉璃作屋顶。　③ 听法神龙：北宋庆历间金山寺毁于火，寺僧瑞新发誓重建。相传有神龙化为人形前来听法，显身潜入金山下的龙潭，寺僧因得布施钱百万。元释明本《题金山寺》："龙化楚人来听法，手擎珠献不论钱。"　④ 冰壶：喻洁净的世界。　⑤ 诗留玉带：据宋范正敏《遁斋闲览》及《金山志》记载，金山了元佛印法师曾与苏轼参禅，苏轼赌败，留下玉带永镇山门。《苏轼诗集》卷二十四有《以玉带施元长老，元以衲裙相报，次韵二首》的诗作。　⑥ 中流树影：唐张祜《金山》："树影中流见，钟声两岸闻。"人以为传出金山的特色。　⑦ 误汲南泠：唐陆羽精于茶事，世称茶神。湖州刺史李季卿命军士汲取长江南泠水，煮茶请陆羽品尝，陆羽说茶瓶上半是江岸水，下半才是南泠水。召来军士一问，原来他们因汲得的水在舟中晃出了一半，所以临时在江岸边汲水补入。事见唐张又新《煎茶水记》。南泠，一作南零，在镇江附近的长江中心，陆羽品其水质为天下第七，《煎茶水记》则品为第一。　⑧ 吴侬：吴人。　⑨《茶经》：陆羽论茶的经典著作。

【语译】

高高的佛寺横空出世，直与浓云相傍。这里曾有神龙幻形前来听讲，还有从远道渡江到此的西域和尚。游人置身于玉洁冰清的世界之中，忆起东坡留下玉带和诗篇的佳话，听那寺塔的金铃阵阵作响。树影出现于长江的江心，摇碎了波面的月光。夜半的江涛，隆隆地震撼着崩坏的崖壁，势不可挡。昔时曾有军士拿江岸水冒抵南泠水的情况，可笑如今的吴人，早已把《茶经》遗忘。

【赏析】

小令入手擒题，以三句写出了金山寺宏伟的外观与富有宗教色彩的精神内质。"苍云"是实景，又暗用《宝雨经》"乘苍云来诣佛所"的佛教语言；"听法神龙"、"渡水胡僧"，则呈现了寺内的宗教气氛与巨大的感召力。龙、僧对举，当是受唐张祜《题润州金山寺》"僧归夜船月，龙出晓堂云"名联的启示，但在曲中更见形象。以下三句鼎足对，则度入了"游金山寺"的"游"。尽管与作者形象直接关联的仅出"人立冰壶"一句，但"诗留"、"塔语"，也间接反映出诗人观景、怀古乃至诗兴遄发的景象。而此三句中，又进一步表现了金山寺的风物特色与文化内涵。这一切都从"风神"落笔，自觉气象不凡。

"摇碎月"一联为细染，对象为"树影"与"江声"。值得注意的是，诗人的写景突破了时间的限制，将眼前的实像都转移至夜间表现，这是为了取得更为完美、典型的艺术形象效果。从前文的"苍云"、"冰壶"来看，作者的游览已近黄昏，这就为他进一步驰骋想象提供了条件。树影中流、江声撼崖，置于"夜半""碎月"之中，更添一种苍莽悲郁的风调。作者的襟怀茫远、心潮澎湃，也于此间反映了出来。

末三句的"误汲南泠"云云，看似无端，实为眺望南岸所见景观的联想。时值黄昏，南岸人家汲水回家，一片熙熙攘攘的生活情景。他们的"汲水"是为了应付日常的需要，自然"不记《茶经》"，曲中的这一笔便点出了这一实质。然而，金山寺的游览却激起了诗人的无穷雅兴，所以要"笑煞吴侬"了。这三句巧妙地借用典故，为这度快游的满足心态画上了句号。

由此可见，借景见情、借物象见游兴，是本曲在内容表现上的特色。而为了达到这样的效果，全曲锻炼字句，尤以活用典故、成句见长。这种活用，又表现在虚实相兼上。所谓实，即属于本地风光，如"听法神龙"、"诗留玉带"、"中流树影"、"误汲南泠"，其故实在注释中已予解释。所谓虚，即典故虽非金山寺所自有，而其意蕴却有助于实景的印证。如"渡水胡僧"，令人联想起达摩一苇渡江、杯渡和尚借杯渡水的宗教故事；"塔语金铃"，令人联想到《晋书·佛图澄传》中佛图澄闻塔铃而知寓意的典故。这一切，都有助于烘染金山寺作为释教胜地的氛围和气象。

〔双调〕水仙子　乐闲

铁衣披雪紫金关①，彩笔题花白玉阑，渔舟棹月黄芦岸。几般儿君试拣，立功名只不如闲。李翰林身何在②？许将军血未干③。播高风千古严滩④。

【注释】

①紫金关：即紫荆关，一名金陂关。在河北易县西，为"太行八陉"之一。　②李翰林：李白，天宝年间曾供奉翰林。　③许将军：许远，唐玄宗朝拜睢阳太守、防御使。安史之乱中，与张巡共守睢阳，城破被执，不屈而死。　④严滩：即严陵濑，在浙江桐庐南富春江畔。以东汉高士严光在此隐居而得名。

【语译】

有人在紫荆关上镇守，铁甲上落满了雪片。有人在宫中的白玉栏边，题写着咏花的诗篇。还有人在长满黄芦的滩岸旁，乘着月色驾着渔船。这几种请你挑选，显然求取功名，不如自由自在，无拘无牵。你看李太白如今何在？许远的血迹殷然。只有严子陵隐居不仕，得以高风流播万年。

【赏析】

"将军铁甲夜巡关，丞相朝衣晓立班。日上三竿僧未起，算来名利不如闲。"这是元杂剧中的上场诗。诗中的"闲"偏于"闲暇"之意，而本曲的"闲"则作"闲散"解。两者的内涵虽不尽相同，但在支持结论的方法上却异曲同工，即都使用了比照。

曲中的比照法比较独特，分作两个层次。第一层是以互成鼎足对的三句并列，分别出示武将、文臣、渔父的日常生活景象。将军镇守雄关劲隘，雪花纷纷落满铁衣，气象凛肃，这一句代表了建功；文臣在宫中的白玉陛栏旁，应制赋诗，花团锦簇，气象富贵，这一句代表了扬名；渔父一叶扁舟，徜徉于月夜的黄芦江岸边，气象超逸，这一句显然是代表清闲。三句在表面上不分轩轾，提供让"君试拣"，但作者随即便亮出论点："立功名只不如闲。"也就是点出了"乐闲"的题面。而第二层则运用李白、许远及严光的三则典故，分别作为第一层三句的诠释和补充。由于两层间本身存在着从现象到本质的跃进，令人憬然惕然，于是"几般儿"的孰优孰劣，顿时高下立判。而作品的警拔峭严，也就活脱脱地表现出来了。

〔双调〕水仙子　次韵

　　蝇头《老子》五千言①，鹤背扬州十万钱②。白云两袖吟魂健，赋庄生《秋水》篇③。布袍宽风月无边④。名不上琼林殿⑤，梦不到金谷园⑥，海上神仙。

【注释】

①《老子》五千言：《老子》即《道德经》，春秋老聃著，五千余字，宣扬清静无为，为后世道家尊奉的经典。　②"鹤背"句：《殷芸小说》载一群人各言其志，有的愿作扬州刺史，有的愿多拥钱财，有的愿骑鹤升仙。最后一人统而兼之，想"腰缠十万贯，骑鹤上扬州"。③庄生：庄周，战国时楚国的大哲学家。《秋水》篇：《庄子》篇名，述是非合一、恬淡无争的至理。　④布袍宽：指道家穿着的宽大道袍。　⑤琼林殿：在北宋汴京(今河南开封)禁城内，为皇帝赐宴新科进士的场所。　⑥金谷园：西晋富豪、荆州刺史石崇的私人园苑，在洛阳西北金谷涧边。

【语译】

　　我把小字书写的老子《道德经》烂熟于胸，倾心皈向。"腰缠十万钱，骑鹤上扬州"，骑上鹤背才能如愿以偿。两袖拂着白云，吟兴豪壮，赋写出庄子《秋水》那样的不朽篇章。这宽大的青布道袍啊，把无穷的光景包藏。我不求中进士题名金榜，也不作享受富贵荣华的梦想，只愿做逍遥自在的神仙，遨游于东海之上。

【赏析】

作者有《朱履曲·游仙》："题姓字《列仙后传》，寄情怀《秋水》全篇。玲珑花月小壶天。煮黄金还酒债，种白玉结仙缘，袖青蛇醉阆苑。"可见他对道家生活的向往。本篇则是更为淋漓的发露。

起首两句的对仗就出手不凡。在动物门、身体门、专名、数字都一丝不移的工整前提下，作者尽量拉大了两句意象的距离，满足了"正对为劣，反对为优"的对仗标准。前句不明言自己细读老子《道德经》，而以"《老子》五千言"的蝇头小楷代表了这一意境。这种借描叙受作用的客体来反映作用者主体的借意手法，是中国诗歌特有的一种表现手段，如李商隐的"凄凉《宝剑篇》，羁泊欲穷年"（《风雨》）就是一例（《宝剑篇》为唐郭元振借抒壮怀的诗作，本身并不含凄凉之意）。以下"鹤背"句则将"腰缠十万贯，骑鹤上扬州"的故事集于一句之中，而主旨则在于"鹤背"，表现出成仙得道所拥有的极度快意。两句都作奇兀的盘空硬语，显示了诗人倜傥不群的豪迈情兴。

"白云两袖"是翱翔高处的夸语，却同时也是在运用一段道家的典故。南朝齐的道人陶弘景，隐居句曲山，与白云为侣，曾作诗回答齐武帝问讯："山中何所有？岭上多白云。只可自怡悦，不堪持寄君。"而笔记载他在山中娱乐宾客，能振袖放出云气（见《古今怪异集成·云》）。结合这一典故，全句便带上了在肉体和精神上都离尘出世的高士韵味。"吟魂健"，所吟咏赋出的是像庄子《秋水》篇那样的至理道言；身着道家的宽大布袍，胸中包罗了天地万象。这接下来的三句，完满地绘现了得道高士的风神。道家追求精神绝对自由的宗旨与文人希冀获得个性解放的心理颇易合拍，像大诗人李白就曾加入道籍，所以作者在曲中的虔心皈依，是毫不奇怪的。

末三句则点明了全曲的题旨。"名不上琼林殿"是藐视功名，"梦不到金谷园"是鄙弃富贵。"海上神仙"则是这两句的诠释，也是对全曲的总结。然而唯因有了"琼林殿"、"金谷园"这些人事因素的陪衬，作者所塑造的"海上神仙"，便更多了避世抗俗的积极意味，而与纯粹宗教意义上的求道成仙有了截然的区别。全曲给人以豪放的印象，而无夸诞的嫌疑，其原因也正在于此。

〔双调〕水仙子　归兴

淡文章不到紫薇郎①，小根脚难登白玉堂②，远功名却怕黄茅瘴③。老来也思故乡，想途中梦感魂伤。云莽莽冯公岭④，浪淘淘扬子江。水远山长。

【注释】

①　紫薇：即紫微，中书省的别称。郎：郎官，即郎中与员外郎。　②　白玉堂：即玉堂，翰林院的别称。　③　黄茅瘴：古人对南方僻远地区不同季节瘴气的分类之一。唐郑熊《番禺杂记》："岭外二三月为青草瘴……八九月黄茅瘴。"　④　冯公岭：一名石人岭，在杭州灵隐飞来峰外。

【语译】

文章不值一钱，做不到中书省的郎官。没有门第与背景，进不了翰林院的堂殿。远远躲开功名场，怕的是遭到贬谪瘴乡的灾难。年华老大，激起我对故乡的思念，想起归途，一回回魂牵梦萦，伤感无限。那冯公岭茫茫云锁，扬子江滔滔波翻。隔着那么多的水，那么多的山！

【赏析】

"归兴"翻成白话，就是回乡的情兴。诗人们选上这个题目，绝大多数都是兴致勃勃的。但本曲中作者则不然。这首散曲前半述功名失意，后半写归途渺茫，合成了一片无可奈何的悲哀。

"淡文章不到紫薇郎"，是说自己一生不得文章力。作者故意用"紫薇郎"来代表高官要职，不用平仄相同的"尚书郎"之类，恐怕就是为了突出"淡"与"紫"在色彩上的不谐。"淡文章"并非全是自谦文笔平淡之意，因为元代长期废除科举，文人入仕大多通过荐引，文才再高、文章再好也是不顶用的。所以这里的"淡"字，更多是就文章的性质作用而言，几乎可以作为"扯淡"的詈语看待（《西湖游览志余》："余杭人有讳本语而巧为俏语者，如胡说曰扯淡。"淡实是一种骂人话）。同样，"小根脚难登白玉堂"，"根脚"本是底细、来历的意思（如睢景臣《哨遍·高祖还乡》："把你两家儿根脚从头数。"），这里径突出"脚"字，与"难登白玉堂"挂起钩来。这是说自己缺乏背景，无人奥援，正是对"淡文章不到紫薇郎"的进一步诠释。"远功名"一句则换了个角度，流露出恐惧宦海风波险恶的内心，表现了自己在功名道路上趑趄不前的矛盾心理。这三句将功名不遂的种种感慨，用曲折而辛辣的自嘲方式进行表达，益见伤口的隐痛。这些都是"归兴"产生的缘由，但更触目惊心的，却实是下一句中的"老来"二字。作者已明知文章淡、根脚小，还存在"黄茅瘴"的潜在威胁，却依然在功名场中蹉跎至今，这原是元代知识分子命运的普遍悲剧。看来正是这个"老"字，才是促成作者下决心"归"的根本原因。

"实迷途其未远，觉今是而昨非"，"归兴"既决，应当是"载欣载奔"了吧？事实上又不然。这就是下半所表现的"水远山长"、"梦感魂伤"。"云莽莽"映"山长"，"浪淘淘"映"水远"，读上去像是听到作者一声声的喟叹。"归兴"的因是感伤，"归兴"的果也是感伤，这就使读者对诗人老来无成、黯然回乡的况味，产生了强烈的同情和怀想。

这首小令不仅感情深沉，语言老辣，在对仗上也是颇能体现作者风格的。曲中的对仗在工整的前提下，一是增大对偶形象的距离，二是巧用词性的转化。如"紫薇郎"、"白玉堂"、"黄茅瘴"，铢两悉称而形象各异，"紫"、"白"、"黄"都非纯粹的色彩原意。这样看来，作者以偏僻的地名"冯公岭"对"扬子江"，恐怕也是出于"公"、"子"借对的考虑。

〔越调〕凭阑人　江夜

江水澄澄江月明，江上何人捣玉筝^①？隔江和泪听，满江长叹声。

【注释】

① 捣：弹拨乐器。筝：一种十三弦的弦乐器。

【语译】

江上一轮明月是那样地璀璨，照亮了澄净的江面。是谁呀，在水上把古筝拨弹？隔着江水饱含着眼泪倾听，满江的涛声一时都化作了长叹。

【赏析】

首句直接擒题，从清夜入手，色彩鲜明，描摹江景如绘。明净旷远的江夜最易引起人的敏锐感觉，所以此句写景，其实正为下文写情蓄势。次句忽出筝声，打破江夜的寂静，吸引了读者的注意；妙在似问非问，"捣玉筝"的来历并不明说。第三句轻妙地转到闻筝的对象身上，非但"何人捣玉筝"不见答案，就连捣筝的内容也不作交代，却显示了听者的专注，且以"和泪听"三字透现出一种天涯漂泊的凄凉情味。末句写出听筝的反应，筝曲的情调不言而喻，且此时的"声"使前时的"色"尽生愁意。由于各句撷取的是富有表现力的不同片段，所以整支小令虽以闻筝占取了绝大篇幅，但仍组构出一幅历历分明的江夜风情画。

这首二十四字的小令，容易使人联想起白居易那六百余言的著名长诗《琵琶行》。同是江天月夜，同是不期而闻哀怨的音乐弹奏，这支《凭阑人》几乎可说是浓缩的《琵琶行》。只是白诗详尽地介绍了演奏的过程，弹者的身份、经历，以及听者哀怨的缘故，而小令限于容量，这一切都付阙如。但因此也造成了作品的悬念，令人遐想。筝声无端而至，哀怨无端而生，倏然以来，戛然以止，造成了全曲清凄超妙的风神。《太和正音谱》曾记载了一段"善歌者"蒋康之的小故事："癸未春，度南康，夜泊彭蠡之南。其夜将半，江风吞波，山月衔岫，四无人语，水声涔涔。康之叩舷而歌'江水澄澄江月明'之词，湖上之民，莫不拥衾而听，推窗出户皆听者，杂合于岸。少焉，满江如有长叹之声。"本篇的艺术感染力，于此可见一斑。

在技巧形式上，本篇属散曲巧体之一的"嵌字体"，各句都嵌有一至二处"江"字。"嵌字体"在诗歌中已有先例，如陶渊明的《止酒》诗，二十句中就句句含一"止"字。散曲"嵌字体"的最早作品，则是元好问的《喜春来·春宴》："春盘宜剪三生菜，春燕斜簪七宝钗。春风春酝透人怀。春宴排，齐唱喜春来。"本篇同嵌的"江"字，建立了句与句之间的内部联系。全曲出现的"江水"、"江月"、"江上"、"隔江"、"满江"的重复不仅多方位地充实"江夜"的题意，而且表现了一唱三叹的风韵。

〔商调〕秦楼月

　　寻芳屦①，出门便是西湖路。西湖路，傍花行到，旧题诗处。　　瑞芝峰下杨梅坞②，看松未了催归去。催归去，吴山云暗③，又商量雨。

【注释】

① 屦（jù）：鞋。此代指行踪。　② 瑞芝峰：在杭州南山区风篁岭、狮子峰之间。杨梅坞：近瑞芝峰，以宋时金妪栽杨梅盛美得名。　③ 吴山：在杭州西湖东南。

【语译】

要想游赏寻花的话，出门就是西湖一带。在西湖湖边的路上，沿着花丛行走，直到了昔日题诗的所在。

瑞芝峰下的杨梅坞，松林一派，我盘桓着久久不去，时光却催着我动身离开。当把我催上了回家的归程，那吴山上升起一片浓云，眼看就要下起雨来。

【赏析】

张可久惯以词笔作曲，此首《秦楼月》曲牌、词牌句格相同（词牌一名《忆秦娥》），更不免带上较多的词味。不过在内容的执一以及某些句子的口语化（如"出门便是西湖路"、"瑞芝峰下杨梅坞"）上，仍体现出散曲的质直风调。

全曲以记述一天的游春行程为主干。"寻芳屦"，本身是有目的的出行。门迎西湖，"出门便是"，有轻车熟路之意。既为"寻芳"，傍花而行，自是如愿以偿。但"傍花行到、旧题诗处"，就为作品添上了一丝怅惘的意味。我们看到诗人沿着西湖岸花丛前行，最终却情不自禁地到了旧日题诗的地方，可见"寻芳"的真正目的还是寻旧。作者不明说出，故意把"旧题诗处"的重临写成是漫步之中的无意所得，则旧忆中或有隐痛、隐衷的成分。这一点，在下片也有所隐示。从瑞芝峰到杨梅坞，诗人前言"寻芳"而来，到此却成了"看松"。杜甫《东屯北崦》："步壑风吹面，看松露滴身。"就是一种心情沉重的表现。从"催归去"、"云暗"、"又商量雨"等提示来看，诗人并未能尽兴。"商量雨"从姜夔《点绛唇》"数峰清苦，商略黄昏雨"的词句化出，是阴阴欲雨的天象。总之，这一结尾同诗人的心情相映，是甚为黯淡的。

全曲以句促语短的意境闪现来表现景点的变换，贯串着冷咽的情调，故曲中虽连用"西湖"、"瑞芝峰"、"杨梅坞"、"吴山"四个地名，却并无饾饤堆叠之感。曲牌格律所规定的三字句的重复，反而起了圆润行迹的绾联作用。

〔南吕〕一枝花　湖上归(套数)

长天落彩霞，远水涵秋镜。花如人面红，山似佛头青①。生色围屏。翠冷松云径，嫣然眉黛横。但携将旖旎浓香，何必赋横斜瘦影。

〔梁州〕挽玉手留连锦英，据胡床指点银瓶②。素娥不嫁伤孤另③。想当年小小④，问何处卿卿？东坡才调，西子娉婷，总相宜千古留名。吾二人此地私行。六一泉亭上诗成⑤，三五夜花前月明，十四弦指下风生。可憎⑥，有情。捧红牙合和《伊州令》⑦。万籁寂，四山静。幽咽泉流水下声，鹤怨猿惊。

〔尾〕岩阿禅窟鸣金磬⑧，波底龙宫漾水精⑨。夜气清，酒力醒。宝篆销⑩，玉漏鸣⑪。笑归来仿佛三更，煞强似踏雪寻梅灞桥冷⑫。

【注释】

①佛头青：绀青色，也即天青色。旧时佛像头部常饰以绀青。　②胡床：一种可折叠的坐椅。银瓶：金属制的酒瓶。　③素娥：嫦娥。　④小小：苏小小，南齐钱塘名妓。　⑤六一泉：在杭州孤山南麓，以纪念北宋欧阳修(号六一居士)而命名。　⑥可憎：宋元方言，即可爱之至。　⑦红牙：红色的拍板。合：应当。《伊州令》：乐府歌曲名。　⑧岩阿：山岩曲处。禅窟：这里指佛寺。　⑨水精：水晶。此处喻西湖为水精宫，当暗用唐杨用乂《明月楼》"溪上玉楼楼上月，清光合作水精宫"义。　⑩宝篆：名贵的盘香。　⑪玉漏：玉制的漏壶，为古人的计时器具。　⑫"煞强似"句：元人流传唐诗人孟浩然骑驴冒着风雪去灞桥寻梅的传说，并以之作为诗人冬令雅兴的佳话(其实是一种附会)。煞强似，完全胜过。灞桥，桥名，在长安东灞水上。

【语译】

彩霞从天空中渐渐消退，西湖的水域远处像一面平洁的镜子，幽幽生辉。花儿绽放着美人的红晕，群山染上佛头的绀青，一片苍翠。这一切，犹如着色的屏风环围。苍松荫下的小径是那样地幽冷，前方的山影如柔美的横呈着的黛眉。我带着香艳美丽的女伴同行，还有什么必要去寻赏玉梅？

我挽着她的手在花丛间徘徊，坐在小杌子上，取出银瓶中的美酒品味。那月中嫦娥真是可怜，寂寞独身，冷清清地没个人伴陪。我们想起当年的名妓苏小小，不知她在哪儿同心上人相会？这里苏东坡曾展示高才，西湖令人想起西施的倩影，两者相得益彰，千古名垂。如今只有我俩在此悄悄低回。我们在六一泉的亭子上作诗，花前欣赏十五夜的明月，取出胡筝弹奏，指下流出的乐声是那样地清美。太可爱了，太多情了，捧起拍板，应当把《伊州令》好好和唱一回。万籁无声，群山沉睡，只有筝声如泉底鸣咽的流水，连鹤猿也禁不住惊悲。

山岩间的佛寺传出阵阵磬音，西湖上涟漪层层，像水底的龙宫在把水晶似的湖面漾碎。夜气清爽，酒力渐渐消退，篆香寸寸烧短，漏壶"嗒嗒"滴水。展眉一笑，归家时已大约三更，这一番夜游，比孟浩然踏雪寻梅不知强上多少倍。

【赏析】

这首作品描述与女友自黄昏游览杭州西湖，至夜深方归的经过，表现了文人诗酒风流生活的一个优美的片段。

黄昏的西湖边上，落霞秋水，红花青山，犹如染色的屏风。从苍翠幽深的松间小径，诗人同他美丽的女友走来。〔一枝花〕曲作为引子，在此着力标举了古人所谓"四美并"的前两项内容——良辰美景。

他俩携手同游，在花前盘桓；在月下饮酒，从月中嫦娥一直谈到曾在西湖边生活过的美人名士，不禁为自己今宵的遇合欢游而心满意足。他们乘兴吟诗唱和，赏月看花，弹筝唱曲，不觉夜深人静。在〔梁州〕曲中，湖上就成了两人的世界，这里着重表现的是"赏心乐事"。

直到三更时分，他俩才离湖回家，感到这一番游赏既风雅又尽兴。〔尾〕曲结束了行乐，却留下了美感。

这支套数将游湖时的景色与情兴表现得十分优美，显示了诗人精湛的写作技巧。景物的风神随着情兴的发展而有不同的侧重，真正实现了情景交融：〔一枝花〕以美景引出佳游，写景以旖旎为主；〔梁州〕从佳游观察美景，写景以韵雅为主；〔尾〕在美景中结束佳游，写景以清幽蕴藉为主。彩霞、红花、旖旎浓香、生色围屏，这些本来热闹秾华的景物，却和谐地融入清幽的境界之中；而万籁寂、四山静、幽咽泉流、禅窟夜磬，这些原属凄冷峭严的景象，在全曲的协调下反而助构了一种超尘出俗的氛围。正因如此，尽管全曲景句众多，却无一点累赘或生硬的感觉。

在写作的语言特点上，一是大量化用前人成句，如"长天"句用王勃《滕王阁序》"落霞与孤鹜齐飞，秋水共长天一色"，"山似"句用林逋《西湖》"晚山浓似佛头青"，"嫣然"句用唐长安慈恩寺女仙诗"烟波山色翠黛横"，"据胡床"句用杜甫《少年行》"指点银瓶索酒尝"，"幽咽"句用白居易《琵琶行》"幽咽泉流水下滩"，"笑归来"句用苏东坡《临江仙》"归来仿佛三更"等等。在引用时作者往往扩大了原句的意境，使读者在"似曾相识"中获得新的感受。二是对仗力求工整雅致，多有俊语，尤以"六一泉"以下的三句鼎足对为人称道。"六一"、"三五"、"十四"的数目工对本自不易，三句的意象又各自不同，符合"正对为劣，反对为优"的对仗原则。此外，如"岩阿禅窟鸣金磬，波底龙宫漾水精"，以"禅窟"借声为"蝉窟"而与"龙宫"相对，全联对仗也极为工整，典重凝练。这些地方都体现了作者求雅求精的作曲风格。

　　明代文人对这支套数极为赏识，评价它为"古今绝唱"（李开先《词谑》）或"其余皆不及"的"一时绝唱"（沈德符《顾曲杂言》），这是因为他们欣赏作者写作的技巧，也是因为出于对散曲"清丽派"风格的偏爱。其实，这套作品并不是无懈可击的。从曲中"长天落彩霞，远水涵秋镜"、"三五夜花前月明"等句来看，这次湖上行乐当在秋令，而"何必赋横斜瘦影"、"煞强似踏雪寻梅灞桥冷"，却两度使用了冬天的掌故。又如"翠冷松云径，嫣然眉黛横"，"眉黛"是喻指远山，但在"松云径"中松行屏翳，其实是见不到眉黛"横"的。再如"宝篆销，玉漏鸣"，也显然不是湖上游赏的道具。清丽派文人在填曲时一味注重字雕句琢，有时就难免顾不上写实性。即以作者在曲中所"携将"的女子来说，文意上不像是妓女，但在《小山乐府》中，又见不到诗人生活中有这样一位女友的痕迹（作者在杭州西湖，多以清客的身份出现），则此全作很有可能是出于臆想的虚构。这样看来，细节上出现一些破绽，也就是不奇怪的了。

任　昱

任昱(生卒年不详),字则明,四明(今浙江宁波)人。布衣终身,少时即喜创作小曲,传唱青楼。今存散曲小令五十九首,套数一首。词语多缛丽,亦有部分沉郁愤冷之作。

〔中吕〕上小楼　隐居

荆棘满途,蓬莱闲住①。诸葛茅庐②,陶令松菊③,张翰莼鲈④。不顺俗,不妄图,清高风度。任年年落花飞絮。

【注释】

① 蓬莱:传说中的东海神山,亦指代远摒红尘的仙境。又"蓬莱"亦为蓬蒿草莱的简称,为隐者所居。此处意兼双关。　② 诸葛茅庐:三国蜀诸葛亮出山前,曾躬耕于南阳(在今湖北襄樊、河南南阳一带),隐居茅庐。　③ 陶令松菊:晋陶渊明曾官彭泽(今江西九江)令,因耻于为五斗米折腰而弃官归里。其《归去来辞》有"三径就荒,松菊犹存"语。④ 张翰莼(chún)鲈:晋张翰官齐王府大司马东曹掾,因思家乡吴中的莼羹、鲈鱼脍,毅然辞官回乡。

【语译】

既然世途布满了荆棘般的艰险危害,我何妨安守着一方隐居世界。这里有诸葛亮躬耕时的草屋茅斋,陶渊明后园里的松菊也在这里遍栽,生活中不乏张翰喜食的鲈鱼和莼菜。我不随波逐流,也无非分之求,始终保持着清高的风采。管它什么花落絮飞,一年年春去秋来!

【赏析】

本篇起首二句,以"荆棘"与"蓬莱"两个并列复合词各作借代,颇为精警。"荆棘满途",从白居易《伤唐衢》"天高未及闻,荆棘生满地"及皮日休《暮怀》"兵戈连旧国,荆棘满长途"句意化出,极言世路的艰难险恶,与"蓬莱闲住"既成对照,又为因果,使读者一开始就对作者的"隐居"产生了理解与赞赏之情。"蓬莱"作为仙境专名及草莱本意两种截然不同的含义,均能贴合"隐居"的题面,尤令人玩味无穷。以下三句鼎足对,用三组历史典故,生发"蓬莱闲住"的内涵。三则典故均与隐居密切关联,而作者通过选取典型的表征之物,在并列中各有侧重:"茅庐"映合隐居的住所,"松菊"映合隐居的环境,"莼鲈"映合隐居的起居生活。而茅庐之于诸葛、松菊之于陶令、莼鲈之于张翰,均为一种高风亮节的标志,于是作者随之表明了自己追仪古贤的生活态度:"不顺俗,不妄图"。

这种旷放超脱、不忮不求的"清高风度",显示了隐居者澄静宁和的内心世界,同"蓬莱闲住"的外部生活场景保持了高度的谐和,可谓相得益彰。末句语淡韵远,以"落花飞絮"代表纷俗的世相,以"年年"表明自己的不改故常,领以"任"字,决然而又悠然,回应了"不顺俗,不妄图"的隐居原则,堪与宋人"青山不语人无事,门外风花任往还"(傅逸人《赠张忠定公》)的名句媲美。全曲仅以一首一尾涉点尘世,其余均驰神走笔于隐居天地,畅达地表达了飘然出世、无意旁骛的高怀。

〔中吕〕普天乐　花园改道院

锦江滨,红尘外。王孙去后①,仙子归来。寒梅不改香,舞榭今何在。富贵浮云流光快,得清闲便是蓬莱②。门迎野客,茶香石鼎,鹤守茅斋。

【注释】

①"王孙"句:语本淮南小山《招隐赋》:"王孙去兮不归,春草生兮萋萋。"王孙,公子。　②蓬莱:传说中的海上仙境。

【语译】

这花园坐落在繁华的江滨,却远远地屏隔了红尘。少了公子王孙,来了道士仙真。寒梅依然开放,散发着旧时的芬馨,那园中的舞榭歌台却已荡然无存。人世的繁华富贵,犹如不可凭依的浮云,年光飞逝,留不住时间的车轮。因此上能得清闲,就不啻蓬莱仙境。看那大门进出着野客山人,石鼎中飘出茶香阵阵,那道士居住的草屋前,有白鹤忠实地守门。

【赏析】

这首小令咏歌的是"道院"的现状,却巧妙地不时暗点出昔日"花园"的故事。前六句三组对仗,作者有意识地将"花园"的暗示安排在各个出句之中:"锦江滨"的"锦"字,令人联想起"花团锦簇"的成语。"王孙去后","王孙"在诗文中每与"芳草"相联系,如杜甫《客居》:"短畦带碧草,怅望思王孙。"白居易《赋得古原草送别》:"又送王孙去,萋萋满别情。"出处便是注①所说的淮南小山句;而春草萋萋,则是花园的典型景象。"寒梅不改香",更是直点出花园的旧物。另一方面,又以"红尘外"、"仙子归来"、"舞榭今何在"这些关于"道院"性状的显豁描写与之对比,形成了"花园—道院"、"花园—道院"……的频繁交替,从而点出了题目中的那个"改"字,也印证了"富贵浮云流光快"的结论。末尾三句的鼎足对,正面详绘了"道院"的景象。这里迎来的是山人修士之类的"野客",替代了王孙公子;石鼎煮茗,茶香阵阵,盖过了院中的梅香;白鹤把守着道士修行的茅庵,素淡枯寂,与"锦江"的"红尘"也是极大的反差。这一切都是道院的"得清闲"处，但每一处仍隐隐表现出与昔日花园的对照与改变。花团锦簇的热闹地，改做了闲云野鹤的清静场，作者的今昔之感是不言而喻的。但盛衰荣枯的现实规律如此严酷，难怪诗人要把道院当作"蓬莱"了。全曲善于抓住典型事物，进行不露声色的对比；无论是曲中描写的景象还是抒发的感受，都令人掩卷怃然。

〔双调〕清江引　钱塘怀古①

吴山越山山下水，总是凄凉意。江流今古愁，山雨兴亡泪。沙鸥笑人闲未得。

【注释】

① 钱塘：此指钱塘江，为浙江下游临钱塘县(今浙江杭州)的区段。

【语译】

北岸吴山、南岸越山夹护的这条钱塘江，总使人感到凄凉。江水长流，淌不尽古今的忧伤；山雨像是飘洒着泣诉兴亡的泪行。那沙鸥在江面上飞翔，嘲笑着世人总是在不停地瞎忙。

【赏析】

古人习以钱塘江北岸山称吴山，南岸山称越山，这是因为钱塘江曾为春秋时吴、越两国国界的缘故。元曲家汪元亨即有"怕青山两岸分吴越"(《醉太平·警世》)语。此曲起首即以吴山越山对举，点出"山下水"即钱塘江的咏写对象，而著一"总是凄凉意"的断语。一个"总"字，将"吴"、"越"、"山"、"水"尽行包括，且含有不分时间、无一例外的意味，已为题面的"怀古"蓄势。不直言"钱塘江水"而以"吴山越山山下水"的回互句式出之，也见出了钱塘江夹岸青山、山水萦回的态势。三、四句以工整的对仗，分别从水、山的两个角度写足"凄凉意"。江为动景，亘古长流，故着重从时间表现，所谓"今古愁"。山为静物，也是历史忠实、可靠的见证，故着重从性质表述，所谓"兴亡泪"。以"雨"字作动词，不仅使凝练的对句增添了新警的韵味，还表明了"泪"的众多，也即是兴亡的纷纭。作者不详述怀古的内容，而全以沉郁浑融的感想代表，显示了在钱塘江浩渺山水中的苍茫心绪。

大处着笔，大言炎炎，一般都较难收束，本篇的结尾却有举重若轻之妙。"沙鸥"是钱塘江上的本地风光，又是闲逸自得和不存机心的象征。"沙鸥笑人闲未得"，"闲"字可同"今古"、"兴亡"对读，说明尽管历史活动不过是"凄凉意"的重复，但人们还是机心不泯、执迷不悟，大至江山社稷，小至功名利禄，争攘不已；又可与"今古愁"、"兴亡泪"对勘，表现出作者对自己怀古伤昔举动的自嘲。此外，从意象上说，"沙鸥笑人"，也正是江面凄凉景象的一种示现。作者对人世的百感交集，终究集聚到这一句上，自然就语重心长，足耐寻味了。

〔双调〕清江引　积雨

春来那曾晴半日，人散芳菲地。苔生翡翠衣，花滴胭脂泪。偏嫌锦鸠枝上啼①。

【注释】

① 锦鸠：一名鹁鸠。因其在将雨时鸣声特急，故古人有鸠鸣呼雨的说法。

【语译】

春来何曾晴朗过半天？花红草绿的野外，游人早已散去不见。地上生出了翡翠色的厚厚一层苔藓，花朵上滴沾着胭脂般的泪点。枝上鹁鸠啼叫着，最让人讨厌。

【赏析】

不看题目，光读前两句，我们就知道天公不作美了多时。由于开春以来一直积雨不停，那青草芊绵、百花盛开的郊野已无人前去游赏，这情形就像本书前选盍西村《小桃红·杂咏》所说的那样："杏花开候不曾晴，败尽游人兴。"作者开宗明义便来一句"春来那曾晴半日"，显示出压抑不住的怨意，怨的自然是耽误了人们在"芳菲地"的春游。

然而作者情有不甘，还是冒着积雨来到了户外。以下三句记录了雨景中的所见。淫雨造成了苔藓的疯长，作者将苔衣的绿色跟翡翠联想在一起；花朵上布满了雨水，不断向下滴落，胭脂色的花瓣使晶莹的水珠望上去仿佛红色的泪点一般。作者尽量将这一切往美处着想，但枝上的鸠啼还是惹起了他"偏嫌"的情感。原来古人有"鸠报雨，鹊报晴"的说法。陆佃《埤雅》："鹁鸠灰色，无绣项，阴则屏逐其匹，晴则呼之。语曰'天将雨，鸠逐妇'者是也。"说雄鸠对妻子天雨变心、天晴回意，自然是古人的附会，事实上是鸠鸟在下雨前啼声特别急促响亮，所以才招致了"呼雨"的误解。不管怎么说，作者听到鸠啼，想到"积雨"还会没完没了，心情当然轻松不起来。

这支小令句句扣着芳春时节的积雨来述写，但它有个特点，就是运用了不少美丽的词语，如"芳菲地"、"翡翠衣"、"胭脂泪"、"锦鸠"等。这反映了他寻求美感的渴望，多少带有一种"苦中求乐"的意味。不过，我们仍不难从字里行间读见他的惆怅，尤其以绮语表达，就更使人感到这种惆怅的悱恻。

徐再思

徐再思(生卒年不详),字德可,号甜斋,嘉兴(今属浙江)人。曾任嘉兴路吏,至明初尚在世。散曲多写江南景物及闺情,善化前人成句,善以数字入曲,下笔不苟,娟秀中见畅达。明人将他与贯云石(酸斋)两家作品并重,称"酸甜乐府"。今存小令一百零二首。

〔中吕〕阳春曲　闺怨

妾身悔作商人妇,妾命当逢薄幸夫①。别时只说到东吴②。三载余,却得广州书。

【注释】

① 薄幸:负心。　② 东吴:指苏州。

【语译】

我好后悔,做了商人的妻子,命中注定配一个负心的男人。分别时他只说到苏州城。过了三年多,却等得他一封广州的来信。

【赏析】

这首小令从唐女子刘采春《啰唝曲》"那年离别日,只道往桐庐。桐庐人不见,今得广州书"的绝句脱化,也穿插了她另一首《啰唝曲》"莫作商人妇"及白居易《琵琶行》"老大嫁作商人妇,商人重利轻别离"的意境。但较原诗来看,"闺怨"的含意更为显豁。"悔作"、"当逢",口吻如生,表现出散曲小令开门见山的直露本色。"闺怨"的前提多为大君别离远山,唐诗往往将这种前提加以隐掩或推衍。除上举的《啰唝曲》外,如张潮《江南行》:"茨菰叶烂别西湾,莲子花开犹未还。妾梦不离江上水,人传郎在凤凰山。"其妙味如前人所评:"意其远行,却在近处。总以行踪无定。"看来恰恰同《啰唝曲》的"意其近行,却在远处"反了个向。不过要让读者一览即领悟却不容易,可见唐诗是过于偏重含蓄了。

徐再思改诗为曲的原因,可能就是为了化含蓄为显露,当然也有别的因素。唐韩偓《偶见》:"秋千打困解罗裙,指点醍醐索一尊。见客入来和笑走,手搓梅子映中门。"不怎么知名;而李清照化用其意作成的《点绛唇》秋千词,"见有人来,袜划金钗溜。和羞走,倚门回首,却把青梅嗅"云云,却为人传诵。可见夺胎前人成作,也不失为出新的一途。

原诗的薄情夫君"只道往桐庐"。桐庐在富春江中游,唐方干《思江南》:"夜来有梦登归路，不到桐庐已及明。"看来唐代桐庐为一交通中心。曲中改成了"别时只说到东吴"。东吴的指谓说法不一，据周祁《名义考》，元明时习以苏州为东吴、湖州为中吴、润州为西吴，苏州在元代确实是繁荣的商业城市。这也说明曲作者不是简单地模仿照搬，而是根据元代的实际情形更改了"闺怨"的细节。

〔双调〕沉醉东风　息斋画竹①

葛陂里神龙蜕形②，丹山中彩凤栖庭③。风吹粉箨香④，雨洗苍苔冷，老仙翁笔底春生。明月阑干酒半醒⑤，对一片儿潇湘翠影⑥。

【注释】

① 息斋：元画家李衎，号息斋道人。善绘竹，有《竹谱》。　② "葛陂"句：《神仙传》载，东汉费长房身跨青竹杖腾身入云，下地后弃杖于葛陂水中，竹杖即化为青龙。葛陂，湖名，在河南新蔡县境内。　③ "丹山"句：《山海经·南山经》："丹穴之山有鸟焉，其状如鸡，五彩而文，名曰凤凰。"古人谓凤凰以竹实为食。　④ 箨(tuò)：竹的壳叶。　⑤ 阑干：纵横貌。　⑥ 潇湘翠影：谓竹。湘地以产斑竹著称，称湘妃竹，相传为湘夫人泪点洒竹而化。

【语译】

这竹像是葛陂中的神龙还了原身，画在屋墙上，惹得凤凰飞来栖停。一阵风过，笋壳的粉皮上似乎清香可闻，竹下的苍苔，仿佛还保留着雨后的湿冷。息斋道人李衎的画竹真是妙笔生春。当明亮的月光纵横地投下清影，我睁开酒后初醒的眼睛，简直像是面对着一片翠生生的潇湘竹林。

【赏析】

《中国美术家人名辞典》介绍李衎："善画竹，青绿设色师李颇。人争欲得之，求者日踵门不厌。画竹二百年来，用意精深，无如之者。后使交趾，深入竹乡，于竹之形色情状，辨析精到。"北京故宫博物院藏他的画竹，不易见，但这首曲子却能使我们想见其作品的风神。

本篇题为"息斋画竹"，作者却并不直接评说竹子画得如何如何，而是先巧妙地用了两则传说的典故：一是东汉仙人费长房，掷青竹杖化龙事。作者将画上的竹子比为"神龙蜕形"，可见竹姿的劲健和生动。二是凤凰食竹事。"丹山"是凤凰的巢穴，凤凰非竹实不食，如今受到画竹的诱惑而飞来"栖庭"，可知李衎所作的是一幅壁画。"神龙"、"彩凤"，对仗工整，妙在前者是画竹本身的暗喻，后者则是作者观画后的奇特联想。这两句用的都是神话传说，作者引为感受，实是赞美李衎绘出了非人境所有的仙作。

三四两句，进一步细绘画面的内容。李衎的这幅竹子，中间夹杂着新竹，竹尖从"粉箨"中抽出，而竹下还点缀着苔藓。画竹画出壳皮上的细粉已是够绝的了，更何况是那样鲜活，仿佛一阵风吹来还会扬起它的清香；苔色深苍，调色自亦不易，而奇在画上的苍苔还让人产生"冷"的感觉，似乎刚刚经受过一番雨水的洗刷。这两句充分调动了艺术审美的联想，综合了形、色、香、觉的感官享受，将"息斋画竹"的外象和气质重现得栩栩如生。要不是作者加一句"老仙翁笔底春生"，人们恐怕会错以为是一丛真竹子呢。

末两句显示了"息斋画竹"的总体效果。李衎画在壁上的这幅杰作，犹如在庭院中栽上了一片翠竹，宜月宜酒，使人仿佛置身于潇湘一带的自然美景之中。这两句富于诗情画意，用明月阑珊、酒意馨腾、潇湘缥缈这种种充溢着朦胧美的意境作为借衬，展现出画作娟美的风神。全篇未出"画竹"二字，却句句不离题面；不下文字断语，却用一系列形象代替，作出了最好说明。

〔双调〕水仙子　马嵬坡①

翠华香冷梦初醒②，黄壤春深草自青。羽林兵拱听将军令③，拥鸾舆蜀道行④。妾虽亡天子还京。昭阳殿梨花月色⑤，建章宫梧桐雨声⑥，马嵬坡尘土虚名。

【注释】

① 马嵬坡：在陕西兴平市西。唐天宝十五载(756)，玄宗避安史之乱奔蜀经此，禁卫都指挥陈玄礼发动兵谏，诛权臣杨国忠，其从妹杨贵妃被迫自缢。　② 翠华：以翠鸟羽毛作装饰的旗帜，指天子的仪仗。　③ 羽林：皇帝的扈从军队。唐设左右羽林军。　④ 鸾舆：天子的车驾。　⑤ 昭阳殿：西汉长安后宫，为赵飞燕姊妹受宠时居处，此代指杨贵妃生前的居殿。　⑥ 建章宫：汉长安宫殿名，此代指唐玄宗的居殿。

【语译】

天子仪仗的浓香远了，不再相闻，杨贵妃这才如梦初醒。从此后自己便长埋黄土之中，最多是一回春来一回草青。禁卫军士环立着听陈玄礼下令，兵谏后继续护卫着玄宗向蜀道行进。我杨太真虽然丧了性命，总算能让大唐天子日后平安回京。昔日的后宫里，梨花冷月，凄凄惨惨；唐玄宗居殿外梧桐夜雨，冷冷清清。马嵬坡成就了杨贵妃的虚名，却像尘土一样无凭。

【赏析】

马嵬坡兵变是元散曲中最习用的历史题材，这也许是因为它涉及了君王美人，又典型地触及了盛衰治乱本质的缘故。本篇的新异之处，在于纯从事变发生后写起，取用杨贵妃亡灵的立场与口吻。起首用一组对仗，每句间都聚示了彼此反差强烈的意境，如"翠华"与"香冷"，"黄壤"与"春深草自青"，造成了不嗟而悲的伤感效果。而上句与下句间，"翠华"与"黄壤"的昔今比照更不啻有霄壤之别。这两句实质上已叙出了"马嵬坡"杨贵妃被赐自尽的事实，令人联想起白居易《长恨歌》中的"翠华摇摇行复止，西出都门百余里。六军不发可奈何？宛转蛾眉马前死"。马嵬兵变是天宝十五载(756)六月间发生的事，唐玄宗"天子还京"则在次年的十二月。这里说"黄壤春深"，可见已是隔了两年的回忆了。

三、四两句，继续是杨贵妃亡灵的回首往事。"羽林兵拱听将军令"，拱听过两回，前一回是对唐玄宗的要挟，这一回却是服从了，"鸾舆"终得顺利向蜀道进发，实亦就反衬出了杨贵妃独眠黄土的不幸。这两句回忆跳过了"六军不发可奈何"的事变本身，却借"羽林兵"、"将军"字样的出现，坐实了这一事件；又由"羽林兵""拥鸾舆蜀道行"的叙述，表现了以贵妃生命为代价而换取的君王平安，从而推出了下句"妾虽亡天子还京"。这虽然像是杨贵妃的庆慰之辞，实质上却指明了她不过是唐玄宗的政治牺牲品。而作者代拟她"无怨无悔"，就更加重了这种祭坛牺牲的悲剧性。"妾亡"与"天子还京"的对举，在读者眼中便转化成了字字血泪的控诉与谴责。

末三句以三组地名组成鼎足对，写出"天子还京"后的好景不再，揭示出杨贵妃代人受过的无谓。这是《长恨歌》"春风桃李花开日，秋雨梧桐叶落时。西宫南内多秋草，落叶满阶红不扫"及"昭阳殿里恩爱绝"诗境的再现，而"马嵬坡尘土虚名"，直接点题，增添了作品的悲剧气氛。全曲借杨贵妃的哀怨不幸，鞭挞了唐玄宗的荒政误国，项庄舞剑，意在沛公，思想内容越出了文字意境之外。清赵翼有"马嵬一死追兵缓，妾为君王拒贼多"的诗句，皮里阳秋，为人称道，本篇的构思要比他早得多。

〔双调〕水仙子·夜雨

一声梧叶一声秋，一点芭蕉一点愁，三更归梦三更后。落灯花棋未收，叹新丰孤馆人留①。枕上十年事，江南二老忧，都到心头。

【注释】

①"叹新丰"句：唐代马周未做官时，客游长安，住在新丰旅店中，穷困潦倒，受尽店主人白眼。新丰，在今陕西西安临潼区。馆，旅舍。

【语译】

梧桐叶上响一声带来一声秋意，芭蕉叶上滴一点增添一点愁伤。我在三更时刚刚梦见家园，不多久就被夜雨唤出了梦乡。灯芯的余烬点点落下，未经收拾的棋子，散乱地堆在棋盘中央。可叹我就像唐代的马周，独自滞留在异乡的旅舍，受尽凄凉。枕间回想起的十年时光，和对江南父母双亲的忧念，一时都凝结在我心上。

【赏析】

梧桐和芭蕉上的雨声，最容易惹动愁怀。宋代诗人方岳，曾特地请人将窗外的芭蕉移走，想不到雨点打在梧桐叶上，一样使他彻夜难眠。他在《夜雨》一诗中写道："自是愁人愁不消，非干雨里听芭蕉。芭蕉易去愁难去，移向梧桐转寂寥。"桐树叶密声碎，"梧桐更兼细雨，到黄昏点点滴滴。"（李清照《声声慢》）"梧桐树，三更雨……一叶叶，一声声，空阶滴到明。"（温庭筠《更漏子》）而蕉叶着雨，则如杨万里《芭蕉雨》所写的："细声巧学蝇触纸，大声铿若山落泉"，同样具有"愁不消"的效果。值得指出的是，上面所引的这些前人作品，所写的都是家居听雨的情景，而本曲的所在地则是异乡的旅馆。在起首的前三句中，前两句点出"雨"，后一句点出"夜"，且是"三更归梦三更后"的客夜。这就将秋夜闻雨、归梦难成的情景和氛围表现得淋漓尽致。"一声"、"一点"的反复，更使人感觉到作者苦捱长夜的凄凉况味。

"落灯花"二句，源自南宋赵师秀的《约客》诗："黄梅时节家家雨，青草池塘处处蛙。有约不来过夜半，闲敲棋子落灯花。"而赵诗的末句又多少受到杜牧"雨暗残灯棋散后"（《齐安郡晚秋》）的影响。本曲的时令与赵诗不同，写的是秋夜，更见萧索；处境不同，是在客乡孤馆而非在家；更主要的是举目无亲，无客可约，用"棋未收"来消磨夜半，悲怆的意味就更加强烈。"叹新丰孤馆人留"，就补明了这层意思。它又与"三更归梦"前后呼应，表现了"一声秋"、"一点愁"感受的成因。可以推断，作者借截赵师秀诗入曲，除了借以印证"过夜半"的时间外，也存在着与原诗意境互为比较的动机。

结尾三句是诗人切身的感受，但它也有前人成句的渊源，那就是杜荀鹤在《旅怀》中的两句："半夜灯前十年事，一时和雨到心头。""半夜"、"灯前"、"和雨"的用语及"旅怀"的诗题，都跟作者此时的处境、心境相同，所以他又情不自禁地截收在自己的笔下。诗人将"灯前十年事"改为"枕上十年事"，又添加了一句"江南二老忧"的对语，这就纯成了自己的心声。这三句忆旧思亲，补足了"三更后"不眠的思绪。综观全篇，情景相生，虽未出"夜雨"二字，却始终能使人感受到雨声的影响。

〔双调〕水仙子　惠山泉①

自天飞下九龙涎，走地流为一股泉，带风吹作千寻练②。问山僧不记年，任松梢鹤避青烟。湿云亭上③，涵碧洞前，自采茶煎。

【注释】

① 惠山泉：又称惠泉，在江苏无锡市内惠山的白石坞下，水味醇美，被誉为"天下第

二泉"。　②千寻：形容极长。古以八尺为一寻。　③湿云亭：及下句的"涵碧洞"，都是惠泉旁的风景点。

【语译】

九条巨龙吐出的涎水从天上飞下，着地化成了一股泉流，于风中吹成千丈白绢在崖壁间展挂。山中的和尚不在意甲子的变化，他们蓄养的白鹤，也无拘无束，为躲避袅袅的茶烟，飞上了松树顶端的枝丫。山僧们熟视无睹，从湿云亭上、涵碧洞前采来茗叶，自得其乐地生火煎茶。

【赏析】

小令起首三句的鼎足对，是散曲写景的俊句，分读合读皆有可观。分开来读，它绘现了惠山泉不同区段的各种形态：数道涓涓细流，如龙涎飞吐；一股汨汨清泉，在地面蜿蜒游行；一条悬立的水帘，临风溅洒着珠沫……奇丽多姿，栩栩如生。合起来看，它又构成了惠山泉的完整流程。惠山的主体名叫九龙峰，唐代陆羽《惠山寺记》曾介绍过山峰的得名："山有九陇，若龙之偃卧然。"苏东坡《惠山谒钱道人》诗，也有"石路萦回九龙脊"的句子。这里是说惠山泉从高高的九龙峰顶汇注而下，到平处流为一股，在泉口垂悬淌下，像一匹长长的随风摇动的白绢。这就交代了泉水的来龙去脉。这三句的飞动飘逸、干净利落，恰恰与惠山泉的态势互相照应。

当初唐人祖咏写《终南望余雪》的应制诗，得了四句好语："终南阴岭秀，积雪浮云端，林表明霁色，城中增暮寒。"诗句是绝妙好辞，可惜太完美了，害得祖咏"意尽"，规定的十二句应制诗只作了这四句缴卷。从本曲的这前三句看，也是形神俱已圆足，不能不使人有"意尽"的同感，担心诗人这首《水仙子》不能完篇。妙在从第四句开始，作者完全抛下了"惠山泉"的本体，转身去写惠山寺中的僧人。宋人引唐诗，有"山僧不解数甲子"之句。本篇中的山僧"不记年"，则自有其执着的原因，那就是耽于煎茶，"任松梢鹤避青烟"。这一句化用了前人的多种成句：唐姚合《终南山》有"白鹤坐松梢"语，北宋魏野《书友人屋壁》则有"洗砚鱼吞墨，烹茶鹤避烟"之句，黄庭坚《阮郎归·茶词》也说"烹时鹤避烟"，可见惠山的鹤是为了躲避煎茶的青烟才坐上松梢的。而山僧置若罔闻，从附近的湿云亭、涵碧洞采得野茶，照煎不误。我们知道，煎茶是同水分不开的，惠山寺僧煎茶的用水，正是惠山泉。惠泉水质自古著名，"茶神"陆羽品定为天下第二。由此可知，"问山僧"以下的五句虽宕开一步，却并未偏离主题，实是对惠山泉可爱之处的补充。前面引过的东坡《惠山谒钱道人》诗，有"独携天上小团月，来试人间第二泉"的名句。本篇中"自采茶煎"的"自"字，同苏诗"独携"的"独"字一样，都表现出对品味惠泉的执着与醉心，洋溢着一种陶然忘机、自得其乐的情兴。作者添写了山僧的这层清趣，便补出了惠山泉内在的粹美。写景之作离不开外部的刻画，但若能进一步表现出内在的美质或美感，就更使人印象难忘。

〔双调〕蟾宫曲　春情

平生不会相思，才会相思，便害相思。身似浮云，心如飞絮，气若游丝①。空一缕余香在此，盼千金游子何之②？证候③来时，正是何时？灯半昏时，月半明时。

【注释】

① 游丝：空中的蛛丝。　② 千金：千金之躯，指游子在自己心中的地位。何之：到哪儿去了？　③ 证候：同"症候"，病状。

【语译】

平生一直不懂得相思是什么，直到刚知道相思，就受到了相思的折磨。身子像轻飘飘的浮云，一颗心像乱纷纷的飞絮，气息就如空中的蛛丝一般微弱。点起夜香祝告，最后只剩下一缕余香飘着，可就不知道自己钟爱的人儿，如今出门究竟是在什么处所。这相思的症候何时最易发作？是当灯焰半昏半灭，月光半明半淡，那时最能感到凄凉和寂寞。

【赏析】

起首三句连用三处"相思"，是直接擒题，而又为"春情"的展开设下了缠绵婉曲的基调。"平生不会相思"先作一跌，同时也见出了女子的娴淑贞静。由"不会"到"才会"，进入了纯洁的初恋，自然是一往情痴，忠贞不贰。"才会相思"是情窦初开，然而还未来得及细细品味幸福的感觉，"便害相思"，这就透露出她与丈夫共同生活未久就独守空房的可悲遭遇。正因为这三句反映的是女子的初恋与新婚后的独居，所以这种"相思"便具有纯真、深切、摆脱不去的特点。我们仿佛听见她喁喁自语，既掺和着哀怨，也掺和着甘为情死、无悔"平生"的执着意念。

"身似浮云"三句，是漂亮的鼎足对，清人评为"其得相思三昧"（褚人获《坚瓠集》）。"身似浮云"，是因为她坐卧不宁；"心如飞絮"，是因为她神不守舍；"气若游丝"，是因为她恹恹欲病。这身、心、气的三组比喻，将"便害相思"的情态表现得淋漓尽致，见相思之苦，也见恋情之深。

善良多情的少妇只能燃起炉香，为出游在外的丈夫祈祷、祝福，将心中的希望诉与冥冥之中的穹苍。然而，当最后一缕青烟带着余香袅袅升入空中时，心中的困惑也随之升起：自己所珍爱的良人，此刻究竟去了哪里？能将他早日盼回家来么？这一笔点明了"害相思"的病源。"在此"、"何之"，一在眼前，一在天边，显示了"春情"思绪的动幅。余香的缥缈，与游子的漂泊，都给人一种迷茫、怅惘的感觉。

最后四句明知故问，自问自答，既写出相思的环境，也写出相思症候发作的规律。"灯半昏时，月半明时"，将长夜的孤寂况味表现得那样地真切。末四句同叠一个"时"字，回环反复，含有相思症候多时出现的意味。全曲陈情直露，而又精雕细刻，风致的悱恻、婉约、绵丽，不在以摹写春情为擅长的词作之下。

〔双调〕蟾宫曲　送沙宰①

宦游人过钱塘②，江水汤汤③，山色苍苍。马首西风，鸡声残月，雁影斜阳。男子志周流四方，循吏心恪守三章④。岐麦林桑⑤，渡虎驱蝗⑥。人颂《甘棠》⑦，春满琴堂⑧。

【注释】

①沙宰：姓沙的州县长官，名不详。　②钱塘：今浙江杭州。在钱塘辖境内的浙江江段称钱塘江。　③汤汤：浩浩荡荡。　④三章：法律。从刘邦入关"约法三章"的成语衍出。　⑤岐麦：汉代张堪为渔阳太守，百姓丰收，作歌谣曰："桑无附枝，麦穗两歧。张君为政，乐不可支。"岐，同"歧"。林桑：南朝梁时沈瑀为建德令，教百姓每人种十五株桑树，人咸欢悦，顷之成林。　⑥渡虎：东汉宋均任九江太守时，郡多虎患。宋均斥奸进忠，除削赋税，群虎相与东游渡江。驱蝗：东汉卓茂任密县令，爱民如子，值天下大蝗，河南二十余县皆被害，独不入密县界。又东汉的鲁恭、宋均，皆有类似的作为，后人遂以"驱蝗"喻县令的德政。　⑦《甘棠》：《诗经》篇名。相传因召伯循行南方，曾在甘棠树下休息，百姓感思其德而作。　⑧琴堂：春秋时宓子贱任单父邑，常日弹琴，身不下堂而地方大治。后遂以琴堂指称县官的办公之处。

【语译】

你因为出仕的需要，踏上征程，经过杭州。这里钱塘江水浩荡奔流，青山是那样的深幽。秋风吹拂着你的马首，你在残月鸡声的拂晓上路，及至雁影掠过平西的日头，你还在道上奔走。但奇男子从来志在四方，良官吏一心把国家的法度遵守。你到任上劝农课桑，为老百姓除患驱忧。人们将歌颂你的德政，你身在公堂而地方大治，一定会美名传留。

【赏析】

沙宰上任，途经杭州，诗人以此曲赠送留念。与赠别作品的常法不同，作者并不直叙两人的友情及依恋惜别的心意，而是以设身处地的代言来表现这一切。"江水汤汤，山色苍苍"，当是脱化于范仲淹《严先生祠堂记》的"云山苍苍，江水汤汤"，原是对富春江景色特征的概括，钱塘江为富春江的下游，自可逐用，这里着重喻示前程的辽远，也表现了沙宰苍凉的心绪。而"马首"等三句鼎足对，则将沙宰"宦游"与赴任的风尘鞍掌，写得淋漓尽致。"马首西风"，语本钱起《送张少府》："蓬惊马首风。"在曲中是借以点出秋天的节令。"鸡声残月"，得自温庭筠《商山早行》"鸡声茅店月"的名句，这里用来代表"晓行"。而"雁影斜阳"，不消说是隐示黄昏时的寻求投宿了。周邦彦《玉楼春》："雁背斜阳红欲暮。"可见这句也是有出处的。这三句将沙宰的日夜跋涉写得如此细腻真切，形同身受，体现了两人声气的相通。

旅情别味不免过于萧飒，作品于此笔锋一转，以鼓励语为壮行色。"男子志"、"循吏心"，表示出对沙宰此番出任心意的更深层次的理解。最后四句，以州县官"循吏"的善政与美誉作结，表达了对友人的期望和信心。全曲对仗工整，用典贴切，夹叙夹议，措辞得体，作者在散曲领域驱遣自如的工力，于此可见一斑。

〔双调〕蟾宫曲 赠名妓玉莲

荆山一片玲珑①。分付冯夷②，捧出波中。白羽香寒，琼衣露重，粉面冰融。知造化私加密宠，为风流洗尽娇红。月对芙蓉，人在帘栊。太华朝云③，太液秋风④。

【注释】

① 荆山：在湖北南漳县西，以产玉著称，名闻天下的"和氏璧"即产于此。 ② 冯夷：水神。 ③ 太华：即五岳之一的华山，在陕西华阴市南。华山以山顶池生千叶莲花得名，又峰顶若莲形，称"玉井莲"。 ④ 太液：皇家宫苑内的池沼。《开元天宝遗事》："明皇秋八月，太液池有千叶白莲数枝盛开。"白居易《长恨歌》："太液芙蓉未央柳。"芙蓉即荷花，亦属莲。

【语译】

你是荆山的一片美玉，又由水神改造作莲花，捧出于粼粼生波的水面。莲瓣像洁白的羽毛散发出沁脾的馨香，莲萼像仙子的衣裳缀满了露点，莲容像融和的冰雪，那样的洁艳。我知道是造物主私下对你特别宠怜，所以让你洗尽娇红，呈露素颜，却更显出风流无限。当月亮垂照着荷花时，你也亭立在窗户间。啊，玉莲，你使我想起朝云在华山峰顶的留连，以及那秋风，轻拂着太液池中的白莲。

【赏析】

玉莲姓张，是至正间的江南名妓。夏庭芝《青楼集》张玉莲条："丝竹咸精，蒲博尽解。笑谈亹亹，文雅彬彬。南北令词即席成赋，审音知律，时无比焉。往来其门率多贵公子。积家丰厚，喜延款士夫，复挥金如土，无少靳借。"秀出风尘，看来作者的这首赠曲不会是对牛弹琴。

这支小令同前选胡祗遹《沉醉东风·赠妓朱帘秀》的写法一样，也是在受赠对象的芳名上作文章。首句切"玉"字，"荆山"、"玲珑"都是玉的名称，"玲珑"还有表现美玉形象的意味。二、三句拈出"冯夷"、"波中"，为"玉"过渡到"莲"作准备，以下就几乎句句述莲了。"白羽"化用了杜诗，杜甫在《巳上人茅斋》中有"江莲摇白羽"的句子。白羽、琼衣、粉面，无一不是白莲花花姿的生动比喻，在诗人心目中，"玉莲"的基本特征就应当是洁白吧。"洗尽娇红"、"月对芙蓉"，将"玉莲"之白发挥得淋漓尽致。末两句则直接扣合"玉莲"或"白莲"，足见作者的巧思。

　　然而，作品并非单纯地卖弄游戏技巧，而是尽力以玉莲花的粹美来比喻人物，表达了对张玉莲清雅脱俗、出污泥而不染的品质的赞美。如"为风流洗尽娇红"、"月对芙蓉，人在帘栊"，就明显地含有张玉莲身处青楼而守身自好的寓意。又如"太华朝云"，"太液秋风"，在影射人名的同时，借助仙家和皇家景物的意象，映示了玉莲的清逸和优雅。全曲造语婉丽，对仗工整，怜香惜玉之情溢于言表。故吴梅《顾曲麈谈》评此曲"正镂心刻骨之作，直开玉茗（汤显祖）、粲花（吴炳）一派矣"，给予了极高的评价。

孙周卿

孙周卿(生卒年不详),古邠(今陕西彬州)人。或谓即元文学家傅若金之岳父,为古汴(今河南开封)人,曾流寓湖南。今存小令二十三首,属散曲清丽派。

〔双调〕水仙子　舟中

孤舟夜泊洞庭烟,灯火青荧对客船。朔风吹老梅花片,推开篷雪满天。诗豪与风雪争先。雪片与风鏖战①,诗行和雪缴缠②。一笑琅然③。

【注释】

① 鏖战:激战。　② 缴缠:纠缠。　③ 琅然:指笑声朗朗的样子。

【语译】

入夜,洞庭湖上昏蒙蒙一片,客船孤零零地停泊在湖间。只有岸上一盏青灯荧荧作闪,同我乘坐的小船遥遥相伴。舱外一阵阵北风肆逞着淫威,想必在无情地摧残着梅花的花瓣。我禁不住推开船窗观看,这才发现已是大雪漫天。顿时我诗兴大作,迫不及待要同风雪争着先鞭。雪片与暴风搅作一团,我的诗句又同飞雪互相纠缠。我朗声大笑,心情无比畅然。

【赏析】

小令前两句交代了孤舟碇泊的背景:时间是入夜,地点是洞庭湖,遥岸青荧的灯火,衬出了客船的冷寂。"洞庭烟"、"灯火青荧",形象、色彩都有如绘画,足见作者驾驭语言及构筑意境的纯熟能力。孤舟无伴,船外又是昏茫茫一片,可想而知诗人只能蜷缩在船舱中,从而自然地度入"舟中"的题面。"朔风吹老梅花片"是意味深长的一笔。它补出了严冬的时令,还以其若实若虚的意象启人寻绎。在"夜泊洞庭烟"的迷茫夜色中,是不可能望见"梅花片"的,可见全句是诗人的一种主观感觉。结合题目的"舟中"二字,则可发现此处的"朔风",实是诗人在封闭的船舱中所获得的听觉印象。听觉印象而产生视觉效果,反映了朔风的劲烈。这种强烈的风声使作者生发了"吹老梅花片"的联想,于是才有"推开篷"细看究竟的相应举动,这样看来,"朔风"在这里还有陡至的意味。推篷是因为朔风的骤起,却得到了"雪满天"的全新发现,事出意外,惊喜顿生,难怪要"诗豪与风雪争先"了。这一句中的"豪"字,不止属于"诗",也是对"风雪"的形容。一来它表现了风雪的劲猛,二来也说明了湖上风雪翻飞之景象,别具一种雄豪的阳刚之美。这首小令多能从无字之处读得隐微之意，再次证明了诗人遣字构像的佳妙。

以下写风、雪与诗情搅成一片，难分难辨，活脱脱是一幅江天风雪行吟图。风雪催诗，"一笑琅然"，豪情快意顿时将先前的孤寂悲冷一扫而光。全曲步步设景，层层推进，入情入理而又出新出变，是元散曲羁旅题材中一支开阔雄壮、别开生面的作品。

顾德润

顾德润（生卒年不详），字均泽（一作君泽），号九山，松江（今属上海）人。曾为杭州路吏。著《九仙乐府》，今佚。散曲存小令八首，套数二首。

〔中吕〕醉高歌带摊破喜春来　旅中

长江远映青山，回首难穷望眼。扁舟来往蒹葭岸①，烟锁云林又晚。　篱边黄菊经霜暗，囊底青蚨逐日悭②。破情思晚砧鸣③，断愁肠檐马韵④，惊客梦晓钟寒。归去难，修一缄回两字报平安。

【注释】

① 蒹葭：芦苇。　② 青蚨：金钱的别称。悭（qiān）：指稀少。　③ 砧：捣衣的座石或垫板。　④ 檐马：悬于檐下的铁瓦或风铃。

【语译】

我回首眺望，只见长江外青山数点，江水浩浩茫茫，无际无边。长满芦苇的岸旁，小船来来往往，穿梭不断。又到了黄昏时分，林子罩上了一层暮烟。

篱边的黄菊经秋霜而凋残，而我日益拮据，一天天消耗着行囊中不多的金钱。那暮色中的捣衣声常常把我情怀扰乱，檐下铁马叮咚作响，使我肝肠寸断，而清冷的晓钟声，又无数次惊破了我的乡梦，再也无法入眠。要回家是那样地艰难，我只能写一封信，报上"平安"两字，以抚慰家人对我的惦念。

【赏析】

这　支"旅中"，实际上包括了旅程的两种情味。前四句的〔醉高歌〕是在舟船的动行中，而后七句的〔摊破喜春来〕则是泊岸后的旅宿。行、宿的感受是不尽相同的。

〔醉高歌〕记行，主要通过景物描写来反映心情。作者笔下出现了长江和远山，江中来往着大小船只（也包括诗人自己乘坐的航船），江岸的近处为大片的芦苇，远处是一道道树林。从长江的远映青山、难穷望眼，反映了作者已在江上行过漫长的途程；江流浩瀚，扁舟来往，这一切都会牵惹起"旅中"强烈的漂泊情绪；而"烟锁云林又晚"，呈现出一派暮气沉沉的客乡景象，"又晚"的"又"字还带有羁旅日久、光阴蹉跎的感慨意味。笔墨虽然不多，却写出了旅中浪迹天涯的一重客愁。

〔摊破喜春来〕也有写景，但更多地直接结合着作者的感想。"篱边"句点出深秋的节令，"囊底青蚨逐日悭"，则述出了客中困顿失意的处境。接着，诗人用三句鼎足对，细绘了旅宿中不寐的伤心情状。造成他彻夜难眠的，是"晚砧"、"檐马"、"晓钟"的声响，平白增重了诗人的孤寂感和失落感。这种孤苦的情味，是旅中孤独凄清的又一重客愁的表现。前一重客愁还能假借行程中的景物作为散虑的寄托，而在长夜止宿中，所表现出的旅愁就只能任它凝聚在心头了。

结尾两句，是在晓钟惊梦的捶守中，起身修写家书的情景。这一笔看似寻常，细细体味，却是饱含辛酸。诗人吐出"归去难"，这一沉重的现实已是不堪；而他还要向遥远的亲人掩饰真相，强自"回两字报平安"，其苦心孤诣就不能不使读者更觉震动了。

〔南吕〕骂玉郎过感皇恩采茶歌　述怀

蛛丝满甑尘生釜①，浩然气尚吞吴②。并州每恨无亲故③。三匝乌④，千里驹，中原鹿⑤。　走遍长途，反下乔木⑥。若立朝班，乘骢马，驾高车，常怀卞玉⑦，敢引辛裾⑧。羞归去，休进取，任揶揄。　暗投珠⑨，叹无鱼⑩，十年窗下万言书。欲赋生来惊人语，必须苦下死工夫。

【注释】

①甑：瓦制的饭锅。釜：铁锅。　②浩然气：正大刚然之气，为儒家所要求的气质之本。《孟子·公孙丑上》："我善养吾浩然之气。"　③并州：河北、山西的中北部一带，其地民风豪健。　④三匝乌：喻无所栖托。语本曹操《短歌行》："月明星稀，乌鹊南飞。绕树三匝，无枝可依。"　⑤中原鹿：《史记·淮阴侯列传》："秦失其鹿，天下共逐之，于是高材疾足者先得焉。"指群雄并争时在中原大地上建功立业。　⑥乔木：故国。《孟子·梁惠王下》："所谓故国者，非止谓有乔木之谓也。"　⑦卞玉：春秋楚人卞和于荆山下得一玉璞，两次上献都被视为欺诳，第三次才受承认而得价值连城的"和氏璧"。　⑧辛裾：魏时侍中辛毗好直谏，魏文帝曹丕不纳，起身入内，辛毗"随而引其裾"，拉住不放，终使文帝改变了成命。裾，衣袖。　⑨暗投珠：即"明珠暗投"，喻怀才不遇。　⑩叹无鱼：战国时齐孟尝君门下有食客名冯骥，因不得赏识，弹铗（长剑）作歌道："长铗归来乎！食无鱼。"

【语译】

饭锅中布结着蛛网，铁锅里灰尘积满。尽管贫困，我冲天的浩气不短。并州的男儿豪侠雄健，我只恨未能同他们结伴。徒然见日出日坠，那些捷足先鞭的英才，把中原逐鹿的身手施展。

我身行万里，天下行遍，到头来还是返回了故园。假如让我进朝为官，乘着高车骢马，我一定像卞和怀玉那样拥持着真才实干，像辛毗那样敢于拉着皇帝的袖子直谏。如今我回了家，带着满面的羞惭，冷了进取功名的心念，任旁人笑骂嘲讪。

　　我像明珠委弃于黑暗间，像冯骥那样因无人赏识而弹铗长叹，辜负了十年窗下的苦读，写成的万言书也只是徒然。看来大丈夫要一鸣惊人，出旷世之言，还必须下死工夫好好磨炼。

　　【赏析】

　　作者胸蓄大志，身怀书策，奔走长途，求取功名，意欲有一番作为。然而事与愿违，在屡遭碰壁和白眼后，只得黯然地返回故园。其心中的感慨悲愤，自非数语可尽，故此作采用了带过曲的形式。由〔骂玉郎〕、〔感皇恩〕、〔采茶歌〕三曲合成的"述怀"，恰如一支三部曲，分别述写了忆昔、感遇、反思的内容，奏出了失意士子心中的悲歌。

　　在表现手法上，这首曲有两个特点较为明显。

　　一是在遣词造句上，用了较多的典故与前人成句的含义，所谓"语出有据"，其实也就是在追求"辞雅"。除了注释中所提及的以外，如"尘生釜"，用《后汉书·范冉传》"釜中生尘范史云（范冉字史云）"语；"吞吴"用杜甫《八阵图》"遗恨失吞吴"；"并州"句用李白《少年行》"经过燕太子，结托并州儿"意；"暗投珠"，用《史记·邹阳列传》"明月之珠，以暗投人于道路"等。这种舞文弄墨与曲的本色格格不入，却是文人作曲的普遍习惯。积渐下来，倒也造成了"文人曲"、"案头曲"的流派，在某种意义上有助于曲意的凝练雅饬。例如本篇中的"三匝乌，千里驹，中原鹿"，"常怀卞玉，敢引辛裾"，就不能说一无可取之处。

　　二是在意象的跨跃上比较自由，东鳞西爪，几乎有点近于现代的"意识流"。作品前三句叙述自己不因贫困而堕失壮志，四至六句即转写时光流逝、群雄争展骥足的外界形势，七、八句述出失意还乡的事实，九至十三句又表陈自己一旦得官遂志的假设，接下去则以六句诉说当下"羞归去"的感想。结尾"欲赋生来惊人语，必须苦下死工夫"的接入更奇，既似自勉，又似自嘲，总之是宣泄心中的不平之气。这样的写法可以理解为作者的思绪万千，意到笔随；不过平心而言，更多的则是体现着倚声填词硬性凑泊的影响。词、曲都有形式决定内容的一面，〔骂玉郎过感皇恩采茶歌〕句密韵促，恰恰迎合了作者在浮想联翩中"述怀"的需要。

　　上述两个特点本身都不能作为优点提倡，然而本曲结合自身经历痛诉肺腑，在元散曲述怀题材中不失为激愤之作，所以将它作为这一类型的一则代表而予以选入。

曹 德

曹德(生卒年不详)，字明善，衢州(今属浙江)人。顺帝时因作散曲讥讽权相伯颜，遭缉捕出避吴中，伯颜事败后方回大都。与薛昂夫、任昱有唱酬往还。散曲今存小令十八首，风格清疏。

〔双调〕清江引

长门柳丝千万缕①，总是伤心树。行人折嫩条，燕子衔轻絮，都不由凤城春做主②。

【注释】

① 长门：汉长安宫名，武帝时陈皇后失宠即居此。　② 凤城：京城。

【语译】

长门宫前的柳条千行万行，总引起我的嗟伤。行人任意把嫩枝攀折，燕子衔走了柳花飞向远方。京城的春神又作得什么主张？

【赏析】

关于这首曲的本事，陶宗仪《辍耕录》有如下的介绍："太师伯颜擅权之日，剡王彻彻都、高昌王帖木儿不花皆以无罪杀。山东宪吏曹明善时在都下，作《岷江绿》二词以讽之，大书于五门之上。伯颜怒，令左右暗察得实，肖形捕之。明善出避吴中。……此曲又名《清江引》。"

元代有两名官居太师的伯颜。一名是辅佐元世祖灭亡南宋的开国功臣，宋人所谓"白雁来"就是使用他名字的谐音。另一名是顺帝朝炙手可热的丞相。《元史》卷一三八《伯颜传》："势焰薰灼，天下之人唯知有伯颜而已。……(顺帝至元五年)益逞凶虐，构陷剡王彻彻笃，奏赐死，帝未允，辄传旨行刑。复奏贬宣让王帖木儿不花、威顺王宽彻普化，辞色愤厉，不待旨而行。"可知曹德"讽之"的对象正是这一个伯颜。就《辍耕录》对这一段历史的记载来说，基本上符合正史，唯一出入的是帖木儿不花是"贬"而非"杀"，他一直活到朱元璋打进北京城才送了命。

然而，陶宗仪的阐释却有个很大的失误。曹德的二首《清江引》，不是作于伯颜构陷二王的至元五年，而是作于此前四年。换句话说，本曲所"讽之"的完全是另一回事件。元统三年(1335，亦即后至元元年)七月，伯颜以讨伐乱臣的名义，捕诛皇后答纳失里的兄弟唐其势塔剌海。皇后曾把弟弟塔剌海藏护在自己的卧室中，于是伯颜一不做二不休，又逼着她喝下了毒药，而顺帝竟然眼睁睁地无可奈何。这种以下弒上的跋扈行为，在当时是骇人听闻的。所以作者在曲中有"长门柳"的影射，而"伯颜怒"，"肖形捕之"，也完全是因为曲子涉及弒后事件的缘故。

我们来看这首《清江引》。"长门柳"，特意点出"长门"二字，用意已如上所述，是很显明的了。作者先简单描写了长门柳柔弱可人的情状，随即就下一断语："总是伤心树。"这突兀的转折十分警人眼目。以下便顺势解释"伤心树"的缘由，因为行人攀折，燕子侵犯，随便谁都可以欺侮；"嫩条"、"轻絮"，再次表现它的柔弱，毫无反抗和自卫的可能。这样就逼出了末句沉重的喟叹："都不由凤城春做主！"特表"凤城"，含意深远。全曲表面上是就柳树做文章，但经此一来，明眼人不难看出，全曲完全是就弒后事件感慨控诉：身居皇宫的皇后，受伯颜的任意凌辱和迫害，如此肆无忌惮的侵犯，竟然都由不得顺帝来"作主"！托物讽咏，意兼双关，小令不但构思巧妙，感情也是十分深沉动人的。

曹德另一首《清江引》如下："长门柳丝千万结，风起花如雪。离别重离别，攀折复攀折。苦无多旧时枝叶也。"也是以"长门柳"起首，揭出了元顺帝帝权旁落，皇后一门屡遭诛翦的事实。这是一种极冒政治风险的揭露，看来《辍耕录》关于作者因作二曲罹祸出避的说法不虚。古代诗人多有以诗歌体式暗喻、影射时事的传统，散曲也不例外。本篇就是很好的例证。

〔双调〕庆东原 江头即事

闲乘兴，过小亭，没三杯着甚资谈柄？诗题小景，香销古鼎，曲换新声。标致似刘伶，受用如陶令。

【语译】

随意乘着兴致，来到小亭上。没有三杯美酒润肠，又能靠什么来开谈闲讲？为眼前的小景吟成一首首诗章，在古鼎里冉冉消耗着名香，不时将新制的歌曲换着歌唱。像刘伶那样风神清朗，又像陶渊明那样，尽情享受着醉酒的时光。

【赏析】

"即事"就是即兴而作，带有偶吟所感之意。本曲不仅是妙手偶得，就连所"即"之"事"，也有不经意而成全的情味。你看作者出游江头，是"闲乘兴"，虽则兴致勃勃，起初也漫无固定的目的。"过小亭"，一个"过"字，也说明不过是信步而至。妙在小亭中恰恰遇上了投缘的好友，还备着美酒，正好欢会一场，真是天赐其便。诗人并不细写与友人的会见，甚而不加寒暄，便大呼"没三杯着甚资谈柄"。这一句活画出他连连呼酒的狂豪情态，而与友人的深契同心也从句外表现了出来。"资谈柄"是开始闲聊欢谈，"谈柄"需"资"，又见出聊谈并无什么预定话题。一切都出于无心，而得之随缘，诗人的情性也因此得以自由发挥。

"着三杯"不仅资助了谈兴，还使与会者诗情大发。"诗题小景"，又点出了江头景色的悦人。焚香、唱曲，是小聚的另两项节目。古人焚香助娱，常是出于品茗、弹琴、赏画之类的需要。从曲中的情形来看，操琴的可能性最大。即使不是这回事，"香销古鼎"也增添了一种清雅的氛围，并显示了时间在不知不觉间遣发的实情。"新声"是新制的歌辞，"曲换新声"则是唱了一支又一支。这三句鼎足对纯用白描，有一种怡然自乐的情味。

末两句是评论，以感受代替总结。诗人也不发什么长篇大论，而是别具一格地以两位古人自况。一位是刘伶，魏晋出名的饮酒狂士，历来对他的形容"放达"有之，"颓狂"有之，作者却称"标致似刘伶"，这说法本身就颇为标致。这是在精神境界上的自赞。一位是晋宋间的大诗人陶渊明，他的酒名与刘伶不相上下，至多只有文雅一些的不同。"受用如陶令"，是对此番"乘兴"效果的定评。这两句都从酒的方面强调，不仅回应了"着三杯"，也补明了中间三句的消遣都在酒的陪伴和影响下进行。这就于渲染此行的惬意之外，更透现出勃发的豪情。在平静的铺叙中展现狂豪的英气，正是这首小令的最大特色。

我们读明人的散文小品，事情不大，情节不奇，更谈不上什么微言大义，但却是我写我心，洋溢着人生的真性情。元散曲的这类小令也是如此。作者也许只是信手命笔，写给自己看看，不过心灵既然自由敞开，精光灵气便不易泯没，原先自娱的作品，也就产生人同此心、心同此娱的社会效果了。

〔双调〕折桂令　江头即事

问城南春事何如？细草如烟，小雨如酥。不驾巾车①，不拖竹杖，不上篮舆②。着二日将息蹇驴③，索三杯分付奚奴④。竹里行厨⑤，花下提壶。共友联诗，临水观鱼。

【注释】

① 巾车：有篷的小车。　② 篮舆：竹轿。　③ 着：安排。将息：调养，休息。④ 奚奴：奴仆。　⑤ 行厨：出行途中携具从事烹饪。

【语译】

不知道城南的春色怎么样了？原来在酥油般的小雨之中，已经长出了蒙蒙一片茸茸细草。我这回出游，不坐篷车，不拖手杖，也不乘竹轿。我骑的是一头跛驴，为此我让它休息了两天，好教它不知疲劳；我又吩咐小仆，为我去备几杯香醪。在竹林里安排下简单的厨具，花丛中把酒壶倾倒；同朋友们寻章觅句，合作成一首首诗稿；又在春水边观赏，看水中的鱼儿自在地游遨。

【赏析】

这又是一首自记行乐的"江头即事"。这番是有备而行，故在作品的写法与风调上与前篇不同。

　　起首三句，从韩愈《早春呈张水部》"天街小雨润如酥，草色遥看近却无"的诗境化出，韩愈认为这样的时节，"最是一年春好处"。起句的一问，引出了早春的美景，也显示了作者跃跃欲动的游春心情。所以从第四句起，小令就直接转入了出行踏青的正题。诗人否定了乘车、步行、坐轿的种种旅游手段，因为他中意的方式比较特别，乃是骑一头驴子，尽管它足力不怎么灵便。为此，他"着二日将息蹇驴"，这同下句"索三杯分付奚奴"的对句一样，都表现了诗人的精心准备。其实，"着二日"不光是出于关心驴子的目的，更主要还在于避过"小雨如酥"，这正是作品的针线细密之处。从三个"不"字的排比，到"着二日"、"索三杯"两句的从容准备，都显现了诗人的好整以暇，洋溢着一派适情自得的安恬气氛。

　　末四句用两组对仗，铺排了出游至江头的行春内容。"竹里"两句化用了杜甫的诗句："竹里行厨洗玉盘，花边立马簇金鞍。"（《严公仲驾草堂兼携酒馔》）诗人骑的是蹇驴，谈不上"立马簇金鞍"，于是便以"花下提壶"代替，一样是竹花对举，而又是本地风光。除了野餐与饮酒外，他还同友人们一起联句吟诗，坐在江头观鱼。这一切显然不是在"小雨如酥"的气候下进行，这就更显出前时"着二日"章法插入的巧妙。诗人将"即事"的主要节目——游春仅用四个短小的句子平平叙过，多少带有一种得意忘言的情味。诗人采用散曲小令的形式来即兴吟咏，整首曲文也写得平和通俗、清畅自然，这一切恐怕都同他这种自娱自足的心情有关。

高克礼

高克礼(生卒年不详)，字敬臣，号秋泉，河间(今属河北)人。《录鬼簿》说他"文章习子瞻，任县宰才胜江淹"。与乔吉友善，"小曲乐府极多"。今存小令四首，不落窠臼，颇见特色。

〔越调〕黄蔷薇过庆元贞

燕燕别无甚孝顺①，哥哥行在意殷勤②。玉纳子藤箱儿问肯③，便待要锦帐罗帏就亲。　唬得我惊急列蓦出卧房门④，他措支剌扯住我皂腰裙⑤，我软兀剌好话儿倒温存⑥。一来怕夫人，情性哏⑦，二来怕误妾百年身。

【注释】

① 孝顺：此为对人有好处之意。　② 哥哥行：哥哥那边。　③ 玉纳子：玉制的盒子。元杂剧《金钱记》提到定亲的信物，有"敢是罗帕藤箱玉纳子"之句，可见以"玉纳子"、"藤箱儿"下定，是元代的习俗。问肯：下聘礼。　④ 惊急列：惊慌而急急动作的样子。蓦：同"迈"。　⑤ 措支剌：猛然急速之状。腰裙：腰间的围裙。　⑥ 软兀剌：软绵绵。倒：反过来。　⑦ 哏：同"狠"。

【语译】

燕燕我并没有什么甜头可以给人，小公子却一味地大献殷勤。他取出玉盒子同藤箱儿说是下聘，立时三刻就要在帐帏间同我温存。

吓得我忙不迭地逃出卧房门，他猛地一把扯住我的青围裙。我只得软下性子，反过来向他说好话求恳。一来是因为夫人性情凶狠，二来怕就此毁了我的一生。

【赏析】

燕燕是关汉卿《诈妮子调风月》杂剧的女主角。她本是小姐莺莺的婢女，遭小千户引诱而失身。千户后又追求莺莺小姐，燕燕愤其用情不专。以后二女皆为千户占有。元刘一棒亦有《莺燕争春诈妮子调风月》戏文，可知这一题材在元代颇为流传。本篇是"借树开花"，重塑了燕燕的形象：一方面，她在小千户的骗诱乃至强暴前，保持了清醒的认识，守身如玉；另一方面，作为受凌辱的下层婢女，她又缺乏自卫反抗的条件，只能幽幽吐诉心声以冀求感化主人。作品的这种处理，更符合生活的真实，也更具有典型意义和社会意义。

小令以燕燕的声口陈述，起首两句凭空擘起，却迅速进入故事的氛围。就本曲而言，这两句显示了燕燕纯朴的内心：作为一名侍候主人的婢女，她一向以为只有下人主动讨好才有可能得到主子的欢心，而如今自己毫无表示，小千户却"在意殷勤"。对此她缺乏思想准备，然而只是奇怪而已，并无多少戒心，"哥哥行"的称呼，就证明了这一点。但是，出乎她的意料，小千户取出"玉纳子"与"藤箱儿"送给她，并表示这就是娶她的定礼；更使她震动的是"问肯"与"就亲"并作了一步，换句话说，小千户立时三刻就要在这房里同她做爱。"便待要"三字，将他猴急的色狼相充分表现出来。"在意殷勤"的真实居心暴露得如此遽然，这就不能不引起读者对燕燕这位毫无防备的孤身少女命运的关心。

〔庆元贞〕述出了燕燕的一系列反应。她先是吓慌了，"唬"的反应便是扭身往户外逃跑。殊不料小千户动作更快，拦住去路不算，还"措支剌扯住我皂腰裙"，这是公然动手动脚，欲行非礼了。这就造成了更为惊险的场面。在燕燕面前似乎只有两条路：一是挣扎反抗，但这往往会激起施暴方更强的欲望，一位地位卑贱的弱女子毕竟逃不脱主人的魔掌；二是违心服从，任人摆布，忍受凌辱的痛苦。小令作者不愧是斫轮高手，他让燕燕采用了软拖的方式，"好话儿倒温存"，而这又不是出于机变，乃是在情在理的真实心声。"一来怕夫人，情性恨，二来怕误妾百年身"，这显然是心存已久的顾虑。少女的守贞心志、人格尊严与生活理想，都在这两句自白中显现出来了。

全曲酷肖人物的声气和心理，又加入"惊急列"、"措支剌"、"软兀剌"等一系列俗语，极富生活气息。短短一篇中形象地展开了曲折的情节，富于动作性与戏剧性，这一切明显地表现出民间说唱文学的影响。值得指出的是，小令的前两句本为关汉卿剧作的原文，而作者毫不费力地将其引入别一轨道，这在"借树开花"的技巧上也是令人击节的。

〔越调〕黄蔷薇过庆元贞

又不曾看生见长，便这般割肚牵肠。唤嬭嬭酪子里赐赏①，撮醋醋孩儿弄璋②。　　断送得他萧萧鞍马出咸阳③，只因他重重恩爱在昭阳④，引惹得纷纷戈戟闹渔阳⑤。哎三郎⑥，睡海棠⑦。都则为一曲《舞霓裳》⑧！

【注释】

① 嬭(nǎi)嬭：指宫中的老嬷嬷。酪子里：暗地里。　② 撮：借作"促"，催使。醋醋：宋元对年轻使女的称呼。弄璋：《诗经·斯干》："乃生男子，载寝之床，载衣之裳，载弄之璋。"后因以"弄璋"作生男的借语。此指杨贵妃举办认收安禄山为干儿子的仪式。③ 萧萧：马鸣声。咸阳：今属陕西。此处代指唐代京城长安。　④ 昭阳：汉长安宫殿名，后多代指皇后的专殿。　⑤ 渔阳：唐郡名，治所在今天津蓟州。安禄山官平卢范阳河东三镇节度使时，于此起兵叛乱。　⑥ 三郎：唐玄宗李隆基在宫中的小名。　⑦ 睡海棠：据

《杨太真外传》载，唐玄宗于沉香亭上召杨贵妃，贵妃酒困未醒，玄宗笑说："岂是妃子醉，直海棠睡未足耳。"　⑧则：只。《舞霓裳》：即《霓裳羽衣曲》，可伴奏入舞。

【语译】

又不曾亲手抚养拉扯成人，竟对安禄山如此牵肠挂肚，难舍难分。命令宫中的嬷嬷私下里赏他金银，又催促使女快把"洗儿"仪式举行。

害得那君王在萧萧马鸣中备驾逃出长安城，都只是因为平日里杨贵妃得到无限的宠幸，招惹出渔阳鼙鼓那一场纷乱的战争。哎唐明皇，你个海棠春睡似的杨太真。这一切的一切，都是一曲《霓裳》所造成。

【赏析】

《新唐书·安禄山传》："杨贵妃有宠，禄山请为妃养儿，帝许之。"曾任唐华阴县尉的姚汝能，在《安禄山事迹》中，更是详记了贵妃认领"养儿"的仪式。说是杨贵妃以绣花的褓褓裹住安禄山，命宫人用彩轿抬起，送去沐浴，所谓"洗儿"；洗完后又把这个肥胖的胡儿包在褓褓里，整整闹了三天。而"玄宗就观之，大悦，因加赏赐贵妃洗儿金银财物，极乐而罢"。宫中的这种宠遇和优容，显然助长了安禄山跋扈不轨的狼子野心。

本篇前半〔黄蔷薇〕的四句，正是针对杨贵妃这场"洗儿"闹剧的渲染和讽刺。劈空而起，辛辣犀利，表现出强烈的轻蔑和愤慨。作者故意不明说出事件的行为者杨贵妃和受动者安禄山的名字，而絮说"唤嬷嬷"、"撮醋醋"之类的琐细情状，从而使接连而来的下三句更产生疾风暴雨的突如效果。三句中的"萧萧鞍马出咸阳"、"重重恩爱在昭阳"、"纷纷戈戟闹渔阳"，对仗工整而意境各别，令人目不暇给；同用一个"阳"字作尾，声调铿锵，又一唱三叹的情韵。这三句概括了"安史之乱"的唐朝政局，使人顿时明白了上文所隐讳的角色姓名，领悟了〔黄蔷薇〕四句的讽刺内容，可谓笔力扛鼎。继后的末三句又恢复了嘲讽的口气，而内中的喟叹之意却是严肃而沉重的。

值得注意的是本篇的鞭挞所向。起首四句固然以杨贵妃首当其冲，而占中心地位的三句，则巧妙地分派给唐玄宗、杨贵妃、安禄山人各其一，从而将安史之乱的责任者一网打尽。理解了作者的矛头所指，我们便能领悟出末三句的正确读法。"哎三郎，睡海棠"以呼语成句，称呼中各含对玄宗和杨妃的嘲讽之意。而"都则（只）为一曲《舞霓裳》"的"都"字，总结前面"断送得"的三句，全句的主角也就囊括了李、杨、安禄山三人。唐玄宗萧萧鞍马，仓皇奔蜀，是"为一曲《舞霓裳》"；杨贵妃昭阳承恩，专宠后宫，善作《霓裳》舞是得力所自的一大因素；就是安禄山"纷纷戈戟闹渔阳"，也存在着"为一曲《舞霓裳》"的个人动机，这是元人的一种普遍看法。如马致远《四块玉·马嵬坡》便写道："睡海棠，春将晚，恨不得明皇掌中看。《霓裳》便是中原患。不因这玉环，引起那禄山，怎知蜀道难！"白朴《唐明皇秋夜梧桐雨》杂剧，也添生出安禄山"与贵妃有些私事，一旦远离，怎生放的下心"、"起兵到长安，抢了贵妃，夺了唐朝天下，才是我平生愿足"的枝节。其实远在宋人的《杨太真外传》中，就有"妃常在座，禄山心动，及闻马嵬之死，数日叹惋"的渲染，本曲作者听信这种无稽的绯闻是不足为怪的。不管怎么说，将末句独立拈出视作结语，较之单看做对"三郎"一人的叹惋，是更接近作者的用意，也更能体现作品之精彩的。

王仲元

王仲元(生卒年不详)，杭州(今属浙江)人。与钟嗣成相知，曾著杂剧三种。散曲存小令二十一首，套数四首，为当行派曲家。

〔中吕〕普天乐

树杈桠①，藤缠挂。冲烟塞雁，接翅昏鸦。展江乡水墨图，列湖口潇湘画②。过浦穿溪沿江汉③，问孤航夜泊谁家？无聊倦客，伤心逆旅，恨满天涯。

【注释】

① 杈桠：即"槎牙"，树枝错杂的样子。　② 湖口：湖沿。潇湘画：北宋宋迪以湖湘一带的风景为底本，画有八幅山水，人称"潇湘八景"。　③ 浦：宽阔的水面。

【语译】

在枝干丛生的老树上，有古藤纠缠垂悬。塞外飞来的大雁，冲入濛濛的云天。黄昏的鸦群振扑着翅膀，一只接一只在空中盘旋。这一切，构成了水乡墨染山水的画卷。我坐着孤独的航船，经过宽阔的水面，穿行溪流，沿着水道纵横的江河向前，不知今夜停泊在何处的岸边？百无聊赖，身心俱倦，旅行不断激起我的伤感，心中的愁恨，仿佛将这僻远的天涯布满。

【赏析】

这首作品给读者的第一印象，就是以诗笔代替画笔，借用曲中的现成语言，即"展江乡水墨图，列湖口潇湘画"。画面上的景物皆属常见，却又与众不同，带有一股苍兀悲凉的情韵。你看树上枝干交互，又有藤蔓缠结悬挂，可知是历年久远的老树。"塞雁"点出了秋令，它们划过长空，穿入远霄，渐渐消失在迷茫之中。而"昏鸦"则提醒了暮色的降临，它们躁动着飞回窝巢，一只接着一只，"接翅"的说法虽不无夸张，却是栩栩如生。这一切的色彩是以苍黑昏蒙为主体的，俨然一幅"水墨图"的风味；若以"潇湘画"为比较，则"潇湘夜雨"的那种迷离昏冥的画韵，庶几近之。而诗人在句法上又运用了排比属对，三言、四言、六言，犹如层层进逼。诗与画在形象展示上的最大不同，在于画作一览无余，而诗歌绘景却是层层加码，造成了印象的流动与叠加，有一种类似于"动画"的效果。

然而继续往下展读，前半的绘景，不过是一种铺垫，目的是为了抒写客愁，也就是"伤心逆旅，恨满天涯"。作者写出了自己的旅程，"过"、"穿"、"沿"三字集中在一句之中，足见其行途的漫长。而且这行途并未到达终点，不仅没有尽头，且连"孤航"的着落也茫无把握。"夜泊谁家?"这一问充满了迷惘，也充满了无奈。"无聊倦客"四字，进一步展现了诗人漂泊的日久。唯因无聊，才会细细审视途中的景物，无意中拼染出一幅"水墨图"；然而偏偏目击的景象，俱是"枯藤老树昏鸦"一类的苍凉秋光，结果这"潇湘画"不仅引不起欢悦，消不去愁闷，反而更添了"伤心"和"恨"意，以至有弥满天涯之感。一个"满"字，将行途的辽远、羁旅的漫长、"孤航"的凄独，这种种愁意收束为一，又向四周发散，使末句或为全曲的总结与文眼。

〔中吕〕普天乐 春日多雪①

无一日惠风和②，常四野彤云布③。那里肯妆金点翠，只待要进玉筛珠。这其间湖景阴，恰便似"江天暮"④。冷清清孤山路⑤，六桥迷雪压模糊。瞥见游春杜甫⑥，只疑是寻梅浩然⑦，莫不是相访林逋⑧。

【注释】

① 多雪：原作多雨，据曲文内容改。 ② 惠风：春日的和风。 ③ 彤云：浓暗的阴云，多出现于雪前。 ④ "江天暮"："江天暮雪"的简称，为"潇湘八景"之一，至元人时已成为习语。 ⑤ 孤山：及下句的"六桥"，均在杭州西湖。 ⑥ 游春杜甫：杜甫有"三月三日天气新"、"黄四娘家花满蹊"一类诗句，元人即附会出"杜甫游春"故事，且编为杂剧。 ⑦ 寻梅浩然：元人间流传"孟浩然踏雪寻梅"故事，亦形诸杂剧。孟浩然，唐代诗人。 ⑧ 相访林逋：指观赏梅花。林逋为北宋高士，隐居西湖孤山，植梅畜鹤，并以梅诗著名。

【语译】

虽说已是春令，却从不见和煦的春风，但只见四周天空中浓暗的阴云低压。老天爷并不肯妆点出明媚的春景，只一味地把雪片雪珠喷洒。这段时期西湖阴阴沉沉，就好像"江天暮雪"的潇湘图画。孤山路上冷清清的，六桥上堆满积雪，迷蒙蒙难以明察。乍望见出来游春的人儿，那是诗人杜甫，还是孟浩然来探赏梅花?抑或是去寻访梅妻鹤子的林处士吧?

【赏析】

本篇的题目，《全元散曲》作"春日多雨"。查《乐府群珠》明抄本，"雨"字是清楚的，其下部则漫漶模糊了。然而试读全曲，明明白白咏的是"多雪"而非"多雨"。

首句的"惠风"，是春风的别名，昔日王羲之三月上巳与群贤毕集兰亭，就说过："是日也，天朗气清，惠风和畅。"而"彤云"可用作解释下雪前的阴云，《水浒传·林教头风雪山神庙》:"正是严冬天气,彤云密布,朔风渐起,却早纷纷扬扬卷下一天大雪来。"首句是"无一日",次句是"常四野","春日多雪"的题面展露无遗。三四两句,"妆金点翠"扣春日,"迸玉筛珠"扣多雪,金、翠、玉、珠都是珠光宝气的同类,化用得十分巧妙。五句的"湖景阴"是西湖的实景,同六句的"江天暮"情形相似,大雪天云层像黑沉沉的铅条,确有"暮"的错觉。妙在"江天暮"本身还隐藏着一个歇后语"雪"字,"江天暮雪"是《潇湘八景》的一幅画名,元人无不耳熟能详。这两句不仅再度关合"多雪",而且表示出了西湖这反常的春日仍带有图画的意味,转出了以下两句实景的具体描绘。春间多雪,不仅寒意袭人,一路的积雪也使行人望而却步,造成了"孤山路"的"冷清清";而六桥依次拱起于苏堤之上,平日颇为醒目,此时却"迷"了起来,作品解释得很清楚,这正是因为"雪压模糊"的缘故。孤山、六桥,一向是赏春的好去处,曲子特意铺写这两处,又回应了题面的"春日"。小令至此犹不满足,又抓住冷清清路上的一名游人,连用了"游春杜甫"、"寻梅浩然"、"相访林逋"的三组比拟。这三者都是元人流行的传说和习语,如马致远《一枝花·春情》:"本待学煮海张生,生扭做游春杜甫。"《拨不断》:"孟襄阳,兴何狂,冻骑驴灞陵桥上,便纵有些梅花入梦香……"杨朝英《水仙子》:"雪晴天地一冰壶,竟往西湖探老逋。""探老逋"的目的也是为了乘雪赏梅。"游春杜甫"变成了"寻梅浩然",郊野踏青改作了"相访林逋","春日""多雪"的两面就都反映出来了。这种种明言及暗示的扣题手法,充分体现了元散曲文人追求新巧的习尚。

〔双调〕江儿水　笑靥儿

一团儿可人衠是娇①,妆点如花貌。打叠脸上愁②,出落腮边俏③。千金这窝里消费了。

【注释】

① 可人:合人心意。衠(zhēn):总是。　② 打叠:收拾。　③ 出落:显出。

【语译】

腮上的这一堆酒窝楚楚动人,总是娇柔无比,把如花似玉的容颜,妆点得更加旖旎。它收拾去了脸上的愁意,显出了腮边的俏丽。再多的金钱也不惜丢在这窝里。

【赏析】

"笑靥儿"就是脸上的酒窝。南宋胡铨流放海南岛,十年后召还,思念当地一位黎族姑娘的笑貌,有"君恩许归此一醉,傍有梨颊生微涡"的诗句。这是诗体中唯一对酒窝的专意描写,尽管只有寥寥数言,还是受到了道学家们的激烈批评,朱熹就写诗不满地讥论道:"十年浮海一身轻,归对梨涡却有情。世上无如人欲险，几人到此误平生。"而散曲则不辞于"小题大做"，不仅在题材上百无禁忌，在作法上也是郑重其事的。

作者是将笑靥放在"如花貌"的背景中表现的。它的作用虽是"妆点"，但本身也"一团儿可人"，具有"衡是娇"的美感。首句的"一团儿"三字，表现出笑靥圆圆的堆聚在颊上的柔和，而在元代方言中，"团儿"又是脸蛋的俗称，美人的玉容常被称为"粉团儿"，如周文质《小桃红》："海棠过了，荼蘼开遍，都不似粉团儿。"所以"一团儿可人"又使人联想起酒窝所在"如花貌"的妙丽。"打叠"、"出落"，都显示出笑靥所富有的"娇"、"俏"的特征。然而点睛之笔却是末一句。它巧妙地利用了"销金窝"及"千金买笑"的习语，在笑靥儿"窝"的外观性征上大做文章；更重要的是在全句的感慨之中，表现出一种甘为情种的迷恋和赞美，故有虚实相生之妙。

为"笑靥儿"制曲非止王仲元这一首。如乔吉咏云："凤酥不将腮斗儿匀，巧笑含娇俊。红镌玉有痕，暖嵌华生晕。旋窝儿里粉香都是春。"（《清江引·笑靥儿》）周文质有咏："一窝粉香堪爱惜，近眼花将坠。添他百媚生，动我千金费。春风小桃初破蕊。"（《清江引·咏笑靥儿》）徐再思写是："东风不知何处来，吹动胭脂色。旋成一点春，添上十分态。有千金俏人儿谁共买。"（《清江引·笑靥儿》）列示在此，一是展现散曲咏物描摹入微的特点，二是反映元代散曲作家审美习尚和趣味的一个侧面。

〔中吕〕粉蝶儿　集曲名题秋怨(套数，节选)

……

〔石榴花〕常记得《赏花时》节《看花回》，《上京马》《醉扶归》①。《归来》窗半《月儿低》②，真个《醉矣》③。《柳青娘》《虞美人》扶只④，困腾腾《上马娇》无力，《步步娇》弄影儿行迟。似《凤鸾》交配答《双鸳鸯》对⑤，人都道《端正好》夫妻⑥。

〔斗鹌鹑〕不误这《万年欢》娱⑦，翻做了《荆湘怨》忆。把一个《玉翼婵》娟⑧，闪在《瑶台月》底。想曩日《逍遥乐》事迷，今日《呆古朵》自悔⑨。子落得《初问口》长吁⑩，《哭皇天》泪滴。

〔普天乐〕空闲了《愿成双》、《鸳鸯》儿被⑪。《搅筝琶》断毁，《碧玉箫》尘迷。《四块玉》簪折，《一锭银》瓶坠。叹姻缘《节节高》天际，这淹证候越《随煞》愁的⑫。想《两相思》病体，把《红芍药》枉吃，有《圣药王》难医。

〔尾〕我每夜伴《穿窗月》影低，好《也罗》你可《快活三》不归⑬。空教人立苍苔《红绣鞋》儿湿，可怕不恋上别的《赚煞》你⑭！

【注释】

① 上京：元代的上都，今内蒙古锡林郭勒盟正蓝旗东。　②《归来》，指《归来乐》，诸宫调曲牌名。　③《醉矣》：指《醉也摩挲》，曲牌名。　④ 扶只：扶着。　⑤《凤鸾》：指《凤鸾吟》，诸宫调曲牌名。配答：配搭。　⑥ 端正：真正。　⑦ 不误："不料"之意。⑧《玉翼婵》：曲牌正名为《玉翼蝉》。　⑨ 呆古朵：呆呆的样子。　⑩ 子：同"只"。⑪《鸳鸯》：指《双鸳鸯》或《鸳鸯煞》，均曲牌名。　⑫ 淹证候：恶毛病。　⑬《也罗》：指《也不罗》，曲牌名。也罗，语气助词，略同于"呀"。三不归：宋元方言，"总是不归"之意。　⑭ 赚：使人觉得吃亏。

【语译】

常记得我们在赏花时节，骑着上京的骏马，双双喝醉了看花而回。那时月儿低照窗扉，我俩真是酩酊大醉。让两名侍女扶着，我上马、步行，都是那样柔弱娇媚。我俩像凤鸾又像鸳鸯，人人都说我们真是恩爱的一对。

只指望欢娱长久，谁料竟变成了劳燕分飞，你把我这婵娟女子抛下，在台前的冷月下受罪。想往日迷恋于快乐，如今只能呆呆地自悔。只落得口中长吁，哭喊着苍天流泪。

冷落了鸳鸯绣被，筝琶毁坏，箫管不吹，玉簪折断，银瓶坠碎。可叹美姻缘远在天外，我的相思症状同悲愁紧随。病身躯就是因这段情连累，吃药吃不好，连良医也无所施为。

我夜夜将穿窗而入的月影伴陪，好一个你在外快活，总是不归。空教我久立苍苔，绣鞋上浸透了露水。你就不怕我去爱上了别人，让你大大地吃亏？

【赏析】

这里节选的是原套八支曲的后四支，其显著特色便是如题所称的"集曲名"，即每一句中都含着曲牌的名称。原套八曲嵌用曲牌名达七十多种，且有融会贯通之妙。

在前四支曲中，叙述了"〔满庭芳〕〔梧桐树〕〔金蕉叶〕坠"的秋景，也交代了女主人公"〔上小楼〕〔凭阑人〕立"的处境，说明题中的"秋怨"，其实正是思妇在深秋时分的闺怨。这是元散曲中最常见的题材之一，但在此处选录的四支曲中，仍有不落常套的构思。〔石榴花〕曲是女子的回忆，从"看花回"、"醉扶归"的细腻描写中，活画出"端正好夫妻"恩爱生活的一幕，为下文转出无情的现实作了铺垫。〔斗鹌鹑〕曲顿起波折，"翻做了"、"闪在"这些词语，都显示离别袭来的猝不及防。"呆古朵自悔"、"初问口长吁"、"哭皇天泪滴"，与前时的欢娱情状形成了强烈的反差。〔普天乐〕曲将这种愁苦发展到高潮，"搅筝琶断毁，碧玉箫尘迷。四块玉簪折，一锭银瓶坠"更是曲中的俊句，在描写独守空闺的生活情景中，透示了思妇近于绝望的心绪。她因而得了"淹证候"，有药难医，说明了相思的深沉。〔尾〕曲则是别出心裁的一笔。它由前时的悲愁进一步发展为"怨"，将丈夫的久出不归说成是他在外面"快活"而乐不思蜀，并扬言自己也会报复："可怕不恋上别的《赚煞》你！"从女子的相思难医、一往情深上来看，她根本不可能再去"恋上别的"，可见这只是由爱极而生出的娇嗔。这就使人物的形象更富于个性，也使"秋怨"的题旨表现得更为缠绵悱恻。

　　集曲牌名制曲，是散曲的巧体之一。《四库全书总目提要》在论及巧体时写道："唯是咏歌渐盛，工巧日增，诗家既开此一途，不可竟废。"（《回文类聚提要》）可见它是"咏歌渐盛"的产物和标志。读者不仅能从曲文的本身得到美感，还能获得形式奇巧上的心理满足。正因如此，"集曲名"的体式手法日后还渐渐进入了诗词。兹举一首明人舒芬的《曲牌名诗》七律："为爱〔宜春令〕出游，风光犹胜〔小梁州〕。〔黄莺儿〕唱今朝事，〔香柳娘〕牵旧日愁。〔三棒鼓〕催花下酒，〔一江风〕送渡头舟。嗟予〔沉醉东风〕里，笑〔剔银灯〕〔上小楼〕。"

吕止庵

吕止庵（生卒年、籍贯不详），事历不详，从其作品来看，似多活动于杭州。存小令三十三首、套数四首，功力颇为老到。

〔仙吕〕后庭花　怀古

孤身万里游，寸心千古愁。霜落吴江冷①，云高楚甸秋②。认归舟。风帆无数，斜阳独倚楼。

【注释】

① 吴江：即吴淞江，起自太湖，东流入海。　② 楚甸：楚地，多指苏、扬一带。甸，外围之地。

【语译】

我孑然一身，漫游万里，一颗心包藏着千年的愁意。寒霜降布，吴江是那样的冷寂，楚地的秋空旷阔，白云高浮在天际。我辨认着载我回乡的船只，过尽千帆，都不见它的踪迹。我只能孤独地倚着小楼，对着这夕阳平西。

【赏析】

此曲共有八首，这是第二首。古人有"十首以上，其意即同"的说法，作者的此组重头小令接近了这个数字，却未曾出现这种"意锐才狭"的情形。总体的观照往往有助于局部的理解，所以我们不妨再录示其中的几首："芙蓉凝晓霜，木犀飘晚香。野水双鸥靓，西风一雁翔。立残阳。江山如画，倦游非故乡。"（其四）"功名揽镜看，悲歌把剑弹。心事鱼缘木，前程虻触藩。世途艰。艰声长叹，满天星斗寒。"（其六）"故园天一方，高城泪数行。芳草迷鹦鹉，晴川隔汉阳。暮山长。烟波江上，愁人几断肠。"（其八）不难看出，作者都是以凝练工整的对偶为引子，得出悲壮隽永的结语。而严格说来，各篇都算不上"怀古"，题为"感兴"似更贴切。

本篇起首的两句，句内自含对峙，"孤身"与"万里"，"寸心"与"千古"，无不显示出巨大的反差。第三句"霜落吴江冷"化用唐崔信明佚诗的名句"枫落吴江冷"，第四句"云高楚甸秋"脱胎于杜甫的"天高白帝秋"（《暮秋将归秦留别湖南幕府亲友》）。作者在这些曲句中有意识地张大身外的形势与气象，所谓"思接千载，视通万里"（《文心雕龙》语），给人以一种"心事浩茫连广宇"的苍凉之感。"认归舟"回应"孤身万里游"，并沟通了"吴江"、"楚甸"与曲文中未曾出现的故乡的联系；最后以"风帆无数"与"独倚楼"的对映，显示了漂泊无依、欲归不得的孤独与羁愁。联系前举的其他几首《后庭花》来看，每一首都充满着突破时空的悲剧美感。无论是本首所揭示的天地苍茫、风物萧瑟以及由此激发的乡思客愁，还是其他各首所涉及的功名无著、世途艰辛，都可谓古今同慨。这也许就是作者以"怀古"命题的缘故吧。

〔仙吕〕后庭花

　　风满紫貂裘，霜合白玉楼。锦帐羊羔酒①，山阴雪夜舟②。党家侯，一般乘兴，亏他王子猷③。

【注释】

①"锦帐"句：北宋忠武军节度使党进性粗豪，每逢雪天，多在销金帐内低斟浅酌，饮羊羔酒。　②"山阴"句：晋王徽之居山阴（今浙江绍兴），大雪夜眠觉，忽忆戴逵，即乘夜驾船往剡溪就访。晨至戴家，以为"乘兴而来，兴尽而返"，不进门就原路返回了。③亏：不及。王子猷：王徽之字子猷。

【语译】

　　北风把紫貂的皮衣鼓得满满，寒霜同白色的小楼凝成一片。党进在销金帐中饮着羊羔酒，王徽之在雪夜撑开了山阴船。同样是乘着雪中的兴致寻欢，党家的大官，远远不能同王徽之并肩。

【赏析】

　　元人喜欢对古人冬令的赏雪消遣作出评判，如薛昂夫《蟾宫曲·雪》："一个饮羊羔红炉暖阁，一个冻骑驴野店溪桥。你自评跋：那个清高？那个粗豪？"是以党进的"锦帐羊羔酒"与孟浩然的"踏雪寻梅"（元人传说如此）的不同消遣进行比较，且意谓前者粗豪而后者清高。党进的做法在今时看来也算不得怎么粗鄙，但在宋初陶穀的《清异录》中就对他有"彼粗人也"的批评，而元代文人鄙嗤他的"饮羊羔红炉暖阁"，更带有一种妒富嫉贵的感情意味在内。马致远《拨不断》："孟襄阳，兴何狂，冻骑驴灞陵桥上。便纵有些梅花入梦香，倒不如风雪销金帐，慢慢的浅斟低唱。"表面上是翻了个案，其实是对书生困穷的解嘲式的愤激反语，骨子里的评价是一样的。

　　本曲也是两种雪中"乘兴"法的比较，正面主角换上了王徽之的雪夜访戴逵。而在结构组织上，运用了作文的"尊题"之法。所谓尊题，即在文中并举二事，而于结论或文气上行一褒一贬的扬抑。这支小令，就是以党进和王徽之冬令消遣的不同方式并举，而后揭示出所"尊"的主题。妙在七句中让"党家侯"占据了五句，且尽力铺张其富贵豪奢的情形，到头来仍然让他栽在王徽之的手下。作品的题旨，显然是赞美文士的清高脱俗，鄙薄权贵的富贵粗俗，以事述论，以小喻大。而用这种白描淡写而后一锤定音的写法，便使人觉得举重若轻，妙不可言。

〔仙吕〕后庭花

碧湖环武林^①，仙舟出涌金^②。南国山河在，东风草木深。冷泉阴^③，兴亡如梦，伤时折寸心。

【注释】

① 武林：杭州灵隐、天竺诸山的总名，后亦为杭州的别称。 ② 涌金：杭州西城门名。 ③ 冷泉：在杭州灵隐飞来峰下。阴：水的南面。

【语译】

碧湖镶绕着杭州的诸山，涌金门外，撑出了游人的画船。南国的河山依然是昔时的旧观，一年一度的东风中草木又生长茂繁。冷泉之畔，我回顾着历史上的兴亡，真有一场大梦之感。伤嗟着时事，更是说不出的心酸。

【赏析】

起首两句，写西湖的形胜及湖上画船的行乐。这两句的感情色调基本上是中性的，只有"仙舟"一词是例外。但"仙舟"主要是就舟中人的自我感觉而言的，并不表示作者有什么赞美和艳羡之意，甚至可以说还有点冷嘲的味道。也就是说，面对素有"人间天堂"、"销金锅儿"之称的杭州西湖，作者的心情是严冷的。

三、四句的接续，就更证明了这一点。这两句有意识地脱化杜甫抒发家国之慨的《春望》名句："国破山河在，城春草木深。"作者将"国破"改为"南国"，"城春"改为"东风"，映合了承平已久的现实；但在碧湖仙舟的升平景象之后，接一句"南国山河在"，大有山河虽昔、人事全非的兴亡之慨，那么"东风草木深"，也就显然带上"春风不预兴亡事，来往城南染绿条"（刘克庄《送人宛溪》）的悲凉意味了。这两句利用杜诗原句影响的积淀，将空间与时令均纳入"人世几回伤往事"的感事伤时范围中，沟通了现实与历史的联系，使前两句的写景顿时被搅入沉郁悲壮的感情世界中，可谓笔力沉雄。

"冷泉阴"句，冷本为专名，阴本属方位。作者却利用汉字的示意性，让自己的"兴亡"、"伤时"之感在这一处抒发，使"冷"、"阴"的字面都制造出沉冷的氛围效果，这是中国诗歌所特有的构思手段。末两句结出了主旨。从沉着的景物叙述，逼出"兴亡如梦"的血泪呐喊，使这首小令格外震撼人心。

〔越调〕天净沙 为董针姑作

玉纤屈损春葱^①，远山压损眉峰^②。早是闲愁万种。忽听得卖花声送，绣针儿不待穿绒^③。

【注释】

① 玉纤：女子的手。春葱：喻女子手指。　② 远山：妇女的眉式。因望之淡如远山而名。　③ 绒：指绣线。

【语译】

雪白的双手常常弯着，累苦了十指纤纤。两道眉毛淡若远山，低低地压迫眉间。心中早已有说不完的愁烦，猛然听得门外传来卖花的叫唤，顿时停住了绣针，忘了把线穿。

【赏析】

《全唐诗》有朱绛的《春女怨》："独坐纱窗刺绣迟，紫荆花下啭黄鹂。欲知无限伤春意，尽在停针不语时。"朱绛存诗仅此一首，却因末句巧妙的构思留名诗坛。本曲也多少受到了这首小诗的影响。

"玉纤"与"春葱"、"远山"与"眉峰"本属于同一类概念，诗人将它们分拆开来，间以"屈损"、"压损"的词语，"损"是无复旧貌的意思。这样的安排，便带上了一种昔今对照的意味，较之直言"屈损春葱"、"压损眉峰"，更觉婉曲深沉；而"玉纤"、"远山"的拈出，也暗示出主角董针姑的年轻柔美。针姑是对针线女子的称呼，因其飞针走线，是故作者先从其"春葱"寓目入手。所以起首两句，展示了一名年轻女子一边摆弄着纤纤素手做针线活，一边愁眉紧蹙、似有无限心事的形象。

第三句承上启下。"闲愁万种"是对"屈损"、"压损"的小结，"早是"则为领起下文留出了地步。"闲愁"究竟是为了什么作者没有讲，也不易讲，因为平平地叙述解释，难以与上文楚楚动人的愁态匹配平衡。妙在诗人抓住了一个小小的镜头，让这位针线女子停住了手，"绣针儿不待穿绒"。绒即"茸"，是刺绣专用的丝线，因其茸散可以分擘而得名。引起这一变化的原因是听到了门外的卖花声，这无疑是春天来临的信号。诗人在句前加上了一个"忽"字，显示了董针姑此前一直沉浸在愁思之中。猛然意识到春天，不禁停止绣作，于是这其间的感春、伤春、怀春、惜春，自怜青春，自念人生，这种种的意境便俱在读者意中了。这较之朱绛的"欲知无限伤春意，尽在停针不语中"显然更为含蓄、隽永，有青出于蓝之妙。

陈子厚

陈子厚(生卒年、籍贯不详)，事历不详。今存套数一首。

〔黄钟〕醉花阴(套数)

宝钏松金髻云嚲①，甚试曾浓梳艳裹。宽绣带掩香罗②，鬼病厌厌③，除见他家可。

〔出队子〕伤心无奈，遣离人愁闷多。见银台绛蜡尽消磨，玉鼎无烟香烬火。烛灭香消怎奈何。

〔么〕情郎去后添寂寞，盼佳期无始末。这一双业眼敛秋波④，两叶愁眉蹙翠蛾。泪滴胭脂添玉颗。

〔尾〕着我倒枕捶床怎生卧⑤，到二三更暖不温和。连这没人情的被窝儿也奚落我。

【注释】

① 嚲(duǒ)：下垂。 ② 掩：宽掩，松放出。香罗：指香罗带，即腰带。这一句中，"宽绣带"与"掩香罗"同义。 ③ 厌厌：即"恹恹"，有气无力的样子。 ④ 业：恶劣。⑤ 着：致使，害得。

【语译】

腕上的金钏宽出了一圈，头上髻子松了，任乌发胡乱地披散。说什么像往日那样，去浓妆打扮？腰间的香罗绣带，变得那样松宽，全身有气无力，这病除非是见到他才能好转。

经受离别的人伤心难免，最是多愁善感。只见烛台上红烛差不多点完，香炉不再飘烟，只有残烬一闪一闪。烛灭香消，我又怎么办！

情郎走后，留下寂寞一片，我时时刻刻在把重逢的日子热盼。这一双不争气的眼睛再不见秋波流转，两道蛾眉愁结不展。泪水挂在脸颊上，犹如珍珠一般。

害我在床上反侧辗转，叫人怎能睡得稳安？直到二更、三更，还是焐不暖。连这不通人情的被窝，也嘲弄着我的孤单。

【赏析】

元散曲常以描摹思妇或未婚女子独守空闺为表现题材。通常都从人物形象、人物处境、典型环境、典型动作的一方面或几方面着手，用以反映出人物的心理和感情。这首套数具有容量上的优势，自然成了这种种表现手法的集大成者。

"宝钗松金髻云觯","宽绣带掩香罗","一双业眼敛秋波，两叶愁眉蹙翠蛾"……作品活脱脱地描摹出女子憔悴悲酸的病慵形象。她的处境是情郎远去，苦捱寂寞，而且日夜处在相思刻骨、"盼佳期无始末"的煎熬之中。绛蜡消磨，使人想起"蜡烛有心还惜别，替人垂泪到天明"（杜牧《赠别》）的诗句；玉鼎无烟，香残烬火，清冷愁惨的气氛更为强烈。这种种描写分别开来看，固然是散曲作品的常套，但综合在一起，却构成了完整而细腻的思妇生活景象。元散曲文人颇像画家，勾勒晕染，认真执着，不到自认为神完意足，是不轻易歇手的。

全套最具新意的自然是〔尾〕曲，这是属于人物典型活动方面的表现手法，较之南唐后主李煜"罗衾不耐五更寒"的名句，更增出了人物的动作和心理。尤其是"连这没人情的被窝儿也冥落我"，将女子孤眠的清冷况味与铭骨怨艾，都借着逼真的口吻而生动地表现出来了。

真　真

真真(生卒年不详)，建宁(今属福建)人，歌妓。《辍耕录》说她为南宋名儒真德秀之后，因其父犯事，被卖抵偿，沦为歌妓，后得姚燧援手脱拔风尘，嫁与翰林院小吏。今存小令一首，盖藉此得姚燧识拔。

〔仙吕〕解三酲

奴本是明珠擎掌，怎生的流落平康①。对人前乔做作娇模样②，背地里泪千行。三春南国怜飘荡，一事东风没主张。添悲怆，那里有珍珠十斛③，来赎云娘④？

【注释】

① 平康：妓院。　② 乔：假装。　③ 珍珠十斛：指买女的重金。据宋人《绿珠传》载，晋石崇曾以明珠十斛买下美人绿珠。斛，十斗或五斗的容量。　④ 云娘：仙女樊云英。唐裴铏《传奇》有书生裴航捣药百日以换取云英为妻的故事。此处为作者自喻。

【语译】

我本是父母的掌上明珠，怎么竟沦落在妓院里受人欺侮。在嫖客面前不得不装出娇柔的模样，背地里泪水流了无数。南方的春天虽然美丽，可怜我漂泊风尘受尽困苦，那东风哪会为落花作主？想到这里，我的悲愁更是禁抑不住。哪里有好心人用十斛珍珠，把我从火坑中赎身救出？

【赏析】

元武宗至大年间，姚燧任翰林学士承旨。在一次宴会上，一名带着福建口音的年轻歌妓向他献唱了这首曲子。经再三追问，女子才吐露了自己的身世。原来她叫真真，是宋代理学家真德秀的后裔，因为父亲居官获罪，家产抄没，使自己不幸沦入风尘。姚燧十分同情她的遭遇，为她申请落籍。官府以为姚燧对她有意，很快就满足了要求，而姚燧却立即将真真许嫁给属官王棣，并认她为义女。——这是载于《筤谷笔谈》、《辍耕录》等元代笔记的一则故事。

"明珠擎掌"与"流落平康"不啻霄壤之别。作品一上来就将昔年与今时的命运剧变展示在读者面前，令人为之惋叹。女子在"流落平康"前加上"怎生的"三字，这是她至今不愿相信的一场噩梦的降临，这一一问，益发震撼人心。然而，"流落平康"却是冷酷而不容否认的存在，于是三四两句进一步吐诉了平康生涯的痛苦。女子用了"对人前"与"背地里"的对比，人前强颜承欢，背地以泪洗面。

这是风尘女子受凌辱的内心自白、现身说法，实情实感，其动人处正在于真。

接下去出现一组对仗，在前文不假雕饰的自述后平添出一番风韵。旧时的风尘女子得以获取客人特别是上层官员的同情，往往更多是依靠呈露自己的才情。这两句对仗工整，语意哀婉，难怪会引起姚燧的垂怜。曲中女子以蒲柳烟花自比，三春南国，东风管领，有自伤孤苦无告之意。"一事东风无主张"，即东风一事无主张，也就是东风事事都顾不到她。末三句女子诉出了"主张"的含意，即救拔她跳出火坑，脱籍从良。"明珠十斛"运用了石崇"明珠十斛置娉婷"（唐乔知之《绿珠篇》句）的典故，却并非自高身价，而是表现赎身的不易。倒是女子以"云娘"自比，透露出了她内心深处未曾熄灭的理想之火，因为不惜代价为樊云英赴汤蹈火的裴航，是一名有情有义的青年郎君。

这支小令所用的〔解三酲〕，是一支南曲曲牌。元散曲多为北曲，南散曲到明代才得以发展。但真真出生在南方，浙闽一带正是南曲的发祥地，她以〔解三酲〕度曲是不奇怪的。后人对本曲作者的归属曾持有疑问，然而从全篇满纸血泪、如诉肺腑的真切感情来看，他人捉刀或托名的可能性是很小的。

查德卿

查德卿（生卒年、籍贯不详），事历不详。令存小令二十二首，其中兼有雄郁与绵丽的不同风格。

〔仙吕〕一半儿　春醉

海棠红晕润初妍，杨柳纤腰舞自偏。笑倚玉奴娇欲眠①。粉郎前②，一半儿支吾一半儿软。

【注释】

① 玉奴：唐汝阳王李琎小字玉奴，风流俊美。此处即以"玉奴"代指美男子，也就是下句的"粉郎"。　② 粉郎：美男子。从何郎（晋何晏）"面若傅粉"典故衍出。

【语译】

她脸上泛起了红晕，像经雨的海棠一般娇妩。她有着杨柳般的纤腰，也像柳条那样翩跹起舞。舞罢笑着倚上了情郎的身躯，娇困地似将睡去。面对俊美的郎君，她虽然支吾推阻，其实却并不坚拒。

【赏析】

作者有《拟美人八咏》，对美人在生活中的各种情态细作晕染，这是其中的一首。古代诗歌有"香奁体"，国画有仕女画，连十来岁的贾宝玉行酒令也要连连用"女儿"作题目，可见古人这一类香艳的描摹，主要还是出于追求美感的考虑。

曲中的"海棠红晕"、"杨柳纤腰"，从春天的景物入手，照应题面的"春"字，但它们比兴的意味是极为明显的。从比的一面说，"海棠红晕"，即指美人脸上的红潮，"杨柳纤腰"当然也就是美人的细腰，"润初妍"、"舞自偏"，活脱脱是曲中女子醉态的写照。从兴的一面说，海棠春醉，杨柳临风，都有在芳春的背景中不能自持的神味，由此而引出了女子在情郎面前恃醉纵情的下文。

"笑倚"句的意蕴十分丰富。这七字中，涉及女子动作或表情的就有"笑"、"倚"、"娇"、"眠"四个字，颇富形象性。"笑倚玉奴"的大胆举动，"娇欲眠"的娇慵情态，将"春醉"的题目酣满托出。"娇欲眠"而"笑倚玉奴"，既有醉不自禁、酒后见真情的合理性，又有女子亲近情郎、有意缱绻的蛛丝马迹。这样一来，"海棠红晕"就是羞情的显露，"杨柳纤腰"就是挑逗的表示，而女子的"春醉"，也就是"酒不醉人人自醉"、形醉实醒了。无论是哪一种意义的"醉"，女子在情郎面前"一半儿支吾一半儿软"，半推半就，她既娇羞又多情的形象便得到了十足的体现。〔一半儿〕曲的精彩往往落实在最后一句，本曲也不例外。它使酒力意义上的"醉"转化为感情意义上的"醉"，就连题目中的"春"字，也由春天之春进步为"有女怀春"的风情之春了。

不妨再摘录《拟美人八咏》中的两首："琐窗人静日初曛，宝鼎香消火尚温。斜倚绣床深闭门。眼昏昏，一半儿微开一半儿盹"（《春困》）"自将杨柳品题人，笑捻花枝比较春。输与海棠三四分。再偷匀，一半儿胭脂一半儿粉。"（《春妆》）可以见出作者的尽力揣摩与求新。诚如吴梅《顾曲麈谈》所论，"词之佳妙若此，亦足见元人于此道之用力至深也"。

〔仙吕〕寄生草　感叹

　　姜太公贱卖了磻溪岸①，韩元帅命博得拜将坛②。羡傅说守定岩前版③，叹灵辄吃了桑间饭④，劝豫让吐出喉中炭⑤。如今凌烟阁一层一个鬼门关⑥，长安道一步一个连云栈⑦。

【注释】

①"姜太公"句：姜太公吕尚在磻溪以垂钓为业，八十岁时方遇见周文王，尊为尚父，扶周灭商。磻溪，在今陕西宝鸡境内，渭水支流。　②"韩元帅"句：汉高祖刘邦曾筑坛斋戒，拜韩信为大将。韩信为兴汉功臣，日后却被刘邦纵容吕后杀害。　③"羡傅说"句：傅说在任殷高宗国相前，在傅岩当奴家，从事泥木建筑劳役。版，聚土以夯实的筑墙器具。④"叹灵辄"句：灵辄为晋国翳桑地方的贫民，赵盾见他饥饿，给予饭食。后灵辄任晋灵公甲士，在灵公欲暗害赵盾时，倒戈相救，然后自己逃走不知所终。　⑤"劝豫让"句：豫让为春秋末晋国智伯的门客。智伯为赵襄子灭后，豫让断形变容，吞炭成为哑子，设法为主人报仇。后谋刺赵襄子不遂，被执而自杀。　⑥凌烟阁：天子为表彰功臣而建造的高阁，绘画功臣图像于其间。　⑦连云栈：古代由陕入川的栈道名，多凿建于山崖半壁间，极为险峭。

【语译】

姜太公放弃磻溪岸前去做官，这买卖实在太不合算。韩信把自己的性命，换得了刘邦的拜将坛。傅说如果守定傅岩的旧生计不去出山，那才真正令人生羡。灵辄因为在翳桑接受饭食而不得不报恩，这使我不由得为他叹惋。那豫让为主报仇吞炭变哑，我劝他快别把自己这样无谓摧残。你看当今要想建功立业留名凌烟，一层层阻挠真是难上加难；读书人进取功名的路途，一步步都充满着凶险。

【赏析】

元人在散曲中叹世警世，常用这种列举史事的方式。这样做不仅收论据凿凿、以古证今之效，文气上也有语若贯珠、一泻直下之妙。本篇用了五则历史人物的典故，五句中作者又以饱含感情色彩的精炼语言，表示了自己"感叹"的导向。

起首两句对仗，是就姜太公吕尚与韩元帅韩信的行止作出评断。对于吕尚离开磻溪岸入朝任相，作者用了"贱卖了"三字，是说他放弃渔钓隐居生活太不值得。设想作者若仅用"卖了"二字，也已表现出对他入仕的鄙夷不屑，更何况"贱卖"！诗人故意不提吕尚辅佐文王定国安邦的历史功绩，又故意以偏激的用语与世人对吕尚穷极终通际遇的艳羡唱反调，愤世嫉俗之意溢于言表。同样，对于韩信登坛拜将的隆遇，作品用了"命博得"三字，一针见血地指出了在功业爵禄之后隐伏的危机。一文一武，抹倒了古今的风云人物，也是对利禄仕进热衷者的当头棒喝。

三、四、五三句的鼎足对，言及的历史主角为傅说、灵辄、豫让三人。第一句出乎意外地用了个"羡"字，但细看羡的内容，是"傅说守定岩前版"。傅说若果真守定岩前版的话，只不过是个卑贱的奴隶，而事实上他根本没有"守定"，出去作了殷高宗的大臣，可见这一句纯粹是反话、是嘲讽。第二句如实地用上一"叹"，而所叹的是灵辄"吃了桑间饭"，作者认为这样一来，他就只能以听命于人、舍己报主作为饭钱了。第三句对豫让则用了"劝"，"劝豫让吐出喉中炭"，作者对豫让用性命报知遇之恩，视作多此一举的愚蠢行为。这三句鼎足对中傅说的一例，同吕尚、韩信并无二致，其余两人则非名利场中人，却是受制于人、为统治者效命的人物。作者将他们并排拉在一起，并非是有意选取历史和社会上具有代表意义的不同典型，不过是借此发泄对整个封建秩序及现存观念的否定和蔑视而已。这就使作品带上了一种嬉笑怒骂、驰骋随意的剽劲色彩。

叹世作品列具史实的常法，是在结尾点出总结的结论。而本曲又别具一格，弃置上举的五名历史人物不顾，转而对"如今"作出了愤怒的感叹。"凌烟阁一层一个鬼门关，长安道一步一个连云栈"是峻拔的警语。它将不同性质的地名醒目地组织在各句之间，让读者去憬然悟味其间的联系，从而形象地表现元代仕进道路艰难险恶的黑暗现状。这是对热衷功名利禄的另一种形式的批判和否定，从而与上文的历史感叹互相照应。贯串在作品中的感情的愤激，嘲骂的辛辣，意绪的突兀以及批判精神的尖锐，造就了作品豪辣灏烂、排奡奇倔的风格特色。

〔双调〕蟾宫曲 层楼有感

倚西风百尺层楼，一道秦淮①，九点齐州②。塞雁南来，夕阳西下，江水东流。愁极处消除是酒，酒醒时依旧多愁。山岳糟丘③，湖海杯瓯。醉了方休，醒后从头。

【注释】
① 秦淮：水名，自句容、溧水流经金陵，入长江。　② 九点齐州：九州，指天下全境。李贺《梦天》："遥望齐州九点烟。"齐州，神州。　③ 糟丘：酒糟堆积成山。

【语译】
秋风之中，我倚立在高高的楼上，看秦淮河一道分明，神州大地却是那样微茫。塞外的大雁飞到了南方，夕阳在西天沉落，大江东流，浩浩荡荡。悲愁到了极点，只能借酒抵挡，可酒醒后又恢复了无尽的忧伤。最好是山岳都堆满了酒糟，把湖海都当作杯觞。直到醉了才停止痛饮，而醒来后又重新斟满酒浆。

【赏析】

"登高必赋"，据说这是孔夫子的训诲（见《韩诗外传》），而古代文人登高所赋出的，十有八九是愁怀。这是因为俯视苍茫，直接将"我"与"物"对立观照的缘故。所以登高的作品，必自目接的外物入手，本曲也不例外。起句在言明登高处所、点出时令之后，即用两组对仗共五句的篇幅写景。"一道秦淮"是近景，可见"层楼"地处今南京市内。"九点齐州"是远景，也是虚景，它源自李贺《梦天》的名句"遥望齐州九点烟"，是说从天上望下，中国的九州大地犹如九点细小的烟尘，这显然是古代任何"层楼"建筑所无法观现的视像。曲中这种夸侈的描写，已表现出诗人茫远的心绪。"塞雁"三句鼎足对，分别以"南来"、"西下"、"东流"显示诗人登高四望的情态，而这三句景语，又蕴含着时间流逝的意象。景物在空间、时间意蕴上的比照，便令作者触景兴感，也就是下文的"愁"。小令将五个景句写得如此浩茫、苍凉，使得这种愁情倍增浓重，达到了"愁极"的地步。

"愁极处消除是酒"，故作一折，反衬出"酒醒时依旧多愁"的触目惊心。这种写法，同李白"抽刀断水水更流，举杯销愁愁更愁"的名句一样，回环反复，使人过目难忘。但尽管如此，作者依然一杯一杯，"醉了方休，醒后从头"，不断重复着"愁—酒—愁—酒……"的流程，这就显示了他登楼愁绪的深重，也表现了他对现实人生的抗争。"山岳糟丘，湖海杯瓯"是一举两得的奇语，它既以外物形象在空间大小上的对比变换回应了"百尺层楼"的高迥，又以夸诞豪放的造诣渲染了纵酒表象下的"愁极"实质。全曲前半写"层楼"登眺，后半写"有感"，章法井然，而状景高旷，抒慨激励，体现了散曲豪放一派的风格特色。

〔越调〕柳营曲　江上

烟艇闲，雨蓑干，渔翁醉醒江上晚。啼鸟关关①，流水潺潺，乐似富春山②。数声柔橹江湾，一钩香饵波寒。回头观兔魄③，失意放鱼竿。看，流下蓼花滩。

【注释】

①　关关：鸟鸣声。　②　富春山：在浙江桐庐县西，东汉严子陵曾在此隐居。　③　兔魄：月亮。旧谓月中有兔，而魄为阴神，故称。

【语译】

在烟波中出入的小船终于泊岸，被雨水打湿的蓑衣也已晾干。江上的渔翁时醉时醒，自在地消受着夜晚。只听啼鸟此呼彼唤，流水潺潺，其乐融融，就像东汉的高隐严子陵一般。他有时在水湾摇动船橹，柔和的橹声传去二三；有时放下钩饵钓鱼，映动着波光闪闪。偶尔也回头遥望明月，突然感到了人生的失意，而颓然放下了渔竿。这时他的小船便失了操纵，你看，顺着水流，滑入了蓼花丛生的河滩。

【赏析】

在前选乔吉《满庭芳·渔父词》的赏析中，曾提到散曲中的"渔父词"自成一格，多借自然景物来表现理想主义的生活场景与思想感情，本篇是又一则例证。"啼鸟关关，流水潺潺"、"数声柔橹江湾，一钩香饵波寒"，俱是清丽流美，宛然仙家境界。但本曲的渔父仍未能不食人间烟火，"回头观兔魄，失意放鱼竿"，便显示了生活现实所给予的创伤。前时写"渔翁醉醒江上晚"，是力图表现他旷放自在的一面。如今看起来，他的"醉醒"，也不无愤世嫉俗的激烈意味了。

欧阳修有《渔家傲》词，下阕有句云："醉倚绿阴眠一饷。惊起望，船头阁在沙滩上。"本曲的结尾，很可能是受到了欧词的启发。船儿不是一直那么听话的，只要主人意有旁骛，失了操纵，便只受水流摆布。"看，流下蓼花滩"，表现了渔父"失意"懊悦的深重程度。不过作者仍把小船留在蓼花滩一带，不曾送入红尘，那么渔父清醒过来，重新提起渔竿，"乐似富春山"，是不成问题的。或许"流下蓼花滩"的对象，也可释为"鱼竿"，如宋王庭珪《江亭即事》云："江水磨铜镜面寒，钓鱼人在蓼花湾。回头贪看明月上，不觉竹竿流下滩。"但观此曲，解作小船"流下"更胜。

很显然，曲中的"渔翁"是文人化了的。在元曲中，"隐逸"与"叹世"是一枚硬币的两面，本曲作者不过想把这两面都写到而已。清李调元就很明白这一点。他把自"数声柔橹江湾"至"流下蓼花滩"六句，统统视为"他人不能道也"的俊语（见《雨村曲话》）。

吴西逸

吴西逸（生卒年、籍贯不详），事历不详，似是曾游历京城、终退隐杭州的文士。今存小令四十七首。

〔双调〕清江引　秋居

白雁乱飞秋似雪，清露生凉夜。扫却石边云，醉踏松根月。星斗满天人睡也。

【语译】

白雁在不安地乱飞乱撞，满天满地布满了一片雪白的秋霜。凉夜中露水增重熠熠闪亮。我的衣袍拂走了石边的雾气，醉步踏着松树旁漏下的月光。星斗满天，我仰面躺倒，顿时就入了睡乡。

【赏析】

白雁是深秋的象征。宋彭乘《墨客挥犀》："北方有白雁，似雁而小，色白，秋深到来。白雁至则霜降，河北人谓之霜信。"入夜了如何会"白雁乱飞"，曲作者没有讲，但同下半句的"秋似雪"必有关系。这里说"似雪"，是因为秋天满布着白霜；张继《枫桥夜泊》："月落乌啼霜满天"，足见白雁也会同乌鸦那样受到"霜满天"的惊扰。次句续写凉夜露水增重的秋景，依然是清凄的笔调，视点却从天空转移到地面。这样就为人物的出现腾出了环境。

作者的出场是飘然而至的。"扫却石边云"，有点风风火火。古人以为云出石中，故以"云根"作为山石的别名，这里无疑是指夜间岩壁旁近的雾气。作者袍角"扫却"了它们，那就几乎是擦着山石而疾行，也不怕擦碰跌绊，这其间已经透出了作者的酒意。下句"醉踏松根月"，则明明白白承认了自己的醉态。"松根月"是指地面靠近松树树根的月光，明月透过松树的荫盖，落到地上已是斑斑驳驳，作者专寻这样的"月"来"踏"，这就显出了他脚步的趔趄。这样的大醉急行，是很难坚持到底的。果然，他仰面朝天躺倒在地，起初还能瞥望"星斗满天"，随后便将外部世界什么也不放在心上，酣然高眠，"人睡也"。

短短五句，将人物的旷放超豪，表现得入木三分。五句中分插了"雪"、"露"、"云"、"月"、"星"五个关于天象的名词，或实指，或虚影，颇见巧妙。五句中无不在层层状写露天的夜景，却以人物我行我素的行动超脱待之，显示了冲旷的高怀。以起首的"白雁乱飞"与结末的"人睡也"作一对照，更能见出这一点。

值得一提的是，作品以"秋居"为题目，而写的是醉后的露宿，这就明显带有"以天地为屋宇，万物于我何与哉"的旷达意味，由此亦可见到作者以此为豪、以此为快的情趣。

〔越调〕天净沙　闲题

　　江亭远树残霞，淡烟芳草平沙。绿柳阴中系马。夕阳西下，水村山郭人家。

【语译】

　　江边的亭子，背衬着天际的残霞和树木。平坦的沙岸上芳草簇簇，弥漫着淡淡的烟雾。行人跳下马来，把坐骑在杨柳荫中拴住。夕阳西下，近水近山，各有村庄和人家的居屋。

【赏析】

　　此曲共四首，前三首为："长江万里归帆，西风几度阳关。依旧红尘满眼。夕阳新雁，此情时拍阑干。""楚云飞满长空，湘江不断流东。何事离多恨冗？夕阳低送，小楼数点残鸿。""数声短笛沧州，半江远水孤舟。愁更浓如病酒。夕阳时候，断肠人倚西楼。"四首皆含"夕阳"二字，而互无密切的联系，可见作者的"闲题"，是类似于画家就某一灵感作随意素描式的试笔。以"夕阳"为背景，便决定了作品意境的苍凉基调。

　　这首小令写的是夏末秋初的江乡风景。前两句是静景的铺陈，由最远处的江亭、远树、残霞，到中景的淡烟、芳草、平沙，于开阔的意象中融入了苍茫的情思。这种排比景物、组合层次来汇总印象的手法，在马致远《天净沙·秋思》及白朴《天净沙·秋》中已有先例，作者无疑是受到他们的影响。但第三句就迅速将镜头拉近，出现了具有人物身影与动态的特写，句法也发生了变化。这就自然而然使这一句成为全曲的中心，引人瞩目和深味。

　　"绿柳阴中系马"，并无进一步的交代，作者甚至不提示系马者的身份。但因前两句充溢着旷远、清寂和苍凉的气氛，其惯性便决定了思维的导向。可知此处的"系马"决不是一种轻快、得意的举动，其行为者也必然别有隐衷。这就使读者可以意识到那是一位行客游子，风尘鞅掌；柳阴系马，为的是得到暂时的歇息，或者是一种无奈的寻觅。由情景交融而至以景导情，这正是作品妙味的表现。

　　末两句又返回绘景。"夕阳"的加入增添了画面的苍凉，"水村山郭人家"则证实了第三句中主角身份的推论。而这样一来，游子的漂泊与人家的安居又形成了意质上的对比。"绿柳阴中系马"本身也成为大块空间中的一景，而客愁旅恨，则在水村山郭、夕阳人家的静景中的弥散开来。情景又一回交融，此时的悲凉足以撼动人心，"闲题"的妙味，也就更觉咀嚼无穷了。

赵显宏

赵显宏(生卒年、籍贯不详),号学村。作品有"十年将黄卷习,半世把红妆赡"句,当为情性放诞的文人。存散曲小令二十一首,套数二首,风格清润。

〔中吕〕满庭芳　樵

腰间斧柯,观棋曾朽①,修月曾磨②。不将连理枝梢锉③,无缺钢多。不饶过猿枝鹤窠,惯立尽石涧泥坡。还参破,名缰利锁④,云外放怀歌。

【注释】

①"观棋"句:南朝梁任昉《述异记》,载晋人王质入山砍樵,见二童子弈棋。待到局终,他才发现腰间的斧柯(斧柄)已经朽烂。　②修月:唐段成式《酉阳杂俎》称月亮为七宝所合成,为使月面平滑,天帝暗暗安排了八万二千户的工户为之修磨。　③连理:花木异株而枝干通连。　④名缰利锁:喻受名利的牵绊、禁囿。

【语译】

这樵夫腰间的斧子不同寻常:斧柄曾因观看仙人下棋而朽坏,斧面则为修月的需要磨得铮亮。他从不去破坏连理的树木,利钢的锋刃自不会损伤。猿猴攀立的枝条再险,野鹤筑巢的大树再高,他都施展身手,从不轻放。那崎岖的石涧,那泞滑的泥坡,他已司空见惯,站立得稳稳当当。他看破了浮名虚利,不受欲念的影响。白云外畅怀高歌,坦坦荡荡。

【赏析】

这支小令,酣满地刻画出一名以樵为生的高士形象。

起首五句,从樵夫随身不离的工具——斧子入手,先是运用了两则古代的典故。一则是观看仙人下棋,以致烂了斧柄,一则是飞上天空,修磨七宝月轮:都是充满神奇夸张色彩的传说。可见作者是借物而寓现意境,暗衬出樵夫的不同凡俗:他饱阅世事,所谓"五百年来棋一局,闲看数着烂樵柯"(徐渭《题王质烂柯图》);身手不凡,所谓"从来修月手,合在广寒宫"(苏轼《正月一日雪中过淮谒客》)。咏"樵"而点涉"棋"、"月",也说明这位樵夫具有雅士的素质。接着的两句,"不将连理枝梢锉,无缺钢多",是巧妙的双关。表面上它仍是写斧,不去砍伐连理枝梢,故不至于锋刃卷缺。但其实质的含意,读者一目了然:连理枝是人间爱情和美好事物的象征,樵夫对它们爱惜有加,足见他是以仁德和正义为己身追求的有心人。这两句更明显地闪动着人物的身影,为下文对樵夫的直接描写,作了不露痕迹的过渡。

六、七两句对仗，形象而深刻地绘述了樵夫的日常活动。猿猴出没于深山悬崖，"猿枝"极言樵伐之险；野鹤在大树的枝梢上筑巢栖居，"鹤巢"极言山木之高。而樵夫涉险攀高，视同等闲，"不饶过"见出了他的勇敢坚决。山中涧谷乱石崎岖，坡坂泞滑难以驻足，而无论是"石涧"还是"泥坡"，樵夫都如履平地。"惯立尽"三字，体现出他知难而进的无畏气概。

如果说以上的七句已将樵夫的樵薪生活与正直刚强的品格作了充分的表述，那么结尾的三句，无疑是作者歌赞和审美的最强音。作者赞美樵夫，不仅是因为他是生活的强者，更是出于他在精神上的超越。"还参破，名缰利锁，云外放怀歌"，就活脱脱地表现出了一位蔑视名利、傲睨尘俗的高士形象。"云外"二字意兼虚实，既表樵夫的实际处所，又表出他的脱俗风神。元曲中常有对"不识字烟波钓叟"（白朴《沉醉东风·渔父词》）的赞美向慕，本篇这位"放怀歌云外樵夫"，是足以与之比并的。

唐毅夫

唐毅夫(生卒年、籍贯不详),事历不详。存小令一首、套数一首。

〔双调〕殿前欢　大都西山①

冷云间,夕阳楼外数峰闲。等闲不许俗人看②,雨髻烟鬟。倚西风十二阑,休长叹。不多时暮霭风吹散,西山看我,我看西山。

【注释】

① 大都西山:北京西山,属太行山脉之余段,为历史上的著名风景区。　② 等闲:寻常。

【语译】

隔着夕阳映照下的楼殿,在阴冷的浓云之间,西山露出冷清清的几座峰尖。那山头就像烟雨中的美人髻鬟,朦朦胧胧,不肯轻易让俗人看清它的真面。我在秋风中倚遍栏杆,又何必为之长叹。不多时晚风将夜雾驱散,西山注视着我,我也端详着它的容颜。

【赏析】

这首小令写的是赏看大都西山,文法曲折多致,寄托了作者的人生感受。

"冷云间"三字起笔一总,营造了特殊条件下的西山景观。这一起语颇可借用《红楼梦》对凤姐"一夜北风紧"开笔的评价:"不见底下的,这正是会作诗的起法,不但好,而且留了写不尽的多少地步与后人。""冷云"是阴云、浓云、令人心情沉重之云,写西山先写此云,便点现了出师不利的第一感。先以"冷云"占据画面,第二句的"夕阳"、"楼外"、"数峰闲",就有依次破云而出的动感,弥漫着一种清冷寂寞的气氛,暗示了作者登楼远眺的孤独。虽则"数峰"露现于冷云之间,却不肯将庐山真面轻易示人,三四两句,就在文气上推出了这一波折。这两句是倒装,"髻"、"鬟"均以美人的发式喻山,辛弃疾《水龙吟》"遥岑远目,献愁供恨,玉簪螺髻"、黄庭坚《雨中登岳阳楼望君山》"满川风雨独凭栏,绾结湘娥十二鬟"已有成例。曲中是"雨髻烟鬟",这就补充了"冷云"的来历,原来此时正值雨霁,夕阳固然露了脸,但云层之上的西山峰头依然缠结着雨意。"雨髻烟鬟",将西山的巍伟及山顶云罩雾绕的朦胧景象,生动地表现出来了。诗人将"数峰"的朦胧,说成是"等闲不许俗人看",为西山占重身份,也表现出自己是它的知音。所以他在西风中倚遍栏杆，执着等待，并不为眼前的遗憾景象而长叹。果然峰回路转，不多时暮霭吹散，掀去了雨雾的面纱。文笔至此也豁然开朗，"西山看我，我看西山"，令人想起前人"相看两不厌，唯有敬亭山"（李白《独坐敬亭山》）、"我见青山多妩媚，料青山、见我亦如是"（辛弃疾《贺新郎》）的快意境界。

这首小令以看山的经历为表，寓寄了诗人对人生的观照与信念。这一点，我们不难从曲中的喻示中发现和领会。"冷云"代表了精神追求中的阻碍与迷障，但只要与理想信念心心相印，执着不渝，终究乌云遮不住太阳。西山"等闲不许俗人看"，而最终却与作者契合交融，"西山看我，我看西山"，其间诗人以脱俗孤高自许的用意，也是十分明显的。

顺便一说，〔殿前欢〕末二句的颠倒语序、分说合观，并非作者的首创，阿里西瑛的"呵呵笑我，我笑呵呵"，贯云石的"功名戏我，我戏功名"，乔吉的"人多笑我，我笑人多"，张可久的"青山爱我，我爱青山"等等，都是脍炙人口的先例。而本曲中的"西山看我，我看西山"，物我交融，兴寄高远，可说是散曲创作继承发展中青出于蓝的例子。

朱庭玉

朱庭玉(生卒年、籍贯不详),事历不详。今存小令四首、套数二十二首。作品思致宛然,清新绵丽。

〔越调〕天净沙　秋

庭前落尽梧桐,水边开彻芙蓉①。解与诗人意同。辞柯霜叶②,飞来就我题红③。

【注释】

① 芙蓉:指荷花。　② 辞柯:离开枝干。　③ 题红:在红叶上题诗。唐僖宗时,有一名宫女在红叶上写了一首诗:"流水何太急,深宫尽日闲。殷勤谢红叶,好去到人间。"树叶顺着御沟水流出宫墙。书生于祐拾到后添写道:"曾闻叶上题红怨,叶上题诗寄阿谁?"置于流水上游又流入宫中。后两人终成良缘。

【语译】

庭院前落尽了梧桐的叶子,水中的荷花也早失去当日的风姿。仿佛是通晓诗人我的心思。一片经霜的红叶离开树枝,飞近身来让我题诗。

【赏析】

起首两句的对仗,概括了诗人在园林中所望见的秋景。"庭前"和"水边"是两处代表性的地点,暗示出诗人在四出徘徊,也在百般寻觅。但秋天对于诗人实在是太无情了,这两句中的"尽"和"彻"就不留一点余地。这两个字也正是景句之眼。既然是"落尽梧桐",诗人的判断显然是基于未尽之时绿叶繁茂的秋前情形;同样,"开彻芙蓉",首先浮现在他脑海中的也必然是旧时荷花盛开的热闹景象。枝上萧索,水面凋敝,这现实与记忆之间的巨大反差,自然会勾惹起悲秋的心情。可明明是作者因红衰翠减而伤感,第三句却偏偏说成是红翠善解人意,因迎合人的心绪而自甘衰残。诗人的这种自我怨艾,一来反衬出心中无可奈何的悲感的沉重,二来也表现了他对园林中美好事物的一往情深。

正因为诗人将所见的秋景与自己系结在一起,才会有四、五两句的神来之笔,而在心情上发生一个完全的转折。

我们在秋天常会遇到这样的情形:秋风卷着落叶扑面飞来,碰到身上有时就像粘住似的,好一会儿才飘落地面。诗人此时,就有一片"辞柯霜叶"缠上了他。何以见得?因为在上文的气氛中,飞舞在空中的霜叶只会加深"落尽"的印象,唯有停落在身上的片时的留连,才有可能启发诗人新的思考。霜叶"辞柯"而依人，这本身就沟通了"意同"的两者间的联系。"辞柯霜叶，飞来就我题红"，在多情善感的诗人眼中，其"飞来"完全是主动的、有目的的及含情脉脉的行为；而"题红"在其"红叶题诗"典故的原始意义上，则饱含着真、善、美的生活激情。秋天固然有萧瑟的一面，但对热爱生活的诗人来说，却同时意味着希望和奋起。这一"辞"一"就"，尽翻前案，将初时悲秋消沉的气氛一扫而空，无异化衰朽为神奇。小令别出机杼的结尾，令人拍案叫绝。

李致远

李致远（生卒年、籍贯不详），至元间曾居溧阳（今属江苏）。著有杂剧一种。散曲今存小令二十六首，套数四首，属清丽派的风格。

〔中吕〕红绣鞋　晚秋

梦断陈王罗袜①，情伤学士琵琶②。又见西风换年华。数杯添泪酒，几点送秋花，行人天一涯。

【注释】

①陈王罗袜：曹植在《洛神赋》中自言相遇洛神，赋中有"凌波微步，罗袜生尘"的描写。曹植受封陈留王。　②学士琵琶：白居易有《琵琶行》长诗，述浔阳江头与长安琵琶女子的萍水相逢。白居易曾官翰林学士。

【语译】

曾有过曹植和洛神那样的艳遇，却成了一去不再的梦影。"相逢何必曾相识"，至今想起她仍使我悲伤不能平静。西风飒飒，又在提醒着一年将尽。这酒掺和着我苦味的泪水，三两杯聊作一番闷饮。那花无异于秋天的挽歌，萧瑟瑟几点只激起人的伤心。何况漂泊与我结下了不解之缘，寄身天涯，更觉孤寂悲辛。

【赏析】

运用典故闪示意象而不加详述，从而启动读者的经验和联想，是古代文学作品常用的表意手法。本曲的起首两句就是如此。从这两则典故来看，内容都同异性之间的萍水相逢有关，这种邂逅引出了一段动情的故事，然而其悲剧性正在于情缘的昙花一现。诗人已明知"梦断"，却依然禁不住"情伤"，可见他的一往情深，这种注定无法再现的情梦，便为全曲定下了一种惆怅与失落的基调。值得一提的是，曹植的《洛神赋》记称"黄初三年，余朝京师，还济洛川"，虽未说明具体的时日，但赋中有"夜耿耿而不寐，沾繁霜而至曙"语，可知他与洛神的相遇正值秋季；而白居易《琵琶行》，则明言"枫叶荻花秋瑟瑟"、"唯见江心秋月白"。这两个典故都符合"晚秋"的题面，在本作中恐怕不是偶然的。这样一来，"又见西风换年华"，既是作者的真切感受，又与前述的典故照应相合，就更觉意味深长了。

在秋天的悲凉气氛中，作者又以苦酒与残花为陪衬，叙出了自己"天一涯"的漂泊现实。一场情梦本就无凭，再加上时间的暌隔（"又见西风换年华"）与空间的距离（"行人天一涯"），就使人倍觉不堪。作品的每一句都不啻为一声叹喟，诗人将这种种内容纳于"晚秋"的题目之下，其处境与心境的悲凄，就是呼之欲出的了。

〔双调〕折桂令　山居

枕琴书睡足柴门，时有清风，为扫红尘。林鸟呼名，山猿逐妇，野兽窥人。唤稚子涤壶洗樽，致邻僧赊酒论文①。全我天真，休问白鱼②，且醉白云。

【注释】

① 赊酒：赊酒。　② 白鱼：周武王伐纣时，在黄河有白鱼跃入船舱，以为瑞兆。这里代指兴邦的国家大事。

【语译】

我在简陋的居室里稳稳安睡，琴书放满了一床。清风不时一阵阵吹来，将红尘的污染一扫而光。树林里鸟儿啼啭，像是在把自己的名字呼扬。山里的猿猴见到妇人，总是好奇地追住不放。野兽睁着圆圆的眼睛，安静地窥视着人的动向。我叫幼子洗干净酒壶杯筷，邀来邻住的山僧，赊得美酒一起纵情谈论文章。我保全我的天性，不受外物影响。再不去过问什么兴邦之事、治乱之象，且酣醉在这白云之乡。

【赏析】

这首小令铺叙隐居生活，其间淡泊宁静的风致，给人印象至深。"时有清风，为扫红尘"，二语看似不着力，却意味深长。有这样的吐属，自可见作者超旷的襟怀。唯其襟怀气度的不凡，才会处处表现出一种"全我天真"的高士性格：诸如枕琴书、睡柴门、醉白云，以及"唤稚子涤壶洗樽，致邻僧赊酒论文"之类。

"林鸟"等三句的写景刻画入微。唐宋之问《陆浑山庄》："山鸟自呼名。"韩偓《夏日》："时有幽禽自唤名。""林鸟呼名"，写出了山间禽鸟的悠闲自在。"山猿逐妇"，《搜神记》有"玃猿""伺道行妇女有美者，辄盗取将去"的记载，古代笔记中也多有"木客"逐妇、攫妇的说法，玃猿、木客都是猿猴的同类。这里的猿没有如此可怕，"逐妇"恐怕只是一种顽皮的天性，却也表现了山居的幽僻。至于"野兽窥人"，似乎更为恐怖，但古代隐士如郑隐、郭文等甚而能同老虎和平共处，无须人们担心，何况这儿的野兽只是"窥人"而已，彼此秋毫无犯。有了这三句，便是典型的"山居"而非"村居"。作者在如此幽僻的地界悠然自得，也就更增添了作品的真隐色彩。

"白鱼"在诗文中多取武王"白鱼入舟"典故的含意，代指兴国的瑞兆。但在《太平广记》中，还收录了一则《九江记》中的故事。说是江夏有个叫顾保宗的渔民，一夜梦见一名白发老翁，入门坐下就哭起来，说是天下不久就会大乱。当时是东晋隆安五年(401)，距晋朝覆灭不到二十年。顾保宗向他询问了不少问题，老翁一一作了预言。第二天顾保宗到江岸瞭望，发现一条白鱼，长一百多丈，正是老翁的化身。果然不久即战乱大作，刘宋替代了东晋。本曲的"问白鱼"如果是兼用这一典故，便与元朝晚期山雨欲来的形势有所影合，那么，作者"全我天真"的动机本质，也就更为昭然了。

〔越调〕天净沙　离愁

　　敲风修竹珊珊①，润花小雨斑斑。有恨心情懒懒。一声长叹，临鸾不画眉山②。

【注释】

①修竹：长长的竹子。珊珊：珠玉互击的声音。　②鸾：鸾镜，背面铸有鸾凤图案的铜镜。眉山：女子的眉毛。

【语译】

修长的翠竹在风中摇曳撞击，脆声同珠玉相似。小雨把花儿打湿，留下了斑斑驳驳的水影子。她心里充满了愁怨，怎么也提不起兴致。只听得一声长长的叹息，她对着妆镜，却不再把蛾眉描饰。

【赏析】

　　小令起首两句用工整婉丽的对仗，显示了一种小词的婉约风味。娟娟秀竹在风中摇曳撞击，如敲金戛玉，这是"声"；小雨润如酥，在花朵上留下斑斑点点的水痕，这是"色"。绘声绘色，为曲中女子的出场，预设了清扬幽悱的环境与气氛。这两句婉美的景语，具有三个方面的作用。一是隐点出春天的时令，二是衬示出女子柔媚幽娴的闺媛身份。至于第三层作用，下面会讲到。

　　第三句在句式上同前两句相似，却不能成为工对，主要是因为"心情"为并列复词，与"修竹"、"小雨"的主从形式不类。无论作者是否有意如此，客观上造成了它们之间的间离效果。这一句是对前面景语的主观反应。春色如许，女子的心情却是"有恨"，这就给读者留下了一定的悬念。

　　四五两句，将第三句的"心情"具体化和形象化了。"一声长叹"，是"有恨"，是"懒懒"。"临鸾不画眉山"，更是"懒懒"，更是"有恨"。小令到此戛然而止，不作进一步的解释说明，读者对其中的缘故，却是非要探索个水落石出不可。

　　现在不妨来看看本篇"离愁"的标题。没有它的提示，我们初读之下，只是感受到曲中女子的一种无端的惆怅，似乎题目定为"闺愁"也未尝不可。但仔细一想，却发现题目中这个"离"字妥切至极，全然更易不得。女子已经对着鸾镜，为什么"不画眉山"呢？原来这就是"离愁"导致的结果，她实在有太多的理由放弃梳妆。这可能是她忆起了离别的情景，心事重重，也可能是离别造成了她的憔悴，览镜时伤感红颜非昔。但更合理的解释，是良人一去不回，还为谁去画眉打扮呢！这就像《诗经·伯兮》中说的那样："自伯之东，首如飞蓬。岂无膏沐，谁适为容！"（语译为：自从丈夫去征东，柔发如草乱蓬蓬。难道没有香膏洗？更为谁人去美容！）"临鸾"的"鸾"字本身就隐含着"鸾凤和鸣"、"孤鸾悲镜"的意味，触景伤情，谜底就在"离愁"的"离"上。理解了这一点，"一声长叹"，就再不只是寻常闺情的闲愁幽怨了。

回过头来再重读这支小令，发现"离愁"的题旨无句不含，一开始就隐伏着了。原来风竹珊珊，自有寂寞清凄的意味；小雨润花，同时也就容易勾起青春伤逝的感想。春色纵好，其奈离人何！处于离人地位的女子，对此隐忍不发，仅是"有恨心情懒懒"，这是与她矜贵身份相应的一种自持。然而鸾镜前终于按捺不住，露了形迹，正说明了"离愁"的浓重，实属无法排遣。起首两句景语实是情语，预作伏笔，这是它们所具有的第三种作用。这支〔天净沙〕笔致如此婉曲，意境如此蕴藉，草蛇灰线，经玩味后方得大白，确实令人拍案叫绝。它与前选吕止庵《天净沙·为董针姑作》布局构思相近，两相比较，本作似更绰具词风。

王 氏

王氏(生卒年、籍贯不详),大都(今北京)歌妓。今存散曲套数一首,颇体现民间说唱的俊圆风格。

〔中吕〕粉蝶儿 寄情人(套数,节选)

……

〔石榴花〕看了那可人江景壁间图,妆点费工夫①。比及江天暮雪见寒儒②,盼平沙趁宿,落雁无书。空随得远浦帆归去。渔村落照船归住,烟寺晚钟夕阳暮,洞庭秋月照人孤。

〔斗鹌鹑〕愁多似山市晴岚,泣多似潇湘夜雨。少一个心上才郎,多一个脚头丈夫。每日价茶不茶饭不饭百无是处。教我那里告诉?最高的离恨天堂,最低的相思地狱。

【注释】

① 妆点:此指绘画。 ② 比及:比似,犹如。

【语译】

我观看了墙壁上绘画的江上风景,画面动人,画家运笔一定是费尽苦心。我仿佛看见江天暮雪中的那位穷书生,他盼望着降落在平沙上歇宿的雁群,可惜它们都没带来书信。他只得跟着远浦的归船一同登程。船停泊在夕阳时分的渔村,烟寺晚钟声声传出了落日黄昏,洞庭秋月升起,照见了游子孤零零的身影。

我的忧愁像山市晴岚那样纷纭,眼泪赛过潇湘夜雨阵阵。少了一位多才的心上情人,多了一个名义上的夫君。每日里茶饭无心,一切都令人烦闷。叫我向哪里去吐诉心声?向离恨天堂倾诉吧,它是那样地高远;向相思地狱倾诉吧,它又是那样地低沉。

【赏析】

本篇属于摘调,摘自《粉蝶儿》套。原套由十六支曲组成,此乃中间的两套。原套内容为敷演元代妇孺皆知的"双渐苏卿故事","少一个心上才郎,多一个脚头丈夫",正是苏小卿被迫嫁给茶商冯魁的怨语。

这首曲的特点是将"潇湘八景"的景名巧妙地织入曲中,它们是"江天暮雪"、"平沙落雁"、"远浦帆归"、"渔村落照"、"烟寺晚钟"、"洞庭秋月"、"山市晴岚"及"潇湘夜雨"。八景的命名本身富有诗情画意,穿插在口语化的叙述中,就为全曲添出了清丽流美的韵味。这是民间文学翻新出奇风习的再现。同样的作法在元曲中屡可见到，如马致远《青衫泪》杂剧第三折〔水仙子〕："再不见洞庭秋月浸玻璃，再不见鸦噪渔村落照低。再不听晚钟烟寺催鸥起，再不愁平沙落雁悲。再不怕江天暮雪霏霏。再不爱山市晴岚翠，再不被潇湘暮雨催，再不盼远浦帆归。"民间艺人虽不事雕琢，却多有巧思，如"愁多似山市晴岚，泣多似潇湘夜雨"、"最高的离恨天堂，最低的相思地狱"，皆是文人不易写出的妙语。

张鸣善

张鸣善(生卒年不详),名择,号顽老子,以字行,平阳(今山西临汾)人。作过令史的小官,至明初尚在世。曾作杂剧三种。散曲今存小令十三首,套数二首。曲词灏辣尖新,时人称为"张鸣善体"。

〔正宫〕脱布衫带过小梁州

草堂中夏日偏宜,正流金烁石天气。素馨花一枝玉质①,白莲藕两弯琼臂。　　门外红尘衮衮飞②,飞不到鱼鸟清溪。绿阴高柳听黄鹂。幽栖意,料俗客几人知?

〔幺〕山林本是终焉计③,用之行舍之藏兮④。悼后世追前辈。对五月五日,歌楚些吊湘累⑤。

【注释】

① 素馨花:一种自西域移植我国南方的花,枝干似茉莉,夏日开白花。　② 衮衮:同"滚滚"。　③ 终焉计:安身终老的安排。　④ "用之"句:语本《论语·述而》:"子谓颜渊曰:用之则行,舍之则藏。"意谓为朝廷所用,则施展平生所习之道;不为世用,则隐居潜藏以待时机。　⑤ 楚些:楚辞。湘累:战国时屈原,官至左徒、三闾大夫,因悲念楚国前途而投湘水自杀,世称"湘累"。累,无罪的死者。

【语译】

夏季最适于住在宽敞的草屋,屋外是金石也几乎熔化的酷暑。素馨花亭亭玉立与我为侣,白荷结成的藕实,像双臂那样弯曲。

门外滚滚飞扬着闹世的尘土,鱼翔鸟飞的清溪却不受它们玷污。我在杨柳的绿荫下,听黄莺儿呢喃对语。这避世隐居的旨趣,想来那些俗人又哪能领悟?

我一向把山林作为终老的归宿,能为世所用则施展抱负,不能的话便深居不出。我伤悼后世的可悲,也追怀古代的人物。当此五月初五的端午,我吟唱一回楚辞,悼念那自沉湘流的三闾大夫。

【赏析】

"草堂中夏日偏宜",话很平凡,也很实在,要不是下句补出天气的"流金烁石",读者恐怕都会忽略酷暑的存在。而在曲中,这种酷暑也确实得到了淡化,"素馨花"、"白莲藕"的描写,恰似冰肌玉骨的美人,令人悦目惬怀,暑氛顿消。鱼鸟清溪,绿阴高柳,宁静中传来几声黄鹂的鸣啭,这种"幽栖意",完全屏绝了燥热的感觉。由此可见，"草堂"的"夏日偏宜"，既是实指它的避暑功能，又是表示其隐居生活的宜人。句句写消夏，又句句写"幽栖"，这正是本曲前半的妙味所在。

从〔幺〕篇起，转出了作者的述怀。"终焉计"是打算将这种幽栖生活保持到老，"用之行舍之藏"则是这一选择的理论根据。这本意是自作宽解，然而，它也透露出诗人未能忘情于用世。面对着不得"用之行"的严酷现实，他不像对夏热那样无动于衷。一"悼"一"追"，表现了他思绪的动向。时值五月初五，他吟唱《楚辞》，纪念伟大的楚国诗人屈原，虽是应合时令的举动，却更多的是借古人酒杯，浇胸中块垒的意味。

尽管如此，诗人仍保持着平和冲静的情调。这就使全曲颇像一支得道之士从容弹奏的琴歌。散曲对文人来说往往有散虑涤烦的作用。"正流金烁石天气"，这大概正是诗人尽量抑心平气的原因。

〔中吕〕普天乐　嘲西席①

讲诗书，习功课。爷娘行孝顺②，兄弟行谦和。为臣要尽忠，与朋友休言过。养性终朝端然坐，免教人笑俺风魔③。先生道"学生琢磨"。学生道"先生絮聒"④。馆东道"不识字由他"⑤。

【注释】

① 西席：家庭教师。　② 行：行辈，一班人。　③ 风魔：疯癫。　④ 絮聒：噜苏。⑤ 馆东：出钱请老师的学生家长。

【语译】

老夫子讲《诗》讲《书》，带着学生们苦读。"尔等要孝顺父母，兄弟间谦恭和睦。当了大臣要尽力报效君主，交朋友莫去多讲人家的错误。整天正襟危坐养性修身，免得被人笑话说是轻狂不知礼数。"老夫子要学生如琢如磨下工夫。学生说"这老家伙太噜苏。"家长说"我儿子既不识字，也只得随他去。"

【赏析】

这是一首嘲谑之作，嘲讽乡间教书先生的冬烘与无成。

小令题为"嘲西席"，前半却按兵不动，且不厌其详地记录了西席先生的教训内容。"讲诗书，习功课"，起首两句何等冠冕堂皇。但读完老夫子那一大堆说教之后，不禁哑然失笑，所"讲"所"习"，实在是"卑之无甚高论"。如果说"爷娘行"、"兄弟行"的教诲只不过犯了老生常谈的毛病，那么"为臣要尽忠"就完全是不看对象；而要求学生端坐养性（老夫子显然把这两者当成了一回事），则更是迂腐可厌了。作者虽未正面描写人物，读者却不难想见这位西席老先生摇头晃脑、喋喋不休的形象。"养性终朝端然坐"用的是文言，"笑俺风魔"之类却是地道的口语，也使人有如闻其声的感觉。

在不动声色地实录教书先生的训诲之后，临末三句以先生、学生、馆东三方的表态，安排了别出心裁的结尾。先生是套用了《诗经·淇奥》中"有匪君子，如切如磋，如琢如磨"的习语，明明是一番空洞浅薄的说教，却要求"学生琢磨"，这里除了再现半通不通掉书袋的酸味外，还充分表现出先生的自鸣得意。但学生却不买老师的账，一盆冷水兜将上来，说先生"絮聒"，这个评价其实就同"老糊涂"差不了多少。馆东的说话显然是听了先生告状后的反应，"不识字由他"，五字含有对儿子的溺爱，而更明显的则是对先生根本不抱希望。这句话还透露出学生至今"不识字"的事实，是对起首"讲诗书，习功课"的绝妙照应。"嘲西席"的题意，至此昭然若揭。全曲欲抑先扬，蓄足文势而后进行揶揄，造成了瓜熟蒂落、水到渠成的新奇趣味和喜剧效果。这也是谐谑性散曲作品的常用手法。

〔双调〕水仙子　讥时

铺眉苫眼早三公①，裸袖揎拳享万钟②，胡言乱语成时用③。大纲来都是烘④，说英雄谁是英雄？五眼鸡岐山鸣凤⑤，两头蛇南阳卧龙⑥，三脚猫渭水飞熊⑦。

【注释】

① 铺眉苫(shān)眼：扬眉展眼，这里有粗眉蠢眼之意。三公：本指太师(国君的师傅)、太傅(负责政务)、太保(负责保安)，后常指太尉(主军事)、司徒(主教化、政务)、司空(负责管理官吏)，均为一国军政的最高长官。　② 裸袖揎拳：卷起袖子摩拳擦掌，准备打架的样子。万钟：指丰厚的俸禄。　③ 时用：得到社会器重和大用的人。　④ 大纲来：总的说来。烘：借作"哄"，胡闹。　⑤ 五眼鸡：常作"忤眼鸡"、"乌眼鸡"，好斗的鸡。岐山鸣凤：周文王的祖父古公亶父带领部族东迁岐山，奠定周朝基业，相传其时有凤凰鸣于岐山。岐山，古邑名，在今陕西岐山县东北。　⑥ 两头蛇：一蛇而两头，古代以为人见了不祥。南阳卧龙：即诸葛亮，曾隐耕于南阳(今属河南)，世称卧龙。　⑦ 三脚猫：喻徒有其表而无实能。渭水飞熊：指吕尚(姜太公)，他在渭水之滨以垂钓为生，因周文土得卜辞"非虎非罴，所获霸王之辅"，将他载还宫中，尊为尚父。后人讹"非罴"为"非熊"、"飞熊"。

【语译】

粗眉蠢眼的村夫，一个个当上了卿相；捋袖挥拳的无赖，将丰厚的俸禄安享；胡言乱语的蠢材，被捧作了当世的栋梁。总而言之，构成了胡闹的官场。要论说英雄的话，究竟谁才是真正的榜样？——如今把好斗的乌眼鸡，当成了岐山祥瑞的凤凰；把狠毒的两头蛇，当成了卧龙先生诸葛亮；把无用的三脚猫，当成了渭水应梦的吕尚：岂不荒唐！

【赏析】

这是元散曲中一支妙语连珠的著名作品。首尾两组工整的鼎足对，尤见精彩。

起始的三句中，"铺眉"与"苦眼"、"裸袖"与"揎拳"、"胡言"与"乱语"是句中自对，互相又成为工对；"时"与"十"同音，借与三、万作数字对。"铺眉苦眼"等三组词语活画出了无赖与白痴的形象，与达官贵人的身份本身形成了绝妙的讽刺。而三句从文意上看侧重点又有所不同：第一句讽刺内阁，第二句讽刺武将，第三句讽刺高官。总而言之，"都是烘（哄）"，满朝文武全是些瞎胡闹的乌龟王八蛋罢了。

末尾的鼎足对，数字对数字、地名对地名、动物门对动物门不算，妙在同句之内的鸡与凤、蛇与龙、猫与熊还都有形状相像的联系。一头是文人习用的雅语颂辞，一头却是民间口语中带着詈骂性质的语汇，凑在一起，冷峭而生动。三句也各具侧重点：第一句揭示凶横，第二句揭示狠毒，第三句揭示无能。这就让人们清楚地看出，元代社会中各种自封的或被吹捧出来的风云人物，究竟是些什么样的货色。这三句承接前文"早三公"、"享万钟"、"成时用"而写，作者矛头直指上层统治集团的高官要人，是一目了然的。两段之间，"大纲来都是烘"结上，"说英雄谁是英雄"启下。得此两句愤语缩联，"讥时"的题意便充分地显露了出来。

作者这种庄俗杂陈、嬉笑怒骂而尖峭老辣的散曲风格自成一家，被时人称作"张鸣善体"。明代曲家薛论道就有一首仿"张鸣善体"的《朝天子·不平》："清廉的命穷，贪图的运通，方正的行不动。眼前车马闹轰轰，几曾见真梁栋。得意鸥鹉，失时鸾凤，大家挨胡厮弄。认不的蚓龙，辨不出紫红，说起来人心动。"语言虽不及本曲灏辣，却能得其神理。

杨朝英

杨朝英(生卒年不详),号澹斋,青城(治今山东高青县青城镇)人。与贯云石交游甚密。编有《阳春白雪》、《太平乐府》,元散曲多赖此二书以传。散曲今存小令二十三首,惜模仿痕迹较多。

〔双调〕水仙子

灯花占信又无功①,鹊报佳音耳过风②。绣衾温暖和谁共?隔云山千万重,因此上惨绿愁红。不付能博得个团圆梦③,觉来时又扑个空④。杜鹃声啼过墙东⑤。

【注释】

① 灯花占信:古人以灯花为吉兆。　② 鹊报佳音:《西京杂记》:"乾鹊噪而行人至。"③ 不付能:刚刚能。　④ 觉来时:醒来时。　⑤ 杜鹃声:杜鹃啼声如"不如归去"。

【语译】

灯花预报的吉兆再一次毫无应验,喜鹊传来的归信不过如清风吹过耳边。绣被儿温暖就少一个人作伴。他此刻远在万水千山之外,使我犹如这暮春一样凋残。好不容易刚能在梦里团圆,醒来却发现是一场空欢,只听得墙东杜鹃在声声啼唤。

【赏析】

油灯芯爆结成花形,喜鹊在窗外啼叫,这一切只有闺中的有心人才会注意到,并将它们作为占卜的吉兆。然而,"又无功"说明带来的失望远不止一次,"耳过风"也说明一回回"佳音"的靠不住。三、四、五三句,补明了闺中人占信卜兆的缘由,是丈夫远出,独守空闺,"因此上惨绿愁红"。"惨绿愁红"本是春暮的大自然景象,曲中用来代替人物心境,颇为新警。结尾三句以好梦惊残、愁听鹃声的特写,坐实了她对丈夫的思念与独居的悲伤。全曲皆以思妇的口吻表出,似断似续,忽东忽西,如闻喁喁泣诉,十分动人。

这首小令写思妇的闺怨,多用婉曲之笔代替平直的陈述,如以灯花占信无功、鹊报佳音成空,表现良人久出不归,以"惨绿愁红"代表内心的凋残悲伤,以"杜鹃声啼过墙东",暗示思妇对行人"不如归"的期盼,等等。施展这类的小巧是散曲的擅长,而在闺情、闺怨题材中,恰可起到使情致更为绵邈婉曲的增饰作用。

宋方壶

宋方壶(生卒年不详),名子正,以号行,华亭(今上海松江)人。于明初尚在世。散曲今存小令十三首,套数五首。

〔中吕〕红绣鞋　客况

雨潇潇一帘风劲,昏惨惨半点灯明。地炉无火拨残星①。薄设设衾剩铁,孤另另枕如冰②。我却是怎支吾今夜冷③?

【注释】

① 地炉:烧火取暖用的火炉。　② 另另:同"零零"。　③ 支吾:应付。

【语译】

雨淅沥沙啦地下个不停,狂风施虐把张挂的门帘鼓得紧紧。灯焰只剩了豆点般大小,屋里半昏不明,更增添了惨然的气氛。地炉中的柴火已经烧尽,拨开残灰,最多还有几点烬余的火星。单薄的被子只觉得像铁一般冷,孤零零的枕头更是寒味如冰。这样的客夜,这样的寒凛,叫我怎能挨到天明?

【赏析】

读这首曲,很容易使人联想起唐代戴叔伦《除夜宿石头驿》:"旅馆谁相问,寒灯独可亲。一年将尽夜,万里未归人。寥落悲前事,支离笑此身。愁颜与衰鬓,明日又逢春。"同是表现旅馆中的客况,戴诗点到即止,不断发掘新意境(作品中的冬夜恰是除夕,也为这种开掘提供了便利),显得含蓄深沉;而本曲所涉及的仅是戴诗前两句的意象,却细加点染,深追猛打,务求穷形极致。

小令排设出旅馆中的五件道具:帘、灯、地炉、衾、枕。帘是用来屏蔽风雨的,偏生此时风雨大作,"一帘风劲",令人想见它如风帆那般饱鼓的形状。灯是照明的,在客夜中它还有温暖人心的作用,但如今却是"昏惨惨",一副半死不活的样子。"风劲"是"一帘","灯明"却是"半点",强弱悬殊,而这一豆灯火也保不了多久。至于地炉就更惨了,"无火拨残星"。宋代吕蒙正在贫寒未达时,作过"拨尽寒炉一夜灰"的诗句,多为元杂剧曲词采用,作者在此或也受了这句诗的启示。炉中残火已经熄灭,诗人却仍在拨寻火星,这一画面实在是触目惊心。最后是"衾剩铁"、"枕如冰",使人想起"布衾多年冷如铁"(杜甫),"霜夜枕如冰"(方岳)等前人诗句,诗人在床上也得不到温暖,更不用说安睡了。这一幕幕景象层层加码,淋漓尽致地表现出"客况"的严冷。这种严冷既是生理上所直觉的寒意，也是心理上所感受的寒寂。

　　寒冷凄凉的境况汇聚到最后，就是末句撕心裂肺的一问："我却是怎支吾今夜冷？"这一句看似显豁，其实却是全曲中最为含蓄的一句。从字面上看它是就"今夜冷"而言，但联系"客况"的题目，即可发现这是作者对于作客他乡、苦挨时日的绝望的痛吁，今夜冷尚且难以"支吾"，况且还有无数个日日夜夜！游子旅程的痛苦，漂泊的疑惧，思乡怀故的情怀，都在这一句呐喊中凸现了出来。

　　由此可见，在表现客况旅愁上，散曲的这种直笔细陈的表现法，并不逊于以蕴藉见长的诗体，环肥燕瘦，各领风骚。气局上散曲可能显得狭小，余味上也可能有失隽永，然而却能收形象鲜明、情景交融之效。更何况像本篇使用的"雨潇潇"、"昏惨惨"、"薄设设"、"孤另另"这样的叠词，摇曳生姿，这种晕染的效果，是唐诗所望尘不及的。

王举之

王举之(生卒年、籍贯不详),事历不详。存小令二十三首,不乏雅饬的"清丽派"风味。

〔双调〕折桂令 七夕

鹊桥横低蘸银河,鸾帐飞香,凤辇凌波。两意绸缪,一宵恩爱,万古蹉跎。剖犬牙瓜分玉果,吐蛛丝巧在银盒。良夜无多,今夜欢娱,明夜如何。

【语译】

鹊桥横亘在银河上,低低地像是蘸着了波纹。合欢帐中,飘出了馨香阵阵。织女的巾车驶来了,是那样轻盈。牛郎织女两情依依,共诉衷情,这一夜的恩爱,足以抵过千万年所消磨的光阴。看人间,人们在庭中陈设瓜果,剖分成互相交错的锯齿形;妇女在银盒中关住蜘蛛,占看自己可有"得巧"的幸运。美好的良宵难得一逢,今夜享受着欢乐,却不知明夜将是怎样的情景?

【赏析】

"烟霄微月澹长空,银汉秋期万古同。几许欢情与离恨,年年并在此宵中。"这是白居易的《七夕》诗。"七夕"确实是一个"欢"与"恨"并存的传统节日,这首小令便成功地交织着这两种感情。

起首三句以工笔丽彩,传神地绘写出传说中牛郎织女鹊桥相会的景象。"鹊桥横低蘸银河",在我们眼前展现出瑰奇的神话画面,而它同时又是诗人遥望夜空实景的联想。"低蘸"二字,是说鹊桥紧紧贴着璀璨的银河河面,这是诗人对人间仰首望不见鹊桥的合乎情理的饰说。这两字又有喜鹊不惜代价甘为牛郎织女搭桥铺路的意味,代表了作者对这一年一度的天上欢会成全实现的善良愿望。"鸾帐"是绘着鸾鸟图形的帷帐,通常为夫妇共用,这里指双星相会的处所;"凤辇"为上层女子乘坐的饰有凤凰图案的车驾,在仙话中则是凤鸟牵拉的仙车,这里无疑是织女的坐乘。"飞香"、"凌波",将鹊桥相会的一幕表现得美感十足。这种绮丽庄隆的绘写,与李商隐《七夕》名句"鸾扇斜分凤幄开,星桥横过鹊飞回"的风格十分相似,表现了作者对七夕牛女享受欢乐的一片深情。

四、五、六三句鼎足对,设身处地,倾吐了鹊桥上当事人双方的内心感受。"绸缪"是情意缠绵、如胶似漆的样子,"两意绸缪",代表了牛郎织女朝朝暮暮不渝的爱情和相思。"一宵恩爱",在七夕这夜得以如愿以偿,但它是以付出沉重的代价为前提的，那就是"万古蹉跎"。这四字同前举白居易诗"银汉秋期万古同"意近，也就是说会少别多的离恨，要千年万古地持续下去，命运注定了一年只有这"一宵恩爱"。作者何尝不想尽兴地讴歌这一宵的欢情，然而无情的现实，迫使他不由自主地将"蹉跎"的离恨送上了笔端。

七八两句，作者将诗笔转向了人间，人间的七夕是另一番景象，作者记叙了民间"乞巧"风俗的两幅画面。一幅是"瓜分玉果"，即所谓瓜果宴，这是在七夕之夜，家家陈瓜果于庭，并以刀剖切成锯齿的形状，也就是曲中的"剖犬牙"，相传剖切的形状愈是复杂而均匀，就愈能得到好运。另一幅是"蛛丝"乞"巧"，即妇女以小盒子装上剖开的瓜果，再放进一只小蜘蛛，次日早晨揭开盒盖，根据蛛网结就的形状是否圆满奇特来决定是否得"巧"，得巧就意味着今年一年中的女红将会获得进步和成就。作者虽是平实地记录了人间的节日风俗，但他将这两句紧接于"万古蹉跎"之后，多少也表示出对世人漠视命运蹉跎的悲慨。

于是在结尾的三句中，诗人发出了无奈的感喟。三句中同出现一个"夜"字，是对"七夕"题面的强调。这三句是为天上的牛郎织女叹惋伤悲，而"今夜欢娱"，无疑也包括了人间的对象。"几许欢情与离恨，年年并在此宵中"，诗人也不可避免地同此感想。而本曲恰恰因为步步从"欢情"走向"离恨"，才使人意绪难平，掩卷而不能释怀。

柴野愚

柴野愚(生卒年、籍贯不详)，事历不详。今存散曲小令一首、套数一首。又有残曲一种，似是歌颂朱明王朝的建立。

〔双调〕河西六娘子

骏马双翻碧玉蹄，青丝鞚黄金羁①，入秦楼将在垂杨下系②。花压帽檐低，风透绣罗衣，袅吟鞭月下归③。

【注释】

① 鞚(kòng)：缰绳。羁(jī)：马笼头，套束于马首，以使驭者操纵行止。　② 秦楼：青楼。将：拿，使。　③ 吟鞭：摇动的马鞭。马鞭抖动时如吟诗时摇头晃脑的模样，又呼呼作响，故谓"吟鞭"。

【语译】

那骏马配着青丝缰绳、黄金马勒，急急驰骛，四只碧玉般的马蹄前后翻飞，足不沾土。进得青楼，把它在垂杨树下系住。满插的花朵将帽檐压得低低，清风吹透了华美的丝绸衣服。摇动着长鞭，在月光下踏上了归途。

【赏析】

这首小令颇为奇特，全曲六韵其实只是两大句，一句写往，一句写返，却于无字之处写出了在往、返之间于青楼寻欢的得意。

前一大句只是从骏马入手，写出主人公"入青楼"。"骏马双翻碧玉蹄"，用的是李白《紫骝马》"紫骝行且嘶，双翻碧玉蹄"的成句，骏马雄健奔飞的姿态如在目前。主人公策马急驰，雄豪兴奋的心情于此可见。青丝鞚，黄金羁，都是华美的马具，令人联想起古乐府《陌上桑》"青丝系马尾，黄金络马头"的句子。《陌上桑》的铺排，是为了表现马主人的高贵倜傥，同样，曲中忙里偷闲地渲染骏马精美的装备，也就衬现出了主人公的翩翩风流。王维《少年行》："新丰美酒斗十千，咸阳游侠多少年。相逢意气为君饮，系马高楼垂柳边。"苏轼《渔家傲·感旧》："垂杨系马恣轻狂。"作品第三句介绍骏马"将在垂杨下系"，正含这种"恣轻狂"的用意，暗示出主人公属于《少年行》所歌咏的一类人物。只是他此番系马，是前来访晤青楼美色的，也就是诗歌中常见的"走马章台"。"入秦楼将在垂杨下系"，还见出了他的轻车熟路。这铺陈"往"的前半部分，已写出了主人公的狂豪与欢悦。

后一长句中，"花压帽檐低"用了唐人冯贽《云仙杂录》的一则典故："梁绪梨花时折花簪之，压损帽檐，至头不能举。"曲中压低帽檐的花朵，无疑是秦楼中的

美人所代为簪插。"风透绣罗衣",抽空点出主人公的穿着,鲜衣美服,圆足了
"乘肥马,衣轻裘"的少年公子的形象,而清风入怀,心旷神怡,又显示了"良辰
美景"的情味。结尾复回应到骏马,但这一回是"袅吟鞭",在月光下缓缓徐行。
主人公的满足舒畅,于返行的画面中又传神地表现了出来。

小令将一往一返紧凑地连接在一起,以"双翻碧玉蹄"与"袅吟鞭"形成了
一急一缓、一张一弛的对照。全曲有意省略了"入秦楼"后会晤美人的内容,但
急不可待之"往"显示了对美人的思慕,而心满意足之"返"则说明了此行已如
愿以偿。《唐宋诗醇》评白居易《长恨歌》时曾说道:"'行宫见月伤心色'二句,暗
摄下意;一直说去,中间暗藏马嵬改葬一节,此行文飞渡法也。"本曲正是使用
"行文飞渡法"的例子。于行文飞渡之中,还点现出主人公的身份、形象、举止、
感情,这更是作品的巧妙之处。

唐诗常通过咏歌风流少年来表现对青春活力的赞美及对传统礼法的蔑视,如
李白《少年行》:"五陵年少金市东,银鞍白马度春风。落花踏尽游何处?笑入胡姬
酒肆中。"韩翃《少年行》:"千点斑斓玉勒骢,青丝结尾绣缠鬃。挥鞭晓出章台路,
叶叶春衣杨柳风。"本曲的意境,可以说是这两首《少年行》的合成。所以主人公虽
然"入秦楼",但与寻常妓游的追欢买笑、醉生梦死,显然是不可等量齐观的。

贾 固

贾固(生卒年、籍贯不详),字伯坚,沂州(今山东临沂)人。与乔吉交善。曾任中书左参政事。因属意歌妓金莺儿,作小令寄赠而遭劾落职,现存小令唯此一首。

〔中吕〕醉高歌过红绣鞋

乐心儿比目连枝①,肯意儿新婚燕尔②。画船开抛闪的人独自,遥望关西店儿③。 黄河水流不尽心事,中条山隔不断相思④。常记得夜深沉人静悄自来时。来时节三两句话,去时节一篇诗。记在人心窝儿里直到死。

【注释】

① 乐心儿:使人心情快乐。比目:即鲽鱼,旧说此鱼必须两两相并才能游行。连枝:异根而枝干通连的树。 ② 肯意儿:合意。燕尔:新婚夫妇相悦的样子。 ③ 关西:潼关以西。 ④ 中条山:山脉名,在山西省南部、黄河北岸,全长约三百公里。

【语译】

成一对比目鱼,做一双连理枝,心里该多么的甜。像新婚夫妇那样恩爱缠绵,更是称心合愿。可画船毕竟驶开了,把我一人抛留在这边,我只能竭力远望,想望见那关西的旅店。

黄河水滔滔不绝,流不尽我心中的思念;中条山高耸入云,隔不断相思绵绵。我常忆起夜深时分,万籁俱静,他来到我的跟前。见面时诉几句温柔的情话,离开时留一首诗篇。这一切永远牢记在我心里,直到死的一天。

【赏析】

作者任职山东佥宪(司法长官)时,爱慕当地的一位名妓金莺儿,两人如胶似漆。后来改任陕西行台御史,不得已分别,就写了这支散曲寄赠给她,而内容则是代金莺儿立言。旧时妇女识字不多,由文人代为捉刀写情诗是常有的事。但本篇将金莺儿对自己的思念写得如此细腻,也可见两人相知非比一般。

上支〔醉高歌〕起首两句写两心相悦的快乐,反衬出下文离别的痛苦。"比目连枝"是两人的盟誓,"新婚燕尔"是两人的憧憬,难怪当离别骤然来临,画船载着心上人前往遥远的任所时,女主人公不甘心相信"人独自"的现实,要遥望千里之外的"关西店儿"了。"人独自"与"比目连枝"、"新婚燕尔"成一对照,"抛闪"的痛苦滋味自不言而喻。而女主人公首先想到的是关心男方沿途的起居，这种感情只有在心心相印的恋人间才会产生。

由"遥望"二字，引出了下支〔红绣鞋〕的"黄河水"、"中条山"，这正是"画船"一路经过的途程。对于女主人来说，水远山长却另有一番意味。"黄河水流不尽心事，中条山隔不断相思。"天造地设的自然屏障，竟催生了天造地设的相思名句！前句是刻骨铭心永在的柔情，后句是海枯石烂不改的信念。

唯因山水阻隔而思情不断，望不见情人的踪影，女主人公才会堕入了深沉的回忆，借助往事的追怀来排遣寂寞。也是在自己独个儿冷清的情形下，夜深人静，他悄悄来到了身边。"来时节三两句话"，是因为两情脉脉，用不着多余的语言。"去时节一篇诗"，是因为两心欢悦，止不住爱的喷涌。这两句回应起首的"比目连枝"、"新婚燕尔"，却因别离的既成事实，而显得既甜蜜，也苦涩。女主人公却发了狠，"记在人心窝儿里直到死"，因为这是她唯一珍贵的慰藉了。这一步步细腻而缠绵的感情，当得上"柔肠百转"的评语；而全曲均以脱口而出的家常语言表出，便更觉情真意真，贴近生活，因而更能打动人心。

乔吉有《水仙子·手帕呈贾伯坚(贾固字伯坚)》："对裁湘水縠波纹，接皱梨花雪片云，束纤腰舞得春风困。衬琼杯蒙玉笋，殢人娇笑揾脂唇。宫额润匀香汗，银筝闲拂暗尘，休染上啼痕。"可见贾固是位绮罗丛中的风流郎君。但这并不妨碍他对金莺儿的倾心相爱，据《青楼集》记载，他正因作了这首《醉高歌过红绣鞋》而遭到弹劾丢了官。一个御史对青楼女子这般忠诚不贰，又写出如此纯情的曲子，确是难能可贵的。

顺便一说，贯云石有《红绣鞋》曲："返旧约十年心事，动新愁半夜相思。常记得小窗人静夜深时。正西风闲时水，秋兴浅不禁诗，凋零了红叶儿。"本篇中的《红绣鞋》，"心事"、"相思"、"时"、"诗"的用韵次序都与之相同，"常记得夜深沉人静悄自来时"更与贯作相似，当非偶然的巧合。作者风流情种，青楼常客，对情词小曲不会陌生，作此篇时忆及酸斋乐府，借作依傍，是并不奇怪的。又《梨园乐府》载无名氏《红绣鞋》一首："长江水流不尽心事，中条山隔不断情思。想着你夜深沉人静悄自来时。来时节三两句话，去时节一篇词。记在你心窝儿里直至死。"全同本篇，最明显的差别不过是"黄河"改成了"长江"，"诗"改作了"词"。这显然是在民间流传中，好事者记录时的差错。由此也可见出本篇在社会上的广远影响。

周德清

周德清(生卒年不详)，号挺斋，高安(今属江西)人。自谓"作乐府三十年"，其《中原音韵》(成书于 1324 年)为曲韵经典著作。今存小令三十一首、套数三首，词采俊爽，音节流畅，在当时曲坛有较高声誉。

〔正宫〕塞鸿秋　浔阳即景①

长江万里白如练②，淮山数点青如靛③。江帆几片疾如箭，山泉千尺飞如电。晚云都变露，新月初学扇④。塞鸿一字来如线。

【注释】

① 浔阳：今江西九江。　② 练：白绢。　③ 靛(diàn)：青色染料。　④"新月"句：语本杜甫《复愁十二首》："月生初学扇。"

【语译】

万里奔流的长江，像一匹白色的素绢；对岸几处小点，像是染上了青色的颜料，那是淮地的远山。几片白帆，箭一般地驶过了江面；而近处的高山上，长长的泉流飞下，犹如一道流电。天色渐渐昏黄，暮色中的云层难以分辨，仿佛化作了这满地的露点。一钩新月模仿着扇形，在天上高悬。逼近了，逼近了，成"一"字的横线在空中排开，那是北方飞来的大雁。

【赏析】

作品描绘浔阳一带景色，一连铺排了长江、淮山、帆、泉、云、月、大雁七种景物，每一种都加意出色，有着鲜明、充实的形象。画面有面有点有线有片，有青有白，有静物有动态，远近高下，相得益彰，诚可谓尺幅千里。

起首两句属于远眺。它们分别脱化于南朝谢朓"澄江净如练"(《晚登三山还望京邑》)及金诗人杨奂"淮山青数点，不肯过江来"(《题江州庾楼》)的诗句，意象雄远。大江万里浩荡，江面开阔，同遥远的淮山呈现出的"数点"形成了空间形象上的悬殊对比，而"白如练"之旁点染几点"青如靛"，则在色彩上又形成了对映。这两句以工对的形式出现，就更容易使人注意到它们的互补。

三、四两句移近了视界。江上轻帆数片，乘风顺流，疾如飞箭；江岸的近山崖壁上瀑泉直泻而下，奔如流电。前者实因大江的流急而益现轻灵，后者也得力于山崖的陡峭，这都是句面以外的意境。这两句又以工整的对偶叙出，带着分明的动感，说明这已是一组近景。

五、六两句写天空浮云和月亮的变化明灭，是仰观的背景，更是表现时间的流动。晚云变露，是说向晚天空的云层渐渐模糊难以认辨，而空气却越来越凉冷湿润，地面上也凝结了露珠；而新月学扇，则是月牙儿冉冉升上的景象，且有它尽力欲呈露半面的趋向的意味。这都是深秋典型的景观。文势至此转为徐缓，殊不料末句紧接一句"塞鸿一字来如线"，顿时又异军突起。这"一字"塞鸿，将前时的六幅画面绾联交通，使人感受到雁阵冲寒所蕴含的苍凉秋意，联想到岁暮、客愁、乡情等人事方面的内容，有题外传神之妙。全曲笔势排矞，形象简洁，比喻精到，不愧为散曲的写景杰作，而音韵浏亮，也符合作者在《中原音韵作词十法》中所提出的"既耸观，又耸听"的度曲要求。

〔正宫〕塞鸿秋　浔阳即景

灞桥雪拥驴难跨①，剡溪冰冻船难驾②。秦楼美醖添高价③，陶家风味都闲话④。羊羔饮兴佳⑤，金帐歌声罢。醉魂不到蓝关下⑥。

【注释】

①"灞桥"句：唐昭宗时的宰相郑棨，有"诗思在灞桥风雪中驴背上"的名言，而元人则附会出唐诗人孟浩然骑驴往灞桥踏雪寻梅的传说。灞桥，在长安东边的灞水上。②"剡溪"句：东晋王徽之雪夜忽念友人戴逵，从山阴(今浙江绍兴)连夜乘船赶往剡溪(在浙江嵊州南)。天明到了戴家门前又打道回府，说是"乘兴而来，兴尽而返"。剡溪，水名。③秦楼：妓楼。美醖：美酒。　④陶家风味：宋学士陶毂，同小妾取雪水烹茶，以为雅事，后人目为"陶家风味"。　⑤羊羔：一种酒名。　⑥蓝关：又名峣关，在今陕西省蓝田县境内。唐韩愈贬谪潮州，出京经过此地，有"雪拥蓝关马不前"的诗句。

【语译】

灞桥堆满了积雪，难以骑驴出游；剡溪上冰冻了水面，也无法驾船访友。妓楼的美酒固然吸引人，价格却难以忍受；像陶毂那样陪着小妾取雪烹茶，也只是一种风流话头。美美地喝上些羊羔酒，在销金帐里听歌女一展歌喉，就醉了，也不会有韩愈在蓝关遇雪时的惊愁。

【赏析】

本篇同前首实写浔阳江景不同，表现的是冬日大雪中消遣的感受。全曲七句均取与冬雪有关的典故，巧妙地为我所用。

首句灞桥踏雪为的是寻胜，"驴难跨"，说明外出游赏不成。次句剡溪访戴为的是会友，"船难驾"，同知音相伴的愿望又落了空。三句语本唐郑谷《辇下冬暮咏怀》"雪满长安酒价高"，这里借口美酒涨价，其实是无心去青楼寻欢。四句对陶家故事不以为然，本意也是不打算附庸风雅。这四句陈列了踏雪访胜、命驾会友、青楼寻醉、煮雪烹茶的四种选择，却又从主客观因素一一抹倒，其用意在故作抑笔，表明严冬适兴的不易。

五、六两句则透露了自己的选择安排，是"羊羔饮兴佳，金帐歌声罢"。两句表面看似实写，其实也在用典，典故同第四句的"陶家风味"有关。原来陶穀的小妾，本是太尉党进的侍姬。陶穀煮雪水煎茶，问她："党家也识得这种风味吗？"小妾答道："他是粗人，哪能懂得这样做！只不过知道大雪天在销金帐里浅斟低酌，饮羊羔酒罢了。"见陶穀《清异录》。党进的贵族消遣法在元人的习见中是粗俗卑下的典型，这一点在前选吕止庵《后庭花》（风暗紫貂裘）的"赏析"中已经提到。既然如此，作者为什么还要出此下策呢？末句就意味深长地揭示了答案。"蓝关"的出现看似突兀，却与大雪有关，是作者雪中遣兴时的自然联想。他在这里清楚地表明了自己的感受和信念：在大雪纷飞的严冬，即使不能效法名人雅士的风流行为，只要能够自由自在，遂心尽性，总比韩愈在蓝关遇雪的贬谪处境要强。值得指出的是，既是用典，则本曲中的"羊羔"、"金帐"便未必是实有其景，只不过用以代表作者在大雪天里饮酒歌唱、聊以自适；而"蓝关下"也并非单对韩愈的"雪拥蓝关马不前"就事论事，而是将它作为官场险危的象征。这就揭出了全曲傲岸疏狂、蔑视功名的内旨。作品抑扬起伏，转接无痕，用典有显有晦，挥洒如意，表现了老到的功力。

〔中吕〕红绣鞋　郊行

茅店小斜挑草荐①，竹篱疏半掩柴门②。一犬汪汪吠行人。题诗桃叶渡③，问酒杏花村④。醉归来驴背稳。

【注释】

① 茅店：小客店。草荐(zhǔn)：稻草捆。宋元时乡村客店、酒店常以之缀于竿头，悬挑在门前，用作招客标志。　② 柴门：树枝编就的陋门。　③ 桃叶渡：在南京市江宁区南一里秦淮河口，为东晋王献之迎其小妾桃叶之处。这里即指渡口。　④ 杏花村：杜牧《清明》："借问酒家何处有？牧童遥指杏花村。"此代指酒店。

【语译】

小小的一所乡村客店，稻草的望子斜挑在门首。人家半掩着柴门，用一道疏疏的篱笆围就。陌生的过路人惊动了村狗，汪汪地迎着叫个不休。我在风光旖旎的渡口题诗，又在春意盎然的酒家饮酒。喝醉了，骑着驴稳步回家，无忧无愁。

【赏析】

本曲共三首，余两首是："穿云响一乘山篼，见风消数盏村醪。十里松声画难描。枫林霜叶舞，荞麦雪花飘。又一年秋事了。""雪意商量酒价，风光投奔诗家。

准备骑驴探梅花。几声沙嘴雁，数点树头鸦。说江山憔悴煞。"三曲分别代表了春、秋、冬的郊行。想来还应当有夏季出游的一首，不知什么缘故没有留下来。

本曲起首两句是典型的郊野风光，着笔于乡原的小客店与村家，显示出一派幽朴恬和的气象。"茅店"是简陋的客店，"草稕"是招示行人可在此歇马喂料的望子。元无名氏《凭阑人》曲："簇簇攒攒圈柳笆，草稕斜签门外插。五七枝桃杏花，柳阴中三四家。"康进之《李逵负荆》杂剧："曲律竿头悬草稕，缘杨影里拨琵琶。高阳公子休空过，不比寻常卖酒家。"可见这是元代乡野的特有景观。茅店但表其"小"、表其"斜挑草稕"的外观，则其冷清可知；同样，写郊外人家也只着墨于疏篱一道，柴门半掩，目的就在于表现野朴中的安谧。这一番宁静突然为"汪汪"的犬吠声打破，但吠叫的只有"一犬"，且是因为作者的来临，这只守门狗无疑是阅人未多。犬吠声非但没有破坏前时的幽恬气氛，反而更增添了乡村环境的质朴情味。作者选择这样的环境作为游乐之所，其恬淡冲和的襟怀也就不言自明了。

以下三句表现了诗人"郊行"的自得其乐。"桃叶渡"、"杏花村"两个地名，富于诗情画意。它们虽非前人诗文中所实指的处所，却沟通了现实与文学作品意境之间的联想。桃叶之渡，杏花之村，更可作为字面上的拆解来看待，从而点现出"郊行"的春天背景。风光旖旎，春意盎然，诗兴和酒兴又双双得到了满足。"醉归来驴背稳"可以想见诗人的怡然与傲然。

这首小令前半有意渲染郊行所至的朴野、平凡，然后才步步转出乡野本色中所包容的大自然美景，表现出诗人对田园生活质朴风味的异常热爱。正因为作品一步步走向高潮，遂使末句的"醉归来驴背稳"除了纪实的意义外，更带上了一种作者生活观的象征意味，也即是象征着诗人的脱屣富贵、甘于恬淡，诚如同时的曲家汪元亨在《沉醉东风·归田》中所说的那样："村路骑驴慢慢踏，稳便似高车驷马。"若将作者的三首《郊行》合起来看，可以发现一个共同的特点，即诗人先利用一组对仗加意出色，引领全篇，随后再用另一组对句表现出不同的季节特征，结语则都意味深长。作者写的是切身的经历感受，又自铸新语，故三曲俱能不落窠臼，具有颇为鲜明的个性色彩。

〔中吕〕朝天子　秋夜客怀

　　月光，桂香，趁着风飘荡。砧声催动一天霜[①]，过雁声嘹亮。叫起离情，敲残愁况，梦家山身异乡。夜凉，枕凉，不许愁人强[②]。

【注释】

①砧：古人捣衣用的垫板或垫石。捣衣可使生绢变得柔软。　②强：同"犟"，不服，

反抗。

【语译】

淡淡的月光，幽幽的桂香，一起随着夜风荡漾。捣衣声撼动着霜空，大雁飞过，凄厉的唳声格外响亮。雁声唤起了离情，砧声敲乱了愁肠，我梦寻着家园，身却长在他乡。夜也凉，秋也凉，这凄凉寂寞的重压，不许愁人抵抗。

【赏析】

"月光，桂香"，是秋夜最典型的性征，所谓"何夜无月"（苏轼《记承天寺夜游》）、"香满自然秋"（李峤《咏桂》），作者也先从这最常见的秋景入手擒题。妙在紧接而至的"趁着风飘荡"，化静为动，不仅将秋意向空间泼散，也见出了秋夜之中作者心旌的动荡，为过渡到"客怀"创造了条件。以下作品就由秋夜的色、香，转入更为触目惊心的"声"上。着重写了两种秋声，一是砧声，二是雁声。秋日捣衣通常是妇女为外出的客子准备冬衣，对于离家的旅人来说自然是不堪卒听；而秋雁本身属"过雁"，夜空的雁鸣最易引起游子天涯漂泊的羁旅感与岁聿云暮的悲秋感。前者"催动一天霜"，见其声繁；后者仅用"嘹亮"二字形容，又使人感刺耳。"叫起离情"应雁声，"敲残愁况"应砧声，"起"字见离情之不已，"残"字见愁况之不可耐，各为句眼。这"离情"与"愁况"就构成了"客怀"的内容，具体说来，就是使作者意识到愿望（"梦家山"）与现实（"身异乡"）的巨大反差。这种心态，便自然而然地带出了结尾三句的主观感受。"夜凉，枕凉"，两个"凉"字，与其说是生理感觉，毋宁说是心理感受；与其说是记录秋夜凉意的表象，毋宁说是寓示环境氛围与人生遭际的惨淡凄凉。而"不许愁人强"的"不许"二字，同李清照《念奴娇》"被冷香消新梦觉，不许愁人不起"、朱淑真《闺恨》"梨花细雨黄昏后，不许愁人不断肠"的用法一样，表现了秋夜客怀的沉重与无奈。

这首小令寓情于景，通过色、香、声、感，将"秋夜"与"客怀"有机地结合在一起，从而具有强烈的艺术感染力。

〔双调〕沉醉东风　有所感

羊续高高挂起①，冯驩苦苦伤悲②。大海边，长江内，多少渔矶？记得荆公旧日题③：何处无鱼羹饭吃④？

【注释】

① 羊续：东汉人。汉灵帝时任庐江、南阳二郡太守，为官廉正。同僚曾送他一条鱼，他推受不了，就挂在庭前。后来人们再要送鱼，他指着悬挂未动的鱼，示意无心收受。② 冯驩(huān)：战国时齐国孟尝君的门客。因初时不受赏识，弹铗（长剑）作歌云："长铗归去乎？食无鱼。"　③ 荆公：北宋王安石封荆国公，人称王荆公。　④ 鱼羹饭：以鱼羹做成的饭，借指江湖隐士的饭食。

【语译】

羊续做官，把送来的生鱼在庭前高悬；冯驩依人，为吃不上鱼而弹铗悲叹。大海旁边，长江里面，有多少渔人垂钓的矶岸。我记起王安石当年曾言，江湖隐居，哪里会吃不到鱼羹饭！

【赏析】

本曲共有四首，除末二句语句不变外，其余三首的起首分别是："流水桃花鳜美，秋风莼菜鲈肥。""鲲化鹏飞未必，鲤从龙去安知。""藏剑心肠利己，吞舟度量容谁。"可见诗人的"有所感"，是从"鱼"上生发的。当然用意不在于谈饮食文化，其"所感"的内容还是社会的人事。

本篇起首使用羊续、冯驩两则与鱼相关的典故，"高高挂起"与"苦苦伤悲"相映成趣。两人的态度虽截然不同，但一为官吏，一为门客，都是仕途上的人物，在失去自由身这一点上又有共同之处，所以这两句都是铺垫，用来与接下的三句形成对照。在第三、四、五句中，未出现具体的人物，因为"多少渔矶"，隐于江湖的渔翁人数太多了。作者采用问句的形式，暗示"大海"、"长江"无处不可隐居，从而引出了末尾两句的感想。言下之意，羊续高高挂起是为官清廉，冯驩苦苦伤悲是怀才不遇，他们都比不上那些散隐各地的无名渔翁。利用"鱼"的内在联系，引出用世、出世的优劣比较，这种构思是颇为新奇的。

"荆公"即王安石。张光祖《言行龟鉴》："介甫（王安石）在政事堂，云吃鱼羹饭。一日因事乞去，云世间何处无鱼羹饭。"但这是元人编的书，从他本人的《临川集》以及相关的宋代笔记中，找不到他"题"过这样的话。只见清人顾栋高《王荆国文公遗事》引《上蔡语录》，谓王安石"作宰相只吃鱼羹饭，得受用底不受用，缘省便去就自在"。《上蔡语录》为宋儒谢良佐的语录，同书还有王安石因荐人未遂，拂袖便辞去宰相职务的记述，可见都是出于传闻。徐再思小令《朝天子·常山江行》中，也有"得闲，且闲，何处无鱼羹饭"的曲句，看来已成为元代流传的习语，归于荆公名下，大概就同"杜甫游春"、"孟浩然寻梅"等一样，属于约定俗成。"鱼羹饭"在古人诗文中倒是出处颇早。五代李珣《渔歌子》："水为乡，蓬作舍，鱼羹稻饭常餐也。"南宋戴复古《思归》："肉糜岂胜鱼羹饭，纨绔何如犊鼻裈。"刘克庄《郑丞相生日口号》："江湖不欠鱼羹饭，直为君恩未拂衣。"从这些例句中显而易见，"鱼羹饭"代表着"江湖"的"常餐"。推其本原，这三字实同西晋张翰那则思鲈鱼莼羹而决然辞官的著名典故（参看前选张可久《人月圆·客垂虹》注③）有关系，对于在官者来说，"何处无鱼羹饭吃"，也就是随时随地都不妨急流勇退、挂冠回乡的意思。

小令语言严警，寓味深长，堪称当行。《录鬼簿续编》载时人对周德清有"天下之独步"的高度评价，想来就是对这样的作品而言。

〔双调〕蟾宫曲　夜宴

　　宰金头黑脚天鹅^①。客有钟期^②，座有韩娥^③。吟既能吟，听还能听，歌也能歌。和《白雪》新来较可^④，放行云飞去如何^⑤？醉睹银河，灿灿蟾孤^⑥，点点星多。

【注释】

　　① 金头黑脚天鹅：《饮膳正要》："天鹅有四等，大金头鹅似雁而长项，入食为上，美于雁。"　② 钟期：钟子期，春秋楚人，精于音律。伯牙鼓琴，意在高山，或在流水，他一一识其意指，后人目为知音的典型。　③ 韩娥：古代歌唱家，她在齐国雍门唱歌，"余音绕梁，三日不绝"。　④《白雪》：即《阳春白雪》，古乐曲名，代表高雅的音乐。宋玉《对楚王问》："其为《阳春白雪》，国中属而和者不过数十人。"一说《阳春》《白雪》为二曲。此处指宴席上佳妙的诗作。　⑤ 放行云：《列子》载秦青善歌，"声振林木，响遏行云"。又宋玉《高唐赋序》述巫山神女自言"旦为行云，暮为行雨"。此处意含双关。　⑥ 蟾：指代月亮。

【语译】

　　宰杀金头黑脚的天鹅，制一味佳肴共同品尝。宴席上既有赏音的同调，又有善歌的女郎。吟诗是诗人的本色，赏曲高歌，不乏内行。我新作的诗章，奉和席上佳作，恐不至于贻笑大方；那歌女啭动珠喉，声遏行云，纵情片刻又何妨？抬起醉眼向银河眺望，但见一轮孤月灿烂明亮，点点的繁星拱卫在它身旁。

【赏析】

　　作者在《中原音韵后序》谓，泰定甲子(1324)秋，《中原音韵》成，友人罗宗信"携东山之妓，开北海之樽"设宴，席上还有西域人琐非复初在座。不料罗宗信、琐非复初俱有非凡的音乐造诣，彼此榷艺订律，相谈甚欢，作者感到"作乐府三十年，未有如今日之遇"的欢快，"遂捧巨觞于二公之前，口占《折桂》词一阕，烦皓齿歌以送之，以报其能赏音也"。了解了这段缘起，对本曲便不难领会了。

　　起首三句是对"夜宴"的赞美。首句显示宴会的规格，以"金头黑脚天鹅"泛指佳肴。《元朝秘史》载蔑儿乞惕首领赤勒格儿掳走成吉思汗元配夫人孛儿帖为妻，心生后悔，自怨道："命里只合吃黑老乌残皮，却想吃天鹅及鸳鸯。"可见元人以天鹅为最名贵的食品之一。作者赞美主人的慷慨好客，但更使他满意的是宴会上的高朋满座。"钟期"、"韩娥"用两则古人作喻，突出了座间知音齐聚的特色。由于这三句是以主人罗宗信为盛赞的主角，所以"客有钟期"即包括作者自身在内。融洽相得之意，可谓形于辞色。

　　"吟既能吟"三句，紧承"钟期"、"韩娥"。一个"既"字，说明"能吟"是诗人本色，不足为奇；但如同钟子期、俞伯牙那样妙于音律之学，"还能"听、"也能"歌，那就非寻常的诗酒宴会所能同日而语了。"能歌"自然是"座有韩娥"即歌女的长技，不过从《中原音韵后序》的记载来看，同样也是座中男宾的解数。这三句轻松佻达，脱口而出，兼有宴会上歌吟迭作、交相月旦的含意。

七、八两句中，"和《白雪》"应"吟"；"新来较可"是自诩，又含赏鉴、会心之意，应"听"；"行云"应"歌"：章法承接巧妙。而从句意上看，这两句是流水对。"语译"作了字面上的对译，其实际意义，则不啻在表示：老兄们的曲作高雅如《阳春白雪》，兄弟我近来颇有长进，自以为和作也还不错，不信就让歌女高歌一回如何？既推许友人，又自占身份，我们仿佛能见到诗人掀髯得意的神情。

结尾三句转写屋外的夜景，扣点题中的"夜"字。"醉睹银河"是抬眼望天，令人想起杨恽《报孙会宗书》"酒后耳热，仰天抚缶而呼乌乌"的醉态。而"灿灿蟾孤"与"点点星多"的对照，又有众星拱月之意，影示了作者在音律绝学上独步一世的自视。全曲在"夜宴"的述写中，主宾两绾，始终强调了音乐的因素与特长；所谓"予作乐府三十年，未有如今日之遇"的快意，在作品中得到了充分的体现。

〔双调〕蟾宫曲

倚篷窗无语嗟呀①。七件儿全无，做甚么人家？柴似灵芝，油如甘露，米若丹砂。酱瓮儿恰才梦撒②，盐瓶儿又告消乏。茶也无多，醋也无多。七件事尚且艰难，怎生教我折桂攀花③？

【注释】

① 嗟呀：叹息。 ② 梦撒：空无，耗尽。 ③ 折桂攀花：指夺取功名。"折桂"，《全元散曲》作"折柳"，此据卢前校本改（清《坚瓠集》引此曲亦作折桂）。

【语译】

倚着小船的篷窗，我无言可说，只是连声叹息。开门七件事全没有着落，叫我怎能把一个家撑起？你看那柴、油、米，就像是灵芝、甘露、丹砂那般昂贵珍奇。瓮儿里的酱刚刚见底，存盐的瓶儿又已告急。茶也不见几片，醋也不剩几滴。这七件事尚且难以为继，教我又怎么去向功名场上得意？

【赏析】

这首小令围绕"人世开门七件事，柴米油盐酱醋茶"的俗语开展的。后来明余姚人王德章有诗曰："柴米油盐酱醋茶，七般多在别人家。寄语老妻休聒噪，后园踏雪看梅花。"总算让七件事入了诗。而在周德清以前的诗词，是不屑于留意这一类俗言琐事的。

小令首句先刻画了作者本人的贫寒形象。"篷窗"二字，今人选本多臆改为"蓬窗"，其实大可不必。"篷窗"即船窗，古人有以船为家者，所谓"浮家泛宅"，这样的生活条件自然较常人简陋。二句应"无语"，三句应"嗟呀"，引出了开门七件事的正文。以下作者别出心裁，就柴、米、油、盐、酱、醋、茶的实况一一分述。四、五、六三句鼎足对，以"灵芝"、"甘露"、"丹砂"三物为比喻先对应柴、油、米三件事。三物有昂贵难得的共性，妙在喻物与受喻物之间存在着外形相似的联系，使三组比喻显得生动而贴切，与"米珠薪桂"的成语异曲同工。盐、酱两件变换角度，通过容器告罄，见其荡然无存，"才"、"又"二字一气相承，困迫之状不言而喻。其余的两件事——醋与茶，则用"也无多"的重复句式，显示了毋庸赘言的无奈心情。这样分作三个层次，错落有致，使读者对诗人"七件儿全无"的窘况留下了深刻的印象。

末二句再应"嗟呀"，却不停留在前时的叹贫诉苦上，而是从"七件事"的家政俗务推想向"折桂攀花"的功名目标，表现了"无语嗟呀"的更深层的牢骚。有此一笔，前文对七件事的铺排俱化作了哀怨与嗟叹，而作者个人的窘困情状，也因而带上了反映元代士人经济生活贫困的典型意义。

班惟志

班惟志(生卒年不详)，字彦功，号恕斋，大梁(今河南开封)人，一说松江(今属上海)人。历官集贤待制、浙江儒学提举。今存散曲套数一首。

〔南吕〕梁州　秋夜闻筝(摘调)

恰便似溅石窟寒泉乱涌，集瑶台鸾凤和鸣①，走金盘乱撒骊珠迸②。嘶风骏偃，潜沼鱼惊。天边雁落，树梢云停。早则是字样分明，更那堪音律关情。凄凉比汉昭君塞上琵琶③，清韵如王子乔风前玉笙④，悠扬似张君瑞月下琴声⑤。再听，愈惊，叮咛一曲《阳关令》⑥，感离愁，动别兴。万事萦怀百样增。一洗尘清。

【注释】

① 瑶台：传说中神仙所居之地。　② 骊珠：骊龙颔下的明珠。　③ 昭君塞上琵琶：始于晋人的揣测。石崇《王明君辞》："昔公主嫁乌孙，令琵琶马上作乐以慰其道路之思，其送明君，亦必尔也。"　④ 王子乔：亦称王子晋，传谓周灵王太子，于缑氏山上吹笙乘鹤仙去。　⑤ 张君瑞：即《西厢记》中男主角张生，曾月下鼓琴，向莺莺小姐表示爱情。⑥ 叮咛：再三、频频表现。《阳关令》：以王维"西出阳关无故人"意入乐的乐曲。

【语译】

这筝声，犹如一股寒泉乱涌乱撞，把珠沫喷浅在石窟之上；又如瑶台中集满了凤凰，和谐地你鸣我唱；更像大颗的宝珠撒落金盘，滚动着玎琮作响。它平静了临风嘶叫的骏马，惊动了潜藏水底的鱼儿，使人雁从天边飞下，连树梢的白云也停止了飘荡。一声声本来就字意分明，加上音律更引起感情共鸣，令人心驰神往。它像昭君出塞时弹奏的琵琶那般凄凉，像王子晋乘鹤吹的仙笙那般清冷，像张生在西厢月下弄的琴声那般悠扬。再细细聆听，更加心旌摇漾，原来它在频频演奏着《阳关令》曲章，惹动了离愁别肠。霎时间百感交集，无数念想都来心上，那尘俗的杂虑却一扫而光。

【赏析】

原套是三支曲牌组成的，本曲是这一套数的中心。作者先是用一组三字句、两组四字对共七句来描绘筝声的总体印象。其中前三句为明喻，分别比为寒泉涌、鸾凤鸣、骊珠迸。而这种种比喻又有特定的细腻描写：寒泉是在石窟中拍溅而涌流的，特点是奔放，令人似乎能感到筝弦上玲琮激荡的一长串音符；鸾凤和鸣，不是在凡间，而在仙界的中心——瑶台上，其清雅悦耳可想而知；而骊珠的迸响，是成把撒出，并在"金盘"中滚动流走的，这又使人联想起白居易《琵琶行》"大珠小珠落玉盘"的著名比喻。而后四句则属暗喻，骏马停嘶，潜鱼止游，雁落天际，云凝树梢，这一切既为筝声的音乐效果，又同时喻示着筝曲的疾徐变化。诗人丰富的想象力，产生了虚实相生的艺术效果。

接着，作品通过细辨筝曲的"字样"亦即内容的表现，转入音乐语言的欣赏，也就是由声入情。筝曲的情感是可味不可言的，但作者巧妙地以一系列耳熟能详的音乐掌故作为陪主之宾，表现出"凄凉"、"清韵"、"悠扬"的种种感受。"昭君出塞"、"王子吹笙"、"张生抚琴"，所使用的乐器各不相同，但音乐语言是不分畛域的。诗人在各个掌故中强调了"塞上"、"风前"、"月下"的演奏环境，愈益使不同的音乐效果特征分明。

最后是《阳关令》悲曲的异军突起，诗人借此直接叙写了自己闻筝的心理活动。虽则是"感离愁动别兴"、"万事萦怀百样增"，但毕竟是"一洗尘清"，艺术的悲感仍还是一种美感。这就为筝声的美妙画上了一个圆满的句号。

从本曲铺叙与细绘的特色来看，作品显然接受了白居易《琵琶行》、王实甫《西厢记》等前辈名作的影响。全曲对仗精工，形象鲜明，绘饰、明喻、暗喻、夸张、类拟等修辞手法运用得极其成功，从而将筝曲写成了可感之物，也将全篇写成了有声之诗。

钟嗣成

钟嗣成(生卒年不详),字继先,号丑斋,大梁(今河南开封)人,居杭州。久试不第,遂闭门著书。其所著《录鬼簿》(成书于1330年),载元代一百五十二名曲家的事迹及所作杂剧名目,为元曲研究的宝贵资料。尚作杂剧七种,皆佚。散曲今存小令五十九首,套数一首,风格豪放。

〔正宫〕醉太平

绕前街后街,进大院深宅。怕有那慈悲好善小裙钗①,请乞儿一顿饱斋②。与乞儿绣副合欢带③,与乞儿换副新铺盖,将乞儿携手上阳台④。设贫咱波奶奶!⑤

【注释】

① 小裙钗:年轻的女子。 ② 饱斋:饱饭。斋,施舍的饮食。 ③ 合欢带:绣有花卉图案的腰带,多为新婚时所系。 ④ 阳台:楚襄王与巫山神女会遇之处,因代指男女的交欢之所。 ⑤ 设贫:念贪。咱波:语尾助词,略同于"着呀",表示希望、请求的语气。

【语译】

从前街转到后街满处跑,大院深宅里也去走一遭。只怕有那慈悲好善的小娘子,施舍一顿饭让乞儿我吃个饱。给我绣一条合欢带系在腰,给我换一副簇新的铺盖好睡觉,带我双双携手喜度良宵。可怜可怜穷叫化,奶奶行行好!

【赏析】

作者拟乞儿的口吻,将乞儿遍街行乞的内容搬进曲中,出人意外。作品从容不迫地展开:"前街后街"、"大院深宅",利用近义词的重叠,加上"绕"、"进"两个动词,概括了乞儿乞讨的频繁和乞丐生活的特点。第三句特表出"小裙钗",而因前方用了"慈悲好善"的定语,又有"怕有那"的条件限制,所以我们对于乞儿的希冀并不感到有什么异常的惊诧,"一顿饱斋"的请求也还是在情在理。殊不料接着三句的乞讨,从"合欢带"、"新铺盖"到与小裙钗"携手上阳台",就未免近于异想天开了。而作者还一本正经地酷肖乞儿声气。使用"设贫咱波奶奶"的元代乞讨语言,便令人读着忍俊不禁,以至生出了荒唐不经的感想。

然而我们若作更深的思索,便不难理解作者写作此曲的心意。

元代平民社会中,流传着郑元和、李亚仙的爱情故事。故事源于唐代白行简的《李娃传》,郑元和本是名门公子,因迷恋妓女李亚仙,被鸨母骗光了钱财,沦为乞儿。他的父亲从"门风"观念出发，竟狠心将儿子打得半死，丢弃于郊外。而当郑元和在李亚仙爱情力量的支持下，一旦科举出头任官后，他的父亲又前来趋迎求和。郑元和的大落大起，带有人生穷通无常与社会贫富对立的双重色彩，故在元代下层中，是将他作为对封建秩序与礼教的叛逆者来同情和赞美的。元散曲中就有一首代表李亚仙拟作的《殿前欢》："郑元和，郑元和打瓦罐到鸣珂。鸨儿为我做赔钱货，我为是未穷汉身上情多。可怜见他灵车前唱挽歌，打从我门前过，我也曾提破。知他是元和爱我，我爱元和。"作者在本曲中所写的乞儿，正是郑元和式的人物。

再从元代文人的地位和境况来看，不能不牢骚满腹。元代有"九儒十丐"之说，这虽是汉族文人笔记中的愤语，实际情形却也相差无几。作者在本曲的姊妹篇中写道："风流贫最好，村沙富难交。拾灰泥补砌了旧砖窑，开一个教乞儿市学。裹一顶半新不旧乌纱帽，穿一领半长不短黄麻罩，系一条半联不断皂环绦。做一个穷风月训导。"这乞儿教市学、做"风月训导"，与作者本人这样的穷文人，简直是一是二了。可见曲中的"乞儿"，实寓有作者的某种自嘲自况的意味，他的风流行乞，代表了失意文人的披发佯狂与玩世不恭的结习。以谐寓庄，以嬉笑寓怒骂，理解了这些，对全曲浓墨重彩铺绘"乞儿"就不会觉得荒诞，更不会感到恶滥了。

全曲语言铺张，口吻酷肖，前半引而不发，后半奇致频生，以极俗的内容与笔墨，产生了"匪夷所思"的尖新效果。所以单从就曲论曲的角度来看，这首小令也是曲味十足，洵称别致的。

〔南吕〕骂玉郎过感皇恩采茶歌

长江有尽思无尽，空目断楚天云。人来得纸真实信，亲手开，在意读，从头认。　　织锦回文①，带草连真②。意诚实，心想念，话殷勤。佳期未准，愁黛常颦。怨青春，挨白昼，怕黄昏。　　叙寒温，问缘因③，断肠人忆断肠人。锦字香粘新泪粉，彩笺红渍旧啼痕。

【注释】

① 织锦回文：前秦苏蕙思念远方丈夫，织锦为回文诗图，前后左右循环可读。后多代指表达夫妻间相思的远寄文字。　② 草、真：两种书法体裁。　③ 缘因：即"因缘"，缘分。

【语译】

长江还会有尽头，这相思却无边无沿，多少回我遥望楚地的长空，望断白云也是徒然。幸喜远方人来，捎来了实实在在的信件。我亲手拆开，全神贯注地读着，从头细细认辨。

信带来了闺中女子的思情，字迹时而潦草，时而端正，见出了她心绪的起伏联翩。她的心意真诚，怀想殷切，话语热情而缠绵。她说因为佳期一回回落空，惹得她时时悲愁紧锁眉尖。她春天里哀怨，苦挨着白日的时光，担心到黄昏更难消遣。

她述说家常，嘘寒问暖，询问我俩的缘分，真是断肠人在把断肠人思念。那字迹上沾着的新泪已干，透着淡淡的芳泽，而那粉红色的信笺上，早已有旧泪洒遍。

【赏析】

这首带过曲，〔骂玉郎〕写的是得到久盼的来鸿，〔感皇恩〕叙述书信中的内容，〔采茶歌〕描写读信后的感受。"家书抵万金"，对于离乡人已足珍贵，何况这是未婚妻寄来的信。

〔骂玉郎〕先以"思无尽"、"空目断"作一跌，写"真实信"未至前的盼望和思念，这就为一旦盼想成真的喜悦和珍惜作了铺垫。这起首的两句也带出了作者离乡来到楚地长江边的事实。"真实信"三字意味深长，暗示诗人曾在梦中得到过乡书，可惜一回回都是虚幻。作者用了"亲手开"、"在意读"、"从头认"三个短句来表现自己拆读信件的激动与郑重，细腻而传神，吸引着读者去等待发现信中的内容。

〔感皇恩〕先介绍这封信的性质，是一对情书而非一般家信。这不仅通过"织锦回文"的典故，在元曲中，"带草连真"也是反映情书执笔者心绪激动的一种表现。如查德卿《一半儿·春情》："自调花露染霜毫，一种春心无处描，欲写写残三四遭。絮叨叨，一半儿连真一半儿草。"无名氏《一半儿·开书》："泪痕香沁污鲛绡，墨迹淋漓损兔毫。心事渺茫云路遥。念奴娇，一半儿行书一半儿草。"都是证明。作者写出了这封情书的特点："意诚实，心想念，话殷勤。"然后揭晓了书中未婚妻因一回回佳期落空而哀怨痛苦的内容。书信带来了远方的刻骨相思之情，这种思念是以"愁"、"怨"、"挨"、"怕"的字样表现的，又是那样的"诚实"、"殷勤"，我们可以想见作者转喜为悲、惆怅难平的心情。

末段〔采茶歌〕已是读信之后的感受，但除了"断肠人忆断肠人"一句牵连到自身外，其余仍是从对方着笔。这正是全曲的精到之处。它显示了诗人继续沉浸在读信的回味之中，以自己整个心灵去领受、去设想爱人的深情。心心相印，呼吸相连，将一方的相思、怨望写足，另一方的心灵世界同时也在笔墨之外展示出来。《西厢记》有一首〔醋葫芦〕写读信："我这里开时和泪开，他那里修时和泪修。多管搁着笔尖儿未写早泪先流，寄来的书泪点兀自有。我将这新痕把旧痕湮透，正是一重愁翻做两重愁。"在"一重愁翻做两重愁"上，两支曲可谓异曲同工。

汪元亨

汪元亨（生卒年不详），字协贞，号云林，饶州（今江西鄱阳）人。曾官浙江省掾，后归隐。作杂剧三种，散曲集有《归田录》、《小隐余音》等名目。今人辑得小令一百首、套数一支，悉为警世、归隐之作，文采骏发，风格豪迈，淋漓尽致，是元散曲此类题材作品的优秀代表。

〔正宫〕醉太平　警世

憎苍蝇竞血，恶黑蚁争穴。急流中勇退是豪杰，不因循苟且①。叹乌衣一旦非王谢②，怕青山两岸分吴越③，厌红尘万丈混龙蛇④。老先生去也。

【注释】

① 因循：沿袭旧时的做法。苟且：马虎随便，得过且过。　② 乌衣：巷名，在今南京市秦淮河西，为东晋时王、谢两大贵族府第所在地。　③ 吴越：春秋末期的吴国和越国对立争斗，互不两立。这里指互相为敌。　④ 红尘：人世，尘俗。龙蛇：喻贤愚，好人和坏人。

【语译】

苍蝇为脓血你争我夺，黑蚁为洞穴你死我活，这一切是多么卑鄙龌龊。急流勇退，乃是英雄举措，决不能随波逐流，得过且过。那乌衣巷王谢的贵宅，终不免一旦中落，令人感叹交作；那青山两岸吴越相持，互不两立，势成水火，令人惊心动魄；那人世尘俗万丈，不辨贤愚，更令人不胜厌恶。这污浊的是非之地，我就此离去了哟！

【赏析】

起首两句对仗中，憎、苍、竞分别与恶、黑、争同义，读者却无合掌雷同的感觉，这是因为全联感情强烈而又形象丰满的缘故。苍蝇竞逐脓血，黑蚁争夺地穴，污浊纷乱之状如在目前，令人顿生极度的厌恶，从而与作者憎恶分明的感受产生了共鸣。这一联是从马致远《夜行船·秋思》套数"密匝匝蚁排兵，乱纷纷蜂酿蜜，闹穰穰蝇争血"的名句化出，感情色彩却更显明。它是对官场争名夺利、勾心斗角的黑暗情形的概括，引出了三、四句的感慨。旧时常以"急流勇退"喻做官得意时先几避祸，退步抽身。宦海如此险恶可厌，难怪作者要对当机立断、明哲保身的勇退行为，表示赞叹和向往了。

"叹乌衣"等三句，在色彩、数字、复词等门类上对仗都极为工整，而又内容各异，富于变化。唐刘禹锡《金陵五题·乌衣巷》诗："朱雀桥边野草花，乌衣巷口夕阳斜。旧时王谢堂前燕，飞入寻常百姓家。"是第一句所本，富贵荣华转瞬成空，在历史的政治舞台上是屡见不鲜的事。第二句借"青山两岸分吴越"来喻指人际间的朝秦暮楚、反复无常，官场中这种近在咫尺的倾轧争斗十分可怕。第三句中的"红尘万丈"，极写尘世间迷障的强大，在这样的黑社会中黑白混淆，良莠不分，甚而黄钟毁弃、瓦釜雷鸣，所谓"不读书有权，不识字有钱，不晓事倒有人夸荐"（无名氏《朝天子》），诗人用一个"厌"字，表示了他对这种社会现象忍无可忍的蔑恶之情。这三句鼎足对，分别从富贵无常、反目成仇、贤愚不辨的三个侧面，对"苍蝇竞血"、"黑蚁争穴"的前意作了进一步的诠释和补充，有振聋发聩之力。这样，当读到"老先生（作者自指）去也"的结尾时，就不难体会作者的种种心情：这里既有虎口余生的庆幸，又有众醉独醒的自豪，更有蔑视利禄，不与丑恶势力同流合污的信念与决心。全篇可谓"义正辞严"，有情有理，在前的每一句既是爆发，又是蓄势，至末句瓜熟蒂落，水到渠成，于傲然之外兼生飘然之感。

〔中吕〕朝天子　归隐

　　长歌咏楚词①，细赓和杜诗，闲临写羲之字②。乱云堆里结茅茨，无意居朝市。珠履三千③，金钗十二④，朝承恩暮赐死。采商山紫芝⑤，理桐江钓丝⑥，毕罢了功名事⑦。

【注释】

① 楚词：即楚辞，以屈原作品为代表的骚赋体文学。　② 羲之：王羲之，东晋大书法家，尤擅行、草，有"书圣"之称。　③ 珠履三千：《史记·春申君列传》："春申君客三千余人，其上客皆蹑珠履。"　④ 金钗十二：白居易因牛僧孺相府中歌舞之妓甚多，在《答思黯（牛僧孺字）》诗中有"金钗十二行"之句。　⑤ 商山紫芝：商山在今陕西商洛。秦朝有东园公等四名商山隐士服食紫芝，须眉皓白而得长寿，汉高祖召之不出，人称"商山四皓"。　⑥ 桐江钓丝：东汉高十严光拒绝光武帝的礼聘，隐居于富春江畔，垂钓自得。桐江，富春江严州至桐庐区段的别称。　⑦ 毕罢：结束，撇下。

【语译】

　　我时而用《楚辞》的体式放笔作歌，时而取来杜甫的诗作一首首步和，空闲时又把王羲之的书法细细临摹。在白云堆的深处，盖上几间草屋，无心去城市里居住。别看那些豪门贵府声势煊赫，蓄养着门客，排列着姬妾歌舞，他们早上刚得到君王的恩宠，晚上就遭到君王的杀戮。我要像商山四皓那样采芝调补，像严光那样垂钓自娱，再不把功名留顾。

【赏析】

　　"达则兼济天下，穷则独善其身"，这是古代知识分子在出仕与归隐间决定取舍的指导思想。元散曲以后者为题材的作品，更有一个明显的特点，即在"独善其身"时仍念念不忘对"天下"世务的悲愤与谴责，虽以归隐为题，却实以叹世命意。汪元亨先后作有二十首《朝天子·归隐》，无不带有这种表现倾向。本篇即为其中之一。

起首三句从归隐后的笔砚生活入手，显示了主人的文人本色。作者将一层意思分作三句写，而风神俱见。"楚词"为幽愤之作，寄托遥深，诗人于"歌咏"之前着一"长"字，充分显示出对楚辞的会意与投入。杜诗博大精深，高不可及，作品于"赓和"前置一"细"字，虔敬认真之情跃然纸上。羲之字非平心静气不能揣摩，"临写"前加一"闲"字，又见出了作者的心气安详。吟歌、和诗、习字，一一取法乎上，显示了归隐主人的清高脱俗。作者在《朝天子·归隐》的其他几首中，有"长歌楚些吊湘魂，谁待看匡时论"、"窗前流水枕边书，深参透其中趣"等语，可见作者醉心于楚辞、杜诗、羲之字，实非单纯消遣，而是饱含了愤世嫉俗的深意。

四、五两句，便转出了作者的动机。这两句直扣"归隐"，本应处于篇首，却被安排在篇中，这是为了通过"茅茨"与"朝市"的弃取，引出作者对富贵、功名的感受。他宁可"乱云堆里结茅茨"，"乱云堆"三字，极言隐居之处的远离尘嚣，显示他旷放豪纵、向往自由的襟怀，而对于"朝市"，则表白了"无意居"的明确态度。岂止是"无意"，紧接着"珠履"三句，明显地表明作者对于富贵荣华的恐惧和憎厌。"珠履三千，金钗十二"，有意渲染高官厚爵的煊赫气象。但"朝承恩暮赐死"一落千丈，令人胆悸心惊。这六字将封建社会的官场危机精辟地概括了出来，可谓一针见血。于是，"采商山紫芝，理桐江钓丝，毕罢了功名事"，便成了全身远害的唯一出路。将末尾的这三句与起首三句对读，还能见出作者怀才不遇的深慨。诗人于强作平和中终于掩抑不住一腔激愤，反映了元人"归隐"作品写作的典型心态。

〔双调〕沉醉东风 归田

居山林清幽淡雅，远城市富贵奢华。酒杯倾鲸量宽，诗卷束牛腰大。灞陵桥探问梅花①。村路骑驴慢慢踏，稳便似高车驷马②。

【注释】

① 灞陵桥：即灞桥。在长安以东的灞水上。　② 高车驷马：有着高高的车盖，并配备四匹马共拉的车驾，为达官贵人所专乘。

【语译】

我隐居在清幽素雅的山林里，把富贵奢华的城市生活远远回避。我自在地饮着酒，不妨有鲸鱼的海量；吟成的诗卷驮在宽大的牛背上，累累坠地。兴来便去灞陵桥下，探寻梅花的消息。骑一头毛驴，慢行在村间的路上，比达官贵人的驷马高车，更觉安稳适意。

【赏析】

这首小令一起首就用了一组对仗，将"山林"与"城市"作鲜明对比，一"居"一"远"，喜恶分明，擒住了"归田"的题目。诗人给山林生活的定性是"清幽淡雅"，而对城市生涯的说明则是"富贵奢华"，趋前避后，表现出蔑视富贵、淡泊名利的胸襟与决心，写出了决计归隐的思想境界。这就为下文尽兴地讴歌饮酒作诗、探梅赏景的自得生活，留出了宽广的余地。

"酒杯"二句又是一对，概括了归田后的诗酒生活。这一组对仗工整而雄豪，"鲸量宽"与"牛腰大"尤见新巧。前者出自杜甫《饮中八仙歌》："饮如长鲸吸百川。"后者则本李白《醉后赠王历阳》"诗裁两牛腰"及宋人潘大临《赠贺方回》"诗束牛腰藏旧稿"。作者信手拈来，稍加改造，显示了高超才情和文人本色。

"灞陵桥探问梅花"，是元人习用的所谓孟浩然的典故。在前选张可久《一枝花·湖上归》、周德清《塞鸿秋·浔阳即事》等篇中，都指出这是元人的一种附会。这附会并非全然无因，晚唐诗人唐彦谦曾有《忆孟浩然》诗曰："郊外凌兢西复东，雪晴驴背兴无穷。句搜明月梨花内，趣入春风柳絮中。"苏东坡《大雪青州道上》也有"又不是襄阳孟浩然，长安道上骑驴吟雪诗"的诗句，施元之注："世有《孟浩然连天汉水阔孤客郢城归图》，作骑驴吟咏之状。"但孟浩然的"雪晴驴背"、"骑驴吟雪诗"，并无探梅的确切迹象，更同灞陵桥无关。倒是另一名晚唐诗人郑棨，有"诗思在灞桥风雪中驴背上"的名言。结果宋元人就将两者混淆在一起，发明出"孟浩然踏雪寻梅"的佳话，马致远还著有同名的杂剧。但不管怎么说，骑驴灞桥，踏雪寻梅，都从此成了文人高士冬令雅兴的象征，在这首曲中则成为"居山林清幽淡雅"的一则具体写照。而且，如果说"灞陵桥探问梅花"是以讹传讹的话，下一句"村路骑驴慢慢踏"却与唐彦谦的诗境恰巧暗合。作者以孟浩然自许，因为孟浩然确是"红颜弃轩冕，白首卧松云，醉月频中圣，迷花不事君"（李白《赠孟浩然》）的高士典型。

这首小令在铺叙"归田"后的生活表现中，或夸张，或快语，旷达高洁。结尾中以"村路骑驴"与"高车驷马"对举，由"慢慢踏"引出"稳便"，更是巧妙地补点出脱屣富贵、避险求安的归田动机。作者的《沉醉东风·归田》也是一气作了二十首，无不是出自肺腑的真切感受，这正是作品亲切有味的成功原因。

〔双调〕雁儿落过得胜令　归隐

至如富便骄，未若贫而乐。假遭秦岭行①，何似苏门啸②。

满瓮泛香醪③，欹枕听松涛。万里天涯客，一枝云外巢④。渔樵，坐上供吟笑。猿鹤，山中作故交。

【注释】

① 秦岭行：唐韩愈因谏迎佛骨触怒宪宗，远贬潮州，途中作诗有"云横秦岭家何在，雪拥蓝关马不前"语。　② 苏门啸：曹魏高士阮籍与隐士孙楚相遇于苏门山（在今河南辉县），互相长啸逍遥。　③ 醪(láo)：有色的酒。　④ 一枝：《庄子·逍遥游》："鹪鹩巢于深林，不过一枝。"谓生活需求之少。

【语译】

与其富贵了在人前逞骄，不如安于贫困而其乐陶陶。与其像韩愈那样任高官后一旦贬经秦岭，不如像阮籍和孙楚那样在苏门山长啸。

酒瓮中有的是香气四溢的美酒，靠在枕上可欣赏满山的松涛。虽然远离家乡，客居在万里天涯，可深山的一根树枝，便足以让鹪鹩鸟安巢。渔夫和樵父来我家做客，谈笑既欢，又给我提供了诗料。山中的猿猴鹤鸟，一见如故，伴我游遨。

【赏析】

前四句叙述归隐的缘由，用了两组对比。一组是"富便骄"与"贫而乐"，其实也就是小人和君子的对比。《礼记》引孔子的话说："小人贫斯约，富斯骄。"《左传·定公十三年》也有"富而不骄者鲜"的断言。骄就是骄横蔑礼，为富不仁，这是为知书达理的正直之士所不齿的。而在《论语·学而》中，孔夫子在肯定"贫而无谄"品行的同时，明确指出这样的还不够，"未若贫而乐"。小令将圣人的原话移来，说明安贫乐道是君子所为，这正是作者走上归隐之途的思想动机。另一组是"秦岭行"与"苏门啸"，也就是当大官危险与做平民自在的对比。这里用了两个为人熟知的著名典故来指代两种截然不同的下场，以事实代替雄辩，乃是作者选择归隐的现实动机。两组对比都颇具说服力。

有了前四句〔雁儿落〕的铺垫，作者在以下〔得胜令〕八句中，就尽兴歌咏了隐居的快乐。一是生活条件和环境的顺适，座上美酒，门外松涛，"欹枕"二字，足见主人的闲适自在。二是在万里客居之余，有了一处安身之地，再不愁风尘漂泊，无家可归。三是隐居决无寂寞之虞，有渔樵往来，猿鹤作伴。这三个方面如数家珍，娓娓道来，作者的"贫而乐"，是可以想见的了。

这支小令通篇由一组组对仗构成，给人以整饬雅洁之感。而这些对仗在结构上各不相同，意境也无重复饾饤之处。元人的散曲，"归隐"属于热门题材。撇开那些冒充风雅的不说，其余的好些作品，是作者在失意彷徨中的自我鼓励，对隐居生活的美化描写往往有夸饰失实之处。而本篇作者的态度既严谨，抒写又充实，当属真隐。有了真，美就在其中了。

刘伯亨

刘伯亨（生卒年、籍贯不详），盲艺人。存散曲套数一首，语俊意畅，体现了成熟的民间说唱风味。

〔双调〕沙子儿摊破清江引（摘调）

可意的金钗，何曾簪云髻。可意的花钿^①，何曾贴翠眉。可意的纱衣，何曾傍香体。科场去几时，薄情间千里^②。他闪的我凄凉^③，我为他憔悴。　　强步上凉亭，晚风清似水。好景宜多欢会。藕花荡红香，荷叶摇青翠。故人他未来秋到矣。

【注释】

① 花钿：妇女贴于鬓、额的金花。　② 间：阻隔。　③ 闪：抛下。

【语译】

那金钗人见人爱，几时把我柔黑的发髻绾住。那花钿精美绝伦，几时往我黛眉上贴附。那纱衣修短合度，又几时沾上过我的肌肤。他赴京应试去了多少日子，薄情郎阻隔在千里外的长途。他抛得我凄凉孤独，我憔悴消瘦，全都是为了他的缘故。

强移脚步，我登上凉亭凝伫。清凉如水的晚风，一阵阵扑面吹拂。这美景良辰，最适宜两人同赏共度。藕花开放着红蕤，香气四布，荷叶摇曳，把一片青翠掀舞。我的良人他还没回来，秋天就先已光顾。

【赏析】

本篇为《朝天乐》的摘调，是原套数的第五支曲（全套共十四支曲），述思妇对远出应试的丈夫的盼念。这是元散曲的常见题材，但本曲自具特色，尤其表现在风调上。

例如起首的六句，使用了三组排比。在每一组中，作者都暗示了女主人公的美丽：秀发柔黑，黛眉娟娟，玉体生香；作品又用了女子妆饰的三种用品，或为首饰，或为衣服，足以使她锦上添花，收到"可意"的效果。但女子皆弃如敝屣，三处"何曾"，说明她对这一切根本不感兴趣，也就是无心梳理。这就将女子自丈夫远出后相思悲苦的情态细腻地表现了出来。这是就内容方面考察，再从艺术风调来看，作品将无心梳理的一层意思分作三层表达，三处"可意的"与三处"何曾"相间，一递一顿，扬抑交替，如泣如诉。无论从句法还是韵味上，都有一种民间小曲特有的婉媚。

再如"强步上凉亭"后，以即目所见，铺叙"藕花"、"荷叶"的"好景"，紧接着便著一句"故人他未来秋到矣"。从内容来看，这是在夏季接近尾声时愁人的偶然发现，"秋到矣"与"人未来"形成了强烈的对照，表现了女子在盼念中的惊心感受，语淡而情深；从风调上看，则显得既质朴又旖旎，这也是民歌小曲所特具的一种情味。

正因为作品处处向民间唱曲看齐，所以呈现出与文人刻意造作的全然不同的自然、清丽的风格。原套全篇多见俊语，如"刀尺临逼，正这头裁那头差了活计。针线细密，缝半边忘半边错了见识"（〔农乐歌〕），"怕闪开这秋波，这秋波翠两弯；愁解放这春风，这春风玉一团"（〔动相思〕），"衣有衣，食有食，穿者任意穿，吃者任意吃，爱他人年少双双美，咨嗟人去不归兮"（〔三犯白苎歌〕）等等，真可谓美不胜收。元散曲已临晚期，仍有这般清新之作，不能不叹服民间文学养料的滋补之功。

一分儿

　　一分儿（生卒年、籍贯不详），王姓，大都（今北京）歌妓，一分儿为其艺名。性聪慧，于歌宴上应声接句而成小令〔沉醉东风〕一首，今存。

〔双调〕沉醉东风

　　红叶落火龙褪甲，青松枯怪蟒张牙，可咏题堪描画。喜觥筹席上交杂。答剌苏频斟入礼廝麻^①，不醉呵休扶上马。

【注释】

　　① 答剌苏：蒙古语，酒。礼廝麻：蒙古语，杯。

【语译】

　　看那枫树红叶一片片坠下，像火龙褪落了鳞甲。青松枯了，就像一条夭曲的大蟒蛇在吐舌张牙。这深秋的景象既宜入诗，也宜入画。宴席上杯盘酒筹你递我传，热闹喧哗，令人怒放心花。酒液频频斟入杯斝，不喝个酩酊大醉，就休想上马回家。

【赏析】

　　据夏庭芝《青楼集》记载，有一群士人在京城江乡园宴饮，一分儿作为歌妓陪酒。席间有女子唱了一首南吕宫调的歌曲，中有"红叶落火龙褪甲，青松枯怪蟒张牙"的句子。主人指定一分儿用它作一支双调的《沉醉东风》，于是她当场吟成，宾客们无不为之叹服，"由是声价愈重焉"。

　　"红叶落"二句确实是不可多得的妙语。它妙就妙在比喻非常贴切，又极为形象。秋天枫叶转红，枫树成了一条"火龙"，随着秋深，树叶坠落，仿佛这"火龙"褪去了鳞甲。而青松虽然枯凋，却显出了枝干的原形，"怪蟒张牙"，松树夭矫蟠屈、枝丫旁挺的身姿如在目前。这两句比喻的状写不落窠臼，独树一帜，故被明代文学家王世贞誉为"景中壮语"（《艺苑卮言》）。更重要的是它对深秋景象的描述，一扫通常秋景所惯见的衰颓和悲凉，能以奇崛劲健之气给读者以精神一振之感。

　　这两句虽不是一分儿本人的杰作，但她却以"可咏题堪描画"的过渡，巧妙地移作了宴席上的现成风景。以此奇观为背景，作者不失时机地写出了宴会的热闹场面。"觥"是酒器，"筹"是酒筹。古人饮酒时常以酒筹来作为罚酒定数的标准工具。觥筹交杂，席上传杯分斝、喧呼哄饮的情状不难相见。而有了起首两句劲雄景语的警衬，客人们豪迈倜傥的情兴，也就从宴会酣饮狂欢的气氛中隐隐透点了出来。

末二句运用活泼诙谐的口语，进一步表现了宴饮的狂放和欢快。"答剌苏"、"礼厮麻"借用蒙古语虽是为了全句押韵的需要，却也平添了浓烈的生活气息。全曲借前人成句而为我所用，接续无痕，挥洒如意，成就了曲坛的一则佳话。

杨维桢

杨维桢(1296—1370)，字廉夫，号铁崖、东维子、铁笛道人，诸暨(今属浙江)人。三十二岁中进士，官至总管府推官。元末隐居不出，入明被召修礼乐书，书未成即辞归。有《东维子集》、《铁崖先生古乐府》等。散曲存小令一首、套数一首。

〔双调〕夜行船　吊古(套数，节选)

霸业艰危。叹吴王端为，苎萝西子①。倾城处，妆出捧心娇媚。奢侈，玉液金茎②，宝凤雕龙，银鱼丝鲙。游戏，沉溺在翠红乡，忘却卧薪滋味③。

……

〔锦衣香〕馆娃宫④，荆榛蔽；响屟廊⑤，莓苔翳。可惜剩水残山，断崖高寺，百花深处一僧归⑥。空遗旧迹，走狗斗鸡。想当年僭祭⑦，望郊台凄凉云树⑧，香水鸳鸯去⑨。酒城倾坠⑩。茫茫练渎⑪，无边秋水。

〔浆水令〕采莲泾红芳尽死⑫，越来溪吴歌惨凄⑬。宫中鹿走草萋萋⑭。黍离故墟⑮，过客伤悲。离宫废，谁避暑？琼姬墓冷苍烟蔽⑯。空原滴，空原滴梧桐秋雨。台城上⑰，台城上夜乌啼。

〔尾声〕越王百计吞吴地，归去层台高起。只今亦是鹧鸪飞处⑱。

【注释】

① 苎(zhù)萝西子：西施。苎萝，山名，在浙江诸暨市南，为西施出生之处。　② 金茎：本为汉武帝金人承露盘的铜柱，此借指仙露般的饮料。　③ 卧薪：喻为图大计而甘受困苦折磨。卧薪为越王句践事，但此前吴王夫差励志三年，终于破越而为死去的父亲阖闾报了仇，性质与此接近。　④ 馆娃宫：吴王夫差为西施所建的行宫，在苏州西南灵岩山上。　⑤ 响屟(xié)廊：吴宫中廊名，以梗、梓木铺地，穿屟行步则响。　⑥ "百花"句：白居易《灵岩寺》："馆娃宫畔千年寺，水阔云多客到稀。闻说春来更惆怅，百花深处一僧归。"　⑦ 僭祭：在祭祀的礼仪上超越本分。如夫差"祭用百牢"(吴本伯爵，用牢不得超过十二，天子方可百牢)即为一例。　⑧ 郊台：吴王祭天台，亦在灵岩山上。　⑨ 香水：香水溪，吴宫旁的一条小溪，西施曾于此沐浴。　⑩ 酒城：吴王为酿酒而筑建的一处小

城。　⑪ 练渎：水名，在灵岩山东南。　⑫ 采莲泾：在苏州吴县城内。　⑬越来溪：在采莲泾西南，越兵由此溪入吴故名。　⑭ "宫中"句：《吴越春秋》载伍子胥曾预言"将见豕鹿游于姑胥之台，荆榛蔓于宫阙"。　⑮ 黍离：《诗经》有《黍离》篇，为东周大夫"过故宗朝宫室，尽为禾黍"的有感之作。后借指亡国的残痕。　⑯ 琼姬：吴王夫差之女。其墓在吴县阳山。　⑰ 台城：禁城。王宫禁近曰台。　⑱ "只今"句：语本李白《越中览古》："越王句践破吴归，义士还家尽锦衣。宫女如花满春殿，只今惟有鹧鸪飞。"

【语译】

不可一世的霸业，摇摇欲倾。可叹吴王夫差全为着西施，迷恋她的美貌，尤其是她捧心时愈见娇媚的风韵。宫中的生活享受，美酒珍露，雕花器皿，河味海珍，一切都奢侈到了极顶。吴王只知游戏贪欢，沉溺于美色风流之中，忘记了当初为父王复仇而刻苦自励的本心。

如今馆娃宫湮没在荆棘丛中，响屟廊覆蒙上一层苔藓青青。可恨剩水残山，崖上只立着灵岩寺，春深时偶见一二僧人。这里曾是吴王宫的一部分，走狗斗鸡已成历史的前尘。当年吴王僭越名分建造的祭天郊台，只望见一片云树的凄影。香水溪再不见鸳鸯浮沉，酒城也早已荡然无存。唯见灵岩山下的练渎，接向天边，闪动着秋波粼粼。

采莲泾红花凋尽，越来溪吴歌惨怛，不堪卒听。伍子胥麋鹿游宫的预言得到应验，这亡国的遗墟怎不使过客伤心！离宫废弃，谁人再来避暑？连吴王女儿的坟墓也不辨踪影。空旷的墓地上秋雨打着梧叶，禁城的废址上传来夜乌凄厉的啼声。

越王句践费尽心力攻吞了吴境，回国后也是致力于宫室的经营。楼台宫殿一度是那样巍峨峥嵘，如今同样是一片荒芜，徒然让腾起落下的鹧鸪占领。

【赏析】

杨维祯《夜行船·吊古》原套共七支，此选第一、五、六、七曲，主旨是对苏州郊外吴宫遗迹的凭吊。首曲评说吴王夫差沉溺女色、奢侈淫佚的历史表现，显示了吴国衰亡的成因。〔锦衣香〕、〔浆水令〕则具体描述了馆娃宫等十余处吴国故宫的衰败情景，充满了历史盛衰的感慨。〔尾声〕进一步以战胜者越国的灭亡结局反衬吴国的灭亡，进入了历史悲剧的核心。

这些曲子的写作特点，一是描摹出色，写景细腻，以形象替代议论。二是感情色彩强烈，剩水残山，宫室禾黍，成功地渲染了凄凉感伤的气氛。三是语言节奏弛张变化，与所表达感情相配。四是层次分明，于空间、时间出入自如，挥洒淋漓而章法井然。正因为这些缘故，此作颇受后代文人欣赏，明戏曲家梁辰鱼还将〔锦衣香〕、〔浆水令〕两曲全文采入《浣纱记》传奇。但本曲语言雕琢过甚，有失圆融，即使在南散曲(本套用南曲曲牌)中也非当行之作。王骥德《曲律》曾指出其不足："用韵杂出，一也；对偶不整，二也；尘语、俗语、生语、重语迭出，三也。"颇中肯綮。文人逞才使气，使散曲向典雅化、案头化发展，明清散曲中这种倾向尤为严重。这首套数可以说是开了先河。

倪　瓒

倪瓒(1301—1374),字元镇,号云林,无锡(今属江苏)人。元画家,绝意仕进,人称"懒瓒"、"倪迂"。元末浮家泛宅于太湖、泖湖间,为著名高士。诗文有《清閟阁集》。散曲今存小令十二首,多类近于词。

〔黄钟〕人月圆

　伤心莫问前朝事,重上越王台①。鹧鸪啼处,东风草绿,残照花开。　怅然孤啸,青山故国,乔木苍苔②。当时明月,依依素影,何处飞来?

【注释】

① 越王台:在浙江绍兴城府山南麓。据《越绝书》载,台在句践小城内。后渐不存。南宋嘉定年间以近民亭遗址重建,至今尚在。　②"青山"二句:用南朝宋颜延之《还至梁城作》"故国多乔木"句意。

【语译】

既然心中充满了悲哀,又何必再把前朝的旧事追怀?我再一次登上了越王台。在鹧鸪啼鸣的地方,东风又吹绿了碧草,野花在夕阳下竞开。

我惆怅地独自长啸,这一片土地上青山不改,高大的树木、苍黑的苔藓也依然存在。这明月曾照耀着那时的年代,如今皓白的月影,又是从何处飞来徘徊?

【赏析】

中唐诗人窦巩有《南游感兴》七绝云:"伤心欲问前朝事,唯见江流去不回。日暮东风青草绿,鹧鸪飞上越王台。"而窦诗显然又源于李白的《越中览古》:"越王句践破吴归,义士还家尽锦衣。宫女如花满春殿,只今唯有鹧鸪飞。"本曲的前五句,化用窦巩的诗意,而"鹧鸪啼处"云云,则明显地流露出了霸业不存、风流事散的兴亡之感。倪瓒生活在元代的中晚期,无所谓遗民思想,曲中的"前朝事"是将越王台沿经的历史一网打尽,并不专指宋朝;但历史的盛衰、岁月的无情,一样会引起怀古者的"伤心"。窦诗是"伤心欲问前朝事",而小令却"伤心莫问前朝事",一字之差,绝望和无奈的感情色彩就表现得更加强烈。

作者禁不住"怅然孤啸"。"啸"是感情激越、一舒抑塞的表现,而一个"孤"字,又有心事无人知会的意味。"青山故国,乔木苍苔"是登台的所见,它较之前片的"东风草绿,残照花开"更增加了悲凉的色彩。"当时明月"等三句又借助了唐诗的意境。刘禹锡《石头城》有"淮水东边旧时月，夜深还过女墙来"的诗句，李白《苏台怀古》也说"只今惟有西江月，曾照吴王宫里人"。明月是历史的见证，如今"依依素影"又高悬在越王台的上空。诗人独发一问："何处飞来？"问得似乎突兀，但含意是十分显明的："当时"的江山久已换主，那么"当时"的明月怎么又会飞来重临呢？这一笔同前引的《石头城》、《苏台怀古》一样，是借助嗔怪明月的多事、无情，抒发怀古的幽思。作者起笔云"伤心莫问前朝事"，至此还是问了，并问得那样投入、那样悲哀。"依依"是依恋不去的模样，说明明月在天空徘徊已久。而诗人从"残照"时分直留到月夜，这"依依"两字也就成了一种移情手法，表现出了作者对故国山河的惓惓深情。

这首小令除了善于从唐人诗句中袭意外，在景物的描写上也深得风神。"东风草绿，残照花开"表现江山无主，"青山故国，乔木苍苔"表现世事无常。以此为陪主之宾，则"越王台"的悲凉寂寞自在意中。又诗人选取了亘古恒在的景物如东风、残照、青山、明月，与时过境迁的绿草、野花、乔木、苍苔交插在一起，在特定的空间中导入了苍茫的时间感，从而将抚今思古的主旨形象地表现了出来。

〔双调〕水仙子

吹箫声断更登楼，独自凭栏独自愁。斜阳绿惨红消瘦，长江日际流。百般娇千种温柔。《金缕曲》新声低按^①，碧油车名园共游^②，绛绡裙罗袜如钩。

【注释】

①《金缕曲》：词牌名。亦指以爱惜青春、及时行乐为表现内容的乐曲，源自杜牧《杜秋娘》："劝君莫惜金缕衣，劝君惜取少年时。"　②碧油车：妇女所乘的一种有篷小车。

【语译】

那期望中的箫声已不再吹响，她却又来到楼上，独个儿凭着栏杆忧伤。斜阳下绿树惨淡，红花消瘦，不改的只有那天际奔流的长江。她回想起昔日的时光，自己千娇百媚，柔情脉脉，只因为有他在身旁。他俩一起打着拍子，把《金缕曲》的新歌轻唱。又坐着华美的小车，同往一处处名园游赏。那时自己穿着红色的丝裙，纤纤小脚上套着罗袜，是那样的年轻漂亮。

【赏析】

古代诗歌中，将"箫"和"楼"合列在一起，往往是在暗用萧史弄玉的典故。这是《列仙传》上的著名故事：萧史喜吹箫，惹起了秦穆公女儿弄玉的爱慕。两人结为夫妇后，箫声引来了凤凰止于屋上，人们将他俩吹箫的小楼称为"凤楼"、"凤凰楼"。终于有一天，夫妇俩双双骑着凤凰飞上了天空……这个故事无疑是古人爱情理想最完美的标本，所以同"箫"、"楼"同时沾上边的，每每含有男女风情的意味。

然而本篇却是"吹箫声断",叫弄玉们觅不着情郎的踪迹。而曲中这位同情人分开的女子,仍然凝心地登楼凭栏,颙望相思。首句的"更"字,暗示她登楼已非初次,而次句的两个"独自",强调了她孤独的处境。三四句以写景加以配合。又是斜阳,又是春暮,花木憔悴失色,长江寂寞空流,是何等令人伤愁的景象!"长江日际流",也显示了女子凭栏凝望的方向。不言而喻,她的心上人正是从长江的水路上离向远方的。

"百般娇千种温柔",是巧妙的承上启下。它既是登楼女子现时的写照,使人想见她愁极无奈而又柔情脉脉的意态;又是她凭栏思忆的发端,往日她同情郎欢乐相聚的种种表现,无不可以用这七个字来概括。作者用了一组鼎足对,具体描写了女子所追忆的昔日景象。"《金缕曲》"是以"劝君莫惜金缕衣,劝君惜取少年时"为主题的歌曲,暗示了双方正值青春年少,行乐不误芳时。"碧油车"多为贵家女子所乘,说明了他俩生活条件的华贵优裕。"绛绡裙"配上"罗袜如钩",通过渲染女子的美丽,表出这是一对匹配美满、令人羡慕的佳偶。"《金缕曲》"、"碧油车"、"绛绡裙"是三组各具独立意象的名物,其首字却都是关于颜色的形容词,这是散曲文人逞才使气的习见技巧。这三句极力铺陈,同"独自凭栏独自愁"的现状形成了强烈的对照,使全曲显得哀感顽艳,缠绵悱恻。

作者另有一首《水仙子》:"东风花外小红楼,南浦山横眉黛愁。春寒不管花枝瘦,无情水自流。檐间燕语娇柔。惊回幽梦,难寻旧游,落日帘钩。"同调同韵,是本篇的姊妹作。贾仲明《录鬼簿续编》"倪瓒"条:"所作乐府有《水仙子》二首,脍炙人口。"足见本篇在当时拥有众多的知音。

夏庭芝

夏庭芝(生卒年不详)，字伯和，号雪蓑，松江(今属上海)人。生平隐居不仕，晚年追忆旧游，作《青楼集》(成书于1355年)，载一百余名艺人、曲家的事迹，为戏曲史之重要资料。散曲今存小令二首。

〔双调〕水仙子　与李奴婢

丽春园先使棘针屯^①，烟月牌荒将烈焰焚^②，实心儿辞却莺花阵。谁想香车不甚稳，柳花亭进退无门^③。"夫人是夫人分，奴婢是奴婢身，怎做夫人。"

【注释】

① 丽春园：元人传说中妓女苏小卿的住所，元曲中用以喻指妓院。棘针屯：用棘木四周围定，即予以封锁。　② 烟月牌：写着妓女名字以供嫖客拣选的花牌。荒将：急将。荒，同"慌"。　③ 柳花亭：喻指内宅庭院。

【语译】

李奴婢先是在妓院里拒不接客，迫不及待地脱籍后，一心一意辞离风尘去从良。谁料华贵的香车坐不稳当，进不了内宅的门墙。"夫人有夫人的福分，李奴婢我只有奴婢的命，怎到得夫人分上。"

【赏析】

夏庭芝是《青楼集》的作者。在这部笔记中，他通过自己早年的活动经历，真实而细腻地记述了元代歌妓和女艺人的生活命运。书中有"李奴婢"条："李奴婢，妆旦色，貌艺为最，仗义施仁。嫁与杰里哥儿金事，伯家闾监司动言章，休还。名公士夫，多与乐府长篇、歌曲辞章，予亦有《水仙子》与之。"从这段记载中，知道李奴婢是一名青楼妓女，擅长扮演杂剧的旦角。她嫁了一名蒙古的九品小官，这人却因此受到廉访使官员弹劾，只得把她休出。她平日的为人与这段不幸的遭遇得到不少名人士子的同情，作者也是同情者之一。

作品一开始就表白了李奴婢厌恶烟花、决心从良的坚决态度。"丽春园"、"烟月牌"、"莺花阵"用了青楼的术语，贴合李奴婢的身份和生活情状。而"丽春园"是元人"苏卿双渐故事"中名妓苏小卿的妓所，小卿是位善良而勇敢的年轻女子，同书生双渐相爱，后来终于冲破了鸨母和富商冯魁的阻挠和封锁，实现了追求爱情幸福的愿望，这在元代是一则尽人皆知的传说。曲中借用这则掌故的地名，有隐然将李奴婢比作苏小卿的意味。"棘针屯"是用带刺的棘木联作一圈用于屏隔，犹如现代的铁丝网，旧时科举考场的四周就安布棘围，这种原始而有效的屏障器具想来给古人留下了深刻的印象。曲中借来用作比喻，表现了李奴婢屏弃嫖客、洁身自守的坚定。而句下的"荒将烈焰焚"，则显示了李奴婢对自己违心所操旧业的深恶痛绝。第三句的"实心儿"三字，更对她出嫁杰里哥儿的动机和感情作了肯定。这三句写出了李奴婢从良前在思想和行动上的一系列准备，她对自己的婚姻大事是慎重、正派而期望颇深的。然而，封建礼教却剥夺了她追求爱情生活的权利，使这位饱受摧残的下层女子又一次受到了心灵的戕伤。作者只用"谁想"二字引出了一个意外结局，并以此表达了自己对李奴婢遭遇的同情。"香车不甚稳"是避免触痛对方伤口的委婉说法，然而"进退无门"却是李奴婢悲惨处境的真实写照，也是对封建制度无理迫害风尘女子的愤怒控诉！以下三句，添上了引号，因为按照作者"与李奴婢"的同情态度，这三句决不是作为旁观者所发出的冷嘲热讽的评论，而只能理解为李奴婢的自怨自艾。而这样一来，这位青楼女子的柔弱善良，也就跃然纸上了。

　　这支小令通过希望与现实之间巨大的逆折和对照，将李奴婢的婚姻悲剧表现得淋漓尽致，令人唏嘘。诗歌虽有以乐府歌行纪事和反映社会现实的传统，却不屑顾及青楼这样的低层；文人的赠妓诗作，更不去涉及她们悲剧生活的核心。因此，这首小令同时也体现了散曲在扩大题材领域上的优势。

刘庭信

刘庭信（生卒年不详），原名廷玉，排行第五，人称"黑刘五"，益都（今山东青州）人。平生唯以填词制曲为事，与另一曲家兰楚芳并称"曲中元、白"。今存小令三十九首、套数七首。作品手法新颖，技巧老到，所谓"如摩云老鹗"、"能道人所未道"，为散曲当行派的代表。

〔南吕〕黄钟尾（摘调）

惊回好梦添凄楚，无奈秋声忒狠毒①。风声忱，雨声怒，角声哀，鼓声助。一声听，一声数，一声愁，一声苦。投至的风声宁②，雨声住，角声绝，鼓声足；又被这一声钟撞我一口长吁，则我这泪点儿更多如窗外雨。

【注释】

① 忒：太。　② 投至的：等到了，及至。

【语译】

惊破了一场好梦，更增添了凄凉辛酸，秋声如此残酷无情，又拿它怎么办！风声是那样的悒郁，雨声是那样的狂蛮，角声是那样的凄厉，鼓声在一旁相伴。我听一声，数一声，一声声心头愁，一声声肝肠断。好容易等到风声消歇，雨声不传，角声绝响，鼓声敲完，又被这一声晨钟，撞出我一声长叹。怎不叫我泪珠滚滚，更多过窗外的雨点！

【赏析】

本篇是〔一枝花·秋景怨别〕套数的尾曲，明清人笔记多将它摘出作为尾曲的模范称扬备至。如姚华《菉猗室曲话》即评道："音节激楚，文情酸辛，如此协律惬心，虽苏（武）李（陵）之作犹不能写此。安得薄曲为小道哉！"在"音节"、"文情"上，本篇确实是不让古人的。

本曲的中心内容是"秋声"。起首二句顺常的语序，当是"无奈秋声忒狠毒，惊回好梦添凄楚"，诗人将秋声的灾难性后果提前置出，起到了触目惊心的先声效果，通过强烈的感情，引起了读者对"忒狠毒"详情的关注。接下去作品就一一陈示了"秋声"的表现，有风声、雨声、角声、鼓声，"忧"、"怒"、"哀"、"助"，各以一字，形象地表现出它们各自的特征。七至十句更进一层，从主人公的感受去加写秋声。同样是四个并列的三字短句，"听"、"数"、"愁"、"苦"既是与前时的风雨角鼓一一对应，又互相交织渗透，代表了种种秋声的混杂交作；字面上的"一声"、"一声"，也就带上了繁促纷纭的复数效果。难怪会"惊回好梦"，也难怪受害者要谴责秋声在"添凄楚"上的狠毒辣手了。

以下诗人忽作转折，写出了上述施虐的四种秋声的消歇。这里又是分用四句一一交代，且用了"宁"、"住"、"绝"、"足"的不同字眼，反映出众响的息灭属于渐次发生、不在同一时间的事实，从而传达出一种苦捱苦守、度日如年的况味。"投至的"三字方才如释重负，岂料一波又起，又传来了"这一声钟"。这就意味着天色已放晓，惊回的"好梦"再也无法重温，彻夜不眠的主人公只能吁气长叹了。"撞我一声长吁"的"撞"字下字警绝。钟声的重浊与心情的沉重，都在这一"撞"字中表现出来。

元无名氏有《红绣鞋》脍炙人口："窗外雨声声不住，枕边泪点点长吁。雨声泪点急相逐。雨声儿添凄惨，泪点儿助长吁。枕边泪倒多如窗外雨。"本曲末句即借用了此曲的成句。这一句回点出主人公在"一声听，一声数，一声愁，一声苦"的漫漫长夜中已是肝肠寸断、泪下如雨，至此撞出一口长吁更是雪上加霜，故而成为全曲的总结。

铺陈秋声以言愁写恨，在古代文学作品中屡可见到，在此不妨引录一首清人查慎行的词作《台城路·秋声》："商飙瑟瑟凉生候，孤灯影摇窗户。堤柳行疏，井梧叶尽，添洒芭蕉片雨。才听又住。正淡月朦胧，微云来去。蔌蔌空廊，有人还傍绣帘语。　　多因枕上无寐，搅二十五更，残点频误。响玉池边，穿针楼畔，一派难分竹树。零砧断杵。更空外飞来，搅成凄楚。别样关心，天涯惊倦旅。"同是悱恻生愁，词、曲在语言风调上蕴藉与直露的区别，判然可见。而本曲使用排比，以及叠用"声"字造成声声入耳的直观效果，这些表现手法则是曲体所专有的。

〔双调〕水仙子

秋风飒飒撼苍梧，秋雨潇潇响翠竹，秋云黯黯迷烟树。三般儿一样苦，苦的人魂魄全无。云结就心间愁闷，雨少似眼中泪珠，风做了口内长吁。

【语译】

秋风沙沙地劲吹，把梧桐树不住地摇撼；秋雨淅淅沥沥，在翠竹中响成一片；秋云遮迷了远方的树影，罩上了一派昏暗。这三件都增添了愁苦，使人无所适从，肝肠寸断：秋云仿佛压上了心口，郁积为浓重的愁烦；秋雨绵绵，还及不上眼中的泪点；秋风阵阵，都化成了一声声长叹。

【赏析】

这支小令前后的两组鼎足对，十分令人注目。前一组三句均以一个"秋"字领起，分别渲染了风、雨、云的萧瑟秋象，每一句中有形象，有动态，有效果，构成了生动可感的三幅画面。四、五两句，"三般儿一样苦"作一小结，"苦的人魂魄全无"推进一步，引起下文。这承上启下的过渡，不仅绾联了首尾的两组对仗，还巧妙地将外界的物象与人物的内心世界转接起来。末尾三句是对"魂魄全无"的诠释，妙在它仍以上文的"三般儿"作为暗喻对象，一一与人物的愁苦挂起钩来。秋云不是"黯黯"低压，将烟树的远景都遮迷了吗？其浓重的郁结，不过只是"心间愁闷"的象征。秋雨"潇潇"，打得竹林沙沙乱响，其点密势猛可想而知，却还"少似眼中泪珠"。至于秋风"飒飒"，撼动苍梧，迅烈而凄厉，作者则比之为"口内长吁"，一个"做"字，将长吁的不由自主形象地表现出来。这样，前时的景语顿时都化作了情语，"飒飒"、"潇潇"、"黯黯"的叠字增添了凄苦的神韵，而主人公在清秋季节的悲愁深恨，也就淋漓尽致地展现在读者面前。

郑光祖《王粲登楼》杂剧〔普天乐〕曲："楚天秋，山叠翠，对无穷景色，总是伤悲。好教我动旅怀难成醉，枉了壮志如虹英雄辈，都做助江天景物凄其：气呵做了江风淅淅，愁呵做了江声沥沥，泪呵弹做了江雨霏霏。"本曲的构思或受了郑曲的影响，但它先作风、雨、云的伏笔，再作照应，针线细密；三则借喻生动贴切，使人几忘了其中的夸张成分：这一切都是本篇青出于蓝之处。尤其是"风做了口内长吁"，更是散曲的俊语。莎士比亚对"叹息是一阵风"的比喻颇为自赏，在剧作中多次运用，殊不知中国散曲作家的同类妙思，要比莎翁领先问世二百多年。

〔双调〕水仙子

虾须帘控紫铜钩①，凤髓茶闲碧玉瓯②，龙涎香冷泥金兽③。绕雕栏倚画楼，怕春归绿惨红愁。雾蒙蒙丁香枝上，云淡淡桃花洞口，雨丝丝梅子墙头。

【注释】

① 虾须帘：带有流苏的精美帘子。　② 凤髓茶：指名贵的香茶。　③ 泥金兽：以金粉饰面的兽形香炉。

【语译】

紫铜钩高挂起门帘，碧玉瓯冷了茶烟，香炉中龙涎香烧尽了，也久久没有再点。闺中女子时而徘徊在雕栏旁，时而倚定在画楼间，怕的是芳菲凋谢，逝去了春天。枝上的丁香蒙着薄雾，洞口的桃花遮着淡云，墙头的梅子前，掠飞着雨丝风片。

【赏析】

诗有香奁体，词有花间派，散曲也多有涉闺阁绮情者。然而能类于两者的却不多见，这是因为难以协调"味俚"（此为散曲本色）与"辞雅"（此为散曲变格）矛盾的缘故。本曲则两全其美，既有绮艳又有曲味，可作为一则典型视之。

前三句的鼎足对镂金错彩，是对贵族小姐生活情状的描写。作品列示了六种物品，无不精雕细琢，典雅华贵，字里行间流露出一派冷寂，暗示了女主人公孤独苦闷的处境。"绕雕栏倚画楼"，继续铺展这种优裕环境下的清愁，"怕春归绿惨红愁"，则晰示了她的内心世界。绿惨红愁是暮春景象的特征，而"惨"、"愁"同时又是人物的心理感受。对百花凋谢、绿叶成荫惨愁于心，且"怕春归"，又充分显示了女子的多愁善感。这种多愁善感显然不在于"春归"的本身，而是借惜春叹春来隐喻人生的青春及爱情生活。这就使我们联想起贾府中的林黛玉，而曲中小姐的爱情命运似也同潇湘妃子相近。曲末的三句，含蓄地表现出这一点。

末三句又成一组鼎足对，是女子所见"绿惨红愁"的具象化，而又句句有象征意味。先看"丁香枝上"，丁香花蕾结而不绽，在诗词中多以喻情思的愁结，如五代牛峤《感恩多》："自从南浦别，愁见丁香结。"李璟《浣溪沙》："丁香空结雨中愁"。曲中以"雾蒙蒙"管领，就更是郁结难舒。再看"桃花洞口"，汉刘晨、阮肇有"刘阮游天台"的传说，他俩在进入仙境前，曾先有桃花屏绝。《桃花源记》中渔人问津桃源，也是"忽逢桃花林，夹岸数百步"。故元曲中常以"桃花洞口"喻情乡的入口。"云淡淡桃花洞口"，那就是可望不可即了。至于"梅子墙头"，《诗经·召南》有《摽有梅》篇，以梅子的成熟喻求偶的迫切性，故"梅子"在文人作品中常含风情意味，如李清照《点绛唇》中少女"倚门回首，却把青梅嗅"即是。曲中谓"雨丝丝梅子墙头"，则是一派凄风苦雨的惨况，梅子落尽，也是无人摽的。这三句意象固然朦胧隐晦，却不难体会其喻义。大体说来，这位小姐的芳心郁结着难以把握的愁情，她的爱情理想可望而不可即，总之是姻事遭受了磨难阻碍，那"梅子墙头"的"雨丝丝"，简直可以作为她的泪水来看待。

这首小令在艺术上表现了高超的功力。两组鼎足对，对仗极为工整，"虾"、"凤"、"龙"，"铜"、"玉"、"金"，"雾"、"云"、"雨"，"丁香"、"桃花"、"梅子"的同门对尤令人叹服。作品不仅在绮美的辞藻上，而且在婉约朦胧的风情上都带有花间词的雅丽，而"雾蒙蒙"、"云淡淡"、"雨丝丝"又表现出小曲的清婉。借助丽词清句表现人物的悲苦心理与悲剧命运，更使人掩卷而怅惘不已。

〔双调〕水仙子　相思

恨重叠叠叠恨恨绵绵恨满晚妆楼，愁积聚聚聚愁愁切切愁斟碧玉瓯，懒梳妆梳妆懒懒设设懒爇黄金兽①。泪珠弹弹珠泪泪汪汪汪不住流，病身躯身躯病病恹恹病在我心头。花见我我见花花应憔瘦，月对咱咱对月月更害羞。与天说说与天天也还愁。

【注释】

① 懒懒设设：懒洋洋。爇（ruò）：点火，加热。黄金兽：兽形的铜制香炉。

【语译】

一重重暗恨绵绵不绝，在黄昏的妆楼间弥漫。我怀着越来越浓重的愁情，把碧玉的酒杯斟满。没有心情梳妆，懒懒地将炉香点燃。泪水夺眶而出，一行行没个间断。恹恹无力，全身难受，这心头才是真正的病源。我伴着花，那本来瘦弱的花枝料应更加憔悴；我对着月，月亮见了我也害羞地躲进云间。这一腔心事无人倾诉，只能诉向青天，青天因而也带上了愁颜。

【赏析】

元曲中衬字的自由运用，无疑是对诗歌体式的一大革新。衬字除了完整句意的功能外，更主要的是增添了感情和风韵上的表现力。如本曲若去掉衬字，按照平仄的要求就成了以下的一首："重叠恨满晚妆楼，积聚愁斟碧玉瓯，梳妆懒爇黄金兽。泪珠不住流，病恹恹在我心头。花应瘦，月更羞，天也还愁。"与原曲比较，两者在艺术感染力上的优劣是一目了然的。

本篇的衬字在数量上超过了正字，在形式上更是运用了叠字（如"绵绵"、"切切"等）、联绵字（如"重叠"、"积聚"等）、反复（如"病身躯身躯病"、"与天说说与天"等）、回文（如"花见我我见花"、"月对咱咱对月"等）、顶真（如"重叠恨恨绵绵"、"积聚愁愁切切"等）多种修辞手法，从而将曲中的"恨"、"愁"、"懒"、"泪"、"病"的情态内容一一精雕细琢，将"花"、"月"、"天"等环衬的外物表现得缠绵多情。回环反复，满纸愁云，淋漓地绘现了女主人公悱恻悲凄、如泣如诉的相思情状。

〔双调〕折桂令　忆别

想人生最苦离别。唱到《阳关》①，休唱三叠。急煎煎抹泪揉眵②，意迟迟揉腮撧耳③，呆答孩闭口藏舌④。"情儿分儿你心里记者⑤，病儿痛儿我身上添些。家儿活儿既是抛撇⑥，书儿信儿是必休绝。花儿草儿打听得风声⑦，车儿马儿我亲自来也！"

【注释】

①《阳关》：本唐诗人王维所作绝句："渭城朝雨浥轻尘，客舍青青柳色新。劝君更尽一杯酒，西出阳关无故人。"后入乐府，因乐句反复，习称《阳关三叠》，常用作送别。
② 眵（chī）：眼屎。　③ 揉腮撧（juē）耳：搓搓脸颊，拗弄耳朵，表现无可奈何。　④ 呆答孩：呆呆地。闭口藏舌：说不出话的样子。　⑤ 记者：记着。　⑥ 抛撇：抛下。　⑦ 花儿草儿：指男子在外拈花惹草，另结新欢。

【语译】

想人生万事，离别的滋味最是伤心。当送行已是不可避免地发生，怕就怕临到最后分手的时分。急急地抹着哭红的眼睛，抓耳挠腮，恨不能推迟这最后一刻的来临，呆呆地，竟说不出满腹的衷情。"你心里务必记住我的情分，自此后，痛苦和煎熬将随定我身。你既然抛下了家里的活计，可就千万不能再忘了时时来信。要是你在外头拈花惹草不正经，让我得了风声，可别怪我排定车马立时赶来寻问！"

【赏析】

《折桂令·忆别》共十二首，均以"想人生最苦离别"起首，当是受《西厢记·草桥惊梦》折中《折桂令》"想人生最苦离别，可怜见千里关山，独自跋涉……"的影响。这一首着力表现临别分手的情景。

"唱到《阳关》，休唱三叠"，意味着分别已不可推延。但"休唱三叠"一句却将离人的感情表现得十分缠绵。"三叠"的唱法说法不少，白居易《对酒》诗有"相逢且莫推辞醉，听唱《阳关》第四声"的诗句，旧注都谓"第四声"指《阳关曲》的第四句，则曲中的"三叠"即指第三叠，也就是"劝君更尽一杯酒，西出阳关无故人"两句。"休唱三叠"，正是莫再提起离别的意思。但从字面上解，也可说是女主人公害怕《阳关》三叠唱完，对她来说，即使将分手的时间延长片刻也好。这是以女子不忍分离、欲延时刻，来体现"最苦离别"的苦字。

以下三句，以当时的口语方言组成鼎足对，写女子临别的神态。她的眼泪流了一把又一把，不知该怎样才好，明明有万语千言，却笨口拙舌，无从说起，最后只能发呆似的沉默着。这一切都十分富于动作性与形象性。尤其是"急煎煎"、"意迟迟"到"呆答孩"的由动渐止，恰恰展示了女子由万箭攒心的痛苦到近乎绝望和失神的过程。柳永《雨霖铃》的名句"执手相看泪眼，竟无语凝噎"，离人的痛苦始终处于静态，而本曲中的女子更多了感情起伏的层次。这是从人物的动作表现，来进一步印证"想人生最苦离别"。

痛苦挽不住离别的现实，眼看分手在即，女子终于迸发出了满心的肺腑之言。末六句记述了女子深情的叮嘱，纯用日常口语排比，而又俊若贯珠，勾画出一名感情细腻而热烈的女子形象。女子对丈夫撇于抛下 家一计的硬心肠行为并不责备，最多只希望他能记住自己的情分，不要忘记来信。然而有一点却是她放心不下，终于忍不住脱口警告一番的，那就是千万不能负心，在外惹草拈花。否则必然兴师问罪，"车儿马儿我亲自来也"！由絮絮的情话，到谆谆的嘱咐，直至辣辣的警告，无不见其爱之深切。全曲语言明快，刻画细致，声气酷肖，生活气息浓郁，是元曲的当行之作。

〔双调〕折桂令　隐居

护吾庐绿树扶疏①。竹坞独居，举目须臾②。鹭宿芙蕖，乌居古木，凫浴枯蒲。夫与妇壶沽绿醑③，主呼奴釜煮鲈鱼。俗物俱无，蔬圃锄蔬，书屋读书。

【注释】

① 扶疏：繁茂的样子。　② 须臾：从容不迫的样子。　③ 绿醑(xǔ)：美酒。

【语译】

茂盛的绿树，环护着我的小屋。我独居在遍栽翠竹的一方土地上，从容不迫地放眼四顾。但见荷花中卧息着白鹭，老树上栖居着群乌，蒲草枯残的水面上，野鸭在上下沉浮。夫妇对酌，将美酒打满了酒壶；主人吩咐仆人，把鲈鱼放在锅里烧煮。没有俗人来打扰我，我时而在菜园里锄草，时而在书房里读书。

【赏析】

这支散曲的入选，主要在于它的形式，属于一种特殊的巧体。这巧体巧到了极端，即通篇皆由同一韵部(《中原音韵》鱼模部)的字构成，是名副其实的"一韵到底"。元散曲中与之相近的例子，有署名"黑老五"(刘庭信诨号"黑刘五"，所以很可能就是他本人)的《粉蝶儿·集中州韵》套数，兹录其首曲："从东陇风动松呼，听叮咛定睛睁觑，望苍茫圹广黄芦。却樵夫，遇渔父，递知机携物。便盘旋千转前湖，看寒山晚关滩渡。"仅只是一句中(尾字不计)同韵。诗体中苏东坡曾创"一字诗"，在他的《西山戏题武昌王居士》、《戏和正辅一字韵》中，通篇的用字都属五十声图的"知母"、"见母"，例如"解襟顾景各箕踞，击剑赓歌几举觥"之类，只是声母相同。元散曲以北曲为主，与诗词不同处在于四声通押，入声字派入平、上、去三声，这就使通首同一韵母得以实现。散曲的种种巧体从某个侧面反映了曲体由正求变、由质朴向藻饰、踵事增华的讯息，而本曲在内容、对仗等方面也有鉴赏的价值，故选入以备一格。

刘燕哥

刘燕哥(生卒年、籍贯不详),一作"刘燕歌",大都(今北京)歌妓。曾于席上赋〔太常引〕小令一首饯别,"脍炙人口",今存。

〔仙吕〕太常引　饯齐参议回山东①

故人别我出阳关②,无计锁雕鞍。今古别离难,兀谁画蛾眉远山③。　　一樽别酒,一声杜宇④,寂寞又春残。明月小楼间,第一夜相思泪弹。

【注释】

① 参议:中书省四品属官。山东:崤山以东,元代起始限定同今山东。　② 出阳关:此喻远别。　③ 兀谁:同"阿谁",谁。远山:古代妇女的一种眉式。　④ 杜宇:杜鹃鸟,其鸣声如"不如归去"。

【语译】

多年的相知同我分手,将出行到很远很远,我没有法子把他留住在身边。从古至今离别最是伤心难舍,谁还有心情去描眉打扮。

我们把一杯饯行的苦酒喝干,杜鹃鸟送来了"不如归"的悲唤。送走了你我是那样的寂寞,才发现春天也已经衰残。入夜明月挂上小楼时,我将不住挥洒着泪点;从今后相思是一段长长无尽的存在,这第一夜才刚刚开端。

【赏析】

《青楼集》:"刘燕歌,善歌舞。齐参议还山东,刘赋《太常引》以饯云:(词略)至今脍炙人口。""脍炙人口"的原因,我们读了全曲便不难分晓。

首句从王维"劝君更尽一杯酒,西出阳关无故人"的别意化出。王维诗的"出阳关"是拟设之辞,而曲中却强调了它的既成事实,且将齐参议的目的地"山东"拟作"阳关",那么"故人"和"我"的人天永隔、各自孤零,就是不言而喻的了。"无计锁雕鞍"显示自己无力改变离别的现实,既然如此,留下给自己的分儿,只能是忍受感情上难分难舍的煎熬。这两句推出下句的"别离难"。而作者在"别离难"上又加了"今古"二字,说明自己虽已有思想准备,却还是体会到了冲破感情难关的艰难。离愁别恨如此浓重,恋恋的情结又如此缠绵,这就带出了下句的一问:"兀谁画蛾眉远山?"在自问的意义上,无心描眉是这种情势下的自然结果,这一问隐然点现出作者容色憔悴的外观和万念俱灰的心情。另一方面,在别离的瞬间念及"画蛾眉远山",似也同俩人平素交好的细节有关,或许齐参议曾经水晶帘下看梳头，欣赏过她的装扮，或许他还动手为刘燕哥描画过蛾眉。如果是后者，那就是张敞第二，俩人关系的亲昵也就非同一般了。

下阕的三句，直接描写了饯别的情景。"一樽别酒"，无语伤别，已是举酒销愁愁更愁，何况又传来了杜宇"不如归去"的叫声，对于行人和送行人来说，仅仅"一声"，就足以触目惊心，肝肠寸断。"寂寞"应"别酒"，"春残"应"杜宇"，而"又春残"的"又"字，表示出了作者的骤然惊觉，则春残既是实景，又是离人心理的一种象征。在作者心中，因了离别，春天、青春、生活的温馨、理想的憧憬，一切无复旧观，黯然失色。由此她联想到今夜夜间，自己将在月下小楼间含泪思念，痛苦地打发这难捱的寂寞时光。然而这才是"第一夜"啊！从她在全曲中抒发的别恨和挚情来看，读者也禁不住为她日后的痛苦煎熬而动心。这支小令步步递进，感情凄怆，婉约悱恻；尤其是末句"第一夜相思泪弹"，同《西厢记》第四折张生的唱词："离恨重叠，破题儿第一夜"同一机杼，耐人寻思。它问世后"脍炙人口"，是理所当然的。

刘燕哥一作"刘燕歌"，但宋元时的妓女和女伶，多以"哥"、"秀"为艺名，如北宋就有位叫刘苏哥的妓女，晏殊还为她专作过悼诗，故当以"哥"字为是。《古今女史》还载存刘燕哥的一首诗："忆昔欢娱不下床，盟齐山海莫相忘。那堪忽尔成抛弃，千古生憎李十郎。"莫非齐参议日后成了忘恩负情的"李十郎"？那我们真要为作者扼腕了。

邵亨贞

邵亨贞(1309—1401)，字复孺，号清溪，云间(今上海松江)人。元末任松江府学训导，入明后仕历不详。诗文有《野处集》、《蛾术集》等。散曲今存小令三首。

〔越调〕凭阑人　题曹云西翁赠妓小画①

谁写江南一段秋？妆点钱塘苏小楼②。楼中多少愁，楚山无断头。

【注释】

① 曹云西：曹知白号云西，华亭(今上海松江)人，元代山水画家。　② 钱塘：今浙江杭州。苏小：苏小小，南齐时钱塘名妓，此代指受赠小画的妓女。

【语译】

谁把江南的一段秋光以画笔再现，装饰在苏小小般名妓的楼间？楼中顿时充满了愁怨，就像画上的楚山，蜿蜒连绵，一望无边。

【赏析】

这是一首题画之作。从一首一尾来看，该画作当仅为一幅山水小品，而非为爱妓作人物写照。

题画的作品，通常都用较多的篇幅复述画面的内容或意境，然后生发出自己的感想。而本篇仅用"江南一段秋"寥寥五字，就复现了原画的风神，又抒发了阅画的感受，这是一奇。次句完全跳出画面，着笔于受赠的对象，而"苏小楼"三字，又隐隐回点出小画的风韵，这是二奇。第三句继续在画外的"苏小楼"上作文章，第四句解释了"楼中多少愁"的原因，是基于"楚山无断头"。这一句，是设景，是比喻，更是画面的再现，一语多关。这是三奇，也是奇中之奇。

短短四句曲辞，直接述及小画的只有两句，却把这幅山水画的内容、色泽、风采、神韵一网打尽，且兼及了受画者的身份、受画者及题画者的心情，因此不能不叹服作者的妙笔。

李白《菩萨蛮》上半阕："平林漠漠烟如织，寒山一带伤心碧。暝色入高楼，有人楼上愁。"由景及人，情景两绾，语淡而韵远。此作在笔调上与之相似。这样看来，风神高古，也是本篇的特色之一。

汤　式

汤式(生卒年不详)，字舜民、号菊庄，象山(今属浙江)人。元末曾为象山县吏，旋弃官。入明流寓北方，为燕王朱棣文学侍从，朱棣即位后汤式尚在世。曾作杂剧二种，今不传。散曲有《笔花集》传世，今存小令一百七十首、套数六十八首，数量居元散曲作家次席。风格细腻清美，兼擅文采、当行两派之长。

〔正宫〕小梁州　九日渡江

秋风江上棹孤航，烟水茫茫。白云西去雁南翔。推篷望，清思满沧浪①。

〔幺〕东篱载酒陶元亮②，等闲间过了重阳。自感伤，何情况。黄花惆怅，空作去年香。

【注释】

① 沧浪：此指大块的水面。　②"东篱"句：檀道鸾《续晋阳秋》载，陶渊明好酒而苦不能常得，尝于九月九日于宅边东篱下摘菊盈把，坐于菊丛之侧，适逢江州刺史王弘命人送酒至，陶渊明欢然就酌，酣饮而归。载酒，置酒。陶元亮，陶渊明字元亮。

【语译】

一阵阵秋风吹起在江上，孤零零的小船荡送着船桨。水天莫辨，一派汪洋。白云飘向西极，大雁飞往南方。我推开船窗远望，清寂的思绪像水面一样渺茫。

想起陶渊明在东篱下酌起酒浆，轻易之间就送走了重阳。我独自伤感惆怅，这是何等不堪的情状！可叹菊花像去年那样开放，空自吐露着花香。

【赏析】

《小梁州·九日渡江》共二首，此是第二首，第一首为："秋风江上棹孤舟，烟水悠悠。伤心无句赋登楼。山容瘦，老树替人愁。　〔幺〕樽前醉把茱萸嗅，问相知几个白头。乐可酬，人非旧。黄花时候，难比旧风流。"两曲采用了诗歌的连章体，以韵脚的改变，拓出另一方写作空间。但前首为渡江之前的岸上之作，而此首更切"九日渡江"的题面，故以之入选。

前五句写"渡江"之秋景，而视角不尽相同。起首两句，作者是将自己乘坐的"孤航"也作为江景的构成部分，强调了"秋风江上"、"烟水茫茫"的大块背景，而点现出己身的孤独。后三句则为推篷所见，"白云西去"，是相对孤航东下的说法，白云也相留不住，衬出了游子漂泊寂寞的心态。"雁南翔"既是深秋的常景，又隐用了曹丕《燕歌行》"秋风萧瑟天气凉，草木摇落露为霜，群燕辞归雁南翔，念君客游多思肠"的存意，渲染自己羁客他乡、举目无亲的悲凉处境。前文已有"烟水茫茫"的述写，诗人对推篷所见的江面便不再多着笔墨，而以"清思满沧浪"一句，巧妙地将大江浩淼、清冷的特征与自己的满腔愁思结合起来表现，且使"沧浪"也因之带上了动态。这一段描述江景虽皆为写实性的，但因出自舟中孤客的观照，便无不带上了人物的主观感情色彩。

〔么〕篇六句则抒发羁旅思乡之情，扣"九日"的题面。前文云"清思满沧浪"，自然是心事浩茫，思绪万千。诗人从"九日"的节令，想起了东晋陶渊明东篱载酒的典故，因而禁不住以之与自己的处境相比。陶渊明把酒赏菊，也就在不知不觉间度过了重阳；而自己呢？值此佳节，还在江上的"孤航"之中，寂寞伤感，不啻度日如年。"自感伤，何情况！"不堪卒想，这是一种多么沉重的喟叹！作者满腔的惆怅，在"何情况"的断语下不一一诉出，偏偏只拣了故园的"黄花"作为载体。他想到菊花仍会像去年那样清香四溢，可是自己远离家乡，无缘观赏，这黄花不是白白地呈吐芬芳吗？"空作去年香"，也有黄花独存、而人事全非的感慨意味。这一段全作虚写，而在虚写之中，又借黄花的重开虚现自己实在的乡思，用笔极为空灵。全篇之所以借景言情、借虚衬实，是因为"自感伤，何情况"的绝望缘故。作者心情的伤悲沉痛，就都在笔墨内外反映出来了。

〔正宫〕小梁州　扬子江阻风

篷窗风急雨丝丝，闷捻吟髭。维扬西望渺何之①，无一个鳞鸿至②，把酒问篙师③。

〔么〕他迎头儿便说干戈事，待风流再莫追思。塌了酒楼，焚了茶肆。柳营花市④，更说甚呼燕子唤莺儿。

【注释】

① 维扬：扬州。　② 鳞鸿：书信。　③ 篙师：船工。　④ 柳营花市：妓院及歌舞场所。

【语译】

船窗外江风迅猛，细雨飞来阵阵。我捻须想做几句诗，却闷闷地没一点灵兴。西望扬州，是那样邈远无凭，又没有人带来任何音信，只得举着酒杯，向船工问讯。

他兜头上来就说起战乱的情景，再莫去追想繁华风流的前尘梦影。酒楼坍塌了，茶馆也烧成了灰烬。那些妓院和歌舞场所，哪里还有什么批风抹月、调燕弄莺！

【赏析】

扬子江上阻风，客船不得开行，望目的地扬州何其辽远。作者心急如焚，没有了往常的诗兴，只得拉着船工询问扬州的近况。得到的回答大出意外，原来扬州城全非往昔的繁华风流，已化作了一场兵燹后的废墟。这种题目，诗歌大都分为"纪行"与"伤乱"作两首写，诸如"舟人夜语觉潮生"、"干戈已满天南东"之类，而在这首散曲中却汇集在一起表现，气局就显得扩展。在上半片"纪行"部分，诗人采用"隐题"的表现手法。起首仅说"篷窗风急雨丝丝"，未对江风作进一步渲染，更未说出"阻风"。但随之即以四句的四处迹象，来映示出客船的受阻。一是"闷捻吟髭"，拈髭觅句是百无聊赖打发时间的举动，一个"闷"字，更是连诗料、灵感都无，正说明了阻风不得前行的烦恼心情。二是西望维扬，"渺何之"，这一"渺"字代表了滞留者对目的地无法到达的全部感想，这一句还点出了"扬子江"的题面。三是"无一个鳞鸿至"，在行船中盼鳞鸿是不合情理的，从这一暗示来看，诗人阻风江上当已不止一日。四是"把酒问篙师"，船阻江中，一筹莫展，借酒消愁不算，只能姑且向船工谈天问话了。而"问篙师"，也显示了船工因阻风而得闲的实情。从这些布置中，可以看出作品针线照应的细密。

〔么〕篇关于伤乱的内容，是通过篙师的答复表现的。但篙师有感的是当前扬州的"干戈事"，他是不会对昔日的"风流"，什么"呼燕子唤莺儿"而特生感触的，所以曲中的叙述，实际上是省略了诗人诱导性的问语。我们甚而可以想象出两人间的对话情景：先是篙师迫不及待地说上一大段扬州兵燹疮痍的话儿，作者听得毛骨悚然，忍不住插嘴："哟！扬州不是'淮左名都，竹西佳处'，自古的风流之地吗！""客官，待风流再莫追思！""那些春风十里扬州路上的酒楼呢？""塌了。""那些茶肆呢？""焚了。""哎呀呀！还有那些藏莺躲燕、红粉佳丽的柳营花市呢？""柳营花市？客官，满城都成了一堆瓦砾了，更说甚呼燕子唤莺儿！"作者将篙师的答语连缀成篇，借以概括和代表自己的今昔之感，这也是颇为别致的。

全曲上半篇以一系列的动作行为，表现出阻风途中对前程的期望，而〔么〕篇则"迎头儿"来上一篇叙明真相的说辞；上半篇多用凝练的文言，而〔么〕篇则是活脱脱的白话：其间的反差，都造成了文气转折波澜的效果。"阻风"仅是一时的受挫，兵乱却使心中的期望彻底破灭，在"纪行"与"伤乱"的两个主题上，作者的重心所在，就不言而喻了。

〔中吕〕谒金门　长亭道中①

起初，看书，只想学干禄②。误随流水到天隅，迷却长亭路。古灶苍烟③，荒村红树，问田文何处居④？老夫，满腹，都是《登楼赋》⑤。

【注释】

① 长亭：古代于驿道上定点设置的简易建筑，供行人休息或送别。有"十里一长亭"

之说。　　② 学干禄：求取做官。语本《论语·为政》："子张学干禄。"　　③ 灶：兵灶，军队屯驻做饭处。　　④ 田文：战国时齐国靖郭君田婴的公子，因承袭爵位。以好士著称，门客多达三千人。谥孟尝君。　　⑤《登楼赋》：东汉末王粲依附刘表，十余年未得重用，因登当阳城楼作此赋，抒怀才不遇之感。

【语译】

想当初我勤苦攻读，一心只想平步青云，施展抱负。错随着流水来到天涯，迷失了返乡的归路。看那冷落的兵灶笼罩在暮烟之中，疮痍满目；村庄除了经霜的红叶外，一片荒芜。不知那爱士好客的孟尝君今在何处？老子我一向满腹诗书，如今一肚皮里，却都是抒发怀才不遇悲感的《登楼赋》。

【赏析】

李白《菩萨蛮》："何处是归程？长亭接短亭。"篇题的"长亭道"，也含有归途的意思。

人生绘画的几何图案常常是圆形。出外兜了一个圈子，又将回到原点。是踌躇满志？是一事无成？当此际便会生出冷静的反思。作者正是如此，从头回顾。"起初，看书，只想学干禄。""看书"用语很平俗，也未说明书的内容，但"学干禄"三字却随口迳用了孔老夫子的语录，可见他读的是圣贤之书、用世之书，且学有所成。然而紧接而来的一个"误"字，却触目惊心，令读者立即联想到"儒冠多误身"（杜甫《奉赠韦左丞丈》）的常语。作者所嗟叹的"误"，是"误随流水到天隅"，这固然是后悔自己随大流追逐功名，结果身不由己，被带到了远离家园的异乡，而更重要的是通过"流水"的意象，寓示了自己的抱负、事业，一概付之东流的结局。作者身在"长亭道中"，却追忆前时的"迷却长亭路"，也说明他对未能早日抽身退步，抱悔已久。所以尽管他讳言"干禄"的具体遭遇，而蹉跎失意的真相，我们仍是一目了然的。

"古灶"二句，是"长亭道中"的具体所见，反映了当时战乱频仍、兵连祸结的社会现实。"灶"是军队野地屯宿造饭处的专称，苏轼《次韵穆父尚书》就有"野宿貔貅万灶烟"的句子。灶上著一"古"字说明已遭废弃，用灶的军队又开拔到别处。但战争的疮痍是显而易见的：古灶本身固然委付与黄昏的苍烟，而附近的村庄也一片荒芜，只有枫树、乌桕之类随着秋深季节自然转红。"苍烟"、"红树"，一以正写，一以反衬，却无不绘现出战乱的凄凉，作者用语如此凝练，表现出他心绪的隽冷。最可玩味的是他"问田文何处居"的一问。田文即孟尝君，"战国四公子"之一，以尊贤好士著称于史。作者在"长亭道中"追怀起一千五六百年前的古人，一方面显示出他欲在乱世中施展用世抱负的初衷，另一方面也说明当世根本就不存在孟尝君这样礼贤下士的豪杰。这一问补出了作者投奔无门、不得时用的"干禄"经历，难怪他引依附刘表而沉沦下僚的王粲为同道，一肚子都是感士不遇的《登楼赋》了。从"起初，看书，只想学干禄"到"老夫，满腹，都是《登楼赋》"，这一首一尾的呼应和对照，典型地反映出元代下层知识分子失意、碰壁

367

的命运。

这首小令现身说法，一气呵成，感情冷峻而跃动。作者满腹都是《登楼赋》，却以散曲的形式表出，可见这一体裁直抒心声的意义上确有其独特的优势。

〔双调〕庆东原　京口夜泊①

故园一千里，孤帆数日程。倚篷窗自叹漂泊命。城头鼓声，江心浪声，山顶钟声。一夜梦难成，三处愁相并。

【注释】

① 京口：今江苏镇江市。

【语译】

故乡足有千里之遥，靠这孤零零的船儿，也要好几天才能行到。靠着船窗，只哀伤自己命中注定在外流浪飘摇。城头鼓声不绝，江心浪声入耳，山顶钟声频敲。好梦难成，我整整醒了一宵，这三处的愁声交织在一道。

【赏析】

起首两句对仗，从空间和时间上突出了乡园暌隔的距离，引出下句的"漂泊命"。而"自叹"的心境，自然激起了对"夜泊"环境声响的敏感注意。四、五、六三句为鼎足对，句末却同用一"声"字，有声声入耳的效果。乡梦难成，鼓声、浪声、钟声尽化作愁，三下交攻，这就将京口夜泊的旅恨表现得淋漓尽致。全曲一气贯下，无一费辞，用语虽然平易，却使人惊心动魄。曲意似是归向故园，却不排除离乡出行而暂泊京口的可能。果若如此，则"自叹漂泊命"、"一夜梦难成"，就更是一字一泪了。

〔中吕〕满庭芳　京口感怀

残花剩柳，摧垣废屋，新冢荒丘。海门天堑还依旧①，滚滚东流。铁瓮城横刺着虎口②，金山寺高镇着鳌头③。斜阳候，吟登舵楼④，灯火望扬州。

【注释】

① 海门：长江自镇江以下江面顿然开阔，古人谓之"海"，而以始阔处称为海门。天堑：指长江。　② 铁瓮城：镇江的子城，始建于东吴。虎口：镇江为金陵（今江苏南京）门户，而金陵形胜，有"钟山虎踞"之说，故此处称"虎口"。　③ 金山寺：在镇江西北金山上，为当地名胜。鳌头：金山主峰名金鳌山，以状若金鳌头得名。　④ 舵楼：船上为掌舵、瞭望而建的船楼。

【语译】

这里只剩了败柳残花，墙壁倾圮，房屋倒塌，一座座新坟接着废弃的旧墓，令人感慨嗟呀。不变的只有海门外的长江，依旧滚滚东流，浩荡无涯。铁瓮城横扼着金陵的咽喉，金山寺矗立于金鳌峰头，居高临下。黄昏时分，我吟哦着登上船头的舵楼，遥望扬州方向，若见灯火万家。

【赏析】

京口为金陵门户、南北要冲，也是江南的通都大邑，城市繁华，在元泰定朝萨都剌的咏作中，犹有"三月二日风日暖，千家万家桃杏开。白日少年骑马过，红雨满城排面来"（《同曹克明清明日登北固山次韵》）的诗句。而在元末的兵燹中，它却成了满目疮痍的死城。这首小令，就真实反映了元末战乱的历史情状，抒吐了作者深沉的感慨。

"残花剩柳，摧垣废屋，新冢荒丘"，三句以当句对的形式形成鼎足对，将战乱后的京口的衰败景象描写得怵目惊心。从花柳到墙屋到坟丘，一层比一层凄惨，令读者联想起美好的事物在战祸中一步步走向毁灭的进程。作者以沉重的笔调代表了内心深处的哀伤。这是伤时的一重感慨。

"海门"等四句，则从京口形胜"依旧"的一面入手，以大自然的永恒反衬人世历史的盛衰无常。"海门天堑"、"铁瓮城"，都曾是京口地方的屏障，但"地利"的条件并不能使一方土地幸免于战争破坏之外。而"滚滚东流"、"金山寺高镇着鳌头"，又从来是历史的见证，也是文人兴感抒怀的胜地所在。如今城中的风景人事残的残、剩的剩、摧的摧、废的废，这一切连同"新冢荒丘"，便与"依旧"的形胜古迹形成了严冷的对照。作者以这种铺陈与对照来替代历史的沉思，这又是怀古的一重感慨。

在夕阳残照中，作者沉吟着登上船顶的舵楼，遥望扬州城的方向，这是他将要乘船离开京口的暗示。"灯火望扬州"，袭用的是北宋杨蟠《金山》"天末楼台横北固，夜深灯火见扬州"的诗句。杨蟠是从金山的峰顶远眺，极言登临之高，实际上是望不到扬州城的灯火的。而作者在舵楼上更不可能望见，偏生沿用一句宋人的诗，本身就有"感旧"的意味在内。这三句仍是本地风光，不过借用"斜阳"和灯火渐暮氛围衬托，以及登高远望的怆然之举，来显示自己苍茫的心绪。尤其是自己即将随船离开京口驶向扬州，这一沉默无语的结尾，为全曲增添了沉郁苍凉的情味。

〔南吕〕梁州(摘调)

横斗柄珠星灿灿，界勾陈银汉澄澄[1]。恰行到梧桐金井潜身儿听。晃绿窗十分月色，隔幽花一片琴声。明出落求鸾觅凤[2]，暗包藏弄燕调莺。一字字冰雪之清，一句句云雨之情。卖弄他穷书生酸溜溜调美才高，迤逗的俊女流急穰穰宵奔夜行③，辱末煞老丈人羞答答户闭门扃④。那生，可称⑤，一峥嵘便到文园令⑥。富贵乃天命，《长门赋》黄金价不轻⑦。可知道显姓扬名。

【注释】

① 勾陈：北极星。　② 出落：表现出。　③ 迤逗：惹逗。　④ 辱末：即"辱没"，玷辱。扃：关闭。　⑤ 可称：值得称道。　⑥ 文园令：管理汉文帝陵墓的官吏。　⑦ "长门"句：汉武帝皇后陈阿娇失宠幽居长门宫，奉黄金百斤，请司马相如为作《长门赋》，武帝读后伤心，恢复了对陈皇后的宠幸，见《文选·长门赋》序。

【语译】

天上北斗七星斗柄横亘，一颗颗像珍珠似的亮晶晶。银河镶围着北极星辰，是那样地皎洁澄明。卓文君正来到梧桐树下的井栏边，躲住了身子倾耳谛听。那满月投下的银光，在闺房的绿纱窗上晃摇着波影，隔着幽深的花丛，传来了司马相如的琴声。琴中明显地流露出觅侣求偶的心愿，暗中还包含着挑逗与调情。一声声像冰雪那般清铿，一句句表述着男欢女爱的情兴。他卖弄着穷书生酸溜溜的高才，引逗得美娘子急匆匆地随他半夜里私奔，害得老丈人丢尽了面子，只能含羞忍辱关紧了户门。这司马相如也真有本领，一发达就做到了文园令。富贵发迹是命中注定，作一篇《长门赋》，换取了可观的黄金，他真是善于显姓扬名。

【赏析】

将前人已作有的故事加以点染生发，在古代的作文手法中有专门的术语，叫做"借树开花"法。元杂剧十有八九都是这种作法的应用。受到杂剧的影响，散曲作家也不甘寂寞，跃跃欲试。"借树开花"成功的标准，一是要淋漓发挥，曲尽其致，二是要使改造后的新作表现出所用文体的风味特色。

这首〔梁州〕属于摘调，是从《一枝花·卓文君花月瑞仙亭》套数摘出，染发的是古人所津津乐道的相如文君故事。所借之"树"，是司马迁的《史记·司马相如列传》。"卓王孙有女文君，新寡好音，故相如……以琴心挑之。""及饮卓氏，弄琴，文君窃从户窥之，心悦而好之。……文君夜亡奔相如。"这些就是有关的原载文字。太史公的笔法向来谨明简洁，自然能为文人的想象留出发挥的宽敞余地。

本曲起首两句写月明星灿的夜空，是秀色可餐的丽句，真可借用曲中的另一句"一字字冰雪之清"来代作评价。"横斗柄"是子夜的标志，"珠星灿灿"、"银汉澄澄"，在夜色的明灿中隐现出一种万籁俱寂、唯有星月争辉的幽静意味。特表出"界勾陈"的"银汉"，还使人联想起"银汉清且浅，相去复几许？盈盈一水间，脉脉不得语"的古诗，从牛郎织女银河的界隔而影示文君、相如的怨旷，在"赋"中兼含"兴"意。第三句让卓文君在后花园中登了场，虽则是"潜身儿"，在如此明亮的夜色中却难于逃隐。作者将文君安排在这样的背景下冒险，表现出她对美好爱情的热烈向往与大胆追求，看来不是无意的。

"晃绿窗"两句对仗又是清丽可嚼，绿窗月色，幽花琴声，以景物衬示出相如琴挑的动人，简直是"未成曲调先有情"了。以下四句便着力描绘了这"一片琴声"。"求鸾觅凤"是琴曲的内容，《西京杂记》说相如奏的曲子名《凤求凰》，所以说是"明出落"。"弄燕调莺"是琴曲的精神，"暗包藏"，说明司马相如在弹奏中寄托和表现了自己的感情与愿望。"冰雪之清"、"云雨之情"，既是琴声特色的描写，又是相如、文君双方心情的写照。司马迁"以琴心挑之"五字，在本篇中化作了有声有色的形象，这正是艺术加工的魔力。作者愈出愈奇，在此后的三句鼎足对中，索性将日后事态的发展提前移来，作为琴声音乐效果的评价。《史记》有"卓王孙大怒，曰：女至不材，我不忍杀，不分一钱也"的记述，曲中说成是"老丈人羞答答户闭门扃"，也是颇为风趣而传神的。

结尾的六句跳出文君听琴的故事内容，完全改为作者的评论口吻，要言不烦，老成持重，体现了散曲的"当行"风味。作者赞颂的虽是司马相如的时来运转、"显姓扬名"，但以赞词作结，本身就表达了对相如、文君全决封建礼教的风流行为的全面肯定。全曲尽兴发挥，一笔不懈；语言上既有典雅的清词丽句，又有"卖弄他穷书生酸溜溜"、"迤逗的俊女流急穰穰"、"辱末煞老丈人羞答答"等村言俗语，还有"富贵乃天命"这样的掉书袋，形成了散曲特有的"蛤蜊味"。淋漓尽致，点染生波，元曲借题发挥、"借树开花"的风韵特色，于此可得三昧。

〔双调〕湘妃引 京口道中

露浸浸芳杏洗朱颜，云冉冉晴峦闪翠鬟，烟蒙蒙弱柳迷青盼①。天然图画间，恼离人情绪艰难。乞留屈律归鸿行断②，必飐不答蹇驴步懒，咿呖呜喇杜宇声干③。

【注释】

①青盼：同"青眼"，欣赏的眼光。 ②乞留屈律：同下两句中的"必飐不答"、"咿呖呜喇"，都是状动作特征的象声词。 ③杜宇：杜鹃鸟，古人以为它的啼声像是诉"不如归去"。干：声音嘶哑。

【语译】

湿淋淋的水珠，洗清了杏花的花瓣。浮云漫漫间，闪现出发髻似的峰峦。柔弱的柳枝笼罩着淡淡的烟雾，叫人难以细细赏辨。大自然虽是一幅美丽的画卷，却牵惹起离人愁怀万千。看那春逢北归的大雁，飞不成行，嗖嗖地消失在远天。我骑一头跛脚的驴子，蹄声嗒嗒，行步迟缓。头上的杜鹃咿呖哇喇，不知在把什么嘶哑地啼唤。

【赏析】

起首三句鼎足对仗中，"洗"、"闪"、"迷"下字精当。不仅表现了各个局部的印象，还反映出外部环境的气候特征。这是雨后不久，露点般的水珠还留在杏花花瓣上，如沐洗初毕；太阳露现于远峰之外，螺髻般的群峦一片苍翠，在低迷的云层中熠熠映闪；但空气中仍是一派蒙蒙轻雾，以致柳丝混茫成一团团绿云。"露浸浸"、"云冉冉"、"烟蒙蒙"的叠词，增添了春雨初霁的柔和感与朦胧感。这三句极像一幅水粉画，既有和谐的色彩，又显出晕染的润泽，作者不愧为绘写"天然图画"的丹青妙手。

但是，诚如唐诗所说的那样，"愁思望春不当春"。四、五两句笔势转折。点出诗人的"离人"身份，于是春景越是旖旎柔美，越是起到了"恼"人的相反效果。作者随之在画面上添加了新的内容，其中无不结合着离人在"道中"的心情："归鸿行断"，大雁逢春飞回北方，而作者仍然在他乡漂泊，只能目送着它们在长空消失；"蹇驴步懒"，既表现出骑坐在驴上的诗人心灰意懒，又隐含着旅程行步维艰的象征意义。更何况"杜宇声干"，杜鹃鸟声嘶力竭地啼唤着"不如归去"，怎不使离人更加"情绪艰难"！这三句鼎足对本身已具备丰富的意境，妙在作者还给每句加上了元曲常用的四字象声词作为修饰。三句中除"必飐不答"与驴蹄踏地的声响实合外，"乞留屈律"、"咿呖呜喇"的象声效果都只能意会。"乞留屈律"既非雁唳，也未必是雁群高空飞行所能传得的声响，它只能意味着寂静的骤然打破，实是作者陡然发现"归鸿"掠过天际，又倏然消失远去（"行断"，即雁行望断）时的心理感受。而杜鹃鸟啼唤声干，作者明知它啼声与"不如归去"相近，却以一"咿呖呜喇"代示，正说明了诗人的心烦意乱和不忍卒听。以象声词叙描感受、心情，这是只有散曲才能体现的效果。

对照前选的《满庭芳·京口感怀》及《庆东原·京口夜泊》，这三首同作于镇江的作品，表现手法各自不同，却都弥漫着一片哀怨的情调。前两曲写于元末的战乱时期，本曲则作于此前的和平年代，且是芳菲的春天，可见作者"伤心人别有怀抱"，羁旅乡愁多年陪伴着他。这是诗人的不幸，却是曲坛的有幸，因为这三首佳作都是不可多得的。

〔双调〕湘妃引　赠别

碧茸茸芳草展青毡，白点点残梅撒玉钿，黄绀绀弱柳拖金线。雨声干风力软，去匆匆无计留连。唱《阳关》一声声哀怨[1]，醉歧亭一杯杯缱绻[2]，上河梁一步步俄延[3]。

【注释】

①《阳关》：唐王维《送元二使安西》，有"劝君更尽一杯酒，西出阳关无故人"句，故

又名《阳关曲》，为送别曲之代表。　②醉歧亭：苏轼有《歧亭五首》叙与故人陈慥客中相逢，有"须臾我径醉"、"为君三日醉"等语。歧亭，在江西九江。　③上河梁：汉李陵《与苏武诗》："携手上河梁，游子暮何之?"河梁，桥梁。

【语译】

在如茵的春草地上，散落着点点白梅的花瓣，鹅黄的柳条，无力地垂向地面。雨声稀了，风儿是那样地轻软，离别如此急迫，再也无法留恋。诉说离别的情愫，一声声都是哀怨。饮下一杯杯饯行酒，感情有说不出的缠绵。迈开沉重的脚步，迟延着，一步步走向分手的地点。

【赏析】

"芳草展青毡"、"残梅撒玉钿"、"弱柳拖金线"，每句都先以一字为定语概定出受体总的性质，继以一个精炼的动词配搭一组比喻绘现它的细部，显得形象细腻。这三句本身已各呈青、白、黄的色彩，而诗人又分别加上了"碧茸茸"、"白点点"、"黄绀绀"的衬字，不仅不觉得重复，相反使人感到更逼真、更细切，犹如画家在水彩晕染之后，又用色笔细细缀上顿点一般。这三组叠词的加入，在本曲中还起到了渲染氛围的作用。而这种氛围则是人物情绪的外化，也就是说，它使"赠别"的景象显得更为细致、缠绵。

"雨声干风力软"也是如此。从写景的意义上说，它为初春的野郊添上了又一重风景，但在本曲中，则决不止是单纯的景语。杜牧那首著名的《清明》："清明时节雨纷纷，路上行人欲断魂。"就有人正确地指出，"纷纷"不仅是状景，更是代表一种"心情"。这就是诗歌中的一种通感的表现法。"雨声"句也宜作如是观。雨声干不是说雨已停歇，而是雨丝稀而雨点重，"干"字有清晰、单调，甚而有干涩的意味。这就映合了离人无语凝咽、珠泪缓流的悲伤情状。"风力软"是说风柔无力，它也使人联想起惜别双方绵绵的别意与慵慵的情态。融景入情，我们确可体会到作者高超的技巧。

前面四句的节奏缠绵而舒缓，第五句的"去匆匆无计留连"就有突兀逼至的效果。这一句承上启下，它将别离的一幕顿时推上了前台。而作者也正是倾尽全力来表现这一幕的。作品使用了一组鼎足对，三句中运用了三则典故，却又完全可以理解为实景，可谓化用无痕。三句是三组镜头：先是唱《阳关》哀怨，这意味着别离的双方诉说着情愫，忆旧、述怀、嘱告、祝福，无不是哀怨的惜别情意。次是醉歧亭缱绻，这是进入了饯行，以送别酒求得暂时的醉忘，也以它来代替无尽的倾诉。最后是上河梁俄延，也即走向了分手的地点。"送君千里，终有一别"，诗人以"俄延"二字，传神地表现出双方在最后一刻的依依难舍。这三句展示了送别的完整过程，"一声声"、"一杯杯"、"一步步"的叠词与前文相应，使全曲犹如一支袅袅的骊歌，动人肝肠。

〔双调〕蟾宫曲

冷清清人在西厢，叫一声张郎，骂一声张郎。乱纷纷花落东墙，问一会红娘，絮一会红娘①。枕儿余衾儿剩，温一半绣床，闲一半绣床。月儿斜风儿细，开一扇纱窗，掩一扇纱窗。荡悠悠梦绕高唐②，萦一寸柔肠③，断一寸柔肠。

【注释】

① 絮：缠着人琐琐碎碎地说话。　② 高唐：战国时楚国台观名，在云梦泽中。传说楚襄王曾在此与巫山神女交合，后人遂以"高唐"喻男女欢会之所。　③ 萦：牵挂。

【语译】

西厢里莺莺姑娘独处无伴，不禁暗暗叫一声张郎又骂一声张郎，说不清心中的情感。看东墙角下落花乱纷纷铺满，她召来红娘问上一会，又絮絮叨叨缠着她说个没完。入夜上床，枕头被子都显得那样宽缓，绣床上暖一半冷一半；月亮渐渐西下，风儿微微，纱窗开着一扇闭着一扇。终于梦见了同张生欢会，若即若离，似真似幻。莺莺姑娘一方面柔情牵缠，一方面又只觉已肝肠寸断。

【赏析】

这是作者运用"借树开花法"的又一杰作，借人所熟知的《西厢记》题材进行发挥。

《西厢记》的得名，取自于《会真记》中崔莺莺的诗句："待月西厢下，迎风户半开。拂墙花影动，疑是玉人来。"本篇的起首安排崔莺莺"人在西厢"，凭这个处所就使读者产生她等待相会的联想。"叫一声张郎"表现出莺莺的思念，"骂一声张郎"则说明张生根本没在身边。这情景同第一句中的"冷清清"三字相应。寂寞独处，却情不自禁地"叫一声"、"骂一声"，这就见出了莺莺的痴情。东墙是崔、张的界墙。《会真记》："崔之东墙，有杏花一树，攀援可逾。既望之夕，张因梯其树而逾焉。"如今东墙杳无人影，只见杏花乱纷纷飘落一地。第四句这写景的一笔，既暗示了莺莺小姐引领盼注的方向和目标，又以"乱纷纷花落"象征了她的心绪。她禁不住召来丫鬟红娘打听动向，这是"问一会"；又怕红娘看出自己心底的秘密，不得不找出种种话题来同她闲聊敷衍，这是"絮一会"。这两句细腻地反映出这位初堕爱河的闺阁小姐的心态。看得清"花落东墙"，说明天光还亮，以上六句当是白天至黄昏之间的情形。

"问一会"、"絮一会"的结果，是终于打发了漫长的白日，挨到了夜晚上床的时间。作者的诗笔转入了闺房之内。绣床之上，"余"、"剩"、"温"、"闲"这些形容词和动词，其实都是女主人公的主观感受。尤其是"温一半"、"闲一半"，更是传神地写出了莺莺孤衾冷被的独眠滋味，两个"一半"暗示出她对结对成双的美满姻缘的向往。"月儿斜"说明已过了子夜时分，在这时候还能感受到"风儿细"，表明她一直未能入眠。两扇纱窗，开一扇是为了望月，月儿可以激发她对"待月西厢"美好往事的回想；掩一扇则是用来抵御微风的干扰，所谓"春风不相识，何事入罗幛"（李白《春思》）。一开一掩，同句中的"月""风"都互相照应，且烘染出一种冷寂凄清的气氛。这六句纯粹写景，景中却活动着人物的影子。

下半夜将近过去，女主人公才在悠悠的夜思中沉入了梦境，与心上人张生有了相见的机会。但她自己也不敢相信眼前的一切，所以连梦也做得不十分顺畅。"绕"字固然说明梦魂不离张生左右，但"荡悠悠"又有一种飘摇无定、可望而不可即或可即而不可留的意味。结果是"萦一寸柔肠，断一寸柔肠"，一边牵挂留恋，一边疑虑伤心。说明崔莺莺平时所遭受断肠的经历与失望的打击，是太多太深了。

《西厢记》中的崔莺莺是颇为矜持的大家闺秀，与本曲中的形象自然不尽相同。可知本篇实是借《西厢记》的题材与人物，来淋漓尽致地进行发挥和代拟。所以曲中的女主角，也可以视作闺中怀春女子的一类典型：她们情窦初开、感情深挚，热切地向往着幸福，可惜却更多地尝受着痛苦的煎熬，免不了在"闲一半绣床"中寸断柔肠。作品缠绵悱恻，情韵悠长，写景、言情、描摹人物形象，俱能入木三分。

从形式上看，本曲也别具特色。全作的一、二、三句与四、五、六句隔句对仗，形成"扇面对"，又与末三句成扇面对，这种首尾的遥对在散曲中称为"鸾凤和鸣对"。七、八、九句与十、十一、十二句也成扇面对，这些对仗无不工整流丽。又本篇在总体上属散曲的巧体之一——"重句体"，即重复运用相同的句式，仅在个别字词上稍作变化。这种重句的巧用以及全篇在对仗上的匠心，造成了作品回环宛转、缠绵悱恻、语俊韵圆、余味不尽的特殊效果。

〔双调〕天香引　西湖感旧

问西湖昔日如何？朝也笙歌，暮也笙歌。问西湖今日如何？朝也干戈，暮也干戈。昔日也二十里沽酒楼香风绮罗，今日个两三个打鱼船落日沧波。光景蹉跎，人物消磨。昔日西湖，今日南柯[1]。

【注释】

[1] 南柯：唐人《南柯记》述淳于梦梦入槐安国当了南柯太守，醒后才知是槐树南枝下的蚁穴。后因以"南柯"喻梦境、梦幻。

【语译】

问西湖往日是如何的光景？朝朝暮暮，画船箫鼓，歌舞升平。问西湖如今是怎样的情形？日日夜夜，剑影刀光，争战不停。往日环湖二十里酒楼林立，香风中处处是身着华美衣服的人群。如今黄昏的湖面上，只有两三条打鱼船，萧瑟而冷清。时光白白流去，人物渐渐凋零。往日西湖的繁华，只今成了一场梦影。

【赏析】

在唐宋文人的笔下，我们可以清楚地见到杭州从一个新兴的城市，发展到繁华富丽的都会的过程。如在白居易的诗中，即有"灯火万家城四畔，星河一道水中央"、"烟波淡荡摇空碧，楼殿参差倚夕阳"的句子，到了北宋柳永，更在《望海潮》词中全面描写了城市的富庶："烟柳画桥，风帘翠幕，参差十万人家。""市列珠玑，户盈罗绮竞豪奢。"至于杭州西湖，则一直是墨客骚人留连讴歌的对象，直到元代，在关汉卿、卢挚、张可久等人的散曲中，仍是一片天开图画、笙歌行乐的天堂美景。

然而这一切在元末的战祸中却发生了毁灭性的变化。至正十六年（1356）张士诚从元兵统治中攻下杭州，其后又曾一度拉锯易手；至正十九年张士诚弟张士信加筑州城，在筑役与守城过程中，城中百姓死亡过半。到至正二十五年朱元璋击败张士诚时，杭州已遭受了整整十年的兵祸，满目疮痍，昔日的繁华荡然无存。小令正是在这样的背景下"感旧"的。

诗人起首即劈空一问："问西湖昔日如何？"美景不存，旧忆如梦，这一问本身即深含感喟和悲愁。随即作者又自己作答，以"朝"、"暮"二字代表了无数个日日夜夜。第二次自问问到"今日如何"，也是应以概括性的自答，却已显见出质的对比和变化。接着是更具体化和感性化的今昔对照：湖岸的酒楼与游人湖上的行乐都已杳不可见，湖面上只剩下孤零零的打鱼船，一片荒凉颓败的气象。最后四句吐抒感慨，唯因其沉重深刻，故同时也成了"西湖感旧"的总结。全篇问答叙议，皆自心底悲慨流出，读之如闻诗人喁喁自语，如见其"寻寻觅觅，冷冷清清，凄凄惨惨戚戚"的身影。

这首散曲在形式上尤别具一格。全曲通篇对仗，偶句之间多成强烈的对比。特别是前六句的扇面对（即多句组成的对仗），出句同对句有"问西湖如何"、"朝也"、"暮也"的重复，各片内部又有诸如"朝也笙歌，暮也笙歌"、"朝也干戈，暮也干戈"这种准叠句的运用，有感昔抚今、一唱三叹之妙。"昔日"二句有意添加衬字形成长句，既显示了思致的绵邈，也突出了所叙景物的印象。全篇起伏抑扬，情调沉婉，不胜今昔之感。

明散曲家金銮有《古调蟾宫·元宵》的名作："听元宵往岁喧哗，歌也千家，舞也千家。听元宵今岁嗟呀，愁也千家，怨也千家。那里有闹红尘香车宝马？只不过送黄昏古木寒鸦。诗也消乏，酒也消乏。冷落春风，憔悴梅花。"在形式上明显是接受了本曲的影响。

〔越调〕天净沙　闲居杂兴

近山近水人家。带烟带雨桑麻。当役当差县衙。一犁一耙。

自耕自种生涯。

【语译】

这里的村家坐落在山水之间，景色如画。烟雨霏霏中，满眼是绿油油的庄稼。不比那城里的县衙，要去服役当差。一张犁，一支耙，自耕自种，自给自足，逍遥度年华。

【赏析】

据《录鬼簿续编》记载，汤式曾经担任过家乡浙江象山的县吏，"非其志也"，没有长期干下去的打算。这首散曲，就是他辞去县吏职务，回到乡村闲居所写。

这支小令五句彼此并列，可以在各句后添上句号，读成互相独立的五层。将五个短句暗中贯串的维系，是"近山近水"、"带烟带雨"这种叠合一字的相同句式。正是靠着句式上的刻意经营，才使本篇在布局和文意上产生出奇特的效果。

这里理解的关键是第三句的"当役当差县衙"。从古汉语的文法来说，它可以有两种解释。一种是将"县衙"作为"当役当差"的补语，意为"在县衙当役当差"；一种是将"当役当差"作为"县衙"的定语，意为"有着当役当差现象的县衙"。汤式才从为五斗米折腰的县衙生涯中解脱出来不久，不可能将承应差役作为闲居生活的讴歌内容，从全曲的六字句来看，前四字亦均为后二字的形容语，可见应取后一种的理解。它是作者在耕隐环境中的回忆或联想。换句话说，本篇的五句，实质上是不含谓语的五组短语，其间的过渡承接，依赖于五组形象之间的比较和联系。

这样，"当役当差县衙"一句可以同一、二句连看，表示闲居环境形形色色事物中的一项不谐和的存在，造成文气的跌抑，反显出山水人家、烟雨桑麻的可爱；又可以从下而同四、五句合读，表现脱离公务羁绊后耕作食力的自由自在，产生文势的高扬。前者的读法形成一重对比，有"得失寸心知"之感；后者的读法又形成一重对比，有"昨非而今是"之意。诗歌中对比是常用的手法；将对照物安插在一意顺承的句子中间，从而造成前后的两组对比，一箭双雕；则是这支小令给我们的启发。

〔越调〕天净沙　小景

翠岩峣天近山椒①，绿蒙茸雨涨溪毛②，白霭靆云埋树腰③。山翁一笑，胜桃源堪避征徭④。

【注释】

①　岩峣(tiáo yáo)：山高峻貌。山椒：山顶。　②　蒙茸：草木茂密的样子。溪毛：溪中长出水面的水草和植物。　③　霭靆(ài dài)：云气浓重貌。　④　桃源：桃花源，传说中的理想生活世界。

【语译】

一派葱翠直上山巅，山巅高高插天。山雨过后，山溪中青草疯长，绿油油茂密一片。山坡上白云缭绕，云团上露出了树尖。山中的老人一笑开颜：这里山深地僻，躲开了官府的劳役租税，胜过那世外桃源。

【赏析】

本篇与前首寓意相同，也是写脱离官场压迫后归隐的好处。但表现主题的途径不同。它先并立描绘了三处自然景色，即题目中的所谓"小景"，这里的"小"，既有局部细节的本意，也含有平凡常见的意味。三处境地不同，第一句写山顶，第二句写山脚，第三句写山腰；色彩特征不同，第一句强调翠，第二句强调绿，第三句强调白。总起来看，这三句景语的共同特色是细腻而又言简意赅："天近山椒"，以山顶与天空的逼近显示了山体的高拔；"雨涨溪毛"，四字中有雨、有溪、有溪中的水草，一个"涨"字既表现了溪水的充盈，又连带表现了山雨的大与溪草的长；"云埋树腰"，则借半山坡上的树身为云气所笼罩的特写，显示了山头终日白云缭绕的景观。山上栽满树木，葱葱茏茏，呈现出翠色；而溪水中的植物叶色鲜亮，故用"绿"字形容：这一切都表现出诗人体物细察与下字不苟。

三句山景都是纯客观的描述，未作任何评论和带有感情的导向。而四五两句转出"山翁"，顿时意兴飞动。"一笑"写出了山翁的满足自得，"胜桃源堪避征徭"更于总结之外，托出了不堪苛政避世出尘的深旨。画龙点睛，章法颇为巧妙。

曲中的三句鼎足对引人注目。"岩峣"、"蒙茸"、"嶒崚"都是叠韵字，"山椒"、"溪毛"、"树腰"连用尖新的词组。可见诗人即使在小令的创作中，也是刻意经营，努力追求体现与众不同的个性特色。

詹时雨

詹时雨(生卒年、籍贯不详),因随父宦游福建,而家于当地。工乐府,著杂剧一种。散曲今存套数一首,清词丽句,颇称作手。

〔南吕〕黄钟尾(摘调)

雁儿你写西风拙似苍颉字①,叫南浦愁如宋玉词②。恰春归,早秋至。多寒温,少传示。恼人肠,聒人耳。碎人心,堕人志。雁儿也直被你撺掇出无限相思③,偏怎生不寄俺有情分故人书半纸!

【注释】

① 苍颉(jié):黄帝时史官,传说他创造了文字。 ② 南浦:面南的水域,古诗文中多用作送别之处。宋玉词:指宋玉悲秋的辞赋,如《九辩》即有:"悲哉秋之为气也"、"窃独悲此凛秋"等语。宋玉,战国时楚国的辞赋家。 ③ 撺掇(cuān duo):怂恿。

【语译】

雁儿呵,你在西风中排列成阵,就像苍颉古拙的字形;你在南浦上凄声唳鸣,就像宋玉的辞赋充满愁情。春天刚过去不久,秋天又已来临。你给人多少寒暑的提醒,却不带来远方的音讯。你恼乱了人们的肝肠,叫人不得清静。你搅碎了人们的心灵,使人百感消沉。雁儿呵,我直被你激起无穷的相思,怎么你偏偏不捎来我那多情人儿的半封书信!

【赏析】

本篇属于摘调,为《一枝花》套数的尾曲。其首曲也写得异常精彩:"〔一枝花〕银杏叶凋零鸭脚黄,玉树花冷淡鸡冠紫。红豆蔻啄残鹦鹉粒,碧梧桐栖老凤凰枝。对景嗟咨。楚江风霜剪鸳鸯翅,渭城柳烟笼翡翠丝。缀黄金菊露瀼瀼,碎绿锦荷花瑟瑟。"作者力求不落窠臼,可以想见,他所作的尾曲也是充满个性色彩的。

本曲起首两句给大雁写照,奇崛新警。写大雁的特征,一是排行成字,二是发声长唳。这些都是古今文人吟得烂熟的情节,然而作者仍然刻意出新。先看雁字,曲中用了一个奇巧的比喻,说是"拙似苍颉字"。苍颉字即是最原始的古文字,具体什么模样,谁都没有见过,但用它来喻示字形"拙",却是再贴切不过。这里强调雁字的"拙",除了见出"西风"的影响外,更重要的是影示它们本领之拙,即铺垫出下文的"少传示",说雁儿未能完成好送信的任务。再看雁声,设喻也不落常套，所谓“愁如宋玉词”。宋玉作品中“愁”意的代表是悲秋，而此时的雁儿正“叫南浦”，南浦在诗文中是别离的象征，则秋意离情打成一片，一重愁翻作了两重愁。这一句也是铺垫，照应下文的“多寒温”及“恼人肠，聒人耳。碎人心，堕人志”。这就自然地转出了以下的八句，均为大雁对愁人的影响。开篇两句为含衬字的长句，如絮絮怨诉，接后八句则连用三字的短语，似声声数落。合在一起，表现出起伏难抑的悲伤心绪。

末二句又出新意，借鸿雁传书的习典，表出了主人公哀怨的真正原因。这里的“书半纸”，与起首的“苍颉字”、“宋玉词”，有着草蛇灰线的照应。雁儿虽然“写西风”、“叫南浦”，却仍然“撺掇出无限相思”，其缘故就在于主人公一直对它们抱着寄来故人书的期望。换句话说，曲中“苍颉字”、“宋玉词”的妙喻妙想，无不得自于“书半纸”的幻觉形象。曲中的这种处理，真有“柳藏鹦鹉语方知”之妙。

作为〔一枝花〕套数的尾曲，这支〔黄钟尾〕将与人无干的大雁纳入“秋思”的大题目中横说竖说，开掘衍扬，作为人事和感情的寄寓，又柔情如缕、俊语如珠。这一切都是它为人称道的原因。明代的李开先，就将本曲作为“急并响亮，含有余不尽之意”的不多典范之一。

无名氏

〔正宫〕醉太平　讥贪小利者

夺泥燕口，削铁针头。刮金佛面细搜求，无中觅有。鹌鹑嗉里寻豌豆①，鹭鸶腿上劈精肉②，蚊子腹内刳脂油③。亏老先生下手。

【注释】

① 鹌鹑：一种比麻雀稍大的小鸟。嗉：鸟类食道下方的袋状器官，储存食物以进行消化。　② 鹭鸶：一种腿长而细的水鸟。"鹭鸶"句为宋人俗语。庄季裕《鸡肋编》："陈无己诗亦多用一时俚语，如……'割白鹭股何足难'，即'鹭鸶腿上割股'……皆世俗语。"③ 刳(kū)：剖挖。

【语译】

从燕子口中抢下衔着的泥巴，从针尖头上削得铁末的细渣。把佛像头面的金粉细细搜刮，无中生有真是做到了家。在鹌鹑嗉袋里把豌豆搜寻，在鹭鸶细腿上将精肉剔下，在蚊子肚皮中把脂油剖挖：亏你做得出这多般手法！

【赏析】

这支小令连用六组形象生动的比喻，将讽刺对象的嘴脸，勾勒得入木三分。从燕子口中夺泥、针尖头上削铁、泥菩萨脸上刮金，这一切虽是高度的夸张，但形象十分逼真，所谓"贪小利者"的面目已经呈现在读者面前。"刮金佛面"，还使人感受到这班人的肆无忌惮与不择手段。作者并不就此歇手，五、六、七句三句鼎足对，继续运用夸张性质的博喻，愈出愈奇。鹌鹑的嗉子本来就小得可怜，却不肯轻易放过，要去寻找豌豆；鹭鸶的细腿皮包骨头，偏生想劈出一丝精肉来；就连蚊子那微乎其微的肚子里，还千方百计地企图挖捞油水，真可以说是写绝了。"劈精肉"、"刳脂油"的字面，令人自然而然地联想起官吏豪富敲骨吸髓、刮尽民脂民膏的丑恶行径。小令在六组夸张的中间和末后，两度出现简短的评论，"无中觅有"仅见讽刺之意，而"亏老先生下手"则增出了愤慨之情。从这一点上，也可以看出本篇抨击的真正对象决非局限于一般的"贪小利者"，而是将贪官污吏及为富不仁的财主们一网打尽。作品起"讥贪小利者"的题目，很可能是为了障眼避忌。

这支小令不仅想象丰富、构象新奇，在语言上下字也十分警辟。动词上除直接的"搜求"、"觅"、"寻"外，"夺"、"削"、"劈"、"刳"，都有不遗余力细觅强索的意味。"亏老先生下手"的"亏"字，嘲、骂、怒、恨，都集中在一起，感情极为强烈，十分耐人寻味。

散曲作品接二连三地运用一连串比喻或夸张，来绘写同一事物，这同元曲崇尚泼辣明快的本色也不无关系。嘲谑性的散曲用上这种博喻手法，容易呈现一种民歌、民谣的风格，显得活泼、辛辣、讽刺的效果也更加强烈。清人朱彝尊曾仿本篇章法作了一首讥欺世盗名者的《醉太平》："瞎儿放马，纸虎张牙。寒号虫时到口吱喳。尽由他自夸。假辞章赚得长门价，老面皮写入瀛洲画，秃头发簪了上林花。被旁人笑杀。"虽未能尽得神髓，却也达到了"嬉笑怒骂皆成文章"的目标。

〔正宫〕醉太平

堂堂大元，奸佞当权。开河变钞祸根源^①，惹红巾万千^②。官法滥刑法重黎民怨，人吃人钞买钞何曾见，贼做官官做贼混愚贤。哀哉可怜。

【注释】

① 开河：元顺帝至正十一年(1351)，命工部尚书贾鲁征发民伕二十万开浚黄河故道，以此民怨沸腾。变钞：元至正间更定钞法，在新钞兑换的方法和过程中多生弊端，导致物价踊腾。　② 红巾：至正年间以韩山童、刘福通为首的农民起义军，以红巾裹首为标志，称红巾军。

【语译】

好一个堂堂皇皇的大元朝，执政当权的尽是些贪官宵小。开黄河、更钞法把祸患酿造，激起了此起彼伏的起义浪潮。法令苛重，刑律残暴，老百姓怨声载道；人吃人，钞买钞，历史上几曾见到？强盗当官，官就是强盗，是非一片混淆。可叹啊！实叫人悲恨难消。

【赏析】

这首小令初见于陶宗仪《辍耕录》："右《醉太平》小令一阕，不知谁所造，自京师以至江南，人人能道之。……此数语切中时病，故录之以俟采民风者焉。"可知它在当时流传至广。

这首曲取的是"醉太平"的曲牌，写的却是不太平的时世。起首两句："堂堂大元，奸佞专权。"就是对"大元"作开宗明义的否定。"大元"前著"堂堂"二字，讽刺、轻蔑之意十分明显，较之"堪叹大元"、"可笑大元"之类的直露说法，更觉愤激。

三、四两句，是对元末朝政的总结。元明间人叶子奇在《草木子》中曾载无名氏诗一首："丞相造假钞，舍人做强盗。贾鲁要开河，搅的天下闹。"可见"开河"与"变钞"确是当时激起朝野沸动、天怒人怨的两大成因。"开河"是因为黄河水患连年不断，威胁了京师运漕的生命线，故由丞相脱脱责成工部尚书贾鲁开浚黄河故道，引黄入海。由于征发人数众多，而贪官污吏趁机克扣盘剥，工程遂成为影响中原的扰民之举。加上治河过程中，民伕掘出石人，上有谣谚曰"石人一只眼，挑动黄河天下反"，于是白莲教首领韩山童、刘福通乘势以之为号召，发动了红巾军农民起义，最终导致了元王朝的灭亡。"变钞"则是元顺帝朝为弥补国库空虚而采取的更定钞法的措施，强行规定以不等价的兑换标准推行新钞。新钞粗滥不堪使用，结果民间反以加三四成的补折倒换旧钞，即下文所谓的"钞买钞"，钞法的实行使赤贫的老百姓更是雪上加霜。"惹红巾万千"，一个"惹"字直接揭出了官逼民反的本质，"万千"二字则以红巾军的声势来见出统治者取"祸"之危烈，感情色彩是十分强烈的。

"官法滥"三句是进一步的剖析和说明。元代实行民族歧视政策，刑法又极为惨刻苛细；天灾人祸，民不聊生，挣扎在饥饿的死亡线上；而官吏作奸犯科，与盗贼沆瀣一气，善恶颠倒，黑白不分，已无社会正义或公理可言。《草木子》载："元京饥穷，人相食。"《尧山堂外纪》载："至正间，上下以墨为政，风纪之司，赃污狼藉。……有轻薄子为诗嘲曰：解贼一金并一鼓，迎官两鼓一声锣。金鼓看来都一样，官人与贼不争多。"这都是当时笔记上的实录。可见曲中这三句的提炼，是既典型又全面的。末句的"哀哉可怜"四字，将上述种种骇人听闻的黑暗情状尽行摄入，痛恨、感伤、冷蔑、无奈……这是只有身丁其造的此中人才能抒发出来的。

这首小令直陈时事，感情如火山喷薄而出，淋漓痛捷。尤其是五、六、七三句，将七字句的定格化为三组三字语形成的长句，音韵铿锵，若吐骨鲠。元散曲中，像这样锋芒毕露、直接诅咒政治的作品不多，故此曲弥足珍贵。

〔正宫〕塞鸿秋　山行警①

　东边路西边路南边路。五里铺七里铺十里铺②。行一步盼一步懒一步，霎时间天也暮日也暮云也暮。斜阳满地铺，回首生烟雾。兀的不山无数水无数情无数③。

【注释】

①警：惊心的感触。　②铺：古时的驿站或兵站。乡间常以驿站长亭取作地名，这里的"五里铺"、"七里铺"之类便是如此。　③兀的不：如何不，怎不是。

【语译】

　东边路，西边路，南边路，一条条路径分岔。五里铺、七里铺、十里铺，一座座驿亭迎来。走一步望一步，一步步无力迈开。不经意间，天日昏黄，云层也黯淡了色彩。斜阳满地铺盖，回首已是烟雾一派。数不清的山，数不尽的水，怎不叫人涌起无穷的感慨！

【赏析】

作品将原七字句的正格衍为九字句的基本结构，每句均用仅有一字之别的三字词组并列构成。这种"隔离反复"的修辞手法，造成绵延不绝、层层递进的形象效果。在古代诗体中，显然只有散曲才能实现这样的创新。

"东边路西边路南边路，五里铺七里铺十里铺。"作品突兀而出的这两句看似无端，却交代了丰富的内容。它尽管没有主语，不见动词，但读者不难在眼前浮现出一幅生动的画面：一个风尘仆仆的远行人，踽踽独行，经过了一条又一条的岔口，迎来了一处又一处的荒驿，走不完的路途，遣不散的疲倦。……前一句固然是写途中所见的路径纵横，却通过不同朝向的"路"的反复，同时也隐含着目的地的茫然感。后一句虽未说明"五里铺"、"七里铺"等地名的具体景象，却通过数字的变化反映了途程的漫长辽远，且从"铺"字的提示中，衬现出远行人得不到休憩之所、无家可归的悲哀。三字词组以大同小异的形式迭现，不仅没有重复拖沓之感，反而传神地写出了旅人的长途跋涉，甚而使人感觉到步履的沉重。"行间字里皆文章"，不能不叹服作者构思的巧妙。

三、四两句，进一步将旅人的"山行"具体化。"行一步盼一步懒一步"，三个"一步"合起来其实只移行了一步路，这与上句"五里"、"七里"、"十里"的数字对映，见出了旅程的举步维艰，令人触目惊心。"行"、"盼"、"懒"三个动词的交叠，更刻画出旅人瞻前顾后、步态蹒跚的形象。明明是他强抑着旅愁和困乏，拖动步子耽搁了行程，作者却在"天也暮日也暮云也暮"前加上"霎时间"三字，仿佛暮色的来临是一瞬间的事。这就将倦行的主人公猛然惊觉时光不早的惊疑和焦虑，逼真地表现出来了。

在这样的意外情势下，作者没有写主人公加紧脚步，却反让他站住不动了。"斜阳满地铺"等三句，就是旅人怅立四顾时所感受的情形。夕阳散乱，暮烟四合，是山中的实情，也是一种象征。"斜阳满地铺"有"日暮途穷"之意，"回首生烟雾"含"不堪回首"之感。此时此际，面对着重山复水，能不百感丛生！"兀的不山无数水无数情无数"，乡心、客愁，凄凉、愀怆，悲欢离合，酸甜苦辣，旅途以至人生的感受无不包纳在这"情无数"之中。曲中无论写景纪行，都融合着人物的心情，弥漫着浓重的客愁。因此一曲虽终，那乱山之中独立苍茫的身影，却不易从读者的脑海中消失。

〔正宫〕塞鸿秋

分分付付约定偷期话，冥冥悄悄款把门儿呀①。潜潜等等立在花荫下，战战兢兢把不住心儿怕。转过海棠轩，映着荼蘼架。

果然道色胆天来大。

【注释】

① 呀：借作"挜"，推开。

【语译】

再三叮咛，把今晚儿的幽会约定，夜深人静，我悄悄地缓缓推开了房门。蹑手蹑脚，潜行到花荫下立定，心头如小鹿儿乱撞，止不住战战兢兢。转过了栽着海棠的轩亭，荼蘼花架上映晃着我的身影。人说："色胆大如天"，果然是这么一回事情。

【赏析】

这是一首表现"偷情"题材的小令，以女子的身份述出。虽是适应市民趣味的小曲，却不乏可圈可点之处。

〔塞鸿秋〕前四句的正格是七字句，首句按律当作"分付约定偷期话"，这里用"分分付付"，除了与以下三句的叠字保持对应外，更主要的是表现两人约定幽会时的缠绵和殷切。在当时的社会条件下，女子也明知"偷期"是一种大犯禁忌的不光彩行为，而她却在曲中直言不讳，且不辞冒险去付之实行，其缘由正在于"分分付付"所蕴含的绵绵深情。这一句简单而流自肺腑的交代，便为下文的情节开展拓出了地步。

以下三句是女子乘夜赴约的初时表现，三句中的叠词，同样起了画龙点睛的表意作用。"冥冥悄悄"是对不露形迹、不出声音，于暗中不让人发现的景象的形容，"潜潜等等"则含蹑手蹑脚、动动停停之意。这两个叠词在元曲中几成为幽会的专用语，如《西厢记》第一本第三折，就有"侧着耳朵儿听，蹑着脚步儿行，悄悄冥冥，潜潜等等"的曲词。在本曲中，它们既是对女子一系列的动作修饰，又是对环境气氛的渲染。女主人公"款把门儿呀"，"呀"通"挜"，可以解释为开门的动作，而"呀"也是门儿开动的声响。女子尽量小心翼翼，放慢手脚，却也免不了发出声音，这使读者也同她一样，把心提到了嗓子眼上。极度的紧张和激动，使她"潜潜等等"来到院子里时，已是瘫软无力，不得不停住休息一会，这就是"立在花荫下"；选取"花荫"，仍明显地带着怕人发觉的用意。尽管顺利脱出，女主人公还是惊魂未定，战战兢兢，"把不住心儿怕"。这就反映出她还是"破题儿第一遭"，而决非老谙于风月的淫奔之辈。对于这位情窦初开的痴心女子，作者着力表现她的紧张与稚嫩，这就引起了读者对她冒险举动的关注与同情。

"花荫"显然不是约定的相会地点，作品继续让女子离身前往目的地。然而这以下的三句，却在意境上发生了质的变化。"转过海棠轩，映着荼蘼架"，这个"映"字看似突兀，却实有深意存在。曲中没有交代天上有否挂着月亮，可知"映"的主语不是来自外部的光芒，而是女子的本身。也就是说，在荼蘼架边，她大胆地站定了，且不避人地让自己的身影映在荼蘼花架上。末句更明显地揭出了她心理的改变："果然道色胆天来大。"这不是作者的评断，而是女子勇敢的自白。对爱情的向往和渴念，对即将实现的与情人的欢会，使她将一切胆怯和疑惧置之度外，心中的阴霾一扫而光。从"海棠轩"、"荼蘼架"的布景来说，此处仍是女子闺院的范围，但或许荼蘼架即是"偷期话"的预定地点，或许在此发生过她与情人演出的难忘情事，总而言之，女子的心情与表现明朗化了，她意识并坚信了自己行为的合理性与正义性。作品于不露声色的情节叙述中，晰示了女主人公的心情发展与心理变化，这正是本曲的高明之处。而作者以同情乃至赞赏的立场表现敏感的"偷情"题材，在实质上是对封建礼教禁锢予以大胆的一击，其眼光与魄力，也是值得称道的。

〔正宫〕叨叨令

绿杨堤畔长亭路①，一樽酒罢青山暮。马儿离了车儿去，低头哭罢抬头觑。一步步远了也么哥，一步步远了也么哥，梦回酒醒人何处。

【注释】

① 长亭：驿道上定点设立的供行人休歇的亭所，古人多于此送行。

【语译】

那分手的长亭，坐落在绿杨堤畔。饯行的别酒喝完，青山已经昏晚。他骑着马儿上路，我也坐车回转，低着头哭了一会，又连忙抬头遥看。一步步越离越远，一步步越离越远。今夜从醉梦中醒来，不知他去了哪边？

【赏析】

呈现在读者面前的，是一幅情景相生的长亭送别图。全曲七句，除五六两句按律重复外，可以说每一句都代表了别行的一段痛苦的历程。首句叙明了别离的地点，带出了春天的节令，句中虽无人物和动作的出现，却代表了离别双方顺着绿杨堤岸来到长亭的全程。这一带地方春色宜人，反衬出下文长亭送别的悲苦。次句则是分手前的饯筵，透现出一种默然沉重的氛围。"青山暮"三字具体交代了时间，夕阳西下，山色暮晚，增重了离别的悲怆，同时也隐示分手的最后时刻已经逼近，再无延挨的可能。第三句便是对这惨别一幕的叙写，"马儿"为男子所骑，"车儿"属女子所乘，直要待到"马儿离了"车儿方始行动。这两句使人想起《西厢记·长亭送别》中的〔四边静〕："霎时间杯盘狼藉，车儿投东，马儿向西。两意徘徊，落日山横翠。"而到了第四句，则专写了送行的女主人公在车儿启动归家时的情态。她忍不住痛哭失声，"低头"既是极度痛苦的自然反应，也是因为现场还有车夫的第三者。然而她很快又强抑悲声，"抬头觑"，因为马儿刚刚离去，还赶得及再多望情人珍贵的几眼。五、六句就是目送的情形。"一步步远了也么哥，一步步远了也么哥"，读者也仿佛看到车儿与马儿的距离渐渐增大，而马上的行人一步步消失在暮山之中。最后是女子归家后的借酒消愁，醉后醒来，却再也无法确知心上人到了何处。用前引《西厢记》〔四边静〕的后半印证，则是"知他今宵宿在那里？有梦也难寻觅"。小令中说"梦回酒醒"，说不定在她梦里曾经觅见；但这样一来，酒醒后"人何处"的一问，就更是伤心断肠了。

元散曲写离别，不曾像江淹的《别赋》那样镂词琢句，却善于运用典型的人物活动情节，抓住人们身历或常见的共同感受予以表现，故带有强烈的生活气息与真实感。这首小令纯用白描，栩栩如生，使人时时感受到曲中送行女子的心情与表情，证明了这种表现方法的成功。

〔仙吕〕一半儿

南楼昨夜雁声悲，良夜迢迢玉漏迟①。苍梧树底叶成堆，被风吹，一半儿沾泥一半儿飞。

【注释】

① 玉漏：漏壶的美称，用以计时。

【语译】

昨夜大雁飞过南楼，甩下一串长唳，摧人肺肝；清夜漫长，时间过得那样缓慢。苍黄的梧桐树下，落叶已经堆满。被风吹飏，一半沾上了泥尘，一半在腾空儿飞转。

【赏析】

曲牌有《雁过南楼》的牌名，大概得之于唐人赵嘏"乡心正无限，一雁度南楼"（《寒塘》）的诗句。温庭筠《瑶瑟怨》"雁声远过潇湘去，十二楼中月自明"也是名句。在高楼的秋夜中听得飞雁凄厉的唳鸣，引起的感受是不言自明的。

本曲中不出场的主人公就听了一夜的雁声，这夜而且还是"良夜"，一切正常，没有什么可以指责的地方。唯一遗憾的是"良夜"却未给人好睡，夜太正常了，反面觉察了它的漫长，感到漏壶的滴水实在太缓慢。挨到清晨他（更可能是她）出门观望，发现梧桐树下已经堆起了一层落叶，并且其中还有相当一部分情有不甘，继续挣扎着随着秋风腾起旋舞。"叶成堆"无疑是"昨夜"的产物，而"一半儿沾泥"，看来不久前还下过几点小雨。风声、雨声大概是被"雁声"盖住了，总之这实在不是什么"良夜"。

这支小令通篇写景，却句句隐藏着人物寂寞的感情和寂寞的身影。雁声、玉漏、落叶、秋风，无不表现出悲秋的一面。"一半儿沾泥一半儿飞"，还使人想起"禅心已作沾泥絮，不逐东风上下狂"之类的成句，既绝望于寂落，又隐然思绪踊动，这不单是人物感情的写照，也是其处境的象征。前面提到的温庭筠的《瑶瑟怨》，前两句是"冰簟银床梦不成，碧天如水夜云轻"。也是通篇写景，也是"良夜"，也是一整夜的"梦不成"。蘅塘居士评温诗："通首布景，只'梦不成'三字露怨意。"这首小令意境与之相似，"怨意"却是露得多得多了。

〔仙吕〕游四门

海棠花下月明时，有约暗通私。不甫能等得红娘至^①，欲审旧题诗。支，关上角门儿^②。

【注释】

① 不甫能：即"甫能"，刚刚，恰才。　红娘：《西厢记》中促成崔、张姻事的侍女。
② 角门：边门。

【语译】

海棠花下月如霜，盼到了幽会的好时光。好不容易等来了小红娘，想问问她传去诗简啥情况？没料到"支"的一声响，她早把角门紧关上！

【赏析】

《西厢记》第三本中，写到张生托红娘暗递诗简，得到了莺莺的回音："待月西厢下，迎风户半开。隔墙花影动，疑是玉人来。"及至张生兴冲冲应约前往，却不料遭受莺莺沉下脸一阵抢白，差点"整备着精皮肤吃顿打"。这横生波折而又充满着生活真实气息的插曲，也许正启发了佚名的作者，写出这支谐谑性味十足的小令。

"海棠花下月明时"，有花有月，又值明媚的春宵，可谓良辰美景。"有约暗通私"，幽会已有成约，"赏心乐事"也为期不远。月亮的"明"与"通私"的"暗"相映成趣，不难使读者想象出张生此际既兴奋又紧张的心情。大概约会还有一些技术性的细节未能落实，所以他眼睁睁地盼着牵线搭桥的红娘前来，而后者果然如期而至。于是张生"欲审旧题诗"，想向她打听自己献给莺莺小姐的情诗得到了何等的反应。走笔至此，小令一直是顺风满帆，张生的得意到了十分，期望值也到了极点。然而，结果竟然大大出人意外，一声"支——"的门响替代了红娘的回答，"关上角门儿"就是她出场以来唯一的动作。前句的"不甫能"恰才表现出张生的热望，至此则同时显现了红娘离去的急速。曲作者所虚添出的"关上角门儿"的这一笔，无疑关上了"通私"的大门，影示了《西厢记》中张生初次幽会未谐的结局。欲擒故纵，一波三折，把男女幽会中变生不测的一幕表现得栩栩如生，对痴心妄想的男主角作出了谑而不虐的奚落和调笑。

这首小令的姊妹作亦颇为风趣："落红满地湿胭脂，游赏正宜时。呆才料不顾蔷薇刺，贪折海棠枝。支，抓破绣裙儿。""呆才料"指的是游赏中的男方，结果"支"的一声抓破的却是"绣裙儿"，可见实与"蔷薇刺"无关。男主角的猴急表现当然有伤风化，却见出了民间散曲作者取材的大胆与想象力的丰富。"大胆"加上"丰富"，这正是元散曲不少清新活泼小作问世的缘由。

〔仙吕〕寄生草

人百岁，七十稀。想着他罗裙窣地宫腰细①，花钿渍粉秋波媚，金钗敧枕乌云坠②。暮年翻忆少年游，不如今朝醉了明朝醉。

【注释】

① 窣(sù)地：拂地。 ② 乌云：乌黑的秀发。

【语译】

人生百年，活到七十岁的十分罕见。想起她细细的腰身，长长的绸裙子拖在地面；刻花的头饰沾上了香粉，明亮的眼睛是那样媚妍；头上的金钗斜倚在枕上，乌云般的秀发向下披散。我到了晚年反而追忆起少年的追欢，倒还不如日日饮酒大醉，今天连着明天。

【赏析】

这是一首"暮年翻忆少年游"的作品，实质上是作者的情场忏悔。《红楼梦》中曹雪芹"风尘碌碌，一事无成，忽念及当日所有之女子"，"我实愧则有余，悔又无益，大无可如何之日也"，颇可帮助我们体味曲作者的同样心情。

作品一开始两句就将"人生七十古来稀"的俗谚作为定理和事实冷冷道出，隐示了自己的暮年心绪。但在这样的严冷背景下，作者脑际浮现的却是一位美丽姑娘的倩影。在她纤如杨柳的楚腰上，束着一条长长的罗裙，裙幅的下摆拂拖到地上，可以想见款移莲步时的袅娜；她头额上贴着刻花的金钿，钿片上还沾着梳妆时的香粉，秋波流盻，含情脉脉；当她躺卧在绣榻上时，金钗斜碰在枕上，一头乌云似的柔发如瀑布般垂披下来。作者用三句鼎足对。细腻而深情地描绘了美人的三幅剪影，香艳绮丽的情调同前两句的沉冷形成了巨大的反差，使读者心中产生了一种怦然震动的感觉。从散曲小令惜墨如金的章法来看，这三句不是散漫无序的随意浮想，而是代表了作者前尘旧影中三个互相联系的阶段："罗裙"句写姑娘曳裙而至，亭亭玉立，这是同作者的初逢；"花钿"句写姑娘草草完妆，媚送秋波，这时已与作者互有了情意；"金钗"句写姑娘玉体横陈，钗斜鬓乱，其同作者亲昵的程度已经不言自明。可惜这相逢—恋爱—交欢的三部曲只是一段短短的乐章，"暮年翻忆少年游"七字便揭示了一场春梦不复存在的悲剧性结局。作者抚慰心灵伤痛的唯一手段是借酒浇愁以求忘却和麻醉，"不如今朝醉了明朝醉"的愿望中充满了颓伤和无奈。然而，从"今朝"、"明朝"的强调中，也可见出他直到"暮年"还是未能忘情于痛苦。

这首小令的一首一尾，同元散曲"悟世"说教的作品看似无大差别，但因有了中间婉丽而动情的忆旧，就使这些老生常谈带上了个人的情味，全无迂腐空泛的感觉。情场上无论是得意还是失意，都能使诗人（散曲作家也是诗人）百感交集，在作品中注入活动的真性情：爱情对于文学的作用真是不可小视。

〔中吕〕喜春来　七夕

天孙一夜停机暇①，人世千家乞巧忙②。想双星心事密话儿长。七月七，回首笑三郎③。

【注释】

① 天孙：织女，传说为天帝的孙女。　② 乞巧：农历七月初七晚上，妇女向月穿针的风俗。　③ 三郎：唐明皇李隆基的小名。白居易《长恨歌》中，有唐明皇与杨贵妃七夕密誓的描写："七月七日长生殿，夜半无人私语时。在天愿作比翼鸟，在地愿为连理枝。"

【语译】

天上的织女这一晚不再织布，暂停了辛劳，人间却有千家万户忙着向她乞巧。想牛郎织女互诉一年的心事，悄悄话一定不少。七月七日佳节好，禁不住回首把唐明皇笑。

【赏析】

一月一、三月三、五月五、七月七、九月九，在中国都是节日，真是有趣的巧合。元代的民间散曲家注意到这一点，作了同曲牌的组曲分咏它们，本篇就是其中的一支。既然是分咏，就必然要突出各个令节的特色。七夕的特色主要表现在两个方面：一是牛郎织女在夜间的相会，这是家喻户晓而又令人动容的美丽传说；二是民间妇女的"乞巧"风俗，《西京杂记》："汉彩女常以七月七日穿针于开襟楼，俱以习之。"可见其来源颇为古老。除了向月穿针的"赛巧"外，还有用蜘蛛在瓜果、小盒中结网，以及用水盆浮以松针纤草布现图形的"得巧"。熙熙乐乐，热闹非凡。可以说没有哪一个节日，能像七夕这样，与日常生活及幸福理想同时如此地贴近。

这支小令仅用两句对仗："天孙一夜停机暇，人世千家乞巧忙"，就酣满地兼顾了七夕的两大特色，一"暇"一"忙"，相映成趣。从"天孙一夜"与"人世千家"的悬殊比照来看，作品的重心在于后者；但人世于七夕所领受的节日情味，其源头正是天上牛郎织女相会故事的浪漫色彩。所以第三句又转回了"双星"，他们在经过一年的久别后，心事自然深密，情话自然绵长。这一句并不用直述表示，而用一个"想"字领起，"想双星"的人儿，心儿该同双星靠得多么紧啊！缅怀、遐想、赞美、怜惜、期望、羡慕……全都包容在这"想"字中了。

于是就有了末二句的神来之笔："七月七，回首笑三郎。"这段话有两重解释。

据唐人陈鸿《长恨歌传》，天宝十载七夕，杨贵妃在骊山宫"独侍"唐玄宗。"上凭肩而立，因仰天感牛女事，密相誓心，愿世世为夫妇。"这也就是白居易《长恨歌》"七月七日长生殿"一段的本事，白诗引文详见注③。按照这样的理解，"回首"就是杨贵妃的现场动作，她"回眸一笑百媚生"，向着明皇传递脉脉情意；这两句通过李、杨二人在七夕夜的昵爱与密誓，表现了这一佳节对天下情人具有欢乐畅怀的不寻常意义。这是一重含意。然而，"他生未卜此生休"，明皇同贵妃不要说"世世"，在当世的夫妇也未能做到头。正是"三郎"本人，在"安史之乱"中违心地下令处死了对方。《长恨歌》记他日后还宫的情景："西宫南内多秋草，落叶满阶红不扫。""夕殿萤飞思悄然，孤灯挑尽未成眠。"他无疑在"西宫南内"的"夕殿"中悄然地消度过七夕。从这一意义上，"回首"就是对历史的回顾，"笑"也不是昵笑、媚笑，而是嘲笑和嗤笑了。一切在七夕节享受欢乐、尊重感情、珍护理想的情男爱女，都有资格"回首笑三郎"。这是又一重含意。两重解释都能成立，它们在并列中互为补充，且将情侣在"七月七"的热烈奔放表现得栩栩如生。小令至此虽戛然而止，却仍使人回味无尽，同末句的双关是分不开的。

〔中吕〕红绣鞋

一两句别人闲话，三四日不把门蹅①。五六日不来呵在谁家？七八遍买龟儿卦②。久已后见他么，十分的憔悴煞。

【注释】

① 蹅(chǎ)：踏。　② 买龟儿卦：出钱算卦。

【语译】

一两句流言蜚语就让他害了怕，三四天不把我家门蹅。五六天还不见他到来，不知他去了谁家？害我一回回出钱占卦。久后就是见了他，我已经憔悴得不像话。

【赏析】

这首小令写一名热恋中女子的自白。她同情郎的交往受到了"别人闲话"的干扰。在女子心中起初并不当一回事，不过"一两句"嘛，殊不料情郎方面却反应强烈，三四天没有上门，到了"五六日"女子大觉不妙，不禁产生了"在谁家"的疑虑，这一笔极为真实而细腻。"七八遍"虽不无夸张的意味，但这却是发生在第五、六两天的情景，如此频繁地买卜占问，足见她恋情的深挚。这就不难理解"久已后见他么，十分的憔悴煞"的真实性。"一两句别人闲话"会导致"十分的憔悴煞"，足以说明封建礼教和传统观念对男女爱情的沉重压迫。值得指出的是，曲中的男方仅仅因为别人"闲话"就绝情地"不把门蹅"，难怪连女子对他也有"在谁家"的猜疑了，且"久已后见他么"尚属揣测之辞，未必真有见到他的把握。这又见出了封建时代女子在爱情婚姻中地位的低下。

这首小令的明显特色，是以一至十的数字（以"两"作二，以"久"借作九）妥帖地顺次嵌列在句中。元曲中不乏这样的成例，如郑光祖《倩女离魂》杂剧第三折《尧民歌》："想十年身到凤凰池，和九卿相八元辅劝金杯。则他那七言诗六合里少人及，端的个五福权四气备占，抢魁震三月春雷。双亲行先报喜，都为这一纸登科记。"这虽是文字游戏，却诙谐有味。元曲讲求新巧，这也是巧思的一种。

〔中吕〕红绣鞋

款款的分开罗帐，轻轻的擦下牙床①。栗子皮踏着不提防。惊得胆丧，唬得魂扬，便是震天雷不恁响②。

【注释】

① 牙床：泛指精美的床。　② 恁：如此。

【语译】

缓缓地将帐子掀开，轻轻地蹭下床来。没料到踩上了栗子的壳块。吓得人魂飞天外，就是震天的巨雷，也响不过这一踩。

【赏析】

读此曲前，不妨先读另一首无名氏的《红绣鞋》，聊作本曲背景的参考："不甫能（恰才）寻得个题目，点银灯推看文书。被肉铁索夫人紧缠住。又使得他煎茶去，又使得他做衣服。倒熬得我先睡去。"——这是写男主人与婢女"偷情"的。

可以设想小令中的这名惹草拈花的丈夫，趁着"肉铁索夫人"熟睡之机，溜下床来，简直使出了浑身解数。又是"款款"，又是"轻轻"，鬼鬼祟祟的情状令人忍俊不禁。"分开罗帐"，"擦下牙床"，如此细腻地分写，除了显示出下床过程的艰难漫长外，还为下文"不提防"的变故预设了一种大气儿不敢透出的氛围。男主人提心吊胆，终于"擦下牙床"，自以为大功告成，作者却不让他轻松得意多久，"不提防"便"踏着"了栗子皮。"栗子皮"的道具真是安排得佳妙非常，不难想象出那"啪"的一声脆响。作品却并不直接描述这一响声如何，而是从当事人的反应和感想着笔。"惊得胆丧，唬得魂扬"，同义的复述强调了他的惊慌。而最妙的是"便是震天雷不恁响"的结句，既是夸张，又是实情，生动形象，将男主人"轻轻"、"款款"的努力顿时尽付东洋。

"偷情"的题材即使不入恶滥，至少也是不登大雅之堂。然而我们应当看到，元人之所以涉笔于此，并非是鼓吹淫淫，而是作为一种嘲弄"惧内"现象的外延。元散曲的这类作品，一方面谴责"肉铁索"式的河东狮子，另一方面也把不规矩的丈夫漫画化，写成可笑的失败者，或奚落他们的做贼心虚。所以这一类作品，往往笔致轻快，富有生活气息，体现了元人散曲俚俗风趣的特色。在《元曲三百首》中占上一二席，想来是算不上什么风流罪过的。

〔中吕〕十二月过尧民歌

看看的相思病成，怕见的是八扇帏屏：一扇儿双渐小卿^①，一扇儿君瑞莺莺^②。一扇儿越娘背灯^③，一扇儿煮海张生^④。一扇儿桃源仙子遇刘晨^⑤，一扇儿崔怀宝逢着薛琼琼^⑥。一扇儿谢天香改嫁柳耆卿^⑦，一扇儿刘盼盼昧杀八官人^⑧。哎天公天公，教他对对成。偏俺合孤另^⑨。

【注释】

① 双渐小卿：为元代家喻户晓的爱情故事。谓北宋书生双渐与庐州妓女苏小卿相爱，鸨母设计迫使他赴汴京应试，而将小卿卖给茶商冯魁。贩茶船经镇江金山寺时，小卿题诗于上，考取功名的双渐凭此线索赶到豫章城，夺回小卿，有情人终成眷属。最早见南宋张五牛《双渐赶苏卿诸宫调》（今佚）。　② 君瑞莺莺：《西厢》故事的男女主角张珙（字君瑞）与崔莺莺。故事源于唐元稹《会真记》，金董解元有《西厢记诸宫调》，元王实甫有《西厢记》杂剧。　③ 越娘背灯：宋刘斧《青琐高议》别集有《越娘记》，述西洛杨舜愈夜过茅屋，见一女子背灯面壁而坐，自述为越中女子鬼魂。杨舜愈为她迁葬，后越娘显形与杨舜愈交好。元人有《凤凰坡越娘背灯》杂剧（今佚）。　④ 煮海张生：潮州人张羽与东海龙君女琼莲相爱，得仙人助以银锅，可令海水沸腾。张羽煮海，龙君无奈，终于答允了两人姻事。元李好古有《沙门岛张生煮海》演其事。　⑤ 桃源仙子遇刘晨：南朝宋刘义庆《幽明录》载剡人刘晨、阮肇入天台山采药，遇仙女邀入家中，共同生活了半年，返乡后子孙已过七代。元王子一有《刘晨阮肇误入天台》杂剧。　⑥ 崔怀宝逢着薛琼琼：宋陈元靓《岁时广记》载薛琼琼为唐开元宫中筝手，于踏青时遇书生崔怀宝，两人一见钟情，后由唐明皇赐琼琼为崔妻。元代有郑光祖《崔怀宝月下闻筝》杂剧（已佚）。　⑦ 谢天香改嫁柳耆卿：元代民间传说，谓词人柳永（字耆卿）与妓女谢天香热恋，开封府尹钱可假意将谢天香娶作小妾，促使柳永进取功名，并在他得到状元后将谢天香归配柳永为妻。关汉卿有《钱大尹智宠谢天香》杂剧。⑧ 刘盼盼昧杀八官人：宋妓女刘盼盼与衡州公子八官人相爱，终于冲破礼教禁锢，由官府判断成婚。关汉卿有《刘盼盼闹衡州》杂剧（今佚）。昧，此借作"迷"。　⑨ 合：该。

【语译】

眼看着相思病一天重似一天，最怕看见那八幅屏风上的画面。一幅是双渐小卿喜结良缘，一幅是张生莺莺终成姻眷。一幅是越娘背灯与杨舜愈缱绻，一幅是张羽煮海求着了龙女琼莲。

一幅是刘晨天台遇女仙，一幅是崔怀宝与薛琼琼弹筝相见。一幅是谢天香同柳永遂了心愿，一幅是刘盼盼同八官人热恋。哎老天呀老天，你让他们结对成双，偏偏只该我形只影单。

【赏析】

这首小令一一铺陈了"八扇帏屏"，它们的共同之处是表现男女自由恋爱如愿以偿的故事，即所谓"对对成"。而曲中的女主人公正处于"相思病成"的境地，对这八幅屏画的态度是"怕见",其情场上的失意、"孤另",不言自明。怕见帏屏,却又不惮细细审视,逐一揭明,反映了女子对婚姻自由的向往与追求。正因如此,结尾三句的深情吁天,便产生了撼动人心的强烈效果。

八扇帏屏上的八幅人物故事,都是元代民间妇孺皆知的佳话,几乎每一则都进入过杂剧舞台,就是一个证明。作者从成百上千的同类故事中,有意选择在社会上流传最广的代表性例子,有利于减省笔墨,使读者心领神会。而恰恰因为点到即止,又激起人们一一回想思索的兴味。作品连用八处"一扇儿",而读者并无繁复单调的感觉,其原因正在于此。

〔南吕〕骂玉郎过感皇恩采茶歌　鏖兵①

牛羊犹恐他惊散,我子索手不住紧遮拦②。恰才见枪刀军马无边岸③。唬的我无人处走,走到浅草里听,听罢也向高阜处偷睛看。　吸力力振动地户天关④,唬的我扑扑的胆战心寒。那枪忽地早刺中彪躯,那刀亨地掘倒战马⑤,那汉扑地抢下征鞍。俺牛羊散失,你可甚人马平安?把一座介丘县,生纽做枉死城,却翻做鬼门关⑥。　败残军受魔障⑦,德胜将马顽犇⑧。子见他歪剌剌赶过饮牛湾,荡的那卒律律红尘遮望眼,振的这滴溜溜红叶落空山。

【注释】

① 鏖兵:军队激战。　② 子索:只得。　③ 无边岸:无边无涯。　④ 吸力力:形容旋风的象声词。地户天关:指地的深处与天的高处。　⑤ 亨地:呼的一声。下句"扑地",即噗的一声。　⑥ "把一座"三句:元代说唱文学习语,常作"介休县翻做鬼门关",当是从有关唐代尉迟恭的说唱故事中衍出。介丘县,即介休县,今属山西。　⑦ 魔障:灾难。⑧ 德胜:即"得胜"。顽犇(bēn):当作"犇顽",马不停蹄地奔跑。犇,同"奔"。

【语译】

只怕骚动的牛羊散了群,我不得不张开手紧紧拦住它们。这才发现刀枪林立,军马纷纷,一眼望不到穷尽。吓得我往偏僻无人处逃命,先伏在短草丛中细听,听了一会,才摸到高高的山坡上,悄悄窥望着情形。

只见两军杀气腾腾天摇地震,吓得我心胆俱落,扑扑地心跳个不停。那杆枪猝不及防,刺入了魁梧体躯的血肉之身;那刀呼的一声砍倒了战马,马上的汉子噗的一下栽倒在黄尘。我固然牛羊散失受损,你人马又何尝得到太平。把一块和平正常的地面,硬变成尸横遍地的恐怖之境。

打败的一方溃不成军,遇上了灾星。得胜的一方乘势追击,战马不住地狂奔。只见队伍哗啦啦赶过了饮牛的河滨。淅沥沥扬起一团团烟尘,视界为之迷茫不清。

震落了空山中的秋叶，滴溜溜在地上旋舞打滚。

【赏析】

这是一段惊心动魄的两军厮杀的观战记，倏来忽往，更显出一种速写式的精炼与激烈。入手的角度也颇为新颖，是从一名牧人在无意中的遭遇和目击来展开全篇。和平的牧野转眼间变成了血肉纷飞的战场，这就更增添了战争的残酷意味。

起笔从"牛羊"开始。牛羊感觉敏锐，觉察到情况异常，发生了骚动。牧人起初并未意识到危险，"犹恐"说明他全副心思都集中在牛羊的失常上，"子索"、"不住"，显示出他竭力控制牧群的手忙脚乱。"紧遮拦"的努力多少奏了效，这才发现了牲畜受惊的外界原因——"枪刀军马无边岸"。这一起笔细腻而真实，借机交代了对阵两军的突然出现与渐次逼近。由牛羊的惊散渐而写到牧人的惊走，战争的残酷气息便先已笼罩全篇。作者安排牧人由"走"到"听"，"听罢"再探出草丛爬上高阜"偷睛看"，既渲染出一种紧张的氛围，又省略了两军交战的最初接触，使牧人作壁上观，一下子就目击到了短兵相接的关键景象。

"吸力力振动地户天关"是杀声，更是一股杀气，这是从大处着笔。"那枪"等三句，则细绘了刀来枪往的三组具体镜头。"忽地"、"亨地"、"扑地"都是象声，而"忽地"兼有突然意，"亨（呼）地"兼有沉重意，"扑地"兼有扑倒意，加上"刺"、"掘"、"抢"等形象的动词，使激烈的战况显得惊心动魄。对于像牧人这样的平民百姓来说，这些血淋淋的景象是终生难忘的，因而他在惊魂未定中的现场感受，也就更易给读者留下深刻印象与认同。

最后一支〔采茶歌〕中，胜负已成定局，于是败军惶惶然若丧家之犬，而胜方则毫不留情地乘势追击。末三句便表现了追赶的情形。"歪剌剌"在此是象声词，而三字又有东倒西歪的本义，作者有意用上，多少含有讽刺愤蔑的微意。特意表出"饮牛湾"，以及"红尘遮望眼"、"红叶落空山"的景色描写，都是在同时强调战争对宁静生活的骚扰与破坏。至此我们更可理解作者安排牧人为曲中主角的用心，正是为了表现无辜百姓对战乱带来惊恐威胁的愤怒与控诉。

这支散曲绘声绘色，情景栩栩如生，令人过目难忘。语言上带有民间文学的强烈特色，如运用大量的口语、象声词，运用顶真手法，使用尖新生动的对仗等等。尤其是曲中插入的两组感受和评论："俺牛羊散失，你可甚人马平安"，"把一座介丘县，生纽做枉死城，却翻做鬼门关"，更是老辣当行。前者利用"牛羊散失"与"人马平安"的字面对仗，化常语为尖巧；后者则搬用说唱中的习语，恰合"鏖兵"的题面与本质。无论从题材、语言及表现手法来说，这支无名氏的作品，在元散曲中都是别具一格、令人刮目相看的。

〔双调〕庆宣和

花过清明也是客，客更伤怀。杜宇声三更里破窗外^①：去来②，去来。

【注释】

① 杜宇：杜鹃鸟，鸣声如"不如归去"。　②去来：去吧。"来"字语助无义。

【语译】

一过清明，花儿在枝头上也坐不安稳，何况像我这样风尘异乡的客人！破窗外三更时就听到杜鹃鸟啼鸣，仿佛在向我提醒："回去吧！回去吧！"一声接着一声。

【赏析】

"客"字入诗殿尾，多成佳句，如"万里悲秋常作客"（杜甫）、"座中醉客延醒客"（李商隐）、"梦里不知身是客"（李煜）、"春风合是人间客"（晏幾道）、"唤作主人原是客"、"蝴蝶梦魂常是客"（陆游）等等。这是因为它揭示了人生的一种孤独悲凉的普遍感受。曲中的"花过清明也是客"，正是这样的警策之句。它既点醒了一过清明后百花在枝头留不长久的事实，又是以花及人，说明在此之前，作者已久谙了客中的愁苦滋味。东风作主，春花斗妍，它们至少还没有遭受到命运的摧残；而一旦芳时过去，花儿各自飘零，对于作者来说就不仅仅是同病相怜，而是对生活的无情感到彻底绝望了。所以次句说"客更伤怀"，伤己之外，更兼伤春伤时，这正是"更"字的含意所在。这两句寄托深沉，感情强烈，给人以怵目惊心之感。

"伤怀"的来源还不止一端，除了目击外，尚有耳闻的一面。第三句就推出了"杜宇声"，这一句中又堆砌着三层愁意：一层是杜宇，所谓"一叫一回肠一断"（李白《宣城杜鹃》），从来是客愁的象征；一层是三更，代表着孤凄无眠；一层是破窗，显示了客境的困苦。三层中以杜宇声为众愁之主。因为它听上去像是在啼唤"不如归去"。四、五两句就记录了它的鸣声"去来，去来"，这是杜宇催归，又同时是作者心中无望的呼喊。〔庆宣和〕末两句律为叠句，此处恰恰起了声声催促的加倍作用。作品至此戛然而止，却使人耳边仿佛还回响着"去来"的凄声。这首小令虽然篇幅短小，但由于注重练意，又融情入景，故将羁旅的客愁表现得淋漓尽致。

〔双调〕寿阳曲

闲花草，临路开，娇滴滴可人怜爱①。几番要移来庭院栽，恐出墙性儿不改。

【注释】

① 可人：合人心意。

【语译】

无主的野花当路开放，娇艳妩媚，令人爱怜难忘。我几回想将她移回家中栽养，只怕她本性不改，窜出院墙。

【赏析】

墙花路柳，野草闲花，这些词语的衍生义人所共知，早就盖过了字面的本意。这首小令，以"出墙性儿不改"的"闲花草"指代青楼的烟花女子，这是一望可知的。但是，我们若先撇过它比喻、影射的一层意思，读一遍也颇有趣味。花草上着一"闲"字是说明花卉无主，"临路开"自然人人可以摘取。它又是那样的娇柔可爱，楚楚动人、惹起作者"移来庭院栽"的愿望是顺理成章的。然而几次三番下了决心，却始终未能移成，只为了"恐出墙性儿不改"。本来"闲花草"临路好端端开着，"性儿"改不改干卿何事。若不是花草意有所指，我们简直要嘲笑作者自作多情、庸人自扰了。

真正的曲意当然不是这回事。作者迷恋上了妓院的一名女子，弄娇做媚，令他难以割舍。好几回想赎她从良娶回家里，却终究想到了她水性杨花的致命缺陷。小令妙在前四句尽力赞美、爱怜，到末句才突作转折，尽翻前案。这就使人想起五代前蜀王衍的《甘州曲》："画罗裙，能结束，称腰身。柳眉桃脸不胜春，薄媚足精神。可惜许，沦落在风尘。"在短小的体制中，这种突兀的转折，往往尤具使全篇灵动隽永的效果。

〔双调〕山丹花

昨朝满树花正开。胡蝶来，胡蝶来。今朝花落委苍苔。不见胡蝶来，胡蝶来。

【语译】

昨天满树花开正盛，蝴蝶翩翩飞来，一群又一群。如今花落，委身于苍苔之间，再不见、再不见蝴蝶的来临。

【赏析】

花开花落，是最常见的现象，也最容易激起人们的伤感。这文小令用对比的手法陈示了晚春的这一景象，却妙在并不说破。在"昨朝"繁花满树时，作者不明言自己的赞美或欣赏，而是借用"胡蝶来"的一笔含蓄地表现了出来：蝶尚且恋花，人就可想而知了。同样，当"今朝"落红委地时，作者也只是用蝴蝶的不见，来代表和坐实自己的惋伤。这同《诗经·采薇》"昔我往矣，杨柳依依。今我来思，雨雪霏霏"一样，仅通过景物的变化，便晰示了人物的心情。曲中前半"胡蝶来，胡蝶来"的重复，有蝴蝶众多及翩翩飞舞的意味；后半"不见胡蝶来，胡蝶来"的叠句，则有反复寻觅的效果。这也是本篇饶有兴味的地方。

唐人武瓘有一首五绝《感事》，全诗云："花开蝶满枝，花谢蝶还稀。惟有旧巢燕，主人贫亦归。"前两句与本曲有相近处，但武诗"蝶满枝"、"蝶还稀"仅是平平的带过之笔，作用也只限于作为"嫌贫爱富"的衬垫。而本曲则饱含感情，题旨也落在感慨青春及繁华易逝难留的大处。所以两者的艺术感染力，是不可同日而语的。

这支小令看似用语平常，却别开生面；看似语意说尽，却余味袅然。唯因其简捷快当，才使人涵泳不已。唐人皇甫松有一首〔摘得新〕小词："酌一卮，须教玉笛吹。金筵红蜡烛，莫来迟。繁红一夜经风雨，是空枝。"清人况周颐评道："词以含蓄为佳，亦有不妨说尽者。皇甫子奇《摘得新》云：繁红一夜经风雨，是空枝。语淡而沉痛欲绝。"（《餐樱庑词话》）本曲也属于"不妨说尽"，"语淡而沉痛欲绝"的成功例子。

全曲形制短小，音韵谐和，质朴无华，具有民歌和谣谚的特色。寥寥二十八字，抵得上一篇《春赋》。

〔双调〕清江引　咏所见

后园中姐儿十六七，见一双胡蝶戏。香肩靠粉墙，玉指弹珠泪。唤丫鬟赶开他别处飞。

【语译】

十六七岁的小姐在后花园内，见到两只蝴蝶结伴儿嬉戏，互相追随。她肩靠着粉墙，不住用手抹泪。吩咐丫鬟：把它们赶走，到别处儿去飞。

【赏析】

后园里一双蝴蝶好端端地飞舞嬉戏，却被小姐吩咐丫鬟予以驱逐。蝴蝶永远搞不明白什么地方得罪了小姐，而读者对个中缘故却是一目了然的。所以虽然小令只有短小的五句，仍使人感到清新有味。人们欣赏无名作者新奇大胆的构思，欣赏作品柔媚的民歌风调。

起首两句是对事件背景的交代，"姐儿十六七"、"一双胡蝶戏"，纯用口语，质直无华，带有典型的小调风味。三、四句作小姐的特写。"香肩"、"玉指"、"粉墙"、"珠泪"，在民歌说来已是一种雅化，然而又与文人炼字琢词的求雅不同，使用的是一些近于套语的习用书面语，类似于说唱文学中"沉鱼落雁，闭月羞花"一等的水平，故仍体现出俚曲"文而不文"的特色。末句则沟通并表出"姐儿"与"胡蝶"两者的联系。五句三层，各层次各自独立形成一幅画面，合在一起，却成了一段情节有趣、动感十足的小剧。

本篇题称"咏所见"，当然生活中不至于存在神经如此脆弱的玻璃心女子。但小曲确实让读者有所见，且对这位十六七岁"姐儿"在爱情婚姻上不能顺遂的遭际产生同情，这正说明了作品新巧构思的成功。又全曲五句纯用白描，不作半分解释和评论，这种意在言外的含蓄，也是令人过目难忘的。

利用"一双胡蝶"来作闺中女子怀春伤情的文章，在散曲中并非仅见。清代曲家潘曾莹有一首《清江引》："墙角一枝花弄暝，庭院添凄迥。黄昏深闭门，红褪燕脂冷。飘来一双胡蝶影。"把一名未出场的独居女子的孤恓痛苦，表现得淋漓尽致。两相比较，也可发现民间散曲与文人散曲，在率意与刻意的祈向上的不同。

〔双调〕水仙子

烟笼寒水月笼沙[①]，江上行人陌上花。兰舟夜泊青山下，秋深也不到家，对青灯一曲琵琶。我这里弹初罢，他那里作念煞[②]。知他是甚日还家？

【注释】

①"烟笼"句：杜牧《泊秦淮》诗句。　②作念：记念，想念。

【语译】

烟雾笼罩着凄凉的水面，月光铺满了沙岸。行客在江上漂泊，那田间的野花又已开满。航船入夜随处碇泊，傍着他乡的青山。已经深秋了还未回到家园，我不禁对着荧荧的灯火把琵琶轻弹。我这里一曲弹完，他那边定然在把我深深想念。不知他哪一天也把家还？

【赏析】

本曲由写景领出叙事言情，内容是散曲常见的夫妇离别相思。全曲在"我"与"他"两者间变换闪现，真切地表现了思妇的心绪。而由于指代的不确定性，增加了曲意的内涵，使这首小令颇有玩味之处。

丈夫离家远出，留下少妇一天天引领期待。"秋深也不到家"，一个语助词"也"字，坐实了思妇的叹嗟和无奈。她只得在孤灯下弹上一曲琵琶，并相信"天涯共此时"，丈夫也一定在同样深深地思念着自己。——这是一种解释。这种理解，是将起首二句视作少妇对丈夫客况的悬想。此种思妇独守空闺、夜夜盼郎归的模式，在元曲中是屡见不鲜的。

然而，全曲还可以有一种更胜的解说，即以"江上行人"与思妇作为同一人。夫妇不仅离散，而且都在异乡漂泊，只是女方此时先获得了还乡的机会。这并非是无根据的附会。"陌上花"本身有一个典故：五代吴越王钱镠的妃子吴妃每年冬天回乡省亲，到开春钱镠便写信给她，信上是九个字："陌上花开，可缓缓归矣。"民间为之制作了吴歌《陌上花》。可见这是颇切女子还家之意的。在古代诗文中，"兰舟"多为女子的坐船，而琵琶更是妇女在船中弹奏的道具。在战乱频仍的时代，夫妇举家逃难，中途失散的现象普遍存在，南戏《拜月亭》演的就是这样的题材。以行人的身份忆念行人，全曲离别相思的情味，显然更为深切动人。

无论作者的创作意图属于哪一种，本曲都不失为一首言情的佳作。全曲情景交融，意境疏朗，感情真挚，这一切都给我们留下了深刻的印象。

〔双调〕水仙子

　　爱我时长生殿对月说山盟①，爱我时华萼楼停骖缓辔行②，爱我时沉香亭比并著名花咏③。爱我时进荔枝浆解宿酲④，爱我时浴温泉走斝飞觥⑤。爱我时赏秋夜华清宴⑥，爱我时击梧桐腔调成⑦。爱我时为颜色倾城。

【注释】

　　① 长生殿：在骊山(今陕西西安临潼区境内)华清宫中的一所宫殿。又唐代帝、后的寝宫也称长生殿。　② 华萼楼：即花萼楼，在长安兴庆宫西南，唐玄宗所建。骖(cān)：三匹马同拉的车。　③ 沉香亭：在兴庆宫图龙池东，亭以沉香木建成，故名。　④ 宿酲(chén)：隔夜的酒困。　⑤ 斝(jiǎ)：三足酒杯。觥(gōng)：角制的酒杯。　⑥ 华清：宫名，一名温泉宫，在骊山下。宫中有温泉池，名华清池。　⑦ 梧桐：指古琴。

【语译】

　　他爱我时在长生殿山盟海誓，对着天上的月亮；爱我时华萼楼下缓步同游，松放着车乘的马缰；爱我时在沉香亭里，将我同牡丹一起谱入歌行。爱我时供进荔枝，甜蜜的汁液把我隔夜的酒困扫荡；爱我时在骊山温泉入浴，传杯行酒，醉度时光。爱我时华清宫开宴同把秋夜玩赏，爱我时亲自操琴奏成新腔。爱我时因为我姿容无双。

【赏析】

　　这首曲中之主角"我"的身份不可动摇，非杨贵妃莫属，因为所述的种种承恩之举，都是她独享的专利。不妨摘抄宋人乐史《杨太真外传》的若干片段："上起动必与贵妃同行。""上每年冬十月幸华清宫，常经冬还宫阙。去即与妃同辇。""妃子既生于蜀，嗜荔枝，南海荔枝胜于蜀者，故每岁驰驿以进。""上凭肩而望，因仰天感牛女事，密相誓心，愿世世为夫妇。"……诸如"浴温泉"、"进荔枝"、沉香亭赏花赋《清平调》、长生殿对月密誓来生，在唐人笔记如《国史补》、《松窗录》、《长恨歌传》等已有明晰的记载，唐诗如李白《清平调》、白居易《长恨歌》、杜牧《过华清宫》等也多有涉及。未见典籍明载的只有"华萼楼"、"击梧桐"两句。但华(花)萼楼为唐玄宗友爱兄弟而建，据《开元传信记》载，"上与诸王靡日不会聚"于此。而玄宗起动又是"必与贵妃同行"的，"停骖缓辔行"亦是意料中事。至于"击梧桐"，《宣和画谱》所著录的画家张萱、陈闳、顾闳中都绘有《明皇击梧桐图》，张、陈二人即是开元、天宝年间的宫廷画师，可见也非无据之谈。全曲几乎集中了元人对杨贵妃得宠情状的全部知识，真可谓"三千宠爱在一身"。

　　一连串"爱我时"的排比令人眼花缭乱，结末来了句"爱我时为颜色倾城"。

这一句粗看似乎多余，杨贵妃的"颜色倾城"是人所共知的。撇开"四大美人"之类的民间传说与"回眸一笑百媚生"之类的文学的描写不说，现存唐玄宗亲撰的《王文郁画贵妃像赞》"忆昔宫中，尔颜类玉"云云，就是当事人留下的最有力证明。但全曲至此戛然而止，就启发人们去想到这一句的反面，即一旦"颜色"不"倾城"了怎么办？人老珠黄，色衰爱弛，这是封建宫廷受宠女子的自然命运。"爱我时"是有条件的，也是昙花一现的，这正是全句的潜台词。于是我们发现，曲中的主角是杨贵妃，但只是名义上的主角。"爱我"的"我"，实际上代表了宫中以色事君的无数不幸女子。借树开花，借题生发，正是这首小令的匠意与特色。

元无名氏的另一首《水仙子》将此意表达得更清楚："爱我时沉香亭畔击梧桐，爱我时细看华清出浴容。到如今病着床害的十分重，划地更盼羊车信不通，度春宵帐冷芙蓉。怎占着长生殿，撇我在兴庆宫。唱好是下的也玄宗！"虚构了"病杨妃"的情节。两曲异曲同工，而本篇"爱我时"的通篇排比，以及不动声色、于结尾突出奇兵的处理，则更具散曲的"蒜酪"风味。

〔双调〕水仙子　喻纸鸢①

丝纶长线寄生涯，纵放由咱手内把。纸糊披就里没牵挂②，被狂风一任刮。线断在海角天涯。收又收不下，见又不见他。知他流落在谁家？

【注释】

① 线鸢(yuān)：纸扎的风筝。　② 纸糊披：用纸蒙面的风筝架子。

【语译】

一根长长的丝线，寄下了它的全部活动，要纵要放，全凭我一手操纵。纸蒙的架子，无牵无挂，内里空空。被一阵狂风任意吹送。线刮断了，飘向天涯海角的远空。我收又收不回来，见又见不到它影踪。不知它流落到了谁人家中？

【赏析】

题为"喻纸鸢"，则纸鸢只是寓象之物。所喻的内容，从曲中可知，实为一名男子的婚姻。

小令妙在双关，字面上句句是咏写风筝。风筝借长线得以放飞，操纵权本在放飞者手中。但它本身对长线的主人并无甚牵挂，跟上了狂风，结果线儿刮断，不知影踪。纵放者虽然念念不忘，也只得徒呼奈何。

从深层的喻意来说，"纸鸢"很像是指一名同意从良的妓女。她起初名花无主，漂泊风尘，这时一位男子对她有意，为她赎身，确定了姻缘关系。男子自以为万无一失，殊不料对方是"纸糊披就里没牵挂"，本性难移。竟然跟上了别的轻薄男子出走，音讯全无。男子找不到她，心里又放不下她，痛悔之余，只能为她今后的命运深深叹息。

从这样的意义来说，小令曲折成功地示现出"纸鸢"主人的心理变化。起首两句顺风满帆，志得意满，"纵放由咱手内把"，也透露出了几分掉以轻心；中间三句急转直下，惊疑中又掺杂着几分后悔与无奈。末三句则是接受了"线断"的既成事实后的感想，"收又收不下，见又不见他，知他流落在谁家"，显示了男子的一往情深。全曲的双关喻意，以这三句最为贴切自然。令人对男子的疏失油然生了同情。

双关手法所关合的双方意境，距离愈远愈不易作。在本曲中，"纸鸢"与"姻缘"就属这样的情形。而双关又是民歌俗曲喜用的手法，在散曲中自然不可缺少。本曲作者或许从纸鸢的"丝纶长线寄生涯"与俗语的"千里姻缘一线牵"相联想中启发了灵感。不管怎么说，这首小令表现出一种民间歌谣的风味，足见民间创作的散曲也不乏佳妙的奇葩。

〔双调〕蟾宫曲　酒

酒能消闷海愁山，酒到心头，春满人间。这酒痛饮忘形，微饮忘忧，好饮忘餐。一个烦恼人乞惆似阿难①，才吃了两三杯可戏如潘安②。止渴消烦，透节通关；注血和颜，解暑温寒。这酒则是汉钟离的葫芦③，葫芦儿里救命的灵丹！

【注释】

① 乞惆：同"忔怊"，皱紧的模样。　阿难：释迦牟尼的弟子，其塑像常作悲苦状。② 可戏：又作"可喜"，元人方言，漂亮。潘安：晋代文学家潘岳，字安仁，俗称潘安，为古代美男子的代表。　③ 汉钟离：钟离权，唐人，世传"八仙"之一。因其自号"天下都散汉钟离权"，人以"汉"字下读，遂传为"汉钟离"。民间传说他有葫芦仙丹，可起死回生。

【语译】

任凭愁闷如海如山，有了酒就能驱散。美酒下到心头，人间顿觉充满春天。这酒痛饮可忘记自己的存在，小饮可忘记忧愁，畅饮可忘记吃饭。一个烦恼人像阿难那样蹙眉皱面，才喝两三杯就变作漂亮的美男。它解除口渴，消除闷烦，穿透关节，打通经络，充注血脉，温和容颜，解消暑气，驱除风寒。这酒真是钟离仙的葫芦，葫芦里的救命灵丹！

【赏析】

"何以解忧？唯有杜康。"（曹操《短歌行》）"断送一生唯有，破除万事无过。"（黄庭坚《西江月》）……古代的诗词中，有关酒的赞述评论真是汗牛充栋，散曲自然也不能例外。这支小令就作了系统的铺陈。

起首第一句就总述了酒的功效。"闷海愁山"，用了极度的夸张，却以"酒能消"三字举重若轻地加以化解。紧接着，"酒到心头，春满人间"，一组畅达而形象的流水对，极富诗情画意，有力地支持了前句的断言。

四至六句，从"痛饮"、"微饮"、"好饮"的三种不同方式具体阐述酒的妙处，道人所未曾道。三种饮法的共同点是"忘"，也就是对"酒能消闷海愁山"的进一步说明。而七八两句则举了生活的实例，从"乞惆似阿难"到"可戏如潘安"，生动地说明了饮酒的魔力。佛殿的塑像，即使不至狰狞，但蹙眉皱容、垂目悲苦，给人留下怪奇的印象至深；而古人有"貌比潘安"的习语，这一丑一妍，对比十分真切。所以这两句虽然带有夸张的成分，却并不使人感觉荒诞。"烦恼人"通过酒的调治而妙手回春，这就巧妙地呼应了"酒到心头，春满人间"的上文。

以下四句又用了不同的写法，以二字一意的四字短句，犹如爆豆一般接连迸出，语若贯珠，如数家珍，显出一种畅谈快举、毋庸置疑的自信。而这些又是家喻户晓、实实在在的效用。这样，就自然引出了末两句的总结，即酒无异于仙丹妙药。末两句是通过比拟来表现的，而比拟中仍带着递进，显示出强烈的感情色彩。

诗词咏酒，往往重于凝练。而散曲就较能自由淋漓地铺陈，横说竖说，还能穿插生动夸张的对比与清新活泼的生活语言。不过，本篇并非酒类广告，也不是在单纯地就酒论酒。它的重点显然在于"酒能消闷海愁山"，所穿插的"止渴消烦，透节通关"之类，不过是借以点缀，从曲末将酒提高到"救命灵丹"的偏激高度也能证明这一点。借拔高酒的地位来暗示"闷海愁山"的现实存在，发泄对社会、人生种种黑暗、郁塞的牢骚，才是本篇的主旨所在。

〔双调〕折桂令　微雪

　　朔风寒吹下银沙。蠹砌穿帘①，拂柳惊鸦。轻若鹅毛，娇如柳絮，瘦似梨花。多应是怜贫困天教少洒，止不过庆丰年众与农家②。数片琼葩，点缀槎丫③。孟浩然容易寻梅④，陶学士不够烹茶⑤。

【注释】
　　① 蠹砌：在台阶上留下蛀痕。蠹，蛀书的白色小虫。　② 众与：普遍地给与。
③ 槎丫：乱枝。　④"孟浩然"句：元人流传孟浩然踏雪寻梅的误说，详参本书汪元亨《沉醉东风·归田》赏析。　⑤"陶学士"句：北宋初翰林学士陶穀，在冬日用雪水煮茶，以为韵事，见《清异录》。

【语译】
　　寒冷的北风，将银沙般的雪粒吹向人间。有的粘沾在台阶上犹如蠹鱼的蛀痕，有的透过缝隙飘进珠帘。轻拂过丝丝柳线，扰乱了乌鸦的安恬。像鹅毛那样无足轻重，像柳絮那样娇弱乏力，像梨花那样憔悴可怜。也许是因为怜悯穷人，老天故意把雪量削减；普施给农家就那么一点，也算是瑞兆丰年。琼花有限的几片，点缀在枝丫之间。孟浩然寻梅固然方便，陶毂想用来煮茶，可就难以如愿。

【赏析】

这首小令，在"微雪"的"微"字上做足了文章。

朔风吹雪，吹下的却是"银沙"，这一比喻形象地表现了雪花的微细。接着两句是"银沙"飞向人间的效果。雪量稀少，盖不满台阶，只不过沾留下一点点痕迹，作者用了一个"蠹"字，意谓像蠹虫那样蛀出了一个个小洞。蠹虫又名银鱼，本身呈银白色，所以"蠹砌"的借用十分传神。帘子本身是用来遮挡雨雪的，但因雪花太细，竟然"穿帘"而入，这又是新奇的构思。至于"拂柳"，则是借柳丝的柔弱来映衬雪势的无力，"惊鸦"恐怕是利用乌鸦易于躁动的天性，言下之意，其他禽鸟当不会如此敏感而受惊。以下三句运用三组比喻进一步表现"微雪"，妙在"鹅毛"、"柳絮"、"梨花"本为喻雪的常语，而曲中却替换了其固有的喻性："鹅毛"不取其片大而取其质轻。"柳絮"不取其量众而取其力弱，"梨花"不取其色白而取其身瘦。这正是元人善于出新之处。

然而，篇中最能体现散曲曲味和巧思的，还数涉及人事内容的两组对句。在"多应是"、"止不过"的第一组中，前句暗用了东汉袁安的典故。《汝南先贤传》载汝南大雪，洛阳令亲自巡访，到袁安门口，不见人扫雪，以为他已饿死，入门果然见袁安僵卧在家。问他为什么不出门求助，袁安答："大雪人皆饿，不宜干人。"可知大雪对古代的贫穷百姓无异于一场灾难。"怜贫困天教少洒"，入情入理，是对天公安排"微雪"的一种肯定。而后句则从"瑞雪兆丰年"的习语生发，这一场微雪如此可怜，还要"众与农家"，那就简直是老天爷在虚应故事了。这一句又充满了讽刺之意。将互相矛盾的评价巧妙地并列在一组对仗之中，这是散曲所特有的一种冷峭的表现风格。

"孟浩然"、"陶学士"一组对句也是如此。这是在"数片琼葩，点缀槎丫"的前提下开展的，转入了冬雪"韵雅"的内涵。元人流传"孟浩然踏雪寻梅"的传说，微雪不仅使孟浩然的出游减少了行途上的麻烦，"寻梅"也容易一目了然。可是陶学士要实现以雪水烹茶的雅举，却成了巧妇难为无米之炊。这又是将互相矛盾的两面接到了一起，而无不表现出"微雪"的影响。

元散曲擅长围绕某一事物或主题，横说竖说，穷追猛打，淋漓发挥，在穷形极致之中表现出尖新、奇峭的韵味。这首小令，便有助于我们体会散曲的这一特色。

〔双调〕雁儿落带过得胜令

叹光阴似水流，看日月如翻手。论颜回岂少年①，算彭祖非长寿②。　恰才风雨替花愁③，今日早霜降水痕收④。撚指冬临夏，须臾春又秋。凝眸，尧舜殷汤纣⑤。回头，梁唐晋汉周⑥。

【注释】

① 颜回：孔子弟子，以德行著称。因孔子对他有"不幸短命死矣"的哀叹，故后人将他作为享年不永的典型。其实颜回活了三十二岁。　② 彭祖：上古时人。传说活到周代，享年八百岁。　③ 风雨替花愁：金代赵秉文《青杏儿》词首句。　④ 霜降水痕收：苏轼《南乡子·重九涵辉楼呈徐君猷》词首句。　⑤ 殷汤纣：商朝的成汤与纣王，分别为立国和亡国君主。殷，商朝的别称。　⑥ 梁唐晋汉周：五代时期(907—960)先后更迭的五个王朝。

【语译】

可叹光阴像流水那样迅疾，日出月入，像翻掌那般轻易。颜回早夭，谈不上什么享年不永，彭祖八百岁，也算不了长寿得意。

才见春天的风风雨雨像是分担着花草的愁悲，如今一转眼早又秋霜陨降，水位低贴下岸壁。弹指冬去夏来，瞬时春天又换成了秋季。我凝望着历史，看尧、舜、商汤、纣王，一代代君主变易；回首人世，梁、唐、晋、汉、周，一回回王朝更替。

【赏析】

元散曲在感慨或说教时，往往围绕着某一个观点反复阐说，层层加码，有一种穷形极致的风味。本曲就是一个例子，全曲的主旨一目了然，是感叹人生的短暂。为此，作者动用了五组对句。

第一组对偶的用意最为显豁。"光阴似水流"，同现时常说的"年光似水"、"岁月如流"是同一个意思，连孔老夫子也在川上曰"逝者如斯夫，不舍昼夜"，可见是人同此心。而"日月如梭"、"日月如跳丸"之类的比喻在文章中也司空见惯，这里说"日月如翻手"，不过是换一种说法。这两句应当说是平淡无奇的。

第二组对偶不像前组那么合掌，改从正反两面说，本质上还是一个意思。它的发明权是庄子，《庄子·齐物论》："莫寿于殇子，而彭祖为夭。"抹杀颜回与彭祖在寿命上的区别，甚至像庄子那样走到极端，将殇子与彭祖在寿夭的评价上颠倒个个儿，正是基于人生有限的观念。这一联是使用了人物的比喻。

第三组的两句夹用了前人的现成语。金代文学家赵秉文《青杏儿》："风雨替花愁，风雨罢花也应休。"脍炙人口，遂成了元曲中的习用。如康进之《李逵负荆》杂剧〔混江龙〕："可正是清明时候，却言风雨替花愁。"乔吉〔春闺怨〕小令："帘控钩，掩上珠楼，风雨替花愁。""霜降水痕收"则是苏东坡的词句，也屡为元人所借用，如邓学可《乐道》套数〔倘秀才〕曲："恰云生山势巧，早霜降水痕收，怎熬他乌飞兔走。"这两句夹在"恰才"、"今日早"的口语中，造成了一种半文半白的风格。第四联"撚指"、"须臾"云云，是这两句的概括和重申。两联一长一短，在文气上形成了舒徐和遒紧的变化。

相对来说，第五组对仗较有新意。这是一组扇面对，后半部分以"尧舜殷汤周"五个并列的字词对仗"梁唐晋汉周"，这是诗词所罕见的。"凝眸"、"回首"，只表动作，不作评论，却因两组五字的顺序并立，使人领悟到王朝走马灯式的变换，风流烟云似的幻灭。全曲的五组对仗，犯上下复意之忌，本身算不得有什么高明。但汇合在一起，却从人生、时序、历史的不同角度互为补充，即使是老生常谈，也因而带上了哲理和气势。淋漓尽致、堆叠渲染是元散曲的风格特征之一，且往往能收到化平腐为神奇的效果。

〔商调〕梧叶儿

桃腮嫩，杏脸舒，红紫间锦模糊。春将暮，风乱鼓，落红疏。谁肯与残花做主？

【语译】

绯红的桃瓣娇嫩无比，杏花尽情地展示着媚丽。万紫千红交杂在一起，就像是花纹模糊的彩色锦缎。春天即将过去，狂风胡乱着力，枝头落红渐稀。谁肯把残花保护怜惜？

【赏析】

"杏脸桃腮"是人们对美女的形容，以花喻人，而在本曲中，"桃腮"、"杏脸"恰恰用来表现桃杏自身，这就沟通了美感与联想的联系，使读者从日常对美人的审美经验中去返视和品味这两种花品的娇丽。"嫩"是质地、色泽的综合印象，属静态；"舒"是绽放、呈露的充分表现，属动态。但无论是静是动，这两句都有将无生命的桃花杏瓣拟人化的意味，倍觉生动、传神。下一句中，"红紫"代表春天的百花，所谓"万紫千红总是春"（朱熹《春日》），作者将这一片百花齐放、芳菲交杂的春景比喻为彩锦，且以"模糊"二字显示出"红紫间（间杂）"的纷纭和斑斓，也是十分形象的。"桃腮"、"杏脸"仅是这一片"锦模糊"中的局部代表，这种有点有面的写法，便充分展示了春天在全盛时期的芳姿。

但随即小令便出现了转折。四、五、六三句，从"春"、"风"、"落红"的三个方面显示了情况的不幸变化。这三句都是三字的短句，既映合了变化的遽然，又含有不堪多言的喟叹意味。春天将暮，挽回已无可能；"风乱鼓"，又是那样的粗暴、蛮横；而落红已"疏"，离开吹尽的地步近在咫尺，已到了岌岌可危的最后关头。因而作者禁不住发出了"谁肯与残花做主"的呐喊。将这一结尾与起首的悦赏对读，既可见诗人一往情深的慕春情结，也可见出他无可奈何的惆怅和悲哀。

借自然界的花开花落来抒发对人生好景无常的感慨，这样的作品数不胜数。但这首小令前半有意铺陈春日的芳菲，后半骤然推出美景的破灭，并在末句将惨痛的结局推向最高潮，这种急转直下的抑跌手法，以及言简意赅、语浅衷深的感情处理，仍是颇为震动人心的。

〔商调〕梧叶儿　三月

春三月，花满枝，秋千惹绿杨丝。才蹴罢，舒玉指，摸腰儿：谁拾得鲛绡帕儿^①？

【注释】

① 鲛绡帕儿：手帕。鲛绡，传说鲛人所织之绢。

【语译】

三月的春天繁花满树争俏，荡上荡下的秋千，不住地惹动着杨柳的翠条。她刚打罢秋千，伸出手指去摸腰：我的手帕儿，让谁给拾去了？

【赏析】

秋千是古代少女在春天的娱乐器具。苏轼《蝶恋花》："墙里秋千墙外道。墙外行人，墙里佳人笑。"李清照《点绛唇》："蹴罢秋千，起来慵整纤纤手。"都说明了这一点。"春三月"正值寒食令节，旧时人家有寒食作秋千游戏的习俗，诗歌中也多有反映，如韩偓《寒食夜》："夜深斜搭秋千索，楼阁朦胧细雨中"，韦庄《郴州遇寒食》："好是隔帘花树动，女郎撩乱送秋千"，张耒《清明卧病有感》："处处秋千竞男女，年年寒食乱风花"，等等。这首小令表现三月的风情，就巧妙地运用了一则少女打秋千的生活小景。

起首一句"春三月"直接点题，第二、三句则是春三月一处小院内的优美风光。诗人在推出秋千这一中心景物时，不忘与明媚的春景伴搭在一起，写出了"秋千惹绿杨丝"的佳句。王维《寒食城东即事》："秋千竞出垂杨里。"欧阳修《浣溪沙》："绿杨楼外出秋千。"都是将秋千与杨柳并提的成例。但本曲中的"惹"字，形神俱见，并有秋千屡屡荡起、飞扑杨枝的韵味，决不比前贤逊色。

从第四句开始，诗人让少女出了场。由于已有"秋千惹绿杨丝"一笔，作品便从她"才蹴罢"写起，这是节省笔墨的作法。除了"才蹴罢"的交代外，诗人只用了"舒"、"摸"的两个动作，便传神地表现出少女天真烂漫的情态。这舒玉指与摸腰儿的两句并非率易而作，少女蹴罢秋千便舒开了手指往腰里探摸手帕，正说明了她香汗淋漓，是对秋千前文"惹"字的加写。殊不料一波三折，腰里的"鲛绡帕儿"竟已失落，末句声气逼肖，显示了少女的惊诧。她人刚从秋千架上下来未久，架旁的地上未见手绢，则失落必在打秋千之前的别的地方。那么，究竟"谁拾得鲛绡帕儿"？这就吸引了读者的注意。古代小说戏曲中，闺中少女香帕的遗失往往会引出一段段曲折风流的故事，所以这一结尾将导出人们无穷的联想。作者的构思，真可以用上"别开生面"四字。小令短短的二十八字，有春天的画面，有人物的活动，还有富于生活气息的联想空间，作品的清新活泼、婉曲多致，就是不言而喻的了。

值得一提的是，这位无名作者的《梧叶儿》是属于重头组曲的形式，共十二首，每首分咏全年的一个月，且多通过闺中少女的日常活动来反映出当月的风情特征。十二首末句均用一"儿"字押韵，构思新巧。这里再列举其中数首："踏青去，二月时，只不肯上车儿。强挪步，困又止，脱鞋儿。要人兜凌波袜儿。"（《二月》）"曾齐唱，端午词，香艾插交枝。琼酥腕，系彩丝，酒浓时，压扁了黄金钏儿。"（《五月》）"中秋夜，饮玉卮，满酌不须辞。沉醉后，仰望时，月明儿。便似个青铜镜儿。"（《八月》）"十二月，十二时，无一刻不嗟咨。他来后，方则是，一团儿。香满了青绫被儿。"（《十二月》）以情见景，余味无穷，民间散曲作者的智慧才情，于此可见一斑。

〔小石调〕归来乐

你看那秦代长城替别人打，汉朝陵寝被偷儿挖。魏时铜雀台①，到如今无片瓦。哈哈，名利场最兜搭②。班定远玉门关枉白了青丝发③，马新息铜柱标抵不得明珠价④。哈哈，却更有几般堪讶。

〔幺〕动不动说甚么玉堂金马⑤，虚费了文园笔札⑥。只恐怕渴死了汉相如⑦，空落下文君再寡⑧。哈哈，到头来都是假。总饶你事业伊周文章董贾⑨，少不得北邙山下⑩。哈哈，俺归去也呀。

【注释】

① 铜雀台：汉建安十五年(210)曹操在邺城（今河北临漳）所筑，以台上铸铜雀得名。台瓦可用作砚，为后人纷纷揭取。　② 兜搭：纠缠不清。　③ 班定远：东汉班超官至西域都护，封定远侯。他在西域守边三十一年，有"但愿生入玉门关"之语。　玉门关：在今甘肃敦煌市西。　④ 马新息：东汉马援于建武十七年(41)任伏波将军，南征交趾，立铜柱以表功，封新息侯。他回军时载一车薏苡，却被谗言诬指为一车明珠，几于蒙冤。　⑤ 玉堂金马：玉堂殿、金马门，均为汉代的宫廷建筑，后因代指入朝任高官。　⑥ 文园：汉文学家司马相如曾任孝文园令，世称文园。　⑦ 渴死了汉相如：司马相如有消渴症（糖尿病），《西京杂记》并谓他因此不愈而死。　⑧ 文君再寡：卓文君为蜀中富豪卓王孙女，守寡时随司马相如私奔。　⑨ 伊周：伊尹与周公旦。前者协助商汤推翻夏桀，成汤死后又先后辅佐了两朝国君；后者辅弼武王灭纣建周，以后因成王年幼，还曾一度摄理国政。

董贾：董仲舒与贾谊，均为汉代的大儒。 ⑩北邙：洛阳城北山名，多墓葬，后遂成为坟地的代称。

【语译】

你看秦始皇起造万里长城，江山易主，无异在为他人服务。汉代君王的陵墓，徒然供小偷光顾。魏时曹操的铜雀台美轮美奂，如今连片瓦也无。哈哈，名利场最是缠不清楚。班超驻守玉门关，将一生的年华枉付。马援征南立铜柱纪功，到头来还是在薏苡明珠的事件中蒙冤遭诬。哈哈，像这般令人惊诧的例子，历历还可数。

动不动说什么高官厚禄，害得司马相如绞尽脑汁构思辞赋。只怕他在渴求中生消渴病一命呜呼，白白地让卓文君再做一回寡妇。哈哈，到最后什么也靠不住。就算你建立了伊尹、周公的伟业，具有董仲舒、贾谊的文誉，少不得同归于北邙山下的一抔黄土。哈哈，我归田隐居，再不向红尘中涉足。

【赏析】

这首散曲由前篇与〔么〕篇两个部分组成，而愤世之情，一以贯之。

前篇一上来就历举"秦代长城"、"汉朝陵寝"、"魏时铜雀台"三事。三者都是旷日持久，影响一代的大工程，"秦"、"汉"、"魏"互相间还存在着朝代的替递关系，却一一重蹈覆辙。"替别人打"、"被偷儿挖"、"如今无片瓦"……这一个个匪夷所思的结局，显示了封建王朝"帝业巍巍"的不足恃。作者思想却更跃进一步，说是"名利场最兜搭"，揭出了历朝统治者为个人野心和利益而纷扰天下的丑恶本质。紧接着作品举示了班超和马援两位名将报国立功而未得善终的例证，指出这种"堪讶"的不合理现象尚有多般。这一段全是对历史的回顾，口诛笔伐，为下面〔么〕篇的"讽今"定下了冷峻的基调。

〔么〕篇的起笔同样突兀而至，"动不动"三字，显示出作者对"玉堂金马"谎言的怨怅和鄙薄，蓄积已久。玉堂殿、金马门，本都是汉代的皇家建筑，扬雄《解嘲》云："历金门、上玉堂有日矣。"即以进入金马门、玉堂殿视作入朝任高官的象征。到元代，更成了流行的习语："玉堂金马间琼楼。"（不忽木《元和令》）"喜君家平步上青云，不枉了玉堂金马多风韵。"（《东坡梦》杂剧）"盼杀我也玉堂金马，困杀我也陋巷箪瓢。"（《追韩信》杂剧）功名利禄成了文人士子梦寐以求的生活目标，确实是"动不动说什么玉堂金马"！然而元代读书人得文章力的机遇实在太少：科举长期中止，政治上受到歧视和不公平的待遇……作者以"文园"即司马相如自比，自视甚高，因而也激愤益深。司马相如有消渴症（糖尿病），《西京杂记》还说他死于此症，那么汉相如若生活在当代，无法顺遂的渴求便足以断送性命，卓文君只能白白地再作一回寡妇吧！辛辣嘲讽之余，作者已是欲哭无泪，莫可奈何。继而他浮想联翩，恣意纵笔，连珠炮似地引出数名古人：伊尹，协助商君成汤推翻夏桀，又受成汤遗命，辅佐两朝国君；周公旦，辅弼武王灭纣建周，以后一度摄政，治理国家井井有条；董仲舒，学究天人，举贤良对策，世称通儒；

贾谊，博贯古今，善著论作赋，不愧才子。然而一世之雄，而今安在！不过是"一旦百岁后，相与还北邙"（陶渊明《拟古》）而已。这一段表达了两层意思：前层言求功名之不易，后层言建功业之无益，虽也多援古例，实是针砭当世。于是，"俺归去也呀"，便成为万不得已之下的唯一出路了。

这首小令表现了散曲直露不藏、因题发挥的特色，淋漓酣畅，感情十分强烈。这是元人的自度曲，多用仄韵押尾，有词调的韵味；而音节顿挫，衬托出作者愤切的心绪，不时插入的"哈哈"衬句，更显出嬉笑怒骂的风神。"不平则鸣"，在这支曲子里，元代黑暗的政治情状，文人失意的社会心理，都得到了深刻的反映。

〔失宫调牌名〕大雨

城中黑潦①，村中黄潦，人都道天瓢翻了。出门溅我一身泥，这污秽如何可扫！东家壁倒，西家壁倒，窥见室家之好。问天公还有几时晴？天也道阴晴难保。

【注释】

① 潦：积水。

【语译】

城里黑水一片，村中黄洋无边，大家都说天上的水瓢翻了，尽数倾向人间。才出门泥浆飞溅，泼了我一身一脸。这污浊的世界啊，怎么才能彻底清扫一遍！

东家的墙壁倾塌，西家的墙壁倒坍，家里的隐私全都暴露在人前。问老天要到多久才出现晴天？老天说它也保不住日后是什么局面。

【赏析】

这首小令录自《全元散曲》，实为〔鹊桥仙〕曲牌，南曲属〔仙吕入双调〕。题作"大雨"，实至名归。单从曲文的表象来看，大雨造成了地面的积水，城中尘多，一片黑水，是"黑潦"，村中土多，一片黄浆，是为"黄潦"。"天瓢翻了"，那就是瓢泼大雨，雨量之充沛、急猛、持久，都恍然在目，形象万分。积潦满途，出门人溅得一身泥浆；大水浸泡，暴雨冲刷，一家家墙倾壁倒。这一切，说明即使就事论事，作品对"大雨"的叙述描绘，也是十分传神、异常成功的。然而，显而易见，本篇是醉翁之意不在酒，作者并非在写风景诗或咏物诗。他是在影射，巧妙地运用双关和象征的手法，借"大雨"的题目发出对黑暗时世的诅咒。几乎可以说曲中的每一句都有弦外之音，"人都道天瓢翻了"、"这污秽如何可扫"、"问天公还有几时晴，天也道阴晴难保"等尤为显明。一首作品能够如此的声东击西，让读者人人都能一眼看出它的真意所在，这样的影射也算做到极致了。

这首小令据孔齐《至正直记》载，为元末江西一士人在京城所作的"二小词"之一，"咏其词旨，盖亦有深意焉、岂非《三百篇》之后其讽刺之遗风耶"。为了更助于理解作者的"深意"，兹将另一首《月蚀》也抄录如下："前年蚀了，去年蚀了，今年又划来了。姮娥传语这妖蟆，逞脸则管不了。　　锣筛破了，鼓擂破了，谢天地早是明了。若还到底不明时，黑洞洞几时是了？"筛锣擂鼓驱赶妖蟆，是旧时月食时"救月"的民俗，但在曲中，显然象征了对"黑洞洞几时是了"的反抗斗争。"三百篇"的"讽刺"，历来都公认为不失温柔敦厚，而这两首小曲犀利辛辣，洵称匕首投枪，那就不止是"遗风"，而是诗歌战斗力的一种发展与光大。

图书在版编目(CIP)数据

元曲三百首全解/史良昭解. —上海：复旦大学出版社,2024.6
(中华经典全解)
ISBN 978-7-309-17186-0

Ⅰ.①元…　Ⅱ.①史…　Ⅲ.①元曲-文学欣赏　Ⅳ.①I207.24

中国国家版本馆 CIP 数据核字(2024)第 015063 号

元曲三百首全解
史良昭　解
责任编辑/杜怡顺

复旦大学出版社有限公司出版发行
上海市国权路 579 号　邮编：200433
网址：fupnet@ fudanpress.com　http://www.fudanpress.com
门市零售：86-21-65102580　团体订购：86-21-65104505
出版部电话：86-21-65642845
常熟市华顺印刷有限公司

开本 787 毫米×1092 毫米　1/16　印张 27.25　字数 549 千字
2024 年 6 月第 1 版
2024 年 6 月第 1 版第 1 次印刷

ISBN 978-7-309-17186-0/I・1389
定价：58.00 元